Eugénie Grandet

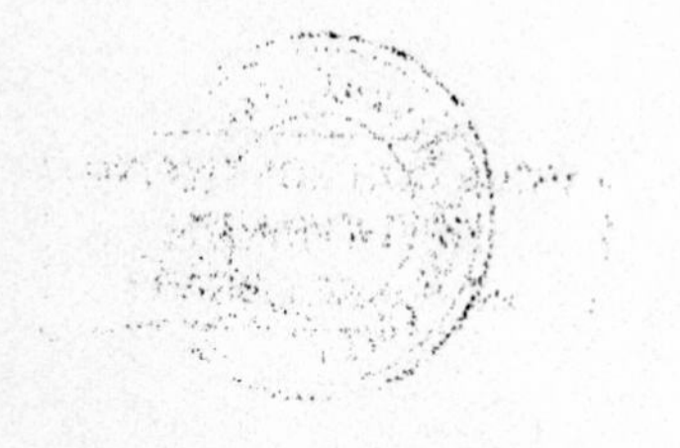

Balzac

Eugénie Grandet

Éditions Garnier Frères
19, Rue des Plantes, Paris

Sommaire biographique, introduction,
notes et appendice critique
par

Pierre-Georges Castex
Professeur à la Sorbonne

Édition illustrée de 24 reproductions

SOMMAIRE BIOGRAPHIQUE

1799 :

Naissance, à Tours, le 20 mai, d'Honoré Balzac, fils du « citoyen Bernard-François Balzac » et de la « citoyenne Anne-Charlotte-Laure Sallambier, son épouse ». Il sera mis en nourrice à Saint-Cyr-sur-Loire jusqu'à l'âge de quatre ans. Il aura deux sœurs : Laure, née en 1800, et Laurence, née en 1802 ; un frère, Henri, né en 1807.

1804 :

Il entre à la pension Le Guay, à Tours.

1807 :

Il entre, le 22 juin, au collège des Oratoriens de Vendôme, qu'il quittera, après un rigoureux internat, le 22 avril 1813.

1814 :

Pendant l'été, il fréquente le collège de Tours. En novembre, il suit sa famille à Paris, rue du Temple.

1815 :

Il fréquente deux institutions du quartier du Marais, l'institution Lepître, puis, à partir d'octobre, l'institution Ganser et suit vraisemblablement les cours du lycée Charlemagne.

1816 :

En novembre, il s'inscrit à la Faculté de Droit et entre, comme clerc, chez Me Guillonnet-Merville, avoué rue Coquillière.

1818 :

Il quitte, en mars, l'étude de Me Guillonnet-Merville pour entrer dans celle de Me Passez, notaire, ami de ses parents et qui habite la même maison, rue du Temple. Il rédige des Notes sur l'immortalité de l'âme.

1819 :

Vers le 1er août, Bernard-François Balzac, retraité de l'administration militaire, se retire à Villeparisis avec sa famille. Honoré, bachelier en droit depuis le mois de janvier, obtient de rester à Paris pour devenir homme de lettres. Installé dans un modeste logis mansardé, rue Lesdiguières, il y compose une tragédie, Cromwell, *qui ne sera ni jouée, ni publiée de son vivant.*

1820 :

Il commence Falthurne *et* Sténie, *deux récits qu'il n'achèvera pas. Le 18 mai, il assiste au mariage de sa sœur Laure avec Eugène Surville, ingénieur des Ponts et Chaussées. Ses parents donnent congé rue Lesdiguières pour le 1er janvier 1821.*

1821 :

Le 1er septembre, sa sœur Laurence épouse M. de Montzaigle.

1822 :

Début de sa liaison avec Laure de Berny, âgée de quarante-cinq ans, dont il a fait la connaissance à Villeparisis l'année précédente ; elle sera pour lui la plus vigilante et la plus dévouée des amies. Pendant l'été, il séjourne à Bayeux, en Normandie, avec les Surville.

Ses parents emménagent avec lui à Paris, dans le Marais, rue du Roi-Doré.

Sous le pseudonyme de Lord R'hoone, il publie, en collaboration, L'Héritière de Birague *et* Jean-Louis; *puis, seul,* Clotilde de Lusignan. Le Centenaire *et* Le Vicaire des Ardennes, *parus la même année, sont signés Horace de Saint-Aubin.*

1823 :

Au cours de l'été, séjour en Touraine.

La Dernière Fée, *par Horace de Saint-Aubin.*

1824 :

Vers la fin de l'été, ses parents ayant regagné Villeparisis, il s'installe rue de Tournon.

Annette et le Criminel (Argow le Pirate), *par Horace de Saint-Aubin. Sous l'anonymat:* Du Droit d'Aînesse; Histoire impartiale des Jésuites.

1825 :

Associé avec Urbain Canel, il réédite les œuvres de Molière et de La Fontaine. En avril, bref voyage à Alençon. Début des relations avec la duchesse d'Abrantès. Sa sœur Laurence meurt le 11 août.

Wann-Chlore, *par Horace de Saint-Aubin. Sous l'anonymat :* Code des gens honnêtes.

1826 :

Le 1er juin, il obtient un brevet d'imprimeur. Associé avec Barbier, il s'installe rue des Marais-Saint-Germain (aujourd'hui rue Visconti). Au cours de l'été, sa famille abandonne Villeparisis pour se fixer à Versailles.

1827 :

Le 15 juillet, avec Laurent et Barbier, il crée une société pour l'exploitation d'une fonderie de caractères d'imprimerie.

1828 :

Au début du printemps, Balzac s'installe 1, rue Cassini, près de l'Observatoire. Ses affaires marchent mal : il doit les liquider et contracter de lourdes dettes. Il revient à la littérature : du 15 septembre à la fin d'octobre, il séjourne à Fougères, chez le général de Pommereul, pour préparer un roman sur la chouannerie.

1829 :

Balzac commence à fréquenter les salons : il est reçu chez Sophie Gay, chez le baron Gérard, chez Mme Hamelin, chez la princesse Bagration, chez Mme Récamier. Début de la correspondance avec Mme Zulma Carraud qui, mariée à un commandant d'artillerie, habite alors Saint-Cyr-l'École. Le 19 juin, mort de Bernard-François Balzac.

En mars a paru, avec la signature Honoré Balzac, Le Dernier Chouan ou La Bretagne en 1800 *qui, sous le titre définitif* Les Chouans, *sera le premier roman incorporé à* La Comédie humaine. *En décembre,* Physiologie du Mariage, « *par un jeune célibataire* ».

1830 :

Balzac collabore à la Revue de Paris, *à la* Revue des Deux Mondes, *ainsi qu'à divers journaux : le* Feuilleton des journaux politiques, La Mode, La Silhouette, Le Voleur, La Caricature. *Il adopte la particule et commence à signer* « *de Balzac* ». *Avec Mme de Berny, il descend la Loire en bateau (juin) et séjourne, pendant l'été, dans la propriété de La Grenadière, à Saint-Cyr-sur-Loire. A l'automne, il devient un familier du salon de Charles Nodier, à l'Arsenal.*

Premières « Scènes de la vie privée » : La Vendetta; Les Dangers de l'inconduite (Gobseck) ; Le Bal de Sceaux ; Gloire et Malheur (La Maison du Chat-qui-pelote) ; La Femme vertueuse (Une double famille) ; La Paix du ménage. *Parmi les premiers « contes philosophiques » :* Les Deux Rêves, L'Élixir de longue vie...

1831 :

Désormais consacré comme écrivain, il travaille avec acharnement, tout en menant, à ses heures, une vie mondaine et luxueuse, qui ranimera indéfiniment ses dettes. Ambitions politiques demeurées insatisfaites.

La Peau de chagrin, *roman philosophique. Sous l'étiquette « Contes philosophiques » :* Les Proscrits ; Le Chef-d'Œuvre inconnu...

1832 :

Entrée en relations avec Mme Hanska, « l'Étrangère », qui habite le château de Wierzchownia, en Ukraine. Il est l'hôte de Jean Margonne à Saché (où il a fait et fera d'autres séjours) ; puis des Carraud, qui habitent maintenant Angoulême. Il est devenu l'ami de la marquise de Castries, qu'il rejoint en août à Aix-les-Bains et qu'il suit en octobre à Genève : désillusion amoureuse. Au retour, il passe trois semaines à Nemours auprès de Mme de Berny. Il a adhéré au parti néo-légitimiste et publié plusieurs essais politiques.

La Transaction (Le Colonel Chabert). *Parmi de nouvelles* « Scènes de la vie privée » : Les Célibataires (Le Curé de Tours) *et cinq « scènes » distinctes qui seront groupées plus tard dans* La Femme de trente ans. *Parmi de nouveaux « contes philosophiques » :* Louis Lambert. *En marge de la future* Comédie humaine : *premier dixain des* Contes drolatiques.

1833 :

Début d'une correspondance suivie avec Mme Hanska. Il la rencontre pour la première fois en septembre à

Neuchâtel et la retrouve à Genève pour la Noël. Contrat avec Mme Béchet pour la publication, achevée par Werdet, des Études de mœurs au XIXe siècle *qui, de 1833 à 1837, paraîtront en douze volumes et qui sont comme une préfiguration de* La Comédie humaine *(I à IV : « Scènes de la vie privée ». V à VIII : « Scènes de la vie de province ». IX à XII : « Scènes de la vie parisienne »).*
Le Médecin de campagne. *Parmi les premières* « Scènes de la vie de province » : La Femme abandonnée; La Grenadière; L'Illustre Gaudissart; Eugénie Grandet *(décembre).*

1834 :

Retour de Suisse en février. Le 4 juin naît Marie du Fresnay, sa fille présumée. Nouveaux développements de la vie mondaine : il se lie avec la comtesse Guidoboni-Visconti.
La Recherche de l'Absolu. *Parmi les premières* « Scènes de la vie parisienne » : Histoire des Treize *(I.* Ferragus, *1833. II.* Ne touchez pas la hache (La Duchesse de Langeais), *1833-1834. III.* La Fille aux yeux d'or, *1834-1835.)*

1835 :

*Une édition collective d'*Études philosophiques *(1835-1840) commence à paraître chez Werdet. Au printemps, Balzac s'installe en secret rue des Batailles, à Chaillot. Au mois de mai, il rejoint Mme Hanska, qui est avec son mari à Vienne, en Autriche; il passe trois semaines auprès d'elle et ne la reverra plus pendant huit ans.*
Le Père Goriot *(1834-1835).* Melmoth réconcilié. La Fleur des pois (Le Contrat de mariage). Séraphîta.

1836 :

Année agitée. Le 20 mai naît Lionel-Richard Guidoboni-Visconti, qui est peut-être son fils naturel. En juin,

Balzac gagne un procès contre la Revue de Paris *au sujet du* Lys dans la vallée. *En juillet, il doit liquider* La Chronique de Paris, *qu'il dirigeait depuis janvier. Il va passer quelques semaines à Turin; au retour, il apprend la mort de Mme de Berny, survenue le 27 juillet.*

Le Lys dans la vallée. L'Interdiction. La Messe de l'athée. Facino Cane. L'Enfant maudit *(1831-1836)*. Le Secret des Ruggieri (La Confidence des Ruggieri).

1837 :

Nouveau voyage en Italie (février-avril) : Milan, Venise, Gênes, Livourne, Florence, le lac de Côme.

La Vieille Fille. Illusions perdues *(début)*. César Birotteau.

1838 :

Séjour à Frapesle, près d'Issoudun, où sont fixés désormais les Carraud (février-mars); quelques jours à Nohant, chez George Sand. Voyage en Sardaigne et dans la péninsule italienne (avril-mai). En juillet, installation aux Jardies, entre Sèvres et Ville-d'Avray.

La Femme supérieure (Les Employés). La Maison Nucingen. *Début des futures* Splendeurs et Misères des courtisanes (La Torpille).

1839 :

Balzac est nommé, en avril, président de la Société des Gens de Lettres. En septembre-octobre, il mène une campagne inutile en faveur du notaire Peytel, ancien codirecteur du Voleur, *condamné à mort pour meurtre de sa femme et d'un domestique. Activité dramatique : il achève* L'École des Ménages *et* Vautrin. *Candidat à l'Académie française, il s'efface, le 2 décembre, devant Victor Hugo, qui ne sera pas élu.*

Le Cabinet des antiques. Gambara. Une fille d'Ève.

Massimilla Doni. Béatrix ou les Amours forcés. Une princesse parisienne (Les Secrets de la princesse de Cadignan).

1840 :

Vautrin, *créé le 14 mars à la Porte-Saint-Martin, est interdit le 16. Balzac dirige et anime la* Revue Parisienne, *qui aura trois numéros (juillet-août-septembre) ; dans le dernier, la célèbre étude sur* La Chartreuse de Parme. *En octobre, il s'installe 19, rue Basse (aujourd'hui la « Maison de Balzac », 47, rue Raynouard).*

Pierrette. Pierre Grassou. Z. Marcas. Les Fantaisies de Claudine (Un prince de la bohème).

1841 :

Le 2 octobre, traité avec Furne et un consortium de libraires pour la publication de La Comédie humaine, *qui paraîtra avec un* Avant-propos *capital, en dix-sept volumes (1842-1848) et un volume posthume (1855).*

Le Curé de Village *(1839-1841)*. Les Lecamus (Le Martyr calviniste).

1842 :

Le 19 mars, création, à l'Odéon, des Ressources de Quinola.

Mémoires de deux jeunes mariées. Albert Savarus. La Fausse Maîtresse. Autre Étude de femme. Ursule Mirouët. Un début dans la vie. Les Deux Frères (La Rabouilleuse).

1843 :

Juillet-octobre : séjour à Saint-Pétersbourg, auprès de Mme Hanska, veuve depuis le 10 novembre 1841 ; retour par l'Allemagne. Le 26 septembre, création, à l'Odéon, de Paméla Giraud.

Une ténébreuse affaire. La Muse du département. Honorine.

Illusions perdues, *complet en trois parties (I.* Les Deux Poètes, *1837. II.* Un grand homme de province à Paris, *1839. III.* Les Souffrances de l'inventeur. *1843).*

1844 :

Modeste Mignon. Les Paysans *(début).* Béatrix (*II.* La Lune de miel). Gaudissart II.

1845 :

Mai-août : Balzac rejoint à Dresde Mme Hanska, sa fille Anna et le comte Georges Mniszech ; il voyage avec eux en Allemagne, en France, en Hollande et en Belgique. En octobre-novembre, il retrouve Mme Hanska à Châlons et se rend avec elle à Naples. En décembre, seconde candidature à l'Académie française.

Un homme d'affaires. Les Comédiens sans le savoir.

1846 :

Fin mars : séjour à Rome avec Mme Hanska ; puis la Suisse et le Rhin jusqu'à Francfort. Le 13 octobre, à Wiesbaden, Balzac est témoin au mariage d'Anna Hanska avec le comte Mniszech. Au début de novembre, Mme Hanska met au monde un enfant mort-né, qui devait s'appeler Victor-Honoré.

Petites Misères de la vie conjugale *(1845-1846).* L'Envers de l'histoire contemporaine *(premier épisode).* La Cousine Bette.

1847 :

De février à mai, Mme Hanska séjourne à Paris, tandis que Balzac s'installe rue Fortunée (aujourd'hui rue Balzac). Le 28 juin, il fait d'elle sa légataire universelle. Il la rejoint à Wierzchownia en septembre.

Le Cousin Pons. La Dernière Incarnation de Vautrin

(dernière partie de Splendeurs et Misères des courtisanes).

1848 :

Rentré à Paris le 15 février, il assiste aux premières journées de la Révolution. La Marâtre *est créée, en mai, au Théâtre historique ;* Mercadet, *reçu en août au Théâtre-Français, n'y sera pas représenté. A la fin de septembre, il retrouve Mme Hanska en Ukraine et reste avec elle jusqu'au printemps de 1850.*

L'Initié, *second épisode de* L'Envers de l'histoire contemporaine.

1849 :

Deux voix à l'Académie française le 11 janvier (fauteuil Chateaubriand) ; deux voix encore le 18 (fauteuil Vatout). La santé de Balzac, déjà éprouvée, s'altère gravement : crises cardiaques répétées au cours de l'année.

1850 :

Le 14 mars, à Berditcheff, il épouse Mme Hanska. Malade, il rentre avec elle à Paris le 20 mai et meurt le 18 août. Sa mère lui survit jusqu'en 1854 et sa femme jusqu'en 1882. Son frère Henri mourra en 1858 ; sa sœur Laure en 1871.

1854 :

Publication posthume du Député d'Arcis, *terminé par Charles Rabou.*

1855 :

Publication posthume des Paysans, *terminés sur l'initiative de Mme Honoré de Balzac. Édition, commencée en 1853, des* Œuvres complètes *en vingt volumes par Houssiaux, qui prend la suite de Furne comme concessionnaire (I à*

XVIII. La Comédie humaine. *XIX*. Théâtre. *XX*. Contes drolatiques).

1856-1857 :

Publication posthume des Petits Bourgeois, *roman terminé par Charles Rabou.*

1869-1876 :

Édition définitive des Œuvres complètes *de Balzac en vingt-quatre volumes chez Michel Lévy, puis Calmann-Lévy. Parmi les* « Scènes de la vie parisienne » *sont réunies pour la première fois les quatre parties de* Splendeurs et Misères des courtisanes.

NOTE PRÉLIMINAIRE

Un heureux concours de circonstances nous a permis de réunir, sur le plus célèbre récit de La Comédie humaine, *des informations qui paraissent devoir l'éclairer d'un jour nouveau.*

*Le manuscrit d'*Eugénie Grandet *avait échappé au vicomte de Lovenjoul et fut longtemps conservé, aux États-Unis, dans des collections privées. Grâce à la libéralité de la Bibliothèque Pierpont Morgan, où il se trouve aujourd'hui, et aux soins de M. André Lacaux, nous avons pu nous en procurer une photocopie. Les leçons de ce document ont été précieuses.*

Plus précieux encore, les résultats d'une enquête menée, en particulier, dans le Val de Loire. Nous connaissons désormais le modèle principal de Grandet, qui n'est décidément pas Jean Nivelleau, mais Henry-Joseph de Savary, viticulteur à Vouvray. Nous apercevons par quel mécanisme Balzac élabore et transpose en terre angevine des réalités tourangelles. Nous retrouvons à Nouâtre (Indre-et-Loire) l' « abbaye de Noyers », achetée sous la Révolution par le tonnelier saumurois.

Ce personnage, que représente-t-il au juste ? Ne cherchons pas en lui un équivalent romanesque de Harpagon. Aux yeux de Balzac, l'analyse d'un caractère compte moins que le témoignage sur les mœurs d'une époque. L'artisan Grandet a su faire sa fortune au cours des années décisives qui ont marqué l'avènement d'une classe nouvelle : il est le type même du bourgeois conquérant.

A sa volonté de fer, tendue vers la possession des biens terrestres, s'oppose celle d'une fille de sa race que l'amour et la foi transportent dans une autre sphère. De cette confrontation dramatique se dégage le sens profond du roman.

Nous avons utilisé les abréviations suivantes : *Pl.* (éd. en 11 vol. de *La Comédie humaine* publiée dans la Bibliothèque de la Pléiade); *O. D.* (Œuvres diverses de Balzac publiées en trois volumes par la librairie Conard); *Étr.* (*Lettres à l'Étrangère,* Calmann-Lévy, 4 vol. parus); *Corr.* Pierrot (*Correspondance générale* de Balzac en cours de publication à la librairie Garnier); *Lov.* (collection Lovenjoul). Lorsque la mention d'un roman s'accompagne seulement d'un numéro de page, cette référence renvoie à l'édition Garnier.

Nous nommons au fil des pages les personnes qui nous ont aidé pour l'établissement de cette édition. Nos remerciements vont notamment à Mlle Madeleine Fargeaud, à Mme Anne-Marie Meininger, à MM. Roger Pierrot, Moïse Le Yaouanc, Bernard Guyon et à nos amis du Groupe d'Études balzaciennes; à M. André Cambier, conservateur honoraire au Service historique de l'Armée; à Mlle Nicole Célestin, archiviste aux Archives nationales; à Mme Brégeon, archiviste aux Archives départementales d'Indre-et-Loire; à M. J. Maurice, conservateur adjoint du musée de Saché; à M. J.-E. Weelen; à MM. Daniel Redlinger et Jack Chazal, de Nouâtre; à M. Adrien Jahan, de Maillé; à Mme Becquart; à MM. J.-A. Bricet, Lucien Genet, Arthur Hackett, Philippe Martin, Claude Pichois, Alan Raitt.

INTRODUCTION

I

« DEPUIS huit jours, je travaille très activement à *L'Europe littéraire,* où j'ai pris une action. Jeudi prochain, la *Théorie de la Démarche* y sera finie. C'est un long traité fort ennuyeux. Mais à la fin du mois il y aura une *Scène de la vie de province* dans le genre des *Célibataires* et intitulée *Eugénie Grandet,* qui sera mieux [1]. »

*Ce passage d'une lettre à Mme Hanska écrite le 19 août 1833 contient la première mention connue d'*Eugénie Grandet *sous la plume de Balzac. L'œuvre en chantier est ainsi comparée au* Curé de Tours *(précédemment publié sous le titre* Les Célibataires*) : pour l'atmosphère provinciale, sans doute, mais aussi pour les dimensions, car elle a été primitivement conçue comme une nouvelle. Cette nouvelle, Balzac pense la livrer en quelques jours à* L'Europe littéraire, *qui la réclame avec insistance* [2]. *Il songe aussi à la publier en volume, avec cinq autres récits, dans le cadre d'une suite en douze tomes d'*Études de mœurs au XIXe siècle, *dont deux seulement doivent être consacrés à des* Scènes de la vie de province [3]. *Pour un tel projet,*

---

1. *Étr.* I, 33.
2. Capo de Feuillide à Balzac (avant le 15 août) : « Ensuite à *Eugénie* ». Du même au même, le 25 août : « Mon cher de Balzac, mardi matin je serai chez vous pour réclamer *Eugénie Grandet* ». (*Corr.* Pierrot II, 339 et 343.)
3. Annonce publicitaire encartée, sans pagination, dans le second volume du *Médecin de campagne* (daté de juillet 1833, publié en septembre) et signalée par M. Bernard Guyon dans son bel article

toutefois, il n'a pas encore trouvé d'éditeur; en procès avec Mame, il tente, simultanément, de négocier avec Gosselin et avec Werdet, commis de Mme veuve Charles-Béchet.

L'histoire d'Eugénie Grandet, cependant, n'est pas prête à la date envisagée et L'Europe littéraire, *pour faire patienter ses lecteurs, qui attendent une œuvre de Balzac, doit publier le 8 septembre un conte drolatique,* Persévérance d'amour. *Dans l'esprit de l'écrivain, en effet, la nouvelle s'est bientôt étoffée jusqu'à devenir un roman divisé en chapitres, qui pourront être livrés l'un après l'autre. Ainsi paraît le 19 septembre un premier chapitre,* Physionomies bourgeoises; *en même temps est annoncé un chapitre second,* Le Cousin de Paris. *Trois jours plus tard, Balzac part pour Besançon et pour Neuchâtel, où il doit rencontrer enfin Mme Hanska, qu'il n'a jamais vue; il rentrera seulement à Paris le 4 octobre, tout heureux et plein de forces neuves.*

Le Cousin de Paris *ne parut jamais dans* L'Europe littéraire. *Non pas exactement faute de copie, comme on l'a cru : un jeu de placards corrigés pour ce chapitre a été conservé avec le manuscrit d'*Eugénie Grandet. *Balzac, cependant, n'en acheva pas la mise au point avant son départ : sans doute en raison d'un différend qui l'opposait à la direction du périodique pour la rétribution de son travail; peut-être aussi ne jugeait-il pas opportun d'en hâter la publication, alors qu'il escomptait l'aboutissement des pourparlers engagés en vue des* Études de mœurs. *Dès le 1er octobre, avant son retour de Suisse, Louis Lefèvre, gérant de* L'Europe, *délivrait à sa requête une déclaration*

« Balzac invente les *Scènes de la vie de province* » (*Mercure de France*, juillet 1958, p. 476) : « SCÈNES DE LA VIE DE PROVINCE, 2 volumes in-8° contenant *Eugénie Grandet. Le Message. La Femme abandonnée. La Grenadière. La Grande Bretèche. Les Célibataires*, et un volume inédit ». Outre les quatre volumes de *Scènes de la vie privée* et les quatre volumes de *Scènes de la vie parisienne* étaient prévus deux volumes de *Scènes de la vie de campagne*.

qui lui permettait de publier ailleurs Eugénie Grandet [1].

L'Europe littéraire, *certes, ne perdait pas tout espoir de conserver son brillant collaborateur, et continua d'annoncer, en octobre, la suite du roman. Mais Balzac, pendant ce temps, gagnait la partie pour les* Études de mœurs : *si Gosselin se déroba* [2]*, Mme Béchet accepta de traiter, et à des conditions inespérées* [3]. *Assuré du contrat dès le 13 octobre, l'écrivain ne songea plus, pour* Eugénie Grandet, *qu'à la publication en librairie. L'album de* Pensées, sujets, fragmens *prévoit, vers cette date, un premier volume de* Scènes de la vie de province *qui, complété par le très bref* Message, *serait presque tout entier rempli par ce roman; et la croissance d'*Eugénie Grandet *contribua, selon la formule de M. Bernard Guyon, à* « l'éclatement du plan général » *de ces* Scènes *provinciales qui, avec quatre tomes au lieu de deux, équilibrent dans le projet final des* Études de mœurs *les quatre tomes des* Scènes de la vie privée *et ceux des* Scènes de la vie parisienne [4].

Avant de partir en voyage, Balzac, corrigeant le dernier placard du Cousin de Paris *destiné à* L'Europe littéraire, *avait rajouté à la fin ces quelques lignes inédites, rayées sur le manuscrit et supprimées de la rédaction définitive, qui indiquent avec précision l'état de son travail :* « Ici finit l'exposition du drame, exposition consciencieuse et qui permet de voir toutes les figures accessoires; mais la principale, celle d'Eugénie Grandet, est

---

1. *Corr.* Pierrot II, 379. Balzac a publié cette déclaration de Louis Lefèvre et raconté à sa façon ses démêlés avec *L'Europe littéraire* dans l'*Historique du procès auquel a donné lieu « Le Lys dans la vallée »* (*Pl.* XI, pp. 311 sq.).

2. Charles Gosselin à Balzac, *Corr.* Pierrot II, 374. Cette lettre est datée du 22 septembre : Balzac ne l'avait donc pas encore reçue quand il quitta Paris. Peut-être la lui transmit-on à Neuchâtel, peut-être la trouva-t-il rue Cassini à son retour.

3. *Étr.* I, pp. 50-51 (9 octobre) et 55 (13 octobre).

4. Bernard Guyon, article cité, p. 483. Les *Scènes de la vie de campagne* disparaissaient et Balzac ne devait utiliser ce cadre que dans l'édition de *La Comédie humaine*.

réservée pour embellir l'action créée au sein de tous ces intérêts froissés par l'arrivée de Charles Grandet. » *Une fois revenu, il enchaîne, directement, pour les futures* Scènes de la vie de province, *par le portrait d'Eugénie à sa toilette, qui, dans l'édition originale, se trouve au début du chapitre III,* Amours de province. *Dans le manuscrit s'observe un changement d'écriture; mais le séjour en Suisse ne paraît pas avoir modifié l'orientation du récit, repris comme une besogne d'artisan au point exact où il a été laissé.*

Les nécessités de l'engagement avec Mme Béchet aiguillonnent l'ardeur de l'écrivain. Après une courte période de difficultés où « l'imagination cahote », *le roman, considéré comme* « à moitié » *le 9 octobre,* « va bien » *le 20 et apparaît dès le 24 à son créateur comme* « une belle œuvre ». *Les feuillets tendent à faire* « un gros volume » *et Balzac espère, le 13 novembre, qu'il aura terminé le lendemain. Mais il s'abuse, ou abuse sa correspondante, puisqu'il estime, une semaine plus tard, qu'il a encore* « cent pages » *à écrire. Il se donne alors dix jours pour en finir :* « J'arriverai mort ». *Cette fois, il observe le délai qu'il s'est fixé. Le dimanche 1er décembre, il écrit à l'Étrangère :* « J'ai fait voler les dernières épreuves d'*Eugénie Grandet* et j'ai sauté comme pour aller à toi »; *il lui annonce, en même temps, l'envoi du manuscrit achevé* [1]. *Le volume, après un retard de dernière heure, est mis en vente vers le 15 décembre* [2] *:* Eugénie Grandet *suffit*

1. *Étr.* I, pp. 52, 54, 58, 62, 78, 80, 89, 96.
2. *Ibid.*, 98, lettre du dimanche 8 octobre : « Mon ouvrage est annoncé dans tous les journaux comme publié hier et ne paraîtra que jeudi prochain ». M. Roger Pierrot signale qu'un placard publicitaire inséré dans *La Quotidienne* du 6 annonçait de façon erronée la mise en vente à la date du 5 (*Eugénie Grandet,* éd. Sansoni, Florence, 1959, p. 14, n. 2). Le 16, on pouvait lire dans *Le Vert-Vert :* « Mise en vente de la première livraison des *Études de Mœurs au XIXe siècle, Scènes de la vie de province*, par M. de Balzac, deux volumes in 8o, papier fin satiné. Prix 15 francs. Chez Mme Charles-Béchet, quai des Augustins, no 59. »

décidément à le remplir et fournit ainsi, avec ses six chapitres, la matière du premier tome des Scènes de la vie de province.

Donc, ce roman a été tout entier rédigé à Paris : non pas d'un seul élan (et même avec une interruption de deux semaines) ; ni à un rythme uniforme, les périodes de travail intense [1] *alternant avec des périodes moins chargées, occupées par des besognes plus variées ou même par des plaisirs mondains* [2]*; mais, en somme, assez rapidement, sans difficultés d'exécution particulières. L'accueil fut excellent, et presque inespéré.*

Sans doute Balzac entendit-il quelques accents discordants : parmi ses familiers, Auguste Borget avouait sa préférence pour Les Célibataires [3]; *Laure Surville et Zulma Carraud, d'accord avec Sainte-Beuve, jugèrent quelque peu outré le personnage du père Grandet et excessif jusqu'à l'invraisemblance le nombre de ses millions* [4]. *Mais Delphine de Girardin, Marceline Desbordes-Valmore, manifestèrent leur enthousiasme avec lyrisme* [5]*; le critique de* La Quotidienne, *hostile aux autres romans de l'écrivain, prodigua*

1. Ainsi écrit-il le 24 octobre : « Ma vie est maintenant bien réglée : levé à minuit, couché à six heures; un bain tous les trois jours, quatorze heures de travail, deux de promenade » (*Étr.* I, 62) ou encore, vers la mi-novembre : « Je ne dors plus que 5 heures — de minuit à midi, je travaille à mes compositions, et de midi à 4 heures, je corrige mes épreuves » (A Zulma Carraud, *Corr.* Pierrot II, 417).
2. Voir par exemple *Étr.* I, 70 (31 octobre).
3. *Corr.* Pierrot II, 452.
4. Laure Surville, *Balzac*, p. 147. Lettre de Mme Carraud à Balzac, *Corr.* Pierrot II, p. 462 : « Reste Grandet; c'est lui qui n'est pas vrai. D'abord, il est trop riche [...] Vous n'avez pas eu de type réel pour cela », etc. Sainte-Beuve, article *M. de Balzac, La Recherche de l'Absolu,* dans la *Revue des Deux Mondes*, 15 nov. 1834 : « Il s'en faut de bien peu que cette charmante histoire ne soit un chef-d'œuvre [...] Il ne faudrait pour cela que des suppressions en lieu opportun, quelques allégements de description, diminuer un peu vers la fin l'or du père Grandet et les millions qu'il déplace et remue dans la liquidation des affaires de son frère... » Balzac devait tenir compte de ces critiques convergentes (voir Appendice critique, p. 279).
5. *Corr.* Pierrot II, 468 et 475.

ses éloges[1]*; et le libraire se déclara comblé :* « Cela se vend comme du pain[2] ». *Le bilan final de l'opération ne fut peut-être pas tellement brillant, puisque l'édition, tirée à quinze cents exemplaires, mit plus de dix-huit mois à s'écouler*[3]*; mais le ton était donné une fois pour toutes grâce à l'adhésion des premiers lecteurs et Balzac déplora souvent que la légende de cette réussite exceptionnelle vînt porter ombrage à ses publications suivantes, jugées par lui plus représentatives de son génie*[4]. « *Au début de 1835, une adaptation dramatique d'ailleurs très libre de Bayard et Duport,* La Fille de l'Avare, *avec le célèbre Bouffé dans le rôle principal, fut accueillie avec une faveur qui renforça encore la renommée de l'ouvrage*[5] ». *Dans* La Chronique de Paris, *qui n'était pas encore entre les mains du romancier, Philarète Chasles, contraint de s'incliner devant le succès, lança pour*

---

1. « *Eugénie Grandet* est un ouvrage aussi simple dans les événements qu'il est profond dans l'observation des caractères, aussi décent dans la narration qu'il est touchant dans la situation [...] Cette composition remarquable ne brille pas moins par les détails de mœurs, le charme et la pureté du style que par l'intérêt de la situation [...] Je sais tout ce que M. de Balzac a produit, j'imagine tout ce qu'il pourra produire encore, mais *Eugénie Grandet* survivra à tout. » *La Quotidienne,* 2 février 1834, article cité par M. Pierrot dans l'introduction de son édition, pp. 28-29.

2. *Étr.* I, 123.

3. Déclaration de Balzac au peintre Hilaire Belloc, rapportée par Mme Swanton-Belloc dans une lettre du 17 août 1836 à Adélaïde de Montgolfier (voir R. Pierrot, éd. citée, p. 10, note 2).

4. *Étr.* I, 194 : « *L'Absolu,* dix fois grand, selon moi, comme *Eugénie Grandet* »; I, 459 : « *Eugénie Grandet,* avec laquelle on a assassiné tant de choses sous moi ». *Corr.* Pierrot II, 553 : « [*Le Père Goriot*] est une œuvre plus belle encore qu'*Eugénie Grandet,* du moins, j'en suis plus content »; II, 554 : « ... une *fière œuvre,* bien plus émouvante que ne l'est *E. Grandet* et *l'Absolu,* quoique *l'Absolu* soit grandement fait ».

5. Balzac assista à la première représentation (*Corr.* Pierrot II, 616 et note), qui fut une réussite (voir par exemple la *Chronique de Paris* du 11 janvier, supplément, p. 380). Il n'existe aucun rapport, en revanche, entre *Eugénie Grandet* et une pièce d'Ancelot et Alexis Decomberousse, *L'Ami Grandet,* créée au Vaudeville le 23 octobre 1834 (et où figure un personnage nommé la duchesse de Langeais...) : seul le nom de Grandet pouvait entraîner les commentateurs à rapprocher les deux titres.

en contrebattre l'effet une irritante, absurde et vaine accusation de plagiat [1].

De ce succès incontesté, Félix Davin, porte-parole de l'auteur, tira la leçon en proclamant orgueilleusement dans la préface des Études de mœurs au XIXe siècle :

« *Eugénie Grandet* a imprimé le cachet à la révolution que M. de Balzac a portée dans le roman. Là s'est accomplie la conquête de la vérité absolue dans l'art; là est le drame appliqué aux choses les plus simples de la vie privée. C'est une succession de petites causes qui produit des effets puissants, c'est la fusion terrible du trivial et du sublime, du pathétique et du grotesque; enfin c'est la vie telle qu'elle est, et le roman tel qu'il doit être [2]. »

---

1. 8 février 1835, supplément, p. 23, chronique littéraire signée Al. de C. : « ... soit que la trame du roman en trois volumes ait circulé de Londres à Paris, dans la conversation, dans les revues, dans les journaux, dans les lettres; soit que l'auteur français ait eu entre ses mains une traduction de l'*Usurer's daughter,* l'idée et la fable d'*Eugénie Grandet* ne sont autres que celles de ce dernier ouvrage. Imaginez que les deux ou trois cents journalistes parisiens, y compris ceux qui prétendent s'occuper des littératures étrangères, n'ont pas pu découvrir cet emprunt ».

The Usurer's daughter, de William Pitt Scargill, parut à Londres en 1832; on y voit en effet un usurier dont l'âpreté au gain entraîne le malheur de sa fille; mais c'est un récit très faible, prolixe, compliqué et naïf, qui se déroule en partie à Londres, en partie à Naples, qui fait une large place aux enlèvements, aux déguisements, aux coïncidences romanesques : à supposer que Balzac ait eu ces trois volumes entre les mains, on voit mal qu'il ait pu y trouver le moindre intérêt; d'ailleurs il savait très peu d'anglais. Nous remercions le professeur Arthur Hackett, de Southampton, et le Dr Alan Raitt, d'Oxford, pour leurs diligentes recherches à propos de ce roman.

L'attribution de l'article malveillant à Philarète Chasles est formellement garantie par M. Claude Pichois, qui en a retrouvé mention et copie dans les papiers de ce critique. « Voir Claude Pichois, *Philarète Chasles et la vie littéraire au temps du romantisme,* 2 vol., José Corti, 1965, t. I, p. 422 à 425. »

2. Texte placé en tête du premier volume des *Études de mœurs au XIXe siècle* et daté du 27 avril 1835 (*Pl.* XI, 244).

II

Cette vérité d'un roman qui se déroule à Saumur et qui, de toute évidence, s'inspire d'une observation directe de la vie, on a naturellement cherché à l'éclairer, de longue date, par des origines locales. Mais la recherche historique était autrefois moins exigeante qu'aujourd'hui; on a affirmé, ou suggéré, plus qu'on n'a prouvé. Ainsi Marcel Barrière, en 1890, rapporte « sous toutes réserves » *que, selon un vieil éditeur de la rue Saint-Jean,* « une des femmes les plus remarquables de l'aristocratie angevine s'est effectivement appelée Eugénie Grandet [1] ».

*En fait, les traditions saumuroises autour du roman ne se sont fixées qu'au début de ce siècle, cinquante ans après la mort de Balzac. Le principal vulgarisateur en fut André Hallays [2], qui faisait état d'un témoignage oral et indirect; si on l'en croit, le romancier, ayant entendu parler, à Saché, d'un avare de Saumur nommé Jean Nivelleau, se serait rendu dans cette ville et en aurait rapporté, quelques jours plus tard, la description placée en tête d'*Eugénie Grandet; *puis il y serait retourné, plusieurs fois, sans en rien dire, voulant donner le change sur les données qu'il réunissait et laisser croire de sa part à une intuition divinatrice. Toute une légende s'édifia sur les prétendus rapports de Balzac avec Nivelleau, qu'il aurait rencontré à Saumur, ou bien encore à La Mimerolle, près de Saint-Florent, et même, selon quelques-uns, avec sa fille Marie, dont il aurait brigué la main.*

Cette légende, prudemment accueillie par le vicomte

---

1. *L'Œuvre de Balzac*, pp. 104-105.

2. *A travers la France, Touraine, Anjou et Maine*, 1912, pp. 213-214, chapitre *Le Père Grandet*, daté de 1901.

Spoelberch de Lovenjoul[1], *a été battue en brèche par Maurice Serval qui, récusant les déclarations fragiles et contradictoires d'informateurs nonagénaires, rassembla et produisit d'irrécusables documents d'archives, bien propres à tout remettre en question*[2]. *Jean Nivelleau, encore vivant lorsque Balzac écrivit* Eugénie Grandet, *était un ancien agent de change*[3], *dont la fortune, substantielle, mais non colossale, paraît remonter à l'époque du Directoire. Il n'a pas acheté de biens nationaux ; ses domaines furent Velors, en Indre-et-Loire, La Tour de Ménive, à Saint-Florent et le château fortifié de Montreuil-Bellay, qui domine la route de Saumur à Thouars. Sa maison, rue du Petit-Maure, près de l'église Saint-Pierre, ne correspondait ni par l'emplacement, ni par la configuration, ni par le mobilier à celle de Grandet. Son avarice était notoire, mais aucun des traits qu'on en releva ne se retrouve dans le roman. Il n'exerça aucune charge municipale à Saumur. Il avait un fils aîné, Adrien. Sa fille, élevée en demoiselle à Paris, n'avait pas vingt ans quand elle épousa, en 1829, M. Millin de Grandmaison.*

Maurice Serval n'a pas tiré de son enquête toutes les conclusions qu'elle comporte. Il a tenté de sauver, au moins en partie, la tradition qu'il sapait : il incline à identifier Montreuil-Bellay au domaine de Froidfond, qui n'y ressemble guère; il assimile imprudemment à l'abbaye de Noyers, achetée par Grandet sous la Révolution, l'abbaye de Saint-Florent, qui n'a d'ailleurs jamais appartenu à Nivelleau;

---

1. « Personne à Saumur, parmi les vieillards contemporains de Mme de Grandmaison, n'a jamais entendu dire que Balzac eût demandé en mariage Mlle Nivelleau. Il n'y avait aucun rapport entre Balzac et la famille Nivelleau et cette supposition de demande en mariage ne repose sur aucun fondement. Cela ne peut être qu'une invention faite depuis, pour expliquer la raison pour laquelle le célèbre romancier aurait mis en jeu la famille Nivelleau dans son roman d'*Eugénie Grandet.* » (*Lov.* A 364¹, f° 253.)

2. *Autour d'Eugénie Grandet*. Librairie Champion, 1924.

3. Selon la terminologie de l'époque, « négociant commissionnaire, faisant les opérations de banque » *(Manuel des Négociants).*

il admet le prétendu séjour de Balzac à La Mimerolle, qu'aucun témoignage contemporain ne confirme. Mais les balzaciens attachés à la leçon des faits peuvent aujourd'hui rejeter, grâce à lui, bien des conjectures qui ont longtemps égaré la critique.

M. Roger Pierrot est allé plus loin, en discutant, à la lumière d'une chronologie stricte, le récit d'André Hallays, incompatible, comme on a pu le constater, avec les données acquises par l'érudition contemporaine sur la genèse du roman :

« Balzac a écrit *Eugénie Grandet* d'août à novembre 1833, période de sa vie très bien connue et où ne se place aucun séjour à Saché [...] L'année précédente, Balzac avait quitté Paris pour Saché le 6 juin, et il y était resté jusqu'au 16 juillet. De nombreuses lettres nous font bien connaître ces quelques semaines; il n'y figure aucune allusion aux anecdotes saumuroises ou à un voyage dans cette ville. Placée avant 1832, l'anecdote devient invraisemblable dans ses détails [1]. »

Rien d'assuré ne subsiste ainsi de cette tradition, atteinte à la racine. Balzac a pu entendre parler, à Saché, de Nivelleau; nous ne savons ni à quelle date, ni dans quels termes; nous ne voyons pas qu'il ait jugé bon d'aller l'observer sur le vif dans le cadre de sa ville; nous ne voyons pas non plus qu'il ait tiré grand parti d'un modèle éventuel assez différent, au total, du héros de son livre.

A Grandet ressemblerait davantage un autre Saumurois, dont Mérimée se plaint dans une lettre à Vitet, « un M. Dupuis Charlemagne, possesseur de trois ou quatre millions, très célèbre par son avarice à Saumur [2] ». *Cet ancien tonnelier* « porte des sabots fendus, une redingote âgée de plus de vingt ans et un chapeau contemporain ». *A l'abbaye de Cunault, il utilise le*

1. Édition citée, p. 17.
2. Mérimée, *Correspondance générale*, première série, tome II, p. 362.

chœur de la chapelle, qui lui appartient, pour ranger ses barriques. De telles analogies entre le roman et la réalité sont curieuses. Rien ne prouve pourtant que Balzac ait connu Dupuis Charlemagne. La filiation demeure à établir et nous croyons peu probable qu'on y parvienne.

Un autre rapprochement, d'une nature différente, est à exclure de façon formelle, et avec d'autant plus de vigueur qu'une tradition plus longue l'a implanté. On montre encore, à Saumur, 7, rue du Fort, « la maison Grandet ». *Nous ne concevons pas que des balzaciens avertis aient pu l'élire encore comme lieu de pèlerinage, après les observations très fermes de Maurice Serval*[1]. *Un simple regard sur cette demeure d'artisan, étroite d'accès, exiguë, sans jardin, sans horizon, d'ailleurs fortement caractérisée avec sa tourelle à poivrière et son échauguette carrée, permet de mesurer toute la différence qui la sépare du vieil hôtel décrit dans le roman : délabré, mais de fière allure encore avec son portail surmonté d'un long bas-relief, sa voûte et son jardin surélevé à trois allées.*

Le 7, rue du Fort est d'ailleurs visible de la place Saint-Pierre, alors qu'il faut suivre bien des détours avant de parvenir à la maison Grandet, « située en haut de la ville, et abritée par les ruines des remparts[2] ». *En outre, cette rue, autrefois nommée Montée du Château, n'est bien qu'une* « montée », *en effet, sauf dans les cinquante premiers mètres; les demeures y sont rares, le commerce ne dut jamais y être actif.*

Or la rue où habite Grandet est peuplée de commerçants, et Balzac la désigne comme « l'ancienne Grand'Rue » *de la ville*[3]. *Nous pouvons la parcourir encore; elle a conservé ce nom. Elle fut bien, autrefois, selon un archéologue*

1. *Op. cit.*, pp. 29-30.
2. *Eugénie Grandet*, p. 25.
3. *Ibid.*, p. 8.

local, « la rue la plus belle de Saumur, habitée par le haut commerce et l'aristocratie saumuroise [1] ». *On y voit encore des auvents, des échoppes, des remises, des* « ouvrouères », *et aussi des maisons de belle apparence, revêtues de motifs ornementaux en pierre, avec des terrasses adossées au rempart. Aucune de ces maisons, par l'aspect extérieur au moins, ne rappelle la maison Grandet; mais c'est dans ces parages que le romancier nous invite à l'imaginer.*

Un fait nous paraît certain, parmi tant de légendes : Balzac est allé à Saumur. Sa visite, dont on n'a gardé aucune trace, fut sans doute brève, car il ne décrit guère que la Grand-Rue et ne nomme aucun lieu, aucun monument, pas même l'église Saint-Pierre, qu'il appelle l'église paroissiale ou la paroisse [2]. *Nous pensons qu'elle put se dérouler en 1830, pendant le voyage sur la Loire avec Mme de Berny : du port, il dut gagner la place et monter jusqu'à la citadelle; comme pour Alençon dans* La Vieille Fille, *comme pour Guérande dans* Béatrix [3], *il aurait fait revivre ainsi un souvenir de plusieurs années. Mais les circonstances, douteuses, importent peu. L'essentiel est de pouvoir constater qu'à Saumur il a emprunté les éléments d'un décor authentique.*

Un décor, rien de plus. A la différence d'un écrivain régionaliste, qui peint la vie d'une province, *il peint la vie* de province, *avec les usages constants qu'on y découvre d'une région à une autre. Il a besoin, pour donner du relief à sa peinture, d'une observation concrète et particulière; mais il ne se sent pas tenu d'en puiser les éléments sur les lieux que sa fantaisie a choisis pour y situer l'action du roman. En l'espèce, il ne semble pas avoir pris pour point de départ une chronique de Saumur. Notre opinion à ce propos est celle de M. Pierrot, de M. de Cesare, de*

1. Commandant Rolle, *Le Vieux Saumur*, 1914, p. 36.
2. *Eugénie Grandet*, p. 34, 76, 174, 224, 226, 243.
3. Voir *Béatrix*, édition Maurice Regard (Garnier) : M. Regard détruit la légende d'un séjour de Balzac à Guérande en 1838 et prouve que les souvenirs du romancier remontent à l'année 1830.

Mme Bérard, de M. Bardèche[1]*. Cependant, M. Bardèche ajoute :* « Nous ne savons rien de la genèse d'*Eugénie Grandet* ». *Nous pensons arriver, par d'autres voies, à une conclusion moins négative.*

1. *Eugénie Grandet*, éd. Pierrot, p. 19 : « Rien ne prouve que le centre de la création ait été Nivelleau ». *Balzac ed « Eugénie Grandet »*, par R. de Cesare, p. 38 et n. 103, où l'auteur se rallie à l'avis de Daniel Mornet : « il ne faut pas chercher à Saumur l'original de l'histoire Grandet ». *Eugénie Grandet*, éd. Suzanne Bérard, réimpr. 1959, p. 31 : « Il n'est donc pas certain que Balzac ait connu Nivelleau, et il est en revanche bien possible que toute une part de la tradition concernant Nivelleau ait été refaite consciemment ou inconsciemment après 1834 par un public désireux de posséder à Saumur l'original de Grandet ». *Œuvres complètes* de Balzac, éd. Club de l'Honnête Homme, tome V, p. 251 : « La vérification de M. Maurice Serval détruit à peu près tout de la légende saumuroise. Les traditions locales ont souvent ce sort... Ceux qui cherchent en Nivelleau l'original de Grandet [...] ne *sentent* pas le personnage de Balzac ».

III

Dans le livre qu'elle a consacré à son frère, Laure Surville cite cet extrait d'une lettre qui n'a pas été retrouvée : « Ah ! il y a trop de millions dans *Eugénie Grandet !* Mais, bête, puisque l'histoire est vraie, veux-tu que je fasse mieux que la vérité [1] ? » *Une telle indication donnerait à croire que, pour Laure comme pour Honoré, la* « vérité » *originelle de* « l'histoire » *racontée ne faisait pas question. La sœur de Balzac insiste d'autre part, dans le même volume, sur l'importance considérable des informations qu'il réunit, jadis, lors de son séjour à Tours, après l'internat à Vendôme, et que purent compléter ses voyages ultérieurs :*

« Le classement des idées se fit peu à peu dans sa vaste mémoire, où il enregistrait déjà les événements et les êtres qui s'agitaient autour de lui; ces souvenirs serviront plus tard à ses merveilleuses peintures de la vie de province. Mû par une vocation qu'il ne comprenait pas encore, elle le portait instinctivement vers des lectures et des observations qui préparaient ses travaux et qui devaient les rendre si féconds; il amassait des matériaux sans savoir encore à quel édifice ils serviraient. Quelques types de *La Comédie humaine* datent certainement de ce temps [2]. »

Des souvenirs de cette sorte n'ont-ils pu passer dans Eugénie Grandet? *De la Touraine à l'Anjou, les usages ne varient guère. Balzac pouvait, sans créer aucune invraisemblance, puiser dans son expérience de Tourangeau des éléments pour son roman saumurois. A plusieurs reprises, il associe explicitement les deux provinces, comme pour se justifier à ses propres yeux de transposer à Saumur une*

---

1. Laure Surville, *Balzac*, 1858, p. 147.
2. *Ibid.*, pp. 22-23.

réalité observée à Tours[1]. *Ailleurs, s'il écrit :* « En Anjou, la frippe, mot du lexique populaire, exprime l'accompagnement du pain[2] », *un commentaire manifestement personnel, ajouté à la référence géographique, donne à penser qu'il se souvient de ses jeunes années vécues dans sa ville natale :* « Tous ceux qui, dans leur enfance, ont léché la frippe et laissé le pain, comprendront la portée de cette locution » ; *aujourd'hui encore, aucun terme n'est demeuré plus vivant en pays tourangeau.*

*Plus significatif encore est un lapsus, révélé par le manuscrit d'*Eugénie Grandet. *L'héroïne contemple son jardin et Balzac songe, en décrivant son état d'âme, à la splendeur du paysage ligérien qu'il a déjà évoqué dans* Sténie, *dans* Wann-Chlore, *dans* La Femme de trente ans, *dans* La Grenadière. *Étourdiment, il fait admirer à la jeune fille* « le beau soleil des automnes de Touraine ». *L'erreur est bénigne; mais un habitant de Tours doit distinguer de sa chère province la province voisine d'Anjou. Sur épreuves, le romancier corrige : Eugénie verra désormais* « le beau soleil des automnes naturels aux rives de la Loire[3] ». *Ce repentir prouve qu'il s'est senti coupable de distraction : l'horizon de l'Angevine ne peut être exactement celui qu'a pu se remémorer, dans l'élan de la rédaction, le familier des coteaux de Saint-Cyr ou de Vouvray.*

*
* *

Parmi les œuvres directement inspirées à Balzac par sa province natale, on distingue, avant Le Lys dans la vallée,

---

1. *Eugénie Grandet*, p. 8 : « Dans ce pays, comme en Touraine »; p. 27 : « Peu de personnes connaissent l'importance d'une salle dans les petites villes de l'Anjou, de la Touraine et du Berry » (première rédaction : « de la Touraine, de l'Anjou »); p. 209 : « un *sedum* très abondant dans les vignes à Saumur et à Tours ».
2. *Ibid.*, p. 86.
3. *Ibid.*, p. 80.

toute une suite de récits composés entre 1830 et 1833. Dans ces années-là, l'écrivain, qui fit plusieurs séjours à Saché, et qui, depuis l'été passé à La Grenadière, rêvait de se fixer au bord de la Loire, fut hanté de façon presque continue par la Touraine.

Ce premier « cycle tourangeau [1] » *de* La Comédie humaine *s'achève, en novembre 1833, par* L'Illustre Gaudissart, *rédigé dans un élan de joyeuse humeur tandis que demeuraient en suspens les scènes les plus dramatiques d'*Eugénie Grandet. *Peut-on imaginer deux œuvres plus profondément différentes de ton ? Nous y saisissons pourtant des correspondances instructives, qui vont nous conduire à la découverte d'une importante source réelle de notre roman.*

Le « bonhomme Margaritis » *se donne à Gaudissart pour un grand viticulteur :* « Nous sommes *la tête* de Vouvray », *proclame-t-il; le* « bonhomme Grandet » *n'est pas si vain en paroles, mais nous savons que* « ses vignes, grâce à des soins constants, étaient devenues la tête du pays [2] ». *Grandet et Margaritis, en outre, sont l'un et l'autre en affaires avec les négociants de Hollande et de Belgique [3]. Ces indications communes aux deux récits appartiennent à un même fonds de souvenirs.*

Or le romancier ne cite aucun lieu-dit, aucun terroir du vignoble saumurois, qu'il n'a peut-être jamais visité; au

---

1. Cette expression a été employée par M. Maurice Bardèche dans sa thèse *Balzac romancier* (Plon, 1940, p. 458) et reprise par M. Philippe Bertault (« Le cycle tourangeau de *La Comédie humaine* », dans *Au Jardin de la France*, revue trimestrielle, printemps 1949, p. 7). Voir aussi l'étude de M. Jean Chaillet *Le Cycle de la Touraine* en tête du tome VI de *L'Œuvre de Balzac*, éd. Béguin-Ducourneau (Club Français du Livre).

2. *L'Illustre Gaudissart*, *Pl.* IV, 35 et 41 ; *Eugénie Grandet*, p. 12.

3. *L'Illustre Gaudissart*, *Pl.* IV, 36 : « Beaucoup de marchands de Paris, quand notre récolte n'est pas assez bonne pour la Hollande et la Belgique, nous achètent nos vins ». *Eugénie Grandet*, p. 42 : « cette année les Belges ne l'emporteront pas sur nous »; p. 115 : « Notre vin est vendu ! Les Hollandais et les Belges partaient ce matin [...] Notre Belge [...] prend notre récolte à deux cents francs la pièce ».

contraire, il décrit complaisamment, dans L'Illustre Gaudissart, *les sinuosités de la Vallée Coquette et nomme le logis de La Fuye. Une propriété appelée La Fuye figure, en effet, au cadastre de Vouvray, tout près de la Vallée Coquette : on y accède, à partir de la Croix Mariotte, en suivant un chemin qui oblique vers l'est; mais en continuant vers le nord on arrive à La Caillerie, ancien domaine de M. de Savary, dont la fille Anne avait épousé Jean Margonne* [1], *son cousin germain, et s'était installée avec lui à Saché. Balzac connaît bien La Caillerie, où il séjourna pendant l'été de 1823* [2]*; il eut le loisir d'y acquérir, en matière de viticulture, les connaissances précises dont il témoigne dans* Eugénie Grandet.

Une étude historique sur Les Vins de Touraine, *publiée par Charles Vavasseur, ancien maire de Vouvray* [3], *et complétée par des renseignements de M. J. Maurice, nous incite à placer sous l'éclairage de la Touraine certains détails du roman saumurois. Au temps de Balzac, plus strictement qu'aujourd'hui, on tenait compte, à l'achat, du terroir d'origine; seuls les grands crus classés et les vins dits de tête avaient droit pour l'exportation à la « marque à feu » qui les distinguait des crus bourgeois et des vins courants : Henry-Joseph de Savary jouissait, comme Grandet, de ce privilège, grâce à son clos du « Petit-Mont ». D'autre part, depuis le XV*e *siècle au moins, les produits sélectionnés du vignoble ligérien étaient achetés par des négociants flamands, représentés par des courtiers dans les centres viticoles et notamment à Vouvray; lorsqu'une taxation importune, en l'an XIII, éloigna momentanément cette*

1. De Savary ou Savary; Margonne ou de Margonne. Mais la particule est le plus souvent accolée au nom de Savary, alors que Jean Margonne en écartait l'usage.
2. Trois lettres adressées à Vouvray par des correspondants de Balzac apportent la preuve matérielle de ce séjour; l'une des adresses précise « chez Mr de Savary » (*Corr.* Pierrot I, 221, 223, 224).
3. Poitiers, 1933, 92 pp., grand in-8°.

clientèle, le conseil municipal de la commune lança un cri d'alarme au préfet Pommereul : « Les vins non vendus sont à si vil prix dans le département qu'une futaille vaut deux, trois et quatre fois plus que ce qu'elle contient [1] ». *C'est dans de telles années de crise qu'un Grandet, à la fois tonnelier et vigneron, donne la mesure de son génie spéculatif en ayant* « toujours des tonneaux à vendre alors que le tonneau valait plus cher que la denrée à recueillir [2] ».

Balzac a déjà évoqué le site de Vouvray dans Sténie *et dans* Wann-Chlore, [3]*; puis, de façon plus détaillée, dans le premier des récits qui devaient composer* La Femme de Trente Ans, *notant au passage le bruit du* « marteau des tonneliers » *sous les voûtes des caves aériennes* [4]*;* L'Illustre Gaudissart, *enfin, apporte l'hommage le plus éclatant. Mais des transferts de souvenirs ont été opérés dans d'autres récits qui ne se déroulent pas dans le même décor, et en particulier dans* Eugénie Grandet ; *le propriétaire de La Caillerie a même fourni certains traits au personnage du châtelain de Froidfond.*

Quand M. de Savary n'était pas dans ses terres, il habitait un vieil hôtel rue de la Scellerie, à Tours. Il entretenait avec la famille Balzac des relations étroites et fut le parrain d'Henry de Balzac, dont le père présumé était Jean Margonne, son gendre. En mainte occasion, il manifesta

---

1. Vavasseur, *op. cit.*, p. 33. On lit encore p. 37 : « En 1829, dans un de ses rapports, le préfet de Maine-et-Loire constate que la Belgique n'avait fait aucun achat cette année-là et que les vins étaient tombés à vingt francs la barrique ». Cette clientèle est donc commune à la Touraine et à l'Anjou : Balzac est fondé à en faire état pour Saumur comme pour Vouvray.

2. *Eugénie Grandet*, p. 14.

3. *Sténie*, éd. Prioult, p. 14. *Wann-Chlore*, chapitre XV. Dans son article *Les Adieux du bachelier Horace de Saint-Aubin* (dans *L'Année balzacienne 1963*, voir p. 12), M. Barbéris a montré que ce roman, publié en 1825, était achevé dès le mois de mai 1823.

4. *Pl.* II, 687.

de la sollicitude à l'égard de son filleul [1], *et aussi à l'égard d'Honoré, qu'il invita plusieurs fois* [2]. *Lui-même se rendit à Villeparisis, au début de 1822, accompagné de sa servante, mademoiselle Hado (ressemblait-elle à Nanon?) et Honoré rappelle à Laure comme un détail familier* « sa petite perruque de chiendent [3] ». *Lors du séjour du jeune écrivain à Vouvray en 1823, il était dans sa soixante-dixième année : c'est l'âge de Grandet au début du roman, l'âge qu'a choisi Balzac pour faire son portrait.*

M. de Savary fut, sous l'Ancien Régime, officier de cavalerie au Régiment Colonel Général; mais il avait de fortes attaches terriennes. Il descendait des Savary qui possédèrent Saché aux XVe et XVIe siècles [4]; *il épousa une fille de Jean Butet, nouvel acquéreur du domaine à la date de 1779. La Révolution venue, il quitta l'armée; mais il semble s'être accommodé du régime nouveau, puisqu'il se fit nommer colonel de la Garde Nationale et même, du 17 au 30 novembre 1791, maire de Tours* [5].

Il avait acheté, six mois plus tôt, La Caillerie [6]. *Il y joignit une partie des biens de la cure de Vouvray, qui venaient d'être adjugés comme bien national à un habitant du bourg. Il se préoccupa, dans les années suivantes, d'accroître méthodique-*

1. Voir l'article de Madeleine Fargeaud et Roger Pierrot *Henry le trop aimé*, dans *L'Année balzacienne 1961*, p. 33.
2. *Corr.* Pierrot, I, 95 et 159.
3. *Ibid.*, p. 135.
4. *Balzac à Saché*, n° 1, « Les Seigneurs de Saché », par G. Collon.
5. Renseignement communiqué par Mlle Célestin et confirmé par M. Maurice. Voir Faye, *La Révolution au jour le jour en Touraine*, p. 87. Selon les registres municipaux, Savary renonça à la mairie pour raison de santé. Mais il se mêla de nouveau à la vie publique sous le Consulat, comme Grandet, et fut élu plusieurs années de suite parmi les soixante « notables nationaux » du département. (Archives départementales d'Indre-et-Loire, dossier 3 M.)
6. Tous les détails qui suivent, concernant La Caillerie, nous viennent de Mlle Fargeaud, qui a retrouvé l'acte de vente de la propriété passé le 31 janvier 1824 par-devant Me Aumont, notaire à Paris.

ment son domaine. Il acquit, notamment, des prairies à peupliers « joignant du midi à la rivière de la Cisse ».

Quand sa fille unique s'était mariée, en 1803, il lui avait rendu un compte de tutelle qui se réduisait, de son propre aveu, à « peu de chose ». *Il continua de gérer son domaine avec vigilance, en pratiquant, notamment, des échanges destinés à réunir ses diverses terres. Vers 1820, pourtant, ce goût pour la propriété foncière lui passa et il s'attacha à placer sa fortune en rentes viagères. Il négocia même, dès le 15 mai 1823 (avant le séjour de Balzac), la vente de La Caillerie, dont un notaire parisien, Me Clairet, devint propriétaire le 31 janvier 1824. Lui-même se retira à Paris, où il mourut le 30 septembre 1832* « à l'âge de soixante-dix-neuf ans [1] » : *c'est l'âge indiqué pour le décès de Grandet dans les premières éditions du roman* [2].

Un projet inédit, conservé à la collection Lovenjoul, révèle que Balzac voulait donner à l'un de ses personnages le nom transparent de Finot de La Caillerie [3]. *Ce projet n'aboutit pas. En février 1832, cependant, apparaissait dans* Madame Firmiani *un M. de Valesnes (du nom de la seigneurie associée à celle de Saché) qui, dans les éditions ultérieures de ce récit, deviendra M. de Bourbonne. Ce M. de Valesnes, oncle du jeune Octave de Camps, se fait présenter à Paris* « sous le nom de M. de Rouxellay, nom de sa terre [4] » : *autre emprunt à l'histoire du domaine de Saché, qui, en 1575, devint pour plus de cent cinquante ans la propriété des Rouxelley* [5], *par le mariage de Renée Savary*

---

1. Acte de décès de Henry-Joseph de Savary, mort en son domicile, 38 rue Taitbout, rue plusieurs fois nommée dans les récits parisiens de Balzac des années 1830-1834. (Archives de la Seine, deuxième Mairie, document communiqué par Mlle Fargeaud.)

2. Voir Appendice critique, p. 277. Dans l'édition Furne, Balzac a corrigé « soixante-dix-neuf » en « quatre-vingt-deux ».

3. *Lov.* A 202, f° 7, verso, texte signalé par Mlle Fargeaud.

4. *Pl.* I, 1034. Le nom d'un « comte Octave » voisine justement avec celui de Finot de la Caillerie dans la liste de personnages relevée en A 202.

5. Telle est la graphie la plus courante pour ce nom.

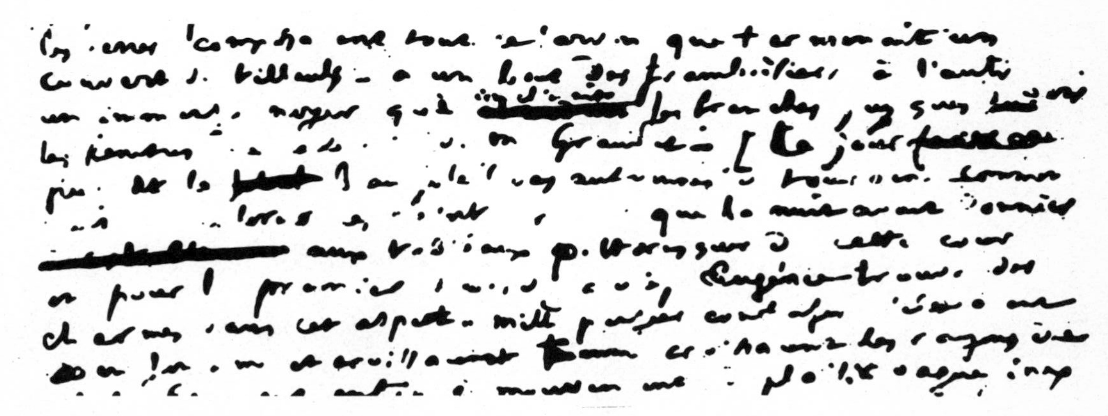

The Pierpont Morgan Library — *Photo J.-A. Brice*

UNE PAGE DU MANUSCRIT

On lit à la ligne 5 : «... *le beau soleil des automnes de Touraine* ».

avec l'Angevin François de Rouxelley [1]. *C'est un* « ancien mousquetaire [2] », *comme M. de Savary, qui s'est retiré dans ses propriétés tourangelles et qui a acquis au contact des réalités paysannes une étonnante perspicacité.*

Nous le retrouvons deux mois plus tard dans Les Célibataires, *et déjà sous son nom définitif de Bourbonne, qui retentit comme Margonne... Il n'est plus question, dans ce nouveau récit, de son passé militaire, mais de ses activités viticoles, qui lui ont valu parmi les Tourangeaux la réputation d'un* « vieux malin [3] ». *Or, comme l'a établi M. Maurice* [4], *tous les détails de ce portrait seront repris, de façon presque textuelle, dans le portrait du père Grandet.*

Bourbonne

Ce vieillard sec et maigre *professait en matière d'habillement toute l'indifférence d'un propriétaire dont la valeur territoriale est cotée dans le département. Sa physionomie, tannée* par le soleil de la Touraine, était moins spirituelle que *fine. Habitué à peser ses paroles, à combiner ses actions,* il cachait sa profonde circonspection sous une *simplicité* trompeuse. Aussi l'observation la plus légère suffisait-elle pour s'apercevoir que, *semblable à un*

Grandet

... Toujours vêtu de la même manière (p. 20).

... il devint le plus imposé de l'arrondissement (p. 13).

... Son visage était rond, tanné... Cette figure annonçait une finesse dangereuse (pp. 19-20).

... Il parlait peu... Il méditait longuement les moindres marchés... Les manières de cet homme étaient fort simples (p. 18).

... Il ne disait jamais ni oui, ni non... l'habitude d'avoir

1. *Balzac à Saché*, n° 1, article de M. Collon déjà cité p. xxxiii, note 4. Un projet de roman ou de pièce de théâtre conservé à la collection Lovenjoul (A 158, f° 44) et signalé par Mlle Fargeaud mentionne Jean de Savary, seigneur de Saché, et sa fille Jeanne. Le nom de Savary a été rayé et remplacé par celui de Mauléon; Azay a été substitué à Saché. L'intrigue devait se dérouler en 1572, qui est la date de la Saint-Barthélemy et se serait rattachée sans doute au cycle de Catherine de Médicis.

2. *Pl.* I, 1035.

3. *Le Curé de Tours*, p. 50.

4. *Balzac à Saché*, n° 9, « M. de Savary, hôte de Balzac ».

paysan de Normandie, il avait toujours l'avantage dans toutes les affaires. Il était très supérieur en œnologie, la science favorite des Tourangeaux. *Il avait su arrondir les prairies d'un de ses domaines aux dépens des lais de la Loire en évitant tout procès avec l'État.*	toujours réussi dans toutes ses entreprises... « Le père Grandet prend beaucoup de merrain, il y aura du vin cette année » (pp. 18-20). ... « du côté de la Loire, où tu planteras les peupliers... ils se nourriront aux frais du gouvernement » (p. 91).

Du « vieux gentilhomme » *Bourbonne, ancien cavalier,* « sec et maigre », *à l'ancien artisan Grandet,* « trapu, carré », *qui laisse percer dans ses manières* « le langage et les habitudes du tonnelier [1] », *le portrait s'est, en quelque sorte, démocratisé; mais le second personnage, comme le premier, ressemble à Henry-Joseph de Savary, viticulteur à Vouvray.*

***

Le cycle des récits tourangeaux s'était ouvert, dans les derniers mois de 1830, par l'histoire des Deux Amis [2]. *Balzac la mit en chantier à son retour de La Grenadière et y fit passer des souvenirs encore frais du séjour qu'il venait d'accomplir dans sa province retrouvée. Mais il l'abandonna délibérément sans l'avoir achevée et disposa pour d'autres œuvres des éléments que lui fournissaient les parties rédigées. Quelques-uns de ces éléments furent incorporés à* La Femme de trente ans, *à* L'Illustre Gaudissart [3]; *d'autres, en beaucoup plus grand nombre, à* Eugénie Grandet, *dont* Les Deux Amis *doivent être*

1. *Eugénie Grandet*, p. 19.
2. *O.D.* II, pp. 226-250.
3. *Ibid.*, p. 229 : « un de ces petits châteaux de Touraine, blancs, jolis, à tourelles, sculptés comme une *malines* » et *La Femme de trente ans*, p. 58, où le prototype réel, Moncontour, est nommé « un de ces petits châteaux de Touraine, blancs, jolis, à tourelles sculptées, brodés comme une dentelle de Malines ». *O. D.* II, 231 : « c'est un Turc sur son divan, un Indien sur sa natte » et *L'Illustre Gaudissart*,

considérés, à divers titres, comme une véritable préfiguration tourangelle [1].

Les emprunts systématiques aux Deux Amis *se manifestent dès les premières pages du roman, dans l'évocation cursive de la ville et de ses commerçants, perpétuellement soucieux des conditions atmosphériques, toujours fidèles à l'usage de se rendre, en fin de semaine, dans leurs terres de l'arrière-pays. De telles observations, assez banales, ont bien pu être transposées sans imprudence de Touraine en Anjou :*

Les Deux Amis	*Eugénie Grandet*
Si vous le rencontriez, mouillé jusqu'aux os, par les chemins : — Voilà un bon temps, un temps d'or!... La terre avait soif, vous disait-il. Si la chaleur faisait rentrer même les grillons et les cigales, il était riant, frais, et s'écriait : — Ah! ah! le raisin grossit! C'est un plaisir, voisin, que de voir des écus pendus aux vignes! (*Œuvres diverses,* II, p. 233). A Tours, un marchand [...] ferme son magasin le samedi, et va en campagne jusqu'au lundi. (*Ibid.*, p. 231.)	D'un bout à l'autre de cette rue, l'ancienne Grand'Rue de Saumur, ces mots : Voilà un temps d'or! se chiffrent de porte en porte. Aussi chacun répond-il au voisin : Il pleut des louis, en sachant ce qu'un rayon de soleil, ce qu'une pluie opportune lui en apporte.... Le samedi, vers midi, dans la belle saison, vous n'obtiendriez pas pour un sou de marchandise chez ces braves industriels. Chacun a sa vigne, sa closerie, et va passer deux jours à la campagne (p. 8).

A ces détails d'atmosphère communs s'ajoutent des analogies beaucoup plus importantes dans les intrigues des deux histoires, comme dans la description des mœurs et des

Pl. IV, 25 : « le Tourangeau, si remarquable au dehors, chez lui demeure comme l'Indien sur sa natte, comme le Turc sur son divan ».

1. Les analogies entre *Les Deux Amis* et *Eugénie Grandet* ont été fort bien mises en lumière par M. de Cesare dans son étude déjà citée, pp. 27 à 35.

Archives départementales d'Indre-et-Loire

ÉTAT-CI

En 1804, Henry-Joseph de Savary fut dési
au Conseil municipal de Tours. Il dut répond

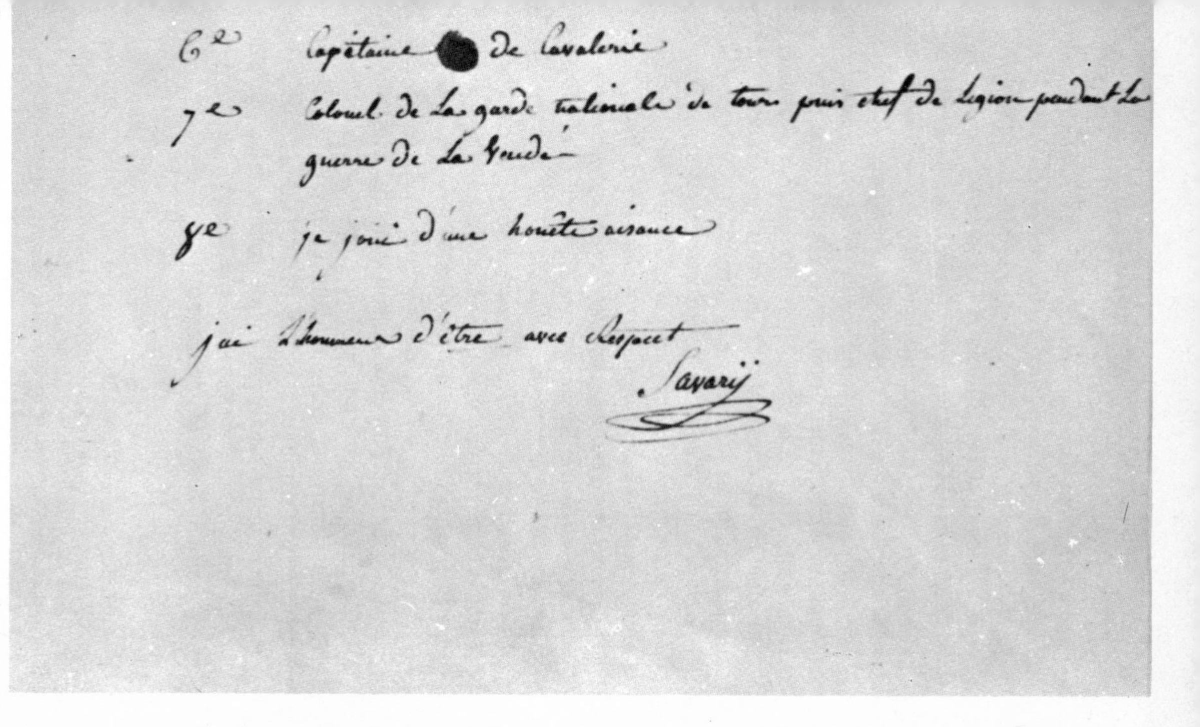
6e Capitaine de Cavalerie
7e Colonel de La garde nationale de tours puis chef de légion pendant La guerre de La Vendée
8e je jouis d'une honnête aisance
j'ai l'honneur d'être avec respect
Savary

SAVARY
une assemblée cantonale comme candidat
main au questionnaire du préfet Pommereul.

Photo A. D.

caractères. Le principal personnage des Deux Amis, *Jean-Joseph Coudreux, ancien marchand de soieries, ancien prud'homme de Tours, s'est retiré au château de l'Allouette* [1], *situé* « entre le Cher, l'Indre et la Loire » ; *son domaine, dont dépendent de nombreuses métairies, des closeries, des étangs, des bois, un petit moulin et un parc délicieux, ressemble au domaine de Grandet à Froidfond. Coudreux est d'un commerce plus agréable que Grandet, mais il vit comme lui* « exactement pour vivre », *avec* « une patriarcale simplicité », *dominé* « par un instinct d'avarice, par une envie constante de produire et d'accumuler de l'argent pour acheter de la terre [2] ».

Jean-Joseph Coudreux a investi autrefois son patrimoine dans l'acquisition de biens nationaux. Depuis lors, il guette sans cesse la moindre parcelle disponible. Il est devenu ainsi un propriétaire puissant, dont les impôts se montent à la somme considérable de douze mille francs. Sa réussite, pourtant, ne l'a pas rendu inhumain. Seul avec sa fille depuis la mort de sa femme, il a dans le cœur, pour « l'héritière de cette fortune », « un sentiment aussi fort peut-être que son amour de la propriété [3] ».

Ce sentiment se justifie, car « Claire avait réellement une belle âme, et la pente de son cœur lui avait révélé les sources de la vraie poésie [...] Possédant cette fleur de sentiment, cette pudeur virginale, que nous comblons d'amour et de respects, elle ignorait le mensonge et ne savait pas même rougir. Elle vénérait innocemment son père. » *Comme Eugénie encore, elle était convoitée par deux prétendants.*

---

1. Sur les origines tourangelles de ce nom, plusieurs fois utilisé par le romancier, voir l'article de Jean Dutacq (J.-E. Weelen) *A la Recherche de l'Alouette de Balzac* dans *L'Écho de la Touraine* du 8 mai 1964. Le manuscrit des *Deux Amis* porte bien, presque constamment : Allouette.
2. *O.D.* II, pp. 229 sq.
3. *Ibid.*, p. 232. Voir *Eugénie Grandet*, p. 20 : « le seul être qui lui fût réellement de quelque chose, sa fille Eugénie, sa seule héritière ».

« Le bonhomme Coudreux » *est* « vêtu d'un habit marron, chaussé de bons souliers, bas chinés, culotte courte » : *ces attributs vestimentaires sont exactement ceux du* « bonhomme Grandet », *sauf les bas, que le propriétaire de Saumur porte* « drapés » ; *encore étaient-ils* « chinés » *dans le manuscrit* [1]. *Mlle Coudreux se coiffe* « d'un chapeau de campagne en paille tressée » *et lace ses bottines* « sur le côté » ; *Eugénie a* « un chapeau de paille cousue » *et, s'il lui arrive un matin de se lacer* « droit », *cet usage inhabituel est noté comme l'une des petites coquetteries que lui inspire la présence de son brillant cousin* [2].

Or, parmi les plus anciennes relations du père de Balzac à Tours se trouvait un Gabriel-François Coudreux, négociant en cuirs [3], *domicilié d'abord rue de la Scellerie* [4], *puis rue Rapin, dans le quartier de l'ancienne basilique Saint-Martin. Dès les premières années du siècle, il appartenait, comme Bernard-François Balzac, à la loge La Parfaite Union de Tours* [5]. *Il se distingua dans son négoce, siégea au tribunal de commerce* [6] *(comme Jean-Joseph Coudreux au conseil des prud'hommes) et paya de forts impôts, qui triplèrent en dix ans* [7]. *Plus vain que son homonyme romanesque, il paraît avoir cherché les honneurs;*

---

1. *O.D.*, II p. 237 et *Eugénie Grandet*, p. 20.
2. *Ibid.*, p. 238 et *Eugénie Grandet*, p. 79.
3. Annuaire départemental d'Indre-et-Loire, année 1828 (liste des principaux négociants).
4. Comme Savary; comme Me Boisquet aussi, notaire de Bernard-François Balzac; et comme l'institution Le Guay, où Honoré fit ses premières études...
5. Voir Ducourneau et Pierrot, *Calendrier de la vie de Balzac*, années 1799-1810, dans *Les Études balzaciennes*, n° 2, p. 47.
6. Juge suppléant de 1811 à 1816; juge titulaire de 1817 à 1819, puis en 1825 et 1826. Il y est le collègue d'un Poitevin-*Vauquer*, cependant qu'un *Phellion* et un *Cremière* siègent au conseil des prud'hommes (voir les Annuaires départementaux d'Indre-et-Loire).
7. Sept cent vingt-six livres au début de la Restauration; deux mille cent vingt-six en 1828 (registres électoraux conservés aux Archives départementales d'Indre et-Loire).

il brigua des charges publiques[1] *et fut même, pendant les Cent-Jours, adjoint au maire de la ville*[2]*; une note de police, sous la Restauration, le désigne comme* « libéral prononcé[3] ». *Cette épisodique activité municipale et la réputation qu'elle lui valut l'éloignent du Coudreux des* Deux Amis, *qui soutient la religion dominante et qui a toujours vécu à l'écart de la politique, pour l'apparenter plutôt à Grandet.*

De tels rapprochements, certes, sont fragiles : ni Grandet ni Jean-Joseph Coudreux ne nous paraissent devoir beaucoup, en définitive, à Gabriel-François Coudreux, qui mourut d'ailleurs âgé de cinquante-deux ans seulement, en 1829. Parmi les biens de la famille Coudreux, cependant, se trouvait La Grenadière; et Mlle Amédée Coudreux, fille de Gabriel-François, née en 1806 dans la mélancolique rue Rapin[4]*, en était devenue propriétaire lorsque Balzac y séjourna avec Mme de Berny*[5]*. Elle devait épouser, le 1er février 1832, M. Masson de Longpré; c'est pourtant encore* « la maison de Mlle Coudreux » *que désigne, par habitude, quelques jours plus tard, dans une lettre à Balzac, Me Faucheux, de Vouvray, chargé par lui des pourparlers en vue d'un achat éventuel du domaine*[6]*. L'his-*

1. Capitaine de la Cohorte Urbaine en 1807 (un *Pillerault* est porte-drapeau); vingt ans plus tard, lieutenant, puis capitaine de la Garde Nationale à cheval.

2. Une fiche de police conservée aux Archives Nationales et communiquée pour nous par Mlle Célestin à M. Maurice signale, au début de la Restauration, qu'il « n'a accepté les fonctions d'adjoint de la ville de Tours pendant l'interrègne que dans de bonnes intentions ». Mme Brégeon, archiviste à Tours, nous précise que Coudreux, en 1815, a remplacé l'adjoint Le Gras.

3. Minute d'un document de police non daté, conservé aux Archives départementales d'Indre-et-Loire.

4. L'acte de décès de G.-F. Coudreux et l'acte de baptême de sa fille Amédée *(sic)* nous ont été communiqués par M. J. Maurice.

5. Mlle Coudreux tenait le domaine de sa mère, veuve de G.-F. Coudreux, « et en était propriétaire en 1830 » (Archives départementales d'Indre-et-Loire, papiers du chanoine Guignard). Nous n'avons pu retrouver l'acte de donation.

6. *Corr.* Pierrot I, 672 et note 1.

toire d'Eugénie Grandet et de son père, rattachée de toute façon par des liens étroits à celle des Deux Amis, *doit-elle indirectement quelques détails à celle des vrais Coudreux*[1] *?*

*
* *

Le nouveau cycle tourangeau qui s'ouvre en 1835-1836 avec Le Lys dans la vallée *englobe quelques pages d'un récit paru en 1837 parmi les* Études philosophiques *sous le titre* Les Martyrs ignorés. *Physidor, qui est un porte-parole de Balzac, raconte l'une de ses visites à un vénérable médecin, ami de sa famille, logé à Tours* « dans une de ces rues étroites situées autour du carroi Saint-Martin et qui mènent à la Loire [2] ». *Or la maison de ce médecin présente des ressemblances frappantes avec celle du père Grandet.*

L'hôte se tient « sur la porte de la salle basse », *Physidor l'aperçoit derrière une petite cour et* « le clair-obscur de la salle » *forme le fond du tableau; chez Grandet se trouve au rez-de-chaussée une pièce commune nommée* salle *dont l'entrée est sous la voûte et s'offre ainsi d'emblée au regard des visiteurs*[3]. *Le logis des* Martyrs ignorés *est* « garni de treilles dont les pampres [courent] au-dessus du linteau de la porte » *et dont* « s'entortillaient les sarments » *dans les vieux balustres fendillés du premier étage; chez Grandet,* « le tortueux sarment » *d'une vigne* « gagnait

1. Balzac utilisa encore ce nom, comme pseudonyme, dans *La Caricature*, au retour de La Grenadière. Le premier article signé Coudreux date d'octobre 1830 (*O.D.* II, 147). Balzac a quitté La Grenadière vers le 10 septembre.

2. *Pl.* x, 1146. Le contexte prouve que Balzac songe à la rue Briçonnet, au cœur du vieux Tours (la gouvernante du vieux médecin débouche « par la rue du Mûrier »). On sait que le romancier a situé rue du Mûrier, en 1831, la maison de l'avare Maître Cornélius.

3. *Ibid.*, 1146 et *Eugénie Grandet*, p. 27.

le mur, s'y attachait, courait le long de la maison [1] ». *Sous l'escalier du vieux médecin, on voit* « des bûches soigneusement rangées »; *chez Grandet,* « le bois était rangé avec autant d'exactitude que peuvent l'être les livres d'un bibliophile [2] ». *Enfin et surtout le jardinet du vieux médecin* « était fermé par une grille de bois qui permettait d'apercevoir les carrés bordés de buis »; *chez Grandet,* « s'élevait une grille de bois pourri » *et les allées du jardin apparaissaient* « séparées par des carrés dont les terres étaient maintenues au moyen d'une bordure en buis [3] ».

Au reste, par l'apparence comme par les dimensions, les deux maisons ne sont pas comparables. D'une description à l'autre, pourtant, Balzac a repris certains détails qu'il avait sans doute dans l'esprit de longue date. Quand Physidor déclare qu'il connaissait depuis son enfance le mobilier de l'émouvante demeure, nous avons le sentiment que l'écrivain s'enchante de sa propre mémoire; il en use de même dans Eugénie Grandet.

Peu importe, dès lors, que sa fantaisie créatrice lui ait fait choisir une ville déterminée pour cadre de son roman. Il a sacrifié aux nécessités de cette convention en situant avec quelque précision la maison dans le haut Saumur, à l'ombre de la citadelle; il n'a pas poussé le scrupule jusqu'à décrire une maison effectivement édifiée en cet endroit : une telle soumission au réel serait d'ailleurs contraire à sa méthode, qui tend, sauf exception, à désarticuler et à dépayser la réalité observée. Quand, dans son appartement parisien, il mobilise les images qui s'organiseront sous sa plume en une matière romanesque autonome, il va les puiser spontanément dans les zones familières de son expérience. Pour peindre la maison Grandet, il n'a sans doute pas pris un

1. *Pl.* x, 1146 et *Eugénie Grandet*, p. 79.
2. *Ibid.*, 1147 et *Eugénie Grandet*, *ibid.*
3. *Ibid.*, et *Eugénie Grandet*, p. 80.

Document communiqué par M. J.-E. Weelen

Un portail ancien a Saumur
(rue Fourrier)
Voûte en tuffeau. Porte bâtarde au centre. Boulons.
Voir la description de la maison Grandet, p. 25.

UN PORTAIL ANCIEN A TOURS (rue des Cerisiers) *Photo Arsicaud*

Caractères analogues à ceux du document précédent. Porte bâtarde à droite. « Renfoncement » très marqué. C'est le portail de l'ancienne institution Vauquer, où Laure et Laurence Balzac ont fait leurs études.

modèle unique et, si ce modèle existe, il ne l'a pas sous les yeux en écrivant; mais il a pu, jadis ou naguère, observer tout à loisir, dans le vieux Tours ou encore, comme nous le suggère M. J.-E. Weelen, dans le vieux Vendôme, plutôt que dans le vieux Saumur, beaucoup moins bien connu de lui, des façades d'hôtels anciens, dont quelques-unes ont été heureusement préservées et nous permettent de saisir, aujourd'hui encore, la vérité typique de sa description.

***

Parmi les biens ruraux du propriétaire saumurois, le plus anciennement acquis est l'abbaye de Noyers, qu'« il eut pour un morceau de pain, légalement, sinon légitimement [1] ». *L'achat de ce bien national fit d'ailleurs passer Grandet, à Saumur,* « pour un homme hardi, un républicain, un patriote, pour un esprit qui donnait dans les nouvelles idées ». *De fait, il ne respecta pas l'église, dont* « il avait muré les croisées, les ogives, les vitraux [2] » ; *mais c'est qu'il* « donnait tout bonnement dans les vignes » : *Noyers est avant tout pour lui une terre à vigne, où toute la famille va loger pendant les vendanges [3]. Le séjour ne devait pas y être gai : deux fois, Eugénie en est menacée comme d'une punition [4].*

Balzac a déjà mentionné le nom de Noyers, en 1833, dans le fragment des Amours d'une laide *publié par M. Henri Gauthier : Maurice de Montriveau se rend,* « par la route de Chinon, à Noyers, château situé sur un des coteaux de l'Indre, un peu au-dessus de son embouchure en Loire [5] ». *Or aucun lieu-dit ne porte*

---

1. *Eugénie Grandet*, pp. 10-11.
2. *Ibid.*, p. 13.
3. *Ibid.*, p. 100.
4. *Ibid.*, pp. 117 et 121.
5. *L'Année balzacienne 1961*, p. 118.

ce nom dans la région, où Balzac avait déjà placé l'imaginaire domaine de l'Allouette, habité par Jean-Joseph Coudreux. Montriveau, cependant, qui, en changeant de prénom, deviendra le héros de La Duchesse de Langeais, *reparaît, la même année, dans une esquisse préparatoire à ce roman, sous l'identité de M. de Nouâtre*[1]. *Nom révélateur ! Le village de Nouâtre se trouve au sud du département d'Indre-et-Loire, sur la Vienne, et englobe aujourd'hui le hameau de Noyers, qui était à l'époque une commune autonome, édifiée autour des bâtiments en partie ruinés d'une ancienne abbaye bénédictine.*

Dès la première édition de La Duchesse de Langeais, *publiée sous le titre* Ne touchez pas la hache, *le principal personnage de cette œuvre est devenu Armand de Montriveau. Mais* « M. de Nouâtre » *n'était pas resté sans emploi : il figure dans les premières pages du* Cabinet des Antiques, *ébauché le 2 novembre 1833*[2]. *Exactement contemporaine est l'utilisation romanesque de Noyers dans* Eugénie Grandet. *Une enquête locale nous permet d'établir que Balzac s'est souvenu, en écrivant ce roman, de l'histoire récente de l'abbaye, adjugée comme bien national, le 6 mai 1791, à Jacques Sonolet, lieutenant-colonel au corps royal du Génie*[3].

Cette adjudication englobait les édifices proprement religieux, « à l'exception de l'autel et du bénitier, des

1. *L'Année balzacienne 1961,* p. 132; voir aussi A. Prioult, *Balzac avant « La Comédie humaine »*, p. 372. Nous nous reprochons de n'avoir pas relevé ce « départ » avorté de *Ne touchez pas la hache* (« M. de Nouâtre était un homme âgé d'environ trente ans », *Lov.* A 99, f° 81 verso) dans notre édition de l'*Histoire des Treize*.

2. *Étr.* I, 72 : « Aujourd'hui, inventé péniblement *Le Cabinet des Antiques :* tu liras cela quelque jour. J'en ai écrit dix-sept feuillets de suite. Je suis très fatigué. »

3. Acte de vente du domaine de Noyers (Archives départementales d'Indre-et-Loire. Biens nationaux, première origine. District de Chinon 1790-1791, n° 78). Les précisions données au paragraphe suivant viennent de ce document, dont le texte nous a été communiqué par Mlle Fargeaud.

cloches et de l'horloge » ; *la maison conventuelle avec cuisine, boulangerie, fours, cuviers, cour, pressoir, cellier, caves, écurie et vignobles en exploitation; la maison abbatiale avec la métairie attenante, dite La Bilbotière; une autre métairie; des terres labourables, des vignes, des prés, des bois, des taillis et de nombreuses dépendances fournissant des loyers ou des revenus en nature. Jacques Sonolet paya le tout 100 200 livres; ce n'était pas* « un morceau de pain », *mais l'affaire était bonne, car l'expertise officielle s'élevait à près de 250 000 livres.*

L'acquéreur demeurait attaché à l'armée active, mais obtint des congés qui lui permirent de s'installer dans le domaine. Affecté en dernier lieu, le 10 octobre 1792, aux camps sous Paris, il ne rejoignit son poste qu'en décembre, après la cessation des travaux qu'il était chargé de conduire. Au début de l'année suivante, il demande sa mise à la retraite pour raisons de santé et se fixe à Noyers. Il y passe pour un « bonnet rouge », *comme en témoigne un vibrant certificat de civisme décerné par le conseil général de la commune. Il assure au Comité de Salut public qu'il a* « lié irrévocablement sa fortune au sort de la Révolution, en l'employant tout entière en acquisition de domaines nationaux [1] ».

Cependant, son neveu, Hector Sonolet, ancien officier de marine, réformé en 1792 et nommé l'année suivante grâce à lui dans l'administration des vivres, faisait campagne en Italie, où il put rencontrer le futur général Gilbert de Pommereul, alors jeune lieutenant d'état-major; on le nomma successivement inspecteur général, directeur divisionnaire et agent général pour l'armée d'Italie [2]. *En 1798, il épousa à Sainte-Maure la propre fille de Jacques Sonolet,*

1. Archives du Service historique de l'Armée, dossier Jacques Sonolet, carton 3626, aimablement communiqué par M. André Cambier.
2. *Ibid.*, dossier Hector Sonolet.

sa cousine germaine, Jeanne Sonolet, héritière de Noyers, après lui avoir donné un enfant, Jules [1]. *Il voyagea beaucoup, comme Charles Grandet : dans le Levant, puis de nouveau en Italie, où il se distingua au service du roi Joseph et du prince de Lucques* [2]. *Mais à ses succès, sa femme ne fut pas associée : elle se morfondait à Noyers, dont elle demeurait seule propriétaire, étant* « non commune de biens » *avec lui; elle avait choisi pour* « sa demeure » *la métairie abbatiale* [3], *où elle fit murer des fenêtres* [4]. *Elle mourut le 19 août 1808;* « en l'absence » *d'Hector, un tuteur provisoire fut désigné pour le mineur Jules Sonolet,* « seul habile à se porter héritier [5] ».

La carrière administrative de Bernard-François Balzac, secrétaire du ministre de la Marine en 1792, directeur et trésorier des camps sous Paris pendant le dernier trimestre de la même année, plus tard fonctionnaire de la Direction des Vivres [6], *laisse entrevoir plusieurs circonstances où il put se trouver en rapports avec Jacques ou avec Hector Sonolet; mais les preuves d'une rencontre font défaut. Deux faits pourtant sont certains : les Sonolet figurent parmi les anciennes relations tourangelles de Balzac à Tours* [7]; *Jules Sonolet fut, comme Honoré, élève de la pension Le Guay, et vers les mêmes dates* [8]. *Le romancier s'est souvenu de*

---

1. Contrat de mariage établi par Me Martin, notaire à Sainte-Maure, le 9 thermidor an VI. Dans une lettre du 10 septembre 1819, Hector Sonolet (dossier cité) précise que son fils aîné est âgé de 22 ans.
2. Dossier Hector Sonolet.
3. Inventaire après décès des biens de Jeanne Sonolet, 27 février 1809 (document communiqué par M. Adrien Jahan).
4. Procès-verbal de visite de la métairie de l'abbatiale de Noyers : des ouvertures de croisée « ont été murées [...] par les ordres de feu madame Sonolet » (document communiqué par M. Jahan).
5. Inventaire cité du 27 février 1809.
6. Voir le *Calendrier de la vie de Balzac* de J. Ducourneau et R. Pierrot dans *Les Études balzaciennes*, no 2.
7. Indication fournie par M. J.-E. Weelen.
8. Inventaire du 27 février 1809, au chapitre des dettes passives. « Le sieur Le Guay, maître de pension à Tours, réclame le payement

ce nom; au prix d'une interversion de consonnes, il appela Solonet le jeune notaire du Contrat de mariage : *il est curieux d'observer en plusieurs endroits la même interversion dans les dossiers administratifs de Sonolet.*

Hector, rayé des cadres par la Restauration, se ruina dans le commerce et mourut misérablement à Paris en 1819; Noyers était vendu; son fils Jules végétait lui-même alors chez un homme d'affaires [1]. *Balzac, qui vivait rue Lesdiguières, l'a-t-il rencontré? Il put en tout cas, lors de ses séjours en Touraine, visiter encore les restes de l'abbaye, qui furent détruits en 1834* [2].

***

Le nom de Froidfond, dont l'origine nous est connue [3], *n'est pas tourangeau. C'est en Touraine encore, cependant, que Balzac a pu étudier le type de domaine rural évoqué dans* Eugénie Grandet *par ces deux syllabes. La terre de Froidfond, écrit-il, est* « remarquable par son parc, son admirable château, ses fermes, rivière, étangs, forêts »*; elle est giboyeuse aussi, puisque le garde Cornoiller en rapporte à son maître* « un lièvre, des perdreaux tués dans le parc », *avec* « des anguilles et deux brochets dus par les meuniers [4] ». *Ces indications rapides ne sauraient suffire à témoigner en faveur d'un*

---

de la somme de sept cent huit francs tant pour la pension du mineur Sonolet depuis le quinze décembre mil huit cent sept jusqu'au 15 du courant que pour fournitures à lui faites jusqu'au dit jour, lequel dit monsieur Sonolet est encore dans la dite pension ». Balzac a quitté la pension Le Guay pour le collège de Vendôme en juin 1807. Voir à ce sujet les articles de M. J.-E. Weelen, notamment « Balzac et la pension Le Guay » dans la *Revue des Sciences humaines* (1950).

1. Dossier Hector Sonolet.
2. Indication fournie par M. Adrien Jahan. Le domaine appartenait alors à Baillou de la Brosse, qui l'avait acheté en 1817.
3. Voir ci-dessous, p. 23, note 1.
4. *Eugénie Grandet*, pp. 23-24 et 129.

modèle déterminé; mais elles s'appliquent toutes à la terre de Saché.

A Froidfond, Balzac mentionne en premier lieu le parc, et c'est le « parc orné d'arbres centenaires » *qu'aperçoit d'abord Félix de Vandenesse en arrivant à Saché par le chemin cher au romancier* [1]. *Les* Lettres à l'Étrangère *montrent que l'hôte des Margonne a aimé par-dessus tout le calme apaisant des* « beaux arbres », *des* « bois de Saché [2] ». *Il a aimé aussi* « les masses romantiques du château », *la poésie des étangs, des moulins, de l'Indre où les seigneurs du lieu avaient droit de pêche, des forêts où ils avaient droit de chasse* [3]. *Dans les environs de Saché, enfin, il a vu de nombreuses fermes, rattachées ou non au domaine; deux de ces fermes se nomment la Lande, l'une à Artannes, l'autre à Thilouze* [4] *: Nanon évoque une rencontre avec* « le fermier de la Lande », *qui lui a donné deux œufs.*

Or la pensée de Balzac se tourne volontiers vers Saché, en cet automne de 1833 où il travaille à Eugénie Grandet. *Du séjour de l'année précédente, il a conservé un souvenir charmant. Il manifeste son désir de le renouveler.* « J'accepte avec grand plaisir l'espoir que vous me donnez », *répond Jean Margonne le 15 octobre;* « venez avant que les beaux jours soient tout à fait passés [5] »; *il lui annonce, en même temps, l'envoi d'*« alberges », *cette variété d'abricots que l'écrivain a exaltée dans* Les Deux Amis *et dans les* Contes drolatiques *comme une des gloires de la Touraine* [6].

---

1. *Pl.* VIII, 790.
2. *Étr.* I, 337 et 366.
3. Tous ces éléments du domaine de Saché sont dénombrés par M. Paul B. Métadier (*Saché dans la vie et l'œuvre de Balzac,* p. 18 : étangs, moulins; p. 20 : rivière, droit de pêche et de chasse).
4. Indication fournie par M. J. Maurice, *Eugénie Grandet,* p. 98.
5. *Balzac à Saché,* n° 7. *Quatre lettres de M. de Margonne à Balzac,* commentées par Roger Pierrot.
6. *O.D.* II, 238 et *Pl.* XI, 690. Sur les graphies diverses utilisées par Balzac pour ce mot, voir p. 32, note 1.

Ces alberges en boîtes, Balzac les expédie à Mme Hanska[1]*; et, finalement, il renonce au projet d'un nouveau voyage en Touraine; mais il note, dans* Eugénie Grandet, *que la générosité du maître abandonne à sa fidèle Nanon* « l'halleberge » *mangée sous l'arbre et il célèbre les* « confitures d'alleberge » *comme* « la plus distinguée des frippes[2] ». *Cet hommage est destiné à Saché. Félix de Vandenesse apercevra le point blanc de la robe de Mme de Mortsauf détachée* « sous un hallebergier[3] ».

Quant aux Margonne, Balzac a-t-il pu se souvenir d'eux en peignant le seigneur de Froidfond et son épouse? Pour Mme Grandet, l'hypothèse apparaît probable. Elle est « sèche et maigre, jaune comme un coing[4] »; *petite aussi, puisque les pieds de sa chaise sont montés sur des patins pour l'élever* « à une hauteur qui lui permît de voir les passants[5] »; *soumise, effacée, toute occupée d'usages bourgeois et de religion. Telle fut aussi Mme Margonne, si nous en croyons l'irrespectueux Honoré : un* « extrait conjugal », *comparé à une* « petite magotte de la Chine »; *une femme* « jaune », « dévote » *jusqu'à l'intolérance et* « peu spirituelle[6] ».

De Jean Margonne, Balzac, avec quelque ingratitude, a évoqué la « stricte économie », *la* « sèche hospitalité », *allant jusqu'à le traiter d'* « avare[7] ». *Il lui reconnaissait du moins des manières de gentilhomme, polies, exquises, quoique froides; différentes, à coup sûr, des manières rudes qu'il a prêtées au tonnelier de Saumur. D'ailleurs, quand il peint le vieux Grandet, Margonne est encore dans la*

---

1. *Étr.* I, 52 : « J'ai déjà tes alberges de Tours ». Voir encore pp. 82 et 91.
2. *Eugénie Grandet*, p. 86.
3. *Pl.* VIII, 788. Les graphies « halleberge », « alleberge » et « hallebergier » sont propres à Balzac.
4. *Eugénie Grandet*, p. 36.
5. *Ibid.*, p. 28.
6. A Laure, *Corr.* Pierrot I, 135 et *Étr.* I, 21.
7. *Balzac à Saché*, n° 5, textes cités par M. Maurice.

force de l'âge. Le propriétaire de Saché et celui de Froidfond ne sauraient se ressembler que par des caractères extérieurs, liés à leur situation.

En voici un, du moins, d'une importance capitale. Grandet a obtenu « le nouveau titre de noblesse que notre manie d'égalité n'effacera jamais, il devint *le plus imposé* de l'arrondissement [1] ». *Un tel titre n'est nullement imaginaire; des listes officielles, dûment imprimées, le conféraient et classaient avec des numéros d'ordre les* « plus forts contribuables » *du département, de l'arrondissement ou du chef-lieu. La famille Balzac connut bien ces listes : Bernard-François y figura et dut en tirer quelque vanité. Quant à Jean Margonne, il eut souvent les honneurs du numéro un* [2].

* * *

*Nous devons encore faire état, pour en finir avec les sources réelles d'*Eugénie Grandet, *de témoignages fournis par la correspondance du romancier.*

L'un se rapporte directement au roman. Balzac le fournit à Mme Carraud, qui a jugé Grandet « trop riche » : « Je ne puis rien dire de vos critiques, si ce n'est que les faits sont contre vous. A Tours, il y a un épicier en boutique qui a 8 millions; M. Eynard, simple colporteur, en a vingt et a eu 13 millions chez lui; il les a placés en 1814, sur le grand-livre, à 56; et en a eu vingt [3]. » *Les listes des plus forts contribuables d'Indre-et-Loire ne mentionnent ni M. Eynard, ni aucun des épiciers* « *en boutique* » *dont nous avons conservé les noms* [4]. *Nous ne saurions en être surpris, ni contester pour cela*

1. *Eugénie Grandet*, p. 13.
2. Archives départementales d'Indre-et-Loire.
3. *Corr.* Pierrot II, 462, 466.
4. M. Weelen pense avoir identifié celui auquel songe Balzac et

Photo Jack Chazal

DOMAINE DE NOYERS
(Indre-et-Loire)

	Noms des Contribuables	Montant des Contributi[ons] foncière, mobiliai[re] et patentes Nomin[?] payées par les contrib. cy contre dénommés	
1	Margonne	2264	"
2	Reverdy-Ribot	1445	"
3	Gidoin ambroise	1303	"
4	Guiard-laplace	1100	"
5	arthuis	1045	"
6	René-dervault	1000	"
7	Charitte charles	977	"
8	Mayaud Gatien negt.	921	"
9	Balsac françois	778	"
10	Deloulay père	775	"

Archives départementales d'Indre-et-Loire *Photo A. D.*

UNE LISTE DES PERSONNES « LES PLUS IMPOSÉES »
(Tours, 1807)
Numéro 1 : Margonne. Numéro 9 : Balsac François (père du romancier).

les « faits » *allégués par l'écrivain. Le fisc, à cette époque au moins, ne connaît que la richesse foncière; les spéculations sur l'or ou sur la rente échappent de toute manière à son contrôle; mais de vieux Tourangeaux peuvent être renseignés sur des fortunes en lingots, en numéraire ou en rente, dont aucun état officiel ne tient le compte. Quand M. Eynard a placé son or sur le Grand Livre au cours de 56, qui ne fut même pas le cours le plus bas de l'année 1814, les Balzac se trouvaient encore à Tours, et Bernard-François se tenait fort au courant des affaires de ses concitoyens.*

L'autre témoignage, beaucoup plus ancien, nous éloigne de la Touraine et se rattache à la chronique de Villeparisis. En juin 1821, Honoré écrivait à sa sœur Laure que le vilain M. Dujai « a été obligé à la mort de sa femme de déclarer les millions que lui avare avait entassés » :

Il faisait accroire à cette pauvre polypeuse de femme qui l'avait épousé sans un sol, qu'ils n'avaient qu'une douzaine de mille livres de rente; la pauvre mère tirait le diable par la queue dans son ménage, parce qu'elle était très charitable; elle tombe malade, se couche, le médecin dit qu'elle peut en réchapper mais que si elle a des dispositions à faire, qu'elle les fasse; on l'administre et l'on appelle le notaire par précaution. Le gros boustarath [?] de M. Dujai accuse deux millions [...] tout était enfoui dans ce certain cabinet où M. Dujai entrait seul [1] ! ... »

De même, M. Grandet dispose d'un cabinet contigu à sa chambre, dont il détient l'unique clef. « Personne, pas même madame Grandet, n'avait la permission d'y venir, le bonhomme voulait y rester seul comme un alchimiste à son fourneau [2]. » *Il ne dit pas* « ses affaires »

---

retrouvé sa demeure, rue Rapin (voir son article *La Rue aux dévotes* dans *L'Écho de Touraine* du 2 novembre 1962).

1. *Corr.* Pierrot I, 100.
2. *Eugénie Grandet*, p. 73.

à sa femme qui, pieuse et charitable comme Mme Dujai, ne demande rien pour elle. Mais quand elle tombe malade, Me Cruchot met son ami et client en garde contre la menace qui risque d'être créée à sa mort : si Eugénie exige le partage des biens, il faudra dresser un inventaire et rendre publics des chiffres jusque-là tenus secrets [1]... *Dans le roman semble ainsi dessinée la réplique fidèle d'une situation de la vie réelle qui, douze ans plus tôt, dut susciter bien des commentaires à la table familiale des Balzac.*

* * *

*Tels sont les faits qui, en quelque mesure, nous paraissent pouvoir éclairer la genèse d'*Eugénie Grandet. *Aucune des pistes suivies par nous ne conduit exactement à l'*« histoire vraie » *que Balzac aurait racontée, s'il fallait prendre à la lettre le texte cité par Laure. Toutes mettent en lumière des aspects de son expérience qu'il a pu mettre à profit et* « fondre », *selon sa propre expression,* « dans un seul tableau ». *Balzac ne prétend pas* « inventer », *mais il* « synthétise », *selon le dessein et les nécessités de l'œuvre qu'il entreprend :* « La littérature se sert du procédé qu'emploie la peinture, qui, pour faire une belle figure, prend les mains de tel modèle, les pieds de tel autre, la poitrine de celui-ci, les épaules de celui-là. L'affaire du peintre est de donner la vie à ces membres choisis et de la rendre probable [2]. »

Il est, bien entendu, impossible de retrouver toutes les réalités éparses que le romancier transfigure ainsi et, à plus forte raison, de saisir le mécanisme infiniment complexe de cette transfiguration. Mais l'image sommaire et approximative que nous avons pu nous tracer de sa démarche

1. *Eugénie Grandet*, p. 210.
2. *Le Cabinet des Antiques*, préface (p. 248 de l'éd. Garnier ou *Pl.* XI, 367).

créatrice en remontant aux sources de son information[1] *aide peut-être à concevoir le relief historique et la vérité humaine des personnages autonomes qu'il a nommés Félix Grandet et Eugénie Grandet.*

---

1. M. Pierre Citron a déjà montré dans la *Revue d'Histoire littéraire de la France* (oct.-déc. 1959, pp. 502 sq.) que, dans *Le Médecin de campagne*, Balzac a transféré en Dauphiné la description d'une ferme proche de Saché. M. Bernard Guyon nous fait observer d'autre part qu'au début de *La Grande Bretèche*, dans le premier élan de la rédaction, l'écrivain situait son récit, non pas aux abords de Vendôme, mais aux abords de Tours (*Lov.* A 90, f° 1) et des précisions ont été fournies récemment par Mlle Célestin sur la propriété nommée La Grande Bretèche, à Portillon, non loin de La Grenadière (voir *L'Année balzacienne 1964*). Nos remarques sur *Eugénie Grandet* vont dans le même sens. Ces diverses observations devront être réunies, lorsque nos connaissances sur Balzac auront suffisamment progressé encore pour permettre de définir avec quelque précision les modes et les lois de la création balzacienne.

IV

*Quand Balzac signe son traité avec Mme Béchet pour douze volumes d'*Études de mœurs au XIXe siècle, *il entend d'abord, à sa manière, s'imposer comme un historien. Il voit la France avec le visage qu'elle a pris sous le règne de Louis-Philippe. La révolution bourgeoise triomphe dans les faits; une classe d'hommes nouveaux a pris le pouvoir : telle est l'évidence qu'il a tenté de montrer à ses amis politiques dans l'*Essai du gouvernement moderne *et qu'il s'apprête à illustrer par des exemples fictifs, mais typiques. Grandet est l'un de ces hommes nouveaux dont l'ascension éclaire le sens de l'Histoire; issu d'une toute petite bourgeoisie artisanale, il est devenu, en trente ans, le personnage le plus important de la ville : son aventure n'est pas gratuitement romanesque et s'explique, en partie, par un concours de circonstances réelles, que l'observation aiguë et l'information approfondie du romancier ont aidé à mettre en relief.*

Grandet doit le premier essor de sa fortune aux événements de 1789. Grâce à ses économies personnelles et aux ressources supplémentaires que lui a values un mariage opportun, il a pu, dès la vente des biens du clergé, s'assurer la possession d'une riche abbaye. De tels marchés, réprouvés par toute une partie de l'opinion, exposaient les acquéreurs à des contestations ou même à des représailles, comme il s'en produisit dans les campagnes bretonnes ou vendéennes. Mais le risque fut compensé, pour les audacieux, par l'attrait de mises à prix d'autant plus avantageuses que les adjudications étaient plus importantes. Ainsi le voulut l'Assemblée constituante qui, opposée à toute loi agraire, maintint les baux ruraux, préserva l'intégrité des domaines et favorisa délibérément la naissance d'une caste de grands propriétaires : la promotion de Grandet offre une image de cette réalité historique.

Le tonnelier a bénéficié, en l'espèce, de la complicité intéressée du « farouche républicain » *qui surveillait la vente. De semblables irrégularités, dont le romancier néo-légitimiste aime à témoigner, n'ont naturellement pas laissé de traces dans les archives de l'époque et ne pouvaient guère être connues que par la tradition orale. Mais Balzac était fils d'un homme qui, malgré ses liens avec l'Ancien Régime, sut demeurer, sous la Révolution, dans les coulisses du pouvoir : il tient peut-être de l'expérience paternelle quelques-uns des détails qui donnent une vraisemblance aux origines révolutionnaires de la prospérité du propriétaire Grandet, comme du spéculateur en farines Goriot ou du fournisseur Du Bousquier*[1].

Vient l'époque du Consulat. Le père de Balzac encore a pu témoigner, jusque par son exemple personnel, des heureux effets de l'opportunisme qui permit aux plus avisés parmi les nouveaux enrichis de franchir le cap des années dangereuses, puis de tirer profit d'une situation intérieure stabilisée. Grandet, maire de Saumur, incline discrètement son autorité municipale dans le sens de ses intérêts privés; il obtient, en particulier, que « sa maison et ses biens » *soient* « très avantageusement cadastrés ». *Le régime consulaire, en effet, mit en place l'institution du cadastre, décidée par l'Assemblée constituante, et prescrivit, sous le contrôle des mairies, les mesures d'expertise nécessaires à une évaluation systématique du revenu foncier national. Or lorsque Bernard-François Balzac est nommé, en 1804, adjoint au maire de Tours, il vient d'acheter, coup sur coup, une maison en ville et une ferme dans les environs*[2]*; les travaux des experts commis au cadastre l'ont donc intéressé au premier chef et*

1. Bernard-François Balzac appartint notamment au conseil général de la Commune de Paris et ouvrit en 1793 un cabinet d'affaires. Voir *Calendrier de la vie de Balzac*, par Ducourneau et Pierrot, dans *Les Études balzaciennes*, nº 2, p. 43.

2. La maison en ville, 29 rue d'Indre-et-Loire, le 12 janvier; la ferme Saint-Lazare, une semaine plus tard.

le romancier, sur ce point encore, pouvait être renseigné par la chronique familiale.

Sous l'Empire, Grandet, redevenu simple citoyen, se consacre, en apparence, à l'exploitation de ses propriétés; mais il pratique aussi, en sous-main, l'escompte et l'usure. Telles demeurent, au début du siècle, les deux grandes ressources qui s'offrent aux capitalistes désireux de faire valoir leurs fonds. La clientèle des industriels et des commerçants qui ont besoin d'argent frais ou de facilités à court terme est importante, parce que le crédit public ou bancaire n'est pas encore organisé. Grandet dispose d'un banquier pour escompter à son profit les traites en circulation, et c'est bien dans le maniement des effets de commerce que consistait alors l'activité principale des banques; il dispose d'un notaire pour négocier ses traites, et c'est bien à leur notaire, avant le système des dépôts et des comptes courants, que les particuliers confiaient le soin de gérer leurs capitaux [1]. *Balzac, ancien clerc, put savoir à quels abus donnait encore lieu cette pratique au début de la Restauration : il en témoignait déjà dans le* Code des gens honnêtes [2] *et dans* La Maison du Chat-qui-pelote [3].

La Restauration, cependant, fournit à l'avidité des spéculateurs un aliment nouveau : la Rente. C'est en achetant des fonds d'État que Grandet couronne sa fortune dans les dernières années de sa vie : Balzac décrit le succès de ses achats avec une clairvoyance rétrospective qui donne à son roman une valeur documentaire.

Sous le régime précédent, l'instabilité née de la guerre extérieure rendait périlleuse toute spéculation mobilière :

---

1. Sur ce rôle joué, à l'époque, par les banquiers et les notaires, voir Bertier de Sauvigny, *La Restauration*, p. 311.

2. « Parmi les services que l'institution des notaires rend à la société, il faut compter celui de servir d'intermédiaire entre les prêteurs et les emprunteurs. » (*O.D.* I, 126.)

3. Les négociants de la rue Saint-Denis ont coutume de dire : « Dieu vous garde du notaire de monsieur Guillaume! pour désigner un escompte onéreux » (*La Maison du Chat-qui-pelote*, p. 30).

le titre de cent francs à cinq pour cent demeura toujours fort au-dessous du pair, même au moment des grandes victoires impériales, et s'affaissa en 1814, après la campagne de France, jusqu'à toucher le cours désastreux de 45. La Première Restauration suscita une reprise dont les Cent-Jours et Waterloo annulèrent les effets; mais le nouvel essor encouragé par la paix ne devait guère fléchir jusqu'à la Révolution de Juillet : un seul recul très sensible fut enregistré en 1818, puis la hausse reprit, irrésistible. Six ans plus tard, le cours de 100 était dépassé et le gouvernement, saisissant la conjoncture favorable, mit à l'étude une conversion facultative qui fut réalisée en 1825. Mal accueilli au départ, le trois pour cent se redressa bientôt et l'ascension en devint plus rapide que celle du cinq pour cent : les capitalistes qui avaient su en acheter à bas prix réalisèrent, en trois ou quatre ans, des bénéfices considérables [1].

Balzac montre dans toute La Comédie humaine *qu'il connaît l'histoire de la Rente* [2]. *Il sait aussi que la plupart des rentiers, sous la Restauration, furent des Parisiens et notera encore dans* La Vieille Fille *que la grande bourgeoisie provinciale se refuse* « aux inscriptions sur le Grand-Livre [3] » : *de fait, les transactions mobilières n'étaient pas encore entrées dans les mœurs et ne se concevaient avec clarté que dans les milieux proches des banques ou des centres d'affaires. Grandet lui-même commence par manifester quelque réticence : son notaire, informé par métier des réalités de la finance, a du mal à le persuader d'entrer dans le jeu. Mais une fois décidé, il agit avec une opportunité et une continuité qui ne se démentiront pas.*

---

1. Voir le détail des cours année par année dans A. Courtois, *Tableau des cotes des principales valeurs, 1797-1876* (Garnier, 1877).

2. Voir l'étude d'Eug. B. Dubern, *Balzac et la Rente française*, dans *L'Année balzacienne 1963*.

3. *La Vieille Fille*, p. 71. Voir *Eugénie Grandet*, p. 191 : « la rente, placement pour lequel les gens de province manifestent une répugnance invincible ».

Grandet négocie ses premiers achats de cinq pour cent à la fin de 1819, donc peu de temps après la reprise du titre; il effectue une vente massive en 1824, donc aux abords de la conversion. Pour les deux opérations, le moment était excellent : pendant cette période, les cours ont effectivement monté de quarante-cinq pour cent environ et Balzac indique un bénéfice global de cet ordre, tout en fournissant, pour le détail, des cotations presque toujours inexactes. En 1828, l'inventaire après décès dénombre « six millions placés en trois pour cent à soixante francs, et il valait alors soixante-dix-sept francs [1] » : *ces cotations-là sont très proches de la réalité, puisque le nouveau titre, dans les premiers mois de l'émission, est tombé un peu au-dessous de 60, pour dépasser, trois ans plus tard, 76. La marge bénéficiaire, dans les mêmes années, fut bien moindre pour les possesseurs du titre cinq pour cent, qui gagna seulement quelques points : Grandet a choisi le placement le plus avantageux, en le négociant au meilleur cours.*

Le héros de Balzac est donc un homme qui, pendant trente-cinq ans, a pris le vent de l'Histoire; qui, au terme de sa carrière, selon la formule de M. Bardèche, « a joué la Restauration [2] » *comme il avait joué au début la Révolution. Son ascension n'est concevable qu'à l'époque où se sont renouvelées les structures de la société française; mais dans le cadre de cette époque, elle est plausible et prend une valeur d'exemple. Mieux qu'un ouvrage technique, le roman, fondé sur des faits dûment contrôlés, aide à comprendre par quels mécanismes ont pu se constituer, d'un siècle à l'autre, les grandes fortunes de la bourgeoisie nouvelle.*

---

1. *Eugénie Grandet*, p. 224.
2. Balzac, *Œuvres complètes*, éd. du Club de l'Honnête Homme, tome V, introduction d'*Eugénie Grandet*.

*
* *

De telles fortunes, même dans des circonstances exceptionnelles, n'étaient certes pas à la portée du premier venu. Si Grandet a pu devenir l'homme le plus puissant de sa ville, c'est parce qu'il avait l'étoffe d'un homme supérieur. Il appartient à cette lignée de héros balzaciens qui, modelés à l'image de leur créateur, sont, comme écrivait Baudelaire, « doués de l'ardeur vitale dont il est animé lui-même [1] » *et qui mettent au service de leur passion l'inspiration qui la féconde. Opposant son personnage à celui de Harpagon, le romancier a déclaré :* « Molière a fait l'avare; moi j'ai fait l'avarice » ; *cette formule surprenait Émile Faguet, qui a proposé de la retourner [2]; mais nous devons l'entendre dans le sens où elle a été conçue. Balzac se flattait d'avoir décrit, non un maniaque, mais un système d'existence méthodiquement cultivé.*

« Ce n'était pas un avare ordinaire, et sa passion cachait sans doute de profondes jouissances, de secrètes conceptions », *notait Balzac au sujet de Maître Cornélius [3]. La phrase convient aussi à Grandet, comme d'ailleurs à Gobseck : l'usurier parisien et le propriétaire saumurois sont bien des caractères de même trempe, des hommes de bronze, qui ont résolu de s'imposer parmi leurs contemporains, qui ont considéré la possession des*

---

1. Article sur Théophile Gautier, dans *L'Art romantique* (éd. Garnier, p. 679).

2. « Avec votre permission, c'est exactement le contraire et, du reste, ce n'est pas un mauvais compliment que je vous fais. Molière a fait *l'avarice* [...] certes Harpagon est vivant; mais encore il est surtout une collection de tous les traits d'avarice classique ramassés très ingénieusement sur un seul homme, qui, du reste, a ses trois dimensions. Vous, vous avez fait *un avare*, c'est-à-dire un être très vivant, plus vivant que celui de Molière, très circonstancié, vivant d'une vie très minutieuse, vivant *tout le temps*, à toutes les pages, et qui n'est pas, qui n'est jamais *un autre avare que lui*. » (Émile Faguet, *Balzac*, p. 122.)

3. *Pl.* IX, 120.

biens comme le gage le plus certain de leur réussite et qui, dès lors, se sont consacrés à leur activité dominatrice avec une force de volonté et une ténacité sans défaillance. Gobseck développait avec maîtrise, pour Derville, cette conception de la vie; Grandet n'est pas un aussi prestigieux philosophe et justifie plus sommairement sa conduite par des aphorismes empruntés à un vieux fonds de sagesse populaire, mais il ne voit ni moins loin, ni moins haut.

Aussi son avarice s'oppose-t-elle à celle des vieillards de son entourage dont il a hérité. Ces avares vulgaires « entassaient leur argent pour pouvoir le contempler secrètement » *et l'un d'eux* « appelait un placement une prodigalité, trouvant de plus gros intérêts dans l'aspect de l'or que dans les bénéfices de l'usure [1] ». *Grandet, lui, n'est pas un thésauriseur, mais un spéculateur; s'il prend plaisir quelquefois au spectacle de sa richesse, son regard est celui* « d'un homme accoutumé à tirer de ses capitaux un intérêt énorme [2] »; *s'il s'enferme volontiers dans le cabinet où il range son or, il ne s'attarde pas dans une contemplation stérile; il aime les écus, parce que* « ça va, ça vient, ça sue, ça produit [3] » : *il faut donc se donner la peine de les faire produire.* « La vie est une affaire [4] », *dit-il à sa fille : en cette maxime se résume la pensée maîtresse d'un esprit toujours en mouvement, d'un homme de proie toujours impatient d'immoler à son appétit des victimes nouvelles.*

Grandet exerce toutes ses facultés dans cet unique dessein et veille à faire triompher, en toute occasion, l'instinct conquérant qui l'apparente aux bêtes féroces. Il possède l'agressivité du tigre, la capacité digestive du boa, l'œil froid et terrible du basilic [5]; mais il ajoute à ces dispositions

1. *Eugénie Grandet*, pp. 12-13.
2. *Ibid.*, p. 14.
3. *Ibid.*, p. 195.
4. *Ibid.*, p. 220.
5. *Ibid.*, pp. 15 et 19.

proprement animales les ressources d'un caractère inflexible, qui a su étouffer, non sans étude (car il n'est pas un monstre), la voix importune du sentiment; d'une intelligence souple, qui pèse les gens et les choses, qui perce le jeu de l'adversaire, qui excelle à jouer l'infériorité, à donner la comédie de l'ignorance, de la niaiserie ou du bégaiement; d'une imagination très agile dans le domaine des spéculations concrètes où elle consent à se mouvoir, capable d'élaborer sans cesse des combinaisons inédites pour obtenir un meilleur rendement des terres ou pour faire fructifier un capital.

Grandet connaît sa force, et il en jouit. Il est fier de ses conceptions : « J'ai trouvé ça, moi [1] ». *Comme Gobseck, il savoure un triomphe de vanité à sentir toute une société réduite à sa merci, à se dire en dévisageant ses hôtes :* « Ils sont là pour mes écus » *et à leur échapper en ajoutant :* « Tous ces gens-là me servent de harpons pour pêcher [2] ». *Il est même capable, s'il ne voit dans l'immédiat aucune opération fructueuse à entreprendre, de se donner en attendant un plaisir gratuit; il rit dans sa barbe parce qu'il est parvenu sans débours, mais sans bénéfice, à réduire les créanciers ameutés de son frère disparu [3]. Conscient de sa supériorité, il goûte une satisfaction neuve à se moquer des* « Parisiens », *parce qu'il méprise la ville de Saumur, soumise tout entière à son empire. Songe-t-il, comme l'en soupçonnent quelques Saumurois, à se donner pour gendre un pair de France? Rien ne l'indique avec certitude, mais la possession de l'or, à coup sûr, est un aliment pour son orgueil. Aussi n'a-t-il pas seulement la manie de l'avarice, qui se satisfait de quelques rites; il en a le génie, qui consiste en* « un constant exercice de la puissance humaine mise au service de la personnalité [4] ».

---

1. *Eugénie Grandet*, p. 91.
2. *Ibid.*, pp. 45-46.
3. *Ibid.*, p. 182.
4. *Ibid.*, p. 124.

*
* *

Cette volonté de puissance, pourtant, ne le met pas à l'abri de toute faiblesse. En mainte circonstance de la vie quotidienne, cet homme aux conceptions si amples paraît mesquin. Quelques-unes de ses façons l'exposeraient même au ridicule, s'il n'avait su, par son caractère et par sa réussite, imposer terreur et respect. L'économie la mieux entendue ne saurait justifier un multimillionnaire, s'il lésine sur un morceau de sucre. Grandet a beau répéter qu' « il faut cinq pièces de vingt sous pour faire cinq francs » *et que deux millions sont* « deux millions de pièces de vingt sous [1] », *une vigilance aussi tatillonne, appliquée à d'infimes détails, ne paraît pas à la mesure de son orgueil impérial.*

Tant que la force physique et la vigueur intellectuelle soutiennent ses desseins, de telles petitesses sont emportées dans le train des triomphes spectaculaires qu'elles accompagnent; mais à l'heure du déclin, comme tous les passionnés de Balzac, comme Cornélius et Gobseck encore, comme Goriot et Claës aussi, il subit les ravages de l'idée fixe, qui finit par ruiner la lucidité de son jugement. Il devient alors un Harpagon, hanté jusqu'à la « monomanie [2] » *par la vue et par la possession de l'or; mais un Harpagon dont nul n'a envie de rire et dont la déchéance même inspire l'effroi. La dernière parole à Eugénie :* « Aie bien soin de tout. Tu me rendras compte de ça là-bas [3] » *prend un accent tragique dans la bouche d'un homme qui est demeuré si parfaitement étranger, pendant toute sa vie, aux perspectives d'une vie éternelle. Pour l'avare, attaché aux seuls biens terrestres, la mort est une faillite.*

1. *Eugénie Grandet*, p. 111.
2. *Ibid.*, p. 213.
3. *Ibid.*, p. 224.

Balzac finit ainsi par confondre et par condamner le personnage qu'il s'est plu à représenter si fort. Grandet ne s'est jamais trompé, sauf sur l'essentiel. Il a incarné, à sa manière, cette volonté de triomphe social dont le romancier a senti lui-même l'aiguillon. Mais le triomphe est transitoire et périssable. Aussi le calcul de l'avare est-il, en définitive, un mauvais calcul. Grandet a gagné sur les fonds d'État un argent qu'il n'emportera pas dans la tombe et il a méconnu que « nous sommes tous actionnaires dans la grande entreprise de l'éternité [1] ». *Cette formule claironnante de* Melmoth réconcilié *résume la leçon du débat ouvert déjà dans* Eugénie Grandet *entre une philosophie du présent, représentée par le vieil avare, et la croyance en* « une vie à venir [2] », *qui soutient dans ses épreuves l'héroïne du roman.*

***

Eugénie Grandet est bien « la figure principale » *de l'œuvre qui porte son nom : Balzac l'a écrit en propres termes dans son manuscrit et en marge d'une épreuve corrigée [3]; si cette indication n'a pas été maintenue, le préambule et l'épilogue des premières éditions confirment son dessein en soulignant l'unité psychologique et dramatique du récit, qui décrit l'histoire d'une destinée.*

Destinée douloureuse et grise en apparence. Une riche héritière provinciale est en butte aux intrigues de clans rivaux, qui convoitent une alliance avantageuse. De sordides intérêts se mesurent et s'affrontent autour d'elle. Un cousin de Paris surgit, l'éblouit, la conquiert par son élégance et par son charme; elle brave pour lui l'autorité d'un père redoutable. Les deux fiancés sont séparés par les circonstances; des années s'écoulent; le père meurt. L'élu de son

1. *Pl.* IX, 306.
2. *Eugénie Grandet*, p. 120.
3. Voir Appendice critique, p. 310.

âme revient : va-t-il l'arracher à sa solitude, lui apporter le bonheur si longtemps attendu? Il lui annonce qu'il vient de faire un mariage d'intérêt et elle reçoit cette nouvelle comme un coup de poignard. Désormais, la vie terrestre a perdu à ses yeux tout attrait. Pour tenir malgré tout son rôle dans la société où elle est condamnée à vivre, elle consent à épouser l'un de ses prétendants : mariage blanc, bientôt brisé. Veuve à trente-trois ans, elle continue à faire face aux devoirs de son état et gère ses domaines selon les principes paternels, figée désormais dans « la roideur de la vieille fille » *et* «les habitudes mesquines que donne l'existence étroite de la province ».

Or si Eugénie Grandet *se réduisait à ce schéma, l'œuvre ne conserverait pas, dans la production romanesque de Balzac, la place de choix qu'elle a conquise d'emblée, et à si juste titre. Le thème de l'amour contrarié, celui des rivalités en province, y sont développés et associés avec un bonheur certain, mais dont* La Comédie humaine *offre d'autres exemples. Une situation et des péripéties analogues se retrouvent, notamment, dans* La Vieille Fille *qui, quoique de ton différent, pourrait presque se résumer dans les mêmes termes*[1]. *Mais nulle part* La Vieille Fille *ne donne une image de ce conflit capital qui, dans* Eugénie Grandet, *oppose l'héroïne à son père et qui donne à ce roman une dimension supplémentaire.*

Ce conflit naît du heurt de deux caractères également forts, qu'animent des passions contraires : l'avarice qui convoite tout, l'amour qui voudrait tout donner. Longtemps, Eugénie, ignorante et sans horizon, s'est montrée docile aux ordres du tyran domestique dont elle subissait, comme sa

1. Dans une petite ville de province, une riche héritière est convoitée par des prétendants, mais elle diffère un choix qui l'embarrasse; un fol espoir s'empare d'elle, lorsqu'un élégant gentilhomme de Paris vient séjourner dans sa demeure; or cet espoir est cruellement déçu; sa mésaventure la décide à épouser l'un de ses prétendants : mariage blanc...

mère, la terrible emprise : elle acceptait sa condition, faute de pouvoir en imaginer une autre. L'éveil de la passion amoureuse équivaut en elle à un éveil de la personnalité; elle commence à penser par elle-même et à juger son père. Le désaccord se manifeste d'abord par des froissements silencieux, par des incidents légers, par une protestation confuse, qui hésite à se formuler; mais une fois que l'orage a éclaté, rien ne saurait en réparer l'effet dévastateur. Pour la première fois de sa vie, Grandet a rencontré une volonté capable de résister à la sienne, parce qu'elle est de même race et de même trempe : entre sa fille et lui, l'opposition est irréductible. Si, par la suite, elle lui abandonne sans murmure ses droits à la succession de sa mère, ce désistement fournit une nouvelle preuve de son indifférence aux biens matériels qui demeurent, pour Grandet, la principale raison de vivre. Si elle se laisse former à son école, si elle s'accoutume à « ses façons d'avarice [1] », *ces habitudes acquises, qui la préparent à sa tâche d'héritière, sans l'empêcher d'ailleurs de payer largement ce qu'elle doit et même ce qu'elle ne doit pas, ni de se répandre en générosités charitables, n'altèrent en rien la pureté de son âme, étrangère aux intérêts d'ici-bas et comme déjà désincarnée. Son ambition, non moins impérieuse que celle de son père, évolue jusqu'au bout dans une autre sphère : elle a vécu pour l'amour et n'aspire plus qu'au ciel, mais l'amour répondait déjà, en elle, à une exigence d'infini.*

« Eugénie marche au ciel accompagnée d'un cortège de bienfaits [2]. » *Elle se range ainsi dans une lignée d'héroïnes qui expriment l'idéal féminin de Balzac en obéissant, par une pente irrésistible de leur nature, à une vocation céleste. Dès 1823, le jeune écrivain a peint, dans le second* Falthurne, *une jeune fille nommée Minna, promise par ses mérites aux béatitudes éternelles [3]; deux romans de la même*

1. *Eugénie Grandet*, p. 221.
2. *Ibid.*, p. 256.
3. Voir *Falthurne* (librairie José Corti), pp. 168 sq.

époque, Annette et le Criminel *et* Wann-Chlore, *offraient, de ce prototype à peine ébauché, des répliques plus poussées et déjà émouvantes. Neuf ou dix ans plus tard naissent dans un nouvel accès de ferveur sentimentale Pauline de Villenoix, la fiancée de Louis Lambert;* « Mme Jules », *la fille de Ferragus; Evelina, la bien-aimée du jeune Benassis; puis, pour* Séraphîta, *une seconde Minna. Le romancier avait encore* Eugénie Grandet *en chantier, lorsque la vue chez le sculpteur Bra d'une* Marie tenant le Christ enfant adoré par deux anges *lui fit concevoir le projet de son roman mystique* [1] *: la jeune fille de Saumur a reçu déjà quelques-uns des rayons qui baignent les personnages de* Séraphîta; *aussi Balzac l'a-t-il comparée à Marie, vierge et mère,* « belle image de tout le sexe, [...] la seconde Eva des chrétiens [2] ».

Ainsi s'achève dans une lumière d'au-delà ce roman de l'or et des biens terrestres. Victime apparente de l'avarice paternelle, Eugénie a choisi la meilleure part. En opposant aux calculs de l'égoïsme l'élan de son amour et de sa charité, elle a glorieusement accompli sa destinée. « Il y a des anges sur la terre; vous ne les voyez pas, mais Dieu les connaît; il les couvre de ses nuées, et les inonde intérieurement de sa lumière; il les éprouve par la souffrance et les fait passer du martyre au ciel. L'amour est l'image de la vie des anges [3]. »

PIERRE-GEORGES CASTEX.

1. *Étr.* I, 88.
2. Voir Épilogue supprimé, p. 266. Ce texte capital donnait le sens mystique du roman.
3. *Le Prêtre catholique,* publié par Philippe Bertault dans *Les Études balzaciennes,* nº 3-4, juil.-déc. 1952, p. 145. Cette ébauche est sensiblement contemporaine de la rédaction d'*Eugénie Grandet.*

Bibliothèque des Arts Décoratifs *Cl. Josse Lalance*

LE TONNELIER
Lithographie par Jules David (1835)

Grandet
incarné par le comédien Bouffé (1835)

Eugénie Grandet
Gravure de Staal

Élégant en tenue du soir
(*La Mode*, t. II, 1830)

Élégant en robe de chambre
(*La Mode*, t. II, 1830)

B. N. Imprimés *Cl. Josse Lalance*

LA GRANDE NANON
Gravure de Henri Monnier pour l'édition Furne (1843)

Photo J. Decker

LA GRAND'RUE A SAUMUR

Cl. Josse Lalance

L'ÉGLISE SAINT-PIERRE A SAUMUR
Lithographie anonyme vers 1840

EUGÉNIE GRANDET

EUGÉNIE GRANDET.

A MARIA,

Que votre nom, vous dont le portrait est le plus bel ornement de cet ouvrage, soit ici comme une branche de buis bénit, prise on ne sait à quel arbre, mais certainement sanctifiée par la religion et renouvelée, toujours verte, par des mains pieuses, pour protéger la maison.

DE BALZAC.

Document communiqué par MM. Chancerel et Pierrot

EUGÉNIE GRANDET.

Il se rencontre au fond des provinces quelques têtes dignes d'une étude sérieuse, des caractères pleins d'originalité, des existences tranquilles à la superficie, et que ravagent secrètement de tumultueuses passions; mais les aspérités les plus tranchées des caractères, mais les exaltations les plus passionnées finissent par s'y abolir dans la constante monotonie des mœurs. Aucun poëte n'a tenté de décrire les phénomènes de cette vie qui s'en va, s'adoucissant toujours. Pourquoi non? S'il y a de la poésie dans l'atmosphère de Paris, où tourbillonne un simoun qui enlève les fortunes et brise les cœurs, n'y en a-t-il donc pas aussi dans la lente action du sirocco de l'atmosphère provinciale qui détend les plus fiers courages, relâche les fibres, et désarme les passions de leur *acutesse*. Si tout arrive à Paris, tout passe en province : là, ni relief, ni saillie; mais là des drames dans le silence; là, des mystères habilement dissimulés; là, des dénouemens dans un seul mot; là,

« EUGÉNIE GRANDET »
Exemplaire de l'édition Charpentier ayant appartenu à Maria du Fresnay.
Une dédicace détachée d'un exemplaire d'épreuves de l'édition Houssiaux a été cousue au premier feuillet.

A MARIA[1]

Que votre nom, vous dont le portrait est le plus bel ornement de cet ouvrage, soit ici comme une branche de buis bénit, prise on ne sait à quel arbre, mais certainement sanctifiée par la religion et renouvelée, toujours verte, par des mains pieuses, pour protéger la maison[a].

De Balzac[b].

1. Maria Du Fresnay, née Daminois, clairement identifiée par MM. André Chancerel et Roger Pierrot dans un important article de la *Revue des Sciences humaines* (année 1955, pp. 437 à 458 : *La Véritable Eugénie Grandet*). Elle était, en 1833, la maîtresse du romancier, qui l'a évoquée dans une lettre à sa sœur Laure (*Corr.* Pierrot II, 390-391, lettre du 12 octobre). Balzac orna de cette dédicace l'édition Charpentier du roman. La dédicataire put reconnaître quelques-uns de ses traits dans ceux d'Eugénie; mais l'hommage demeurait assez discret pour laisser planer une énigme et créer peut-être même une équivoque dans l'esprit de Mme Hanska. (Voir Épilogue supprimé, p. 266, n. 1.)

PHYSIONOMIES BOURGEOISES

Il se trouve dans certaines villes de province des maisons dont la vue inspire une mélancolie égale à celle que provoquent les cloîtres les plus sombres, les landes les plus ternes ou les ruines les plus tristes. Peut-être y a-t-il à la fois dans ces maisons et le silence du cloître et l'aridité des landes et les ossements des ruines. La vie et le mouvement y sont si tranquilles qu'un étranger les croirait inhabitées, s'il ne rencontrait tout à coup le regard pâle et froid d'une personne immobile dont la figure à demi monastique [a] dépasse l'appui de la croisée, au bruit d'un pas inconnu. Ces principes de mélancolie existent dans la physionomie d'un logis situé à Saumur, au bout de la rue montueuse [1] [b] qui mène au château, par le haut de la ville. Cette rue, maintenant [c] peu fréquentée, chaude en été, froide en hiver, obscure en quelques endroits, est remarquable par la sonorité de son petit pavé caillouteux, toujours propre et sec, par l'étroitesse de sa voie tortueuse, par la paix de ses maisons qui appartiennent à la vieille ville, et que dominent les remparts. Des habitations trois fois séculaires y sont encore solides quoique construites en bois, et leurs divers aspects contribuent à l'originalité qui recommande cette partie de Saumur à l'attention des anti-

---

1. Plusieurs rues du vieux Saumur montent vers le château, depuis la place Saint-Pierre. Balzac songe probablement à la Grand-Rue (voir notre Introduction, p. XXV-XXVI et ci-dessous, p. 8).

quaires [1] et des artistes. Il est difficile de passer devant ces maisons, sans admirer les énormes madriers dont les bouts sont taillés en figures bizarres et qui couronnent [a] d'un bas-relief noir le rez-de-chaussée de la plupart d'entre elles. Ici, des pièces de bois transversales sont couvertes en ardoises et dessinent des lignes bleues sur [b] les frêles murailles d'un logis terminé par un toit en colombage que les ans ont fait plier, dont les bardeaux pourris ont été tordus par l'action alternative de la pluie et du soleil [2]. Là se présentent des appuis de fenêtre usés, noircis, dont les délicates sculptures se voient à peine, et qui semblent trop légers pour le pot d'argile brune [c] d'où s'élancent les œillets ou les rosiers d'une pauvre ouvrière. Plus loin, c'est [d] des portes garnies de clous énormes où le génie de nos ancêtres a tracé des hiéroglyphes domestiques dont le sens ne se retrouvera jamais. Tantôt un protestant y a signé sa foi, tantôt un ligueur y a maudit Henri IV. Quelque bourgeois y a gravé les insignes de sa *noblesse de cloches* [3], la gloire de son échevinage oublié. L'Histoire de France est là tout entière. A côté de la tremblante maison à pans hourdés

---

1. Selon un usage courant à l'époque, le romancier désigne par ce mot ceux qui s'intéressent aux vestiges du passé. Il a de même évoqué, au début d'*Une double famille*, un dédale de vieilles rues « où les antiquaires peuvent encore admirer quelques singularités historiques » (*Pl.* 1, 926).

2. Balzac a déjà décrit la toiture d'une vénérable maison à colombage « tordue par les intempéries » dans *La Maison du Chat-qui-pelote* (p. 22), mais il s'agissait d'un logis parisien. Il n'y a pas beaucoup de maisons de ce genre à Saumur; le visiteur le plus pressé, cependant, remarque celle qui se trouve tout à côté de l'église Saint-Pierre, dite *maison du Roi*.

3. On appelait gentilshommes de la cloche les descendants des maires et des échevins anoblis, dans certaines villes, par leur charge municipale. Selon le *Dictionnaire de l'Académie* (1835), le nom venait « de ce que les assemblées pour l'élection des officiers municipaux étaient convoquées au son de la cloche »; mais Littré l'explique par le pouvoir qu'avaient ces magistrats d'utiliser la cloche de la commune.

où l'artisan a déifié [a] son rabot, s'élève l'hôtel d'un gentilhomme où sur le plein cintre de la porte en pierre se voient encore quelques vestiges de ses armes, brisées par les diverses révolutions qui depuis 1789 ont agité le pays [b]. Dans cette rue, les rez-de-chaussée commerçants ne sont ni des boutiques ni des magasins, les amis du Moyen-Age y retrouveraient l'ouvrouère de nos pères en toute sa naïve simplicité. Ces salles basses, qui n'ont ni devanture, ni montre, ni vitrages [c], sont profondes, obscures et sans ornements extérieurs ou intérieurs [d]. Leur porte est ouverte en deux parties pleines, grossièrement ferrées, dont la supérieure se replie intérieurement, et dont l'inférieure, armée d'une sonnette à ressort, va et vient constamment. L'air et le jour arrivent à [e] cette espèce d'antre humide, ou par le haut de la porte, ou par l'espace qui se trouve entre la voûte, le plancher et le petit mur à hauteur d'appui dans lequel s'encastrent de solides volets, ôtés le matin, remis et maintenus le soir avec des bandes de fer boulonnées [f]. Ce mur sert à étaler les marchandises du négociant. Là, nul charlatanisme. Suivant la nature du commerce, les échantillons consistent en deux ou trois baquets pleins de sel et de morue, en quelques paquets de toile à voile, des cordages, du laiton pendu aux solives du plancher, des cercles le long des murs, ou [g] quelques pièces de drap sur des rayons. Entrez? Une fille propre, pimpante de jeunesse, au blanc fichu [h], aux bras rouges, quitte son tricot, appelle son père ou sa mère qui vient et vous vend à vos souhaits, flegmatiquement, complaisamment, arrogamment, selon son caractère, soit pour deux sous, soit pour vingt mille francs de marchandise. Vous verrez un marchand de merrain [1]

1. Bois de chêne scié et découpé en planches dont on fait notamment les douves de tonneau.

assis à sa porte et qui tourne ses pouces en causant avec un voisin, il ne possède en apparence que de mauvaises planches à bouteilles et deux ou trois paquets de lattes; mais sur le port son chantier plein fournit tous les tonneliers de l'Anjou; il sait, à une planche près, combien il *peut* de tonneaux si la récolte est bonne; un coup de soleil l'enrichit, un temps de pluie le ruine : en une seule matinée, les poinçons valent onze francs ou tombent à six livres [a]. Dans ce pays, comme en Touraine [1], les vicissitudes de l'atmosphère dominent la vie commerciale. Vignerons, propriétaires, marchands de bois, tonneliers, aubergistes, mariniers, sont tous à l'affût d'un rayon de soleil; ils tremblent en se couchant le soir d'apprendre le lendemain matin qu'il a gelé pendant la nuit; ils redoutent la pluie, le vent, la sécheresse, et veulent de l'eau, du chaud, des nuages, à leur fantaisie. Il y a un duel constant entre le ciel et les intérêts terrestres. Le baromètre attriste, déride, égaie tour à tour les physionomies. D'un bout à l'autre de cette rue, l'ancienne Grand'Rue de Saumur, ces mots : « Voilà un temps d'or ! » se chiffrent de porte en porte. Aussi chacun répond-il au voisin : « Il pleut des louis », en sachant ce qu'un rayon de soleil, ce qu'une pluie opportune lui en apporte [b]. Le samedi, vers midi [c], dans la belle saison, vous n'obtiendriez pas pour un sou de marchandise chez ces braves industriels. Chacun a sa vigne, sa closerie, et va passer deux jours à la campagne [d]. Là, tout étant prévu, l'achat, la vente, le profit, les commerçants se trouvent avoir dix heures sur douze à employer en joyeuses parties, en observations, commentaires, espionnages continuels.

---

1. Balzac va délibérément reprendre, en termes parfois analogues, un certain nombre de détails qui s'appliquaient, dans *Les Deux Amis*, à un commerçant de Tours et à ses confrères (voir Introduction, p. XXXVII).

Une ménagère n'achète pas une perdrix sans que les voisins ne demandent au mari si elle était cuite à point [a]. Une jeune fille ne met pas la tête à sa fenêtre sans y être vue par tous les groupes inoccupés [b]. Là donc les consciences sont à jour, de même que ces maisons impénétrables, noires et silencieuses n'ont point de mystères. La vie est presque toujours en plein air : chaque ménage s'assied à sa porte, y déjeune, y dîne, s'y dispute. Il ne passe personne dans la rue qui ne soit étudié. Aussi, jadis, quand un étranger arrivait dans une ville de province, était-il gaussé de porte en porte. De là les bons contes, de là le surnom de *copieux* [1] donné aux habitants d'Angers qui excellaient à ces railleries urbaines [c]. Les anciens hôtels de la vieille ville sont situés en haut de cette rue jadis habitée par les gentilshommes du pays. La maison pleine de mélancolie où se sont accomplis les événements de cette histoire était précisément un de ces logis [2], restes vénérables d'un siècle où les choses et les hommes avaient ce caractère de simplicité que les mœurs françaises perdent de jour en jour [d]. Après avoir suivi les détours de ce chemin [e] pittoresque dont les moindres accidents réveillent des souvenirs et dont l'effet général tend à plonger dans une sorte de rêverie machinale, vous apercevez un renfoncement assez sombre, au centre duquel est cachée la porte de la maison à monsieur Grandet. Il est impossible de comprendre la valeur de cette expression provinciale sans donner la biographie de monsieur Grandet.

Monsieur Grandet jouissait à Saumur d'une répu-

---

1. Littré relève un usage ancien de *copieux* pour « railleur, moqueur » et explique le mot, dans cet emploi, par « celui qui copie, qui contrefait ».

2. Grandet habite un vieil hôtel ayant appartenu à l'ancienne aristocratie : importante précision, qui permet de le situer socialement parmi les parvenus de la Révolution.

tation dont les causes et les effets ne seront pas entièrement compris par les personnes qui n'ont point, peu ou prou, vécu en province [1]. Monsieur Grandet, encore nommé par certaines gens le père Grandet, mais le nombre de ces vieillards diminuait sensiblement [a], était en 1789 un maître-tonnelier [2] fort à son aise, sachant lire, écrire et compter. Dès que la République française mit en vente, dans l'arrondissement de Saumur, les biens du clergé, le tonnelier, alors âgé de quarante ans [3], venait d'épouser la fille d'un riche marchand de planches. Grandet alla, muni de sa fortune liquide et de la dot, muni de deux mille louis d'or, au district [4], où, moyennant deux cents doubles louis offerts par son beau-père [b] au farouche républicain qui surveillait la vente des domaines nationaux [5], il eut pour un morceau de pain, légalement,

---

1. C'est donc bien *la vie de province* dans sa généralité que Balzac entend saisir. De même, quand il voudra caractériser *la vie parisienne :* « [L'histoire] sera-t-elle comprise au delà de Paris ? » demande-t-il (*Le Père Goriot*, p. 5).

2. Selon André Fouqueure (*Balzac à Angoulême,* pp. 21 sq.), Balzac, « en 1833, au mois de mai », aurait été guidé dans la cité charentaise par un jeune homme d'origine tourangelle nommé Séchart, dont le grand-père « était tonnelier, avait gagné pas mal d'argent, mais était avare ». La chronologie permet de se demander si, de cette rencontre, ne serait pas née, outre l'idée de nommer Séchard un personnage d'*Illusions perdues*, celle de présenter l'avare Grandet comme un ancien tonnelier. Toutefois, la tradition rapportée par Fouqueure repose sur un seul témoignage, qui doit être accueilli avec prudence.

3. Le décret d'aliénation des biens ecclésiastiques a été pris le 2 novembre 1789. Grandet est donc né en 1749. Cette date cadre avec la précision fournie un peu plus loin (p. 12) : il avait cinquante-sept ans en 1806. Vers la fin du roman, se glisseront des contradictions (voir pp. 213, 222 et Appendice critique).

4. Au siège administratif de la subdivision territoriale créée par la Révolution. Avec la même intention dénigrante, Balzac notera dans *Le Cabinet des Antiques* (p. 8) : « Au nom du peuple souverain, le District déshonora la terre d'Esgrignon, les bois furent nationalement vendus ».

5. « En dépit des républicains qui sont tous à cheval sur la probité révolutionnaire, les affaires de ce temps-là n'étaient pas claires. » (*La Vieille Fille*, pp. 35-36.) Déjà dans *Eugénie Grandet*, Balzac s'exprime en adversaire de la République.

sinon légitimement[a], les plus beaux vignobles de l'arrondissement, une vieille abbaye et quelques métairies. Les habitants de Saumur étant peu révolutionnaires, le père Grandet passa pour un homme hardi, un républicain, un patriote, pour un esprit qui donnait dans les nouvelles idées, tandis que le tonnelier donnait tout bonnement dans les vignes. Il fut nommé membre de l'administration du district de Saumur, et son influence pacifique s'y fit sentir politiquement et commercialement. Politiquement, il protégea les ci-devant et empêcha de tout son pouvoir la vente des biens des émigrés; commercialement, il fournit aux armées républicaines un ou deux milliers de pièces de vin blanc, et se fit payer en[b] superbes prairies dépendant d'une communauté de femmes[c] que l'on avait réservée pour un dernier lot[d]. Sous le Consulat, le bonhomme Grandet devint maire[1], administra sagement, vendangea mieux encore; sous l'Empire, il fut monsieur Grandet. Napoléon n'aimait pas les républicains : il remplaça monsieur Grandet, qui passait pour avoir porté le bonnet rouge[e], par un grand propriétaire, un homme à particule, un futur baron de l'Empire. Monsieur Grandet quitta les honneurs municipaux sans aucun regret. Il avait fait faire dans l'intérêt de la ville d'excellents chemins qui menaient à ses propriétés. Sa maison et ses biens, très avantageusement cadastrés[2], payaient des impôts

---

1. Balzac s'intéresse de longue date à ces carrières d'hommes nouveaux dont la réalité de l'époque lui offrait de proches exemples. Aussi voit-on dans ses œuvres antérieures plusieurs personnages qui ont une ascension analogue à celle de Grandet. Granvani, dans *La Dernière Fée*, « devint maire et le plus riche du village, parce qu'il eut le bon sens d'acheter les biens de l'Église pendant la Révolution » (chapitre IV). Comme Grandet encore, l'avare de province d'Orgemont, dans *Les Chouans*, a acquis une abbaye (pp. 73 et 241), ce qui lui attire les représailles des paysans soulevés contre la République.
2. Voir Introduction, p. LV.

modérés. Depuis le classement de ses différents clos [a], ses vignes, grâce à des soins constants, étaient devenues la tête du pays, mot technique en usage pour indiquer les vignobles qui produisent la première qualité de vin. Il aurait pu demander la croix de la Légion d'Honneur [1] [b]. Cet événement eut lieu en 1806. Monsieur Grandet avait alors cinquante-sept ans, et sa femme environ trente-six [c]. Une fille unique, fruit de leurs légitimes amours, était âgée de dix ans. Monsieur Grandet, que la Providence voulut sans doute consoler de sa disgrâce administrative [d], hérita successivement pendant cette année de madame de La Gaudinière, née de La Bertellière [2], mère de madame Grandet [e] ; puis du vieux monsieur La Bertellière [f], père de la défunte; et encore de madame Gentillet, grand'mère du côté maternel [3] : trois successions dont l'importance ne fut connue de personne. L'avarice de ces trois vieillards était si passionnée que depuis longtemps ils entassaient leur argent pour pouvoir le contempler secrètement. Le vieux monsieur La Bertellière appelait un placement une prodigalité, trouvant de plus gros intérêts dans l'aspect de l'or

---

1. En ajoutant cette phrase sur épreuves en vue de l'édition originale, Balzac rend la phrase suivante équivoque. Des commentateurs ont pu croire ainsi que Grandet a effectivement reçu la Légion d'honneur en 1806. Mais comment Napoléon eût-il conféré cette distinction insigne à l'homme qu'il disgraciait ? Le texte primitif prouve que les mots « Cet événement » s'appliquent au classement des clos.

2. Une famille qui, au temps de Balzac, était établie à Loches se nommait Potier de La Berthellière. Le domaine de La Berthellière existe encore.

3. Il est question, plus loin, de deux pastels qui se font pendant et qui représentent, l'un « l'aïeul de madame Grandet, le vieux monsieur de la Bertellière », l'autre « défunt madame Gentillet ». En outre, le romancier indique p. 37 que, « par sa dot et ses successions », Mme Grandet avait apporté plus de trois cent mille francs. Il est donc vraisemblable que, dans son esprit, Mme Gentillet appartient, en dépit du nom, à l'ascendance de la femme et non du mari.

que dans les bénéfices de l'usure [a]. La ville de Saumur présuma donc la valeur des économies d'après les revenus des biens au soleil. Monsieur Grandet obtint alors le nouveau titre de noblesse que notre manie d'égalité n'effacera jamais, il devint *le plus imposé* de l'arrondissement [1] [b]. Il exploitait cent [c] arpents de vignes, qui, dans les années plantureuses, lui donnaient sept à huit cents [d] poinçons de vin [2]. Il possédait treize métairies, une vieille abbaye, où, par économie, il avait muré les croisées, les ogives, les vitraux [3] [e], ce qui les conserva [f]; et cent vingt-sept arpents de prairies où croissaient et grossissaient trois mille peupliers plantés en 1793 [g]. Enfin la maison dans laquelle il demeurait était la sienne. Ainsi établissait-on sa fortune visible. Quant à ses capitaux, deux seules personnes pouvaient vaguement en présumer l'importance : l'une était monsieur Cruchot, notaire chargé des placements usuraires de monsieur Grandet; l'autre, monsieur des Grassins, le plus riche banquier de Saumur, aux bénéfices duquel le vigneron participait à sa convenance et secrètement [h]. Quoique le vieux Cruchot et monsieur des Grassins possédassent cette profonde discrétion qui engendre en province la confiance et la fortune, ils témoignaient publiquement à monsieur Grandet un si grand respect que les observateurs pouvaient mesurer l'étendue

---

1. Voir Introduction, p. L.

2. Arpents, poinçons : ces anciennes unités de mesure varient avec les provinces. Dans le vignoble ligérien, l'arpent équivalait aux deux tiers d'un hectare, le poinçon aux deux tiers d'un muid, soit cent quatre-vingt-cinq litres environ. Le rendement, de vingt hectolitres à l'hectare, paraît fort, même pour des années plantureuses (voir Vavasseur, *op. cit.*, pp. 61 sq.); Balzac, en tout cas, a bien fait de réduire sa première estimation (voir Appendice critique, p. 290).

3. Apparemment pour ne pas payer l'impôt sur les portes et fenêtres, institué par le Directoire en 1799. De nombreuses ouvertures furent bouchées par les propriétaires à l'époque. Sur une mesure de ce genre prise à l'abbaye de Noyers, voir Introduction, p. XLVI.

des capitaux de l'ancien maire [a] d'après la portée de l'obséquieuse considération dont il était l'objet. Il n'y avait dans Saumur personne qui ne fût persuadé que monsieur Grandet n'eût un trésor particulier, une cachette pleine de louis, et ne se donnât [b] nuitamment les ineffables jouissances que procure la vue d'une grande masse d'or. Les avaricieux en avaient une sorte de certitude en voyant les yeux du bonhomme, auxquels le métal jaune semblait avoir communiqué ses teintes [1]. Le regard d'un homme accoutumé à tirer de ses capitaux un intérêt énorme contracte nécessairement, comme celui du voluptueux, du joueur ou du courtisan, certaines habitudes indéfinissables, des mouvements furtifs, avides, mystérieux, qui n'échappent point à ses coreligionnaires. Ce langage secret forme en quelque sorte la franc-maçonnerie des passions [c]. Monsieur Grandet inspirait donc l'estime respectueuse à laquelle avait droit un homme qui ne devait jamais rien à personne [d], qui, vieux tonnelier, vieux vigneron, devinait avec la précision d'un astronome [2] quand il fallait fabriquer pour sa récolte mille poinçons [3] ou seulement cinq cents; qui ne manquait pas une seule spéculation, avait toujours des tonneaux à vendre alors que le tonneau valait plus cher que la denrée à recueillir [4e],

---

1. Selon Balzac, la couleur jaune, pour les yeux, est un signe d'avidité; Gobseck a les yeux « jaunes comme ceux d'une fouine » (*Pl.* II, 624). Voir un répertoire des yeux jaunes parmi les personnages de *La Comédie humaine* dans Abraham, *Créatures chez Balzac*, p. 149.

2. Cette comparaison pittoresque est reprise dans *Le Père Goriot* (p. 17) : Mme Vauquer mesure « avec une précision d'astronome » les soins et les égards dus à ses pensionnaires, d'après le chiffre de leurs pensions.

3. On a vu que, « dans les années plantureuses », les vignes de M. Grandet « donnaient sept à huit cents poinçons ». Mais Balzac n'a pas corrigé ici, comme il l'a fait plus haut, l'excès du chiffre primitif. Voir encore *infra*, pp. 112 et 116.

4. Une éventualité aussi désastreuse pour les vignerons pouvait

pouvait mettre sa vendange dans ses celliers [a] et attendre le moment de livrer son poinçon à deux cents francs [1] quand les petits propriétaires donnaient le leur à cinq louis [b]. Sa fameuse récolte de 1811 [2], sagement serrée, lentement vendue [c], lui avait rapporté plus de deux cent quarante mille livres [3d]. Financièrement parlant, monsieur Grandet tenait du tigre [4] et du boa [e] : il savait se coucher, se blottir, envisager longtemps sa proie, sauter dessus, puis [f] il ouvrait la gueule de sa bourse, y engloutissait une charge d'écus, et se couchait tranquillement, comme le serpent qui digère, impassible, froid, méthodique. Personne ne le voyait passer sans éprouver un sentiment d'admiration mélangé de respect et de terreur. Chacun dans Saumur n'avait-il pas senti le déchirement poli [g] de ses griffes d'acier? à celui-ci maître Cruchot avait procuré l'argent nécessaire à l'achat d'un domaine, mais à onze pour cent [5] [h]; à celui-là monsieur des Grassins avait escompté des traites, mais avec un effroyable prélèvement d'intérêts. Il s'écoulait peu de jours sans que le nom de monsieur Grandet fût prononcé soit au marché, soit pendant les soirées dans les conversations de la

---

effectivement se présenter dans les années de mévente. Voir le rapport du maire de Vouvray au préfet Pommereul cité dans notre Introduction, p. XXXII.

1. Ce cours élevé n'est normal que pour un vin de tête (Vavasseur, *op. cit.*, pp. 48 sq.).

2. « Très grande année, une des meilleures du siècle. » *(Ibid.)* C'est celle de la comète. Il y sera encore fait allusion ci-dessous, p. 31.

3. Soit trois cents francs par poinçon, si Grandet a récolté son maximum. Cours extrême, même pour une année exceptionnelle.

4. La comparaison est rappelée, à propos du même personnage, dans *Les Paysans :* « l'avare de province, le père Grandet de Saumur, avare comme le tigre est cruel » (*Pl.* VIII, 202).

5. « On ne trouvait pas à emprunter à moins de 8 %, souvent plus. » (Bertier de Sauvigny, *op. cit.*, p. 312.) C'est ce taux de 8 % que Balzac a d'abord indiqué; 11 % est bien celui d'un homme particulièrement dur en affaires ou particulièrement habile à profiter des circonstances.

ville. Pour quelques personnes, la fortune du vieux vigneron était l'objet d'un orgueil patriotique. Aussi plus d'un négociant, plus d'un aubergiste disait-il aux étrangers avec un certain contentement : « Monsieur, nous avons ici deux ou trois maisons millionnaires; mais, quant à monsieur Grandet, il ne connaît pas lui-même sa fortune! » En 1816 les plus habiles calculateurs de Saumur estimaient les biens territoriaux du bonhomme à près de quatre millions [a]; mais, comme, terme moyen, il avait dû tirer par an, depuis 1793 jusqu'en 1817 [b], cent mille [c] francs de ses propriétés, il était présumable qu'il possédait en argent une somme presque égale [d] à celle de ses biens-fonds [1]. Aussi, lorsqu'après une partie de boston, ou quelque entretien sur les vignes, on venait à parler de monsieur Grandet, les gens capables disaient-ils : « Le père Grandet?... le père Grandet doit avoir cinq à six millions [e]. — Vous êtes plus habile que je ne le suis [f], je n'ai jamais pu savoir le total », répondaient monsieur Cruchot ou monsieur des Grassins s'ils entendaient le propos. Quelque Parisien parlait-il des Rotschild [2] ou de monsieur Laffitte, les gens de Saumur demandaient s'ils étaient aussi riches que monsieur Grandet. Si le Parisien leur jetait en souriant une dédaigneuse affirmation, ils se regardaient en hochant la tête d'un air d'incrédulité [g]. Une si grande [h] fortune couvrait d'un manteau d'or toutes les actions de cet homme. Si d'abord quelques particularités de sa vie donnèrent

---

1. « Les héritiers Boirouge » se livrent à des supputations analogues pour évaluer la fortune du « bonhomme » dont ils escomptent la succession (*Pl.* x, 1067). A bien des égards, le père Boirouge est une réplique du père Grandet.

2. Balzac aime à citer le nom des Rothschild, dont il altère toutefois l'orthographe; il a fait la connaissance du baron James de Rothschild et, le 31 octobre 1833, dans la période même où il rédige *Eugénie Grandet*, il écrit à Mme Hanska qu'il vient d'avoir une « conférence » avec ce « prince de l'argent » (*Étr.* I, 69).

prise au ridicule et à la moquerie, la moquerie et le ridicule s'étaient usés. En ses moindres actes, monsieur Grandet avait pour lui l'autorité de la chose jugée. Sa parole, son vêtement, ses gestes, le clignement de ses yeux faisaient loi dans le pays, où chacun, après l'avoir étudié comme un naturaliste étudie les effets de l'instinct chez les animaux, avait pu reconnaître la profonde et muette sagesse de ses plus légers mouvements. « L'hiver sera rude, disait-on, le père Grandet a mis ses gants fourrés : il faut vendanger [a]. — Le père Grandet prend beaucoup de merrain, il y aura du vin cette année. » Monsieur Grandet n'achetait jamais ni viande ni pain. Ses fermiers [b] lui apportaient par semaine une provision suffisante de chapons, de poulets, d'œufs, de beurre et de blé de rente [1]. Il possédait un moulin dont le locataire [c] devait, en sus du bail, venir chercher une certaine quantité de grains et lui en rapporter le son et la farine [d]. La Grande Nanon, son unique servante, quoiqu'elle ne fût plus jeune, boulangeait elle-même tous les samedis [2e] le pain de la maison. Monsieur Grandet s'était arrangé avec les maraîchers, ses locataires, pour qu'ils le fournissent de légumes. Quant aux fruits, il en récoltait une telle quantité qu'il en faisait vendre une grande partie au marché. Son bois de chauffage était coupé dans ses haies ou pris dans les vieilles truisses [3] à moitié pourries qu'il enlevait au bord [f] de ses champs,

1. Dû à terme fixe selon des conventions définies par avance.

2. Balzac avait d'abord écrit « tous les lundis ». Le samedi est un jour mieux choisi et plus commun dans l'économie paysanne de l'époque : on a du pain frais le dimanche et on mange du pain rassis le reste de la semaine.

3. Ce mot s'emploie dans plusieurs régions et notamment dans le Val de Loire pour désigner de vieux troncs d'arbres étêtés. On le rencontre encore dans *Les Chouans*, dans *Un drame au bord de la mer*, et aussi dans *Louis Lambert :* « ... nous nous assîmes tous deux sur une vieille truisse de chêne » (*Pl.* x, 385).

et ses fermiers le lui charroyaient en ville tout débité, le rangeaient par complaisance dans son bûcher et recevaient ses remercîments [a]. Ses seules dépenses connues étaient le pain bénit, la toilette de sa femme, celle de sa fille, et le paiement de leurs chaises à l'église; la lumière, les gages de la Grande Nanon, l'étamage de ses casseroles; l'acquittement des impositions, les réparations de ses bâtiments et les frais de ses exploitations. Il avait six cents [b] arpents de bois récemment achetés qu'il faisait surveiller par le garde d'un voisin, auquel il promettait une indemnité [c]. Depuis cette acquisition seulement, il mangeait du gibier. Les manières de cet homme étaient fort simples [d]. Il parlait peu. Généralement il exprimait ses idées par de petites phrases sentencieuses et dites d'une voix douce. Depuis la Révolution, époque à laquelle il attira les regards, le bonhomme bégayait d'une manière fatigante aussitôt qu'il avait à discourir longuement ou à soutenir une discussion. Ce bredouillement, l'incohérence de ses paroles, le flux de mots où il noyait sa pensée, son manque apparent de logique attribués à un défaut d'éducation étaient affectés et seront suffisamment expliqués par quelques événements de cette histoire. D'ailleurs, quatre phrases exactes autant que des formules algébriques lui servaient habituellement à embrasser, à résoudre toutes les difficultés de la vie et du commerce : « Je ne sais pas, je ne puis pas, je ne veux pas, nous verrons cela ». Il ne disait jamais ni *oui* ni *non,* et n'écrivait point. Lui parlait-on? il écoutait froidement, se tenait le menton dans la main droite en appuyant son coude droit sur le revers de la main gauche, et se formait en toute affaire des opinions desquelles [e] il ne revenait point. Il méditait longuement [f] les moindres marchés. Quand, après une savante conversation, son adversaire lui avait livré le secret de ses prétentions en croyant le tenir, il lui répondait : « Je ne puis rien conclure sans avoir consulté ma femme ». Sa femme, qu'il avait réduite à un ilotisme complet, était en affaires son paravent le plus commode [a]. Il n'allait jamais chez personne, ne voulait ni recevoir ni donner à dîner; il ne faisait jamais de bruit, et semblait économiser tout, même le mouvement [1] [b]. Il ne dérangeait rien chez les autres par un respect constant de la propriété [c]. Néanmoins, malgré la douceur de sa voix, malgré sa tenue circonspecte, le langage et les habitudes du tonnelier perçaient, surtout quand il était au logis, où il se contraignait moins que partout ailleurs. Au physique, Grandet était un homme de cinq pieds [2], trapu, carré, ayant des mollets de douze pouces de circonférence, des rotules noueuses [d] et de larges épaules ; son visage était rond, tanné, marqué de petite vérole; son menton était droit, ses lèvres n'offraient aucune sinuosité, et ses dents étaient blanches; ses yeux avaient l'expression calme et dévoratrice que le peuple accorde au basilic [3], son front, plein de rides transversales, ne manquait pas de protubérances significatives [4]; ses cheveux

---

1. Dans tout ce passage où est décrit le comportement de Grandet dans la vie sociale, Balzac reprend de façon parfois presque littérale des traits déjà prêtés à Gobseck. L'usurier parisien parle « d'un ton doux », s'exprime par monosyllabes et, à l'imitation de Fontenelle, « tend à économiser le mouvement vital » (*Pl.* II, 623-625). Cette dernière indication figure encore dans la *Théorie de la Démarche*, traité achevé en 1833 et publié dans *L'Europe littéraire* juste avant *Eugénie Grandet :* « Fontenelle a touché barre d'un siècle à l'autre par la stricte économie qu'il apportait dans la distribution de son mouvement vital » (*O. D.* II, 637).

2. Environ un mètre soixante-deux.

3. Balzac attribue aussi à Ferragus, autre homme de proie, un « œil de basilic » *(Histoire des Treize*, p. 73). De même, le père Boirouge « a l'œil clair comme celui des basilics » *(Les Héritiers Boirouge*, *Pl.* X, 1067).

4. Balzac songe naturellement ici, comme dans *Le Médecin de Campagne* (« proéminences [...] significatives », p. 332), à la célèbre phrénologie de Gall. Il y renverra plus explicitement à propos de Baltha-

jaunâtres et grisonnants étaient blanc et or, disaient quelques jeunes gens qui ne connaissaient pas la gravité d'une plaisanterie faite sur monsieur Grandet [1]. Son nez, gros par le bout, supportait une loupe veinée que le vulgaire disait, non sans raison, pleine de malice. Cette figure annonçait une finesse dangereuse, une probité sans chaleur, l'égoïsme d'un homme habitué à concentrer ses sentiments dans la jouissance de l'avarice et sur le seul être qui lui fût réellement de quelque chose, sa fille Eugénie, sa seule héritière [a]. Attitude, manières, démarche, tout en lui, d'ailleurs, attestait cette croyance en soi que donne l'habitude d'avoir toujours réussi dans ses entreprises. Aussi, quoique de mœurs faciles et molles en apparence, monsieur Grandet avait-il un caractère de bronze. Toujours vêtu de la même manière, qui le voyait aujourd'hui le voyait tel qu'il était depuis 1791. Ses forts souliers se nouaient avec des cordons de cuir; il portait en tout temps des bas de laine drapés [2] [b], une culotte courte de gros drap marron à boucles d'argent, un gilet de velours à raies alternativement jaunes et puces, boutonné carrément [3], un large habit marron, à grands pans, une cravate noire [c] et un chapeau de quaker. Ses gants, aussi solides que ceux des gendarmes, lui duraient vingt mois [d] et, pour les conserver propres, il les posait sur le bord de son chapeau à la même place, par un geste méthodique. Saumur ne savait rien de plus sur ce personnage.

---

zar Claës, dont le front offrait « les protubérances dans lesquelles Gall a placé les mondes poétiques » (*Pl.* IX, 488). Voir encore *Le Père Goriot*, pp. 66 et 97.

1. La plaisanterie ne se conçoit que si on songe à l'ancien usage du mot « blanc » pour désigner une monnaie d'argent (ou de billon blanchi).

2. Dont le tissu imite le drap.

3. Sans doute en carré, par quatre boutons.

Six habitants [a] seulement avaient le droit de venir dans cette maison. Le plus considérable des trois premiers était le neveu de monsieur Cruchot [b]. Depuis sa nomination de président au tribunal de première instance de Saumur, ce jeune homme avait joint au nom de Cruchot celui de Bonfons, et travaillait à faire prévaloir Bonfons sur Cruchot. Il signait déjà C. de Bonfons [1]. Le plaideur assez mal avisé pour l'appeler monsieur Cruchot s'apercevait bientôt à l'audience de sa sottise. Le magistrat protégeait ceux qui le nommaient monsieur le président, mais il favorisait de ses plus gracieux sourires les flatteurs qui lui disaient monsieur de Bonfons [c]. Monsieur le président était âgé de trente-trois ans, possédait le domaine de Bonfons (*Boni Fontis*) [d], valant sept mille [e] livres de rente; il attendait la succession de son oncle le notaire et celle de son oncle l'abbé Cruchot, dignitaire [f] du chapitre de Saint-Martin de Tours [2], qui tous deux passaient pour être assez riches [g]. Ces trois Cruchot,

---

1. De même, dans *Le Lys dans la vallée*, l'hôte de Félix, qui « avait l'infirmité de s'appeler Durand », emprunte à l'ascendance de sa femme le nom de Chessel et se fait d'abord appeler Durand de Chessel, puis D. de Chessel, avant de devenir M. de Chessel (*Pl.* VIII, 808). Dans son livre *Les Réalités économiques et sociales dans « La Comédie humaine »*, M. Donnard (p. 148) cite l'exemple historique, rappelé par Stendhal, de M. de Jouy, qui « naquit à Jouy d'un bourgeois nommé Étienne [...], se fit appeler Étienne de Jouy, E. de Jouy et enfin Jouy tout court » (*Souvenirs d'égotisme*, Pléiade, p. 1417).

2. Cette indication est surprenante à plus d'un titre et il faut y voir sans doute un jeu de Balzac. L'auteur d'*Eugénie Grandet* rattache l'abbé Cruchot à un chapitre tourangeau (il a d'ailleurs rayé sur le manuscrit les mots « chanoine de Tours »), comme s'il ne pouvait nommer un chapitre angevin. Il honore ainsi ce prêtre de façon singulière, car le chapitre de Saint-Martin de Tours a joui d'un prestige assez exceptionnel, noté par Balzac lui-même dans *Le Succube (Contes drolatiques*, *Pl.* XI, 744) : « [le] Chapitre Sainct-Martin où estoyent les plus hauts et riches personnages de la Chrestienté, veu que le Roy de France y est simple chanoine », et dans *Maître Cornélius* (*Pl.* IX, 908) : « la célèbre abbaye de Saint-Martin, dont tant de rois furent simples chanoines ». En outre, le chapitre de Saint-Martin n'existait plus depuis la Révolution, la basilique mutilée se trouvant hors de service.

soutenus par bon nombre de cousins, alliés à vingt maisons de la ville, formaient un parti, comme jadis à Florence les Médicis; et, comme les Médicis, les Cruchot avaient leurs Pazzi [1][a]. Madame des Grassins, mère d'un fils de vingt-trois ans [b], venait très assidûment faire la partie de madame Grandet, espérant marier son cher Adolphe [c] avec mademoiselle Eugénie. Monsieur des Grassins le banquier favorisait vigoureusement les manœuvres de sa femme par de constants services secrètement rendus au vieil avare, et arrivait toujours à temps sur le champ de bataille. Ces trois des Grassins avaient également leurs adhérents, leurs cousins, leurs alliés fidèles [d]. Du côté des Cruchot, l'abbé, le Talleyrand de la famille [e], bien appuyé par son frère le notaire, disputait vivement le terrain à la financière et tentait de réserver le riche héritage à son neveu le président. Ce combat secret entre les Cruchot et les des Grassins, dont le prix était la main d'Eugénie Grandet, occupait passionnément les diverses sociétés de Saumur [f]. Mademoiselle Grandet épousera-t-elle monsieur le président ou monsieur Adolphe [g] des Grassins? A ce problème, les uns répondaient que monsieur Grandet ne donnerait sa fille ni à l'un ni à l'autre. L'ancien tonnelier rongé d'ambition cherchait, disaient-ils, pour gendre [h] quelque pair de France, à qui trois cent mille [i] livres de rente feraient accepter tous les tonneaux passés, présents et futurs des Grandet. D'autres répliquaient que monsieur et madame des Grassins étaient nobles, puissamment riches, qu'Adolphe était un bien gentil cavalier [j], et qu'à moins d'avoir un neveu du pape

---

1. Les Pazzi étaient une famille florentine, gibeline et républicaine, qui conspira contre les Médicis. Voir une allusion plus explicite dans l'introduction à *Sur Catherine de Médicis* (*Pl.* x, 28) : « Qu'y a-t-il de plus digne d'admiration dans la conjuration des Pazzi, que la conduite du chef de cette maison... »

dans sa manche, une alliance si convenable devait satisfaire des gens de rien, un homme que tout Saumur avait vu la doloire en main, et qui, d'ailleurs, avait porté le bonnet rouge [a]. Les plus sensés faisaient observer que monsieur Cruchot de Bonfons avait ses entrées à toute heure au logis, tandis que son rival n'y était reçu que les dimanches [b]. Ceux-ci soutenaient que madame des Grassins, plus liée avec les femmes de la maison Grandet que les Cruchot, pouvait leur inculquer certaines idées qui la feraient, tôt au tard, réussir [c]. Ceux-là répliquaient que l'abbé Cruchot était l'homme le plus insinuant du monde, et que femme contre moine la partie se trouvait égale. « Ils sont manche à manche », disait un bel esprit de Saumur [d]. Plus instruits, les anciens du pays prétendaient que les Grandet étaient trop avisés pour laisser sortir les biens de leur famille, mademoiselle Eugénie Grandet de Saumur serait mariée au fils de monsieur Grandet de Paris, riche marchand de vin en gros. A cela les Cruchotins et les Grassinistes [e] répondaient : « D'abord les deux frères ne se sont pas vus deux fois depuis trente ans. Puis, monsieur Grandet de Paris a de hautes prétentions pour son fils. Il est maire d'un arrondissement, député, colonel de la garde nationale, juge au tribunal de commerce; il renie les Grandet de Saumur, et prétend s'allier à quelque famille ducale par la grâce de Napoléon [f] ». Que ne disait-on pas d'une héritière dont on parlait à vingt lieues à la ronde et jusque dans les voitures publiques, d'Angers à Blois inclusivement [g]? Au commencement de 1818 [h], les Cruchotins remportèrent un avantage signalé sur les Grassinistes. La terre de Froidfond [1], remar-

---

1. Un député et conseiller d'État nommé Antoine Froidfond fut témoin, le 1er juin 1831, au mariage d'Émile de Girardin avec Delphine Gay. Balzac était alors en relations étroites avec les deux époux et

quable par son parc, son admirable château, ses fermes, rivière [1], étangs, forêts [a], et valant trois millions [b], fut mise en vente par le jeune marquis de Froidfond obligé de réaliser ses capitaux. Maître Cruchot, le président Cruchot, l'abbé Cruchot, aidés par leurs adhérents, surent empêcher la vente par petits lots. Le notaire conclut avec le jeune homme un marché d'or en lui persuadant qu'il y aurait des poursuites sans nombre à diriger contre les adjudicataires avant de rentrer dans le prix [c] des lots; il valait mieux vendre à monsieur Grandet, homme solvable, et capable d'ailleurs de payer la terre en argent comptant. Le beau marquisat de Froidfond fut alors convoyé vers l'œsophage de monsieur Grandet, qui, au grand étonnement de Saumur, le paya, sous escompte [2] [d], après les formalités. Cette affaire eut du retentissement à Nantes et à Orléans [e]. Monsieur Grandet alla voir son château par l'occasion d'une charrette qui y retournait. Après avoir jeté sur sa propriété le coup d'œil du maître, il revint à Saumur, certain d'avoir placé ses fonds à cinq [f], et saisi de la magnifique pensée d'arrondir le marquisat de Froidfond en y réunissant tous ses biens [g]. Puis, pour remplir de nouveau son trésor presque vide, il décida de couper à blanc ses

---

venait lui-même de témoigner avec six autres personnes, dont Lautour-Mézeray et Peytel, en vue de l'établissement d'un acte de notoriété nécessaire à Émile de Girardin pour la cérémonie. Le nom de Froidfond, dans *Eugénie Grandet,* est sans doute un souvenir de cet événement. (Communication de Mme Anne-Marie Meininger. Voir Maurice Reclus, *Émile de Girardin*, pp. 63-64).

1. Ce mot est au singulier dans toutes les éditions anciennes, sauf dans l'édition Furne, sans que la correction ait été prescrite par Balzac. Apparemment, le typographe s'est laissé entraîner par les pluriels voisins. Balzac n'a pas rectifié. Mais c'est bien *une rivière* qu'il avait dans l'esprit au moment de la rédaction.

2. Avant l'échéance, au comptant, moyennant une réduction de prix.

bois, ses forêts, et d'exploiter les peupliers de ses prairies [1] [a].

Il est maintenant facile de comprendre toute la valeur de ce mot : la maison à monsieur Grandet, cette maison pâle, froide, silencieuse [b], située en haut de la ville, et abritée par les ruines des remparts [2]. Les deux piliers [c] et la voûte formant la baie de la porte avaient été, comme la maison, construits en tuffeau, pierre blanche particulière au littoral de la Loire, et si molle que sa durée moyenne est à peine de deux cents ans. Les trous inégaux et nombreux que les intempéries du climat y avaient bizarrement pratiqués donnaient [d] au cintre et aux jambages de la baie l'apparence des pierres vermiculées [3] de l'architecture française et quelque ressemblance avec le porche d'une geôle [e]. Au-dessus du cintre régnait un long bas-relief de pierre dure sculptée, représentant les quatre Saisons, figures déjà rongées et toutes noires. Ce bas-relief était surmonté d'une [f] plinthe saillante, sur laquelle s'élevaient plusieurs de ces végétations dues au hasard, des pariétaires jaunes, des liserons, des convolvulus, du plantain, et un petit cerisier assez haut déjà [g]. La porte, en chêne massif,

---

1. Exploitation fort appréciée dans toute la région. « L'homme le plus ambitieux est sans contredit un propriétaire. Il envahit les airs avec ses peupliers, et, tout en mesurant leurs cimes, il se dit : - Autant de vingt sous ! » (*Les Deux Amis,* dans *O. D.* II, 234.) Jean Margonne était, selon l'expression de M. Maurice, « grand planteur de peupliers » (*Balzac à Saché*, n° 5).

2. Balzac insiste beaucoup sur la position haute de la maison Grandet dans le vieux Saumur. Cf. p. 5 : « au bout de la rue montueuse qui mène au château » et p. 9 : « les anciens hôtels de la vieille ville sont situés en haut de cette rue [...] La maison [...] était précisément un de ces logis. » Cette localisation exclut formellement les « prototypes » saumurois le plus souvent proposés pour cette maison, rue du Petit-Maure (maison Nivelleau) et en bas de la rue du Fort.

3. Balzac évoque de même ces « pierres vermiculées » à propos de la maison de Maître Cornélius, rue du Mûrier, dans le vieux Tours (*Pl.* IX, 914).

brune, desséchée, fendue de toutes parts, frêle en apparence, était solidement maintenue [a] par le système de ses boulons qui figuraient des [b] dessins symétriques. Une grille carrée, petite, mais à barreaux serrés et rouges de rouille, occupait le milieu de la porte bâtarde [1] [c] et servait, pour ainsi dire, de motif à un marteau qui s'y rattachait par un anneau, et frappait sur la tête grimaçante d'un maître-clou. Ce marteau, de forme oblongue et du genre de ceux que nos ancêtres nommaient jacquemart [2], ressemblait à un gros point d'admiration [3]; en l'examinant avec attention, un antiquaire y aurait retrouvé quelques indices de la figure essentiellement bouffonne qu'il représentait jadis, et qu'un long usage avait effacée. Par la petite grille, destinée à reconnaître les amis [d], au temps des guerres civiles [4], les curieux [e] pouvaient apercevoir, au fond d'une voûte [f] obscure et verdâtre, quelques marches dégradées par lesquelles on montait dans un jardin que bornaient pittoresquement des murs épais, humides, pleins de suintements et de touffes d'arbustes malingres [g]. Ces murs étaient ceux du rempart sur lequel s'élevaient les jardins de quelques maisons voisines. Au rez-de-chaussée de la

---

1. Une variante montre que Balzac entend ici par cette expression un vantail, un panneau mobile, pratiqué dans la porte cochère pour le passage des personnes. Une disposition analogue se retrouve dans la maison de Mlle Cormon : « Un des battants de la porte cochère restait ouvert et garni d'une petite porte basse » (*La Vieille Fille*, p. 74).

2. Figure de bois ou de métal qui sonne les heures sur une cloche ou sur une horloge.

3. Cette expression se rencontre dans des grammaires d'autrefois. « Point d'exclamation » a prévalu.

4. Balzac se souvient ici que Saumur fut l'un des principaux foyers de la Réforme. Mais l'usage du judas grillagé n'est pas propre à cette ville ni lié aux nécessités des guerres civiles. On en rencontre dans le vieux Tours, au moins en aussi grand nombre que dans le vieux Saumur.

maison, la pièce la plus considérable était une *salle* [a] dont l'entrée se trouvait sous la voûte de la porte cochère. Peu de personnes connaissent l'importance d'une salle dans les petites villes de l'Anjou, de la Touraine [b] et du Berry. La salle est à la fois l'antichambre, le salon, le cabinet, le boudoir, la salle à manger; elle est le théâtre de la vie domestique, le foyer commun; là, le coiffeur du quartier venait couper deux fois l'an les cheveux de monsieur Grandet; là entraient les fermiers, le curé, le sous-préfet, le garçon meunier. Cette pièce, dont les deux croisées donnaient sur la rue, était planchéiée; des panneaux gris, à moulures antiques, la boisaient de haut en bas; son plafond se composait de poutres apparentes également peintes en gris, dont les entre-deux étaient remplis de blanc en bourre [1] qui avait jauni [c]. Un vieux cartel de cuivre incrusté d'arabesques en écaille ornait le manteau de la cheminée en pierre blanche, mal sculpté, sur lequel était une glace verdâtre dont les côtés, coupés en biseau pour en montrer l'épaisseur, reflétaient un filet de lumière le long d'un trumeau [d] gothique en acier damasquiné. Les deux girandoles de cuivre doré qui décoraient chacun des coins de la cheminée étaient à deux fins, en enlevant les roses qui leur servaient de bobèches, et dont la maîtresse-branche s'adaptait au piédestal de marbre bleuâtre agencé de vieux cuivre, ce piédestal formait un chandelier pour les petits jours. Les sièges de forme antique étaient garnis en tapisseries représentant les fables de La Fontaine [2]; mais il fallait le savoir pour

---

1. Mortier de chaux et de sable où on a jeté de la bourre de poils en guise de plâtre. Dans *Le Cabinet des Antiques* (p. 202), les pièces de la maison Camusot présentent des « solives blanchies à la chaux, dont les entre-deux sont plafonnés de blanc-en-bourre ».

2. Ce motif ornemental à la mode se retrouve dans le salon provincial de Mlle Cormon : « Le meuble en tapisserie [...] offrait dans ses médaillons les fables de La Fontaine » (*La Vieille Fille*, p. 78).

en reconnaître les sujets, tant les couleurs passées et les figures criblées de reprises se voyaient difficilement. Aux quatre angles [a] de cette salle se trouvaient des encoignures, espèces de buffets terminés par de crasseuses étagères [b]. Une vieille table à jouer en marqueterie, dont le dessus faisait échiquier, était placée dans le tableau [c] qui séparait les deux fenêtres. Au-dessus de cette table, il y avait un baromètre ovale, à bordure noire, enjolivé [d] par des rubans de bois doré, où les mouches avaient si licencieusement folâtré [e] que la dorure en était un problème. Sur la paroi opposée à la cheminée, deux portraits au pastel étaient censés représenter l'aïeul de madame Grandet, le vieux monsieur de la Bertellière, en lieutenant des gardes françaises, et défunt [1] madame Gentillet en bergère. Aux deux fenêtres étaient drapés des rideaux en gros de Tours rouge, relevés [f] par des cordons de soie à glands d'église. Cette luxueuse décoration, si peu en harmonie avec les habitudes de Grandet, avait été comprise dans l'achat de la maison, ainsi que le trumeau, le cartel, le meuble en tapisserie et les encoignures en bois de rose. Dans la croisée la plus rapprochée de la porte, se trouvait une chaise de paille dont les pieds étaient montés sur des patins, afin d'élever madame Grandet à une hauteur qui lui permît de voir les passants. Une travailleuse en bois de merisier déteint remplissait l'embrasure, et le petit fauteuil d'Eugénie Grandet était placé tout auprès [2]. Depuis

---

1. L'emploi neutre du mot *défunt*, comme du mot *feu*, se rencontre dans la langue judiciaire de l'époque devant le nom de la personne désignée. On en relève des exemples dans les actes notariés. Ici encore, il faut se souvenir que Balzac fut clerc de notaire et d'avoué.

2. M. de Cesare (*op. cit.*, pp. 9 et 12) rapproche de ce passage plusieurs descriptions bien voisines dans des romans de jeunesse : « une chaise en permanence devant une petite table à ouvrage [...] vous dit que c'est la place habituelle de Catherine, c'est là qu'elle se met parce que de là elle aperçoit à travers le carreau tous ceux qui passent sur la

quinze ans, toutes les journées de la mère et de la fille s'étaient paisiblement écoulées à cette place, dans un travail constant, à compter du mois d'avril jusqu'au mois de novembre. Le premier de ce dernier mois [a] elles pouvaient prendre leur station d'hiver à la cheminée. Ce jour-là seulement Grandet permettait qu'on allumât du feu dans la salle, et il le faisait éteindre au trente et un mars [b], sans avoir égard ni aux premiers froids du printemps ni à ceux de l'automne. Une chaufferette, entretenue avec la braise provenant du feu de la cuisine que la Grande Nanon leur réservait en usant d'adresse, aidait madame et mademoiselle Grandet à passer les matinées ou les soirées les plus fraîches des mois d'avril et d'octobre. La mère et la fille entretenaient tout le linge de la maison, et employaient si consciencieusement leurs journées à ce véritable labeur d'ouvrière, que, si Eugénie voulait broder une collerette à sa mère, elle était forcée de prendre sur ses heures de sommeil en trompant son père [c] pour avoir de la lumière. Depuis longtemps l'avare distribuait la chandelle à sa fille et à la Grande Nanon, de même qu'il distribuait dès le matin le pain et les denrées nécessaires à la consommation journalière.

La Grande Nanon était peut-être la seule créature humaine capable d'accepter [d] le despotisme de son maître [e]. Toute la ville l'enviait à monsieur et à madame Grandet. La Grande Nanon, ainsi nommée à cause de sa taille haute de cinq pieds huit pouces [1], appartenait

---

place... » (*La Dernière Fée*) ; « C'était un véritable tableau que cette mère et cette fille assises dans l'embrasure d'une croisée et séparées l'une de l'autre par une petite table à ouvrage » (*Annette et le Criminel*). Faut-il voir dans ces scènes intimes un souvenir de la vie familiale : Laure ou Laurence occupée de travaux de couture aux côtés de leur mère?

1. Plus d'un mètre quatre-vingt-trois !

à Grandet depuis trente-cinq ans. Quoiqu'elle n'eût que soixante livres [a] de gages, elle passait pour une des plus riches servantes de Saumur. Ces soixante livres, accumulées depuis trente-cinq ans, lui avaient permis de placer récemment quatre mille livres en viager [1] chez maître Cruchot. Ce résultat des longues et persistantes économies de la Grande Nanon parut gigantesque. Chaque servante, voyant à la pauvre sexagénaire du pain pour ses vieux jours, était jalouse d'elle [b] sans penser au dur servage par lequel il avait été acquis. A l'âge de vingt-deux ans [c], la pauvre fille n'avait pu se placer chez personne, tant sa figure semblait repoussante; et certes ce sentiment était bien injuste : sa figure eût été fort admirée sur les épaules d'un grenadier de la garde; mais en tout il faut, dit-on [d], l'à propos. Forcée de quitter une ferme incendiée où elle gardait les vaches, elle vint à Saumur, où elle chercha du service, animée de ce robuste courage qui ne se refuse à rien. Le père Grandet pensait alors à se marier, et voulait déjà monter son ménage [2]. Il avisa [e] cette fille rebutée de porte en porte. Juge de la force corporelle en sa qualité de tonnelier, il devina le parti qu'on pouvait tirer d'une créature femelle taillée en Hercule, plantée sur ses pieds comme un chêne de soixante ans sur ses racines, forte des hanches, carrée du dos, ayant des mains de charretier

---

1. Soixante livres par an font en trente-cinq ans deux mille cent livres; mais les intérêts composés doublent tout capital en quatorze ans et la somme économisée est plausible, puisqu'il est posé en fait que Nanon ne dépense presque rien.

2. Si, à la date où se déroule l'action (1819), Nanon appartient à son maître « depuis trente-cinq ans », elle est entrée à son service en 1784 (Grandet, qui s'est marié cinq ou six ans plus tard, pouvait « penser » à son établissement dès cette date). Si Nanon avait vingt-deux ans à l'époque, elle n'est pas exactement « sexagénaire », mais elle a cinquante-sept ans. Toutefois, le romancier ne lui donnera que cinquante-neuf ans en 1827 ou 1828 (voir p. 225 et Appendice critique, p. 278).

et une probité vigoureuse comme l'était son intacte vertu. Ni les verrues qui ornaient ce visage martial, ni le teint de brique, ni les bras nerveux, ni les haillons de la Nanon n'épouvantèrent le tonnelier, qui se trouvait encore dans l'âge où le cœur tressaille. Il vêtit alors, chaussa, nourrit la pauvre fille, lui donna des gages, et l'employa sans trop la rudoyer. En se voyant ainsi accueillie [a], la Grande Nanon pleura secrètement de joie, et s'attacha sincèrement au tonnelier, qui d'ailleurs [b] l'exploita féodalement. Nanon faisait tout : elle faisait la cuisine, elle faisait les buées, elle allait laver le linge à la Loire, le rapportait sur ses épaules; elle se levait au jour, se couchait tard; faisait à manger à tous les vendangeurs pendant les récoltes, surveillait les halleboteurs [1]; défendait, comme un chien fidèle, le bien de son maître; enfin, pleine d'une confiance aveugle en lui, elle obéissait sans murmure à ses fantaisies les plus saugrenues. Lors de la fameuse année de 1811, dont la récolte coûta des peines inouïes [c], après vingt ans de service [2], Grandet résolut de donner sa vieille montre à Nanon, seul présent qu'elle reçut jamais de lui [d]. Quoiqu'il lui abandonnât ses vieux souliers (elle pouvait les mettre), il est impossible [e] de considérer le profit trimestriel des souliers de Grandet comme un cadeau, tant ils étaient usés. La nécessité rendit cette pauvre fille si avare [f] que Grandet avait fini par l'aimer comme on aime un chien, et Nanon s'était laissé mettre au cou un collier garni de pointes dont les piqûres ne la piquaient plus [g]. Si

1. Grappilleurs. Ce mot est très répandu en Touraine. Le verbe *halleboter* est déjà dans Rabelais (*Gargantua*, chap. XXXV). J.-M. Rougé propose, de ce verbe (qu'il écrit *alboter*), la définition suivante : « chercher les grappes oubliées dans la vigne après la récolte ».

2. Chiffre incompatible, semble-t-il, avec celui de trente-cinq ans qui a été donné p. 30 et qui sera répété p. 32. Si on l'acceptait, il faudrait admettre que Grandet a engagé Nanon en 1791, donc après son mariage : or Balzac a indiqué le contraire.

Grandet coupait le pain avec un peu trop de parcimonie, elle ne s'en plaignait pas; elle participait gaiement aux profits hygiéniques que procurait le régime [a] sévère de la maison où jamais personne n'était malade. Puis la Nanon faisait partie de la famille : elle riait quand riait Grandet, s'attristait, gelait, se chauffait, travaillait avec lui. Combien de [b] douces compensations dans cette égalité! Jamais le maître n'avait reproché à la servante ni l'halleberge [1] ou la pêche de vigne, ni les prunes ou les brugnons mangés sous l'arbre. « Allons, régale-toi, Nanon », lui disait-il dans les années où les branches pliaient sous les fruits que les fermiers étaient obligés de donner aux cochons [c]. Pour une fille des champs qui dans sa jeunesse n'avait récolté que de mauvais traitements, pour une pauvresse recueillie par charité [d], le rire équivoque du père Grandet était un vrai rayon de soleil. D'ailleurs le cœur simple, la tête étroite de Nanon ne pouvaient contenir qu'un sentiment et une idée. Depuis trente-cinq ans, elle se voyait toujours arrivant devant le chantier du père Grandet, pieds nus, en haillons, et entendait toujours le tonnelier lui disant : « Que voulez-vous, ma mignonne [e]? » Et sa reconnaissance était toujours jeune. Quelquefois Grandet, songeant que cette pauvre créature n'avait jamais entendu le moindre mot flatteur, qu'elle ignorait tous les sentiments doux que la femme inspire, et pouvait [f] comparaître un jour devant Dieu, plus chaste que ne l'était la Vierge

---

1. Balzac écrira plus loin *alleberge* (p. 86); l'orthographe courante est *alberge*. J.-M. Rougé note le mot *albargers* (« abricotiers sauvages ») dans son *Glossaire tourangeau*. La graphie *halleberge* est sans doute ici une séquelle de la volonté archaïsante qui s'est manifestée dans les *Contes drolatiques* (cf. *Le Prône du joyeux curé de Meudon, Pl.* XI, 690 : « Pruneaux et halleberges de Tourayne »). Dans *Le Lys dans la vallée,* on lit encore *hallebergier* (*Pl.* VIII, 788).

Marie elle-même, Grandet, saisi de pitié, disait en la regardant : « Cette pauvre Nanon ! » Son exclamation [a] était toujours suivie d'un regard indéfinissable que lui jetait la vieille servante. Ce mot, dit de temps à autre, formait depuis longtemps une chaîne d'amitié non interrompue, et à laquelle chaque exclamation ajoutait un chaînon. Cette pitié, placée au cœur de Grandet et prise tout en gré par la vieille fille, avait je ne sais quoi d'horrible. Cette atroce pitié d'avare, qui réveillait mille plaisirs au cœur du vieux tonnelier [b], était pour Nanon sa somme [c] de bonheur. Qui ne dira pas aussi : « Pauvre Nanon ! » Dieu reconnaîtra ses anges aux inflexions de leur voix et à leurs mystérieux regrets [d]. Il y avait dans Saumur une grande quantité de ménages où les domestiques étaient mieux traités, mais où les maîtres n'en recevaient néanmoins aucun contentement. De là cette autre phrase : « Qu'est-ce que les Grandet font donc à leur Grande Nanon pour qu'elle leur soit si attachée? Elle passerait dans le feu pour eux ! » Sa cuisine, dont les fenêtres grillées donnaient sur la cour, était toujours propre, nette, froide, véritable cuisine d'avare où rien ne devait se perdre [e]. Quand Nanon avait lavé sa vaisselle, serré les restes du dîner, éteint son feu, elle quittait sa cuisine, séparée de la salle par un couloir, et venait filer du chanvre auprès de ses maîtres. Une seule chandelle suffisait à la famille pour la soirée. La servante couchait au fond de ce couloir, dans un bouge éclairé par un jour de souffrance. Sa robuste santé lui permettait d'habiter impunément cette espèce de trou [f], d'où elle pouvait entendre [g] le moindre bruit par le silence profond qui régnait nuit et jour dans la maison. Elle devait, comme un dogue chargé de la police, ne dormir que d'une oreille et se reposer en veillant.

La description des autres portions du logis se trouvera liée aux événements de cette histoire; mais d'ailleurs le croquis de la salle où éclatait tout le luxe du ménage peut faire soupçonner par avance la nudité des étages supérieurs [a].

En 1819, vers le commencement de la soirée, au milieu du mois de novembre [b], la Grande Nanon alluma du feu pour la première fois. L'automne avait été très beau [1]. Ce jour était un jour de fête bien connu des Cruchotins et des Grassinistes. Aussi les six antagonistes se préparaient-ils à venir armés de toutes pièces, pour se rencontrer dans la salle et s'y surpasser en preuves d'amitié [c]. Le matin, tout Saumur avait vu madame et mademoiselle Grandet, accompagnées de Nanon, se rendant à l'église paroissiale [2] pour y entendre la messe, et chacun se souvint que ce jour était l'anniversaire de la naissance de mademoiselle Eugénie. Aussi, calculant l'heure où le dîner devait finir, maître Cruchot, l'abbé Cruchot et monsieur C. de Bonfons s'empressaient-ils d'arriver avant les des Grassins pour fêter mademoiselle Grandet. Tous trois apportaient d'énormes bouquets cueillis dans leurs petites serres. La queue des fleurs que le président voulait présenter était ingénieusement enveloppée d'un [d] ruban de satin blanc, orné de franges d'or. Le matin, monsieur Grandet, suivant sa coutume pour les jours mémorables de la naissance et de la fête d'Eugénie, était venu la surprendre au lit, et lui avait solennellement offert son présent paternel, consistant, depuis treize années [e], en une curieuse

1. On a vu plus haut, p. 29, que Grandet ne permettait pas « qu'on allumât du feu dans la salle » avant le 1er novembre. On voit ici qu'il sait prendre occasion d'une saison clémente pour retarder l'événement de quinze jours.

2. Tout au long du roman, Balzac désigne l'édifice de cette manière anonyme. Il s'agit de l'église Saint-Pierre, puisqu'on doit descendre la rue tortueuse pour se rendre à la paroisse (voir pp. 204, 226) et puisque cette rue aboutit à la place (p. 89).

pièce d'or [a]. Madame Grandet donnait ordinairement à sa fille une robe d'hiver ou d'été, selon la circonstance [b]. Ces deux robes, les pièces d'or qu'elle récoltait [c] au premier jour de l'an et à la fête de son père, lui composaient un petit revenu de cent écus environ, que Grandet aimait à lui voir entasser. N'était-ce pas mettre son argent d'une caisse dans une autre, et, pour ainsi dire, élever à la brochette [1] l'avarice de son héritière, à laquelle il demandait parfois compte de son trésor, autrefois grossi par les La Bertellière, en lui disant : « Ce sera ton *douzain* de mariage ». Le douzain est un antique usage encore en vigueur et saintement conservé dans quelques pays situés au centre de la France. En Berry, en Anjou, quand une jeune fille se marie, sa famille ou celle de l'époux doit lui donner une bourse où se trouvent, suivant les fortunes, douze pièces ou douze douzaines de pièces ou douze cents pièces d'argent ou d'or. La plus pauvre des bergères ne se marierait pas sans son douzain, ne fût-il composé que de gros sous. On parle encore à Issoudun [2] de je ne sais quel douzain offert à une riche héritière et qui contenait cent quarante-quatre portugaises d'or [d]. Le pape Clément VII, oncle de Catherine de Médicis, lui fit présent, en la mariant à Henri II, d'une douzaine de médailles d'or antiques de la plus grande valeur [3] [e]. Pendant le dîner, le père, tout joyeux de voir son Eugénie plus

---

1. Élever des oiseaux à la brochette, c'est leur donner à manger au bout d'un petit bâton ou d'une plume. D'où, pour « élever à la brochette », un sens général, figuré et familier : élever avec beaucoup de soin.

2. Deux grands amis de Balzac, Mme Carraud et Auguste Borget, étaient originaires d'Issoudun. Le romancier doit peut-être cette précision à l'un ou à l'autre.

3. Dès 1821 (lettre à Laure du 23 novembre, voir *Corr.* Pierrot I, 117), Balzac songeait à un roman sur la conjuration d'Amboise ou sur la Saint-Barthélemy. Sa curiosité pour Catherine de Médicis ne s'est

belle dans une robe neuve, s'était écrié : « Puisque c'est la fête d'Eugénie, faisons du feu ! ce sera de bon augure ».

— Mademoiselle se mariera dans l'année, c'est sûr, dit la Grande Nanon en remportant les restes d'une oie, ce faisan des tonneliers.

— Je ne vois point de partis pour elle à Saumur, répondit madame Grandet en regardant son mari d'un air timide qui, vu son âge, annonçait l'entière servitude conjugale sous laquelle gémissait la pauvre femme [a].

Grandet contempla sa fille, et s'écria gaiement : « Elle a vingt-trois ans aujourd'hui [1], l'enfant, il faudra bientôt s'occuper d'elle ».

Eugénie et sa mère se jetèrent silencieusement un coup d'œil d'intelligence [b].

Madame Grandet était une femme sèche et maigre, jaune comme un coing, gauche, lente; une de ces femmes qui semblent faites pour être tyrannisées [c]. Elle avait de gros os, un gros nez, un gros front, de gros yeux, et offrait, au premier aspect, une vague ressemblance avec ces fruits cotonneux qui n'ont plus ni saveur ni suc. Ses dents étaient noires et rares, sa bouche était ridée, et son menton affectait la forme dite en galoche. C'était une excellente femme, une vraie La Bertellière [d]. L'abbé Cruchot savait trouver quelques occasions de lui dire qu'elle n'avait pas été trop mal [e], et elle le croyait. Une douceur angélique, une résignation d'insecte tourmenté par des enfants, une piété rare, une inaltérable égalité d'âme, un bon cœur,

---

jamais démentie depuis cette date. Il sera encore question dans l'introduction à *Sur Catherine de Médicis* (*Pl.* x, 31) du « douzain mis dans la bourse de mariage par le pape » et « composé de médailles d'or d'une importance historique considérable ».

1. Eugénie est donc née vers la mi-novembre 1796. Balzac a indiqué déjà p. 12 qu'elle avait dix ans en 1806.

la faisaient universellement plaindre et [a] respecter. Son mari ne lui donnait jamais plus de six francs à la fois pour ses menues dépenses [b]. Quoique ridicule en apparence, cette femme qui, par sa dot et ses successions, avait apporté au père Grandet plus de trois cent mille francs [1], s'était toujours sentie si profondément humiliée d'une dépendance et d'un ilotisme contre lequel la douceur de son âme lui interdisait de se révolter, qu'elle n'avait jamais demandé un sou, ni fait une observation sur les actes que maître Cruchot lui présentait à signer. Cette fierté sotte et secrète, cette noblesse d'âme constamment méconnue et blessée par [c] Grandet, dominaient la conduite de cette femme. Madame Grandet mettait constamment une robe de levantine verdâtre [2], qu'elle s'était accoutumée à faire durer près d'une année; elle portait un grand fichu de cotonnade blanche, un chapeau de paille cousue, et gardait presque toujours un tablier de taffetas noir. Sortant peu du logis, elle usait peu de souliers. Enfin elle ne voulait [d] jamais rien pour elle. Aussi Grandet, saisi parfois d'un remords en se rappelant le long temps écoulé depuis le jour où il avait donné six francs à sa femme, stipulait-il toujours des épingles [3] pour elle en vendant ses récoltes de l'année.

---

1. Des trois héritages mentionnés p. 12, il a été dit que « l'importance ne fut connue de personne ». Mais, par convention, le romancier connaît tout de ses créatures...

2. Mme Jeanne Reboul, dans son étude sur *Balzac et la Vestignomonie* (*Revue d'Histoire littéraire*, 1950), note que Balzac donne souvent à cet adjectif une valeur péjorative et l'applique volontiers aux vêtements des personnages pour une raison ou une autre mal habillés. « Verdâtre », la redingote du misérable écrivain public Poincet dans *La Fille aux Yeux d'or* (*Histoire des Treize*, p. 415); « verdâtre », l'habit de Claës, qui est « le négligé du génie ».

3. « Dons ou gratifications qu'on accorde à des femmes dont on a reçu quelque service. Ainsi en payant une marchandise ou un ouvrage qu'on a fait faire, s'il y a quelque chose au delà du prix convenu, on dit quelquefois : — C'est pour les épingles des filles. » (*Acad.* 1835.)

Les quatre ou cinq louis offerts par le Hollandais ou le Belge [1] acquéreur de la vendange Grandet formaient le plus clair des revenus annuels de madame Grandet. Mais, quand elle avait reçu ses cinq louis, son mari lui disait souvent, comme si leur bourse était commune : « As-tu quelques sous à me prêter? » et la pauvre femme, heureuse de pouvoir faire quelque chose pour un homme que son confesseur lui représentait comme son seigneur et maître, lui rendait, dans le courant de l'hiver, quelques écus sur l'argent des épingles [a]. Lorsque Grandet tirait de sa poche la pièce de cent sous allouée par mois pour les menues dépenses, le fil, les aiguilles et la toilette de sa fille, il ne manquait jamais, après avoir boutonné son gousset [b], de dire à sa femme : « Et toi, la mère, veux-tu quelque chose? »

— Mon ami, répondait madame Grandet animée par un sentiment de dignité maternelle, nous verrons cela.

Sublimité perdue! Grandet se croyait très généreux envers sa femme [c]. Les philosophes qui rencontrent des Nanon, des madame Grandet, des Eugénie, ne sont-ils pas en droit de trouver que l'ironie est le fond du caractère de la Providence? Après ce dîner, où, pour la première fois, il fut question du mariage d'Eugénie, Nanon alla chercher une bouteille de cassis dans la chambre de monsieur Grandet, et manqua de tomber en descendant.

— Grande bête, lui dit son maître, est-ce que tu te laisserais choir comme une autre, toi?

— Monsieur, c'est cette marche de votre escalier qui ne tient pas.

---

1. Sur cette indication qui se retrouve dans *L'Illustre Gaudissart*, et sur l'importance du marché belge et hollandais dans le commerce des vins de Loire à l'époque, voir notre Introduction, pp. XXX sq.

— Elle a raison, dit madame Grandet. Vous auriez dû la faire raccommoder depuis longtemps. Hier, Eugénie a failli s'y fouler le pied [a].

— Tiens, dit Grandet à Nanon en la voyant toute pâle, puisque c'est la naissance d'Eugénie, et que tu as manqué de tomber, prends un petit verre de cassis [1] pour te remettre [b].

— Ma foi, je l'ai bien gagné, dit Nanon. A ma place, il y a bien des gens qui auraient cassé la bouteille; mais je me serais plutôt cassé le coude pour la tenir en l'air.

— C'te pauvre [c] Nanon! dit Grandet en lui versant le cassis.

— T'es-tu fait mal? lui dit Eugénie en la regardant avec intérêt.

— Non, puisque je me suis retenue en me fichant [d] sur mes reins.

— Hé bien! puisque c'est la naissance d'Eugénie, dit Grandet, je vais vous raccommoder votre marche. Vous ne savez pas, vous autres, mettre le pied dans le coin, à l'endroit où elle est encore solide [e].

Grandet prit la chandelle, laissa sa femme, sa fille et sa servante sans autre lumière que celle du foyer qui jetait de vives flammes, et alla dans le fournil chercher des planches, des clous et ses outils.

— Faut-il vous aider? lui cria Nanon en l'entendant frapper dans l'escalier.

— Non! non! ça me connaît [2], répondit l'ancien tonnelier.

---

1. Balzac cite souvent le cassis comme la « liqueur de ménage » par excellence, fabriquée à la maison (voir F. Lotte, *La Table dans La Comédie humaine*, dans *L'Année balzacienne 1962*, p. 170). Le père Grandet n'achète évidemment pas de liqueurs dans le commerce.

2. L'ancien tonnelier emploie, quand il s'agit de clous et de planches, la même expression que le voleur Vautrin quand il s'agit de serrures (*Le Père Goriot*, p. 22).

Au moment où Grandet raccommodait lui-même son escalier vermoulu, et sifflait à tue-tête en souvenir de ses jeunes années, les trois Cruchot frappèrent à la porte.

— C'est-y vous, monsieur Cruchot? demanda Nanon en regardant par la petite grille.

— Oui, répondit le président.

Nanon ouvrit la porte, et la lueur du foyer, qui se reflétait sous la voûte, permit aux trois Cruchot d'apercevoir l'entrée de la salle.

— Ah! vous êtes des fêteux, leur dit Nanon en sentant les fleurs.

— Excusez, messieurs, cria Grandet en reconnaissant la voix de ses amis, je suis à vous! Je ne suis pas fier, je rafistole moi-même une marche de mon escalier [a].

— Faites, faites, monsieur Grandet, *Charbonnier est Maire chez lui,* dit sentencieusement le président en riant tout seul de son allusion que personne ne comprit [1] [b].

Madame et mademoiselle Grandet se levèrent. Le président, profitant de l'obscurité, dit alors à Eugénie : « Me permettez-vous, mademoiselle, de vous souhaiter, aujourd'hui que vous venez de naître, une suite d'années heureuses, et la continuation de la santé dont vous jouissez? »

Il offrit un gros bouquet de fleurs rares à Saumur;

---

1. On connaît le goût de Balzac pour les proverbes déformés (voir *Pensées, sujets, fragmens* publiés par Jacques Crépet, pp. 61 sq.) : *La Comédie humaine* en contient un certain nombre; le président, ici, fait manifestement « allusion » aux anciennes fonctions municipales de Grandet. Une telle finesse est perdue pour Nanon et Mme Grandet, peu sensibles à l'humour. Quant à Eugénie, connaît-elle seulement cet épisode lointain de la carrière paternelle? Le proverbe sera repris sans altération p. 209 par Grandet : « Charbonnier est maître chez lui ».

puis, serrant l'héritière [a] par les coudes, il l'embrassa des deux côtés du cou, avec une complaisance qui rendit [b] Eugénie honteuse. Le président, qui ressemblait à un grand clou rouillé, croyait ainsi faire sa cour.

— Ne vous gênez pas, dit Grandet en rentrant. Comme vous y allez les jours de fête, monsieur le président !

— Mais, avec mademoiselle, répondit l'abbé Cruchot armé de son bouquet, tous les jours seraient pour mon neveu des jours de fête.

L'abbé baisa la main d'Eugénie [1]. Quant à maître Cruchot, il embrassa la jeune fille tout bonnement sur les deux joues, et dit : « Comme ça nous pousse, ça ! Tous les ans douze mois ».

En replaçant la lumière devant le cartel, Grandet, qui ne quittait jamais une plaisanterie et la répétait à satiété quand elle lui semblait drôle, dit : « Puisque c'est la fête d'Eugénie, allumons les flambeaux ! »

Il ôta soigneusement les branches des candélabres, mit la bobèche à chaque piédestal, prit des mains de Nanon une chandelle neuve entortillée d'un bout de papier, la ficha dans le trou, l'assura, l'alluma, et vint s'asseoir à côté de sa femme, en regardant alternativement ses amis, sa fille et les deux chandelles. L'abbé Cruchot, petit homme dodu, grassouillet, à perruque rousse et plate, à figure de vieille femme joueuse, dit en avançant ses pieds bien chaussés dans de forts souliers à agrafes d'argent : « Les des Grassins ne sont pas venus ? »

— Pas encore, dit Grandet.

— Mais doivent-ils venir ? demanda le vieux notaire en faisant grimacer sa face trouée comme une écumoire [c].

— Je le crois, répondit madame Grandet.

---

1. L'abbé Cruchot a des façons bien galantes. Selon le bon usage mondain, on ne baise pas la main d'une jeune fille.

— Vos vendanges sont-elles finies? demanda le président de Bonfons à Grandet.

— Partout ! lui dit le vieux vigneron en se levant pour se promener de long en long dans la salle et se haussant le thorax par un mouvement plein d'orgueil comme son mot, partout ! [a] Par la porte du couloir, qui allait à la cuisine, il vit alors la Grande Nanon, assise à son feu, ayant une lumière et se préparant à filer là, pour ne pas se mêler à la fête. — Nanon, dit-il, en s'avançant dans le couloir, veux-tu bien éteindre ton feu, ta lumière, et venir avec nous? Pardieu! la salle est assez grande pour nous tous.

— Mais, monsieur, vous aurez du beau monde.

— Ne les vaux-tu pas bien? ils sont de la côte d'Adam tout comme toi.

Grandet revint vers le président et lui dit : « Avez-vous vendu votre récolte? »

— Non, ma foi, je la garde. Si maintenant le vin est bon, dans deux ans il sera meilleur. Les propriétaires, vous le savez bien, se sont juré de tenir les prix convenus, et cette année les Belges ne l'emporteront pas sur nous. S'ils s'en vont, hé bien! ils reviendront.

— Oui, mais tenons-nous bien [b], dit Grandet d'un ton qui fit frémir le président.

— Serait-il en marché [c] ? pensa Cruchot.

En ce moment, un coup de marteau annonça la famille des Grassins, et leur arrivée interrompit une conversation commencée entre madame Grandet et l'abbé.

Madame des Grassins était une de ces petites femmes vives, dodues [d], blanches et roses, qui, grâce au régime claustral des provinces et aux habitudes d'une vie vertueuse, se sont conservées jeunes encore à quarante ans. Elles sont comme ces dernières roses de l'arrière-saison, dont la vue fait plaisir, mais dont les pétales ont je ne sais quelle froideur, et dont le parfum s'affaiblit [a]. Elle se mettait assez bien [b], faisait venir ses modes de Paris, donnait le ton à la ville de Saumur, et avait des soirées. Son mari, ancien quartier-maître dans la garde impériale, grièvement blessé à Austerlitz et retraité, conservait, malgré sa considération pour Grandet, l'apparente franchise des militaires.

— Bonjour, Grandet, dit-il au vigneron en lui tenant la main et affectant une sorte de supériorité sous laquelle il écrasait toujours les Cruchot. — Mademoiselle, dit-il à Eugénie après avoir salué madame Grandet, vous êtes toujours belle et sage, je ne sais en vérité ce que l'on peut vous souhaiter. Puis il présenta une petite caisse que son domestique portait, et qui contenait une bruyère du Cap [1], fleur nouvellement apportée en Europe et fort rare.

Madame des Grassins embrassa très affectueusement Eugénie, lui serra la main, et lui dit : « Adolphe s'est chargé de vous présenter mon petit souvenir ».

Un grand jeune homme blond, pâle et frêle, ayant d'assez bonnes façons, timide en apparence, mais qui venait de dépenser à Paris, où il était allé faire son Droit, huit ou dix mille francs en sus de sa pension, s'avança vers Eugénie, l'embrassa sur les deux joues, et lui offrit une boîte à ouvrage [c] dont tous les ustensiles étaient en vermeil, véritable marchandise de pacotille, malgré l'écusson sur lequel un E. G. gothique assez bien gravé pouvait faire croire à une façon très soignée [d]. En l'ouvrant, Eugénie eut une de ces joies inespérées et complètes qui font rougir, tressaillir, trembler d'aise les jeunes filles. Elle tourna les yeux sur son père, comme pour savoir s'il lui était permis d'accepter, et monsieur Grandet dit un « Prends, ma fille ! » dont l'accent eût illustré un acteur [e]. Les

1. Du cap de Bonne-Espérance. Des bruyères du Cap, dans *Le Lys dans la vallée*, ornent la cheminée de Clochegourde (*Pl.* VIII, 799).

trois Cruchot restèrent stupéfaits [a] en voyant le regard joyeux et animé lancé sur Adolphe des Grassins par l'héritière à qui de semblables richesses parurent inouïes. Monsieur des Grassins offrit à Grandet une prise de tabac, en saisit [b] une, secoua les grains tombés sur le ruban de la Légion d'Honneur attaché à la boutonnière de son habit bleu, puis il regarda les Cruchot d'un air qui semblait dire : « Parez-moi [c] cette botte-là? » Madame des Grassins jeta les yeux sur les bocaux bleus où étaient les bouquets des Cruchot, en cherchant leurs cadeaux avec la bonne foi jouée [d] d'une femme moqueuse. Dans cette conjoncture délicate, l'abbé Cruchot laissa la société s'asseoir en cercle devant le feu et alla se promener au fond de la salle avec Grandet. Quand ces deux vieillards furent dans l'embrasure de la fenêtre la plus éloignée des des Grassins : « Ces gens-là, dit le prêtre à l'oreille de l'avare, jettent l'argent par les fenêtres. »

— Qu'est-ce que cela fait, s'il rentre dans ma cave [e] ? répliqua le vigneron.

— Si vous vouliez donner des ciseaux d'or à votre fille, vous en auriez bien le moyen, dit l'abbé.

— Je lui donne mieux que des ciseaux, répondit Grandet.

— Mon neveu est une cruche [1], pensa l'abbé en regardant le président dont les cheveux ébouriffés ajoutaient encore à la mauvaise grâce de sa physionomie brune. Ne pouvait-il inventer une petite bêtise qui eût du prix?

— Nous allons faire votre partie, madame Grandet, dit madame des Grassins.

— Mais nous sommes tous réunis, *nous pouvons* [f] deux tables...

---

1. On ne peut s'empêcher de songer que cette « cruche » s'appelle Cruchot, ni de soupçonner que Balzac ait voulu faire un calembour implicite.

— Puisque c'est la fête d'Eugénie, faites votre loto général, dit le père Grandet, ces deux enfants en seront [a]. L'ancien tonnelier, qui ne jouait jamais à aucun jeu, montra sa fille et Adolphe. — Allons, Nanon, mets les tables.

— Nous allons vous aider, mademoiselle Nanon, dit gaiement madame des Grassins toute joyeuse de la joie qu'elle avait causée à Eugénie.

— Je n'ai jamais de ma vie été si contente, lui dit l'héritière. Je n'ai rien vu de si joli nulle part [b].

— C'est Adolphe qui l'a rapportée de Paris et qui l'a choisie, lui dit madame des Grassins à l'oreille.

— Va, va ton train, damnée intrigante ! se disait le président; si tu es jamais en procès, toi ou ton mari, votre affaire ne sera jamais bonne.

Le notaire, assis dans son coin, regardait l'abbé d'un air calme en se disant : « Les des Grassins ont beau faire, ma fortune, celle de mon frère et celle de mon neveu montent en somme à onze cent mille francs. Les des Grassins en ont tout au plus la moitié, et ils ont une fille : ils peuvent offrir ce qu'ils voudront ! héritière et cadeaux, tout sera pour nous un jour [c] ».

A huit heures et demie du soir, deux tables étaient dressées. La jolie madame des Grassins avait réussi à mettre son fils à côté d'Eugénie. Les acteurs [d] de cette scène pleine d'intérêt, quoique vulgaire en apparence, munis de cartons bariolés, chiffrés [e], et de jetons en verre bleu, semblaient écouter les plaisanteries du vieux notaire, qui ne tirait pas un numéro sans faire une remarque [f]; mais tous pensaient aux millions de monsieur Grandet. Le vieux tonnelier contemplait vaniteusement les plumes roses, la toilette fraîche de madame des Grassins, la tête martiale du banquier, celle d'Adolphe, le président, l'abbé, le notaire, et se disait intérieurement : « Ils sont là pour mes écus. Ils viennent s'ennuyer ici pour ma fille.

Hé! ma fille ne sera ni pour les uns ni pour les autres, et tous ces gens-là me servent de harpons pour pêcher [a]! »

Cette gaieté de famille, dans ce vieux salon gris, mal éclairé par deux chandelles; ces rires, accompagnés par le bruit du rouet de la Grande Nanon, et qui n'étaient sincères que sur les lèvres d'Eugénie [b] ou de sa mère; cette petitesse jointe à de si grands intérêts; cette jeune fille qui, semblable à ces oiseaux victimes [c] du haut prix auquel on les met [d] et qu'ils ignorent, se trouvait traquée, serrée par des preuves d'amitié dont elle était la dupe; tout contribuait à rendre cette scène tristement comique. N'est-ce pas d'ailleurs une scène de tous les temps et de tous les lieux [1], mais ramenée à sa plus simple expression? La figure de Grandet exploitant le faux attachement des deux familles, en tirant d'énormes profits, dominait ce drame et l'éclairait. N'était-ce pas le seul dieu moderne auquel on ait foi [e], l'Argent dans toute sa puissance, exprimé par [f] une seule physionomie [2]? Les doux sentiments de la vie n'occupaient là qu'une place secondaire, ils animaient trois cœurs purs, ceux de Nanon, d'Eugénie et de sa mère. Encore, combien d'ignorance dans leur naïveté! Eugénie et sa mère ne savaient rien de la fortune de Grandet, elles n'estimaient les choses de la vie qu'à la lueur de leurs pâles idées, et ne prisaient ni ne méprisaient l'argent [g], accoutumées qu'elles étaient à s'en passer. Leurs sentiments, froissés à leur insu, mais vivaces, le secret [h] de leur existence, en faisaient des exceptions

---

1. Balzac n'entend donc pas se borner à peindre « la vie de province ». Il pense atteindre à une universalité classique.

2. De même, dans *Les Dangers de l'inconduite (Gobseck)*, Derville voyait l'usurier changé « en une image fantastique où se personnifiait le pouvoir de l'or » (*Pl.* II, 637). Balzac note encore chez Maître Cornélius (*Pl.* IX, 915) « l'assimilation de ce métal [l'or] avec sa substance ».

B. N. Estampes — UNE PARTIE DE LOTO — *Cl. Josse Lalance*

Lithographie de Bouchot (vers 1830)

« *Les acteurs de cette scène pleine d'intérêt, quoique vulgaire en apparence, munis de cartons bariolés, chiffrés, et de jetons en verre bleu, semblaient écouter les plaisanteries du vieux notaire, qui ne tirait pas un numéro sans faire une remarque...* » (P. 45)

curieuses dans cette réunion de gens dont la vie était purement matérielle. Affreuse [a] condition de l'homme ! il n'y a pas un de ses bonheurs qui ne vienne d'une ignorance quelconque. Au moment où madame Grandet gagnait un lot de seize sous, le plus considérable qui eût jamais été ponté [b] dans cette salle, et que la Grande Nanon riait d'aise en voyant madame empochant cette riche somme [c], un coup de marteau retentit à la porte de la maison, et y fit un si grand tapage que les femmes sautèrent sur leurs chaises.

— Ce n'est pas un homme de Saumur qui frappe ainsi, dit le notaire.

— Peut-on cogner comme ça, dit Nanon. Veulent-ils casser notre porte [d] ?

— Quel diable est-ce ? s'écria Grandet.

Nanon prit une des deux chandelles, et alla ouvrir accompagnée de Grandet.

— Grandet, Grandet ! s'écria sa femme qui, poussée par un vague sentiment de peur, s'élança vers la porte de la salle.

Tous les joueurs se regardèrent.

— Si nous y allions, dit monsieur des Grassins. Ce coup de marteau me paraît malveillant.

A peine fut-il permis [e] à monsieur des Grassins d'apercevoir la figure d'un jeune homme accompagné du facteur des Messageries, qui portait deux malles énormes et traînait des sacs de nuit [f], Grandet se retourna brusquement vers sa femme, et lui dit : « Madame Grandet, allez à votre loto [g]. Laissez-moi m'entendre avec monsieur ». Puis il tira vivement [h] la porte de la salle, où les joueurs agités reprirent leurs places, mais sans continuer le jeu.

— Est-ce quelqu'un de Saumur, monsieur des Grassins ? lui dit sa femme.

— Non, c'est un voyageur.

— Il ne peut venir que de Paris. En effet, dit le

notaire en tirant sa vieille montre épaisse de deux doigts et qui ressemblait à un vaisseau hollandais, il est *neuffe-s-heures* [a]. Peste [b] ! la diligence du Grand Bureau n'est jamais en retard.

— Et ce monsieur est-il jeune? demanda l'abbé Cruchot.

— Oui, répondit monsieur des Grassins. Il apporte des paquets qui doivent peser au moins trois cents kilos [c].

— Nanon ne revient pas, dit Eugénie.

— Ce ne peut être qu'un de vos parents, dit le président.

— Faisons les mises, s'écria doucement madame Grandet. A sa voix, j'ai vu que monsieur Grandet était contrarié, peut-être ne serait-il pas content [d] de s'apercevoir que nous parlons de ses affaires.

— Mademoiselle, dit Adolphe à sa voisine, ce sera sans doute votre cousin Grandet, un bien joli jeune homme que j'ai vu au bal de monsieur de Nucingen [1] [e]. Adolphe ne continua pas, sa mère lui marcha sur le pied, puis, en lui demandant à haute voix deux sous pour sa mise : « Veux-tu te taire, grand nigaud! » lui dit-elle à l'oreille [f].

En ce moment, Grandet rentra sans la Grande Nanon, dont le pas et celui du facteur retentirent dans les escaliers; il était suivi du voyageur qui depuis quelques instants excitait tant de curiosités et préoccupait si vivement les imaginations [g], que son arrivée en ce logis et sa chute au milieu de ce monde peut être comparée à celle d'un colimaçon dans une ruche,

---

1. Balzac introduit ce nom de Nucingen dans l'édition Furne avec une certaine opportunité, car Guillaume Grandet, père du « cousin », a été en relations d'affaires avec le célèbre banquier, qui lui a acheté en 1815 cent cinquante mille bouteilles de champagne destinées aux troupes d'occupation (voir *La Maison Nucingen*, *Pl.* v, 601).

ou à l'introduction d'un paon dans quelque obscure basse-cour de village.

— Asseyez-vous auprès du feu, lui dit Grandet.

Avant de s'asseoir, le jeune étranger salua très gracieusement l'assemblée. Les hommes se levèrent pour répondre par une inclination polie, et les femmes firent une révérence cérémonieuse [a].

— Vous avez sans doute froid, monsieur, dit madame Grandet, vous arrivez peut-être de [b]...

— Voilà bien les femmes ! dit le vieux vigneron en quittant la lecture d'une lettre qu'il tenait à la main [1], laissez donc monsieur se reposer.

— Mais, mon père, monsieur a peut-être besoin de quelque chose, dit Eugénie.

— Il a une langue, répondit sévèrement le vigneron.

L'inconnu fut seul surpris de cette scène. Les autres personnes étaient faites aux façons despotiques du bonhomme. Néanmoins, quand ces deux demandes et ces deux réponses furent échangées, l'inconnu se leva, présenta le dos au feu, leva l'un de ses pieds pour chauffer la semelle de ses bottes, et dit à Eugénie : « Ma cousine, je vous remercie, j'ai dîné à Tours [2]. Et, ajouta-t-il en regardant Grandet, je n'ai besoin de rien, je ne suis même point fatigué ».

— Monsieur vient de la Capitale? demanda madame des Grassins.

Monsieur Charles, ainsi se nommait le fils de monsieur Grandet de Paris [c], en s'entendant interpeller,

---

1. Il est vraisemblable que, dans la pensée du romancier, cette lettre a été remise à Grandet en mains propres par le facteur des messageries mentionné plus haut. On a vu (p. 47) qu'il était resté avec celui-ci et avec le jeune voyageur, après avoir vivement tiré la porte de la salle.

2. Il est neuf heures. Si le dîner a eu lieu à l'heure ordinaire, cinq heures (voir ci-dessous, p. 71 et la note), le temps ainsi fixé pour l'étape Tours-Saumur paraît trop court, car il y a, pour une diligence, au moins six heures de voyage.

prit un petit lorgnon suspendu par une chaîne à son col, l'appliqua sur son œil droit pour examiner et ce qu'il y avait sur la table et les personnes qui y étaient assises, lorgna [a] fort impertinemment [1] madame des Grassins, et lui dit après avoir tout vu : « Oui, madame. Vous jouez au loto, ma tante, ajouta-t-il, je vous en prie, continuez votre jeu, il est trop amusant pour le quitter... »

— J'étais sûre que c'était le cousin, pensait madame des Grassins en lui jetant de petites œillades [b].

— Quarante-sept, cria le vieil abbé [c]. Marquez donc, madame des Grassins, n'est-ce pas votre numéro?

Monsieur des Grassins mit un jeton sur le carton de sa femme, qui, saisie par de tristes pressentiments, observa tour à tour le cousin de Paris et Eugénie, sans songer au loto. De temps en temps, la jeune héritière lança de furtifs regards à son cousin, et la femme du banquier put facilement y découvrir un *crescendo* d'étonnement ou de curiosité [d].

---

1. L'usage du lorgnon est couramment associé chez Balzac à une manifestation d'impertinence. Émilie de Fontaine braque « impertinemment » son lorgnon sur un voisin (*Le Bal de Sceaux*, p. 156); la duchesse de Langeais examine « fort impertinemment » Montriveau en prenant son lorgnon (*Histoire des Treize*, p. 236). Le contexte prouve ici que ce « lorgnon » est un monocle.

LE COUSIN DE PARIS

MONSIEUR CHARLES GRANDET, beau jeune homme de vingt-deux ans [1] [a], produisait en ce moment un singulier contraste avec les bons provinciaux que déjà ses manières aristocratiques révoltaient passablement, et que tous étudiaient pour se moquer de lui. Ceci veut une explication. A vingt-deux ans, les jeunes gens sont encore assez voisins de l'enfance pour se laisser aller à des enfantillages. Aussi, peut-être, sur cent d'entre eux, s'en rencontrerait-il bien quatre-vingt-dix-neuf qui se seraient conduits comme se conduisait Charles Grandet [b]. Quelques jours avant cette soirée, son père lui avait dit d'aller pour quelques mois [c] chez son frère de Saumur. Peut-être monsieur Grandet de Paris pensait-il à Eugénie. Charles, qui tombait en province pour la première fois [d], eut la pensée d'y paraître avec la supériorité d'un jeune homme à la mode, de désespérer l'arrondissement par son luxe, d'y faire époque, et d'y importer les inventions de la vie parisienne. Enfin, pour tout expliquer d'un mot, il voulait passer à Saumur [e]

---

1. Balzac a commencé par donner vingt-trois ans au cousin d'Eugénie. Il le rajeunit de façon significative : Charles Grandet est à peine entré dans la vie d'adulte et conserve, quoique déjà corrompu par l'existence parisienne, une certaine fraîcheur de sentiment, qui se manifestera dans plusieurs scènes. En outre, avec un an de moins, le jeune homme devient le cadet d'Eugénie : il soulignera cruellement cette « différence d'âge » à la fin du roman (p. 240).

plus de temps qu'à Paris à se brosser les ongles, et y affecter l'excessive recherche de mise que parfois un jeune homme élégant abandonne pour une négligence qui ne manque pas de grâce. Charles emporta donc le plus joli costume de chasse, le plus joli fusil, le plus joli couteau, la plus jolie gaine de Paris. Il emporta sa collection de gilets les plus ingénieux : il y en avait de gris, de blancs, de noirs, de couleur scarabée, à reflets d'or, de pailletés, de chinés, de doubles, à châle ou droits de col, à col renversé, de boutonnés jusqu'en haut, à boutons d'or [1] [a]. Il emporta toutes les variétés de cols et de cravates en faveur à cette époque. Il emporta deux habits de Buisson [2] [b] et son linge le plus fin. Il emporta sa jolie toilette d'or, présent de sa mère [c]. Il emporta ses colifichets de dandy, sans oublier une ravissante petite écritoire donnée par la plus aimable des femmes, pour lui du moins, par une grande dame qu'il nommait Annette, et qui voyageait maritalement, ennuyeusement, en Écosse, victime de quelques soupçons auxquels besoin était de sacrifier momentanément son bonheur; puis force joli papier pour lui écrire une lettre par

---

1. Sur l'importance du gilet dans l'habillement du dandy, voir J.-L. Bory, *Eugène Sue*, p. 141. Balzac s'inspire des goûts qu'il partageait, vers 1830, avec ses amis Nestor Roqueplan ou Lautour-Mézeray : « Trente et un gilets achetés en un mois », note à son propos Mme Ancelot (*Les Salons de Paris*, p. 98). Selon Mme Jeanne Reboul (article cité, p. 218), « tout le costume de Charles date de 1830, l'année où Balzac s'est le plus intéressé à l'élégance, et non de 1819. Balzac n'observe pas rigoureusement pour tous les détails la distance historique qu'il a adoptée. »

2. Buisson, 108, rue de Richelieu, « chez qui nous nous habillons tous », dit le comte de Vandenesse dans *Autre Étude de femme* (*Pl.* III, 223). Ce tailleur est cité encore dans la *Physiologie du mariage* (*Pl.* X, 628), dans *Le Cabinet des Antiques* (p. 94); on sait que Balzac lui-même était son client et lui dut longtemps des sommes importantes. Les éditions antérieures à l'édition Furne désignaient Staub, lui aussi installé rue de Richelieu, au 92, et donné dans *Illusions perdues* (p. 194) comme « le tailleur le plus célèbre de cette époque ».

quinzaine. Ce fut enfin une cargaison [a] de futilités parisiennes aussi complète qu'il était possible de la faire, et où, depuis la cravache qui sert à commencer un duel, jusqu'aux beaux pistolets ciselés qui le terminent [1] [b], se trouvaient tous les instruments aratoires dont se sert un jeune homme oisif pour labourer la vie. Son père lui ayant dit de voyager seul et modestement [c], il était venu dans le coupé de la diligence retenu pour lui seul, assez content de ne pas gâter une délicieuse voiture de voyage commandée pour aller au-devant de son Annette, la grande dame que... etc., et qu'il devait rejoindre en juin prochain aux Eaux de Baden [2] [d]. Charles comptait rencontrer cent personnes chez son oncle, chasser à courre dans les forêts de son oncle, y vivre enfin de la vie de château; il ne savait pas le trouver à Saumur, où il ne s'était informé de lui que pour demander le chemin de Froidfond [e]; mais, en le sachant en ville, il crut l'y voir dans un grand hôtel [f]. Afin de débuter convenablement chez son oncle, soit à Saumur, soit à Froidfond [g], il avait fait la toilette de voyage la plus coquette, la plus simplement recherchée, la plus adorable, pour employer le mot qui dans ce temps résumait les perfections spéciales d'une chose ou d'un homme. A Tours, un coiffeur venait de lui refriser [h] ses beaux cheveux châtains; il y avait changé de linge, et mis une cravate de satin noir combinée avec un col

1. Il apparaît chez Balzac que la pratique du duel, sous la Restauration et sous la monarchie de Juillet, s'impose notamment pour l'homme à succès (voir F. Lotte, *Le Duel dans La Comédie humaine, Médecine de France,* 1941).

2. Balzac a d'abord désigné les eaux d'Aix, où il s'était rendu en 1832 avec Mme de Castries. Selon Robert Burnand (*La Vie quotidienne en 1830,* p. 152), si « l'animation ne manque pas à Aix », « Bade est la villégiature rituelle pour tous ceux qui prétendent à la noblesse, à la fortune, à l'élégance ».

rond, de manière à encadrer agréablement sa blanche et rieuse figure [a]. Une redingote de voyage à demi boutonnée lui pinçait la taille, et laissait voir un gilet de cachemire à châle sous lequel était un second gilet blanc. Sa montre, négligemment abandonnée au hasard dans une poche [b], se rattachait par une courte chaîne d'or à l'une des boutonnières. Son pantalon gris se boutonnait sur les côtés, où des dessins brodés en soie noire enjolivaient les coutures. Il maniait agréablement une canne dont la pomme d'or sculpté n'altérait point la fraîcheur de ses gants gris [1] [c]. Enfin, sa casquette était d'un goût excellent [d]. Un Parisien, un Parisien de la sphère la plus élevée pouvait seul et s'agencer ainsi sans paraître ridicule, et donner une harmonie de fatuité à toutes ces niaiseries, que soutenait d'ailleurs un air brave, l'air d'un jeune homme qui a de beaux pistolets, le coup sûr et Annette [e]. Maintenant, si vous voulez [f] bien comprendre la surprise respective des Saumurois et du jeune Parisien, voir parfaitement le vif éclat [g] que l'élégance du voyageur jetait au milieu des ombres grises de la salle et des figures qui composaient le tableau de famille, essayez de vous représenter les Cruchot. Tous les trois prenaient du tabac, et ne songeaient plus depuis longtemps à éviter ni les roupies [2], ni les petites galettes noires qui parsemaient le jabot de leurs chemises rousses, à cols recroquevillés et à plis jaunâtres. Leurs cravates molles se roulaient en corde aussitôt qu'ils se les étaient attachées au cou. L'énorme quantité de linge qui leur

---

1. La couleur des gants est la même que celle du pantalon. Lorsque Balzac fixe ce détail, en 1843, la mode est aux harmonies de couleur, note Mme Jeanne Reboul (article cité, p. 218). Selon les premières éditions, Charles portait les traditionnels « gants jaunes » du dandy.

2. Ici gouttes d'humeur, écoulement consécutif aux prises de tabac

permettait de ne faire la lessive que tous les six mois, et de le garder au fond de leurs armoires, laissait le temps y imprimer[a] ses teintes grises et vieilles. Il y avait en eux une parfaite entente de mauvaise grâce et de sénilité. Leurs figures, aussi flétries que l'étaient leurs habits râpés, aussi plissées que leurs pantalons, semblaient usées, racornies, et grimaçaient. La négligence générale des autres costumes, tous incomplets, sans fraîcheur, comme le sont les toilettes de province, où l'on arrive insensiblement à ne plus s'habiller les uns pour les autres, et à prendre garde au prix d'une paire de gants, s'accordait avec l'insouciance des Cruchot. L'horreur de la mode était le seul point sur lequel les Grassinistes et les Cruchotins s'entendissent parfaitement[b]. Le Parisien prenait-il son lorgnon pour examiner les singuliers accessoires de la salle, les solives du plancher, le ton des boiseries ou les points que les mouches y avaient imprimés et dont le nombre aurait suffi pour ponctuer l'*Encyclopédie méthodique* et le *Moniteur*[1], aussitôt les joueurs de loto levaient le nez et le considéraient avec autant de curiosité qu'ils en eussent manifesté pour une girafe[2][c]. Monsieur des Grassins et son fils, auxquels la figure

1. Le détail prend tout son sens si l'on songe que *Le Moniteur*, créé par Panckoucke en 1789, est quotidien et que l'*Encyclopédie méthodique* du même Panckoucke comportait plus de deux cents volumes. Balzac a pratiqué cette *Encyclopédie* et M. Le Yaouanc signale la trace de ses consultations dans *Le Médecin de campagne*, publié la même année qu'*Eugénie Grandet* (*Nosographie de l'humanité balzacienne*, pp. 192-193).

2. Balzac a d'abord écrit *la* girafe : c'est qu'il songeait, très précisément, à l'animal offert en 1827 par Méhémet Ali au roi Charles X. L'événement avait éveillé une curiosité immense chez les Parisiens, qui se rendirent en foule au Jardin des Plantes; les journaux y firent abondamment écho et l'imprimerie Balzac publia, en septembre 1827, un *Discours de la Girafe* (Hanotaux et Vicaire, *La Jeunesse de Balzac*, p. 439). Mais en préparant l'édition Furne (1843), Balzac s'avise que *la* girafe a perdu son actualité et il substitue l'article indéfini.

d'un homme à la mode n'était pas inconnue, s'associèrent néanmoins à l'étonnement de leurs voisins, soit qu'ils éprouvassent l'indéfinissable influence d'un sentiment général, soit qu'ils l'approuvassent en disant à leurs compatriotes par des œillades pleines d'ironie : « Voilà comme *ils* sont à Paris ». Tous pouvaient d'ailleurs observer Charles à loisir, sans craindre de déplaire au maître du logis. Grandet était absorbé dans la longue lettre qu'il tenait, et il avait pris pour la lire l'unique flambeau de la table, sans se soucier de ses hôtes ni de leur plaisir. Eugénie, à qui le type d'une perfection semblable, soit dans la mise, soit dans la personne, était entièrement inconnu, crut voir en son cousin une créature descendue de quelque région séraphique. Elle respirait avec délices les parfums exhalés par cette chevelure si brillante, si gracieusement bouclée. Elle aurait voulu pouvoir toucher la peau blanche de ces jolis gants fins [1] [a]. Elle enviait les petites mains de Charles, son teint, la fraîcheur et la délicatesse de ses traits. Enfin, si toutefois cette image peut résumer les impressions que le jeune élégant produisit sur une ignorante fille sans cesse occupée à rapetasser des bas, à ravauder la garde-robe de son père, et dont la vie s'était écoulée sous ces crasseux lambris sans voir dans cette rue silencieuse plus d'un passant par heure, la vue de son cousin fit sourdre en son cœur les émotions de fine [b] volupté que causent à un jeune homme les fantastiques figures de femmes dessinées par Westall dans les Keepsake anglais, et gravées par les Finden [2] d'un burin si habile,

1. On a lu ci-dessus, p. 54, que ces gants étaient gris. Doit-on admettre qu'ils sont doublés de blanc?

2. Richard Westall (1765-1836), dessinateur anglais, dont Balzac cite déjà les « fantastiques figures » à propos de la charmante Pauline dans *La Peau de Chagrin* (*Pl.* IX, 190). Guillaume Finden (1786-1852), graveur anglais; nous ne savons pourquoi Balzac a écrit *les* Finden.

B. N. Estampes — LA GIRAFE — Cl. B. N.

Gravure anonyme (1827)

« ... *les joueurs de loto levaient le nez et le considéraient avec autant de curiosité qu'ils en eussent manifesté pour une girafe.* » (P. 55)

B. N. Estampes — FIGURE DE FEMME gravée par Finden — *Cl. B. N.*

« ... les fantastiques figures de femmes... gravées par les Finden d'un burin si habile, qu'on a peur, en soufflant sur le vélin, de faire envoler ces apparitions célestes. » (P. 56)

qu'on a peur, en soufflant sur le vélin, de faire envoler ces apparitions célestes. Charles tira de sa poche un mouchoir brodé par la grande dame qui voyageait en Écosse. En voyant ce joli ouvrage fait avec amour pendant les heures perdues pour l'amour, Eugénie regarda son cousin pour savoir s'il allait bien réellement s'en servir. Les manières de Charles, ses gestes, la façon dont il prenait son lorgnon, son impertinence affectée, son mépris pour le coffret qui venait de faire tant de plaisir à la riche héritière et qu'il trouvait évidemment ou sans valeur ou ridicule; enfin, tout ce qui choquait les Cruchot et les des Grassins lui plaisait si fort, qu'avant de s'endormir elle dut rêver longtemps à ce phénix des cousins.

Les numéros se tiraient fort lentement, mais bientôt le loto fut arrêté. La Grande Nanon entra et dit tout haut : « Madame, va falloir me donner des draps pour faire le lit à [a] ce monsieur ».

Madame Grandet suivit Nanon. Madame des Grassins dit alors à voix basse : « Gardons nos sous et laissons le loto ». Chacun reprit ses deux sous dans la vieille soucoupe écornée où il les avait mis; puis l'assemblée se remua en masse et fit un quart de conversion vers le feu.

— Vous avez donc fini? dit Grandet sans quitter sa lettre.

— Oui, oui, répondit madame des Grassins en venant prendre place près de Charles.

Eugénie, mue par une de ces pensées qui naissent au cœur des jeunes filles quand un sentiment s'y loge pour la première fois, quitta la salle [b] pour aller aider sa mère et Nanon. Si elle avait été questionnée par un confesseur habile, elle lui eût sans doute avoué qu'elle ne songeait ni à sa mère ni à Nanon, mais qu'elle était travaillée par un poignant désir d'inspecter la chambre de son cousin pour s'y occuper de son cousin, pour y placer quoi que ce fût [a], pour obvier à un oubli, pour y tout prévoir, afin de la rendre, autant que possible, élégante et propre. Eugénie se croyait déjà seule capable de comprendre les goûts et les idées de son cousin. En effet, elle arriva fort heureusement pour prouver à sa mère et à Nanon, qui revenaient pensant avoir tout fait, que tout était à faire. Elle donna l'idée [b] à la Grande Nanon de bassiner les draps avec la braise du feu; elle couvrit elle-même la vieille table d'un naperon [1], et recommanda bien à Nanon de changer le naperon tous les matins. Elle convainquit sa mère de la nécessité d'allumer un bon feu dans la cheminée, et détermina Nanon à monter, sans en rien dire à son père, un gros tas de bois dans le corridor. Elle courut chercher dans une des encoignures de la salle un plateau de vieux laque qui venait de la succession de feu le vieux monsieur de La Bertellière, y prit également un verre de cristal à six pans, une petite cuiller dédorée, un flacon antique où étaient gravés des amours, et mit triomphalement le tout sur un coin de la cheminée [c]. Il lui avait plus surgi d'idées en un quart d'heure qu'elle n'en avait eu depuis qu'elle était au monde.

— Maman, dit-elle, jamais mon cousin ne supportera l'odeur d'une chandelle [d]. Si nous achetions de la bougie?... Elle alla, légère comme un oiseau [2], tirer de sa bourse l'écu de cent sous qu'elle avait reçu pour ses dépenses du mois. — Tiens, Nanon, dit-elle, va vite [e].

---

1. Graphie insolite, mais donnée par toutes les éditions.

2. Cette comparaison, reprise plus loin, pp. 127-128 (« Elle descendit dans la cuisine avec la légèreté d'un oiseau »), se retrouve, dans *Le Père Goriot* (p. 109), sous la plume de Laure de Rastignac (« Nous étions légères comme des hirondelles en revenant ») et traduit chaque fois l'élan naïf d'une jeune fille vers l'objet de ses pensées.

— Mais, que dira ton père? Cette objection terrible fut proposée par madame Grandet en voyant sa fille armée d'un sucrier de vieux Sèvres rapporté du château de Froidfond par Grandet. — Et où prendras-tu donc du sucre? es-tu folle?

— Maman, Nanon [1] [a] achètera aussi bien du sucre que de la bougie.

— Mais ton père?

— Serait-il convenable que son neveu ne pût boire un verre d'eau sucrée? D'ailleurs, il n'y fera pas attention.

— Ton père voit tout, dit madame Grandet en hochant la tête.

Nanon hésitait, elle connaissait son maître [b].

— Mais va donc, Nanon, puisque c'est ma fête !

Nanon laissa échapper un gros rire en entendant la première plaisanterie que sa jeune maîtresse eût jamais faite, et lui obéit [c]. Pendant qu'Eugénie et sa mère s'efforçaient d'embellir la chambre destinée par monsieur Grandet à son neveu, Charles se trouvait l'objet des attentions de madame des Grassins, qui lui faisait des agaceries.

— Vous êtes bien courageux, monsieur, lui dit-elle, de quitter les plaisirs de la capitale pendant l'hiver pour venir habiter Saumur. Mais si nous ne vous faisons pas trop peur, vous verrez que l'on peut encore s'y amuser.

Elle lui lança une véritable œillade de province, où, par habitude, les femmes mettent tant de réserve et de prudence dans leurs yeux qu'elles leur communiquent la friande concupiscence particulière à ceux des ecclé-

---

1. Balzac avait écrit seulement : « Nanon ». Mais le typographe de *L'Europe littéraire* a lu par erreur : « Maman ». Quand le romancier a corrigé son texte en vue de l'édition en volume, il a maintenu ce mot et pris le parti d'ajouter : « Nanon ».

siastiques, pour qui tout plaisir semble ou un vol ou une faute [a]. Charles se trouvait si dépaysé dans cette salle, si loin du vaste château et de la fastueuse existence qu'il supposait à son oncle [b], qu'en regardant attentivement madame des Grassins, il aperçut enfin une image à demi effacée des figures parisiennes [c]. Il répondit avec grâce à l'espèce d'invitation qui lui était adressée, et il s'engagea naturellement une conversation dans laquelle madame des Grassins baissa graduellement sa voix pour la mettre en harmonie avec la nature de ses confidences. Il existait chez elle et chez Charles un même besoin de confiance. Aussi, après quelques moments de causerie coquette et de plaisanteries sérieuses, l'adroite provinciale put-elle lui dire sans se croire entendue des autres personnes qui parlaient de la vente des vins, dont s'occupait en ce moment tout le Saumurois : « Monsieur [d], si vous voulez nous faire l'honneur de venir nous voir, vous ferez très certainement autant de plaisir à mon mari qu'à moi. Notre salon est le seul dans Saumur où vous trouverez réunis le haut commerce et la noblesse : nous appartenons aux deux sociétés, qui ne veulent se rencontrer que là parce qu'on s'y amuse [e]. Mon mari, je le dis avec orgueil, est également considéré par les uns et par les autres. Ainsi, nous tâcherons de faire diversion à l'ennui de votre séjour ici. Si vous restiez chez monsieur Grandet, que deviendriez-vous, bon Dieu ! Votre oncle est un grigou qui ne pense qu'à ses provins [1], votre tante est une dévote qui ne sait pas coudre deux idées, et

---

1. A l'origine, ce mot désigne des ceps courbés en terre pour obtenir un nouveau plant : Margaritis promène l'illustre Gaudissart « de provin en provin » (*Pl.* IV, 42) ; mais ici, il évoque, plus généralement, par une sorte de métonymie, l'ensemble des préoccupations viticoles de Grandet.

votre cousine est une petite sotte, sans éducation, commune, sans dot, et qui passe sa vie à raccommoder des torchons [a] ».

— Elle est très bien, cette femme, se dit en lui-même Charles Grandet en répondant aux minauderies de madame des Grassins.

— Il me semble, ma femme, que tu veux accaparer monsieur, dit en riant le gros et grand banquier.

A cette observation, le notaire et le président dirent des mots plus ou moins malicieux; mais l'abbé les regarda d'un air fin et résuma leurs pensées en prenant une pincée de tabac, et offrant sa tabatière à la ronde : « Qui mieux que madame, dit-il, pourrait faire à monsieur les honneurs de Saumur? »

— Ha! çà, comment l'entendez-vous, monsieur l'abbé? demanda monsieur des Grassins.

— Je l'entends, monsieur, dans le sens le plus favorable pour vous, pour madame, pour la ville de Saumur et pour monsieur, ajouta le rusé vieillard en se tournant vers Charles [b].

Sans paraître y prêter la moindre attention, l'abbé Cruchot avait su deviner la conversation de Charles et de madame des Grassins [c].

— Monsieur, dit enfin Adolphe à Charles d'un air qu'il aurait voulu rendre dégagé, je ne sais si vous avez conservé quelque souvenir de moi; j'ai eu le plaisir d'être votre vis-à-vis à un bal donné par monsieur le baron de Nucingen [1] [d], et...

— Parfaitement, monsieur, parfaitement, répondit Charles, surpris de se voir l'objet des attentions de tout le monde.

— Monsieur est votre fils? demanda-t-il à madame des Grassins.

---

1. Voir plus haut, p. 48. Il est plausible qu'à Paris, Adolphe des Grassins, fils de banquier, ait été reçu chez Nucingen.

L'abbé regarda malicieusement la mère.

— Oui, monsieur, dit-elle.

— Vous étiez donc bien jeune à Paris? reprit Charles en s'adressant à Adolphe.

— Que voulez-vous, monsieur, dit l'abbé, nous les envoyons à Babylone aussitôt qu'ils sont sevrés.

Madame des Grassins interrogea l'abbé par un regard d'une étonnante profondeur. — Il faut venir en province, dit-il en continuant, pour trouver des femmes [a] de trente et quelques années [1] aussi fraîches que l'est madame, après avoir eu des fils bientôt Licenciés en Droit. Il me semble être encore au jour où les jeunes gens et les dames montaient [b] sur des chaises pour vous voir danser au bal, madame, ajouta l'abbé en se tournant vers son adversaire femelle [c]. Pour moi, vos succès sont d'hier...

— Oh ! le vieux scélérat ! se dit en elle-même madame des Grassins, me devinerait-il donc?

— Il paraît que j'aurai beaucoup de succès à Saumur, se disait Charles en déboutonnant sa redingote, se mettant la main dans son gilet, et jetant son regard à travers les espaces pour imiter la pose donnée à lord Byron par Chantrey [2] [d].

L'inattention du père Grandet, ou, pour mieux dire, la préoccupation dans laquelle le plongeait la lecture de sa lettre, n'échappèrent ni au notaire ni au président,

---

1. Balzac a commencé par écrire « de trente ans », mais la flatterie de l'abbé trahissait par trop la vraisemblance. « Trente et quelques années » est encore d'une discrétion galante : Mme des Grassins, p. 68, avoue trente-neuf ans et elle doit en avoir davantage, car son fils Adolphe (voir ci-dessus, p. 22) en a vingt-trois. Le romancier l'a rangée (p. 42) dans la catégorie des femmes qui « se sont conservées jeunes encore à quarante ans ».

2. Dans *Le Bal de Sceaux*, Balzac évoquait Byron inclinant la tête à droite, comme Alexandre, pour attirer l'attention : sans doute songeait-il déjà à la statue sculptée par Chantrey (1781-1841), sculpteur officiel de l'Angleterre.

qui tâchaient d'en conjecturer le contenu par les imperceptibles mouvements de la figure du bonhomme, alors fortement éclairée par la chandelle. Le vigneron maintenait difficilement le calme habituel de sa physionomie [a]. D'ailleurs, chacun pourra se peindre la contenance affectée par cet homme en lisant la fatale lettre que voici :

« Mon frère, voici bientôt vingt-trois ans [b] que nous ne nous sommes vus [1]. Mon mariage a été l'objet de notre dernière entrevue, après laquelle nous nous sommes quittés joyeux l'un et l'autre [c]. Certes je ne pouvais guère prévoir que tu serais un jour le seul soutien de la famille, à la prospérité de laquelle tu applaudissais alors. Quand tu tiendras cette lettre en tes mains, je n'existerai plus. Dans la position où j'étais, je n'ai pas voulu survivre à la honte d'une faillite. Je me suis tenu sur le bord du gouffre [d] jusqu'au dernier moment, espérant surnager toujours [e]. Il faut y tomber. Les banqueroutes réunies de mon agent de change et de Roguin [2] [f], mon notaire, m'emportent mes dernières ressources et ne me laissent rien. J'ai la douleur de devoir près de quatre millions sans pouvoir offrir plus de vingt-cinq pour cent d'actif [g]. Mes vins emmagasinés éprouvent en ce moment la baisse ruineuse que causent l'abondance et la qualité de vos récoltes [3]. Dans trois jours, Paris dira : « Monsieur Grandet était un fripon ! » [h] Je me coucherai, moi probe, dans un linceul d'infamie.

---

1. Bien informés semblent donc les Saumurois qui, pour nier tout projet d'union entre Eugénie et Charles, faisaient valoir que « les deux frères ne se sont pas vus deux fois depuis trente ans » (p. 23).

2. Balzac ajoute ici en 1843 le nom de Roguin, dont il a évoqué la faillite dans *César Birotteau* (*Pl.* IV, 471) et dans *Pierrette* (pp. 130 et 151).

3. La vendange de 1818, pour les vins de Loire, avait donné, selon Vavasseur *(op. cit.)*, des produits « d'une grande finesse ».

Je ravis à mon fils et son nom que j'entache et la fortune de sa mère. Il ne sait rien de cela, ce malheureux enfant que j'idolâtre. Nous nous sommes dit adieu tendrement. Il ignorait, par bonheur, que les derniers flots de ma vie s'épanchaient [a] dans cet adieu. Ne me maudira-t-il pas un jour? Mon frère, mon frère, la malédiction de nos enfants est épouvantable; ils peuvent appeler de la nôtre, mais la leur est irrévocable. Grandet, tu es mon aîné, tu me dois ta protection : fais que Charles ne jette aucune parole amère sur ma tombe [b]! Mon frère, si je t'écrivais avec mon sang et mes larmes, il n'y aurait pas autant [c] de douleurs que j'en mets dans cette lettre; car je pleurerais, je saignerais, je serais mort, je ne souffrirais plus; mais je souffre et vois la mort d'un œil sec. Te voilà donc le père de Charles [d]! il n'a point de parents du côté maternel, tu sais pourquoi. Pourquoi n'ai-je pas obéi aux préjugés sociaux? Pourquoi ai-je cédé à l'amour? Pourquoi ai-je épousé la fille naturelle d'un grand seigneur? Charles n'a plus de famille. O mon malheureux fils! mon fils! Écoute, Grandet, je ne suis pas venu t'implorer pour moi; d'ailleurs tes biens ne sont peut-être pas assez considérables pour supporter une hypothèque de trois millions; mais pour mon fils! Sache-le bien, mon frère, mes mains suppliantes se sont jointes en pensant à toi. Grandet, je te confie Charles en mourant. Enfin je regarde mes pistolets sans douleur en pensant que tu lui serviras de père. Il m'aimait bien, Charles; j'étais si bon pour lui, je ne le contrariais jamais : il ne me maudira pas. D'ailleurs, tu verras; il est doux, il tient de sa mère, il ne te donnera jamais de chagrin. Pauvre enfant! accoutumé [e] aux jouissances du luxe, il ne connaît aucune des privations auxquelles nous a condamnés l'un et l'autre notre première misère... Et le voilà ruiné, seul. Oui, tous ses amis le fuiront, et c'est moi qui serai la cause de ses humiliations. Ah! je voudrais avoir le bras assez fort pour l'envoyer d'un seul coup dans les cieux près de sa mère. Folie! je reviens à mon malheur, à celui de Charles [a]. Je te l'ai donc envoyé pour que tu lui apprennes convenablement et ma mort et son sort à venir. Sois un père pour lui, mais un bon père. Ne l'arrache pas tout à coup à sa vie oisive, tu le tuerais [b]. Je lui demande à genoux de renoncer aux créances qu'en qualité d'héritier de sa mère il pourrait exercer contre moi. Mais c'est une prière superflue; il a de l'honneur, et sentira bien qu'il ne doit pas se joindre à mes créanciers. Fais-le renoncer à ma succession en temps utile. Révèle-lui les dures conditions de la vie que je lui fais; et, s'il me conserve sa tendresse, dis-lui bien en mon nom que tout n'est pas perdu pour lui. Oui, le travail, qui nous a sauvés tous deux, peut lui rendre la fortune que je lui emporte [c] ; et, s'il veut écouter la voix de son père, qui pour lui voudrait sortir un moment du tombeau [d], qu'il parte, qu'il aille aux Indes [1]! Mon frère, Charles est un jeune homme probe et courageux : tu lui feras une pacotille, il mourrait plutôt que de ne pas te rendre les premiers fonds que tu lui prêteras; car tu lui en prêteras, Grandet! sinon tu te créerais des remords. Ah! si mon enfant ne trouvait ni secours ni tendresse en toi, je demanderais éternellement vengeance à Dieu de ta dureté.

1. Ce vœu de Guillaume Grandet pour son fils correspond à celui que formèrent les parents de Balzac pour Henry. Il était parti pour l'île Maurice en 1831 et la famille crut pendant quelque temps à sa réussite. Son piteux retour, trois ans plus tard, devait dissiper toute illusion; mais ce retour n'était pas décidé lorsque Balzac écrivit *Eugénie Grandet*. De même a-t-on vu dans *La Grenadière*, récit composé en 1832, que Louis Gaston s'embarquait pour les Indes afin de pouvoir subvenir plus aisément aux besoins de ses enfants. Voir *L'Année balzacienne 1961 : Henry le trop aimé,* par Madeleine Fargeaud et Roger Pierrot, pp. 44-47.

Si j'avais pu sauver quelques valeurs, j'avais bien le droit de lui remettre une somme sur le bien de sa mère; mais les paiements de ma fin du mois avaient absorbé toutes mes ressources. Je n'aurais pas voulu mourir dans le doute sur le sort de mon enfant; j'aurais voulu sentir de saintes promesses dans la chaleur de ta main, qui m'eût réchauffé [a]; mais le temps me manque. Pendant que Charles voyage, je suis obligé de dresser mon bilan. Je tâche de prouver par la bonne foi qui préside à mes affaires qu'il n'y a dans mes désastres ni faute ni improbité. N'est-ce pas m'occuper de Charles [b]? Adieu, mon frère. Que toutes les bénédictions de Dieu te soient acquises pour la généreuse tutelle que je te confie, et que tu acceptes, je n'en doute pas [c]. Il y aura sans cesse une voix qui priera pour toi dans le monde où nous devons aller tous un jour, et où je suis déjà.

« Victor-Ange-Guillaume Grandet. [d] »

— Vous causez donc? dit le père Grandet en pliant avec exactitude la lettre dans les mêmes plis et la mettant dans la poche de son gilet. Il regarda son neveu d'un air humble et craintif sous lequel il cacha ses émotions et ses calculs. — Vous êtes-vous réchauffé?

— Très bien, mon cher oncle?

— Hé bien! où sont donc nos femmes? dit l'oncle oubliant déjà que son neveu couchait chez lui. En ce moment Eugénie et madame Grandet rentrèrent. — Tout est-il arrangé là-haut? leur demanda le bonhomme en retrouvant son calme [e].

— Oui, mon père.

— Hé bien! mon neveu, si vous êtes fatigué, Nanon va vous conduire à votre chambre. Dame, ce ne sera pas un appartement de *mirliflor* [1] ! mais vous excuserez de pauvres vignerons qui n'ont jamais le sou [2]. Les impôts nous avalent tout.

— Nous ne voulons pas être indiscrets, Grandet, dit le banquier [a]. Vous pouvez avoir à jaser [b] avec votre neveu, nous vous souhaitons le bonsoir. A demain.

A ces mots, l'assemblée se leva, et chacun fit la révérence suivant son caractère. Le vieux notaire alla chercher sous la porte sa lanterne [c], et vint l'allumer en offrant aux des Grassins de les reconduire. Madame des Grassins n'avait pas prévu l'incident qui devait faire finir prématurément la soirée, et son domestique n'était pas arrivé [d].

— Voulez-vous me faire l'honneur d'accepter mon bras, madame? dit l'abbé Cruchot à madame des Grassins.

— Merci, monsieur l'abbé. J'ai mon fils, répondit-elle sèchement [e].

— Les dames ne sauraient se compromettre avec moi, dit l'abbé.

— Donne donc le bras à monsieur Cruchot, lui dit son mari.

L'abbé emmena la jolie dame assez lestement pour se trouver à quelques pas en avant de la caravane [f].

— Il est très bien, ce jeune homme, madame, lui

1. *Mirliflor* ou *mirliflore* est un terme qui avait cours pendant la jeunesse de Grandet et c'est avec bonheur que Balzac le prête au vieil homme éloigné des élégances nouvelles de la vie parisienne. Mme d'Épinay l'emploie dans ses *Mémoires;* Sophie Gay évoque « les favoris de la mode, appelés roués sous la Régence, merveilleux sous Louis XV, mirliflores sous Louis XVI, incroyables sous le Directoire, agréables sous l'Empire ».

2. Balzac a déjà noté dans *Les Dangers de l'inconduite (Gobseck)* une précaution de langage analogue chez l'usurier parisien, qui prétend n'avoir rien à lui : « Vivrais-je comme je vis si j'étais riche? » (*Pl.* II, 626.) Harpagon se comporte de même et nie qu'il ait du bien : simple rencontre, car de telles déclarations sont communes à la plupart des avares.

dit-il en lui serrant le bras. *Adieu, paniers, vendanges sont faites !* [a] Il vous faut dire adieu à mademoiselle Grandet, Eugénie sera pour le Parisien. A moins que ce cousin ne soit amouraché d'une Parisienne, votre fils Adolphe va rencontrer en lui le rival le plus [b]...

— Laissez donc, monsieur l'abbé. Ce jeune homme ne tardera pas à s'apercevoir qu'Eugénie est une niaise, une fille sans fraîcheur. L'avez-vous examinée? elle était, ce soir, jaune comme un coing [1] [c].

— Vous l'avez peut-être déjà fait remarquer au cousin [d].

— Et je ne m'en suis pas gênée...

— Mettez-vous toujours auprès d'Eugénie, madame, et vous n'aurez pas grand'chose à dire à ce jeune homme contre sa cousine, il fera de lui-même une comparaison qui...

— D'abord, il m'a promis de venir dîner après-demain chez moi.

— Ah ! si vous vouliez, madame... dit l'abbé.

— Et que voulez-vous que je veuille [e], monsieur l'abbé? Entendez-vous ainsi me donner de mauvais conseils? Je ne suis pas arrivée à l'âge de trente-neuf ans, avec une réputation sans tache, Dieu merci [f], pour la compromettre, même quand il s'agirait de l'empire du Grand-Mogol. Nous sommes à un âge, l'un et l'autre, auquel on sait ce que parler veut dire. Pour un ecclésiastique, vous avez en vérité des idées bien incongrues. Fi ! cela est digne de *Faublas*.

— Vous avez donc lu *Faublas* [2] ?

---

1. L'expression a déjà été appliquée p. 36 à Mme Grandet, mais le romancier la prenait à son compte, alors qu'il la met ici sur celui de la malignité propre à Mme des Grassins.

2. Balzac cite encore *Faublas* dans *La Duchesse de Langeais* (*Histoire des Treize*, p. 248) comme un livre qui se lit « en cachette » et il évoque Mme de Lignolle, personnage de ce roman, dans une lettre à Laure (*Corr.* Pierrot II, 390), ainsi que dans *Le Message*. L'œuvre de Louvet de Coudray est bien présente à son esprit dans les années 1832-1833.

— Non, monsieur l'abbé, je voulais dire *Les Liaisons Dangereuses.*

— Ah! ce livre est infiniment plus moral, dit en riant l'abbé [1]. Mais vous me faites aussi pervers que l'est un jeune homme d'aujourd'hui. Je voulais simplement vous...

— Osez me dire que vous ne songiez pas à me conseiller de vilaines choses. Cela n'est-il pas clair [a]? Si ce jeune homme, qui est très bien, j'en conviens, me faisait la cour, il ne penserait pas à sa cousine. A Paris, je le sais, quelques bonnes mères se dévouent ainsi pour le bonheur et la fortune de leurs enfants; mais nous sommes en province, monsieur l'abbé.

— Oui, madame.

— Et, reprit-elle, je ne voudrais pas, ni Adolphe lui-même ne voudrait pas de cent millions achetés à ce prix...

— Madame, je n'ai point parlé de cent millions. La tentation eût été peut-être au-dessus de nos forces à l'un et à l'autre. Seulement, je crois qu'une honnête femme peut se permettre, en tout bien tout honneur [b], de petites coquetteries sans conséquence, qui font partie de ses devoirs en société, et qui...

— Vous croyez?

— Ne devons-nous pas, madame, tâcher de nous être agréables les uns aux autres... Permettez que je me mouche. — Je vous assure, madame, reprit-il, qu'il vous lorgnait d'un air un peu plus flatteur que celui qu'il avait en me regardant; mais je lui pardonne d'honorer préférablement à la vieillesse la beauté...

— Il est clair, disait le président de sa grosse voix, que monsieur Grandet de Paris envoie son fils à Saumur

---

1. Dans *La Fille aux yeux d'or (Histoire des Treize,* p. 440), Henri de Marsay évoque « l'immoralité » notoire des *Liaisons dangereuses :* il est plaisant de voir l'abbé Cruchot si large d'esprit.

dans des intentions extrêmement matrimoniales...

— Mais, alors, le cousin ne serait pas tombé comme une bombe, répondait le notaire.

— Cela ne dirait rien, dit monsieur des Grassins, le bonhomme est *cachotier* [1].

— Des Grassins, mon ami, je l'ai invité à dîner, ce jeune homme. Il faudra que tu ailles prier monsieur et madame de Larsonnière, et les du Hautoy, avec la belle demoiselle du Hautoy, bien entendu; pourvu qu'elle se mette bien ce jour-là! Par jalousie, sa mère la fagote si mal! J'espère, messieurs, que vous nous ferez l'honneur de venir, ajouta-t-elle en arrêtant le cortège pour se retourner vers les deux Cruchot.

— Vous voilà chez vous, madame, dit le notaire.

Après avoir salué les trois des Grassins, les trois Cruchot s'en retournèrent chez eux, en se servant de ce génie d'analyse que possèdent les provinciaux pour étudier sous toutes ses faces le grand événement de cette soirée, qui changeait les positions respectives des Cruchotins et des Grassinistes [a]. L'admirable bon sens qui dirigeait les actions de ces grands calculateurs leur fit sentir aux uns et aux autres la nécessité d'une alliance momentanée contre l'ennemi commun. Ne devaient-ils pas mutuellement empêcher [b] Eugénie d'aimer son cousin, et Charles de penser à sa cousine? Le Parisien pourrait-il résister aux insinuations perfides, aux calomnies doucereuses, aux médisances pleines d'éloges, aux dénégations naïves qui allaient constamment tourner autour de lui [c] pour le tromper [d]?

Lorsque les quatre parents se trouvèrent seuls dans la salle, monsieur Grandet dit à son neveu : « Il

1. Balzac détache en italiques cet adjectif d'usage récent, qui ne figure pas encore, en 1835, dans le dictionnaire de l'Académie, et qui sera noté comme familier par Littré.

faut se coucher. Il est trop tard pour causer des affaires qui vous amènent ici, nous prendrons demain un moment convenable. Ici, nous déjeunons à huit heures. A midi, nous mangeons un fruit, un rien de pain sur le pouce, et nous buvons un verre de vin blanc; puis nous dînons, comme les Parisiens, à cinq heures [1]. Voilà l'ordre. Si vous voulez voir la ville ou les environs, vous serez libre comme l'air. Vous m'excuserez si mes affaires ne me permettent pas toujours de vous accompagner. Vous les entendrez peut-être tous ici vous disant que je suis riche : monsieur Grandet par-ci, monsieur Grandet par-là! Je les laisse dire, leurs bavardages ne nuisent point à mon crédit [a]. Mais je n'ai pas le sou, et je travaille à mon âge comme un jeune compagnon, qui n'a pour tout bien qu'une mauvaise plaine [2] et deux bons bras [b]. Vous verrez peut-être bientôt par vous-même [c] ce que coûte un écu quand il faut le suer [d]. Allons, Nanon, les chandelles? »

— J'espère, mon neveu, que vous trouverez tout ce dont vous aurez besoin, dit madame Grandet; mais s'il vous manquait quelque chose, vous pourrez appeler Nanon [e].

— Ma chère tante, ce serait difficile, j'ai, je crois, emporté toutes mes affaires [f]! Permettez-moi de vous souhaiter une bonne nuit, ainsi qu'à ma jeune cousine.

Charles prit des mains de Nanon une bougie allumée, une bougie d'Anjou, bien jaune de ton, vieillie en boutique et si pareille à de la chandelle, que monsieur Grandet, incapable d'en soupçonner l'existence

1. « On dînait à cinq heures. » (R. Burnand, *op. cit.*, p. 128.)

2. Outil tranchant de tonnelier : beaucoup d'éditeurs modernes donnent *plane*, forme plus courante, mais le manuscrit et les éditions anciennes portent bien *plaine*. M. Maurice nous signale que les Tourangeaux prononcent aujourd'hui encore : « plaine ».

au logis, ne s'aperçut pas de cette magnificence [a].

— Je vais vous montrer le chemin, dit le bonhomme.

Au lieu de sortir par la porte de la salle qui donnait sous la voûte, Grandet fit la cérémonie de passer par le couloir qui séparait la salle de la cuisine. Une porte battante garnie d'un grand carreau de verre ovale fermait ce couloir du côté de l'escalier afin de tempérer le froid qui s'y engouffrait [b]. Mais en hiver la bise n'en sifflait pas moins par là très rudement, et, malgré les bourrelets mis aux portes de la salle, à peine la chaleur s'y maintenait-elle à un degré convenable. Nanon alla verrouiller la grande porte, ferma la salle, et détacha dans l'écurie un chien-loup dont la voix était cassée comme s'il avait une laryngite. Cet animal d'une notable férocité ne connaissait que Nanon. Ces deux créatures champêtres s'entendaient [c].

Quand Charles vit les murs jaunâtres et enfumés de la cage où l'escalier à rampe vermoulue tremblait sous le pas pesant de son oncle, son dégrisement alla *rinforzando*. Il se croyait dans un juchoir à poules. Sa tante et sa cousine, vers lesquelles il se retourna pour interroger leurs figures, étaient si bien façonnées à cet escalier, que, ne devinant pas la cause de son étonnement, elles le prirent pour une expression amicale, et y répondirent par un sourire [d] agréable qui le désespéra. — Que diable mon père m'envoie-t-il faire ici? se disait-il. Arrivé sur le premier palier, il aperçut trois portes peintes en rouge étrusque et sans chambranles, des portes perdues dans la muraille poudreuse et garnies de bandes en fer boulonnées, apparentes, terminées en façon de flammes comme l'était à chaque bout la longue entrée de la serrure [e]. Celle de ces portes qui se trouvait en haut de l'escalier et qui donnait entrée dans la pièce située au-dessus de la cuisine, était évidemment murée. On n'y pénétrait en effet que par la chambre de Grandet, à qui cette pièce servait de cabinet [1]. L'unique croisée d'où elle tirait son jour était défendue sur la cour par d'énormes barreaux en fer grillagés. Personne, pas même madame Grandet, n'avait la permission d'y venir, le bonhomme [a] voulait y rester seul comme un alchimiste [b] à son fourneau [2]. Là, sans doute, quelque cachette avait été très habilement pratiquée, là s'emmagasinaient les titres de propriété, là pendaient les balances [3] [c] à peser les louis, là se faisaient nuitamment et en secret les quittances, les reçus, les calculs; de manière que [d] les gens d'affaires, voyant toujours Grandet prêt à tout, pouvaient imaginer qu'il avait à ses ordres une fée ou un démon. Là, sans doute, quand Nanon ronflait à ébranler les planchers, quand le chien-loup veillait et bâillait dans la cour, quand madame et mademoiselle Grandet étaient bien endormies [e], venait le vieux tonnelier choyer, caresser, couver, cuver, cercler [f] son or. Les murs étaient épais, les contrevents discrets. Lui seul avait la clef de ce laboratoire, où, dit-on, il consultait des plans

---

1. C'est le mot même employé par Balzac pour désigner la pièce où l'avare Dujai, de Villeparisis, « entrait seul » (voir Introduction, p. LI). Ce mot était déjà repris dans *Maître Cornélius* (*Pl.* IX, 943) : « le cabinet où le Lombard avait mis ses trésors ».

2. Cette comparaison prépare le mot « laboratoire », qu'on trouve quelques lignes plus bas. Balzac a déjà prêté à Gobseck les lèvres minces des « alchimistes » peints par les Flamands (*Pl.* II, 624) et on lit dans *Maître Cornélius* (*Pl.* IX, 916) : « Ceux qui se mêlaient d'alchimie disaient que Maître Cornélius savait faire de l'or ». Ainsi court d'une œuvre à l'autre, à propos de l'avarice, un thème qui s'épanouira dans *La Recherche de l'Absolu :* des liens subtils unissent Balthazar Claës, héros passionné, épris de toute-puissance, à ces divers personnages d'avares conquérants.

3. Gobseck, déjà (*Pl.* II, 649), utilise « des balances » et Balzac semble avoir été frappé par *Le Peseur d'or* de Gérard Dow, auquel il compare expressément l'antiquaire de *La Peau de chagrin,* personnage appartenant à la même lignée (Raphaël pouvait croire « que *Le Peseur d'or* de Gérard Dow était sorti de son cadre », p. 29). Voir Jean Pommier, *Créations en littérature,* p. 43.

sur lesquels ses arbres à fruits étaient désignés et où il chiffrait ses produits à un provin, à une bourrée près [a]. L'entrée de la chambre d'Eugénie faisait face à cette porte murée. Puis, au bout du palier, était l'appartement des deux époux qui occupaient tout le devant de la maison. Madame Grandet avait une chambre contiguë à celle d'Eugénie, chez qui l'on entrait par une porte vitrée. La chambre du maître [b] était séparée de celle de sa femme par une cloison, et du mystérieux cabinet par un gros mur [c]. Le père Grandet avait logé son neveu au second étage, dans la haute mansarde située au-dessus de sa chambre, de manière à pouvoir l'entendre, s'il lui prenait fantaisie d'aller et de venir [d]. Quand Eugénie et sa mère arrivèrent au milieu du palier, elles se donnèrent le baiser du soir; puis, après avoir dit à Charles quelques mots d'adieu, froids sur les lèvres, mais certes chaleureux au cœur de la fille, elles rentrèrent [e] dans leurs chambres.

— Vous voilà chez vous, mon neveu, dit le père Grandet à Charles en lui ouvrant sa porte. Si vous aviez besoin de sortir, vous appelleriez Nanon. Sans elle, votre serviteur [f] ! le chien vous mangerait sans vous dire un seul mot. Dormez bien. Bonsoir. Ha! ha! ces dames vous ont [g] fait du feu, reprit-il. En ce moment la Grande Nanon apparut, armée d'une bassinoire. — En voilà bien d'une autre! dit monsieur Grandet. Prenez-vous mon neveu pour une femme en couches? Veux-tu bien remporter ta braise, Nanon [1].

— Mais, monsieur, les draps sont humides, et ce monsieur est vraiment mignon comme une femme.

— Allons, va, puisque tu l'as dans la tête [h], dit

1. Grandet considère comme un raffinement blâmable cet usage de la bassinoire, inhabituel pour Nanon, mais ordinaire pour Jacquotte, la vieille servante de Bénassis, dans *Le Médecin de campagne* (p. 31).

Grandet en la poussant par les épaules, mais prends garde de mettre le feu. Puis l'avare descendit en grommelant de vagues paroles.

Charles demeura pantois au milieu de ses malles [a]. Après avoir jeté les yeux sur les murs d'une chambre en mansarde tendue de ce papier jaune à bouquets de fleurs qui tapisse les guinguettes [b], sur une cheminée en pierre de liais cannelée dont le seul aspect donnait froid, sur des chaises de bois jaune garnies en canne vernissée et qui semblaient avoir plus de quatre angles, sur une table de nuit ouverte dans laquelle aurait pu tenir un petit sergent de voltigeurs, sur le maigre tapis de lisière placé au bas d'un lit à ciel dont les pentes en drap tremblaient comme si elles allaient tomber, achevées par les vers, il regarda sérieusement la Grande Nanon [c] et lui dit : « Ah çà ! ma chère enfant, suis-je bien chez monsieur Grandet, l'ancien maire de Saumur, frère de monsieur Grandet de Paris ? »

— Oui, monsieur, chez un ben [d] aimable, un ben doux, un ben parfait monsieur. Faut-il que je vous aide à défaire vos malles ?

— Ma foi, je le veux bien, mon vieux troupier ! N'avez-vous pas servi dans les marins de la garde impériale ?

— Oh ! oh ! oh ! oh ! dit Nanon, quoi que c'est que ça, les marins de la garde ? C'est-y salé ? Ça va-t-il sur l'eau [1] [e] ?

— Tenez, cherchez ma robe de chambre qui est dans cette valise. En voici la clef [f].

---

1. Cette question saugrenue de Nanon est ajoutée dans l'édition Furne, mais se trouvait encore plus fréquemment formulée dans les *Mémoires de Sanson* (*O. D.* I, 498) : « — Citoyen, je m'appelle Cornélie.— — Qu'est-ce que c'est que çà, Cornélie ? Ça va-t-il sur l'eau ? » (Rapprochement indiqué par R. de Cesare, « Balzac et *Eugénie Grandet* », p. 35.)

Nanon fut tout émerveillée de voir une robe de chambre en soie verte à fleurs d'or et à dessins antiques [a].

— Vous allez mettre ça pour vous coucher, dit-elle.

— Oui.

— Sainte Vierge! le beau devant d'autel que ça ferait pour [b] la paroisse. Mais, mon cher mignon monsieur, donnez donc ça à l'église, vous sauverez votre âme, tandis que ça vous la fera perdre [c]. Oh! que vous êtes donc gentil comme ça. Je vais appeler mademoiselle pour qu'elle vous regarde.

— Allons, Nanon, puisque Nanon y a, voulez-vous vous taire! Laissez-moi coucher, j'arrangerai mes affaires demain; et si ma robe vous plaît tant, vous sauverez votre âme [1]. Je suis trop bon chrétien pour vous la refuser en m'en allant, et vous pourrez en faire ce que vous voudrez.

Nanon resta plantée sur ses pieds, contemplant Charles, sans pouvoir ajouter foi à ses paroles.

— Me donner ce bel atour! dit-elle en s'en allant. Il rêve déjà, ce monsieur. Bonsoir.

— Bonsoir, Nanon [d].

— Qu'est-ce que je suis venu faire ici? se dit Charles en s'endormant. Mon père n'est pas un niais, mon voyage doit avoir un but. Psch! à demain les affaires sérieuses, disait je ne sais quelle ganache grecque [2e].

— Sainte Vierge! qu'il est gentil, mon cousin, se

---

1. La réplique est étrange dans sa subtilité. A la parole de Nanon, qui lui conseillait de donner sa robe de chambre à l'église pour sauver son âme au lieu de la perdre par un luxe aussi raffiné, Charles répond, comme l'indique le contexte, que Nanon aura tout loisir de sauver sa propre âme en donnant elle-même cette robe après l'avoir reçue de lui en cadeau.

2. Cette parole est prêtée au tyran de Thèbes Archias, avisé par lettre d'un complot au milieu d'un festin. Il jeta la lettre sans l'ouvrir en disant : « A demain les affaires sérieuses », mais il fut assassiné avant la fin du festin.

dit Eugénie en interrompant ses prières qui ce soir-là ne furent pas finies [a].

Madame Grandet n'eut aucune pensée en se couchant. Elle entendait, par la porte de communication qui se trouvait au milieu de la cloison, l'avare se promenant [b] de long en long dans sa chambre [c]. Semblable à toutes les femmes timides, elle avait étudié le caractère de son seigneur [d]. De même que la mouette prévoit l'orage, elle avait, à d'imperceptibles signes, pressenti la tempête intérieure qui agitait Grandet, et, pour employer l'expression dont elle se servait, elle faisait alors la morte. Grandet regardait la porte intérieurement doublée en tôle qu'il avait fait mettre à son cabinet [e], et se disait : « Quelle idée bizarre a eue mon frère de me léguer son enfant? Jolie succession! Je n'ai pas vingt écus à donner. Mais qu'est-ce que vingt écus pour ce mirliflor qui lorgnait mon baromètre comme s'il avait voulu en faire du feu? »

En songeant aux conséquences de ce testament de douleur, Grandet était peut-être plus agité que ne l'était son frère au moment où il le traça [f].

— J'aurais cette robe d'or?... disait Nanon qui s'endormit habillée de son devant d'autel, rêvant de fleurs, de tabis [1], de damas, pour la première fois de sa vie, comme Eugénie rêva d'amour [g].

1. Tabis (moire de soie) et non tapis, leçon erronée qu'on relève dans des éditions modernes.

AMOURS DE PROVINCE

Dans la pure et monotone vie des jeunes filles [a], il vient une heure délicieuse où le soleil leur épanche ses rayons dans l'âme, où la fleur leur exprime des pensées, où les palpitations du cœur communiquent au cerveau leur chaude fécondance [1], et fondent les idées en un vague désir; jour d'innocente mélancolie et de suaves joyeusetés! Quand les enfants commencent à voir, ils sourient; quand une fille entrevoit le sentiment de la nature, elle sourit comme elle souriait enfant. Si la lumière est le premier amour de la vie, l'amour n'est-il pas la lumière du cœur? Le moment de voir clair aux choses d'ici-bas [b] était arrivé pour Eugénie. Matinale comme toutes les filles de province, elle se leva de bonne heure, fit sa prière, et commença l'œuvre de sa toilette, occupation qui [c] désormais allait avoir un sens. Elle lissa d'abord ses cheveux châtains, tordit leurs grosses nattes au-dessus de sa tête avec le plus grand soin, en évitant que les cheveux ne s'échappassent de leurs tresses, et introduisit dans sa coiffure une symétrie qui rehaussa la timide candeur de son visage, en accordant la simplicité des accessoires à la naïveté des lignes. En se lavant plusieurs fois les mains dans de l'eau pure qui lui durcissait et rougis-

1. Ce mot rare, mais non barbare, est employé ici dans son acception précise de « puissance fécondante ». Littré cite cette formule de Cuvier : « La nature a donné aux femelles la fécondité, aux mâles la fécondance ».

sait la peau, elle regarda ses beaux bras ronds, et se demanda ce que faisait son cousin pour avoir les mains si mollement blanches, les ongles si bien façonnés. Elle mit des bas neufs et ses plus jolis souliers [a]. Elle se laça droit, sans passer d'œillets. Enfin souhaitant, pour la première fois de sa vie, de paraître à son avantage, elle connut le bonheur d'avoir une robe fraîche, bien faite, et qui la rendait attrayante [1]. Quand sa toilette fut achevée, elle entendit sonner l'horloge de la paroisse, et s'étonna de ne compter que sept heures. Le désir d'avoir tout le temps nécessaire pour se bien habiller l'avait fait lever trop tôt. Ignorant l'art de remanier dix fois une boucle de cheveux et d'en étudier l'effet, Eugénie se croisa bonnement les bras, s'assit à sa fenêtre, contempla la cour, le jardin étroit et les hautes terrasses qui le dominaient; vue mélancolique, bornée, mais qui n'était pas dépourvue des mystérieuses beautés particulières aux endroits solitaires ou à la nature inculte. Auprès de la cuisine se trouvait un puits entouré d'une margelle, et à poulie maintenue dans une branche de fer courbée, qu'embrassait une vigne aux pampres flétris, rougis, brouis [2] par la saison. De là, le tortueux sarment gagnait le mur, s'y attachait, courait le long de la maison et finissait sur un bûcher [b] où le bois était rangé avec autant d'exactitude que peuvent l'être les livres d'un bibliophile. Le pavé de la cour offrait ces teintes

---

1. Dans tout ce passage, on relève des détails analogues à ceux que Balzac a déjà donnés dans *Wann-Chlore* pour illustrer une situation romanesque semblable. Eugénie d'Arneuse, en songeant qu'elle va passer une partie de la journée avec Horace Landon, « s'habilla donc avec recherche, mais sans luxe, arrangea ses cheveux avec une simplicité qui doublait le charme de sa figure, puis elle revêtit une robe de mousseline *etc.* » (éd. Canel, I, 228). On observe seulement que, de *Wann-Chlore* à *Eugénie Grandet,* la description du romancier a gagné en pittoresque et en vigueur concrète.

2. Desséchée. Le mot est déjà dans *Les Deux Amis,* appliqué au même objet : « Le raisin est broui » (*O. D.* II, 245).

noirâtres [a] produites avec le temps par les mousses, par les herbes, par le défaut de mouvement. Les murs épais présentaient leur chemise verte [b], ondée de longues traces brunes. Enfin les huit marches qui régnaient au fond de la cour et menaient à la porte du jardin étaient disjointes et ensevelies sous de hautes plantes [c] comme le tombeau d'un chevalier enterré par sa veuve au temps des croisades. Au-dessus d'une assise de pierres toutes rongées s'élevait une grille de bois pourri, à moitié tombée de vétusté, mais à laquelle se mariaient à leur gré des plantes grimpantes. De chaque côté de la porte à claire-voie s'avançaient les rameaux tortus de deux pommiers rabougris [d]. Trois allées parallèles, sablées et [e] séparées par des carrés dont les terres étaient maintenues au moyen d'une bordure en buis, composaient ce jardin que terminait, au bas de la terrasse, un couvert de tilleuls. A un bout, des framboisiers; à l'autre, un immense noyer qui inclinait ses branches jusque sur le cabinet du tonnelier. Un jour pur et le beau soleil des automnes naturels aux rives de la Loire commençaient à dissiper le glacis imprimé par la nuit aux pittoresques objets, aux murs, aux plantes qui meublaient ce jardin et la cour [f]. Eugénie trouva des charmes tout nouveaux dans l'aspect de ces choses, auparavant si ordinaires pour elle [1] [g]. Mille pensées confuses naissaient dans [h]

---

1. Ici encore sont élaborées des indications, psychologiques celles-là, que Balzac a déjà esquissées pour une situation semblable dans *Wann-Chlore* : « Jamais la nature ne m'a paru si charmante, et cette campagne, ce voyage ont pour moi un air de nouveauté qui m'étonne », dit Eugénie d'Arneuse à Horace Landon (éd. Canel, II, 2-3); ainsi que dans *Les Deux Amis* : « Pour la première fois, elle comprit les mystères d'un beau ciel; la nature lui sembla toute nouvelle, mais rien n'était changé que son cœur » (*O. D.* II, 238) et dans *Le Médecin de campagne* : « Depuis le jour où nos cœurs s'étaient entendus, les choses avaient pris un nouvel aspect autour de nous » (p. 222). Eugénie Grandet s'étonnera plus loin (p. 85) « de respirer un air plus pur, de sentir les rayons du soleil plus vivifiants. »

son âme, et y croissaient à mesure que croissaient au dehors les rayons du soleil. Elle eut enfin ce mouvement de plaisir vague, inexplicable, qui enveloppe l'être moral, comme un nuage envelopperait l'être physique. Ses réflexions s'accordaient avec les détails de ce singulier paysage, et les harmonies de son cœur firent alliance avec les harmonies de la nature [a]. Quand le soleil atteignit un pan de mur, d'où tombaient des Cheveux de Vénus [1] aux feuilles épaisses à couleurs changeantes comme la gorge des pigeons, de célestes rayons d'espérance illuminèrent l'avenir pour Eugénie, qui désormais se plut à regarder ce pan de mur, ses fleurs pâles, ses clochettes bleues et ses herbes fanées, auxquelles se mêla un souvenir gracieux comme ceux de l'enfance [b]. Le bruit que chaque feuille produisait dans cette cour sonore, en se détachant de son rameau, donnait une réponse aux secrètes interrogations de la jeune fille [c], qui serait restée là, pendant toute la journée, sans s'apercevoir de la fuite des heures. Puis vinrent de tumultueux mouvements d'âme. Elle se leva brusquement [2] [d], se mit devant son miroir, et s'y regarda comme un auteur de bonne foi contemple son œuvre pour se critiquer, et se dire des injures à lui-même.

— Je ne suis pas assez belle pour lui. Telle était la pensée d'Eugénie, pensée humble et fertile en souffrances. La pauvre fille ne se rendait pas justice; mais la modestie, ou mieux la crainte, est une des premières

---

1. Balzac évoquera encore dans *Un drame au bord de la mer* les « Cheveux de Vénus aux feuilles veloutées » (*Pl.* IX, 880) et dans *Le Curé de village* les Cheveux de Vénus qui « sortaient par touffes abondantes et variées entre les barbacanes de la muraille ». Il désigne ainsi selon un usage courant une espèce de pariétaire.

2. Nous substituons l'adverbe donné par le manuscrit à l'absurde « fréquemment » imprimé dans toutes les éditions, par suite d'une erreur initiale du prote non relevée par Balzac.

vertus de l'amour [a]. Eugénie appartenait bien [b] à ce type d'enfants fortement constitués, comme ils le sont dans la petite bourgeoisie, et dont les beautés paraissent vulgaires ; mais, si elle ressemblait à la Vénus de Milo [1], ses formes étaient ennoblies par cette suavité du sentiment chrétien qui purifie la femme et lui donne une distinction [c] inconnue aux sculpteurs anciens. Elle avait une tête énorme, le front masculin mais délicat du Jupiter de Phidias [2], et des yeux gris auxquels sa chaste vie, en s'y portant tout entière, imprimait une lumière jaillissante. Les traits de son visage rond, jadis frais et rose, avaient été grossis par une petite vérole [3] assez clémente pour n'y point laisser de traces, mais qui avait détruit le velouté de la peau, néanmoins si douce et si fine encore que le pur baiser de sa mère y traçait passagèrement une marque rouge. Son nez était un peu trop fort, mais il s'harmoniait [4] avec une bouche d'un rouge de minium,

---

1. Sans que personne pût s'en douter alors ! La Vénus de Milo a été découverte en 1820. Balzac cite cette statue, entrée au Musée du Louvre, comme une curiosité encore récente. Nous rétablissons l'article « la », omis dans l'édition Furne, mais qui figure dans les états antérieurs du texte et qui ne paraît pas avoir été supprimé par la volonté de l'écrivain.

2. Balzac mentionne encore cette autre statue dans une lettre à Mme Hanska (*Étr.* I, 88), le 20 novembre 1833, à propos du groupe de Théophile Bra *Marie tenant le Christ enfant adoré par deux anges :* « le plus haut chef-d'œuvre qui existe; je n'en excepte ni le Jupiter Olympien, ni le Moïse, ni la Vénus, ni l'Apollon ». En fait, nous n'avons conservé ni l'original ni aucune copie directe du Jupiter Olympien.

3. Le visage de Maria du Fresnay, au témoignage de son petit-neveu, M. Charles du Fresnay, était marqué par la variole (André Chancerel et Roger Pierrot, *La Véritable Eugénie Grandet, Revue des Sciences humaines,* 1955, p. 448).

4. L'emploi du verbe *harmonier* là où nous écrivons aujourd'hui *harmoniser* est courant chez Balzac. Littré note encore comme un néologisme cette forme, qui ne s'est pas imposée.

dont les lèvres à mille raies étaient pleines d'amour et de bonté [1]. Le col avait une rondeur parfaite. Le corsage bombé, soigneusement voilé, attirait le regard et faisait rêver; il manquait sans doute un peu de la grâce due à la toilette; mais, pour les connaisseurs, la non-flexibilité de cette haute taille devait être un charme. Eugénie, grande et forte, n'avait donc rien du joli qui plaît aux masses [a]; mais elle était belle de cette beauté si facile à reconnaître, et dont s'éprennent seulement les artistes [b]. Le peintre qui cherche ici-bas un type à la céleste pureté de Marie [c], qui demande à toute la nature féminine ces yeux modestement fiers [d] devinés par Raphaël [2], ces lignes vierges souvent dues aux hasards de la conception [e], mais qu'une vie chrétienne et pudique peut seule conserver ou faire acquérir [f]; ce peintre, amoureux d'un si rare modèle, eût trouvé tout à coup dans le visage d'Eugénie la noblesse innée qui s'ignore; il eût vu sous un front calme un monde d'amour; et, dans la coupe des yeux, dans l'habitude [3] des paupières, le je ne sais quoi divin. Ses traits, les contours de sa tête que l'expression du plaisir [g] n'avait jamais ni altérés ni fatigués, ressemblaient aux lignes d'horizon si doucement tranchées dans le lointain des lacs

---

1. Mme Bérard rappelle à ce propos le juge Popinot et sa bouche « sur les lèvres de laquelle respirait une bonté divine... de bonnes grosses lèvres rouges, à mille plis » (*L'Interdiction*, p. 228). Selon Lavater, « de grosses lèvres bien prononcées répugnent à la fausseté et à la méchanceté ». Balzac, dans les *Lettres à l'Étrangère*, évoque les « belles lèvres rouges, si fraîches, si bonnes » de Mme Hanska (*Étr.* I, 53).

2. Très nombreuses sont les allusions aux madones et aux visages de Raphaël dans *La Comédie humaine* (voir la notice du Dr Lotte dans *Pl.* XI, pp. 1259-1260). L'admiration de Balzac pour ce peintre est très ancienne : nous en avons relevé la première trace dans *Falthurne* (éd. Corti, p. 35).

3. Ici « aspect », selon un usage du mot courant à l'époque.

tranquilles [1]. Cette physionomie calme, colorée, bordée de lueur comme une jolie fleur éclose, reposait l'âme, communiquait le charme de la conscience qui s'y reflétait, et commandait le regard. Eugénie était encore sur la rive de la vie où fleurissent les illusions enfantines, où se cueillent les marguerites [2] avec des délices plus tard inconnues. Aussi se dit-elle en se mirant, sans savoir encore ce qu'était l'amour : « Je suis trop laide, il ne fera pas attention à moi » [a].

Puis elle ouvrit la porte de sa chambre qui donnait sur l'escalier, et tendit le cou pour écouter les bruits de la maison. — Il ne se lève pas, pensa-t-elle en entendant la tousserie matinale de Nanon, et la bonne fille allant, venant [b], balayant la salle, allumant son feu, enchaînant le chien et parlant à ses bêtes dans l'écurie. Aussitôt Eugénie descendit et courut à Nanon qui trayait la vache.

— Nanon, ma bonne Nanon, fais donc de la crème pour le café de mon cousin.

— Mais, mademoiselle, il aurait fallu s'y prendre hier, dit Nanon qui partit d'un gros éclat de rire. Je ne peux pas faire [c] de la crème. Votre cousin est mignon, mignon, mais vraiment mignon. Vous ne l'avez pas vu dans sa chambrelouque [d] de soie et d'or. Je l'ai vu, moi. Il porte du linge fin comme celui du surplis à monsieur le curé [e].

— Nanon, fais-nous donc de la galette.

— Et qui [f] me donnera du bois pour le four, et

---

1. Déjà dans *Le Bal de Sceaux,* Balzac avait comparé la figure et le front d'une jeune fille, Émilie de Fontaine, « à la surface limpide d'un lac » (éd. Garnier, p. 138). La comparaison est reprise dans *La Femme de trente ans :* « La figure d'une jeune femme a le calme, le poli, la fraîcheur de la surface d'un lac » (p. 204).

2. Il est possible, comme le suggèrent MM. Chancerel et Pierrot, que Balzac se soit souvenu pour ce détail des marguerites qui s'échappent du chapeau de paille enrubanné, dans un portrait de Maria du Fresnay.

Musée Brera de Milan — UNE VIERGE DE RAPHAEL — *Photo Anderson-Viollet*

(*Le Mariage de la Vierge*, détail)

« *Le peintre qui cherche ici-bas un type à la céleste pureté de Marie, qui demande à toute la nature féminine ces yeux modestement fiers devinés par Raphaël... ce peintre, amoureux d'un si rare modèle, eût trouvé tout à coup dans le visage d'Eugénie la noblesse innée qui s'ignore...* » (P. 83)

de la farine, et du beurre? dit Nanon, laquelle en sa qualité de premier ministre de Grandet prenait parfois une importance énorme aux yeux d'Eugénie et de sa mère. Faut-il pas le voler, cet homme, pour fêter votre cousin? Demandez-lui du beurre, de la farine, du bois, il est votre père, il peut vous en donner. Tenez, le voilà qui descend pour voir aux provisions [a]...

Eugénie se sauva dans le jardin, tout épouvantée en entendant trembler l'escalier sous le pas de son père. Elle éprouvait déjà les effets de cette profonde pudeur et de cette conscience particulière de notre bonheur qui nous fait croire, non sans raison peut-être, que nos pensées sont gravées sur notre front et sautent aux yeux d'autrui. En s'apercevant enfin du froid dénûment de la maison paternelle [b], la pauvre fille concevait une sorte de dépit de ne pouvoir la mettre en harmonie avec l'élégance de son cousin. Elle éprouva un besoin passionné de faire quelque chose pour lui : quoi? elle n'en savait rien. Naïve et vraie, elle se laissait aller à sa nature angélique sans se défier ni de ses impressions, ni de ses sentiments. Le seul aspect de son cousin avait éveillé chez elle les penchants naturels de la femme, et ils durent se déployer d'autant plus vivement, qu'ayant atteint sa vingt-troisième année, elle se trouvait dans la plénitude de son intelligence et de ses désirs. Pour la première fois, elle eut dans le cœur de la terreur à l'aspect de son père, vit en lui le maître de son sort, et se crut coupable d'une faute en lui taisant quelques pensées. Elle se mit à marcher à pas précipités en s'étonnant de respirer un air plus pur, de sentir les rayons du soleil plus vivifiants, et d'y puiser une chaleur morale, une vie nouvelle [c]. Pendant qu'elle cherchait un artifice pour obtenir la galette, il s'élevait entre la Grande Nanon et Grandet [d] une de ces querelles aussi rares entre eux que le sont les hirondelles en hiver. Muni de ses clefs, le bonhomme était venu pour mesurer les vivres nécessaires à la consommation de la journée.

— Reste-t-il du pain d'hier? dit-il à Nanon.

— Pas une miette, monsieur.

Grandet prit un gros pain rond, bien enfariné, moulé dans un de ces paniers plats qui servent à boulanger en Anjou [1] [a], et il allait le couper, quand Nanon lui dit : « Nous sommes cinq aujourd'hui, monsieur ».

— C'est vrai, répondit Grandet, mais ton pain pèse six livres, il en restera. D'ailleurs, ces jeunes gens de Paris, tu verras que ça ne mange point de pain.

— Ça mangera donc de la *frippe,* dit Nanon.

En Anjou, la frippe, mot du lexique populaire, exprime l'accompagnement du pain, depuis le beurre étendu sur la tartine, frippe vulgaire, jusqu'aux confitures d'alleberge, la plus distinguée des frippes; et tous ceux qui, dans leur enfance, ont léché la frippe et laissé le pain, comprendront la portée de cette locution.

— Non, répondit Grandet, ça ne mange ni frippe, ni pain. Ils sont quasiment comme des filles à marier [b].

Enfin, après avoir parcimonieusement ordonné le menu quotidien, le bonhomme allait se diriger vers son fruitier, en fermant néanmoins les armoires de sa *Dépense,* lorsque Nanon l'arrêta pour lui dire : Monsieur, donnez-moi donc alors de la farine et du beurre, je ferai une galette aux enfants.

— Ne vas-tu pas mettre la maison au pillage à cause de mon neveu?

---

1. Balzac étend légitimement à l'Anjou un usage qu'il a observé en Touraine (il a commencé par écrire : « en Touraine et en Anjou »). Il en use de même, quelques lignes plus bas, pour le mot *frippe,* cité par J.-M. Rougé dans son *Glossaire tourangeau.*

— Je ne pensais pas plus à votre neveu qu'à votre chien, pas plus que vous n'y pensez vous-même. Ne voilà-t-il pas que vous ne m'avez *aveint* [1] [a] que six morceaux de sucre, m'en faut [b] huit.

— Ha! çà, Nanon, je ne t'ai jamais vue comme ça. Qu'est-ce qui te passe donc par la tête? Es-tu la maîtresse ici? Tu n'auras que six morceaux de sucre.

— Eh bien! votre neveu, avec quoi donc qu'il sucrera son café?

— Avec deux morceaux, je m'en passerai, moi.

— Vous vous passerez de sucre, à votre âge! J'aimerais mieux vous en acheter de ma poche.

— Mêle-toi de ce qui te regarde.

Malgré la baisse du prix, le sucre était toujours, aux yeux du tonnelier, la plus précieuse des denrées coloniales, il valait toujours six francs la livre, pour lui. L'obligation de le ménager, prise sous l'Empire [2], était devenue la plus indélébile de ses habitudes [c]. Toutes les femmes, même la plus niaise, savent ruser pour arriver à leurs fins [d], Nanon abandonna la question du sucre pour obtenir la galette.

— Mademoiselle, cria-t-elle par la croisée, est-ce pas [e] que vous voulez de la galette?

— Non, non, répondit Eugénie.

— Allons, Nanon, dit Grandet en entendant la voix de sa fille, tiens. Il ouvrit la *mette* [3] où était la

1. Balzac a d'abord écrit « donné ». Il substitue à ce mot un autre mot, appartenant au vocabulaire familier et couramment employé en Touraine (il figure dans le *Glossaire tourangeau* de J.-M. Rougé). *Aveindre,* c'est « tirer une chose hors du lieu où on l'avait placée ou serrée » (*Acad.* 1835) ou, selon Littré : « aller prendre un objet pour l'apporter à la personne qui le demande ».

2. Le blocus continental avait fait monter anormalement les cours.

3. Ce mot figure dans le *Glossaire tourangeau* de J.-M. Rougé avec la définition : « coffre au pain et à la nourriture ». On le rencontre dans *La Pucelle de Thilhouze, Pl.* XI, 555 : « je n'ay poinct de mette, ni de bahut » (Thilouze est proche de Saché).

farine, lui en donna une mesure, et ajouta quelques onces de beurre au morceau qu'il avait déjà coupé [a].

— Il faudra du bois pour chauffer le four, dit l'implacable Nanon.

— Eh bien! tu en prendras à ta suffisance [b], répondit-il mélancoliquement, mais alors tu nous feras une tarte aux fruits, et tu nous cuiras au four tout le dîner; par ainsi, tu [c] n'allumeras pas deux feux.

— Quien [d]! s'écria Nanon, vous n'avez pas besoin de me le dire. Grandet jeta sur son fidèle ministre [e] un coup d'œil presque paternel. — Mademoiselle, cria la cuisinière, nous aurons une galette. Le père Grandet revint chargé de ses fruits, et en rangea une première assiettée sur la table de la cuisine. — Voyez donc, monsieur, lui dit Nanon, les jolies bottes qu'a votre neveu. Quel cuir, et qui sent bon. Avec quoi que ça se nettoie donc? Faut-il y mettre de votre cirage à l'œuf [1]?

— Nanon, je crois que l'œuf gâterait ce cuir-là. D'ailleurs, dis-lui que tu ne connais point la manière de cirer le maroquin, oui, c'est du maroquin, il achètera lui-même à Saumur et t'apportera de quoi illustrer [2] ses bottes. J'ai entendu dire qu'on fourre du sucre dans leur cirage pour le rendre brillant [f].

— C'est donc bon à manger [g], dit la servante en portant les bottes à son nez. Tiens, tiens, elles sentent l'eau de Cologne de madame. Ah! c'est-il drôle.

— Drôle! dit le maître, tu trouves drôle de mettre à des bottes plus d'argent que n'en vaut celui qui les porte.

— Monsieur, dit-elle au second voyage de son maître

1. Ce cirage, le plus économique de tous, quoique Grandet s'en montre ménager, se préparait en battant un œuf avec du noir de fumée additionné d'un peu de vinaigre et parfois de sucre.

2. Ce verbe est employé ici au sens propre et concret, fort rare, de « faire luire ».

qui avait fermé le fruitier, est-ce que vous ne mettrez pas une ou deux fois le pot-au-feu par semaine à cause de votre...?

— Oui.

— Faudra que j'aille à la boucherie.

— Pas du tout; tu nous feras du bouillon de volaille, les fermiers ne t'en laisseront pas chômer. Mais je vais dire à Cornoiller de me tuer des corbeaux. Ce gibier-là donne le meilleur bouillon de la terre [1] [a].

— C'est-y vrai, monsieur, que ça mange les morts?

— Tu es bête, Nanon! ils mangent, comme tout le monde, ce qu'ils trouvent. Est-ce que nous ne vivons pas de morts? Qu'est-ce donc que les successions [2] [b] ? Le père Grandet, n'ayant plus d'ordre à donner, tira sa montre; et, voyant qu'il pouvait encore disposer d'une demi-heure avant le déjeuner, il prit son chapeau, vint embrasser sa fille, et lui dit : « Veux-tu te promener au bord de la Loire sur mes prairies? j'ai quelque chose à y faire ».

Eugénie alla mettre son chapeau de paille cousue, doublé de taffetas rose; puis, le père et la fille descendirent la rue tortueuse jusqu'à la place.

— Où dévalez-vous donc si matin? dit le notaire Cruchot qui rencontra Grandet [c].

— Voir quelque chose, répondit le bonhomme sans être la dupe de la promenade matinale de son ami [d].

Quand le père Grandet allait voir quelque chose [e], le notaire savait par expérience qu'il y avait toujours quelque chose à gagner avec lui. Donc il l'accompagna.

---

1. Il n'y a pas là simple boutade, comme on pourrait croire. Le professeur Léon Binet signale que, dans certaines régions, « on vante la chair du jeune corbeau pour en réaliser un bouillon » (*La Lettre médicale de Tours,* janvier 1951, p. 106, cité par F. Lotte, *Balzac et la Table,* dans *L'Année balzacienne 1962,* p. 131).

2. Henry Becque reprendra, dans *Les Corbeaux,* l'idée et la comparaison élaborées par la sagesse pratique de Grandet.

— Venez, Cruchot? dit Grandet au notaire. Vous êtes de mes amis, je vais vous démontrer comme quoi c'est une bêtise de [a] planter des peupliers dans de bonnes terres...

— Vous comptez [b] donc pour rien les soixante mille francs que vous avez palpés pour ceux qui étaient dans vos prairies de la Loire, dit maître Cruchot en ouvrant des yeux hébétés. Avez-vous eu du bonheur?... Couper vos arbres au moment où l'on manquait de bois blanc à Nantes, et les vendre trente francs! [c]

Eugénie écoutait sans savoir qu'elle touchait au moment le plus solennel de sa vie, et que le notaire allait faire prononcer sur elle un arrêt paternel et souverain [d]. Grandet était arrivé aux magnifiques prairies qu'il possédait au bord de la Loire, et où trente ouvriers s'occupaient à déblayer, combler, niveler les emplacements autrefois pris par les peupliers [e].

— Maître Cruchot, voyez ce qu'un peuplier prend de terrain, dit-il au notaire. Jean, cria-t-il à un ouvrier, me... me... mesure avec ta toise dans tou... tou... tous les sens [f]?

— Quatre fois huit pieds, répondit l'ouvrier après avoir fini [g].

— Trente-deux pieds de perte [h], dit Grandet à Cruchot. J'avais sur cette ligne trois cents peupliers, pas vrai? Or... trois ce... ce... ce... cent fois trente-d...eux pie... pieds me man... man... man... mangeaient cinq... inq cents de foin; ajoutez deux fois autant sur les côtés, quinze cents; les rangées du milieu autant [i]. Alors, mé... mé... mettons mille [1j] bottes de foin.

1. Le manuscrit et les éditions antérieures à l'édition Furne portent *trois mille bottes* et c'est bien ce chiffre qui découle des calculs de Grandet. La correction de 1843 est donc étrange. Mais il faut bien l'accepter, puisque Balzac l'a expressément prescrite aussi dans la

— Eh bien! dit Cruchot pour aider son ami, mille bottes de ce foin-là valent environ six cents[a] francs.

— Di... di... dites dou... ou...ouze cents[b] à cause des trois à quatre cents francs de regain. Eh bien! ca... ca... ca... calculez ce que que que dou... ouze cents francs par an pen... pen... pendant quarante ans do... donnent a... a... avec les in... in... intérêts com... com... composés que que que vouous saaavez.

— Va pour soixante mille[c] francs, dit le notaire.

— Je le veux bien! ça ne ne ne fera que que que soixante mille francs. Eh bien! reprit le vigneron[d] sans bégayer, deux mille[e] peupliers de quarante ans ne me donneraient pas cinquante mille[f] francs. Il y a perte [1]. J'ai trouvé ça, moi, dit Grandet en se dressant sur ses ergots. Jean, reprit-il, tu combleras les trous, excepté du côté de la Loire, où tu planteras les peupliers que j'ai achetés. En les mettant dans la rivière, ils se nourriront aux frais du gouvernement [2], ajouta-

---

réplique suivante et puisqu'il a divisé par trois l'évaluation du rapport de ce foin.

1. Grandet est ici en réaction contre l'opinion communément admise (voir ci-dessus, p. 90) et se montre novateur en matière d'exploitation rurale. Sa remarque, comme l'observe M. Jean-Hervé Donnard (*Les Réalités économiques et sociales dans « La Comédie humaine »*, p. 174), est curieusement conforme aux vues énoncées par l'agronome A. de Gasparin dans son *Guide du propriétaire de biens ruraux affermés* (1829, p. 207) : « Pour parvenir à comparer ce que l'on peut attendre de la plantation d'un bois, par rapport au produit des autres cultures, il faut d'abord constater le produit de ces cultures, et en prélever les dépenses. Il arrive souvent alors que, sur de mauvaises terres, on trouve que la culture met en perte, ou qu'elle donne un très petit bénéfice... Quant aux bonnes terres qui donnent un produit certain, une expérience récente vient de me prouver qu'au bout de vingt ans de plantation, les platanes qui y avaient crû avaient exactement la valeur de vingt années de rente; mais cela ne suffisait pas, parce que ces arbres devaient aussi représenter l'intérêt composé de ces rentes pendant tout ce temps. » Balzac a pu lire ce texte. Peut-être se souvient-il aussi de quelque propos tenu par l'un des propriétaires tourangeaux de sa connaissance éleveurs de peupliers, Savary ou Margonne.

2. Les bords de fleuve, comme les bords de mer, sont domaine public et l'État en assure l'entretien.

t-il en se tournant vers Cruchot et imprimant à la loupe de son nez un léger mouvement qui valait le plus ironique des sourires [a].

— Cela est clair : les peupliers ne doivent se planter que sur les terres maigres, dit Cruchot stupéfait par les calculs de Grandet [b].

— *O-u-i, monsieur,* répondit ironiquement le tonnelier [c].

Eugénie, qui regardait le sublime paysage de la Loire [1] sans écouter les calculs de son père, prêta bientôt [d] l'oreille aux discours de Cruchot en l'entendant dire à son client [e] : « Hé bien ! vous avez fait venir un gendre de Paris [2], il n'est question que de votre neveu dans tout Saumur. Je vais bientôt avoir un contrat à dresser, père Grandet ».

— Vous... ou... vous êtes so... so... orti de bo.:. bonne heure poooour me dire ça, reprit Grandet en accompagnant cette réflexion d'un mouvement de sa loupe. Hé bien ! mon vieux camaaaarade, je serai franc, et je vous dirai ce que vooous vooulez sa... savoir. J'aimerais mieux, voyez-vooous, je... jeter ma fi... fi... fille dans la Loire que de la dooonner à son cououousin : vous pou... pou... ouvez aaannoncer ça. Mais non, laissez jaaser le mon... onde [f].

Cette réponse causa des éblouissements à Eugénie. Les lointaines espérances qui pour elle commençaient à poindre dans son cœur fleurirent soudain, se réali-

---

1. Ce paysage a été déjà vanté dans *Sténie,* dans *Wann-Chlore,* dans *La Grenadière,* dans *La Femme de trente ans,* mais toujours, jusqu'à *Eugénie Grandet,* à propos des environs de Tours (voir notre Introduction, p. XXIX, et la variante révélée par le manuscrit).

2. Jusque-là, ce pronostic d'un mariage entre Eugénie et Charles était formulé par les « anciens du pays », mais démenti par les Cruchotins et les Grassinistes (p. 23). L'arrivée de Charles est un fait nouveau, propre à susciter l'appréhension de Me Cruchot, qui pense peut-être désamorcer le danger en abordant la question de front, ou qui voudrait savoir à quoi s'en tenir.

sèrent et formèrent un faisceau de fleurs qu'elle vit coupées et gisant à terre. Depuis la veille, elle s'attachait à Charles par tous les liens de bonheur qui unissent les âmes; désormais la souffrance allait donc les corroborer. N'est-il pas dans la noble destinée de la femme d'être plus touchée des pompes de la misère que des splendeurs de la fortune [a]? Comment le sentiment paternel avait-il pu s'éteindre au fond du cœur de son père? de quel crime Charles était-il donc coupable? Questions mystérieuses! Déjà son amour naissant, mystère si profond, s'enveloppait de mystères. Elle revint tremblant sur ses jambes, et en arrivant à la vieille rue sombre, si joyeuse pour elle, elle la trouva d'un aspect triste, elle y respira la mélancolie que les temps et les choses y avaient imprimée. Aucun des enseignements de l'amour ne lui manquait [b]. A quelques pas du logis, elle devança son père et l'attendit à la porte après y avoir frappé. Mais Grandet, qui voyait dans la main du notaire un journal encore sous bande, lui avait dit : « Où en sont les fonds? »

— Vous ne voulez pas m'écouter, Grandet, lui répondit Cruchot. Achetez-en vite, il y a encore vingt pour cent à gagner en deux ans, outre les intérêts à un excellent taux, cinq mille livres de rente pour quatre-vingt mille francs. Les fonds sont à quatre-vingts francs cinquante centimes [c].

— Nous verrons cela, répondit Grandet en se frottant le menton.

— Mon Dieu! dit le notaire.

— Eh bien! quoi? s'écria Grandet au moment où Cruchot lui mettait le journal sous les yeux en lui disant : — Lisez cet article [d].

Monsieur Grandet, l'un des négociants les plus estimés de Paris, s'est brûlé la cervelle hier, après avoir fait son apparition accoutumée à la Bourse. Il avait envoyé au président de la Chambre des Députés sa démission, et s'était également démis de ses fonctions de juge au tribunal de commerce. Les faillites de messieurs Roguin[1] *et Souchet*[a], *son agent de change et son notaire, l'ont ruiné. La considération dont jouissait monsieur Grandet et son crédit étaient néanmoins tels qu'il eût sans doute trouvé des secours sur la place de Paris. Il est à regretter que cet homme honorable ait cédé à un premier moment de désespoir, etc.*

— Je le savais, dit le vieux vigneron au notaire.

Ce mot glaça maître Cruchot, qui, malgré son impassibilité de notaire, se sentit froid dans le dos en pensant que le Grandet de Paris avait peut-être imploré vainement les millions[b] du Grandet de Saumur.

— Et son fils, si joyeux hier...

— Il ne sait rien encore, répondit Grandet avec le même calme.

— Adieu, monsieur Grandet, dit Cruchot, qui comprit tout et alla rassurer le président de Bonfons[c].

En entrant, Grandet trouva le déjeuner prêt. Madame Grandet, au cou de laquelle Eugénie sauta pour l'embrasser avec cette vive effusion de cœur que nous cause un chagrin secret, était déjà sur son siège à patins, et se tricotait des manches pour l'hiver.

— Vous pouvez manger, dit Nanon qui descendit les escaliers quatre à quatre, l'enfant dort comme un chérubin. Qu'il est gentil les yeux fermés! Je suis entrée, je l'ai appelé. Ah bien oui! personne.

— Laisse-le dormir, dit Grandet, il s'éveillera toujours assez tôt aujourd'hui pour apprendre de mauvaises nouvelles[d].

---

1. Dans ce passage, le nom de Roguin a été introduit dès 1839 et Balzac se réfère au scandale décrit dans *César Birotteau.* Toutefois, comme l'observe Canfield (*The Reappearing Characters in Balzac's Comédie humaine,* University of North Carolina Press, 1962, p. 30), le notaire s'est enfui dans les derniers jours de 1818 et nous sommes en novembre 1819. Canfield voit là une incohérence, mais on peut admettre que Guillaume Grandet ait « tenu » quelque temps après l'événement.

— Qu'y a-t-il donc? demanda Eugénie en mettant dans son café les deux petits morceaux de sucre pesant on ne sait combien de grammes que le bonhomme [a] s'amusait à couper lui-même à ses heures perdues. Madame Grandet, qui n'avait pas osé faire cette question, regarda son mari.

— Son père s'est brûlé la cervelle.

— Mon oncle?... dit Eugénie.

— Le pauvre jeune homme ! s'écria madame Grandet.

— Oui, pauvre, reprit Grandet, il ne possède pas un sou.

— Hé ben ! il dort comme s'il était le roi de la terre, dit Nanon d'un accent doux.

Eugénie cessa de manger [b]. Son cœur se serra, comme il se serre quand, pour la première fois, la compassion, excitée par le malheur de celui qu'elle aime, s'épanche dans le corps entier d'une femme [c]. La pauvre fille pleura.

— Tu ne connaissais pas ton oncle, pourquoi pleures-tu? lui dit son père en lui lançant [d] un de ces regards de tigre affamé qu'il jetait sans doute [e] à ses tas d'or.

— Mais, monsieur, dit la servante, qui ne se sentirait pas de pitié pour ce pauvre jeune homme qui dort comme un sabot sans savoir son sort?

— Je ne te parle pas, Nanon ! tiens ta langue.

Eugénie apprit en ce moment que la femme qui aime doit toujours dissimuler ses sentiments. Elle ne répondit pas.

— Jusqu'à mon retour vous ne lui parlerez de rien, j'espère, m'ame Grandet, dit le vieillard en continuant. Je suis obligé d'aller faire aligner le fossé de mes prés sur la route. Je serai revenu à midi pour le second déjeuner, et je causerai avec mon neveu de ses affaires. Quant à toi, mademoiselle Eugénie, si c'est pour ce mirliflor que tu pleures, assez comme cela, mon enfant.

Il partira, d'arre d'arre [1] [a], pour les grandes Indes. Tu ne le verras plus...

Le père prit ses gants au bord de son chapeau, les mit avec son calme habituel, les assujettit en s'emmortaisant [2] les doigts les uns dans les autres, et sortit.

— Ah! maman, j'étouffe, s'écria Eugénie quand elle fut seule avec sa mère. Je n'ai jamais souffert ainsi. Madame Grandet, voyant sa fille pâlir, ouvrit la croisée et lui fit respirer le grand air. — Je suis mieux, dit Eugénie après un moment.

Cette émotion nerveuse chez une nature jusqu'alors en apparence calme et froide réagit sur madame Grandet, qui regarda sa fille avec cette intuition sympathique dont sont douées les mères pour l'objet de leur tendresse, et devina tout. Mais à la vérité, la vie des célèbres sœurs hongroises, attachées l'une à l'autre par une erreur de la nature [3], n'avait pas été plus intime que ne l'était celle d'Eugénie et de sa mère, toujours ensemble dans cette embrasure de croisée, ensemble à l'église, et dormant ensemble dans le même air.

— Ma pauvre enfant! dit madame Grandet en prenant la tête d'Eugénie pour l'appuyer contre son sein.

A ces mots, la jeune fille releva la tête, interrogea sa mère par un regard, en scruta les secrètes pensées,

---

1. Telle est la graphie insolite qu'offre l'édition Furne. Tous les états antérieurs donnent : « dare dare ».

2. Cet usage hardiment métaphorique d'un mot déjà rare paraît propre à Balzac.

3. Il s'agit de deux sœurs, Hélène et Judith, nées à Tzoni en 1701, mortes en 1723. Buffon les cite dans le chapitre *Sur les Monstres* de son *Histoire naturelle,* puis Geoffroy Saint-Hilaire dans son *Traité de Tératologie*. Balzac y fait une nouvelle allusion au début des *Mémoires de deux jeunes mariées* (*Pl.* I, 129) : « Je crois nos âmes soudées l'une à l'autre », écrit Louise à Renée, « comme étaient ces deux filles hongroises dont la mort nous a été racontée par monsieur Beauvisage ».

et lui dit : « Pourquoi l'envoyer aux Indes? S'il est malheureux, ne doit-il pas rester ici, n'est-il pas notre plus proche parent? »

— Oui, mon enfant, ce serait bien naturel; mais ton père a ses raisons, nous devons les respecter.

La mère et la fille s'assirent en silence, l'une sur sa chaise à patins, l'autre sur son petit fauteuil; et, toutes deux, elles reprirent leur ouvrage. Oppressée de reconnaissance pour l'admirable entente de cœur que lui avait témoignée [a] sa mère, Eugénie lui baisa la main en disant : « Combien tu es bonne, ma chère maman! » Ces paroles firent rayonner le vieux visage maternel, flétri par de longues douleurs. — Le trouves-tu bien? demanda Eugénie.

Madame Grandet ne répondit que par un sourire; puis, après un moment de silence, elle dit à voix basse : « L'aimerais-tu donc déjà? ce serait mal ».

— Mal, reprit [b] Eugénie, pourquoi? Il te plaît, il plaît à Nanon, pourquoi ne me plairait-il pas? Tiens, maman, mettons la table pour son déjeuner. Elle jeta son ouvrage, la mère en fit autant en lui disant : « Tu es folle! » Mais elle se plut à justifier la folie de sa fille en la partageant [c]. Eugénie appela Nanon.

— Quoi que vous voulez encore, mademoiselle?

— Nanon, tu auras bien de la crème pour midi.

— Ah! pour midi, oui, répondit la vieille servante.

— Hé bien! donne-lui du café bien fort, j'ai entendu dire à monsieur des Grassins que le café se faisait bien fort à Paris. Mets-en beaucoup.

— Et où voulez-vous que j'en prenne?

— Achètes-en.

— Et si monsieur me rencontre?

— Il est à ses prés.

— Je cours. Mais monsieur Fessard [d] m'a déjà demandé si les trois Mages étaient chez nous, en me donnant de la bougie. Toute la ville va savoir nos déportements.

— Si ton père s'aperçoit de quelque chose, dit madame Grandet, il est capable de nous battre.

— Eh bien ! il nous battra, nous recevrons ses coups à genoux.

Madame Grandet leva les yeux au ciel, pour toute réponse [a], Nanon mit sa coiffe et sortit. Eugénie donna du linge [b], elle alla chercher quelques-unes des grappes de raisin qu'elle s'était amusée à étendre sur des cordes dans le grenier ; elle marcha légèrement le long du corridor pour ne point éveiller son cousin, et ne put s'empêcher d'écouter à sa porte la respiration qui s'échappait en temps égaux de ses lèvres [c]. — Le malheur veille pendant qu'il dort [d], se dit-elle. Elle prit les plus vertes feuilles de la vigne, arrangea son raisin aussi coquettement que l'aurait pu dresser un vieux chef d'office, et l'apporta triomphalement sur la table. Elle fit main basse, dans la cuisine, sur les poires comptées par son père, et les disposa en pyramide [e] parmi des feuilles. Elle allait, venait, trottait, sautait [f]. Elle aurait bien voulu mettre à sac toute la maison de son père ; mais il avait les clefs de tout. Nanon revint avec deux œufs frais. En voyant les œufs, Eugénie [g] eut l'envie de lui sauter au cou.

— Le fermier de la Lande en avait dans son panier, je les lui ai demandés, et il me les a donnés pour m'être agréable, le mignon [h].

Après deux heures de soins, pendant lesquelles Eugénie quitta vingt fois son ouvrage pour aller voir bouillir le café, pour aller écouter le bruit que faisait son cousin en se levant, elle réussit à préparer un déjeuner très simple, peu coûteux, mais qui dérogeait terriblement aux habitudes invétérées de la maison. Le déjeuner de midi s'y faisait debout [i]. Chacun prenait un peu de pain, un fruit ou du beurre, et un verre de vin [1]. En voyant la table placée auprès du feu, l'un des fauteils mis devant le couvert de son cousin, en voyant les deux assiettées de fruits, le coquetier, la bouteille de vin blanc, le pain, et le sucre amoncelé dans [a] une soucoupe, Eugénie trembla de tous ses membres en songeant seulement alors aux regards que lui lancerait son père, s'il venait à entrer en ce moment. Aussi regardait-elle souvent la pendule, afin de calculer si son cousin pourrait déjeuner avant le retour du bonhomme [b].

— Sois tranquille, Eugénie, si ton père vient, je prendrai tout sur moi, dit madame Grandet.

Eugénie ne put retenir une larme.

— Oh! ma bonne mère, s'écria-t-elle, je ne t'ai pas assez aimée [c]!

Charles, après avoir fait mille tours dans sa chambre en chanteronnant [2], descendit enfin. Heureusement, il n'était encore que onze heures [d]. Le Parisien [e]! il avait mis autant de coquetterie à sa toilette que s'il se fût trouvé au château de la noble dame qui voyageait en Écosse. Il entra de cet air affable et riant qui sied si bien à la jeunesse, et qui causa une joie triste à Eugénie [f]. Il avait pris en plaisanterie le désastre de ses châteaux en Anjou, et aborda sa tante fort gaiement.

— Avez-vous bien passé la nuit, ma chère tante? et vous, ma cousine?

— Bien, monsieur, mais vous? dit madame Grandet.

— Moi, parfaitement.

---

1. C'est, presque littéralement, l'uniforme menu de midi annoncé par M. Grandet à son neveu p. 71.

2. Chanteronner équivaut sensiblement à chantonner, qui a prévalu. Balzac aime ce terme, qu'on relève dans *L'Illustre Gaudissart* (*Pl.* IV, 43) : « Et l'illustre Gaudissart s'en alla sautillant, chanteronnant... ». On le relève encore dans le manuscrit et dans les premières éditions du *Père Goriot* (voir pp. 69 et 384), mais le romancier y a substitué, en 1839, le verbe *chantonner*.

— Vous devez avoir faim, mon cousin [a], dit Eugénie; mettez-vous à table.

— Mais je ne déjeune jamais avant midi, le moment où je me lève. Cependant, j'ai si mal vécu en route, que je me laisserai faire [b]. D'ailleurs... Il tira la plus délicieuse montre plate que Bréguet [1] ait faite. Tiens, mais il est onze heures, j'ai été matinal.

— Matinal?... dit madame Grandet.

— Oui [c], mais je voulais ranger mes affaires. Eh bien! je mangerais volontiers quelque chose, un rien, une volaille, un perdreau.

— Sainte Vierge! cria Nanon en entendant ces paroles.

— Un perdreau, se disait Eugénie, qui aurait voulu payer un perdreau de tout son pécule.

— Venez vous asseoir, lui dit sa tante.

Le dandy se laissa aller sur le fauteuil comme une jolie femme qui se pose sur son divan. Eugénie et sa mère prirent des chaises et se mirent près de lui devant le feu.

— Vous vivez toujours ici? leur dit Charles en trouvant la salle encore plus laide au jour qu'elle ne l'était aux lumières [d].

— Toujours, répondit Eugénie en le regardant, excepté pendant les vendanges. Nous allons alors aider Nanon, et logeons tous à l'abbaye de Noyers.

— Vous ne vous promenez jamais?

— Quelquefois le dimanche après vêpres, quand il fait beau, dit madame Grandet, nous allons sur le pont, ou voir les foins quand on les fauche.

— Avez-vous un théâtre?

---

1. Delphine de Nucingen offre une montre de Bréguet à Rastignac (*Le Père Goriot,* p. 197). Maxence Gilet en possède une, lui aussi (*La Rabouilleuse, Pl.* III, 1016). Abraham-Louis Bréguet (1743-1823), 51, quai des Morfondus (aujourd'hui 39, quai de l'Horloge), était un horloger suisse très renommé.

B. N. Imprimés — *Cl. Josse Lalance*

UNE MONTRE DE BRÉGUET

« Il tira la plus délicieuse montre plate que Bréguet ait faite. »

— Aller au spectacle, s'écria madame Grandet, voir des comédiens! Mais, monsieur, ne savez-vous pas que c'est un péché mortel [1]?

— Tenez, mon cher monsieur, dit Nanon en apportant les œufs, nous vous donnerons les poulets à la coque.

— Oh! des œufs frais, dit Charles, qui, semblable aux gens habitués au luxe, ne pensait déjà plus à son perdreau. Mais c'est délicieux, si vous aviez du beurre? Hein, ma chère enfant.

— Ah! du beurre! Vous n'aurez donc pas de galette, dit la servante.

— Mais donne du beurre, Nanon? s'écria Eugénie.

La jeune fille examinait son cousin coupant ses mouillettes et y prenait plaisir, autant que la plus sensible grisette de Paris [a] en prend à voir jouer un mélodrame où triomphe l'innocence. Il est vrai que Charles, élevé par une mère gracieuse, perfectionné par une femme à la mode, avait des mouvements coquets, élégants, menus, comme le sont ceux d'une petite-maîtresse. La compatissance [2] et la tendresse d'une jeune fille possèdent une influence vraiment magnétique. Aussi Charles, en se voyant l'objet des attentions de sa cousine et de sa tante, ne put-il se soustraire à l'influence des sentiments qui se dirigeaient vers lui en l'inondant pour ainsi dire. Il jeta sur Eugénie

1. Balzac a déjà signalé ce préjugé dévot contre le théâtre. Dans *Annette et le Criminel (Argow le Pirate)*, l'héroïne, comme Eugénie Grandet, imite « la rigidité sainte de sa mère » : « Elle n'avait été que rarement au spectacle, et regardait ce divertissement comme une souillure dont chaque fois elle s'était empressée de se purifier » (éd. Buissot, pp. 54-55). Dans *La Vieille Fille* (p. 125), les libéraux d'Alençon, quand ils favorisent la construction d'un théâtre, sont blâmés par le parti dévot.

2. Ce mot peu usuel et aujourd'hui tombé en désuétude se rencontre plusieurs fois dans *La Comédie humaine*. Derville, notamment, l'emploie dans *Gobseck* (*Pl.* II, 659) : il éprouve ce sentiment à l'égard de Mme de Restaud et l'usurier l'en plaisante.

un de ces regards brillants de bonté, de caresses, un regard qui semblait sourire. Il s'aperçut, en contemplant Eugénie, de l'exquise harmonie des traits de ce pur visage, de son innocente attitude, de la clarté magique de ses yeux, où scintillaient [a] de jeunes pensées d'amour, et où le désir ignorait la volupté.

— Ma foi, ma chère cousine, si vous étiez en grande loge et en grande toilette à l'Opéra, je vous garantis que ma tante aurait bien raison, vous y feriez faire bien des péchés d'envie aux hommes et de jalousie aux femmes.

Ce compliment étreignit le cœur d'Eugénie, et le fit palpiter de joie, quoiqu'elle n'y comprît rien [b].

— Oh! mon cousin, vous voulez vous moquer d'une pauvre petite provinciale.

— Si vous me connaissiez, ma cousine, vous sauriez que j'abhorre la raillerie, elle flétrit le cœur, froisse tous les sentiments... Et il goba fort agréablement sa mouillette beurrée. Non, je n'ai probablement pas assez d'esprit pour me moquer des autres, et ce défaut me fait beaucoup de tort. A Paris, on trouve moyen de vous assassiner un homme en disant : « Il a bon cœur ». Cette phrase veut dire : « Le pauvre garçon est bête comme un rhinocéros ». Mais comme je suis riche et connu pour abattre une poupée du premier coup à trente pas avec toute espèce de pistolet et en plein champ [1] [c], la raillerie me respecte [d].

---

1. L'homme à la mode fréquente les tirs pour pouvoir, s'il le faut, se battre en duel et s'exerce à y abattre des poupées. Le jeune vicomte d'Espard est fier d'annoncer à son père qu'il a, pour la première fois, « abattu six poupées en douze coups » (*L'Interdiction*, p. 301). Paul de Manerville va tous les matins au manège et tire au pistolet (*Le Contrat de mariage, Pl.* III, 83). Maxime de Trailles se distingue, lui aussi, dans cet exercice, et ce talent met en infériorité le provincial Rastignac qui, quoique adroit chasseur, « n'avait pas encore abattu vingt poupées sur vingt-deux dans un tir » (*Le Père Goriot,* p. 71).

— Ce que vous dites, mon neveu, annonce un bon cœur.

— Vous avez une bien jolie bague, dit Eugénie, est-ce mal de vous demander à la voir?

Charles tendit la main en défaisant son anneau; et Eugénie rougit en effleurant du bout de ses doigts les ongles roses de son cousin.

— Voyez, ma mère, le beau travail.

— Oh! il y a gros d'or, dit Nanon en apportant le café.

— Qu'est-ce que c'est que cela? demanda Charles en riant.

Et il montrait un [a] pot oblong, en terre brune, verni, faïencé à l'intérieur, bordé d'une frange de cendre, et au fond duquel tombait le café en revenant à la surface du liquide bouillonnant.

— C'est du café boullu [1], dit Nanon.

— Ah! ma chère tante, je laisserai du moins [b] quelque trace bienfaisante de mon passage ici. Vous êtes bien arriérés! Je vous apprendrai à faire du bon café dans une cafetière à la Chaptal [2].

Il tenta d'expliquer [c] le système de la cafetière à la Chaptal.

— Ah! bien, s'il y a tant d'affaires que ça, dit Nanon, il faudrait bien y passer sa vie. Jamais je ne ferai de

---

1. Terme en usage dans les provinces du Centre. On le relève encore dans *Le Péché véniel (Contes drolatiques, Pl.* XI, 457).

2. Chaptal (1756-1832) a laissé, notamment, des travaux de chimie appliquée et *La Comédie humaine* contient plusieurs allusions à une cafetière qui porte son nom (ainsi dans *Ursule Mirouët,* p. 103). Mais Clouzot et Valensi, dans *Le Paris de « La Comédie humaine »,* déclarent (p. 168) qu'ils ont « vainement mis en émoi le Conservatoire des Arts et Métiers pour retrouver trace de ce système perfectionné ». Dans le *Traité de la vie élégante* (*O. D.* II, 164), Balzac nomme « la cafetière de Lemare », d'invention récente et fondée sur le principe de la caléfaction par réchaud, qui représente le dernier cri du progrès pour les Parisiens, mais qui est inconnu « à 60 lieues de Paris ». Sans doute songe-t-il ici à un système analogue.

café comme ça. Ah! bien, oui. Et qui est-ce qui ferait de l'herbe pour notre vache pendant que je ferais le café?

— C'est moi qui le ferai, dit Eugénie [a].

— Enfant, dit madame Grandet en regardant sa fille.

A ce mot, qui rappelait le chagrin près de fondre sur ce malheureux jeune homme, les trois femmes se turent et le contemplèrent d'un air de commisération qui le frappa.

— Qu'avez-vous donc, ma cousine?

— Chut! dit madame Grandet à Eugénie, qui allait parler. Tu sais, ma fille, que ton père s'est chargé de parler à monsieur...

— Dites [b] Charles, dit le jeune Grandet.

— Ah! vous vous nommez Charles? C'est un beau nom, s'écria Eugénie.

Les malheurs pressentis arrivent presque toujours. Là, Nanon, madame Grandet et Eugénie, qui ne pensaient pas sans frisson au retour du vieux tonnelier, entendirent un coup de marteau dont le retentissement leur était bien connu.

— Voilà papa, dit Eugénie.

Elle ôta la soucoupe au sucre, en en laissant quelques morceaux sur la nappe. Nanon emporta l'assiette aux œufs. Madame Grandet se dressa comme une biche effrayée [c]. Ce fut une peur panique de laquelle Charles s'étonna, sans pouvoir se l'expliquer [d].

— Eh bien! qu'avez-vous donc? leur demanda-t-il.

— Mais voilà mon père, dit Eugénie.

— Eh bien?...

Monsieur Grandet entra, jeta son regard clair sur la table, sur Charles, il vit tout.

— Ah! ah! vous avez fait fête à votre neveu, c'est bien, très bien, c'est fort bien! dit-il sans bégayer [e].

Quand le chat court sur les toits, les souris dansent sur les planchers [a].

— Fête?... se dit Charles, incapable de soupçonner le régime et les mœurs de cette maison.

— Donne-moi mon verre, Nanon? dit le bonhomme.

Eugénie apporta le verre. Grandet tira de son gousset un couteau de corne à grosse lame, coupa une tartine, prit un peu de beurre, l'étendit soigneusement [b] et se mit à manger debout. En ce moment, Charles sucrait son café. Le père Grandet aperçut les [c] morceaux de sucre, examina sa femme qui pâlit, et fit trois pas; il se pencha vers l'oreille de la pauvre vieille [1], et lui dit : « Où donc avez-vous pris tout ce sucre? »

— Nanon est allée en chercher chez Fessard, il n'y en avait pas [d].

Il est impossible de se figurer l'intérêt profond que cette scène muette offrait à ces trois femmes : Nanon avait quitté sa cuisine et regardait dans la salle pour voir comment les choses s'y passeraient [e]. Charles, ayant goûté son café, le trouva trop amer, et chercha le sucre que Grandet avait déjà serré [f].

— Que voulez-vous, mon neveu? lui dit le bonhomme.

— Le sucre.

— Mettez du lait, répondit le maître de la maison [g], votre café s'adoucira.

Eugénie reprit la soucoupe au sucre que Grandet avait déjà serrée [h], et la mit sur la table en contemplant son père d'un air calme. Certes, la Parisienne qui, pour faciliter la fuite de son amant, soutient de ses faibles bras une échelle de soie [i], ne montre pas plus de courage que n'en déployait Eugénie en remettant

1. Mme Grandet n'a pourtant que quarante-neuf ans, puisqu'elle en avait trente-six en 1806 (voir p. 12).

le sucre sur la table. L'amant récompensera sa Parisienne qui lui fera voir orgueilleusement un beau bras meurtri dont chaque veine flétrie sera baignée de larmes, de baisers, et guérie par le plaisir; tandis que Charles ne devait jamais être dans le secret des profondes agitations qui brisaient le cœur de sa cousine, alors foudroyée par le regard du vieux tonnelier.

— Tu ne manges pas [a], ma femme?

La pauvre ilote s'avança, coupa piteusement un morceau de pain, et prit une poire. Eugénie offrit audacieusement à son père du raisin, en lui disant : « Goûte donc à ma conserve [1], papa! Mon cousin, vous en mangerez, n'est-ce pas? Je suis allée chercher ces jolies grappes-là [b] pour vous ».

— Oh! si on ne les arrête, elles mettront Saumur au pillage pour vous, mon neveu. Quand vous aurez fini, nous irons ensemble dans le jardin, j'ai à vous dire des choses qui ne sont pas sucrées [c].

Eugénie et sa mère lancèrent un regard sur Charles, à l'expression duquel le jeune homme ne put se tromper.

— Qu'est-ce que ces mots signifient, mon oncle [d]? Depuis la mort de ma pauvre mère... (à ces deux mots, sa voix mollit) [e] il n'y a pas de malheur possible pour moi...

— Mon neveu, qui peut connaître les afflictions par lesquelles Dieu veut nous éprouver? lui dit sa tante.

— Ta! ta! ta! ta! dit Grandet, voilà les bêtises qui commencent [f]. Je vois avec peine, mon neveu, vos jolies mains blanches. Il lui montra les espèces d'épaules de mouton que la nature lui avait mises au bout des bras. Voilà des mains faites pour ramasser des écus! Vous avez été élevé à mettre vos pieds dans la peau avec laquelle se fabriquent [g] les portefeuilles où nous

---

1. On a vu p. 98 qu'Eugénie a fait sécher des grappes au grenier.

serrons les billets de commerce [1a]. Mauvais! mauvais!

— Que voulez-vous dire, mon oncle, je veux être pendu si je comprends un seul mot.

— Venez, dit Grandet.

L'avare fit claquer la lame de son couteau, but le reste de son vin blanc et ouvrit la porte.

— Mon cousin, ayez du courage!

L'accent de la jeune fille avait glacé Charles, qui suivit son terrible parent en proie à de mortelles inquiétudes. Eugénie, sa mère et Nanon vinrent dans la cuisine, excitées [b] par une invincible curiosité à épier les deux acteurs [c] de la scène qui allait se passer dans le petit jardin humide, où l'oncle marcha d'abord silencieusement avec le neveu. Grandet n'était pas embarrassé pour apprendre à Charles la mort de son père, mais il éprouvait une sorte de compassion en le sachant sans un sou, et il cherchait des formules pour adoucir l'expression de cette cruelle vérité. « Vous avez perdu votre père! » ce n'était rien à dire. Les pères meurent avant les enfants. Mais : « Vous êtes sans aucune espèce de fortune! » tous les malheurs de la terre étaient réunis dans ces paroles. Et le bonhomme [d] de faire, pour la troisième fois, le tour de l'allée du milieu, dont le sable craquait sous les pieds. Dans les grandes circonstances de la vie, notre âme s'attache fortement aux lieux où les plaisirs et les chagrins fondent sur nous. Aussi Charles examinait-il avec une attention particulière les buis de ce petit jardin, les feuilles pâles qui tombaient, les dégradations des murs, les bizarreries des arbres fruitiers, détails pittoresques qui devaient rester gravés dans son souvenir, éternellement mêlés à cette heure

1. « Oui, c'est du maroquin », avait déjà observé Grandet p. 88. Ce détail va le poursuivre jusqu'à l'obsession, tant il le trouve topique (voir ci-dessous, pp. 198, 201).

suprême, par une mnémotechnie particulière aux passions.

— Il fait bien chaud, bien beau, dit Grandet en aspirant une forte partie d'air.

— Oui, mon oncle, mais pourquoi...

— Eh bien! mon garçon, reprit l'oncle [a], j'ai de mauvaises nouvelles à t'apprendre. Ton père est bien mal...

— Pourquoi suis-je ici? dit Charles. Nanon! cria-t-il, des chevaux de poste. Je trouverai bien une voiture dans le pays, ajouta-t-il en se tournant vers son oncle qui demeurait immobile.

— Les chevaux et la voiture sont inutiles, répondit Grandet en regardant Charles qui resta muet et dont les yeux [b] devinrent fixes. — Oui, mon pauvre garçon, tu devines. Il est mort. Mais ce n'est rien, il y a quelque chose de plus grave. Il s'est brûlé la cervelle...

— Mon père?

— Oui. Mais ce n'est rien. Les [c] journaux glosent de cela comme s'ils en avaient le droit. Tiens, lis.

Grandet, qui avait emprunté le journal de Cruchot, mit le fatal article sous les yeux de Charles. En ce moment le pauvre jeune homme, encore enfant, encore dans l'âge où les sentiments se produisent avec naïveté, fondit en larmes [d].

— Allons, bien, se dit Grandet. Ses yeux m'effrayaient. Il pleure, le voilà sauvé. Ce n'est encore rien [e], mon pauvre neveu, reprit Grandet à haute voix [f], sans savoir si Charles l'écoutait, ce n'est rien, tu te consoleras; mais...

— Jamais! jamais! mon père! mon père!

— Il t'a ruiné, tu es sans argent.

— Qu'est-ce que cela me fait! Où est mon père, mon père?

Les pleurs et les sanglots retentissaient entre ces murailles d'une horrible façon, et se répercutaient dans les échos. Les trois femmes, saisies de pitié, pleuraient : les larmes sont aussi contagieuses que peut l'être le rire. Charles, sans écouter son oncle, se sauva dans la cour, trouva l'escalier, monta dans sa chambre, et se jeta en travers sur son lit en se mettant la face dans les draps pour pleurer à son aise loin de ses parents.

— Il faut laisser passer la première averse, dit Grandet en rentrant dans la salle où Eugénie et sa mère avaient brusquement repris leurs places, et travaillaient d'une main tremblante [a] après s'être essuyé les yeux. Mais ce jeune homme n'est bon à rien, il s'occupe plus des morts que de l'argent [b].

Eugénie frissonna en entendant son père s'exprimant ainsi sur la plus sainte des douleurs. Dès ce moment, elle commença à juger son père [c]. Quoique assourdis, les sanglots de Charles retentissaient dans cette sonore maison; et sa plainte profonde, qui semblait sortir de dessous terre, ne cessa que vers le soir, après s'être graduellement affaiblie.

— Pauvre jeune homme! dit madame Grandet.

Fatale exclamation! Le père Grandet regarda sa femme, Eugénie et le sucrier; il se souvint du déjeuner extraordinaire apprêté pour le parent malheureux, et se posa au milieu de la salle.

— Ah! çà, j'espère, dit-il avec son calme habituel, que vous n'allez pas continuer vos prodigalités, madame Grandet. Je ne vous donne pas MON argent pour embucquer de sucre ce jeune drôle.

— Ma mère n'y est pour rien [1], dit Eugénie. C'est moi qui...

— Est-ce parce que tu es majeure, reprit Grandet

---

1. Avec la même générosité, Mme Grandet a dit plus haut (voir p. 99) qu'elle prendrait tout sur elle.

en interrompant sa fille [a], que tu voudrais me contrarier? Songe, Eugénie...

— Mon père, le fils de votre frère ne devrait pas manquer chez vous de [b]...

— Ta, ta, ta, ta, dit le tonnelier sur quatre tons chromatiques [1] [c], le fils de mon frère par-ci, mon neveu par-là. Charles ne nous est de rien, il n'a ni sou ni maille [d]; son père a fait faillite; et, quand ce mirliflor aura pleuré son soûl, il décampera d'ici; je ne veux pas qu'il révolutionne ma maison.

— Qu'est-ce que c'est, mon père, que de faire faillite? demanda Eugénie.

— Faire faillite, reprit le père, c'est commettre l'action la plus déshonorante entre toutes celles qui peuvent déshonorer l'homme.

— Ce doit être un bien grand péché, dit madame Grandet, et notre frère serait damné.

— Allons, voilà tes litanies [e], dit-il à sa femme en haussant les épaules. Faire faillite, Eugénie, reprit-il, est un vol que la loi prend malheureusement sous sa protection. Des gens ont donné leurs denrées à Guillaume Grandet [f] sur sa réputation d'honneur et de probité, puis il a tout pris, et ne leur laisse que les yeux pour pleurer. Le voleur de grand chemin est préférable au banqueroutier : celui-là vous attaque, vous pouvez vous défendre, il risque sa tête; mais l'autre... Enfin Charles est déshonoré.

Ces mots retentirent dans le cœur [g] de la pauvre fille et y pesèrent de tout leur poids. Probe autant qu'une fleur née au fond d'une forêt est délicate, elle ne connaissait ni les maximes du monde, ni ses raisonnements captieux, ni ses sophismes : elle accepta donc l'atroce explication que son père lui donnait

---

1. Sans doute en descendant d'un demi-ton par syllabe. Balzac a d'abord écrit bizarrement : « en dièze ».

à dessein de la faillite, sans lui faire connaître la distinction qui existe entre une faillite involontaire et une faillite calculée [a].

— Eh bien! mon père, vous n'avez donc pu empêcher ce malheur?

— Mon frère ne m'a pas consulté; d'ailleurs, il doit quatre [b] millions.

— Qu'est-ce que c'est donc qu'un million, mon père? demanda-t-elle avec la naïveté d'un enfant qui croit pouvoir trouver promptement ce qu'il désire.

— Deux millions [1]? dit Grandet, mais c'est deux [c] millions de pièces de vingt sous, et il faut cinq pièces de vingt sous pour faire cinq francs.

— Mon Dieu, mon Dieu! s'écria Eugénie, comment mon oncle avait-il eu à lui quatre [d] millions? Y a-t-il quelque autre personne en France qui puisse avoir autant de [e] millions? (Le père Grandet se caressait le menton, souriait, et sa loupe semblait se dilater [f].)
— Mais que va devenir mon cousin Charles?

— Il va partir pour les Grandes-Indes, où, selon le vœu de son père, il tâchera de faire fortune.

— Mais a-t-il de l'argent pour aller là?

— Je lui paierai son voyage... jusqu'à... oui, jusqu'à Nantes [g].

Eugénie sauta d'un bond au cou de son père.

— Ah! mon père [h], vous êtes bon, vous!

Elle l'embrassait de manière à rendre presque honteux Grandet [i], que sa conscience harcelait un peu [j].

— Faut-il beaucoup de temps pour amasser un million? lui demanda-t-elle.

---

1. La dette de Guillaume Grandet a été évaluée à trois millions dans la première édition et à deux dans l'édition Charpentier. Dans l'édition Furne, elle est portée à quatre (voir quelques lignes plus haut); mais Balzac a oublié de prescrire une correction du même ordre dans la présente réplique, où il maintient le chiffre de deux millions correspondant à l'évaluation antérieure : il en résulte un flottement dans le dialogue.

— Dame! dit le tonnelier [a], tu sais ce que c'est qu'un napoléon [b]. Eh bien! il en faut cinquante mille pour faire un million.

— Maman, nous dirons [c] des neuvaines pour lui.

— J'y pensais, répondit la mère.

— C'est cela : toujours [d] dépenser de l'argent, s'écria le père. Ah! çà, croyez-vous donc qu'il y ait [e] des mille et des cent ici?

En ce moment une plainte sourde, plus lugubre que toutes les autres, retentit dans les greniers et glaça de terreur Eugénie et sa mère.

— Nanon, va voir là-haut s'il ne se tue pas [f], dit Grandet. Ha! çà, reprit-il en se tournant vers sa femme et sa fille, que son mot avait rendues pâles [g], pas de bêtises, vous deux. Je vous laisse. Je vais tourner autour de nos Hollandais, qui s'en vont aujourd'hui. Puis j'irai voir Cruchot [h], et causer avec lui de tout ça.

Il partit. Quand Grandet eut tiré la porte, Eugénie et sa mère respirèrent à leur aise. Avant cette matinée, jamais la fille n'avait senti de contrainte en présence de son père; mais, depuis quelques heures, elle changeait à tous moments et de sentiments et d'idées.

— Maman, combien de louis a-t-on d'une [i] pièce de vin?

— Ton père vend les siennes entre cent et cent cinquante francs, quelquefois deux cents [j], à ce que j'ai entendu dire.

— Quand il récolte quatorze cents pièces de vin [1]...

---

1. Deux passages de *L'Illustre Gaudissart* (*Pl.* IV, 30) prouvent que Balzac emploie indistinctement les mots *pièce* et *poinçon*. Dans ces conditions, le chiffre de « quatorze cents pièces » donné ici par Eugénie est invraisemblable, puisqu'il a été précisé plus haut, p. 13, que Grandet, « dans les années plantureuses », recueillait « sept à huit cents poinçons »; mais les premières éditions faisaient état d'une récolte plus importante (« mille à douze cents poinçons »). Le romancier a négligé

— Ma foi, mon enfant, je ne sais pas ce que cela fait; ton père ne me dit jamais ses affaires.

— Mais alors papa doit être riche [a].

— Peut-être. Mais monsieur Cruchot m'a dit qu'il avait acheté Froidfond il y a deux ans [1]. Ça l'aura gêné.

Eugénie, ne comprenant plus rien à la fortune de son père [b], en resta là de ses calculs.

— Il ne m'a tant seulement point vue, le mignon! dit Nanon en revenant [c]. Il est étendu comme un veau sur son lit, et pleure comme une Madeleine [2], que c'est une vraie bénédiction [d]! Quel chagrin a donc ce pauvre gentil jeune homme?

— Allons donc le consoler bien vite, maman; et, si l'on frappe, nous descendrons.

Madame Grandet fut sans défense contre les harmonies [e] de la voix de sa fille. Eugénie était sublime, elle était femme. Toutes deux, le cœur palpitant, montèrent à la chambre de Charles. La porte était ouverte. Le jeune homme ne voyait ni n'entendait rien. Plongé dans les larmes, il poussait des plaintes inarticulées.

— Comme il aime son père! dit Eugénie à voix basse.

Il était impossible de méconnaître dans l'accent de ces paroles les espérances d'un cœur à son insu passionné. Aussi [f] madame Grandet jeta-t-elle à sa fille un regard empreint de maternité, puis tout bas à l'oreille : « Prends garde, tu l'aimerais », dit-elle.

— L'aimer! reprit Eugénie. Ah! si tu savais ce que mon père a dit!

Charles se retourna, aperçut sa tante et sa cousine.

— J'ai perdu mon père, mon pauvre père! S'il

---

d'aligner les autres passages sur le passage ainsi corrigé au début de son roman. Plus loin, p. 116, il sera question de « mille pièces ».

1. « Au commencement de 1818 » (p. 23).

2. Mme Vauquer emploie la même comparaison populaire (*Le Père Goriot*, p. 204).

m'avait confié le secret de son malheur, nous aurions travaillé tous deux à le réparer. Mon Dieu! mon bon père! je comptais si bien le revoir que je l'ai, je crois, froidement embrassé.

Les sanglots lui coupèrent la parole.

— Nous prierons bien pour lui [a], dit madame Grandet. Résignez-vous à la volonté de Dieu [b].

— Mon cousin, dit Eugénie, prenez courage! Votre perte est irréparable : ainsi songez maintenant à sauver votre honneur...

Avec cet instinct, cette finesse de la femme qui a de l'esprit en toute chose, même quand elle console, Eugénie voulait tromper la douleur de son cousin en l'occupant de lui-même.

— Mon honneur?... cria le jeune homme en chassant ses cheveux par un mouvement brusque, et il s'assit sur son lit en se croisant les bras. — Ah! c'est vrai. Mon père, disait mon oncle, a fait faillite. Il poussa un cri déchirant et se cacha le visage dans ses mains. — Laissez-moi, ma cousine, laissez-moi! Mon Dieu! mon Dieu! pardonnez à mon père, il a dû bien souffrir.

Il y avait quelque chose d'horriblement attachant à voir l'expression de cette douleur jeune, vraie, sans calcul, sans arrière-pensée. C'était une pudique douleur que les cœurs simples d'Eugénie et de sa mère comprirent quand Charles fit un geste pour leur demander de l'abandonner à lui-même. Elles descendirent, reprirent en silence leurs places près de la croisée, et travaillèrent pendant une heure environ sans se dire un mot. Eugénie avait aperçu, par le regard furtif qu'elle jeta sur le ménage du jeune homme, ce regard des jeunes filles qui voient tout en un clin d'œil, les jolies bagatelles de sa toilette, ses ciseaux, ses rasoirs enrichis d'or. Cette échappée d'un luxe vu à travers la douleur lui rendit Charles encore plus intéressant, par contraste peut-être [a]. Jamais un événement si grave, jamais un spectacle si dramatique n'avait frappé l'imagination de ces deux créatures incessamment plongées dans le calme et la solitude.

— Maman, dit Eugénie, nous porterons le deuil de mon oncle.

— Ton père décidera de cela, répondit madame Grandet.

Elles restèrent de nouveau silencieuses [b]. Eugénie tirait ses points avec une régularité de mouvement qui eût dévoilé à un observateur les fécondes pensées de sa méditation. Le premier désir de cette adorable fille [c] était de partager le deuil de son cousin. Vers quatre heures, un coup de marteau brusque retentit au cœur de madame Grandet.

— Qu'a donc ton père? dit-elle à sa fille.

Le vigneron [d] entra joyeux. Après avoir ôté ses gants, il se frotta les mains à s'en emporter la peau, si l'épiderme n'en eût pas été tanné comme du cuir de Russie, sauf l'odeur des mélèzes et de l'encens. Il se promenait, il regardait le temps. Enfin son secret lui échappa [e].

— Ma femme, dit-il sans bégayer [f], je les ai tous attrapés. Notre vin est vendu! Les Hollandais et les Belges partaient ce matin, je me suis promené sur la place, devant leur auberge, en ayant l'air de bêtiser. Chose [g], que tu connais, est venu à moi. Les propriétaires de tous les bons vignobles gardent leur récolte et veulent attendre, je ne les en ai pas empêchés. Notre Belge était désespéré. J'ai vu cela. Affaire faite, il prend notre récolte à deux cents francs [h] la pièce [1],

---

1. Si l'on en croit Balzac, l'année 1819 fut bonne pour les vins de Loire, comme l'avait été notoirement l'année 1818 : dans *L'Illustre Gaudissart* (*Pl.* IV, 36), on sert aux héros une bouteille qui porte ce millésime. Le cours de deux cents francs, toutefois, a été donné plus haut avec raison comme élevé (voir p. 15) et le romancier constatait

moitié comptant. Je suis payé en or[a]. Les billets sont faits, voilà six louis pour toi[1]. Dans trois mois[b], les vins baisseront.

Ces derniers mots furent prononcés d'un ton calme, mais si profondément ironique, que les gens de Saumur, groupés en ce moment sur la place, et ameutés[2c] par la nouvelle de la vente que venait de faire Grandet, en auraient frémi s'ils les eussent entendus[d]. Une peur panique eût fait tomber les vins de cinquante pour cent.

— Vous avez mille pièces cette année, mon père? dit Eugénie.

— Oui, *fifille*.

Ce mot était l'expression superlative de la joie du vieux tonnelier.

— Cela fait deux cent mille[e] pièces de vingt sous.

— Oui, mademoiselle Grandet.

— Eh bien! mon père, vous pouvez facilement secourir Charles.

L'étonnement, la colère, la stupéfaction de Balthazar en apercevant le *Mane-Tekel-Pharès* ne sauraient se comparer au froid courroux de Grandet qui, ne pensant plus à son neveu, le retrouvait logé au cœur et dans les calculs de sa fille[f].

— Ah! çà, depuis que ce mirliflor a mis le pied dans *ma*[g] maison, tout y va de travers. Vous vous donnez des airs d'acheter des dragées[h], de faire des noces

---

déjà que Grandet excelle à attendre pour faire monter les cours. En l'espèce, tous les vignerons de la région ont agi de même; mais Grandet a le génie de vendre au moment exact où le client va se décourager et se trouve ainsi disposé à payer le maximum. Dans *L'Illustre Gaudissart* (*ibid.*, p. 40), le héros se voit offrir par Margaritis du bon vin « à cent francs, bagatelle ».

1. Ce sont les « épingles » (voir plus haut, p. 37 et la note).

2. Toutes les éditions portent « anéantis », à la suite d'une mauvaise lecture du typographe; mais Balzac a bien écrit « ameutés », qui donne un sens plus satisfaisant.

et des festins [a]. Je ne veux pas de ces choses-là. Je sais, à mon âge, comment je dois me conduire, peut-être ! D'ailleurs je n'ai de leçons à prendre ni de ma fille ni de personne. Je ferai pour mon neveu ce qu'il sera convenable de faire, vous n'avez pas à y fourrer le nez [b]. Quant à toi, Eugénie, ajouta-t-il en se tournant vers elle [c], ne m'en parle plus, sinon je t'envoie à l'abbaye de Noyers avec Nanon voir si j'y suis; et pas plus tard que demain, si tu bronches. Où est-il donc, ce garçon, est-il descendu?

— Non, mon ami, répondit madame Grandet.

— Eh bien ! que fait-il donc?

— Il pleure son père, répondit Eugénie.

Grandet regarda sa fille sans trouver un mot à dire [d]. Il était un peu père, lui [e]. Après avoir fait un ou deux tours dans la salle, il monta promptement à son cabinet pour y méditer un placement dans les fonds publics. Ses deux mille arpents de forêts coupés à blanc lui avaient donné six cent mille [f] francs; en joignant à cette somme l'argent de ses peupliers, ses revenus de l'année dernière et de l'année courante, outre les deux cent mille francs [g] du marché qu'il venait de conclure, il pouvait faire une masse de neuf cent mille [h] francs. Les vingt pour cent à gagner en peu de temps sur les rentes, qui étaient à 70 francs [1] [i], le tentaient. Il chiffra sa spéculation sur le journal où la mort de son frère était annoncée, en entendant, sans les écouter, les gémissements de son neveu. Nanon vint cogner au mur pour inviter son maître à descendre :

---

1. Page 93, Cruchot indiquait, pour la rente cinq pour cent, le cours de 80,50. La contradiction résulte du changement introduit pour le présent passage dans le Furne corrigé. Lors de cette ultime correction, Balzac dut disposer de renseignements précis, car le cours de 70 est exact pour la fin de 1819. Mais il négligea de retoucher en même temps les autres passages où se trouvent mentionnées des cotations du même titre (voir encore ci-dessous, pp. 143 et 178).

le dîner était servi. Sous la voûte et à la dernière marche de l'escalier, Grandet disait en lui-même : « Puisque je toucherai mes intérêts à huit [1][a], je ferai cette affaire. En deux ans, j'aurai quinze cent mille francs [2][b] que je retirerai de Paris en bon or ».

— Eh bien! où donc est mon neveu?

— Il dit qu'il ne veut pas manger, répondit Nanon. Ça n'est pas sain.

— Autant d'économisé, lui répliqua son maître.

— Dame, *voui*, dit-elle.

— Bah! il ne pleurera pas toujours. La faim chasse le loup hors du bois [c].

Le dîner fut étrangement silencieux.

— Mon bon ami, dit madame Grandet lorsque la nappe fut ôtée, il faut que nous prenions le deuil [d].

— En vérité, madame Grandet, vous ne savez quoi vous inventer pour dépenser de l'argent. Le deuil est dans le cœur et non dans les habits [e].

— Mais le deuil d'un frère est indispensable, et l'Église nous ordonne de [f]...

— Achetez votre deuil sur vos six louis. Vous me donnerez un crêpe, cela me suffira.

Eugénie leva les yeux au ciel sans mot dire. Pour la première fois dans sa vie, ses généreux penchants endormis, comprimés, mais subitement éveillés, étaient à tout moment froissés. Cette soirée fut semblable en apparence à mille soirées de leur existence monotone, mais ce fut certes la plus horrible. Eugénie travailla sans lever la tête, et ne se servit point du nécessaire que Charles avait dédaigné la veille [g]. Madame Grandet tricota ses manches. Grandet tourna

---

1. Grandet va acheter du cinq pour cent, mais à 70, la valeur nominale du titre étant de 100 francs, ce qui lui assure un intérêt supérieur à sept pour cent.

2. L'évaluation paraît un peu forcée, si l'on tient compte des éléments fournis.

ses pouces pendant quatre heures, abîmé dans des calculs dont les résultats devaient, le lendemain, étonner Saumur. Personne ne vint ce jour-là visiter la famille [a]. En ce moment, la ville entière retentissait du tour de force de Grandet, de la faillite de son frère et de l'arrivée de son neveu. Pour obéir au besoin de bavarder sur leurs intérêts communs [b], tous les propriétaires de vignobles des hautes et moyennes sociétés de Saumur étaient chez monsieur des Grassins, où se fulminèrent de terribles imprécations [c] contre l'ancien maire. Nanon filait, et le bruit de son rouet fut la seule voix qui se fît entendre sous les planchers grisâtres de la salle [d].

— Nous n'usons point nos langues, dit-elle en montrant ses dents blanches et grosses comme des amandes pelées [e].

— Ne faut rien user, répondit Grandet en se réveillant de ses méditations. Il se voyait en perspective huit [f] millions dans trois ans, il voguait sur cette longue nappe d'or. — Couchons-nous. J'irai dire bonsoir à mon neveu pour tout le monde, et voir s'il veut prendre quelque chose.

Madame Grandet resta sur le palier du premier étage pour entendre la conversation qui allait avoir lieu entre Charles et le bonhomme. Eugénie, plus hardie que sa mère [g], monta deux marches.

— Hé bien! mon neveu, vous avez du chagrin. Oui, pleurez, c'est naturel. Un père est un père. Mais faut prendre notre mal en patience [h]. Je m'occupe de vous pendant que vous pleurez. Je suis un bon parent, voyez-vous. Allons, du courage. Voulez-vous boire un petit [i] verre de vin? Le vin ne coûte rien à Saumur, on y offre du vin comme dans les Indes une tasse de thé [j]. — Mais, dit Grandet en continuant, vous êtes sans lumière. Mauvais, mauvais [k]! faut voir clair à ce que l'on fait. Grandet marcha vers la cheminée. — Tiens! s'écria-t-il, voilà de la bougie. Où diable a-t-on pêché de la bougie? Les garces [1] démoliraient le plancher de ma maison [a] pour cuire des œufs à ce garçon-là.

En entendant ces mots, la mère et la fille rentrèrent dans leurs chambres et se fourrèrent dans leurs lits avec la célérité de souris effrayées qui rentrent dans leurs trous [2].

— Madame Grandet, vous avez donc un trésor? dit l'homme [b] en entrant dans la chambre de sa femme.

— Mon ami, je fais mes prières, attendez [c], répondit d'une voix altérée la pauvre mère.

— Que le diable emporte ton bon Dieu [d]! répliqua Grandet en grommelant.

Les avares ne croient point à une vie à venir, le présent est tout pour eux. Cette réflexion jette une horrible clarté sur l'époque actuelle, où, plus qu'en aucun autre temps, l'argent domine les lois, la politique et les mœurs. Institutions, livres, hommes et doctrines [e], tout conspire à miner la croyance d'une vie future sur laquelle l'édifice social est appuyé depuis dix-huit cents ans. Maintenant le cercueil est une transition peu redoutée. L'avenir, qui nous attendait par delà le requiem, a été transposé dans le présent. Arriver *per fas et nefas* au paradis terrestre du luxe et des jouissances vaniteuses, pétrifier son cœur et se macérer

---

1. *Garces* équivaut ici tout simplement à *femmes,* en dépit de la nuance quelque peu malveillante du contexte. Il en est de même dans les *Contes drolatiques,* où on rencontre le mot plusieurs fois, sous la graphie archaïsante *garses* (*Pl.* XI, pp. 457, 459, etc.). Balzac, dans *Les Chouans* (p. 23), a voulu expressément le « réhabiliter »; il cite même l' « éloge » : « C'est une fameuse garce! » recueilli par Mme de Staël en exil lors de son passage dans le Vendômois. L'acception péjorative, déjà fréquente à l'époque, a généralement prévalu aujourd'hui.

2. Cette comparaison a été, en quelque sorte, annoncée avec le proverbe appliqué par Grandet p. 105 à sa femme et à Eugénie : « Quand le chat court sur les toits, les souris dansent sur les planchers ».

le corps en vue de possessions passagères [a], comme on souffrait jadis le martyre de la vie en vue de biens éternels [b], est la pensée générale! pensée d'ailleurs écrite partout, jusque dans les lois, qui demandent au législateur [1] [c] : « Que payes-tu? » au lieu de lui dire : « Que penses-tu? » Quand cette doctrine aura passé de la bourgeoisie au peuple, que deviendra le pays [2]?

— Madame Grandet, as-tu fini? dit le vieux tonnelier [d].

— Mon ami, je prie pour toi.

— Très bien! bonsoir. Demain matin, nous causerons.

La pauvre femme s'endormit comme l'écolier qui, n'ayant pas appris ses leçons [e], craint de trouver à son réveil le visage irrité du maître [f]. Au moment où, par frayeur, elle se roulait dans ses draps pour ne rien entendre [g], Eugénie se coula près d'elle, en chemise, pieds nus [h], et vint la baiser au front.

— Oh! bonne mère, dit-elle, demain je lui dirai que c'est moi.

— Non, il t'enverrait à Noyers. Laisse-moi faire, il ne me mangera pas [i].

---

1. Les premières éditions portent : « à un homme ». La correction en vue de l'édition Furne est inexplicable, sinon par une distraction du romancier : les mots « au législateur » n'ont pas de sens ici.

2. Cette diatribe passionnée est dans la ligne d'une pensée qui, surtout depuis l'engagement politique de l'écrivain, dénonce l'égoïsme comme le grand fléau des sociétés modernes. Balzac a condamné chez la duchesse de Langeais (*Histoire des Treize*, p. 230) et condamnera chez Victurnien d'Esgrignon (*Le Cabinet des Antiques*, p. 82) la « religion aristocratique du *moi* » où se confine l'aristocratie moribonde. Dans *Le Médecin de campagne* (p. 56 et *passim*) et dans *Eugénie Grandet*, il poursuit sa polémique en montrant le danger de l'égoïsme bourgeois, qui est devenu la loi du présent; il manifeste, en outre, la crainte que le mal ne s'étende, dans l'avenir, aux classes populaires. Le partisan d'un régime autoritaire soumettant l'individu à l'ordre social avec le concours d'une force conservatrice comme l'Église se signale dans de tels propos.

— Entends-tu, maman?

— Quoi?

— Hé bien! *il* pleure toujours.

— Va donc te coucher, ma fille. Tu gagneras froid aux pieds. Le carreau est humide.

Ainsi se passa la journée solennelle qui devait peser sur toute la vie de la riche et pauvre héritière dont le sommeil ne fut plus aussi complet ni aussi pur qu'il l'avait été jusqu'alors. Assez souvent certaines actions de la vie humaine paraissent, littérairement [a] parlant, invraisemblables, quoique vraies. Mais ne serait-ce pas qu'on omet presque toujours de répandre sur nos déterminations spontanées une sorte de lumière psychologique, en n'expliquant pas les raisons mystérieusement conçues qui les ont nécessitées? Peut-être la profonde passion d'Eugénie devrait-elle être analysée dans ses fibrilles les plus délicates; car elle devint, diraient quelques railleurs, une maladie, et influença toute son existence. Beaucoup de gens aiment mieux nier les dénouements, que de mesurer la force des liens, des nœuds, des attaches qui soudent secrètement un fait à un autre dans l'ordre moral. Ici donc le passé d'Eugénie servira, pour les observateurs de la nature humaine, de garantie à la naïveté de son irréflexion et à la soudaineté des effusions de son âme. Plus sa vie avait été tranquille, plus vivement la pitié féminine, le plus ingénieux des sentiments, se déploya dans son âme. Aussi, troublée par les événements de la journée, s'éveilla-t-elle, à plusieurs reprises, pour écouter son cousin [b], croyant en avoir entendu les soupirs qui depuis la veille lui retentissaient au cœur : tantôt elle le voyait expirant de chagrin, tantôt elle le rêvait mourant de faim. Vers le matin [c], elle entendit certainement une terrible exclamation. Aussitôt elle se vêtit, et accourut au petit jour, d'un pied léger, auprès de son cousin qui avait laissé sa porte ouverte [a]. La bougie avait brûlé dans la bobèche du flambeau [b]. Charles, vaincu par la nature, dormait habillé, assis dans un fauteuil, la tête renversée sur le lit; il rêvait comme rêvent les gens qui ont l'estomac vide. Eugénie put pleurer à son aise; elle put admirer ce jeune et beau visage, marbré par la douleur, ces yeux gonflés par les larmes, et qui tout endormis semblaient encore verser des pleurs. Charles devina sympathiquement la présence d'Eugénie, il ouvrit les yeux, et la vit attendrie.

— Pardon, ma cousine, dit-il, ne sachant évidemment ni l'heure qu'il était, ni le lieu où il se trouvait [c].

— Il y a des cœurs qui vous entendent ici, mon cousin, et *nous* [d] avons cru que vous aviez besoin de quelque chose. Vous devriez vous coucher, vous vous fatiguez en restant ainsi.

— Cela est vrai.

— Hé bien! adieu.

Elle se sauva, honteuse et heureuse d'être venue [e]. L'innocence ose seule de telles hardiesses. Instruite, la Vertu calcule aussi bien que le Vice [f]. Eugénie qui, près de son cousin, n'avait pas tremblé, put à peine se tenir sur ses jambes quand elle fut dans sa chambre. Son ignorante vie avait cessé tout à coup, elle raisonna [g], se fit mille reproches. « Quelle idée va-t-il prendre de moi? Il croira que je l'aime. » C'était précisément ce qu'elle désirait le plus de lui voir croire. L'amour franc a sa prescience et sait que l'amour excite l'amour. Quel événement [h] pour cette jeune fille solitaire, d'être ainsi entrée furtivement chez un jeune homme [i]! N'y a-t-il pas des pensées, des actions qui, en amour, équivalent, pour certaines âmes, à de saintes fiançailles! Une heure après, elle entra chez sa mère, et l'habilla suivant son habitude [j]. Puis elles vinrent s'asseoir à leurs places devant la fenêtre, et attendirent Grandet avec cette anxiété qui glace le cœur ou l'échauffe, le serre ou le dilate suivant les caractères, alors que l'on redoute une scène, une punition; sentiment d'ailleurs si naturel [a], que les animaux domestiques l'éprouvent au point de crier pour le faible mal d'une correction [b], eux qui se taisent quand ils se blessent par inadvertance. Le bonhomme descendit, mais il parla d'un air distrait à sa femme, embrassa Eugénie, et se mit à table sans paraître penser à ses menaces de la veille.

— Que devient mon neveu? l'enfant n'est pas gênant.

— Monsieur, il dort, répondit Nanon.

— Tant mieux, il n'a pas besoin de bougie, dit Grandet [c] d'un ton goguenard.

Cette clémence insolite, cette amère gaieté frappèrent [d] madame Grandet, qui regarda son mari fort attentivement. Le bonhomme... Ici peut-être est-il convenable de faire observer qu'en Touraine, en Anjou, en Poitou, dans la Bretagne, le mot bonhomme, déjà souvent employé pour désigner Grandet [e], est décerné aux hommes les plus cruels comme aux plus bonasses [f], aussitôt qu'ils sont arrivés à un certain âge. Ce titre ne préjuge rien sur la mansuétude individuelle. Le bonhomme, donc, prit son chapeau, ses gants, et dit : « Je vais muser sur la place pour rencontrer nos Cruchot ».

— Eugénie, ton père a décidément quelque chose.

En effet, peu dormeur, Grandet employait la moitié de ses nuits aux calculs préliminaires qui donnaient à ses vues, à ses observations, à ses plans, leur étonnante justesse et leur assuraient cette constante réussite de laquelle [g] s'émerveillaient les Saumurois. Tout pouvoir humain est un composé de patience et de temps. Les gens puissants veulent et veillent. La vie de l'avare est un constant exercice de la puissance humaine mise au service de la personnalité. Il ne s'appuie que sur deux sentiments : l'amour-propre et l'intérêt [a]; mais l'intérêt étant en quelque sorte l'amour-propre solide et bien entendu, l'attestation continue d'une supériorité réelle, l'amour-propre et l'intérêt sont deux parties d'un même tout, l'égoïsme. De là vient peut-être la prodigieuse curiosité qu'excitent les avares habilement mis en scène [1]. Chacun tient par un fil à ces personnages qui s'attaquent à tous les sentiments humains, en les résumant tous. Où est l'homme sans désir, et quel désir social se résoudra sans argent [b]? Grandet avait bien réellement quelque chose, suivant l'expression de sa femme. Il se rencontrait en lui, comme chez tous les avares, un persistant besoin de jouer une partie avec les autres hommes, de leur gagner légalement leurs écus. Imposer autrui, n'est-ce pas faire acte de pouvoir, se donner perpétuellement le droit de mépriser ceux qui, trop faibles, se laissent ici-bas dévorer? Oh! qui a bien compris l'agneau paisiblement couché aux pieds de Dieu, le plus touchant emblème de toutes les victimes terrestres, celui de leur avenir, enfin la Souffrance et la Faiblesse glorifiées? Cet agneau, l'avare le laisse s'engraisser, il le parque, le tue, le cuit, le mange et le méprise. La pâture des avares se compose d'argent et de dédain. Pendant la nuit, les idées du bonhomme avaient pris un autre cours : de là, sa clémence. Il avait ourdi [c] une trame pour se moquer des Parisiens [2], pour les tordre, les rouler, les pétrir, les faire aller, venir, suer, espérer, pâlir [d]; pour s'amuser d'eux,

---

1. Balzac s'est toujours intéressé aux personnages d'hommes d'argent répandus dans les diverses littératures. *La Comédie humaine* contient plusieurs références à Harpagon, à Shylock. Dans *Illusions perdues* (p. 484), le romancier évoque encore les « avares de Walter Scott ».

2. Le Tourangeau Balzac décrit un comportement traditionnel du provincial fortement attaché au génie de sa province. « Le bonhomme [Margaritis] a, fistre, bien enfoncé le Parisien! » s'écrie dans *L'Illustre Gaudissart* (*Pl.* IV, 43) un habitant de Vouvray.

lui, ancien tonnelier, au fond de sa salle grise, en montant l'escalier vermoulu de sa maison de Saumur. Son neveu l'avait occupé. Il voulait sauver l'honneur de son frère mort, sans qu'il en coûtât un sou ni à son neveu ni à lui. Ses fonds allaient être placés pour trois ans [1], il n'avait plus qu'à gérer ses biens ; il fallait donc un aliment à son activité malicieuse, et il l'avait trouvé dans la faillite de son frère. Ne se sentant rien entre les pattes à pressurer, il voulait concasser les Parisiens [a] au profit de Charles, et se montrer excellent frère à bon marché. L'honneur de la famille entrait pour si peu de chose dans son projet, que sa bonne volonté doit être comparée au besoin qu'éprouvent les joueurs de voir bien jouer une partie dans laquelle ils n'ont pas d'enjeu. Et les Cruchot lui étaient nécessaires, et il ne voulait pas les aller chercher, et il avait décidé de les faire arriver chez lui, et d'y commencer ce soir même la comédie dont le plan venait d'être conçu, afin d'être le lendemain, sans qu'il lui en coûtât un denier, l'objet de l'admiration de sa ville [b].

---

1. Me Cruchot (p. 93) lui a recommandé deux ans d'attente afin de gagner vingt pour cent et Grandet, pour chiffrer sa spéculation, a bien pris comme base un placement de deux ans (p. 118). Finalement, il attendra plus de quatre ans pour vendre (p. 182) et gagnera ainsi bien davantage.

PROMESSES D'AVARE,
SERMENTS D'AMOUR

En l'absence de son père, Eugénie eut le bonheur de pouvoir s'occuper ouvertement de son bien-aimé cousin, d'épancher sur lui sans crainte les trésors de sa pitié, l'une des sublimes supériorités de la femme, la seule qu'elle veuille faire sentir, la seule qu'elle pardonne [a] à l'homme de lui laisser prendre sur lui. Trois ou quatre fois, Eugénie alla écouter [b] la respiration de son cousin; savoir s'il dormait, s'il se réveillait; puis, quand il se leva, la crème, le café, les œufs, les fruits, les assiettes, le verre, tout ce qui faisait partie du déjeuner, fut pour elle l'objet de quelque soin [c]. Elle grimpa lestement dans le vieil escalier pour écouter le bruit que faisait son cousin. S'habillait-il? pleurait-il encore? Elle vint jusqu'à la porte.

— Mon cousin?

— Ma cousine.

— Voulez-vous déjeuner dans la salle ou dans votre chambre?

— Où vous voudrez.

— Comment vous trouvez-vous?

— Ma chère cousine, j'ai honte d'avoir faim.

Cette conversation à travers la porte était pour Eugénie tout un épisode de roman [d].

— Eh bien! nous vous apporterons à déjeuner dans votre chambre, afin de ne pas contrarier mon père. Elle descendit dans la cuisine avec la légèreté d'un oiseau. — Nanon, va donc faire sa chambre.

Cet escalier si souvent monté, descendu, où retentissait le moindre bruit, semblait à Eugénie avoir perdu son caractère de vétusté; elle le voyait lumineux, il parlait, il était jeune comme elle, jeune comme son amour auquel il servait. Enfin sa mère, sa bonne et indulgente mère, voulut bien se prêter aux fantaisies de son amour [a], et lorsque la chambre de Charles fut faite, elles allèrent toutes deux tenir compagnie au malheureux : la charité chrétienne n'ordonnait-elle pas de le consoler? Ces deux femmes puisèrent dans la religion bon nombre de petits sophismes pour se justifier leurs déportements [b]. Charles Grandet se vit donc l'objet des soins les plus affectueux et les plus tendres. Son cœur endolori sentit vivement la douceur de cette amitié veloutée, de cette exquise sympathie, que ces deux âmes toujours contraintes surent déployer en se trouvant libres un moment dans la région des souffrances, leur sphère naturelle [c]. Autorisée par la parenté, Eugénie se mit à ranger le linge, les objets de toilette que son cousin avait apportés, et put s'émerveiller à son aise de chaque luxueuse babiole, des colifichets d'argent, d'or travaillé qui lui tombaient sous la main, et qu'elle tenait longtemps sous prétexte de les examiner [d]. Charles ne vit pas sans un attendrissement profond l'intérêt généreux que lui portaient sa tante et sa cousine, il connaissait assez la société de Paris pour savoir que dans sa position il n'y eût trouvé que des cœurs indifférents ou froids [e], Eugénie lui apparut dans toute la splendeur de sa beauté spéciale, et il admira dès lors l'innocence de ces mœurs dont il se moquait la veille. Aussi, quand Eugénie prit des mains de Nanon le bol de faïence plein de café à la crème pour le servir à son cousin [f] avec toute l'ingénuité du sentiment, en lui jetant un bon regard, les yeux du Parisien [a] se mouillèrent-ils de larmes, il lui prit la main et la baisa.

— Hé bien! qu'avez-vous encore? demanda-t-elle.

— Oh! c'est [b] des larmes de reconnaissance, répondit-il.

Eugénie se tourna brusquement vers la cheminée pour prendre les flambeaux.

— Nanon, tenez, emportez [c], dit-elle.

Quand elle regarda son cousin, elle était bien rouge encore, mais au moins ses regards purent mentir et ne pas peindre la joie excessive qui lui inondait le cœur [d]; mais leurs yeux exprimèrent un même sentiment, comme leurs âmes se fondirent dans une même pensée : l'avenir était à eux. Cette douce émotion fut d'autant plus délicieuse pour Charles au milieu de son immense chagrin, qu'elle était moins attendue. Un coup de marteau rappela les deux femmes à leurs places. Par bonheur, elles purent redescendre assez rapidement l'escalier [e] pour se trouver à l'ouvrage quand Grandet entra; s'il les eût rencontrées sous la voûte, il n'en aurait pas fallu davantage pour exciter ses soupçons. Après le déjeuner, que le bonhomme fit sur le pouce [1], le garde, auquel l'indemnité promise n'avait pas encore été donnée [f], arriva de Froidfond, d'où il apportait un lièvre, des perdreaux tués dans le parc, des anguilles et deux brochets dus par les meuniers [2].

— Eh! eh! ce pauvre Cornoiller, il vient comme marée en carême. Est-ce bon à manger, ça?

— Oui, mon cher généreux [g] monsieur, c'est tué depuis deux jours.

---

1. Nous savons déjà que Grandet déjeune « sur le pouce » : il en a averti son neveu, p. 71.

2. Avant l'achat de Froidfond, Grandet possédait déjà « un moulin » (p. 17); mais le domaine a dû lui en valoir plusieurs autres.

— Allons, Nanon, haut le pied, dit le bonhomme [a]. Prends-moi cela, ce sera pour le dîner ; je régale deux Cruchot.

Nanon ouvrit des yeux bêtes et regarda tout le monde.

— Eh bien ! dit-elle, où que je trouverai du lard et des épices [b] ?

— Ma femme, dit Grandet, donne six francs à Nanon, et fais-moi souvenir d'aller à la cave chercher du bon vin.

— Eh bien donc, monsieur Grandet, reprit le garde qui avait préparé sa harangue afin de faire décider la question de ses appointements, monsieur Grandet...

— Ta, ta, ta, ta, dit Grandet [c], je sais ce que tu veux dire, tu es un bon diable, nous verrons cela demain, je suis trop pressé aujourd'hui [d]. — Ma femme, donne-lui cent sous, dit-il à madame Grandet.

Il décampa. La pauvre femme fut trop heureuse d'acheter la paix pour onze francs [1]. Elle savait que Grandet se taisait pendant quinze jours, après avoir ainsi repris, pièce à pièce, l'argent qu'il lui avait donné [e].

— Tiens, Cornoiller, dit-elle en lui glissant dix francs dans la main [f], quelque jour nous reconnaîtrons tes services.

Cornoiller n'eut rien à dire. Il partit.

— Madame, dit Nanon, qui avait mis sa coiffe noire et pris son panier, je n'ai besoin que de trois francs, gardez le reste [g]. Allez, ça ira tout de même.

— Fais un bon dîner, Nanon, mon cousin descendra, dit Eugénie.

— Décidément il se passe ici quelque chose d'extraordinaire, dit madame Grandet. Voici la troisième fois

1. En fait, elle en aura distribué seize, puisque Cornoiller va recevoir dix francs au lieu de cent sous. Nanon, il est vrai, lui rendra trois francs.

que, depuis notre mariage [a], ton père donne à dîner.

Vers quatre heures, au moment où Eugénie et sa mère avaient fini de mettre un couvert pour six personnes, et où le maître du logis [b] avait monté quelques bouteilles de ces vins exquis que conservent les provinciaux avec amour, Charles vint dans la salle. Le jeune homme était pâle. Ses gestes, sa contenance, ses regards et le son de sa voix eurent une tristesse pleine de grâce. Il ne jouait pas la douleur, il souffrait véritablement, et le voile étendu [c] sur ses traits par la peine lui donnait cet air intéressant qui plaît tant aux femmes. Eugénie l'en aima bien davantage. Peut-être aussi le malheur l'avait-il rapproché d'elle. Charles n'était plus ce riche et beau jeune homme placé dans une sphère inabordable pour elle; mais un parent plongé dans une effroyable misère. La misère enfante [d] l'égalité. La femme a cela de commun avec l'ange que les êtres souffrants lui appartiennent. Charles et Eugénie s'entendirent et se parlèrent des yeux seulement; car le pauvre dandy déchu, l'orphelin se mit dans un coin, s'y tint muet, calme et fier; mais, de moment en moment, le regard doux et caressant de sa cousine venait luire sur lui, le contraignait à quitter ses tristes pensées, à s'élancer avec elle dans les champs de l'Espérance et de l'Avenir où elle aimait à s'engager avec lui [e]. En ce moment, la ville de Saumur était plus émue du dîner offert par Grandet aux Cruchot qu'elle ne l'avait été la veille par la vente de sa récolte qui constituait un crime de haute trahison envers le vignoble. Si le politique vigneron eût donné son dîner dans la même pensée qui coûta la queue au chien d'Alcibiade [1], il aurait été peut-être un grand homme; mais trop supérieur à une ville de laquelle il se jouait sans cesse,

1. Entendons : pour se distinguer.

il ne faisait aucun cas de Saumur [a]. Les des Grassins apprirent bientôt la mort violente et la faillite probable du père de Charles, ils résolurent d'aller dès le soir même chez leur client, afin de prendre part à son malheur et lui donner des signes d'amitié, tout en s'informant des motifs qui pouvaient l'avoir déterminé à inviter, en semblable occurrence, les Cruchot à dîner [b]. A cinq heures précises, le président C. de Bonfons et son oncle le notaire arrivèrent endimanchés jusqu'aux dents. Les convives se mirent à table et commencèrent par manger notablement bien. Grandet était grave, Charles silencieux, Eugénie muette, madame Grandet ne parla pas plus que de coutume [c], en sorte que ce dîner fut un véritable repas de condoléance. Quand on se leva de table, Charles dit à sa tante et à son oncle : « Permettez-moi de me retirer. Je suis obligé de m'occuper d'une longue et triste correspondance [d] ».

— Faites, mon neveu.

Lorsque, après son départ, le bonhomme put présumer que Charles ne pouvait rien entendre, et devait être plongé dans ses écritures, il regarda sournoisement sa femme [e].

— Madame Grandet, ce que nous avons à dire serait du latin pour vous; il est sept heures et demie, vous devriez aller vous serrer dans votre portefeuille. Bonne nuit, ma fille.

Il embrassa Eugénie, et les deux femmes sortirent. Là commença la scène où le père Grandet, plus qu'en aucun autre moment de sa vie, employa l'adresse qu'il avait acquise dans le commerce des hommes, et qui lui valait souvent, de la part de ceux dont il mordait un peu trop rudement la peau, le surnom de *vieux chien* [1]. Si le maire de Saumur eût porté son ambition

1. M. de Bourbonne, préfiguration tourangelle de Grandet, était,

plus haut, si d'heureuses circonstances, en le faisant arriver vers les sphères supérieures de la société, l'eussent envoyé dans les congrès où se traitaient les affaires des nations, et qu'il s'y fût servi du génie dont l'avait doté son intérêt personnel, nul doute qu'il n'y eût été glorieusement utile à la France. Néanmoins, peut-être aussi serait-il également probable que, sorti de Saumur, le bonhomme n'aurait fait qu'une pauvre figure. Peut-être en est-il des esprits comme de certains animaux, qui n'engendrent plus transplantés hors des climats où ils naissent [a].

— Mon... on... on... on... sieur le pré... pré... pré... président, vouoouous di... di... di... disiiieeez que la faaaaiiillite...

Le bredouillement affecté depuis si longtemps par le bonhomme et qui passait pour naturel, aussi bien que la surdité dont il se plaignait par les temps de pluie, devint, en cette conjoncture, si fatigant pour les deux Cruchot, qu'en écoutant le vigneron ils grimaçaient à leur insu, en faisant des efforts comme s'ils voulaient achever les mots dans lesquels il s'empêtrait à plaisir. Ici, peut-être, devient-il nécessaire de donner l'histoire du bégayement et de la surdité de Grandet. Personne, dans l'Anjou, n'entendait mieux et ne pouvait prononcer plus nettement le français angevin que le rusé vigneron. Jadis, malgré toute sa finesse, il avait été dupé [b] par un Israélite qui, dans la discussion, appliquait sa main à son oreille en guise de cornet, sous prétexte de mieux entendre, et baragouinait si bien en cherchant ses mots, que Grandet, victime de son humanité, se crut obligé de suggérer à ce malin Juif les mots et les idées que paraissait chercher le Juif [c], d'achever lui-même les raisonnements dudit Juif,

---

lui, pour ses compatriotes, « un vieux malin » (*Le Curé de Tours*, p. 50). Grandet est plus rude.

de parler comme devait parler le damné Juif, d'être enfin le Juif et non Grandet. Le tonnelier sortit de ce combat bizarre, ayant conclu le seul marché dont il ait eu à se plaindre pendant le cours de sa vie commerciale. Mais s'il y perdit pécuniairement parlant, il y gagna moralement une bonne leçon, et, plus tard, il en recueillit les fruits. Aussi le bonhomme finit-il par bénir le Juif qui lui avait appris l'art d'impatienter son adversaire commercial; et, en l'occupant à exprimer sa pensée, de lui faire constamment perdre de vue la sienne. Or, aucune affaire n'exigea, plus que celle dont il s'agissait, l'emploi de la surdité, du bredouillement, et des ambages incompréhensibles dans lesquels Grandet enveloppait ses idées [a]. D'abord, il ne voulait pas endosser la responsabilité de ses idées; puis, il voulait rester maître de sa parole, et laisser en doute ses véritables intentions [b].

— Monsieur de Bon... Bon... Bonfons... [c] Pour la seconde fois, depuis trois ans, Grandet nommait Cruchot neveu monsieur de Bonfons. Le président put se croire choisi pour gendre par l'artificieux bonhomme. — Vooouous di... di... di... disiez donc que les faiiiillites peu... peu... peu... peuvent, dandans ce... ertains cas [d], être empê... pê... pê... chées pa... par...

— Par les tribunaux de commerce eux-mêmes. Cela se voit tous les jours, dit monsieur C. de Bonfons, enfourchant l'idée du père Grandet ou croyant la deviner et voulant affectueusement la lui expliquer. Écoutez?

— J'écoucoute [e], répondit humblement le bonhomme en prenant la malicieuse contenance d'un enfant qui rit intérieurement de son professeur tout en paraissant lui prêter la plus grande attention.

— Quand un homme considérable et considéré, comme l'était, par exemple, défunt monsieur votre frère à Paris...

— Mon... on frère, oui.

— Est menacé d'une déconfiture.

— Çaaaa s'aappelle dé... dé... déconfiture?

— Oui. Que sa faillite devient imminente, le tribunal de commerce, dont il est justiciable (suivez bien), a la faculté, par un jugement, de nommer, à sa maison de commerce, des liquidateurs. Liquider n'est pas faire faillite, comprenez-vous? En faisant faillite, un homme est déshonoré; mais en liquidant, il reste honnête homme.

— C'est bien di... di... di... différent, si çaâââ ne coû... ou... ou... ou... oûte pas... pas... pas plus cher, dit Grandet.

— Mais une liquidation peut encore se faire, même sans le secours du tribunal de commerce. Car, dit le président en humant sa prise de tabac, comment se déclare une faillite?

— Oui, je n'y ai jamais pen... pen... pen... pensé, répondit Grandet.

— Premièrement, reprit le magistrat, par le dépôt du bilan au greffe du tribunal, que fait le négociant lui-même ou son fondé de pouvoirs, dûment enregistré. Deuxièmement, à la requête des créanciers. Or, si le négociant ne dépose pas de bilan, si aucun créancier ne requiert du tribunal un jugement qui déclare le susdit négociant en faillite, qu'arriverait-il?

— Oui... i... i..., voy... voy... ons [a].

— Alors la famille du décédé, ses représentants, son hoirie; ou le négociant, s'il n'est pas mort; ou ses amis, s'il est caché, liquident. Peut-être voulez-vous liquider les affaires de votre frère? demanda le président.

— Ah! Grandet, s'écria le notaire, ce serait bien. Il y a de l'honneur au fond de nos provinces. Si vous sauviez votre nom, car c'est votre nom, vous seriez un homme...

— Sublime, dit le président en interrompant son oncle.

— Ceertainement, répliqua le vieux vigneron, mon, mon fffr, fre, frère se no, no, no noommait Grandet tou... out comme moi. Cé, cé, c'es, c'est sûr et certain. Je, je, je ne, ne dis pa, pas non. Et, et, et, cette li, li, li liquidation pou, pou, pourrait dans tooous llles cas, être sooous tous llles ra, ra, rapports très avanvantatageuse [a] aux in, in, in, intérêts de mon ne, ne, neveu, que j'ai, j'ai, j'aime. Mais faut voir. Je ne co, co, co, connais pas *llles malins* de Paris. Je... suis à Sau, au, aumur, moi, voyez-vous ! Mes prooovins ! mes fooossés, et en, enfin, j'ai mes aaaffaires. Je n'ai jamais fait de bi, bi, billets [b]. Qu'est-ce qu'un billet? J'en, j'en, j'en ai beau, beaucoup reçu, je n'en ai jamais si, si, signé. Ça, aaa se ssse touche, çà s'essscooompte. Voilllà tooout ce qu, qu, que je sais. J'ai en, en, en, entendu di, di, dire qu'onooon pou, ou, ouvait rachechecheter les bi, bi, bi...

— Oui, dit le président. L'on peut acquérir les billets sur la place, moyennant tant pour cent. Comprenez-vous?

Grandet se fit un cornet de sa main, l'appliqua sur son oreille, et le président lui répéta sa phrase.

— Mais, répondit le vigneron, il y a ddddonc à boire et à manger dan, dans tout cela. Je, je, je ne sais rien, à mon âââge, de tooutes ce, ce, ces chooses-là. Je doi, dois re, ester i, i, ici pour ve, ve, veiller au grain. Le grain s'aama, masse, et c'e, c'e, c'est aaavec le grain qu'on pai, paie. Aavant tout, faut ve, ve, veiller aux, aux ré, ré, récoltes. J'ai des aaaffaires ma, ma, majeures à Froidfond et des inté, té, téressantes. Je ne puis pas a, a, abandonner ma, ma, ma maison pooour des *em, em, embrrrrououillllami* [1] [c] *gentes* de,

---

1. Le texte original portait *embrouillamini* et la dernière syllabe est

de, de tooous les di, diaâblles, où je ne cooompre, prends rien. Voous dites que, que je devrais, pour li, li, li, liquider, pour arrêter la déclaration de faillite, être à Paris. On ne peut pas se trooou, ouver à la fois en, en, en deux endroits, à moins d'être pe, pe, pe, petit oiseau [1]... Et...

— Et je vous entends, s'écria le notaire. Eh bien! mon vieil ami, vous avez des amis, de vieux amis, capables de dévouement pour vous.

— Allons donc, pensait en lui-même le vigneron, décidez-vous donc!

— Et si quelqu'un partait pour Paris, y cherchait le plus fort créancier de votre frère Guillaume, lui disait...

— Mi, min, minute, ici, reprit le bonhomme, lui disait. Quoi? Quelque, que cho, chooo, chose co, co, comme ça : « Monsieur Grandet de Saumur pa, pa, par ci, monsieur Grandet, det, det de Saumur par là. Il aime son frère, il aime son ne, ne, neveu. Grandet est un bon pa, pa, parent, et il a de très bonnes intentions. Il a bien vendu sa ré, ré, récolte. Ne déclarez pas la fa, fa, fâ, fâ, faillite, aaassemblez-vous, no, no, nommez des li, li, liquidateurs. Aaalors Grandet ve, éé, erra. Voous au, au, aurez ez bien davantage en liquidant qu'en lai, lai, laissant les gens de justice y mettre le né, né, nez... » Hein! pas vrai?

— Juste! dit le président.

---

probablement tombée par une inadvertance du prote. *Brouillamini* désigne, à l'origine, une préparation pharmaceutique et s'explique sans doute à partir du verbe *brouiller* macaroniquement affecté d'une désinence latine. M. Dagneaud (*Les Éléments populaires dans le lexique de « La Comédie humaine »*, p. 44) définit *embrouillamini* comme une « réfection intensive » de ce mot. On n'a relevé dans aucun autre texte *embrouillamini* accompagné du mot latin *gentes,* mais l'expression s'entend assez bien : « des affaires bonnes à embrouiller les gens ».

1. Balzac, dans *La Vieille Fille* (p. 113), donnera comme une naïveté de Mlle Cormon cette proposition, qu'il qualifie à juste titre d'étrange et qu'il prête ici à un personnage bien plus avisé, mais obstiné à faire le sot.

— Parce que, voyez-vous, monsieur de Bon, Bon, Bon, fons, faut voir avant de se dé, décider. Qui ne, ne, ne peut, ne, ne peut. En toute af, af, affaire ooonéné reuse, poour ne pas se ru, ru, rui, ruiner, il faut connaître les ressources et les charges, Hein! pas vrai?

— Certainement, dit le président. Je suis d'avis, moi, qu'en quelques mois de temps, l'on pourra racheter les créances pour une somme de, et payer intégralement par arrangement. Ha! ha! l'on mène les chiens bien loin en leur montrant un morceau de lard. Quand il n'y a pas eu de déclaration de faillite et que vous tenez les titres de créances, vous devenez blanc comme neige.

— Comme né, né, neige, répéta Grandet en refaisant un cornet de sa main. Je ne comprends pas la né, né, neige.

— Mais, cria le président, écoutez-moi donc, alors.

— J'é, j'é, j'écoute.

— Un effet est une marchandise qui peut avoir sa hausse et sa baisse. Ceci est une déduction du principe de Jérémie Bentham sur l'usure. Ce publiciste a prouvé que le préjugé qui frappait de réprobation les usuriers était une sottise [1].

— Ouais! fit le bonhomme.

— Attendu qu'en principe, selon Bentham, l'argent est une marchandise, et que ce qui représente l'argent devient également marchandise, reprit le président; attendu qu'il est notoire que, soumise aux variations habituelles qui régissent les choses commerciales, la marchandise-billet, portant telle ou telle signature, comme tel ou tel article, abonde ou manque sur la place, qu'elle est chère ou tombe à rien, le tribunal ordonne... (tiens! que je suis bête, pardon), je suis

---

1. Bentham a publié en effet une *Défense de l'usure* (1787), entendant seulement par *usure* la libre fixation du loyer de l'argent par les particuliers d'après la conjoncture.

d'avis que vous pourrez racheter votre frère pour vingt-cinq du cent.

— Vooous le no, no, no, nommez Jé, Jé, Jé, Jérémie Ben...

— Bentham, un Anglais.

— Ce Jérémie-là nous fera éviter bien des lamentations dans les affaires, dit le notaire en riant.

— Ces Anglais ont qué, qué, quelque fois du bon, on sens, dit Grandet. Ainsi, se, se, se, selon Ben, Ben, Ben, Bentham, si les effets de mon frère... va, va, va, va, valent... ne valent pas. Si. Je, je, je dis bien, n'est-ce pas? Cela me paraît clair... Les créanciers seraient... Non, ne seraient pas. Je m'een, entends.

— Laissez-moi vous expliquer tout ceci, dit le président. En Droit, si vous possédez les titres de toutes les créances dues par la maison Grandet, votre frère ou ses hoirs ne doivent rien à personne. Bien.

— Bien, répéta le bonhomme.

— En équité, si les effets de votre frère se négocient (négocient, entendez-vous bien ce terme?) sur la place à tant pour cent de perte; si l'un de vos amis a passé par là; s'il les a rachetés, les créanciers n'ayant été contraints par aucune violence à les donner, la succession de feu Grandet de Paris se trouve loyalement quitte.

— C'est vrai, les a, a, a, affaires sont les affaires, dit le tonnelier. Cela pooooosé... Mais, néanmoins, vous compre, ne, ne, ne, nez, que c'est di, di, di, difficile. Je, je, je n'ai pas d'aaargent, ni, ni, ni le temps, ni le temps, ni...

— Oui, vous ne pouvez pas vous déranger. Hé bien! je vous offre d'aller à Paris (vous me tiendriez compte du voyage, c'est une misère). J'y vois les créanciers, je leur parle, j'atermoie, et tout s'arrange avec un supplément de payement que vous ajoutez aux valeurs de la liquidation, afin de rentrer dans les titres de créances.

— Mais nooouous verrons cela, je ne, ne, ne peux pas, je, je, je ne veux pas m'en, en, en, engager sans, sans que... Qui, qui, qui, ne, ne peut, ne peut. Vooous comprenez?

— Cela est juste.

— J'ai la tête ca, ca, cassée de ce que, que vooous, vous m'a, a, a, avez dé, dé, décliqué [1] là. Voilà, la, la, la première fois de ma vie que je, je suis fooorcé de son, songer à de...

— Oui, vous n'êtes pas jurisconsulte.

— Je, je suis un pau, pau, pauvre vigneron, et ne sais rien de ce que vou, vous venez de dire; il fau fau, faut que j'é, j'é, j'étudie çççâ.

— Hé bien! reprit le président en se posant comme pour résumer la discussion.

— Mon neveu?... fit le notaire d'un ton de reproche en l'interrompant.

— Hé bien, mon oncle, répondit le président.

— Laisse donc monsieur Grandet t'expliquer ses intentions. Il s'agit en ce moment d'un mandat important. Notre cher ami doit le définir congrûm...

Un coup de marteau qui annonça l'arrivée de la famille des Grassins, leur entrée et leurs salutations empêchèrent Cruchot d'achever sa phrase. Le notaire fut content de cette interruption; déjà Grandet le regardait de travers, et sa loupe indiquait un orage intérieur [a]. Mais d'abord le prudent notaire ne trouvait pas convenable à un président de tribunal de première instance d'aller à Paris pour y faire capituler des créanciers et y prêter les mains à un tripotage qui froissait [b]

1. *Décliquer* est, à l'origine, un terme technique du vocabulaire de la mécanique; l'usage figuré en est familier. Ici, *décliqué* signifie : « administré brutalement, comme en agissant sur un déclic ».

les lois de la stricte probité; puis, n'ayant pas encore entendu le père Grandet exprimant [a] la moindre velléité de payer quoi que ce fût [b], il tremblait instinctivement de voir son neveu engagé dans cette affaire. Il profita donc du moment où les des Grassins entraient pour prendre le président par le bras et l'attirer dans l'embrasure de la fenêtre.

— Tu t'es bien suffisamment montré, mon neveu; mais assez de dévouement comme ça. L'envie d'avoir la fille t'aveugle. Diable! il n'y faut pas aller [c] comme une corneille qui abat des noix. Laisse-moi maintenant conduire la barque, aide seulement à la manœuvre. Est-ce bien ton rôle de compromettre ta dignité de magistrat dans une pareille...

Il n'acheva pas; il entendait monsieur des Grassins disant au vieux tonnelier en lui tendant la main : « Grandet, nous avons appris l'affreux malheur arrivé dans votre famille, le désastre de la maison Guillaume Grandet et la mort de votre frère; nous venons vous exprimer toute la part que nous prenons à ce triste événement [d] ».

— Il n'y a d'autre malheur, dit le notaire en interrompant le banquier, que la mort de monsieur Grandet junior. Encore ne se serait-il pas tué s'il avait eu l'idée d'appeler son frère à son secours. Notre vieil ami, qui a de l'honneur jusqu'au bout des ongles, compte [e] liquider les dettes de la maison Grandet de Paris. Mon neveu le président, pour lui éviter les tracas d'une affaire toute judiciaire, lui offre de partir sur-le-champ pour Paris, afin de transiger avec les créanciers et les satisfaire convenablement.

Ces paroles, confirmées par l'attitude du vigneron [f], qui se caressait le menton, surprirent étrangement les trois des Grassins, qui pendant le chemin avaient médit tout à loisir de l'avarice de Grandet en l'accusant presque d'un fratricide [g].

— Ah! je le savais bien, s'écria le banquier en regardant sa femme. Que te disais-je [a] en route, madame des Grassins? Grandet a de l'honneur jusqu'au bout des cheveux [b], et ne souffrira pas que son nom reçoive la plus légère atteinte! L'argent sans l'honneur est une maladie [1]. Il y a de l'honneur dans nos provinces! Cela est bien, très bien, Grandet. Je suis un vieux militaire, je ne sais pas déguiser ma pensée; je la dis rudement : cela est, mille tonnerres! sublime.

— Aaalors llle su... su... sub... sublime est bi... bi... bien cher, répondit le bonhomme pendant que le banquier lui secouait chaleureusement la main [c].

— Mais ceci, mon brave Grandet, n'en déplaise à monsieur le président, reprit des Grassins, est une affaire purement commerciale, et veut un négociant consommé. Ne faut-il pas se connaître aux comptes de retour [2], débours, calculs d'intérêts? Je dois aller à Paris pour mes affaires, et je pourrais alors me charger de...

— Nous verrions donc à tâ... tâ... tâcher de nous aaaarranger tou... tous deux dans les po... po... po... possibilités relatives et sans m'en... m'en... m'engager à quelque chose que je... je... je... ne vooou... oudrais pas faire, dit Grandet en bégayant [d]. Parce que, voyez-vous, monsieur le président me demandait naturellement les frais du voyage.

Le bonhomme ne bredouilla plus ces derniers mots [e].

— Eh! dit madame des Grassins, mais c'est un plaisir que d'être à Paris. Je payerais volontiers pour y aller, moi.

Et elle fit un signe à son mari comme pour l'encou-

---

1. « Mais sans argent l'honneur n'est qu'une maladie. » (Racine, *Les Plaideurs,* I, 1, v. 11, monologue de Petit Jean.)

2. Ici évaluation des frais qui doivent être ajoutés aux sommes protestées.

rager à souffler cette commission à leurs adversaires coûte que coûte; puis elle regarda fort ironiquement les deux Cruchot [a], qui prirent une mine piteuse. Grandet saisit alors le banquier par un des boutons de son habit et l'attira dans un coin.

— J'aurais bien plus de confiance en vous que dans le président, lui dit-il. Puis il y a des anguilles sous roche, ajouta-t-il en remuant sa loupe [b]. Je veux me mettre dans la rente; j'ai quelques milliers de francs de rente à faire acheter, et je ne veux placer qu'à quatre-vingts francs. Cette mécanique baisse [c], dit-on, à la fin des mois [1]. Vous vous connaissez à ça, pas vrai?

— Pardieu! Eh bien! j'aurais donc quelques mille [d] livres de rente à lever pour vous?

— Pas grand'chose pour commencer. *Motus!* [e] Je veux jouer ce jeu-là sans qu'on en sache rien. Vous me concluriez un marché pour la fin du mois; mais n'en dites rien aux Cruchot, ça les taquinerait. Puisque vous allez à Paris, nous y verrons en même temps, pour mon pauvre neveu, de quelle couleur sont les atouts [f].

— Voilà qui est entendu. Je partirai demain en poste, dit à haute voix des Grassins, et je viendrai prendre vos dernières instructions à... à quelle heure?

— A cinq heures, avant le dîner, dit le vigneron en se frottant les mains [g].

---

1. P. 93, Cruchot a indiqué le cours de 80,50. Grandet manifeste son intention d'attendre la baisse couramment constatée en fin de mois à la suite des ventes effectuées par des particuliers qui ont besoin d'argent frais pour leurs échéances; il pense qu'il peut ainsi économiser cinquante centimes par titre. Balzac, dans son désir de montrer combien son personnage est avisé, lui prête un calcul hasardeux : Grandet prend un risque en différant son achat, puisque le titre monte; spéculer sur une baisse probable de cinquante centimes à l'échéance mensuelle ne paraît pas, en principe, une idée heureuse. L'événement justifiera pourtant le personnage : l'achat va se négocier « à quatre-vingts francs net » (p. 178).

Les deux partis restèrent encore quelques instants en présence. Des Grassins dit après une pause [a] en frappant sur l'épaule de Grandet : « Il fait bon avoir de bons parents comme ça... »

— Oui, oui, sans que ça paraisse, répondit Grandet [b], je suis un bon pa... parent. J'aimais mon frère, et je le prouverai bien si si ça ne ne coûte pas...

— Nous allons vous quitter, Grandet, lui dit le banquier en l'interrompant heureusement avant qu'il achevât sa phrase [c]. Si j'avance mon départ, il faut mettre en ordre quelques affaires.

— Bien, bien. Moi-même, raa... apport à ce que vou-vous savez, je je vais me rereretirer dans ma cham... ambre des dédélibérations, comme dit le président Cruchot [d].

— Peste ! je ne suis plus monsieur de Bonfons, pensa tristement le magistrat dont la figure prit l'expression de celle d'un juge ennuyé par une plaidoirie [e].

Les chefs des deux familles rivales s'en allèrent ensemble. Ni les uns ni les autres ne songeaient plus à la trahison dont s'était rendu coupable Grandet le matin envers le pays vignoble, et se sondèrent mutuellement, mais en vain, pour connaître ce qu'ils pensaient sur les intentions réelles du bonhomme en cette nouvelle affaire [f].

— Venez-vous chez madame d'Orsonval [1] [g] avec nous ? dit des Grassins au notaire.

— Nous irons plus tard, répondit le président. Si mon oncle le permet, j'ai promis à mademoiselle de Gribeaucourt de lui dire un petit bonsoir, et nous nous y rendrons d'abord [h].

---

1. Nous corrigeons en *d'Orsonval* le nom de *Dorsonval* qui se trouve ici dans l'édition Furne : simple coquille, pensons-nous, car Furne, conformément à tous les états antérieurs du texte, imprime plus loin *d'Orsonval*.

— Au revoir donc, messieurs, dit madame des Grassins. Et, quand les des Grassins furent à quelques pas des deux Cruchot, Adolphe dit à son père : « Ils fument [1] joliment, hein? [a] »

— Tais-toi donc, mon fils, lui répliqua sa mère [b], ils peuvent encore nous entendre. D'ailleurs, ce que tu dis n'est pas de bon goût et sent l'École de Droit.

— Eh bien! mon oncle, s'écria le magistrat quand il vit les des Grassins éloignés [c], j'ai commencé par être le président de Bonfons, et j'ai fini par être tout simplement un Cruchot [d].

— J'ai bien vu que ça te contrariait; mais le vent était aux des Grassins. Es-tu bête, avec tout ton esprit? [e]... Laisse-les s'embarquer sur un *nous verrons* du père Grandet, et tiens-toi tranquille, mon petit : Eugénie n'en sera pas moins ta femme.

En quelques instants la nouvelle de la magnanime résolution de Grandet se répandit dans trois maisons à la fois, et il ne fut plus question dans toute la ville que de ce dévouement fraternel. Chacun pardonnait à Grandet sa vente faite au mépris de la foi jurée entre les propriétaires, en admirant son honneur, en vantant une générosité [f] dont on ne le croyait pas capable. Il est dans le caractère français de s'enthousiasmer, de se colérer, de se passionner pour le météore du moment, pour les bâtons flottants de l'actualité. Les êtres collectifs, les peuples, seraient-ils donc sans mémoire [g]?

Quand le père Grandet eut fermé sa porte, il appela Nanon.

— Ne lâche pas le chien et ne dors pas, nous avons à travailler ensemble. A onze heures, Cornoiller doit se

1. Balzac lui-même a-t-il connu cet usage du verbe *fumer* à l'École de Droit? M. Dagneaud (*op. cit.*, p. 37) en a relevé des emplois antérieurs dans le parler populaire.

trouver à ma porte avec le berlingot[1] de Froidfond. Écoute-le venir afin de l'empêcher de cogner, et dis-lui d'entrer tout bellement[a]. Les lois de police défendent le tapage nocturne. D'ailleurs le quartier n'a pas besoin de savoir que je vais me mettre en route.

Ayant dit, Grandet remonta dans son laboratoire, où Nanon l'entendit remuant, fouillant, allant, venant[b], mais avec précaution. Il ne voulait évidemment réveiller ni sa femme, ni sa fille, et surtout ne point exciter l'attention de son neveu, qu'il avait commencé par maudire en apercevant de la lumière dans sa chambre. Au milieu de la nuit[c], Eugénie, préoccupée de son cousin, crut avoir entendu la plainte d'un mourant, et pour elle ce mourant était Charles : elle l'avait quitté si pâle, si désespéré ! peut-être s'était-il tué[d]. Soudain elle s'enveloppa d'une coiffe, espèce de pelisse à capuchon, et voulut sortir. D'abord une vive lumière qui passait par les fentes de sa porte lui donna peur du feu; puis elle se rassura bientôt en entendant les pas pesants de Nanon et sa voix mêlée au hennissement de plusieurs chevaux.

— Mon père enlèverait-il mon cousin? se dit-elle en entr'ouvrant sa porte avec assez de précaution pour l'empêcher de crier, mais de manière à voir ce qui se passait dans le corridor.

Tout à coup son œil rencontra celui de son père, dont le regard, quelque vague et insouciant qu'il fût, la glaça de terreur. Le bonhomme et Nanon étaient accouplés par[e] un gros gourdin dont chaque bout reposait sur leur épaule droite et soutenait un câble auquel était attaché un barillet semblable à ceux que[f] le père Grandet s'amusait à faire dans son fournil à ses moments perdus.

---

1. Berline coupée, n'ayant que la banquette du fond.

— Sainte Vierge ! monsieur, ça pèse-t-i ! dit à voix basse la Nanon.

— Quel malheur que ce ne soit que [a] des gros sous ! répondit le bonhomme. Prends garde de heurter le chandelier.

Cette scène était éclairée par une seule chandelle placée entre deux barreaux de [b] la rampe.

— Cornoiller, dit Grandet à son garde *in partibus,* as-tu pris tes pistolets ?

— Non, monsieur. Pardé ! quoi qu'il y a donc à craindre pour vos gros sous ?...

— Oh ! rien [c], dit le père Grandet.

— D'ailleurs nous irons vite, reprit le garde [d], vos fermiers ont choisi [e] pour vous leurs meilleurs chevaux.

— Bien, bien. Tu ne leur as pas dit où j'allais ?

— Je ne le savais point.

— Bien. La voiture est solide ?

— Ça, notre maître ? Ha ben, ça porterait trois mille [f]. Qu'est-ce que ça pèse donc vos méchants barils ?

— Tiens, dit Nanon ! je le savons bien ! Y a ben près [g] de dix-huit cents.

— Veux-tu te taire. Nanon ! Tu diras à ma femme que je suis allé à la campagne. Je serai revenu pour dîner. Va bon train, Cornoiller, faut être à Angers avant neuf heures [1] [h].

La voiture partit. Nanon verrouilla la grande porte, lâcha le chien, se coucha l'épaule meurtrie [i], et personne dans le quartier ne soupçonna ni le départ de Grandet ni l'objet de son voyage. La discrétion du bonhomme [j] était complète. Personne ne voyait jamais un sou dans cette maison pleine d'or. Après avoir appris dans la matinée par les causeries du port que l'or avait doublé de prix par suite de nombreux

1. Avant l'ouverture des banques.

armements entrepris à Nantes [1], et que des spéculateurs étaient arrivés à Angers pour en acheter, le vieux vigneron, par un simple emprunt de chevaux fait à ses fermiers, se mit en mesure d'aller y vendre le sien et d'en rapporter en valeurs du receveur-général sur le trésor la somme nécessaire à l'achat de ses rentes après l'avoir grossie de l'agio [2] [a].

— Mon père s'en va, dit Eugénie qui du haut de l'escalier avait tout entendu. Le silence était rétabli dans la maison, et le lointain roulement de la voiture, qui cessa par degrés, ne retentissait déjà plus dans Saumur endormi [b]. En ce moment, Eugénie entendit en son cœur [c], avant de l'écouter par l'oreille, une plainte qui perça les cloisons, et qui venait de la chambre de son cousin [d]. Une bande lumineuse, fine autant que le tranchant d'un sabre, passait par la fente de la porte et coupait horizontalement les balustres du vieil escalier [e]. — Il souffre, dit-elle en grimpant deux marches. Un second gémissement [f] la fit arriver sur le palier de la chambre. La porte était entr'ouverte, elle la poussa. Charles dormait la tête penchée en dehors du vieux fauteuil, sa main avait laissé tomber la plume et touchait presque à terre. La respiration saccadée que nécessitait la posture du jeune homme effraya soudain Eugénie, qui entra promptement. — Il doit être bien fatigué, se dit-elle en regardant une dizaine de lettres cachetées, elle en lut les adresses : A messieurs Farry, Breilman et Cie, carrossiers [3] [g]. —

---

1. Les armateurs ont des paiements en or à effectuer.

2. Ici, le bénéfice résultant d'une vente d'or au-dessus du cours nominal.

3. Les éditions antérieures à l'édition Furne désignaient « monsieur Jean Robert ». Or M. Pierrot (éd. d'*Eugénie Grandet,* p. 237) a noté deux carrossiers de ce nom, l'un 47, rue Vivienne, l'autre 9 bis, rue Cadet. En revanche, la firme Farry, Breilman et Cie ne semble pas avoir réellement existé. Selon un usage courant chez Balzac, des noms de fantaisie voisinent ainsi avec un nom emprunté à la vie réelle, celui du tailleur Buisson.

A monsieur Buisson, tailleur, etc. — Il a sans doute arrangé toutes ses affaires pour pouvoir bientôt quitter la France, pensa-t-elle. Ses yeux tombèrent sur deux lettres ouvertes. Ces mots qui en commençaient une : « Ma chère Annette... » lui causèrent [a] un éblouissement. Son cœur palpita, ses pieds se clouèrent sur le carreau. Sa chère Annette, il aime, il est aimé ! Plus d'espoir ! Que lui dit-il? Ces idées lui traversèrent la tête et le cœur. Elle lisait ces mots partout, même sur les carreaux [b], en traits de flammes. — Déjà renoncer à lui ! Non, je ne lirai pas cette lettre. Je dois m'en aller. Si je la lisais, cependant [c]? Elle regarda Charles, lui prit doucement la tête, la posa sur le dos du fauteuil, et il se laissa faire comme un enfant qui, même en dormant, connaît encore sa mère et reçoit, sans s'éveiller, ses soins et ses baisers [d]. Comme une mère, Eugénie releva la main pendante, et, comme une mère, elle baisa doucement les cheveux. « Chère Annette ! » Un démon [e] lui criait ces deux mots aux oreilles. — Je sais que je fais peut-être mal [f], mais je lirai la lettre, dit-elle. Eugénie détourna la tête, car sa noble probité gronda. Pour la première fois de sa vie, le bien et le mal étaient en présence dans son cœur. Jusque-là elle n'avait eu à rougir d'aucune action. La passion, la curiosité l'emportèrent. A chaque phrase, son cœur se gonfla davantage et l'ardeur piquante qui anima sa vie pendant cette lecture lui rendit encore plus friands les plaisirs du premier amour [g].

« Ma chère Annette, rien ne devait nous séparer, si ce n'est le malheur qui m'accable et qu'aucune prudence humaine n'aurait su prévoir. Mon père s'est tué, sa fortune et la mienne sont entièrement perdues. Je suis orphelin à un âge où, par la nature de mon éducation, je puis passer pour un enfant; et je dois néanmoins me relever homme de l'abîme où je suis tombé. Je viens d'employer une partie de cette nuit à faire mes calculs. Si je veux quitter la France en honnête homme, et ce n'est pas un doute, je n'ai pas cent francs à moi pour aller tenter le sort aux Indes ou en Amérique. Oui, ma pauvre Anna, j'irai chercher la fortune sous les climats les plus meurtriers. Sous de tels cieux, elle est sûre et prompte, m'a-t-on dit. Quant à rester à Paris, je ne saurais. Ni mon âme ni mon visage ne sont faits à supporter les affronts, la froideur, le dédain qui attendent l'homme ruiné, le fils du failli! Bon Dieu! devoir deux millions [1] [a]?... J'y serais tué en duel dans la première semaine. Aussi n'y retournerai-je point. Ton amour, le plus tendre et le plus dévoué qui jamais ait ennobli le cœur d'un homme [b], ne saurait m'y attirer. Hélas! ma bien-aimée, je n'ai point assez d'argent pour aller là où tu es, donner, recevoir un dernier baiser, un baiser où je puiserais la force nécessaire à mon entreprise. »

— Pauvre Charles, j'ai bien fait de lire! J'ai de l'or, je le lui donnerai, dit Eugénie.

Elle reprit sa lecture après avoir essuyé ses pleurs [c].

« Je n'avais point encore songé aux malheurs de la misère. Si j'ai [d] les cent louis indispensables au passage, je n'aurai pas un sou pour me faire une pacotille. Mais non, je n'aurai ni cent louis ni un louis, je ne connaîtrai ce qui me restera d'argent qu'après le règlement de mes dettes à Paris. Si je n'ai rien, j'irai tranquillement à Nantes, je m'y embarquerai simple matelot, et je commencerai là-bas comme ont commencé les hommes d'énergie qui, jeunes, n'avaient pas un sou, et sont revenus, riches, des Indes [2]. Depuis

---

1. *Trois* selon le manuscrit et l'édition originale; *quatre* selon l'édition définitive, d'après une correction expresse de Balzac (voir p. 63). Mais le romancier a omis de retoucher partout le chiffre qu'il avait réduit, en 1839, pour l'édition Charpentier.

2. Ainsi Gobseck s'était-il embarqué « en qualité de mousse pour les possessions hollandaises dans les Grandes Indes » (*Pl.* II, 626).

ce matin, j'ai froidement envisagé mon avenir. Il est plus horrible pour moi que pour tout autre, moi, choyé par une mère qui m'adorait, chéri par le meilleur des pères, et qui, à mon début dans le monde, ai rencontré l'amour d'une Anna [a] ! Je n'ai connu que les fleurs de la vie : ce bonheur ne pouvait pas durer [b]. J'ai néanmoins, ma chère Annette, plus de courage qu'il n'était permis à un insouciant jeune homme d'en avoir, surtout à un jeune homme habitué aux cajoleries de la plus délicieuse femme de Paris, bercé dans les joies de la famille [c], à qui tout souriait au logis, et dont les désirs étaient des lois pour un père... Oh! mon père, Annette, il est mort... Eh bien, j'ai réfléchi à ma position, j'ai réfléchi à la tienne aussi. J'ai bien vieilli en vingt-quatre heures. Chère Anna, si, pour me garder près de toi, dans Paris, tu sacrifiais toutes les jouissances de ton luxe, ta toilette, ta loge à l'Opéra [d], nous n'arriverions pas encore au chiffre des dépenses nécessaires à ma vie dissipée; puis je ne saurais accepter tant de sacrifices. Nous nous quittons donc aujourd'hui pour toujours [e]. »

— Il la quitte, Sainte Vierge! Oh! bonheur [f] !...

Eugénie sauta de joie. Charles fit un mouvement, elle en eut froid de terreur; mais, heureusement pour elle [g], il ne s'éveilla pas. Elle reprit :

« Quand reviendrai-je? je ne sais. Le climat des Indes vieillit promptement un Européen, et surtout un Européen qui travaille. Mettons-nous à dix ans d'ici. Dans dix ans, ta fille aura dix-huit ans, elle sera ta compagne, ton espion. Pour toi, le monde sera bien cruel, ta fille le sera peut-être davantage. Nous avons vu des exemples de ces jugements mondains et de ces ingratitudes de jeunes filles; sachons en profiter. Garde au fond de ton âme comme je le garderai moi-même le souvenir de ces quatre années de bonheur, et sois fidèle, si tu peux, à ton pauvre ami. Je ne saurais toutefois l'exiger, parce que, vois-tu, ma chère Annette, je dois me conformer à ma position, voir bourgeoisement la vie, et la chiffrer au plus vrai. Donc je dois penser au mariage, qui devient une des nécessités de ma nouvelle existence ; et je t'avouerai que j'ai trouvé ici, à Saumur, chez mon oncle, une cousine dont les manières, la figure, l'esprit et le cœur te plairaient, et qui, en outre, me paraît avoir [a]... »

— Il devait être bien fatigué, pour avoir cessé de lui écrire, se dit Eugénie en voyant la lettre arrêtée au milieu de cette phrase [b].

Elle le justifiait ! [c] N'était-il pas impossible alors que cette innocente fille s'aperçût de la froideur empreinte dans cette lettre ? Aux jeunes filles religieusement élevées, ignorantes et pures, tout est amour dès qu'elles mettent les pieds dans les régions enchantées de l'amour. Elles y marchent entourées de la céleste lumière que leur âme projette, et qui rejaillit en rayons sur leur amant ; elles le colorent des feux de leur propre sentiment et lui prêtent leurs belles pensées. Les erreurs de la femme viennent presque toujours de sa croyance au bien, ou de sa confiance dans le vrai. Pour Eugénie, ces mots : « Ma chère Annette, ma bien-aimée », lui résonnaient au cœur comme le plus joli langage de l'amour, et lui caressaient l'âme comme, dans son enfance, les notes divines du *Venite adoremus,* redites par l'orgue, lui caressèrent l'oreille. D'ailleurs, les larmes qui baignaient encore les yeux de Charles lui accusaient toutes les noblesses de cœur par lesquelles une jeune fille doit être séduite [d]. Pouvait-elle savoir que si Charles aimait tant son père et le pleurait si véritablement, cette tendresse venait moins de la bonté de son cœur que des bontés paternelles ? Monsieur et madame Guillaume Grandet, en satisfaisant toujours les fantaisies de leur fils, en lui donnant tous les plaisirs de la fortune, l'avaient empêché de faire les horribles calculs dont sont plus ou moins coupables, à Paris, la plupart des enfants quand, en présence des jouissances parisiennes, ils forment des désirs et conçoivent des plans qu'ils voient avec chagrin incessamment ajournés et retardés par la vie de leurs parents. La prodigalité du père alla donc jusqu'à semer dans le cœur de son fils un amour filial vrai, sans arrière-pensée. Néanmoins, Charles était un enfant de Paris, habitué par les mœurs de Paris, par Annette elle-même, à tout calculer, déjà vieillard sous le masque du jeune homme. Il avait reçu l'épouvantable éducation de ce monde où, dans une soirée, il se commet en pensées, en paroles, plus de crimes que la Justice n'en punit aux Cours d'assises [1], où les bons mots assassinent les plus grandes idées, où l'on ne passe pour fort qu'autant que l'on voit juste; et là, voir juste, c'est ne croire à rien, ni aux sentiments, ni aux hommes, ni même aux événements : on y fait de faux événements. Là, pour voir juste, il faut peser, chaque matin, la bourse d'un ami, savoir se mettre politiquement au-dessus de tout ce qui arrive; provisoirement, ne rien admirer, ni les œuvres d'art, ni les nobles actions, et donner pour mobile à toute chose l'intérêt personnel. Après mille folies, la grande dame, la belle Annette, forçait Charles à penser gravement; elle lui parlait de sa position future, en lui passant dans les cheveux une main parfumée; en lui refaisant une boucle, elle lui faisait calculer la vie : elle le féminisait et le matérialisait. Double corruption, mais corruption élégante et fine, de bon goût.

— Vous êtes niais, Charles, lui disait-elle. J'aurai

1. Ces vues sans illusions sur la vie sociale et notamment sur la vie mondaine à Paris, énoncées ici en son nom par le romancier, sont celles que Vautrin développera pour Rastignac dans *Le Père Goriot* (pp. 124 sq.) : « Je vous défie de faire deux pas dans Paris sans rencontrer des manigances infernales », etc.

bien de la peine à vous apprendre le monde. Vous avez été très mal pour monsieur des Lupeaulx [1] [a]. Je sais bien que c'est un homme peu honorable; mais attendez qu'il soit sans pouvoir, alors vous le mépriserez à votre aise. Savez-vous ce que madame Campan nous disait? Mes enfants, tant qu'un homme est au Ministère, adorez-le; tombe-t-il, aidez à le traîner à la voirie. Puissant, il est une espèce de dieu; détruit, il est au-dessous de Marat dans son égout, parce qu'il vit et que Marat était mort. La vie est une suite de combinaisons, et il faut les étudier, les suivre, pour arriver à se maintenir toujours en bonne position [2].

Charles était un homme trop à la mode, il avait été trop constamment heureux par ses parents, trop adulé par le monde pour avoir de grands sentiments. Le grain d'or que sa mère lui avait jeté au cœur s'était étendu dans la filière parisienne, il l'avait employé en superficie et devait l'user par le frottement. Mais Charles n'avait encore que vingt et un ans. A cet âge, la fraîcheur de la vie semble inséparable de la candeur de l'âme. La voix, le regard, la figure paraissent en harmonie avec les sentiments. Aussi le juge le plus dur, l'avoué le plus incrédule, l'usurier le moins facile hésitent-ils toujours à croire à la vieillesse du cœur, à la corruption des calculs, quand les yeux nagent

---

1. Des Lupeaulx accomplit toute sa carrière dans les coulisses ministérielles. Sur ce personnage et sur son principal prototype réel, Lingay, voir l'article de Mme Meininger *Qui est des Lupeaulx ?* dans *L'Année balzacienne 1961*, pp. 149 sq.

2. Dans la *Physiologie du mariage* (chapitre *Des Pensionnats, Pl.* x, 658-659), Balzac loue Mme Campan d'avoir « logé sa fameuse institution à Écouen », loin du spectacle immoral de la grande ville. Par le truchement d'Annette, il s'exprime ici à son sujet de façon plus malveillante en lui faisant tenir des propos cyniques. La petite-nièce de l'illustre éducatrice, Mme Partiot, protesta auprès du romancier et le pria de supprimer ces phrases (25 janvier 1835, lettre publiée par Marcel Bouteron dans les *Cahiers balzaciens,* III, pp. 15-18); mais le romancier ne donna pas suite à sa demande.

encore dans un fluide pur, et qu'il n'y a point de rides sur le front. Charles n'avait jamais eu l'occasion d'appliquer les maximes de la morale parisienne, et jusqu'à ce jour il était beau d'inexpérience. Mais, à son insu, l'égoïsme lui avait été inoculé. Les germes de l'économie politique à l'usage du Parisien, latents en son cœur, ne devaient pas tarder à y fleurir [1], aussitôt que de spectateur oisif il deviendrait acteur dans le drame de la vie réelle. Presque toutes les jeunes filles s'abandonnent aux douces promesses de ces dehors; mais Eugénie eût-elle été prudente et observatrice autant que le sont certaines filles en province, aurait-elle pu se défier de son cousin, quand, chez lui, les manières, les paroles et les actions s'accordaient encore avec les inspirations du cœur? Un hasard, fatal pour elle, lui fit essuyer les dernières effusions de sensibilité vraie qui fût en ce jeune cœur, et entendre, pour ainsi dire, les derniers soupirs de la conscience. Elle laissa donc cette lettre pour elle pleine d'amour, et se mit complaisamment à contempler son cousin endormi : les fraîches illusions de la vie jouaient encore pour elle sur ce visage, elle se jura d'abord à elle-même de l'aimer toujours. Puis elle jeta les yeux sur l'autre lettre sans attacher beaucoup d'importance à cette indiscrétion; et, si elle commença de la lire, ce fut pour acquérir de nouvelles preuves des nobles qualités que, semblable à toutes les femmes, elle prêtait à celui qu'elle choisissait.

« Mon cher Alphonse [a], au moment où tu liras cette lettre je n'aurai plus d'amis; mais je t'avoue

---

1. Balzac vient d'analyser déjà cet effet corrupteur de la vie parisienne sur une âme de jeune homme dans *Le Médecin de campagne* (*Pl.* VII, 477) : « insensiblement, le tableau continuel du vice heureux et de la vertu persiflée fait chanceler un jeune homme; la vie parisienne lui enlève le *velouté* de la conscience; alors commence et se consomme l'œuvre infernale de sa démoralisation ».

qu'en doutant de ces gens du monde habitués à prodiguer ce mot [a], je n'ai pas douté de ton amitié. Je te charge donc d'arranger mes affaires, et compte sur toi, pour tirer un bon parti de tout ce que je possède. Tu dois maintenant connaître ma position. Je n'ai plus rien, et veux partir pour les Indes [b]. Je viens d'écrire à toutes les personnes auxquelles je crois devoir quelque argent, et tu en trouveras ci-joint la liste aussi exacte qu'il m'est possible de la donner de mémoire [c]. Ma bibliothèque, mes meubles, mes voitures, mes chevaux, etc., suffiront, je crois, à payer mes dettes [d]. Je ne veux me réserver que les babioles sans valeur qui seront susceptibles de me faire un commencement de pacotille. Mon cher Alphonse, je t'enverrai d'ici, pour cette vente, une procuration régulière, en cas de contestations. Tu m'adresseras toutes mes armes. Puis tu garderas pour toi Briton. Personne ne voudrait donner le prix de cette admirable bête [1] [e], j'aime mieux te l'offrir, comme la bague d'usage que lègue un mourant [f] à son exécuteur testamentaire. On m'a fait une très *comfortable* [2] voiture de voyage chez les Farry, Breilman et Cie, mais ils ne l'ont pas livrée, obtiens d'eux qu'ils la gardent sans me demander d'indemnité; s'ils se refusaient à cet arrangement [g], évite tout ce qui pourrait entacher ma loyauté, dans les circonstances où je me trouve.

---

1. Balzac, au temps où il menait lui-même une existence de dandy, eut deux chevaux, dont l'un portait le nom de Briton. En juillet 1832, il chargea sa mère de vendre cet attelage coûteux (*Corr.* Pierrot II, 53).

2. Balzac, qui n'est pas exempt de quelque anglomanie, rétablit dans l'édition Charpentier l'orthographe britannique de cet adjectif. Il écrit encore dans *La Vieille Fille* (p. 164) : « Le vicomte... [avoua] qu'il croyait la province arriérée, et qu'il la trouvait très *comfortable* »; Mlle Cormon est d'ailleurs déconcertée par l'emploi de ce terme, inintelligible pour elle. Sur la notion anglaise du *comfort* et sur ses applications dans l'œuvre de Balzac, voir l'article de M. Pierre Reboul *Les Anglais de Balzac* dans la *Revue des Sciences humaines,* janvier-juin 1950, pp. 70 sq.

Je dois six louis à l'insulaire, perdus au jeu, ne manque pas de les lui... »

— Cher cousin, dit Eugénie en laissant la lettre, et se sauvant[a] à petits pas chez elle avec une des bougies allumées. Là ce ne fut pas sans une vive émotion de plaisir qu'elle ouvrit le tiroir d'un vieux meuble en chêne, l'un des plus beaux ouvrages de l'époque nommée la *Renaissance*[1], et sur lequel se voyait encore, à demi effacée[b], la fameuse Salamandre royale. Elle y prit une grosse bourse en velours rouge à glands d'or, et bordée de cannetille[2] usée, provenant de la succession de sa grand'mère. Puis elle pesa fort orgueilleusement cette bourse, et se plut à vérifier[c] le compte oublié de son petit pécule. Elle sépara[d] d'abord vingt portugaises encore neuves, frappées sous le règne de Jean V, en 1725, valant réellement au change cinq lisbonines ou chacune cent soixante-huit francs soixante-quatre centimes[e], lui disait son père, mais dont la valeur conventionnelle était de cent quatre-vingts[f] francs, attendu la rareté, la beauté desdites pièces qui reluisaient comme des soleils. ITEM[g], cinq génovines ou pièces de cent livres de Gênes, autre monnaie rare et valant quatre-vingt-sept francs au change, mais cent francs pour les amateurs d'or. Elles lui venaient du vieux monsieur La Bertellière. ITEM, trois quadruples d'or espagnols de Philippe V, frappés en 1729[h], donnés par madame Gentillet, qui, en les lui offrant, lui disait toujours la même phrase : « Ce cher serin-là, ce petit jaunet, vaut quatre-vingt-dix-huit livres ! Gardez-le bien, ma

---

1. Balzac détache en italiques le mot *Renaissance,* dont l'usage pour désigner une époque historique est tout récent à la date où il écrit.

2. « Petite lame très fine d'or ou d'argent tortillé. » (*Acad.* 1835.) Ce terme rare, déjà employé, au pluriel, dans *Le Péché véniel* (*Contes drolatiques, Pl.* XI, 460), revient dans *Le Père Goriot :* « ... des brins de cannetille disaient le passage des mariés ».

mignonne, ce sera la fleur de votre trésor [a] ». ITEM, ce que son père estimait le plus (l'or de ces pièces était à vingt-trois carats et une fraction), cent ducats de Hollande, fabriqués en l'an 1756 [b], et valant près de treize francs [c]. ITEM, une grande curiosité!... des espèces de médailles précieuses aux avares, trois roupies au signe de la Balance, et cinq roupies au signe de la Vierge [d], toutes d'or pur à vingt-quatre carats, la magnifique [e] monnaie du Grand-Mogol, et dont chacune valait trente-sept francs quarante centimes au poids; mais au moins cinquante francs pour les connaisseurs qui aiment à manier l'or. ITEM, le napoléon de quarante francs reçu l'avant-veille, et qu'elle avait négligemment mis dans sa bourse rouge [f]. Ce trésor contenait des pièces neuves et vierges [g], de véritables morceaux d'art desquels [h] le père Grandet s'informait parfois, et qu'il voulait revoir, afin de détailler à sa fille les vertus intrinsèques, comme la beauté du cordon, la clarté du plat, la richesse des lettres dont les vives arêtes n'étaient pas encore rayées. Mais elle ne pensait ni à ces raretés, ni à la manie de son père, ni au danger qu'il y avait pour elle de se démunir d'un trésor si cher à son père; non, elle songeait à son cousin [i], et parvint enfin à comprendre, après quelques fautes de calcul, qu'elle possédait environ cinq mille huit cents [j] francs en valeurs réelles, qui, conventionnellement, pouvaient se vendre près de deux mille écus [1]. A la vue de ses richesses,

---

1. Eugénie s'en tient à une estimation approximative (« environ », « près de »). Elle n'est pas loin de compte pour la valeur réelle (nominale) du trésor, estimée cinq mille huit cents francs; mais elle paraît minimiser la valeur conventionnelle (cours accepté par les amateurs) en la fixant à deux mille écus, ou six mille francs : pour les seules « portugaises », l'écart est déjà supérieur à deux cents francs.

Quant au père Grandet, il évaluera ce trésor, « valeur intrinsèque », c'est-à-dire réelle, cinq mille neuf cent cinquante-neuf francs (p. 194). Cette rigueur au franc près est révélatrice de son caractère. Toutefois,

elle se mit à applaudir en battant des mains, comme un enfant forcé de perdre son trop-plein de joie dans les naïfs mouvements du corps [a]. Ainsi le père et la fille avaient compté chacun leur fortune : lui, pour aller vendre son or; Eugénie, pour jeter le sien dans un océan d'affection. Elle remit les pièces dans la vieille bourse, la prit et remonta sans hésitation [b]. La misère secrète de son cousin lui faisait oublier la nuit, les convenances; puis, elle était forte de sa conscience, de son dévouement, de son bonheur [c]. Au moment où elle se montra sur le seuil de la porte, en tenant d'une main la bougie, de l'autre sa bourse, Charles se réveilla, vit sa cousine et resta béant de surprise. Eugénie s'avança, posa le flambeau sur la table et dit d'une voix émue : « Mon cousin, j'ai à vous demander pardon d'une faute grave que j'ai commise envers vous; mais Dieu me le pardonnera, ce péché, si vous voulez l'effacer ».

— Qu'est-ce donc ? dit Charles en se frottant les yeux.

— J'ai lu ces deux lettres.

Charles rougit.

— Comment cela s'est-il fait? reprit-elle, pourquoi suis-je montée? En vérité, maintenant je ne le sais plus. Mais je suis tentée de ne pas trop me repentir d'avoir lu ces lettres [d], puisqu'elles m'ont fait connaître votre cœur, votre âme et...

— Et quoi? demanda Charles.

— Et vos projets, la nécessité où vous êtes d'avoir une somme...

— Ma chère cousine...

— Chut, chut, mon cousin, pas si haut, n'éveillons personne. Voici, dit-elle en ouvrant la bourse, les

---

si l'on prend pour base les chiffres fournis par Balzac dans le détail de l'inventaire, le total indiqué semble inexact par excès.

économies d'une pauvre fille qui n'a besoin de rien. Charles, acceptez-les. Ce matin, j'ignorais ce qu'était [a] l'argent, vous me l'avez appris, ce n'est qu'un moyen, voilà tout. Un cousin est presque un frère, vous pouvez bien emprunter [b] la bourse de votre sœur [1].

Eugénie, autant femme que jeune fille, n'avait pas prévu des refus, et son cousin restait muet.

— Eh bien! vous refuseriez? demanda Eugénie dont les palpitations retentirent au milieu du profond silence.

L'hésitation de son cousin l'humilia; mais la nécessité dans laquelle il se trouvait se représenta plus vivement à son esprit, et elle plia le genou.

— Je ne me relèverai pas [c] que vous n'ayez pris cet or! dit-elle. Mon cousin, de grâce, une réponse?.. que je sache si vous m'honorez, si vous êtes généreux, si...

---

1. Le 12 novembre 1833, Balzac, à propos du geste généreux d'Eugénie, rappelle à Mme Hanska un épisode récent de ses relations avec elle : « Il y a une scène sublime (à mon avis, et je suis payé pour le savoir) dans *Eugénie Grandet* qui offre un trésor à son cousin. Le cousin a une réponse à faire : ce que je te disais à ce sujet est la plus gracieuse. Mais mêler à ce que les autres liront un seul mot dit à mon Ève! Ah! j'aurais jeté *Eugénie Grandet* au feu! » (*Étr.* I, 79.)

Mme Hanska avait offert à Balzac, en effet, de lui prêter mille francs. Balzac se montra touché et répondit de façon gracieuse... mais en faisant observer qu'une telle somme était bien insuffisante pour le tirer de difficulté : « Ange chérie, sois mille fois bénie pour ta goutte d'eau pour ton offre; elle est tout pour moi et elle n'est rien. Tu vois ce que c'est qu'un millier de francs quand il en faut dix mille par mois. » (*Ibid.*, 66.)

Il ne paraît pas y avoir de relation entre cet épisode réel et la scène d'*Eugénie Grandet*. En fait, Balzac a repris une situation déjà esquissée une dizaine d'années plus tôt dans *Annette et le Criminel (Argow le Pirate)*. L'héroïne, Annette Gérard, qui, physiquement et moralement ressemble à Eugénie, commence par tomber amoureuse de son cousin Charles Servigné (qui la décevra par son caractère volage et intéressé comme Charles Grandet décevra Eugénie); elle lui offre de l'argent gagné à grand-peine par des travaux de couture, pour l'aider à faire sa fortune (chapitre III). Ce rapprochement a été signalé par Maurice Serval dans son étude *Autour d'Eugénie Grandet* (Champion, 1924, p. 33).

En entendant le cri d'un noble désespoir, Charles laissa tomber des larmes sur les mains de sa cousine, qu'il saisit afin de l'empêcher de s'agenouiller [a]. En recevant ces larmes chaudes, Eugénie sauta sur la bourse, la lui versa sur la table [b].

— Eh bien! oui, n'est-ce pas? dit-elle en pleurant de joie. Ne craignez rien, mon cousin, vous serez riche. Cet or vous portera bonheur; un jour [c] vous me le rendrez; d'ailleurs, nous nous associerons; enfin je passerai par toutes les conditions que vous m'imposerez. Mais vous devriez ne pas donner tant de prix à ce don [d].

Charles put enfin exprimer ses sentiments.

— Oui, Eugénie, j'aurais l'âme bien petite [e], si je n'acceptais pas. Cependant, rien pour rien, confiance pour confiance.

— Que voulez-vous? dit-elle effrayée.

— Écoutez, ma chère cousine, j'ai là... Il s'interrompit pour montrer [f] sur la commode une caisse carrée enveloppée d'un surtout de cuir. — Là, voyez-vous, une chose qui m'est aussi précieuse que la vie. Cette boîte est un présent de ma mère. Depuis ce matin [g] je pensais que, si elle pouvait sortir de sa tombe, elle vendrait elle-même l'or que sa tendresse lui a fait prodiguer dans ce nécessaire; mais, accomplie par moi, cette action me paraîtrait un sacrilège. Eugénie serra convulsivement la main de son cousin en entendant ces derniers mots. — Non, reprit-il après une légère pause, pendant laquelle tous deux ils se jetèrent un regard humide, non, je ne veux ni le détruire, ni le risquer [h] dans mes voyages. Chère Eugénie, vous en serez dépositaire. Jamais ami n'aura confié quelque chose de plus sacré à son ami. Soyez-en juge. Il alla prendre la boîte, la sortit du fourreau, l'ouvrit et montra tristement à sa cousine émerveillée un nécessaire où le travail donnait à l'or un prix bien supérieur à celui de son poids. — Ce que vous admirez n'est rien, dit-il [a] en poussant un ressort qui fit partir un double fond. Voilà ce qui, pour moi, vaut la terre entière. Il tira deux portraits, deux chefs-d'œuvre de madame de Mirbel [1], richement entourés de perles [b].

— Oh! la belle personne, n'est-ce pas cette dame à qui vous écriv...

— Non, dit-il en souriant. Cette femme est ma mère, et voici mon père, qui sont votre tante et votre oncle. Eugénie, je devrais vous supplier à genoux de me garder ce trésor. Si je périssais en perdant votre petite fortune, cet or vous dédommagerait; et, à vous seule, je puis laisser les deux portraits, vous êtes digne de les conserver; mais détruisez-les, afin qu'après vous ils n'aillent pas en d'autres mains... Eugénie se taisait. — Eh bien! oui, n'est-ce pas? ajouta-t-il avec grâce.

En entendant les mots qu'elle venait de dire à son cousin [2], elle lui jeta son premier regard de femme aimante, un de ces regards où [c] il y a presque autant de coquetterie que de profondeur; il lui prit la main et la baisa.

---

1. Mme Lizinska de Mirbel (1796-1849) a fait d'éclatants débuts dans la miniature en 1819, précisément, avec le portrait du Roi. La haute société l'adopta. Les Grandet de Paris ont donc suivi la toute dernière mode du Faubourg... Balzac nommera plusieurs fois encore Mme de Mirbel dans *La Comédie humaine* (voir F. Lotte, *Index des personnes réelles...* dans *Pl.* XI, 1231; L. de la Londe, *Mme de Mirbel et ses hôtes,* Mercure de France, mars 1953; *Petite Suite à Mme de Mirbel, ibid.,* avril 1953). Il semble que le romancier l'ait rencontrée à l'époque où il écrivait *Eugénie Grandet* : « ... O ma gentille, mon beau front! J'ai regardé l'autre jour celui de madame de Mirbel; elle a quelque chose du tien. Elle est Polonaise, je crois. » (*Étr.* I, 95, 1er décembre 1833.)

2. Ce début de phrase exige du lecteur un effort de mémoire. Eugénie reconnaît dans les derniers mots prononcés par son cousin ceux qu'elle avait prononcés elle-même quelques minutes auparavant (cf. p. 161 : « Eh bien! oui, n'est-ce pas? dit-elle en pleurant de joie. »)

— Ange de pureté! entre nous, n'est-ce pas?... l'argent ne sera jamais rien [a]. Le sentiment, qui en fait quelque chose, sera tout désormais [b].

— Vous ressemblez à votre mère. Avait-elle la voix aussi douce que [c] la vôtre?

— Oh! bien plus douce...

— Oui, pour vous, dit-elle en abaissant ses paupières. Allons, Charles, couchez-vous, je le veux [d], vous êtes fatigué. A demain.

Elle dégagea doucement sa main d'entre celles de son cousin, qui la reconduisit en l'éclairant. Quand ils furent tous deux sur le seuil de la porte [e] :

— Ah! pourquoi suis-je ruiné? dit-il.

— Bah! mon père est riche, je le crois, répondit-elle.

— Pauvre enfant, reprit Charles en avançant un pied dans la chambre et s'appuyant le dos au mur [f], il n'aurait pas laissé mourir le mien, il ne vous laisserait pas dans ce dénûment, enfin, il vivrait autrement.

— Mais il a Froidfond.

— Et que vaut Froidfond?

— Je ne sais pas; mais il a Noyers.

— Quelque mauvaise ferme!

— Il a des vignes et des prés...

— Des misères, dit Charles d'un air dédaigneux. Si votre père avait seulement vingt-quatre mille livres de rente, habiteriez-vous cette chambre froide et nue? ajouta-t-il en avançant le pied gauche. — Là seront donc mes trésors, dit-il en montrant le vieux bahut pour voiler sa pensée [g].

— Allez dormir, dit-elle en l'empêchant d'entrer dans une chambre en désordre.

Charles se retira, et ils se dirent bonsoir par un mutuel sourire.

Tous deux ils [h] s'endormirent dans le même rêve, et Charles commença dès lors à jeter quelques roses sur son deuil [i]. Le lendemain matin, madame Grandet trouva sa fille se promenant, avant le déjeuner, en compagnie de Charles. Le jeune homme était encore triste comme devait l'être un malheureux descendu, pour ainsi dire, au fond de ses chagrins, et qui, en mesurant la profondeur de l'abîme où il était tombé, avait senti tout le poids de sa vie future [a].

— Mon père ne reviendra que pour le dîner, dit Eugénie en voyant l'inquiétude peinte sur le visage de sa mère [b].

Il était facile de voir dans les manières, sur la figure d'Eugénie et dans la singulière douceur que contracta sa voix, une conformité de pensée entre elle et son cousin. Leurs âmes s'étaient ardemment épousées avant peut-être même d'avoir bien éprouvé la force des sentiments par lesquels ils s'unissaient l'un à l'autre. Charles resta dans la salle, et sa mélancolie y fut respectée. Chacune des trois femmes eut à s'occuper [c]. Grandet ayant oublié ses affaires, il vint un assez grand nombre de personnes. Le couvreur, le plombier, le maçon, les terrassiers, le charpentier, des closiers, des fermiers, les uns pour conclure des marchés relatifs à des réparations, les autres pour payer des fermages ou recevoir de l'argent. Madame Grandet et Eugénie furent donc obligées d'aller et de venir, de répondre aux interminables discours des ouvriers et des gens de la campagne. Nanon encaissait les redevances dans sa cuisine. Elle attendait toujours les ordres de son maître pour savoir ce qui devait être gardé pour la maison ou vendu au marché. L'habitude du bonhomme était, comme celle d'un grand nombre de gentilshommes campagnards, de boire son mauvais vin et de manger ses fruits gâtés [d]. Vers cinq heures du soir, Grandet revint d'Angers, ayant eu quatorze mille [e] francs de son or, et tenant dans son portefeuille des bons royaux qui lui portaient intérêt jusqu'au jour où il aurait à payer ses rentes. Il avait laissé Cornoiller à Angers, pour y soigner les chevaux à demi fourbus, et les ramener lentement après les avoir bien fait reposer.

— Je reviens d'Angers, ma femme, dit-il. J'ai faim.

Nanon lui cria de la cuisine :

— Est-ce que vous n'avez rien mangé depuis hier?

— Rien, répondit le bonhomme [a].

Nanon apporta la soupe. Des Grassins vint prendre les ordres de son client [b] au moment où la famille était à table. Le père Grandet [c] n'avait seulement pas vu son neveu.

— Mangez tranquillement, Grandet, dit le banquier. Nous causerons. Savez-vous ce que vaut l'or à Angers, où l'on en est venu chercher pour Nantes [d]? Je vais en envoyer.

— N'en envoyez pas, répondit le bonhomme, il y en a déjà suffisamment [e]. Nous sommes trop bons amis pour que je ne vous évite pas une perte de temps.

— Mais l'or y vaut treize francs cinquante [f] centimes.

— Dites donc valait.

— D'où diable [g] en serait-il venu?

— Je suis allé cette nuit à Angers, lui répondit Grandet à voix basse [h].

Le banquier tressaillit de surprise. Puis une conversation s'établit entre eux d'oreille à oreille, pendant laquelle des Grassins et Grandet regardèrent Charles à plusieurs reprises. Au moment où sans doute l'ancien tonnelier dit au banquier de lui acheter cent mille livres [i] de rente, des Grassins laissa derechef échapper un geste d'étonnement.

— Monsieur Grandet, dit-il à Charles, je pars pour Paris; et, si vous aviez des commissions à me donner...

— Aucune, monsieur. Je vous remercie, répondit Charles.

— Remerciez-le mieux que ça, mon neveu. Monsieur

va pour arranger les affaires de la maison Guillaume Grandet.

— Y aurait-il donc quelque espoir? demanda Charles.

— Mais, s'écria le tonnelier avec un orgueil bien joué, n'êtes-vous pas mon neveu? votre honneur est le nôtre. Ne vous nommez-vous pas Grandet [a]?

Charles se leva, saisit le père Grandet, l'embrassa, pâlit et sortit. Eugénie contemplait son père avec admiration.

— Allons, adieu, mon bon [b] des Grassins, tout à vous, et emboisez-moi [1] bien ces gens-là! Les deux diplomates se donnèrent une poignée de main, l'ancien tonnelier reconduisit le banquier jusqu'à la porte; puis, après l'avoir fermée, il revint et dit [c] à Nanon en se plongeant dans son fauteuil [d] : « Donne-moi du cassis? » Mais trop ému pour rester en place, il se leva, regarda le portrait de monsieur de La Bertellière et se mit à chanter, en faisant ce que Nanon appelait des pas de danse [e] :

Dans les gardes françaises
J'avais un bon papa [2].

Nanon, madame Grandet, Eugénie s'examinèrent mutuellement et en silence. La joie du vigneron les épouvantait toujours quand elle arrivait à son apogée [f]. La soirée fut bientôt finie. D'abord le père Grandet voulut [g] se coucher de bonne heure; et, lorsqu'il se couchait, chez lui tout devait dormir, de même que,

1. Emboiser : « Engager quelqu'un par de petites flatteries, par des cajoleries et par des promesses, à faire ce que l'on souhaite de lui » (*Acad.* 1835).

2. Grandet improvise une variation de circonstance sur les paroles d'une chanson du XVIIIe siècle attribuée à Vadé : « Dans les gardes françaises / J'avais un amoureux... » (*Le Chansonnier français*, tome VI, 1760.) On se souvient (voir p. 28) que M. de la Bertellière est représenté sur le portrait « en lieutenant des gardes françaises ».

quand Auguste buvait, la Pologne était ivre [1]. Puis Nanon, Charles et Eugénie n'étaient pas moins las que le maître. Quant à madame Grandet, elle dormait, mangeait, buvait, marchait suivant les désirs de son mari. Néanmoins, pendant les deux heures accordées à la digestion, le tonnelier, plus facétieux qu'il ne l'avait jamais été, dit beaucoup de ses apophthegmes particuliers, dont un seul donnera la mesure de son esprit. Quand il eut avalé son cassis, il regarda le verre.

— On n'a pas plus tôt mis les lèvres à un verre qu'il est déjà vide! Voilà notre histoire. On ne peut pas être et avoir été. Les écus ne peuvent pas rouler et rester [a] dans votre bourse, autrement la vie serait trop belle.

Il fut jovial et clément. Lorsque Nanon vint avec son rouet : « Tu dois être lasse, lui dit-il. Laisse ton chanvre. »

— Ah! ben!... quien [b], je m'ennuierais, répondit la servante.

— Pauvre Nanon! Veux-tu du cassis?

— Ah! pour du cassis, je ne dis pas non; madame le fait ben mieux [c] que les apothicaires. Celui qu'il vendent est de la drogue [2] [d].

— Ils y mettent trop de sucre, ça ne sent plus rien, dit le bonhomme.

Le lendemain, la famille, réunie à huit heures pour le déjeuner, offrit le tableau de la première scène d'une

---

1. C'est un vers du roi Frédéric II de Prusse concernant le roi de Pologne Frédéric-Auguste III (1696-1763). Voltaire le cite dans son *Épître à l'Impératrice de Russie Catherine II*.

2. Balzac note encore ailleurs que le cassis mal fabriqué peut évoquer un produit pharmaceutique : selon Bianchon, celui de Mme Vauquer « purge comme de la manne » (*Le Père Goriot,* p. 202). Mais ici l'observation de Nanon permet au romancier d'amener une réplique de Grandet où se peint le personnage (voir ci-dessus, p. 87 : « L'obligation de le ménager [le sucre], prise sous l'Empire, était devenue la plus indélébile de ses habitudes »).

intimité bien réelle. Le malheur avait promptement mis en rapport madame Grandet, Eugénie et Charles; Nanon elle-même sympathisait avec eux sans le savoir. Tous quatre commencèrent à faire [a] une même famille. Quant au vieux vigneron, son avarice satisfaite, et la certitude de voir bientôt partir le mirliflor sans avoir à lui payer autre chose que son voyage à Nantes, le rendirent presque indifférent à sa présence au logis. Il laissa les deux enfants, ainsi qu'il nomma Charles et Eugénie, libres de se comporter comme bon leur semblerait sous l'œil de madame Grandet, en laquelle [b] il avait d'ailleurs une entière confiance en ce qui concernait la morale publique et religieuse. L'alignement de ses prés et des fossés jouxtant la route, ses plantations de peupliers en Loire et les travaux d'hiver dans ses clos et à Froidfond l'occupèrent exclusivement. Dès lors commença pour Eugénie le primevère [1] [c] de l'amour. Depuis la scène de nuit pendant laquelle la cousine donna son trésor au cousin, son cœur avait suivi le trésor. Complices tous deux du même secret, ils se regardaient en s'exprimant une mutuelle intelligence, qui approfondissait leurs sentiments et les leur rendait mieux communs, plus intimes, en les mettant, pour ainsi dire, tous deux en dehors de la vie ordinaire [d]. La parenté n'autorisait-elle pas une certaine douceur dans l'accent, une tendresse dans les regards : aussi Eugénie se plut-elle à endormir les souffrances de son cousin dans les joies enfantines d'un naissant amour. N'y a-t-il pas de gracieuses similitudes entre les commencements de l'amour et ceux de la vie? Ne berce-t-on pas l'enfant par de doux chants et de gentils regards [e]? Ne lui dit-on pas de merveilleuses histoires qui lui dorent l'avenir? Pour

---

1. Dès 1835, le Dictionnaire de l'Académie note comme vieux le mot « primevère » dans le sens de « printemps ».

lui l'espérance ne déploie-t-elle pas incessamment ses ailes radieuses? Ne verse-t-il pas tour à tour des larmes de joie et de douleur? Ne se querelle-t-il pas pour des riens, pour des cailloux avec lesquels il essaie de se bâtir un mobile palais [a], pour des bouquets aussitôt oubliés que coupés? N'est-il pas avide de saisir le temps, d'avancer dans la vie? L'amour est notre seconde transformation. L'enfance et l'amour furent même chose entre Eugénie et Charles : ce fut la passion première avec tous ses enfantillages, d'autant plus caressants pour leurs cœurs qu'ils étaient enveloppés de mélancolie. En se débattant à sa naissance sous les crêpes du deuil, cet amour n'en était d'ailleurs que mieux en harmonie avec la simplicité provinciale de cette maison en ruines. En échangeant quelques mots avec sa cousine au bord du puits, dans cette cour muette; en restant dans ce jardinet, assis sur un banc moussu jusqu'à l'heure où le soleil se couchait, occupés à se dire de grands riens ou recueillis dans le calme [b] qui régnait entre le rempart et la maison, comme on l'est sous les arcades d'une église, Charles comprit la sainteté de l'amour; car sa grande dame, sa chère Annette, ne lui en avait fait connaître [c] que les troubles orageux. Il quittait en ce moment la passion parisienne, coquette, vaniteuse, éclatante, pour l'amour pur et vrai. Il aimait cette maison dont les mœurs ne lui semblèrent plus si ridicules [d]. Il descendait dès le matin, afin de pouvoir causer avec Eugénie quelques moments avant que Grandet ne vînt donner les provisions; et, quand les pas du bonhomme retentissaient dans les escaliers, il se sauvait au jardin. La petite criminalité de ce rendez-vous matinal, secret même pour la mère d'Eugénie, et que Nanon faisait semblant de ne pas apercevoir [e], imprimait à l'amour le plus innocent du monde la vivacité des plaisirs défendus. Puis, quand, après le déjeuner, le père Grandet était parti pour aller voir ses propriétés et ses exploitations, Charles demeurait entre la mère et la fille, éprouvant des délices inconnues à leur prêter les mains pour dévider du fil, à les voir travaillant, à les entendre jaser [a]. La simplicité de cette vie presque monastique, qui lui révéla les beautés de ces âmes auxquelles le monde était inconnu, le toucha vivement [1]. Il avait cru ces mœurs impossibles en France, et n'avait admis [b] leur existence qu'en Allemagne, encore n'était-ce que fabuleusement et dans les romans d'Auguste Lafontaine [2]. Bientôt pour lui Eugénie fut l'idéal de la Marguerite de Gœthe [c], moins la faute. Enfin de jour en jour ses regards, ses paroles ravirent la pauvre fille, qui s'abandonna délicieusement au courant de l'amour; elle saisissait sa félicité comme un nageur saisit la branche de saule pour se tirer du fleuve et [d] se reposer sur la rive [3]. Les chagrins d'une prochaine absence n'attristaient-ils pas déjà les heures les plus joyeuses de ces fuyardes [e] journées? Chaque jour un petit événement leur rappelait la prochaine séparation. Ainsi, trois jours après le départ de des

---

1. Corrompu, lui aussi, par la vie parisienne, le jeune Bénassis a, comme Charles, été conquis, auprès d'Evelina, par la calme monotonie de la province, par « la simplicité de la vie, la répétition presque monastique des mêmes actes, accomplis aux mêmes heures », qui donnent « plus de force à l'amour » (*Le Médecin de campagne,* p. 220).

2. Balzac évoquera encore dans *Le Cousin Pons* « la bonhomie des romans d'Auguste Lafontaine de pacifique mémoire », « de pudique mémoire » (pp. 58 et 89). De nombreuses œuvres de ce fécond romancier allemand (1798-1831), qui descendait d'une famille protestante française, avaient été traduites et répandues en France sous l'Empire et la Restauration.

3. Balzac aime cette comparaison, dont il s'est déjà servi, avec une intention différente, dans la préface de la première édition des *Scènes de la vie privée* (éd. Garnier de *La Maison du Chat-qui-pelote,* p. 308). Il vient de la reprendre dans *Le Médecin de campagne* (p. 226) : « un dernier espoir, faible comme la branche de saule à laquelle s'attache un malheureux quand il se noie ».

Grassins, Charles fut emmené par Grandet au Tribunal de Première Instance avec la solennité que les gens de province attachent à de tels actes, pour y signer une renonciation à la succession de son père. Répudiation terrible! espèce d'apostasie domestique. Il alla chez maître Cruchot faire faire deux procurations, l'une pour des Grassins, l'autre pour l'ami chargé de vendre son mobilier. Puis il fallut remplir les formalités nécessaires pour obtenir un passeport à l'étranger [a]. Enfin, quand arrivèrent les simples vêtements de deuil que Charles avait demandés à Paris, il fit venir un tailleur de Saumur et lui vendit sa garde-robe inutile. Cet acte plut [b] singulièrement à Grandet.

— Ah! vous voilà comme un homme qui doit s'embarquer et qui veut faire fortune, lui dit-il en le voyant vêtu d'une redingote de gros drap noir. Bien, très bien [c]!

— Je vous prie de croire, monsieur, lui répondit Charles, que je saurai bien avoir l'esprit de ma situation.

— Qu'est-ce que c'est que cela? dit le bonhomme dont les yeux s'animèrent à la vue d'une poignée d'or que lui montra Charles.

— Monsieur, j'ai réuni mes boutons, mes anneaux, toutes les superfluités que je possède et qui pouvaient avoir quelque valeur; mais, ne connaissant personne à Saumur, je voulais vous prier ce matin de...

— De vous acheter cela? dit Grandet en l'interrompant [d].

— Non, mon oncle, de m'indiquer un honnête homme qui...

— Donnez-moi cela, mon neveu; j'irai vous estimer cela là-haut, et je reviendrai vous dire ce que cela vaut, à un centime près. Or de bijou, dit-il en examinant une longue chaîne [e], dix-huit à dix-neuf carats [f].

Le bonhomme tendit sa large main et emporta la masse d'or [g].

— Ma cousine, dit Charles, permettez-moi de vous offrir ces deux boutons, qui pourront vous servir à attacher des rubans à vos poignets. Cela fait un bracelet fort à la mode en ce moment.

— J'accepte sans hésiter, mon cousin, dit-elle en lui jetant un regard d'intelligence [a].

— Ma tante, voici le dé de ma mère, je le gardais précieusement [b] dans ma toilette de voyage, dit Charles en présentant un joli dé d'or à madame Grandet, qui depuis dix ans en désirait un.

— Il n'y a pas [c] de remercîments possibles, mon neveu, dit la vieille mère, dont les yeux se mouillèrent de larmes. Soir et matin dans mes prières j'ajouterai la plus pressante de toutes pour vous, en disant celle des voyageurs. Si je mourais, Eugénie vous conserverait ce bijou.

— Cela vaut neuf cent quatre-vingt-neuf francs soixante-quinze centimes [d], mon neveu, dit Grandet en ouvrant la porte. Mais, pour vous éviter la peine de vendre cela, je vous en compterai l'argent... en livres.

Le mot en livres signifie sur le littoral de la Loire que les écus de six livres doivent être acceptés pour six francs sans déduction [1] [e].

— Je n'osais vous le proposer, répondit Charles; mais il me répugnait de brocanter mes bijoux dans la ville que vous habitez. Il faut laver son linge sale en famille, disait Napoléon [2]. Je vous remercie donc de

---

1. En 1810, une ordonnance avait fixé théoriquement à 5 fr 80 la valeur de l'écu de six livres hérité de l'Ancien Régime. Dans l'usage, cependant, l'équivalence entre *livre* et *franc* s'imposa, si bien que les deux mots furent employés l'un pour l'autre. Un homme d'affaires avisé comme Grandet sait se réclamer de cet usage, lorsqu'il y trouve un intérêt.

2. Peut-être Balzac se souvient-il d'une allusion à ce « mot de Napoléon à Lainé sur les lessives de famille » qui se trouve dans une lettre reçue d'Amédée Pichot (*Corr.* Pierrot I, 644). Mais cette pitto-

votre complaisance. Grandet se gratta l'oreille, et il y eut un moment de silence. — Mon cher oncle, reprit Charles en le regardant d'un air inquiet, comme s'il eût craint de blesser sa susceptibilité, ma cousine et ma tante ont bien voulu accepter un faible souvenir de moi; veuillez à votre tour agréer des boutons de manche qui me deviennent inutiles [a] : ils vous rappelleront un pauvre garçon qui, loin de vous, pensera certes à ceux qui désormais seront toute sa famille [b].

— Mon garçon! mon garçon, faut pas te dénuer comme ça... Qu'as-tu donc, ma femme? dit-il en se tournant avec avidité vers elle [c], ah! un dé en or. Et toi, fifille, tiens, des agrafes de diamants. Allons, je prends tes boutons, mon garçon, reprit-il en serrant la main de Charles [d]. Mais... tu me permettras de... te payer... ton, oui... ton passage aux Indes. Oui, je veux te payer ton passage. D'autant, vois-tu, garçon, qu'en estimant tes bijoux, je n'en ai compté que l'or brut [e], il y a peut-être quelque chose à gagner sur les façons. Ainsi, voilà qui est dit. Je te donnerai quinze cents francs [f]... en livres, que Cruchot me prêtera; car je n'ai pas un rouge liard ici, à moins que Perrottet, qui est en retard de son fermage, ne me le paie. Tiens, tiens, je vais l'aller voir.

Il prit son chapeau, mit ses gants et sortit.

— Vous vous en irez donc, dit Eugénie en lui jetant un regard de tristesse mêlée d'admiration.

— Il le faut, dit-il en baissant la tête.

Depuis quelques jours, le maintien, les manières, les paroles de Charles étaient devenus ceux d'un homme profondément affligé, mais qui, sentant peser sur lui d'immenses obligations, puise un nouveau courage

---

resque formule était déjà passée dans le fonds commun des proverbes. M. Pierrot signale que Napoléon n'en était d'ailleurs pas le créateur et qu'on la rencontre dans les *Mémoires* de Casanova.

dans son malheur. Il ne soupirait plus, il s'était fait homme. Aussi jamais Eugénie ne présuma-t-elle mieux du caractère [a] de son cousin qu'en le voyant descendre dans ses habits de gros drap noir [b], qui allaient bien à sa figure pâlie et à sa sombre contenance. Ce jour-là le deuil fut pris par les deux femmes, qui assistèrent avec Charles à un *Requiem* célébré à la paroisse pour l'âme de feu Guillaume Grandet.

Au second déjeuner, Charles reçut des lettres de Paris, et les lut.

— Hé bien! mon cousin, êtes-vous content de vos affaires? dit Eugénie à voix basse.

— Ne fais [c] donc jamais de ces questions-là, ma fille, répondit Grandet. Que diable, je ne te dis pas les miennes, pourquoi fourres-tu le nez dans celles de ton cousin? Laisse-le donc, ce garçon.

— Oh! je n'ai point de secrets, dit Charles.

— Ta, ta, ta, mon neveu, tu sauras qu'il faut tenir sa langue en bride [d] dans le commerce.

Quand les deux amants furent seuls dans le jardin, Charles dit à Eugénie en l'attirant sur le vieux banc où ils s'assirent sous le noyer : « J'avais bien présumé d'Alphonse, il s'est conduit à merveille. Il a fait mes affaires avec prudence et loyauté. Je ne dois rien à Paris, tous mes meubles sont bien vendus, et il m'annonce avoir, d'après les conseils d'un capitaine au long cours, employé trois mille francs qui lui restaient en une pacotille composée de curiosités européennes, desquelles [e] on tire un excellent parti aux Indes. Il a dirigé mes colis sur Nantes, où se trouve un navire en charge pour Java. Dans cinq jours, Eugénie, il faudra nous dire adieu pour toujours peut-être, mais au moins pour longtemps. Ma pacotille et dix mille francs que m'envoient deux de mes amis [f] sont un bien petit commencement. Je ne puis songer à mon retour avant plusieurs années [g]. Ma chère cousine, ne mettez pas en balance ma vie et la vôtre, je puis périr, peut-être se présentera-t-il pour vous un riche établissement...

— Vous m'aimez?... dit-elle.

— Oh! oui, bien, répondit-il avec une profondeur d'accent qui révélait une égale profondeur dans le sentiment [a].

— J'attendrai, Charles. Dieu! mon père est à sa fenêtre, dit-elle en repoussant son cousin, qui s'approchait pour l'embrasser [b].

Elle se sauva sous la voûte, Charles l'y suivit; en le voyant, elle se retira au pied de l'escalier et ouvrit la porte battante; puis, sans trop savoir où elle allait, Eugénie se trouva [c] près du bouge de Nanon, à l'endroit le moins clair du couloir; là Charles, qui l'avait accompagnée, lui prit la main, l'attira sur son cœur, la saisit par la taille, et l'appuya doucement sur lui. Eugénie ne résista plus; elle reçut [d] et donna le plus pur, le plus suave, mais aussi le plus entier de tous les baisers.

— Chère Eugénie, un cousin est mieux qu'un frère, il peut t'épouser [e], lui dit Charles.

— Ainsi soit-il! cria Nanon en ouvrant la porte de son taudis.

Les deux amants, effrayés, se sauvèrent dans la salle, où Eugénie reprit son ouvrage, et où Charles se mit à lire les litanies de la Vierge dans le paroissien de madame Grandet.

— Quien! dit Nanon, nous faisons tous nos prières.

Dès que Charles eut annoncé [f] son départ, Grandet se mit en mouvement pour faire croire qu'il lui portait beaucoup d'intérêt [g]; il se montra libéral de tout ce qui ne coûtait rien, s'occupa de lui trouver un emballeur, et dit que cet homme prétendait vendre ses caisses trop cher; il voulut alors à toute force les faire lui-même, et y employa de vieilles planches [h];

il se leva dès le matin pour raboter, ajuster, planer, clouer ses voliges et en confectionner [a] de très belles caisses, dans lesquelles il emballa tous les effets de Charles [b]; il se chargea de les faire descendre par bateau sur la Loire, de les assurer, et de les expédier en temps utile à Nantes [c].

Depuis le baiser pris dans le couloir, les heures s'enfuyaient pour Eugénie avec une effrayante rapidité. Parfois elle voulait suivre son cousin. Celui qui a connu la plus attachante des passions, celle dont la durée est chaque jour abrégée par l'âge, par le temps, par une maladie mortelle, par quelques-unes des fatalités humaines, celui-là comprendra [d] les tourments d'Eugénie. Elle pleurait souvent [e] en se promenant dans ce jardin, maintenant trop étroit pour elle, ainsi que la cour, la maison, la ville : elle s'élançait par avance sur la vaste étendue des mers [f]. Enfin la veille du départ arriva. Le matin, en l'absence de Grandet et de Nanon, le précieux coffret où se trouvaient les deux portraits fut solennellement installé dans le seul tiroir du bahut qui fermait à clef, et où était la bourse maintenant vide. Le dépôt de ce trésor n'alla pas sans bon nombre de baisers et de larmes. Quand Eugénie mit la clef dans son sein, elle n'eut pas le courage de défendre à Charles d'y baiser [g] la place.

— Elle ne sortira pas de là [h], mon ami.

— Eh bien! mon cœur [i] y sera toujours aussi.

— Ah! Charles, ce n'est pas bien, dit-elle d'un accent peu grondeur.

— Ne sommes-nous pas mariés? répondit-il; j'ai ta parole, prends la mienne.

— A toi, pour jamais [j]! fut dit deux fois de part et d'autre.

Aucune promesse faite sur cette terre ne fut plus pure : la candeur d'Eugénie avait momentanément [k] sanctifié l'amour de Charles. Le lendemain matin le déjeuner fut triste. Malgré la robe d'or et une croix à la Jeannette [1] que lui donna Charles, Nanon elle-même, libre d'exprimer ses sentiments [a], eut la larme à l'œil.

— Ce pauvre mignon monsieur, qui s'en va sur mer. Que Dieu le conduise.

A dix heures et demie, la famille se mit en route pour accompagner Charles à la diligence de Nantes. Nanon avait lâché le chien, fermé la porte, et voulut porter le sac de nuit de Charles. Tous les marchands de la vieille rue étaient sur le seuil de leurs boutiques pour voir passer ce cortège, auquel se joignit sur la place maître Cruchot.

— Ne va pas pleurer, Eugénie, lui dit sa mère.

— Mon neveu, dit Grandet sous la porte de l'auberge, en embrassant Charles sur les deux joues, partez pauvre, revenez riche, vous trouverez l'honneur de votre père sauf. Je vous en réponds, moi, Grandet; car, alors, il ne tiendra qu'à vous de [b]...

— Ah! mon oncle, vous adoucissez l'amertume de mon départ. N'est-ce pas le plus beau présent que vous puissiez me faire?

Ne comprenant pas les paroles du vieux tonnelier, qu'il avait interrompu [c], Charles répandit sur le visage tanné de son oncle [d] des larmes de reconnaissance, tandis qu'Eugénie serrait de toutes ses forces la main de son cousin et celle de son père [e]. Le notaire seul souriait en admirant la finesse de Grandet, car lui seul avait bien compris le bonhomme [f]. Les quatre Saumurois, environnés de plusieurs personnes, restèrent devant la voiture jusqu'à ce qu'elle partît; puis, quand elle disparut sur le pont et ne retentit plus que dans

---

1. « Croix suspendue au cou avec un étroit ruban de velours que les dames ont portée à l'imitation des paysannes. » (Littré.)

le lointain [a] : « Bon voyage ! » dit le vigneron. Heureusement maître Cruchot fut le seul qui entendit cette exclamation. Eugénie et sa mère étaient allées à un endroit du quai d'où elles pouvaient encore voir la diligence, et agitaient [b] leurs mouchoirs blancs, signe auquel répondit Charles en déployant le sien.

— Ma mère, je voudrais avoir pour un moment la puissance de Dieu [1], dit Eugénie au moment où elle ne vit plus le mouchoir de Charles [c].

Pour ne point interrompre le cours des événements qui se passèrent au sein de la famille Grandet [d], il est nécessaire de jeter par anticipation un coup d'œil sur les opérations que le bonhomme [e] fit à Paris par l'entremise de des Grassins. Un mois après le départ du banquier, Grandet possédait une inscription de cent mille [f] livres de rente achetée à quatre-vingts francs net [2]. Les renseignements donnés à sa mort par son inventaire n'ont jamais fourni la moindre lumière sur les moyens que sa défiance lui suggéra pour échanger le prix de l'inscription contre l'inscription elle-même. Maître Cruchot pensa que Nanon fut, à son insu, l'instrument fidèle du transport des fonds. Vers cette époque, la servante fit une absence de cinq jours, sous prétexte d'aller ranger quelque chose [g] à Froidfond, comme si le bonhomme était capable de laisser traîner quelque chose. En ce qui concerne les affaires de la maison Guillaume Grandet, toutes les prévisions du tonnelier se réalisèrent.

A la Banque de France se trouvent, comme chacun

---

1. Cette formule, qui exprime l'élan de l'amour chez une créature angélique, sera placée encore dans la bouche de Mme Claës : « ... je voudrais avoir la puissance de Dieu, pour mettre à tes pieds tout l'or de la terre » (*Pl.* IX, 517).

2. Grandet a donc finalement investi un million six cent mille francs, beaucoup plus qu'il n'avait envisagé lors de ses premiers calculs, puisqu'il pensait pouvoir constituer « une masse de neuf cent mille francs » (p. 117).

B. N. Estampes

Cl. B. N.

UNE CROIX A LA JEANNETTE

(*La Toilette du Dimanche*, lithographie de Germain, vers 1840)

« ... *une croix à la Jeannette que lui donna Charles...* » (P. 177)

sait, les renseignements les plus exacts sur les grandes fortunes de Paris et des départements. Les noms de des Grassins et de Félix Grandet de Saumur y étaient connus et y jouissaient de l'estime accordée aux célébrités financières qui s'appuient sur d'immenses propriétés territoriales libres d'hypothèques. L'arrivée du banquier de Saumur, chargé, disait-on, de liquider par honneur la maison Grandet de Paris, suffit donc pour éviter à l'ombre du négociant la honte des protêts. La levée des scellés se fit en présence des créanciers, et le notaire de la famille se mit à procéder régulièrement à l'inventaire de la succession. Bientôt des Grassins réunit les créanciers, qui, d'une voix unanime, élurent pour liquidateurs le banquier de Saumur, conjointement avec François Keller [1] [a], chef d'une riche maison, l'un des principaux intéressés, et leur confièrent tous les pouvoirs nécessaires pour sauver à la fois l'honneur de la famille et les créances. Le crédit du Grandet de Saumur, l'espérance qu'il répandit au cœur des créanciers par l'organe de des Grassins, facilitèrent [b] les transactions; il ne se rencontra pas un seul récalcitrant parmi les créanciers. Personne ne pensait à passer sa créance au compte de Profits et Pertes, et chacun se disait : « Grandet de Saumur paiera! » Six mois s'écoulèrent. Les Parisiens avaient remboursé les effets en circulation et les conservaient au fond de leurs portefeuilles. Premier résultat que voulait obtenir le tonnelier. Neuf mois après la première assemblée [c], les deux liquidateurs distribuèrent quarante-sept pour cent [d] à chaque créancier. Cette somme fut produite par la vente [e] des valeurs, possessions, biens et choses généralement quelconques appartenant à feu Guillaume Grandet, et qui fut faite avec

1. François Keller est l'aîné de trois frères et dirige sa banque avec son cadet Adolphe (voir *César Birotteau*, *Pl.* v, 494-495).

une fidélité scrupuleuse [a]. La plus exacte probité présidait à cette liquidation. Les créanciers se plurent à reconnaître l'admirable et incontestable honneur des Grandet. Quand ces louanges eurent circulé convenablement, les créanciers demandèrent le reste de leur argent. Il leur fallut écrire une lettre collective à Grandet.

— Nous y voilà, dit l'ancien tonnelier en jetant la lettre au feu; patience, mes petits amis.

En réponse aux propositions contenues dans cette lettre, Grandet de Saumur demanda le dépôt chez un notaire de tous les titres de créance existants contre la succession de son frère, en les accompagnant d'une quittance des payements déjà faits, sous prétexte d'apurer les comptes, et de correctement établir l'état de la succession. Ce dépôt souleva mille difficultés. Généralement, le créancier est une sorte de maniaque. Aujourd'hui prêt à conclure, demain il veut tout mettre à feu et à sang; plus tard il se fait ultra-débonnaire. Aujourd'hui sa femme est de bonne humeur, son petit dernier a fait ses dents, tout va bien au logis, il ne veut pas perdre un sou; demain il pleut, il ne peut pas sortir, il est mélancolique, il dit oui à toutes les propositions qui peuvent terminer une affaire; le surlendemain il lui faut des garanties, à la fin du mois il prétend vous exécuter, le bourreau! Le créancier ressemble à ce moineau franc à la queue duquel on engage les petits enfants à tâcher de poser un grain de sel; mais le créancier rétorque cette image contre sa créance, de laquelle il ne peut rien saisir. Grandet avait observé les variations atmosphériques des créanciers, et ceux de son frère obéirent à tous ses calculs. Les uns se fâchèrent et se refusèrent *net* au dépôt. — Bon! ça va bien, disait Grandet en se frottant les mains à la lecture des lettres que lui écrivait à ce sujet des Grassins. Quelques autres ne consentirent audit dépôt que sous la condition de faire bien constater leurs droits, ne renoncer à aucun, et se réserver même celui de faire déclarer la faillite. Nouvelle correspondance, après laquelle Grandet de Saumur consentit à toutes les réserves demandées. Moyennant cette concession, les créanciers bénins firent entendre raison aux créanciers durs. Le dépôt eut lieu, non sans quelques plaintes. — Ce bonhomme, dit-on à des Grassins, se moque de vous et de nous. Vingt-trois mois après la mort de Guillaume Grandet, beaucoup de commerçants [a], entraînés par le mouvement des affaires de Paris, avaient oublié leurs recouvrements Grandet, ou n'y pensaient que pour se dire : « Je commence à croire que les quarante-sept pour cent [b] sont tout ce que je tirerai de cela ». Le tonnelier avait calculé sur la puissance du temps, qui, disait-il, est un bon diable [c]. A la fin de la troisième année, des Grassins écrivit à Grandet que, moyennant dix pour cent des deux millions quatre cent mille francs restant dus par la maison Grandet [1], il avait amené les créanciers à lui rendre leurs titres [d]. Grandet répondit que le notaire et l'agent de change dont les épouvantables faillites avaient causé la mort de son frère vivaient, *eux !* pouvaient être [e] devenus bons, et qu'il fallait les actionner afin d'en tirer quelque chose et diminuer le chiffre [f] du déficit. A la fin de la quatrième année, le déficit fut bien et dûment arrêté à la somme de douze cent mille francs [g]. Il y eut des pourparlers qui durèrent six mois entre les liquidateurs et les créanciers, entre Grandet et les liquidateurs. Bref, vivement pressé de s'exécuter [h], Grandet de Saumur répondit aux deux liquidateurs, vers le neuvième mois

---

1. Guillaume Grandet devait quatre millions (p. 63) et ses créanciers ont touché quarante-sept pour cent. Le reliquat de la dette doit s'élever à deux millions cent vingt mille francs, mais sans doute faut-il faire entrer en compte les intérêts de trois années.

de cette année, que son neveu, qui avait fait fortune aux Indes, lui avait manifesté l'intention de payer intégralement les dettes de son père; il ne pouvait pas prendre sur lui de les solder frauduleusement sans l'avoir consulté; il attendait une réponse. Les créanciers, vers le milieu de la cinquième année, étaient encore tenus en échec avec le mot *intégralement*, de temps en temps lâché [a] par le sublime tonnelier, qui riait dans sa barbe, et ne disait jamais, sans laisser échapper un fin sourire et un juron, le mot : « Ces PARISIENS ! » Mais les créanciers furent réservés à un sort inouï dans les fastes du commerce. Ils se retrouveront dans la position où les avait maintenus Grandet au moment où les événements de cette histoire les obligeront à y reparaître [1]. Quand les rentes atteignirent à 115 [b], le père Grandet vendit, retira de Paris environ deux millions quatre cent mille francs [c] en or, qui rejoignirent dans ses barillets les six cent mille francs [d] d'intérêts composés que lui avaient donnés ses inscriptions [2]. Des Grassins demeurait à Paris. Voici pourquoi. D'abord il fut

---

1. Balzac, initié notamment par sa propre aventure d'homme d'affaires au mécanisme des liquidations, a conduit toute cette analyse avec beaucoup de clarté. L'affaire de *La Chronique de Paris* (1836), puis la faillite Werdet (1837), lui donneront l'occasion, à ses dépens encore, d'étendre son expérience, dont il nourrira *César Birotteau*. M. Donnard rapproche à juste titre les deux épisodes romanesques (*op. cit.*, p. 288), entre lesquels existe d'ailleurs un lien puisque le notaire Roguin est à l'origine de la faillite Birotteau comme de la liquidation Grandet.

2. Il a fallu environ quatre ans et demi pour que la somme d'un million six cent mille francs, investie au cours de 80, en rente cinq pour cent, produise, pour un capital nominal de deux millions, six cent mille francs d'intérêts composés. Grandet vend donc vers la fin de 1824 : à cette époque, le cours moyen du titre dépassait légèrement le pair. Le cours de 115, qui n'a jamais été atteint sous la Restauration, doit pourtant être pris en considération pour la logique interne du roman. Grandet réalise une plus-value de sept cent vingt mille francs et peut donc retirer deux millions trois cent vingt mille francs.

nommé député; puis il s'amouracha, lui père de famille, mais ennuyé par l'ennuyeuse vie saumuroise, de Florine, une [a] des plus jolies actrices du théâtre de Madame [1], et il y eut recrudescence du quartier-maître chez le banquier. Il est inutile de parler de sa conduite; elle fut jugée à Saumur profondément immorale [b]. Sa femme se trouva très heureuse d'être séparée de biens et d'avoir assez de tête pour mener la maison de Saumur, dont les affaires se continuèrent sous son nom, afin de réparer les brèches faites à sa fortune par les folies de monsieur des Grassins [c]. Les Cruchotins empiraient si bien la situation fausse de la quasi-veuve, qu'elle maria fort mal sa fille, et dut renoncer à l'alliance d'Eugénie Grandet pour son fils. Adolphe rejoignit des Grassins à Paris, et y devint, dit-on, un fort mauvais sujet. Les Cruchot triomphèrent.

— Votre mari n'a pas de bon sens, disait Grandet en prêtant une somme à madame des Grassins, moyennant sûretés. Je vous plains beaucoup, vous êtes une bonne petite femme [d].

— Ah! monsieur, répondit la pauvre dame, qui pouvait croire que le jour où il partit de chez vous pour aller à Paris, il courait à sa ruine.

— Le ciel m'est témoin, madame, que j'ai tout fait jusqu'au dernier moment pour l'empêcher d'y aller. Monsieur le président voulait à toute force l'y remplacer; et, s'il tenait tant à s'y rendre, nous savons maintenant pourquoi.

Ainsi Grandet n'avait aucune obligation à des Grassins [e].

---

1. Le théâtre du Gymnase est devenu théâtre de Madame en 1824. Florine y est entrée après la dispersion, en 1823, de la troupe du Panorama-Dramatique, dont elle faisait partie (voir *Illusions perdues*).

CHAGRINS DE FAMILLE

En toute situation, les femmes ont [a] plus de causes de douleur que n'en a l'homme, et souffrent plus que lui. L'homme a sa force, et l'exercice de sa puissance : il agit, il va, il s'occupe, il pense, il embrasse l'avenir et y trouve des consolations [b]. Ainsi faisait Charles. Mais la femme demeure, elle reste face à face avec le chagrin dont rien ne la distrait, elle descend jusqu'au fond de l'abîme qu'il a ouvert [c], le mesure et souvent le comble de ses vœux et de ses larmes. Ainsi faisait Eugénie. Elle s'initiait à sa destinée. Sentir, aimer, souffrir, se dévouer, sera toujours le texte de la vie des femmes [d]. Eugénie devait être toute la femme, moins ce qui la console. Son bonheur, amassé comme les clous semés sur la muraille, suivant la sublime expression de Bossuet, ne devait pas un jour lui remplir le creux de la main [1] [e]. Les chagrins

---

1. « Le temps où j'ai eu quelque contentement, où j'ai acquis quelque honneur, mais combien ce temps est-il clarsemé dans ma vie? C'est comme les clous attachés à une longue muraille dans quelques distances; vous diriez que cela occupe bien de la place, amassez-les, il n'y en a pas pour remplir la main. » (Sermon *De la Brièveté de la vie.*) Balzac s'est déjà souvenu de ce texte dans la *Physiologie du mariage* (*Pl.* x, 769) : « Mais la plus grande erreur que puissent commettre les hommes est de croire que l'amour ne réside que dans ces moments fugitifs qui, selon la magnifique expression de Bossuet, ressemblent, dans notre vie, à des clous semés sur une muraille : ils paraissent nombreux à l'œil; mais qu'on les rassemble, ils tiendront dans la main ». Voir encore *Albert Savarus* (*Pl.* I, 801). Balzac pratique Bossuet de longue date et cite déjà son nom dans une lettre à Laure de novembre 1819 (*Corr.* Pierrot I, 66) : il travaillait alors à *Cromwell.*

ne se font jamais attendre, et pour elle ils arrivèrent bientôt. Le lendemain du départ de Charles, la maison Grandet reprit sa physionomie pour tout le monde, excepté pour Eugénie, qui la trouva tout à coup bien vide. A l'insu de son père, elle voulut que la chambre de Charles restât [a] dans l'état où il l'avait laissée. Madame Grandet et Nanon furent volontiers complices de ce *statu quo*.

— Qui sait s'il ne reviendra pas plus tôt que nous ne le croyons? dit-elle.

— Ah! je le voudrais voir ici, répondit Nanon. Je m'accoutumais ben à lui! C'était un ben doux, un ben parfait monsieur, quasiment joli, moutonné comme une fille [b]. Eugénie regarda Nanon. — Sainte Vierge, mademoiselle, vous avez les yeux à la perdition de votre âme! Ne regardez donc pas le monde comme ça [c].

Depuis ce jour, la beauté de mademoiselle Grandet prit un nouveau caractère. Les graves pensées d'amour par lesquelles son âme était lentement envahie [d], la dignité de la femme aimée donnèrent à ses traits cette espèce d'éclat que les peintres figurent par l'auréole. Avant la venue de son cousin, Eugénie pouvait être comparée à la Vierge avant la conception; quand il fut parti elle ressemblait à la Vierge mère : elle avait conçu l'amour. Ces deux Maries, si différentes et si bien représentées par quelques peintres espagnols [1] [e], constituent l'une des plus brillantes figures qui abondent dans le christianisme [f]. En revenant de la messe, où elle alla le lendemain du départ de

1. Balzac a évoqué dans *Les Marana* « la Vierge de l'Espagne, celle de Murillo, le seul artiste assez osé pour l'avoir peinte enivrée de bonheur par la conception du Christ » (*Pl.* IX, 800). Toutefois nous ne saurions préciser à quels tableaux il songeait en rédigeant ce passage d'*Eugénie Grandet,* puisque ces peintres étaient « italiens » dans l'édition originale et sans nationalité précisée dans le manuscrit.

Charles, et où elle avait fait vœu d'aller tous les jours [a], elle prit, chez le libraire de la ville, une mappemonde qu'elle cloua près de son miroir, afin de suivre son cousin dans sa route vers les Indes, afin de pouvoir se mettre un peu, soir et matin, dans le vaisseau qui l'y transportait, de le voir, de lui adresser mille questions [b], de lui dire : « Es-tu bien? ne souffres-tu pas? penses-tu bien à moi, en voyant cette étoile dont tu m'as appris à connaître les beautés et l'usage [c] ? » Puis, le matin, elle restait pensive sous le noyer, assise sur le banc de bois rongé par les vers et garni de mousse grise où ils s'étaient dit tant de bonnes choses, de niaiseries, où ils avaient bâti les châteaux en Espagne de leur joli ménage. Elle pensait à l'avenir en regardant le ciel par le petit espace que les murs lui permettaient d'embrasser; puis le vieux pan de muraille, et le toit sous lequel était la chambre de Charles. Enfin ce fut l'amour solitaire [d], l'amour vrai qui persiste, qui se glisse dans toutes les pensées, et devient la substance, ou, comme eussent dit nos pères, l'étoffe de la vie. Quand les soi-disant amis [e] du père Grandet venaient faire la partie le soir, elle était gaie, elle dissimulait; mais, pendant toute la matinée, elle causait de Charles avec sa mère et Nanon. Nanon avait compris qu'elle pouvait compatir aux souffrances de sa jeune maîtresse sans manquer à ses devoirs envers son vieux patron, elle qui disait à Eugénie : « Si j'avais eu un homme à moi, je l'aurais... suivi dans l'enfer. Je l'aurais... quoi... Enfin, j'aurais voulu m'exterminer pour lui; mais... rin. Je mourrai sans savoir ce que c'est que la vie. Croiriez-vous, mademoiselle, que ce vieux Cornoiller, qu'est un bon homme tout de même, tourne autour de ma jupe, rapport à mes rentes, tout comme ceux qui viennent ici flairer le magot de monsieur, en vous faisant la cour? Je vois ça, parce que je suis encore fine, quoique je sois grosse comme une tour; hé bien, mam'zelle, ça me fait plaisir [a], quoique ça ne soye pas de l'amour ».

Deux mois [1] se passèrent ainsi. Cette vie domestique, jadis si monotone, s'était animée par l'immense intérêt du secret qui liait plus intimement ces trois femmes. Pour elles, sous les planchers grisâtres de cette salle, Charles vivait, allait, venait encore. Soir et matin Eugénie ouvrait la toilette et contemplait le portrait de sa tante [b]. Un dimanche matin elle fut surprise par sa mère au moment où elle était occupée à chercher les traits de Charles dans ceux du portrait [c]. Madame Grandet fut alors initiée au terrible secret de l'échange fait par le voyageur contre le trésor d'Eugénie.

— Tu lui as tout donné [d], dit la mère épouvantée. Que diras-tu à ton père, au jour de l'an, quand il voudra voir ton or?

Les yeux d'Eugénie devinrent fixes, et ces deux femmes demeurèrent dans [e] un effroi mortel pendant la moitié de la matinée. Elles furent assez troublées pour manquer [f] la grand'messe, et n'allèrent qu'à la messe militaire. Dans trois jours l'année 1819 finissait [2]. Dans trois jours devait commencer une terrible action, une tragédie bourgeoise sans poison, ni poignard, ni sang répandu; mais, relativement aux acteurs [g], plus cruelle que tous les drames accomplis dans l'illustre famille des Atrides [3].

---

1. Un mois et demi, et seulement si l'on remonte jusqu'au soir « de la mi-novembre » où Charles est arrivé, puisque la scène suivante est antérieure au 1er janvier.

2. Cette scène se déroulerait donc le 28 ou le 29 décembre 1819; mais le dernier dimanche de l'année est tombé le 26. D'autre part, on lit plus loin : « Demain matin ne devons-nous pas aller lui souhaiter la bonne année dans sa chambre? » et encore : « Le lendemain matin, premier janvier 1820 ». Nous devons accepter ces menues difficultés du récit.

3. Voir à ce propos un article de M. Robert Vivier : *Balzac ou la tragédie dans le roman* dans *Marche romane,* oct.-déc. 1952. Au début du

— Qu'allons-nous devenir? dit madame Grandet à sa fille en laissant son tricot [a] sur ses genoux.

La pauvre mère subissait de tels troubles depuis deux mois que les manches de laine dont elle avait besoin pour son hiver [b] n'étaient pas encore finies. Ce fait domestique, minime en apparence, eut de tristes résultats pour elle. Faute de manches, le froid la saisit d'une façon fâcheuse au milieu d'une sueur causée par une épouvantable colère de son mari [c].

— Je pensais, ma pauvre enfant, que, si tu m'avais confié ton secret, nous aurions eu le temps d'écrire à Paris à monsieur des Grassins. Il aurait pu nous envoyer des pièces d'or semblables aux tiennes; et, quoique Grandet les connaisse bien, peut-être [d]...

— Mais où donc aurions-nous pris tant d'argent?

— J'aurais engagé mes propres. D'ailleurs monsieur des Grassins nous eût bien...

— Il n'est plus temps, répondit Eugénie d'une voix sourde et altérée en interrompant sa mère. Demain matin ne devons-nous pas aller [e] lui souhaiter la bonne année dans sa chambre?

— Mais, ma fille, pourquoi n'irais-je donc pas voir [f] les Cruchot?

— Non, non, ce serait me livrer à eux et nous mettre [g] sous leur dépendance. D'ailleurs j'ai pris mon parti. J'ai bien fait, je ne me repens de rien. Dieu me protégera. Que sa sainte volonté se fasse [h]. Ah! si vous aviez lu sa lettre, vous n'auriez pensé qu'à lui, ma mère.

Le lendemain matin, premier janvier 1820, la terreur flagrante à laquelle la mère et la fille étaient en proie leur suggéra la plus naturelle des excuses pour ne pas venir solennellement dans la chambre de Grandet.

Père Goriot (p. 5), l'écrivain, de manière analogue, revendique le droit d'appeler son roman *drame*. Parmi tous les romanciers, il est bien celui dont la technique s'apparente le plus à celle d'un homme de théâtre.

L'hiver de 1819 à 1820 fut un des plus rigoureux de l'époque. La neige encombrait les toits.

Madame Grandet dit à son mari, dès qu'elle l'entendit se remuant [a] dans sa chambre : Grandet, fais donc allumer par Nanon un peu de feu chez moi [b]; le froid est si vif que je gèle sous ma couverture [c]. Je suis arrivée à un âge où j'ai besoin de ménagements. D'ailleurs, reprit-elle après une légère pause [d], Eugénie viendra s'habiller là. Cette pauvre fille pourrait gagner une maladie à faire sa toilette chez elle par un temps pareil. Puis nous irons te souhaiter le bon an près du feu, dans la salle [e] ».

— Ta, ta, ta, ta, quelle langue ! comme tu commences l'année, madame Grandet? Tu n'as jamais tant parlé. Cependant tu n'as pas mangé de pain trempé dans du vin, je pense [1]. Il y eut moment de silence. Eh bien ! reprit le bonhomme, que sans doute la proposition de sa femme arrangeait, je vais faire [f] ce que vous voulez, madame Grandet. Tu es vraiment une bonne femme, et je ne veux pas qu'il t'arrive malheur à l'échéance de ton âge, quoique en général les La Bertellière soient faits de vieux ciment. Hein ! pas vrai? cria-t-il après une pause [g]. Enfin, nous en avons hérité, je leur pardonne. Et il toussa.

— Vous êtes gai ce matin, monsieur, dit gravement la pauvre femme.

— Toujours gai, moi [h]...

> Gai, gai, gai, le tonnelier [i],
> Raccommodez votre cuvier !

ajouta-t-il en entrant chez sa femme tout habillé.

---

1. Balzac se souvient peut-être ici de la croyance populaire manifestée dans *Le Médecin malgré lui* par Sganarelle : « ... il y a dans le vin et le pain, mêlés ensemble, une vertu sympathique, qui fait parler. Ne voyez-vous pas bien qu'on ne donne autre chose aux perroquets, et qu'ils apprennent à parler en mangeant de cela? » (Acte II, scène IV.).

Oui, nom d'un petit bonhomme, il fait solidement [a] froid tout de même. Nous déjeunerons bien, ma femme. Des Grassins m'a envoyé un pâté de foies gras truffés ! Je vais aller le chercher à la diligence. Il doit y avoir joint un double napoléon pour Eugénie, vint lui dire le tonnelier à l'oreille. Je n'ai plus d'or, ma femme. J'avais bien encore quelques vieilles pièces, je puis te dire cela à toi ; mais il a fallu les lâcher pour les affaires. Et, pour célébrer le premier jour de l'an, il l'embrassa sur le front [b].

— Eugénie, cria la bonne mère, je ne sais sur quel côté ton père a dormi ; mais il est bon homme, ce matin. Bah ! nous nous en tirerons.

— Quoi qu'il a donc, notre maître ? dit Nanon en entrant chez sa maîtresse pour y allumer du feu. D'abord, il m'a dit : « Bon jour, bon an, grosse bête ! Va faire du feu chez ma femme, elle a froid. » Ai-je été sotte quand je l'ai vu me tendant la main pour me donner un écu [c] de six francs qui n'est quasi [d] point rogné du tout ! Tenez, madame, regardez-le donc ? Oh ! le brave homme. C'est un digne homme, tout de même. Il y en a qui, pus y deviennent vieux, pus y durcissent ; mais lui, il se fait doux comme votre cassis, et y rabonit [e]. C'est un ben parfait, un ben bon homme...

Le secret de cette joie était dans une entière réussite de la spéculation de Grandet. Monsieur des Grassins, après avoir déduit les sommes que lui devait le tonnelier [f] pour l'escompte des cent cinquante mille francs [1] d'effets hollandais, et pour le surplus qu'il lui avait avancé afin de compléter l'argent néces-

1. Grandet a vendu mille pièces de vin « à deux cents francs la pièce, moitié comptant » (pp. 115-116) : les effets souscrits ne devraient donc s'élever qu'à cent mille francs. Mais, dans les premiers états du texte, le prix de la pièce était fixé à cent écus (trois cents francs) et le romancier a négligé d'aligner sur cette correction la somme indiquée ici.

saire à l'achat des cent mille [a] livres de rente, lui envoyait, par la diligence, trente mille francs en écus, restant sur le semestre de ses intérêts, et lui avait annoncé la hausse des fonds publics. Ils étaient alors à 89, les plus célèbres capitalistes en achetaient, fin janvier, à 92 [1]. Grandet gagnait, depuis deux mois, douze pour cent sur ses capitaux, il avait apuré ses comptes [b], et allait désormais toucher cinquante mille [c] francs tous les six mois sans avoir à payer ni impositions, ni réparations. Il concevait enfin la rente, placement pour lequel les gens de province manifestent une répugnance invincible, et il se voyait, après cinq ans, maître d'un capital de six millions [d] grossi sans beaucoup de soins [e], et qui, joint à la valeur territoriale de ses propriétés, composerait une fortune colossale. Les six francs donnés à Nanon étaient peut-être le solde d'un immense service que la servante avait à son insu rendu à son maître [2].

— Oh! oh! où va donc le père Grandet [f], qu'il court dès le matin [g] comme au feu? se dirent les marchands occupés à ouvrir leurs boutiques. Puis, quand ils le virent revenant [h] du quai suivi d'un facteur des Messageries transportant sur une brouette des sacs pleins : « L'eau va toujours à la rivière, le bonhomme allait à ses écus, disait l'un [i]. — Il lui en vient de Paris, de Froidfond, de Hollande! disait un autre [j]. — Il finira par acheter Saumur, s'écriait un troisième [k]. — Il se moque du froid, il est toujours à son affaire, disait une femme à son mari [l]. — Eh! eh! monsieur Grandet, si ça vous gênait, lui dit un marchand de

1. 89 est le cours au comptant et 92 le cours à terme. Ces deux cotations sont inexactes, comme presque toutes celles qui ont été antérieurement fournies pour le cinq pour cent : en janvier 1820, ce titre oscille autour de 72; par rapport au cours moyen de novembre, la hausse était d'environ trois pour cent.

2. En transportant les fonds. Voir ci-dessus, p. 178.

drap, son plus proche voisin, je vous en débarrasserais.

— Ouin ! ce sont des sous, répondit le vigneron [a].

— D'argent, dit le facteur à voix basse.

— Si tu veux que je te soigne, mets une bride à ta *margoulette* [1][b], dit le bonhomme au facteur en ouvrant sa porte.

— Ah ! le vieux renard [c], je le croyais sourd, pensa le facteur ; il paraît que quand il fait froid il entend.

— Voilà vingt sous pour tes étrennes [d], et *motus !* Détale ! lui dit Grandet. Nanon te reportera ta brouette.

— Nanon, les linottes [e] sont-elles à la messe ?

— Oui, monsieur.

— Allons, haut la patte ! à l'ouvrage, cria-t-il en la chargeant de sacs. En un moment les écus furent transportés dans sa chambre où il s'enferma. Quand le déjeuner sera prêt, tu me cogneras au mur. Reporte la brouette aux Messageries [f].

La famille ne déjeuna qu'à dix heures.

— Ici ton père ne demandera pas à voir ton or, dit madame Grandet à sa fille en rentrant de la messe [g]. D'ailleurs tu feras la frileuse [h]. Puis nous aurons le temps de remplir ton trésor pour le jour de ta naissance [i]...

Grandet descendit l'escalier en pensant à métamorphoser promptement ses écus parisiens en bon or et à son admirable spéculation des rentes sur l'État. Il était décidé à placer ainsi ses revenus jusqu'à ce que la rente atteignît le taux de cent [j] francs. Méditation funeste à Eugénie. Aussitôt qu'il entra, les deux femmes lui souhaitèrent une bonne année, sa fille

---

1. Dauzat rattache *margoulette* au dialectal *goule* (pour gueule) employé dans l'Ouest et dont Nanon fait usage plus loin, p. 202 (voir Dagneaud, *op. cit.*, p. 35). Le mot margoulette, qui sera repris p. 202, se rencontre encore, notamment, dans *L'Illustre Gaudissart* (*Pl.* IV, 38) et c'est Margaritis, habitant de Vouvray, qui le prononce.

en lui sautant au cou et le câlinant, madame Grandet gravement et avec dignité.

— Ah! ah! mon enfant, dit-il en baisant sa fille sur les joues, je travaille [a] pour toi, vois-tu?... je veux ton bonheur. Il faut de l'argent pour être heureux. Sans argent, bernique [b]. Tiens, voilà un napoléon tout neuf, je l'ai fait venir de Paris. Nom d'un petit bonhomme [c], il n'y a pas un grain d'or ici. Il n'y a que toi qui as de l'or. Montre-moi ton or, fifille.

— Bah! il fait trop froid; déjeunons, lui répondit Eugénie.

— Hé bien! après, hein? Ça nous aidera tous [d] à digérer. Ce gros des Grassins, il nous a envoyé ça tout de même, reprit-il. Ainsi mangez, mes enfants, ça ne nous coûte rien [e]. Il va bien, des Grassins, je suis content de lui. Le merluchon [f] rend service à Charles, et gratis encore. Il arrange très bien les affaires de ce pauvre défunt Grandet. — Ououh! ououh! fit-il, la bouche pleine, après une pause [g], cela est bon! Manges-en donc, ma femme! ça nourrit au moins pour deux jours [h].

— Je n'ai pas faim. Je suis toute malingre, tu le sais bien.

— Ah! ouin! Tu peux te bourrer sans crainte de faire crever ton coffre [i]; tu es une La Bertellière, une femme solide. Tu es bien un petit brin jaunette [j], mais j'aime le jaune.

L'attente d'une mort ignominieuse et publique est moins horrible peut-être pour un condamné que ne l'était pour madame Grandet et pour sa fille l'attente des événements qui devaient terminer ce déjeuner de famille. Plus gaiement parlait et mangeait le vieux vigneron, plus le cœur de ces deux femmes se serrait [k]. La fille avait néanmoins un appui dans cette conjoncture : elle puisait de la force en son amour.

— Pour lui, pour lui, se disait-elle, je souffrirais mille morts.

A cette pensée, elle jetait à sa mère des regards flamboyants de courage.

— Ote tout cela, dit Grandet à Nanon quand, vers onze heures, le déjeuner fut achevé; mais laisse-nous la table. Nous serons plus à l'aise pour voir ton petit trésor, dit-il en regardant Eugénie. Petit, ma foi, non. Tu possèdes, valeur intrinsèque, cinq mille neuf cent cinquante-neuf [a] francs, et quarante de ce matin, cela fait six mille francs moins un. Eh bien! je te donnerai, moi, ce franc pour compléter la somme, parce que, vois-tu, fifille [b]... Hé bien! pourquoi nous écoutes-tu? Montre-moi tes talons, Nanon, et va [c] faire ton ouvrage, dit le bonhomme. Nanon disparut [d]. — Écoute, Eugénie, il faut que tu me donnes ton or. Tu ne le refuseras pas à ton pépère [e], ma petite fifille, hein? Les deux femmes étaient muettes. — Je n'ai plus d'or, moi. J'en avais, je n'en ai plus. Je te rendrai six mille francs en livres, et tu vas les placer comme je vais te le dire [f]. Il ne faut plus penser au douzain. Quand je te marierai, ce qui sera bientôt, je te trouverai un futur qui pourra t'offrir le plus beau douzain dont on aura jamais parlé dans la province. Écoute donc, fifille [g]. Il se présente une belle occasion : tu peux mettre tes six mille francs dans le gouvernement, et tu en auras tous les six mois près de deux cents francs [1] d'intérêts, sans impôts, ni réparations, ni grêle, ni gelée, ni marée, ni rien de ce qui tracasse les revenus. Tu répugnes peut-être à te séparer de ton or, hein, fifille? Apporte-le-moi tout de même. Je te ramasserai [h] des pièces d'or, des hollandaises, des portugaises, des roupies du Mogol, des génovines, et, avec celles que je te donnerai à tes fêtes [i], en trois

1. Cent soixante-dix francs, d'après notre calcul, si l'on prend pour base, à l'achat, le cours de 89 indiqué plus haut. Mais on peut admettre que Grandet enfle quelque peu le chiffre pour persuader Eugénie. Il dit d'ailleurs : « près de deux cents francs ».

ans tu auras rétabli la moitié de ton joli petit trésor en or [a]. Que dis-tu, fifille? Lève donc le nez. Allons, va le chercher, le mignon. Tu devrais me baiser sur les yeux pour te dire ainsi des secrets et des mystères de vie et de mort pour les écus. Vraiment les écus vivent et grouillent comme des hommes : ça va, ça vient, ça sue, ça produit [b].

Eugénie se leva, mais, après avoir fait quelques pas vers la porte, elle se retourna brusquement, regarda son père en face et lui dit : « Je n'ai plus *mon* or ».

— Tu n'as plus ton or [1]! s'écria Grandet en se dressant sur ses jarrets comme un cheval qui entend tirer le canon à dix pas de lui.

— Non, je ne l'ai plus.

— Tu te trompes, Eugénie.

— Non.

— Par la serpette de mon père [c]!

Quand le tonnelier jurait ainsi, les planchers tremblaient.

— Bon saint bon Dieu [d]! voilà madame qui pâlit, cria Nanon.

— Grandet, ta colère me fera mourir, dit la pauvre femme.

— Ta, ta, ta, ta, vous autres, vous ne mourez jamais dans votre famille! — Eugénie, qu'avez-vous fait de vos pièces? cria-t-il en fondant sur elle [e].

— Monsieur, dit la fille aux genoux de madame Grandet, ma mère souffre beaucoup. Voyez, ne la tuez pas [f].

---

1. *La Vendetta* offrait déjà l'exemple d'une opposition dramatique entre père et fille, mais dans un tout autre climat. Le thème reparaîtra dans *La Recherche de l'Absolu* sous une forme qui rappelle beaucoup plus directement *Eugénie Grandet* : « Marguerite, il me faut cet or! — Ce serait un vol si vous le preniez, répondit-elle froidement. » (*Pl.* IX, 609.)

Grandet fut épouvanté de la pâleur répandue sur le teint de sa femme, naguère si jaune.

— Nanon, venez m'aider à me coucher, dit la mère d'une voix faible. Je meurs [a].

Aussitôt Nanon donna le bras à sa maîtresse, autant en fit Eugénie, et ce ne fut pas sans des peines infinies qu'elles purent la monter chez elle, car elle tombait en défaillance de marche en marche [b]. Grandet resta seul. Néanmoins, quelques moments après, il monta sept ou huit marches, et cria : « Eugénie, quand votre mère sera couchée, vous descendrez ».

— Oui, mon père.

Elle ne tarda pas à venir, après avoir rassuré sa mère.

— Ma fille, lui dit Grandet, vous allez me dire où est votre trésor.

— Mon père, si vous me faites des présents dont je ne sois pas entièrement [c] maîtresse, reprenez-les, répondit froidement Eugénie en cherchant le napoléon sur la cheminée et le lui présentant.

Grandet saisit vivement [d] le napoléon et le coula dans son gousset.

— Je crois bien que je ne te donnerai plus rien. Pas seulement [e] ça ! dit-il en faisant claquer l'ongle de son pouce sous sa maîtresse dent. Vous méprisez donc votre père, vous n'avez donc pas confiance en lui, vous ne savez donc pas ce que c'est qu'un père. S'il n'est pas tout pour vous, il n'est rien [f]. Où est votre or ?

— Mon père, je vous aime et vous respecte, malgré votre colère; mais je vous ferai fort humblement observer que j'ai vingt-deux ans [1] [g]. Vous m'avez

---

1. Age démenti par toutes les autres indications fournies à ce propos dans le roman. Nous avons vu plus haut, notamment p. 36, qu'elle a accompli ses vingt-trois ans à la mi-novembre précédente.

assez souvent dit que je suis majeure, pour que je le sache[1]. J'ai fait de mon argent ce qu'il m'a plu d'en faire, et soyez sûr qu'il est bien placé...

— Où?

— C'est un secret inviolable, dit-elle. N'avez-vous pas vos secrets?

— Ne suis-je pas le chef de ma famille, ne puis-je avoir mes affaires?

— C'est aussi mon affaire.

— Cette affaire doit être mauvaise, si vous ne pouvez pas la dire à votre père, mademoiselle Grandet.

— Elle est excellente, et je ne puis pas la dire à mon père.

— Au moins quand avez-vous donné votre or? Eugénie fit un signe de tête négatif. — Vous l'aviez encore le jour de votre fête, hein? Eugénie, devenue aussi rusée par amour que son père l'était par avarice, réitéra le même signe de tête. — Mais l'on n'a jamais vu pareil entêtement[a], ni vol pareil, dit Grandet d'une voix qui alla *crescendo* et qui fit graduellement retentir la maison. Comment! ici, dans ma propre maison, chez moi, quelqu'un aura pris ton or! le seul or qu'il y avait! et je ne saurai pas qui? L'or est une chose chère. Les plus honnêtes filles peuvent faire des fautes, donner je ne sais quoi, cela se voit chez les grands seigneurs et même chez les bourgeois, mais donner de l'or, car vous l'avez donné à quelqu'un, hein? Eugénie fut impassible. A-t-on vu pareille fille![b] Est-ce moi qui suis votre père? Si vous l'avez placé, vous en avez un reçu...

Les états du texte antérieurs à l'édition Furne donnent d'ailleurs « vingt-trois ans ».

1. Voir pp. 109-110 : « Est-ce parce que tu es majeure [...] que tu voudrais me contrarier? »

— Étais-je libre, oui ou non, d'en faire ce que bon me semblait? Était-ce à moi?

— Mais tu es un enfant.

— Majeure [a].

Abasourdi par la logique de sa fille, Grandet pâlit, trépigna, jura; puis trouvant enfin des paroles, il cria : « Maudit serpent de fille [b]! ah! mauvaise graine, tu sais bien que je t'aime, et tu en abuses. Elle égorge son père! Pardieu, tu auras jeté notre fortune aux pieds de ce va-nu-pieds qui a des bottes de maroquin. Par la serpette de mon père, je ne peux pas te déshériter, nom d'un tonneau! mais je te maudis, toi, ton cousin, et tes enfants! Tu ne verras rien arriver de bon de tout cela, entends-tu? Si c'était à Charles, que... Mais, non, ce n'est pas possible. Quoi! ce méchant [c] mirliflor m'aurait dévalisé... » Il regarda sa fille qui restait muette et froide. — Elle ne bougera pas, elle ne sourcillera pas, elle est plus Grandet que je ne suis Grandet. Tu n'as pas donné ton or pour rien, au moins. Voyons, dis? Eugénie regarda son père, en lui jetant un regard ironique qui l'offensa. Eugénie, vous êtes chez moi, chez votre père. Vous devez, pour y rester, vous soumettre à ses ordres. Les prêtres vous ordonnent de m'obéir. Eugénie baissa la tête. Vous m'offensez dans ce que j'ai de plus cher, reprit-il, je ne veux vous voir que soumise. Allez dans votre chambre. Vous y demeurerez jusqu'à ce que je vous permette d'en sortir. Nanon vous y portera du pain et de l'eau. Vous m'avez entendu, marchez!

Eugénie fondit en larmes et se sauva près de sa mère. Après avoir fait un certain nombre de fois le tour de son jardin dans la neige, sans s'apercevoir du froid, Grandet se douta que sa fille devait être chez sa femme; et, charmé de la prendre en contravention à ses ordres, il grimpa les escaliers avec l'agilité d'un chat, et apparut dans la chambre de madame Grandet au moment où elle caressait les cheveux d'Eugénie dont le visage était plongé dans le sein maternel [a].

— Console-toi, ma pauvre enfant, ton père s'apaisera [b].

— Elle n'a plus de père, dit le tonnelier [c]. Est-ce bien vous et moi, madame Grandet, qui avons fait une fille [d] désobéissante comme l'est celle-là? Jolie éducation, et religieuse surtout [e]. Hé bien! vous n'êtes pas dans votre chambre. Allons, en prison, en prison, mademoiselle [f].

— Voulez-vous me priver de ma fille, monsieur? dit madame Grandet en montrant un visage rougi [g] par la fièvre.

— Si vous la voulez garder, emportez-la, videz-moi toutes deux la maison [h]. Tonnerre, où est l'or, qu'est devenu l'or?

Eugénie se leva, lança un regard d'orgueil sur son père, et rentra dans sa chambre à laquelle le bonhomme donna un tour de clef.

— Nanon, cria-t-il, éteins le feu de la salle. Et il vint s'asseoir sur un fauteuil au coin de la cheminée de sa femme, en lui disant : « Elle l'a donné sans doute à ce misérable séducteur de Charles qui n'en voulait qu'à notre argent [i] ».

Madame Grandet trouva, dans le danger qui menaçait sa fille et dans son sentiment pour elle, assez de force pour demeurer en apparence froide, muette et sourde [j].

— Je ne savais rien de tout ceci, répondit-elle en se tournant [k] du côté de la ruelle du lit pour ne pas subir les regards étincelants de son mari [l]. Je souffre tant de votre violence [m], que si j'en crois mes pressentiments, je ne sortirai d'ici que les pieds en avant. Vous auriez dû m'épargner en ce moment, monsieur, moi qui ne vous ai jamais causé de chagrin, du moins, je le pense. Votre fille vous aime [a], je la crois innocente autant que l'enfant qui naît; ainsi ne lui faites pas de peine, révoquez votre arrêt. Le froid est bien vif, vous pouvez être cause de quelque grave maladie [b].

— Je ne la verrai ni ne lui parlerai. Elle restera dans sa chambre au pain et à l'eau jusqu'à ce qu'elle ait satisfait son père. Que diable, un chef de famille doit savoir où va l'or de sa maison. Elle possédait les seules roupies qui fussent en France peut-être, puis des génovines [c], des ducats de Hollande.

— Monsieur, Eugénie est notre unique enfant et quand même elle les aurait jetés à l'eau...

— A l'eau? cria le bonhomme, à l'eau! Vous êtes folle, madame Grandet. Ce que j'ai dit est dit, vous le savez. Si vous voulez avoir la paix au logis, confessez votre fille, tirez-lui les vers du nez? les femmes s'entendent mieux entre elles à ça que nous autres. Quoi qu'elle ait pu faire, je ne la mangerai point. A-t-elle peur de moi? Quand elle aurait doré son cousin de la tête aux pieds, il est en pleine mer [d], hein! nous ne pouvons pas courir après...

— Eh bien! monsieur? Excitée par la crise nerveuse où elle se trouvait, ou par le malheur de sa fille qui développait sa tendresse et son intelligence, la perspicacité de madame Grandet lui fit apercevoir [e] un mouvement terrible dans la loupe de son mari, au moment où elle répondait; elle changea d'idée sans changer de ton. — Eh bien! monsieur, ai-je plus d'empire sur elle que vous n'en avez? Elle ne m'a rien dit, elle tient de vous.

— Tudieu! comme vous avez la langue pendue ce matin! Ta, ta, ta, ta, vous me narguez, je crois. Vous vous entendez peut-être avec elle.

Il regarda sa femme fixement.

— En vérité, monsieur Grandet, si vous voulez me tuer, vous n'avez qu'à continuer ainsi. Je vous le dis, monsieur, et, dût-il m'en coûter la vie, je vous le répéterais encore : vous avez tort envers votre fille, elle est plus raisonnable que vous ne l'êtes. Cet argent lui appartenait, elle n'a pu qu'en faire un bel usage, et Dieu seul a le droit de connaître nos bonnes œuvres. Monsieur, je vous en supplie, rendez vos bonnes grâces à Eugénie!... Vous amoindrirez ainsi l'effet du coup que m'a porté votre colère, et vous me sauverez peut-être la vie. Ma fille, monsieur, rendez-moi ma fille [a].

— Je décampe [b], dit-il. Ma maison n'est pas tenable, la mère et la fille raisonnent et parlent comme si... Brooouh! Pouah [c]! Vous m'avez donné de cruelles étrennes. Eugénie, cria-t-il. Oui, oui, pleurez! Ce que vous faites vous causera des remords, entendez-vous. A quoi donc vous sert de manger le bon Dieu six fois tous les trois mois, si vous donnez l'or de votre père en cachette à un fainéant qui vous dévorera votre cœur quand vous n'aurez plus que ça à lui prêter? Vous verrez ce que vaut votre Charles avec ses bottes de maroquin et son air de n'y pas toucher. Il n'a ni cœur ni âme, puisqu'il ose emporter le trésor d'une pauvre fille sans l'agrément des parents [d].

Quand la porte de la rue fut fermée, Eugénie sortit de sa chambre [1] et vint près de sa mère.

— Vous avez bien du courage pour votre fille, lui dit-elle.

— Vois-tu, mon enfant, où nous mènent les choses illicites?... tu m'as fait faire un mensonge.

— Oh! je demanderai à Dieu de m'en punir seule.

— C'est-y vrai, dit Nanon effarée en arrivant, que voilà mademoiselle au pain et à l'eau pour le reste des jours [e]?

---

1. Son père l'a pourtant enfermée à clef (voir ci-dessus, p. 199).

— Qu'est-ce que cela fait, Nanon? dit tranquillement Eugénie.

— Ah! pus souvent que je mangerai de la frippe quand la fille de la maison mange du pain sec. Non, non [a].

— Pas un mot de tout ça, Nanon, dit Eugénie.

— J'aurai la goule [1] morte, mais vous verrez.

Grandet dîna seul pour la première fois depuis vingt-quatre ans [b].

— Vous voilà donc veuf, monsieur, lui dit Nanon. C'est bien désagréable d'être veuf avec deux femmes dans sa maison.

— Je ne te parle pas à toi. Tiens ta margoulette ou je te chasse [c]. Qu'est-ce que tu as dans ta casserole que j'entends bouilloter sur le fourneau [d]?

— C'est des graisses que je fonds...

— Il viendra du monde ce soir, allume le feu.

Les Cruchot, madame des Grassins et son fils arrivèrent à huit heures [e], et s'étonnèrent de ne voir ni madame Grandet ni sa fille.

— Ma femme est un peu indisposée. Eugénie est auprès d'elle, répondit le vieux vigneron dont la figure ne trahit aucune émotion.

Au bout d'une heure employée en conversations insignifiantes, madame des Grassins, qui était montée faire sa visite à madame Grandet, descendit, et chacun lui demanda : « Comment va madame Grandet? »

— Mais, pas bien du tout, du tout, dit-elle. L'état de sa santé me paraît vraiment inquiétant [f]. A son âge, il faut prendre les plus grandes précautions, papa Grandet [g].

— Nous verrons cela, répondit le vigneron [h] d'un air distrait.

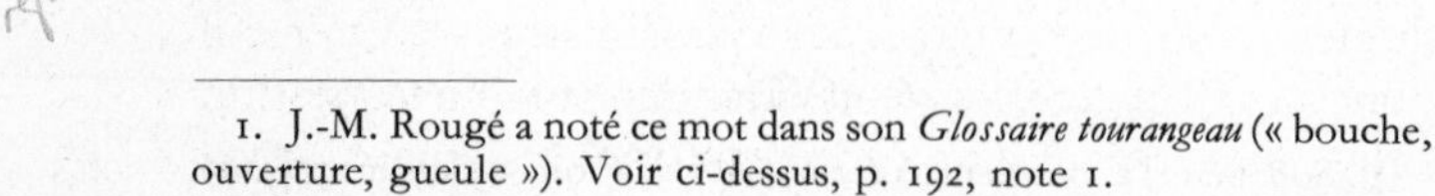

1. J.-M. Rougé a noté ce mot dans son *Glossaire tourangeau* (« bouche, ouverture, gueule »). Voir ci-dessus, p. 192, note 1.

Chacun lui souhaita le bonsoir. Quand les Cruchot furent dans la rue, madame des Grassins leur dit : « Il y a quelque chose de nouveau chez les Grandet. La mère est très mal sans seulement qu'elle s'en doute. La fille a les yeux rouges comme quelqu'un qui a pleuré longtemps. Voudraient-ils la marier contre son gré? [a] »

Lorsque le vigneron fut couché, Nanon vint en chaussons à pas muets chez Eugénie, et lui découvrit un pâté fait à la casserole.

— Tenez, mademoiselle, dit la bonne fille, Cornoiller m'a donné un lièvre. Vous mangez si peu, que ce pâté vous durera bien huit jours; et, par la gelée, il ne risquera point de se gâter [b]. Au moins, vous ne demeurerez pas au pain sec. C'est que ça n'est point sain du tout.

— Pauvre Nanon, dit Eugénie en lui serrant la main.

— Je l'ai fait ben bon, ben délicat, et *il* ne s'en est point aperçu. J'ai pris le lard, le laurier, tout sur mes six francs; j'en suis ben la maîtresse [c]. Puis la servante se sauva, croyant entendre Grandet.

Pendant quelques mois [d], le vigneron vint voir constamment sa femme à des heures différentes dans la journée, sans prononcer le nom de sa fille, sans la voir, ni faire à elle la moindre allusion. Madame Grandet ne quitta point sa chambre, et, de jour en jour, son état empira. Rien ne fit plier le vieux tonnelier. Il restait inébranlable, âpre et froid comme une pile de granit. Il continua d'aller et venir [e] selon ses habitudes; mais il ne bégaya plus, causa moins, et se montra dans les affaires plus dur qu'il ne l'avait jamais été. Souvent il lui échappait [f] quelque erreur dans ses chiffres. — Il s'est passé quelque chose chez les Grandet, disaient les Cruchotins et les Grassinistes. — Qu'est-il donc arrivé dans la maison Grandet? fut une question convenue que l'on s'adressait généralement dans toutes les soirées à Saumur [a]. Eugénie allait aux offices sous la conduite de Nanon. Au sortir de l'église, si madame des Grassins lui adressait quelques paroles, elle y répondait d'une manière évasive et [b] sans satisfaire sa curiosité. Néanmoins il fut impossible au bout de deux mois de cacher, soit aux trois Cruchot, soit à madame des Grassins, le secret de la réclusion d'Eugénie. Il y eut un moment où les prétextes manquèrent pour justifier sa perpétuelle absence. Puis, sans qu'il fût possible de savoir par qui le secret avait été trahi, toute la ville apprit que depuis le premier jour de l'an mademoiselle Grandet était, par l'ordre de son père, enfermée dans sa chambre, au pain et à l'eau, sans feu; que Nanon lui faisait des friandises, les lui apportait pendant la nuit; et l'on savait même que [c] la jeune personne ne pouvait voir et soigner sa mère que pendant le temps où son père était absent du logis. La conduite de Grandet fut alors jugée très sévèrement. La ville entière le mit pour ainsi dire hors la loi, se souvint de ses trahisons, de ses duretés, et l'excommunia [d]. Quand il passait, chacun se le montrait en chuchotant. Lorsque sa fille descendait la rue tortueuse pour aller à la messe ou à vêpres, accompagnée de Nanon, tous les habitants se mettaient aux fenêtres pour examiner avec curiosité la contenance de la riche héritière et son visage, où se peignaient une mélancolie et une douceur angéliques [e]. Sa réclusion, la disgrâce de son père, n'étaient rien pour elle. Ne voyait-elle pas la mappemonde, le petit banc, le jardin, le pan de mur, et ne reprenait-elle pas sur ses lèvres le miel qu'y avaient laissé les baisers [f] de l'amour? Elle ignora pendant quelque temps les conversations dont elle était l'objet en ville, tout aussi bien que les ignorait son père. Religieuse et pure devant Dieu, sa conscience et l'amour l'aidaient à patiemment supporter la colère et la vengeance paternelles. Mais une douleur profonde faisait taire toutes les autres douleurs [a]. Chaque jour, sa mère, douce et tendre créature, qui s'embellissait de l'éclat que jetait son âme en approchant de la tombe, sa mère dépérissait de jour en jour. Souvent Eugénie se reprochait d'avoir été la cause innocente de la cruelle, de la lente maladie qui la dévorait. Ces remords, quoique calmés par sa mère [b], l'attachaient encore plus étroitement à son amour. Tous les matins, aussitôt que son père était sorti, elle venait au chevet du lit de sa mère, et là, Nanon lui apportait son déjeuner. Mais la pauvre Eugénie, triste et souffrante des souffrances de sa mère, en montrait le visage à Nanon par un geste muet [c], pleurait et n'osait parler de son cousin [d]. Madame Grandet, la première, était forcée de lui dire [e] : « Où est-*il?* Pourquoi n'écrit-*il* pas? »

La mère et la fille ignoraient complètement les distances.

— Pensons à lui, ma mère, répondait Eugénie, et n'en parlons pas. Vous souffrez; vous avant tout.

Tout c'était *lui*.

— Mes enfants, disait madame Grandet, je ne regrette point [f] la vie. Dieu m'a protégée en me faisant envisager avec joie le terme de mes misères.

Les paroles de cette femme étaient constamment saintes et chrétiennes. Quand, au moment de déjeuner près d'elle, son mari venait se promener dans sa chambre, elle lui dit, pendant les premiers mois de l'année, les mêmes discours, répétés avec une douceur angélique, mais avec la fermeté d'une femme à qui une mort prochaine donnait le courage qui lui avait manqué [g] pendant sa vie.

— Monsieur, je vous remercie de l'intérêt que vous prenez à ma santé, lui répondait-elle quand il lui avait fait la plus banale des demandes [h]; mais si vous voulez rendre mes derniers moments moins amers et alléger mes douleurs, rendez vos bonnes grâces à notre [a] fille; montrez-vous chrétien, époux et père.

En entendant ces mots, Grandet s'asseyait près du lit [b] et agissait comme un homme, qui, voyant venir une averse, se met tranquillement à l'abri sous une porte cochère : il écoutait silencieusement sa femme, et ne répondait rien. Quand les plus touchantes, les plus tendres, les plus religieuses supplications lui avaient été adressées, il disait : « Tu es un peu pâlotte aujourd'hui, ma pauvre femme ». L'oubli le plus complet de sa fille semblait être gravé sur son front de grès [c], sur ses lèvres serrées. Il n'était même pas ému par les larmes que ses vagues réponses, dont les termes étaient à peine variés [d], faisaient couler le long du blanc visage de sa femme.

— Que Dieu vous pardonne, monsieur, disait-elle, comme je vous pardonne moi-même. Vous aurez un jour besoin d'indulgence [e].

Depuis la maladie de sa femme, il n'avait plus osé se servir de son terrible : ta, ta, ta, ta, ta ! Mais aussi son despotisme n'était-il pas désarmé par cet ange [f] de douceur, dont la laideur disparaissait de jour en jour, chassée par l'expression des qualités morales qui venaient fleurir sur sa face [g]. Elle était tout âme. Le génie de la prière semblait purifier, amoindrir les traits les plus grossiers de sa figure, et la faisait resplendir. Qui n'a pas observé le phénomène de cette transfiguration sur de saints visages où les habitudes de l'âme finissent par triompher des traits les plus rudement contournés, en leur imprimant l'animation particulière due à la noblesse et à la pureté des pensées élevées ! Le spectacle de cette transformation accomplie par les souffrances qui consumaient [h] les lambeaux de l'être humain dans cette femme agissait, quoique faiblement [i], sur le vieux tonnelier dont le caractère resta de bronze [j]. Si sa parole ne fut plus dédaigneuse, un imperturbable silence, qui sauvait sa supériorité de père de famille, domina sa conduite [a]. Sa fidèle Nanon paraissait-elle au marché, soudain quelques lazzis, quelques plaintes sur son maître lui sifflaient aux oreilles; mais, quoique l'opinion publique condamnât hautement le père Grandet, la servante le défendait par orgueil pour la maison [b].

— Eh bien ! disait-elle aux détracteurs du bonhomme, est-ce que nous ne devenons pas tous plus durs en vieillissant? Pourquoi ne voulez-vous pas qu'il se racornisse un peu, cet homme? Taisez donc vos menteries. Mademoiselle vit comme une reine. Elle est seule, eh bien ! c'est son goût. D'ailleurs, mes maîtres ont des raisons majeures [c].

Enfin, un soir, vers la fin du printemps, madame Grandet, dévorée par le chagrin, encore plus que par la maladie, n'ayant pas réussi, malgré ses prières, à réconcilier Eugénie et son père, confia ses peines secrètes aux Cruchot.

— Mettre une fille de vingt-trois ans au pain et à l'eau?... s'écria le président de Bonfons, et sans motif; mais cela constitue [d] *des sévices tortionnaires; elle peut protester contre, et tant dans que sur...*

— Allons, mon neveu, dit le notaire, laissez votre baragouin de palais [e]. Soyez tranquille, madame, je ferai finir cette réclusion dès demain.

En entendant parler d'elle, Eugénie sortit de sa chambre.

— Messieurs, dit-elle en s'avançant par un mouvement plein de fierté, je vous prie de ne pas vous occuper de cette affaire. Mon père est maître chez lui. Tant que j'habiterai sa maison, je dois lui obéir. Sa conduite ne saurait être soumise à l'approbation ni à la désapprobation du monde, il n'en est comptable qu'à Dieu. Je réclame de votre amitié le plus profond silence à cet égard. Blâmer mon père serait attaquer notre propre considération. Je vous sais gré, messieurs, de l'intérêt que vous me témoignez; mais vous m'obligeriez davantage si vous vouliez faire cesser les bruits offensants qui courent par la ville, et desquels j'ai été instruite par hasard.

— Elle a raison, dit madame Grandet.

— Mademoiselle, la meilleure manière d'empêcher le monde de jaser est de vous faire rendre la liberté, lui répondit respectueusement le vieux notaire frappé de la beauté que la retraite, la mélancolie et l'amour avaient imprimée à Eugénie.

— Eh bien! ma fille, laisse à monsieur Cruchot le soin d'arranger [a] cette affaire, puisqu'il répond du succès. Il connaît ton père et sait comment il faut le prendre. Si tu veux me voir heureuse pendant le peu de temps qui me reste à vivre, il faut, à tout prix, que ton père et toi vous soyez réconciliés.

Le lendemain, suivant une habitude prise par Grandet depuis la réclusion d'Eugénie, il vint faire un certain nombre de tours dans son petit jardin. Il avait pris pour cette promenade le moment où Eugénie se peignait. Quand [b] le bonhomme arrivait au gros noyer, il se cachait derrière le tronc de l'arbre, restait pendant quelques instants à contempler les longs cheveux de sa fille, et flottait sans doute entre les pensées que lui suggérait la ténacité de son caractère et le désir d'embrasser son enfant [1c]. Souvent il demeurait assis sur le petit banc de bois pourri où Charles et Eugénie s'étaient juré un éternel amour, pendant qu'elle regardait aussi son père à la dérobée ou dans son miroir. S'il se levait et recommençait sa promenade, elle s'asseyait complaisamment à la fenêtre

---

1. « Oui, en Grandet, en ce rocheux Grandet, il y a une source de tendresse émouvante, quand on observe qu'il se cache pour voir sa fille à sa toilette, dans le temps où il la retire de la vie. » (Alain, *Avec Balzac,* p. 134.)

et se mettait à examiner le pan de mur où pendaient [a] les plus jolies fleurs, d'où sortaient, d'entre les crevasses, des Cheveux de Vénus [b], des liserons et une plante grasse, jaune ou blanche, un *sedum* [1] très abondant [c] dans les vignes à Saumur et à Tours. Maître Cruchot vint de bonne heure et trouva le vieux vigneron assis par un beau jour de juin sur le petit banc, le dos appuyé au mur mitoyen, occupé à voir sa fille [d].

— Qu'y a-t-il pour votre service, maître Cruchot? dit-il en apercevant le notaire.

— Je viens vous parler d'affaires.

— Ah! ah! avez-vous un peu d'or à me donner contre des écus?

— Non, non, il ne s'agit pas d'argent, mais de votre fille Eugénie. Tout le monde parle d'elle et de vous.

— De quoi se mêle-t-on [e]? Charbonnier est maître chez lui.

— D'accord, le charbonnier est maître de se tuer aussi, ou, ce qui est pis, de jeter son argent par les fenêtres.

— Comment cela?

— Eh! mais votre femme est très malade, mon ami. Vous devriez même consulter monsieur Bergerin [f], elle est en danger de mort [g]. Si elle venait à mourir sans avoir été soignée comme il faut, vous ne seriez pas tranquille, je le crois [h].

— Ta! ta! ta! ta! vous savez ce qu'a [i] ma femme! Ces médecins, une fois qu'ils ont mis le pied chez vous, ils viennent des cinq à six fois par jour.

— Enfin, Grandet, vous ferez comme vous l'entendrez. Nous sommes de vieux amis; il n'y a pas, dans tout Saumur, un homme qui prenne plus

---

1. Sedum ou orpin. Balzac évoque encore dans *Le Lys dans la vallée* (*Pl.* VIII, 858) « les touffes blanches particulières au sedum des vignes de Touraine ».

que moi d'intérêt à ce qui vous concerne; j'ai donc dû vous dire cela. Maintenant, arrive qui plante, vous êtes majeur, vous savez vous conduire, allez. Ceci n'est d'ailleurs pas l'affaire qui m'amène [a]. Il s'agit de quelque chose de plus grave pour vous, peut-être. Après tout, vous n'avez pas envie de tuer votre femme, elle vous est trop utile. Songez donc à la situation où vous seriez, vis-à-vis votre fille, si madame Grandet mourait. Vous devriez des comptes à Eugénie, puisque vous êtes commun en biens avec votre femme. Votre fille sera en droit de réclamer le partage de votre fortune [b], de faire vendre Froidfond. Enfin, elle succède à sa mère, de qui vous ne pouvez pas hériter [c].

Ces paroles furent un coup de foudre pour le bonhomme, qui n'était pas aussi fort en législation qu'il pouvait l'être en commerce. Il n'avait jamais pensé à une licitation.

— Ainsi je vous engage à la traiter avec douceur, dit Cruchot en terminant [d].

— Mais savez-vous ce qu'elle a fait, Cruchot!

— Quoi? dit le notaire curieux de recevoir une confidence du père Grandet et de connaître la cause de la querelle [e].

— Elle a donné son or.

— Eh bien! était-il à elle? demanda le notaire [f].

— Ils me disent tous cela! dit le bonhomme en laissant tomber ses bras par un mouvement tragique [g].

— Allez-vous, pour une misère, reprit Cruchot, mettre des entraves aux concessions que vous lui demanderez de vous faire à la mort de sa mère?

— Ah! vous appelez six mille francs d'or une misère [h]?

— Eh! mon vieil ami, savez-vous ce que coûteront l'inventaire et le partage de la succession de votre femme si Eugénie l'exige?

— Quoi?

— Deux, ou trois, quatre cent mille francs peut-être ! Ne faudra-t-il pas liciter, et vendre pour connaître la véritable valeur[a] ? au lieu qu'en vous entendant...

— Par la serpette de mon père ! s'écria le vigneron qui s'assit en pâlissant, nous verrons ça, Cruchot.

Après un moment de silence ou d'agonie, le bonhomme regarda le notaire en lui disant : « La vie est bien dure ! Il s'y trouve bien des douleurs »[b]. — Cruchot, reprit-il solennellement, vous ne voulez pas me tromper, jurez-moi sur l'honneur que ce que vous me chantez là est fondé en Droit. Montrez-moi le Code, je veux voir le Code !

— Mon pauvre ami, répondit le notaire, ne sais-je pas mon métier ?

— Cela est donc bien vrai. Je serai dépouillé, trahi, tué, dévoré par ma fille.

— Elle hérite de sa mère.

— A quoi servent donc les enfants ! Ah ! ma femme, je l'aime. Elle est solide heureusement. C'est une La Bertellière.

— Elle n'a pas un mois à vivre.

Le tonnelier se frappa le front, marcha, revint, et, jetant un regard effrayant à Cruchot[c] : « Comment faire ? » lui dit-il.

— Eugénie pourra renoncer purement et simplement à la succession de sa mère. Vous ne voulez pas la déshériter, n'est-ce pas ? Mais, pour obtenir un partage de ce genre, ne la rudoyez pas. Ce que je vous dis là, mon vieux, est contre mon intérêt. Qu'ai-je à faire, moi ?... des liquidations, des inventaires, des ventes, des partages...[d]

— Nous verrons, nous verrons. Ne parlons plus de cela, Cruchot. Vous me tribouillez[1][e] les entrailles. Avez-vous reçu de l'or ?

---

1. Ce mot populaire et ancien a le sens de bouleverser, tourmenter.

— Non; mais j'ai [a] quelques vieux louis, une dizaine, je vous les donnerai. Mon bon ami, faites la paix avec Eugénie. Voyez-vous, tout Saumur vous jette la pierre.

— Les drôles!

— Allons, les rentes sont à 99 [1] [b]. Soyez donc content une fois dans la vie.

— A 99, Cruchot?

— Oui.

— Eh! eh! 99! dit le bonhomme en reconduisant le vieux notaire jusqu'à la porte de la rue. Puis, trop agité par ce qu'il venait d'entendre [c] pour rester au logis, il monta chez sa femme et lui dit : « Allons, la mère, tu peux passer la journée avec ta fille, je vas à Froidfond. Soyez gentilles toutes deux. C'est le jour de notre mariage, ma bonne femme : tiens, voilà dix écus pour ton reposoir de la Fête-Dieu. Il y a assez longtemps que tu veux en faire un, régale-toi! Amusez-vous, soyez joyeuses, portez-vous bien. Vive la joie! [d] » Il jeta dix écus de six francs sur le lit de sa femme et lui prit la tête [e] pour la baiser au front. — Bonne femme, tu vas mieux, n'est-ce pas?

— Comment pouvez-vous penser à recevoir dans votre maison le Dieu qui pardonne en tenant votre fille exilée de votre cœur? dit-elle avec émotion [f].

— Ta, ta, ta, ta, ta, dit le père d'une voix caressante [g], nous verrons cela.

— Bonté du ciel! Eugénie, cria la mère en rougissant de joie, viens embrasser ton père! il te pardonne [h]!

Mais le bonhomme avait disparu. Il se sauvait à toutes jambes vers ses closeries en tâchant de mettre en ordre ses idées renversées. Grandet commençait

---

Balzac l'emploie encore dans *Le Cousin Pons* : « Ça le tribouillerait, ça le ferait jaunir ».

1. Le plus haut cours de la rente qui ait été noté en 1820 est 79,60.

alors sa soixante-seizième année[1][a]. Depuis deux ans principalement, son avarice s'était accrue comme s'accroissent toutes les passions persistantes de l'homme. Suivant une observation faite sur les avares, sur les ambitieux, sur tous les gens dont la vie a été consacrée à une idée dominante, son sentiment avait affectionné plus particulièrement un symbole de sa passion[b]. La vue de l'or, la possession de l'or était devenue sa monomanie. Son esprit de despotisme avait grandi en proportion de son avarice, et abandonner la direction de la moindre partie de ses biens à la mort de sa femme lui paraissait une chose *contre nature*. Déclarer sa fortune à sa fille[c], inventorier l'universalité de ses biens meubles et immeubles pour les liciter[d] ?... — Ce serait à se couper la gorge, dit-il tout haut au milieu d'un clos[e] en en examinant les ceps. Enfin il prit son parti, revint à Saumur à l'heure du dîner, résolu de plier devant Eugénie, de la cajoler, de l'amadouer afin de pouvoir mourir royalement en tenant jusqu'au dernier soupir les rênes de ses millions. Au moment où le bonhomme, qui par hasard avait pris son passe-partout, montait l'escalier à pas de loup pour venir chez sa femme, Eugénie avait apporté sur le lit de sa mère le beau nécessaire. Toutes deux, en l'absence de Grandet, se donnaient le plaisir[f] de voir le portrait de Charles, en examinant celui de sa mère.

— C'est tout à fait son front et sa bouche! disait Eugénie au moment où le vigneron ouvrit la porte. Au regard que jeta son mari sur l'or, madame Grandet cria : « Mon Dièu, ayez pitié de nous! »

Le bonhomme sauta sur le nécessaire comme un tigre fond sur un enfant endormi. — Qu'est-ce que c'est que cela? dit-il en emportant le trésor et allant

---

1. Voir ci-dessus, p. 10, et Appendice critique, p. 277.

se placer à la fenêtre. — Du bon or! de l'or! s'écria-t-il. Beaucoup d'or! ça pèse deux livres [a]. Ah! ah! Charles t'a donné cela contre tes belles pièces. Hein! pourquoi ne me l'avoir pas dit? [b] C'est une bonne affaire, fifille! Tu es ma fille, je te reconnais [c]. Eugénie tremblait de tous ses membres. — N'est-ce pas, ceci est à Charles? reprit le bonhomme [d].

— Oui, mon père, ce n'est pas à moi. Ce meuble est un dépôt sacré [e].

— Ta! ta! ta! il a pris ta fortune, faut te rétablir ton petit trésor.

— Mon père?...

Le bonhomme voulut prendre son couteau pour faire sauter une plaque d'or, et fut obligé de poser le nécessaire sur une chaise. Eugénie s'élança pour le ressaisir; mais le tonnelier, qui avait tout à la fois l'œil à sa fille et au coffret, la repoussa si violemment en étendant le bras qu'elle alla tomber sur le lit de sa mère [f].

— Monsieur, monsieur, cria la mère en se dressant sur son lit.

Grandet avait tiré son couteau et s'apprêtait à soulever l'or.

— Mon père, cria Eugénie en se jetant à genoux et marchant ainsi pour arriver plus près du bonhomme et lever les mains vers lui [g], mon père, au nom de tous les Saints et de la Vierge, au nom du Christ, qui est mort sur la croix [h]; au nom de votre salut éternel, mon père, au nom de ma vie, ne touchez pas à ceci! Cette toilette [i] n'est ni à vous ni à moi; elle est à un malheureux parent qui me l'a confiée, et je dois la lui rendre intacte [j].

— Pourquoi la regardais-tu, si c'est un dépôt? Voir, c'est pis que toucher [k].

— Mon père, ne la détruisez pas [l], ou vous me déshonorez. Mon père, entendez-vous?

— Monsieur, grâce! dit la mère.

— Mon père, cria Eugénie d'une voix si éclatante que Nanon effrayée monta. Eugénie sauta sur un couteau qui était à sa portée [a] et s'en arma.

— Eh bien? lui dit froidement Grandet en souriant à froid [b].

— Monsieur, monsieur, vous m'assassinez! dit la mère.

— Mon père, si votre couteau entame seulement une parcelle de cet or [c], je me perce de celui-ci. Vous avez déjà rendu ma mère mortellement malade [d], vous tuerez encore [e] votre fille. Allez maintenant, blessure pour blessure.

Grandet tint son couteau sur le nécessaire, et regarda sa fille en hésitant.

— En serais-tu donc capable, Eugénie? dit-il.

— Oui, monsieur, dit la mère [f].

— Elle le ferait comme elle le dit, cria Nanon. Soyez donc raisonnable, monsieur, une fois dans votre vie [g]. Le tonnelier regarda l'or et sa fille alternativement pendant un instant. Madame Grandet s'évanouit. — Là, voyez-vous, mon cher monsieur [h]? madame se meurt, cria Nanon.

— Tiens, ma fille, ne nous brouillons pas pour un coffre. Prends donc! s'écria vivement le tonnelier en jetant la toilette sur le lit [i]. — Toi, Nanon, va chercher monsieur Bergerin. — Allons, la mère, dit-il en baisant [j] la main de sa femme, ce n'est rien, va : nous avons fait la paix. Pas vrai, fifille? Plus de pain sec, tu mangeras [k] tout ce que tu voudras. Ah! elle ouvre les yeux. Eh bien! la mère, mémère, timère, allons donc! Tiens, vois, j'embrasse Eugénie. Elle aime son cousin, elle l'épousera si elle veut, elle lui gardera le petit coffre. Mais vis longtemps, ma pauvre femme. Allons, remue donc! Écoute, tu auras le plus beau reposoir qui se soit jamais fait à Saumur [1].

— Mon Dieu, pouvez-vous traiter ainsi votre femme et votre enfant! dit d'une voix faible madame Grandet [a].

— Je ne le ferai plus, plus, cria le tonnelier. Tu vas voir, ma pauvre femme. Il alla à son cabinet, et revint avec une poignée de louis qu'il éparpilla [b] sur le lit. — Tiens, Eugénie, tiens, ma femme, voilà pour vous, dit-il en maniant les louis. Allons, égaie-toi, ma femme; porte-toi bien, tu ne manqueras de rien, ni Eugénie non plus. Voilà cent louis d'or pour elle [c]. Tu ne les donneras pas, Eugénie, ceux-là, hein?

Madame Grandet et sa fille se regardèrent étonnées.

— Reprenez-les, mon père; nous n'avons besoin que de votre tendresse [d].

— Eh bien! c'est ça, dit-il en empochant [e] les louis, vivons comme de bons amis. Descendons tous dans la salle pour dîner, pour jouer au loto tous les soirs [1] à deux sous. Faites vos farces! [f] Hein, ma femme?

— Hélas! je le voudrais bien, puisque cela peut vous être agréable, dit la mourante; mais je ne saurais me lever.

— Pauvre mère, dit le tonnelier, tu ne sais pas combien je t'aime. Et toi, ma fille! Il la serra, l'embrassa. Oh! comme c'est bon d'embrasser sa fille après une brouille! ma fifille! Tiens, vois-tu, mémère, nous ne faisons qu'un maintenant [g]. Va donc serrer cela, dit-il à Eugénie en lui montrant le coffret. Va, ne crains rien. Je ne t'en parlerai plus, jamais [h].

Monsieur Bergerin, le plus célèbre médecin de Saumur, arriva bientôt. La consultation finie, il déclara positivement à Grandet que sa femme était bien mal, mais qu'un grand calme d'esprit, un régime doux

---

1. La complaisance de Grandet apparaît plus nettement si l'on se souvient qu'il « ne jouait jamais à aucun jeu » (p. 45).

et des soins minutieux pourraient reculer [a] l'époque de sa mort vers la fin de l'automne.

— Ça coûtera-t-il cher? dit le bonhomme, faut-il des drogues?

— Peu de drogues, mais beaucoup de soins [b], répondit le médecin qui ne put retenir un sourire.

— Enfin, monsieur Bergerin, répondit Grandet, vous êtes un homme d'honneur, pas vrai? Je me fie à vous, venez voir ma femme toutes et quantes fois vous le jugerez convenable. Conservez-moi ma bonne femme; je l'aime beaucoup, voyez-vous, sans que ça paraisse, parce que, chez moi, tout se passe en dedans et me trifouille l'âme [c]. J'ai du chagrin. Le chagrin est entré chez moi avec la mort de mon frère, pour lequel je dépense, à Paris, des sommes... les yeux de la tête, enfin! et ça ne finit point. Adieu, monsieur, si l'on peut sauver ma femme, sauvez-la, quand même il faudrait dépenser pour ça cent ou deux cents francs [d].

Malgré les souhaits fervents que Grandet faisait pour la santé de sa femme, dont la succession ouverte était une première mort [e] pour lui [f]; malgré la complaisance qu'il manifestait en toute occasion pour les moindres volontés de la mère et de la fille étonnées; malgré les soins les plus tendres prodigués par Eugénie, madame Grandet marcha rapidement vers la mort. Chaque jour elle s'affaiblissait et dépérissait comme dépérissent la plupart des femmes atteintes, à cet âge, par la maladie. Elle était frêle autant que les feuilles des arbres en automne. Les rayons du ciel la faisaient resplendir comme ces feuilles que le soleil traverse et dore [g]. Ce fut une mort digne de sa vie, une mort toute chrétienne; n'est-ce pas dire sublime? Au mois d'octobre 1822 [1] [h] éclatèrent particulièrement

1. Le docteur Bergerin a déclaré « positivement » que Mme Grandet

ses vertus, sa patience d'ange et son amour pour sa fille; elle s'éteignit sans avoir laissé échapper la moindre plainte. Agneau sans tache, elle allait au ciel, et ne regrettait [a] ici-bas que la douce compagne de sa froide vie, à laquelle ses derniers regards semblaient prédire mille maux. Elle tremblait de laisser cette brebis, blanche comme elle, seule au milieu d'un monde égoïste qui voulait lui arracher sa toison, ses trésors.

— Mon enfant, lui dit-elle avant d'expirer, il n'y a de bonheur que dans le ciel, tu le sauras un jour [b].

Le lendemain de cette mort, Eugénie trouva de nouveaux motifs de s'attacher à cette maison où elle était née, où elle avait tant souffert, où sa mère venait de mourir. Elle ne pouvait contempler la croisée et la chaise à patins dans la salle sans verser des pleurs. Elle crut avoir méconnu l'âme de son vieux père en se voyant l'objet de ses soins les plus tendres : il venait lui donner le bras pour descendre au déjeuner; il la regardait d'un œil presque bon pendant des heures entières; enfin il la couvait comme si elle eût été d'or. Le vieux tonnelier se ressemblait si peu à lui-même, il tremblait tellement devant sa fille, que Nanon et les Cruchotins [c], témoins de sa faiblesse, l'attribuèrent à son grand âge, et craignirent ainsi quelque affaiblissement dans ses facultés; mais le jour où la famille prit le deuil, après le dîner auquel fut convié maître Cruchot, qui seul connaissait le secret de son client, la conduite du bonhomme s'expliqua [d].

— Ma chère enfant, dit-il à Eugénie lorsque la table fut ôtée et les portes soigneusement closes, te voilà héritière de ta mère, et nous avons de petites

---

pouvait durer au mieux jusqu'à la fin de l'automne (1820). Rien n'indique que son pronostic ait été mis en défaut : au contraire, l'évolution du mal, comme on vient de le lire, a été plus rapide que prévu. La date d'octobre 1822, indiquée ici, est donc surprenante; mais les premiers états du texte donnaient : « octobre 1820 ».

affaires à régler entre nous deux. Pas vrai, Cruchot?

— Oui.

— Est-il donc si nécessaire de s'en occuper aujourd'hui, mon père?

— Oui, oui, fifille. Je ne pourrais pas durer [a] dans l'incertitude où je suis. Je ne crois pas que tu veuilles me faire de la peine.

— Oh! mon père.

— Hé bien! il faut arranger tout cela ce soir.

— Que voulez-vous donc que je fasse?

— Mais, fifille, ça ne me regarde pas [b]. Dites-lui donc, Cruchot.

— Mademoiselle, monsieur votre père ne voudrait ni partager, ni vendre ses biens, ni payer des droits énormes pour l'argent comptant qu'il peut posséder. Donc, pour cela, il faudrait se dispenser de faire l'inventaire de toute la fortune qui aujourd'hui se trouve indivise entre vous et monsieur votre père [c]...

— Cruchot, êtes-vous bien sûr de cela, pour en parler ainsi devant un enfant [d]?

— Laissez-moi dire, Grandet.

— Oui, oui, mon ami. Ni vous ni ma fille ne voulez me dépouiller. N'est-ce pas, fifille?

— Mais, monsieur Cruchot, que faut-il que je fasse? demanda Eugénie impatientée [e].

— Eh bien! dit le notaire, il faudrait signer cet acte par lequel vous renonceriez à la succession de madame votre mère, et laisseriez à votre père l'usufruit de tous les biens indivis entre vous, et dont il vous assure la nue-propriété...

— Je ne comprends rien à tout ce que vous me dites, répondit Eugénie, donnez-moi l'acte, et montrez-moi la place où je dois signer.

Le père Grandet regardait alternativement l'acte et sa fille, sa fille et l'acte, en éprouvant de si violentes émotions qu'il s'essuya quelques gouttes de sueur venues sur son front.

— Fifille, dit-il, au lieu de signer cet acte qui coûtera gros [a] à faire enregistrer, si tu voulais renoncer purement et simplement [1] à la succession de ta pauvre chère mère défunte, et t'en rapporter à moi pour l'avenir, j'aimerais mieux ça. Je te ferais alors tous les mois une bonne grosse rente de cent francs [b]. Vois, tu pourrais payer autant de messes que tu voudrais à ceux pour lesquels [c] tu en fais dire... Hein! cent francs par mois, en livres?

— Je ferai tout ce qu'il vous plaira [d], mon père.

— Mademoiselle, dit le notaire, il est de mon devoir de vous faire observer que vous vous dépouillez...

— Eh! mon Dieu, dit-elle, qu'est-ce que cela me fait?

— Tais-toi, Cruchot. C'est dit [e], c'est dit, s'écria Grandet en prenant la main de sa fille et y frappant [f] avec la sienne. Eugénie, tu ne te dédiras point, tu es une honnête fille, hein?

— Oh! mon père [g]!...

Il l'embrassa avec effusion, la serra dans ses bras à l'étouffer.

— Va, mon enfant, tu donnes la vie à ton père; mais tu lui rends ce qu'il t'a donné : nous sommes quittes. Voilà comment doivent se faire les affaires. La vie est une affaire [h]. Je te bénis! Tu es une vertueuse fille, qui aime bien son papa. Fais ce que tu voudras maintenant [i]. A demain donc, Cruchot, dit-il en regardant le notaire épouvanté [j]. Vous verrez à bien préparer l'acte de renonciation au greffe du Tribunal.

Le lendemain, vers midi, fut signée la déclaration par laquelle Eugénie accomplissait elle-même sa spoliation. Cependant, malgré sa parole, à la fin de

1. C'est-à-dire en abandonnant jusqu'à la nue-propriété.

la première année, le vieux tonnelier n'avait pas encore donné un sou des cent francs par mois si solennellement promis à sa fille. Aussi, quand Eugénie lui en parla plaisamment, ne put-il s'empêcher de rougir; il monta vivement à son cabinet, revint, et lui présenta environ le tiers des bijoux qu'il avait pris à son neveu [1].

— Tiens, petite, dit-il d'un accent plein d'ironie, veux-tu ça pour tes douze cents francs?

— O mon père! vrai, me les donnez-vous?

— Je t'en rendrai autant l'année prochaine, dit-il en les lui jetant dans son tablier. Ainsi en peu de temps tu auras toutes *ses* [a] breloques, ajouta-t-il en se frottant les mains, heureux de pouvoir spéculer sur le sentiment de sa fille.

Néanmoins le vieillard, quoique robuste encore, sentit la nécessité d'initier sa fille aux secrets du ménage. Pendant deux années consécutives il lui fit ordonner en sa présence le menu de la maison, et recevoir les redevances. Il lui apprit lentement et successivement [b] les noms, la contenance de ses clos, de ses fermes. Vers la troisième année il l'avait si bien accoutumée à toutes ses façons d'avarice, il les avait si visiblement tournées chez elle en habitudes, qu'il lui laissa sans crainte [c] les clefs de la dépense, et l'institua la maîtresse au logis.

Cinq ans se passèrent sans qu'aucun événement marquât dans l'existence monotone d'Eugénie et de son père. Ce fut [d] les mêmes actes constamment accomplis avec la régularité chronométrique des mouvements de la vieille pendule. La profonde mélancolie de mademoiselle Grandet [e] n'était un secret pour personne; mais, si chacun put en pressentir la cause, jamais un mot prononcé par elle ne justifia

1. Il les avait évalués en tout, à l'achat, « neuf cent quatre-vingt-neuf francs soixante-quinze centimes » (p. 172).

les soupçons que toutes les sociétés de Saumur formaient sur l'état du cœur de la riche héritière. Sa seule compagnie se composait des trois Cruchot et de quelques-uns de leurs amis qu'ils avaient insensiblement introduits au logis [a]. Ils lui avaient appris à jouer au whist, et venaient tous les soirs faire la partie. Dans l'année 1827 [b], son père, sentant le poids des infirmités, fut forcé de l'initier [c] aux secrets de sa fortune territoriale, et lui disait, en cas de difficultés, de s'en rapporter à Cruchot le notaire, dont la probité lui était connue [d]. Puis, vers la fin de cette année, le bonhomme fut enfin, à l'âge de quatre-vingt-deux ans [1] [e], pris par une paralysie qui fit de rapides progrès. Grandet fut condamné par monsieur Bergerin. En pensant qu'elle allait bientôt se trouver seule [f] dans le monde, Eugénie se tint, pour ainsi dire, plus près de son père, et serra plus fortement ce dernier anneau d'affection [g]. Dans sa pensée, comme dans celle de toutes les femmes aimantes, l'amour était le monde entier, et Charles n'était pas là [h]. Elle fut sublime de soins et d'attentions pour son vieux père, dont les facultés commençaient à baisser, mais dont l'avarice se soutenait instinctivement. Aussi la mort de cet homme ne contrasta-t-elle point avec sa vie [i]. Dès le matin il se faisait rouler entre la cheminée de sa chambre et la porte de son cabinet, sans doute plein d'or. Il restait là sans mouvement, mais il regardait tour à tour avec anxiété ceux qui venaient le voir et la porte doublée de fer. Il se faisait rendre compte des moindres bruits qu'il entendait; et, au grand étonnement du notaire, il entendait le bâillement de

1. Soixante-dix huit ans, si l'on se réfère aux données fournies dans les premières pages du roman (p. 10 et 12). Les états antérieurs au texte de Furne portaient « soixante-dix-neuf ans », ce qui n'était pas d'une logique interne plus satisfaisante, car l'attaque se déclarait en 1825 et non en 1827.

son chien dans la cour [a]. Il se réveillait de sa stupeur apparente au jour et à l'heure où il fallait recevoir des fermages, faire des comptes avec les closiers, ou donner des quittances [b]. Il agitait alors son fauteuil à roulettes jusqu'à ce qu'il se trouvât en face de la porte de son cabinet. Il le faisait ouvrir par sa fille, et veillait à ce qu'elle plaçât en secret [c] elle-même les sacs d'argent les uns sur les autres, à ce qu'elle fermât la porte. Puis il revenait à sa place silencieusement aussitôt qu'elle lui avait rendu la précieuse clef, toujours placée dans la poche de son gilet, et qu'il tâtait de temps en temps [d]. D'ailleurs son vieil ami le notaire, sentant que la riche héritière épouserait nécessairement son neveu, le président [e], si Charles Grandet ne revenait pas, redoubla de soins et d'attentions : il venait tous les jours se mettre aux ordres de Grandet, allait à son commandement à Froidfond, aux terres, aux prés, aux vignes, vendait les récoltes, et transmutait tout en or et en argent qui venait se réunir secrètement aux sacs empilés dans le cabinet. Enfin arrivèrent les jours d'agonie, pendant lesquels la forte charpente du bonhomme fut aux prises avec la destruction. Il voulut rester assis au coin de son feu, devant la porte de son cabinet [f]. Il attirait à lui et roulait toutes les couvertures que l'on mettait sur lui, et disait à Nanon : « Serre, serre ça, pour qu'on ne me vole [g] pas ». Quand il pouvait ouvrir les yeux, où toute sa vie s'était réfugiée, il les tournait aussitôt vers la porte du cabinet où gisaient ses trésors en disant à sa fille : « Y sont-ils? y sont-ils? » d'un son de voix qui dénotait une sorte de peur panique [h].

— Oui, mon père.

— Veille à l'or, mets de l'or devant moi.

Eugénie lui étendait des louis sur une table, et il demeurait des heures entières les yeux attachés sur les louis [i], comme un enfant qui, au moment où il commence à voir, contemple stupidement le même objet; et, comme à un enfant, il lui échappait un sourire pénible.

— Ça me réchauffe! disait-il quelquefois en laissant paraître sur sa figure une expression de béatitude [a].

Lorsque le curé de la paroisse vint l'administrer, ses yeux, morts en apparence depuis quelques heures, se ranimèrent à la vue de la croix, des chandeliers, du bénitier d'argent qu'il regarda fixement, et sa loupe remua pour la dernière fois. Lorsque le prêtre lui approcha des lèvres le crucifix en vermeil pour lui faire baiser le Christ, il fit un épouvantable geste pour le saisir et ce dernier effort lui coûta la vie [b], il appela Eugénie, qu'il ne voyait pas quoiqu'elle fût agenouillée devant lui et qu'elle baignât [c] de ses larmes une main déjà froide.

— Mon père, bénissez-moi?... demanda-t-elle.

— Aie bien soin de tout. Tu me rendras compte de ça là-bas, dit-il en prouvant par cette dernière parole que le christianisme doit être la religion des avares.

Eugénie Grandet se trouva donc seule [d] au monde dans cette maison, n'ayant que Nanon à qui elle pût jeter un regard avec la certitude d'être entendue et comprise, Nanon, le seul être qui l'aimât pour elle et avec qui elle pût causer de ses chagrins. La Grande Nanon était une providence pour Eugénie. Aussi ne fut-elle plus une servante, mais une humble amie [e]. Après la mort de son père [f], Eugénie apprit par maître Cruchot qu'elle possédait trois cent [g] mille livres de rente en biens-fonds dans l'arrondissement de Saumur, six millions placés en trois pour cent à soixante francs [h], et il valait alors soixante-dix-sept francs [1];

---

1. Après avoir vendu son cinq pour cent, Grandet a donc acheté du trois pour cent. La marge de bénéfice indiquée ici est plausible (voir l'Introduction, p. LVIII).

plus deux millions [a] en or et cent mille francs en écus, sans compter les arrérages à recevoir. L'estimation totale de ses biens allait à dix-sept millions [b].

— Où donc est mon cousin? se dit-elle.

Le jour où maître Cruchot remit à sa cliente l'état de la succession, devenue claire et liquide, Eugénie resta [c] seule avec Nanon, assises l'une et l'autre de chaque côté de la cheminée de cette salle si vide, où tout était souvenir, depuis la chaise à patins sur laquelle s'asseyait sa mère jusqu'au verre dans lequel avait bu son cousin.

— Nanon, nous sommes seules...

— Oui, mademoiselle; et, si je savais où il est, ce mignon, j'irais de mon pied le chercher.

— Il y a la mer entre nous, dit-elle [d].

Pendant que la pauvre héritière pleurait ainsi en compagnie de sa vieille servante, dans cette froide et obscure maison, qui pour elle composait tout l'univers, il n'était question de Nantes à Orléans que des dix-sept [e] millions de mademoiselle Grandet [f]. Un de ses premiers actes fut de donner douze cents francs de rente viagère à Nanon, qui, possédant déjà six cents autres francs [1], devint un riche parti. En moins d'un mois, elle passa de l'état de fille à celui de femme, sous la protection d'Antoine Cornoiller, qui fut nommé garde-général des terres et propriétés de mademoiselle Grandet [g]. Madame Cornoiller eut sur ses contemporaines un immense avantage. Quoiqu'elle eût cinquante-neuf ans [2] [h], elle ne paraissait pas en avoir plus de quarante. Ses gros traits avaient résisté aux attaques du temps. Grâce au régime de sa vie

1. Nous savons qu'en 1819 Nanon avait mis en viager quatre mille livres (p. 30) accumulées en trente-cinq ans de service. En huit ou neuf ans de plus, elle a pu en gagner et en placer encore mille environ. Six cents francs représenteraient ainsi une rente de 12 %.

2. Voir ci-dessus, p. 30.

monastique, elle narguait la vieillesse par un teint coloré, par une santé de fer [a]. Peut-être n'avait-elle jamais été aussi bien qu'elle le fut au jour de son mariage. Elle eut les bénéfices de sa laideur, et apparut grosse, grasse, forte, ayant sur sa figure indestructible [b] un air de bonheur qui fit envier par quelques personnes le sort de Cornoiller. — Elle est bon teint, disait le drapier. — Elle est capable de faire des enfants, dit le marchand de sel; elle s'est conservée comme dans de la saumure, sous votre respect. — Elle est riche, et le gars Cornoiller fait un bon coup, disait un autre voisin. En sortant du vieux logis, Nanon, qui était aimée de tout le voisinage, ne reçut que des compliments en descendant la rue tortueuse pour se rendre à la paroisse. Pour présent de noce, Eugénie lui donna trois douzaines [c] de couverts. Cornoiller, surpris d'une telle magnificence, parlait de sa maîtresse les larmes aux yeux : il se serait fait hacher pour elle. Devenue la femme de confiance d'Eugénie, madame Cornoiller eut désormais un bonheur égal pour elle à celui de posséder un mari. Elle avait enfin une dépense à ouvrir, à fermer, des provisions à donner le matin, comme faisait son défunt maître. Puis elle eut à régir deux domestiques, une cuisinière et une femme de chambre chargée de raccommoder le linge de la maison, de faire les robes de mademoiselle. Cornoiller cumula les fonctions de garde et de régisseur. Il est inutile de dire que la cuisinière et la femme de chambre choisies par Nanon étaient de véritables *perles*. Mademoiselle Grandet eut ainsi quatre serviteurs dont le dévouement était sans bornes. Les fermiers ne s'aperçurent donc pas de la mort du bonhomme, tant il avait sévèrement établi les usages et coutumes de son administration, qui fut soigneusement continuée par monsieur et madame Cornoiller.

AINSI VA LE MONDE[a]

A TRENTE ANS[1], Eugénie ne connaissait encore aucune des félicités de la vie[b]. Sa pâle et triste enfance s'était écoulée auprès d'une mère dont le cœur méconnu, froissé, avait toujours souffert. En quittant avec joie[c] l'existence, cette mère plaignit sa fille d'avoir à vivre, et lui laissa dans l'âme de légers remords et d'éternels regrets. Le premier, le seul amour d'Eugénie était, pour elle, un principe de mélancolie. Après avoir entrevu son amant[d] pendant quelques jours, elle lui avait donné son cœur entre deux baisers furtivement acceptés et reçus; puis il était parti, mettant tout un monde entre elle et lui. Cet amour, maudit par son père[e], lui avait presque coûté sa mère, et ne lui causait que des douleurs mêlées de frêles espérances. Ainsi jusqu'alors elle s'était élancée vers le bonheur en perdant ses forces, sans les échanger. Dans la vie morale, aussi bien que dans la vie physique, il existe une aspiration et une respiration : l'âme a besoin d'absorber les sentiments d'une autre âme, de se les assimiler pour les lui restituer plus riches. Sans ce beau phénomène humain, point de vie au cœur; l'air lui manque alors, il souffre, et dépérit. Eugénie commençait à souffrir[f]. Pour elle, la fortune n'était ni un pouvoir ni une consolation; elle ne pouvait

1. Née vers la mi-novembre 1796, Eugénie Grandet, à la mort de son père, survenue au plus tôt vers la fin de 1827, doit avoir trente et un ans accomplis.

existter que par l'amour, par la religion, par sa foi dans l'avenir. L'amour lui expliquait l'éternité. Son cœur et l'Évangile lui signalaient [a] deux mondes à attendre. Elle se plongeait nuit et jour au sein de deux pensées infinies, qui pour elle peut-être n'en faisaient qu'une seule [1]. Elle se retirait en elle-même, aimant et se croyant aimée [b]. Depuis sept ans [2], sa passion avait tout envahi. Ses trésors n'étaient pas les millions dont les revenus s'entassaient [c], mais le coffret de Charles, mais les deux portraits suspendus à son lit, mais les bijoux rachetés à son père, étalés orgueilleusement sur une couche de ouate dans un tiroir du bahut [d]; mais le dé de sa tante, duquel s'était servie sa mère, et que tous les jours elle prenait religieusement pour travailler à une broderie, ouvrage de Pénélope, entrepris seulement pour mettre à son doigt cet or plein de souvenirs [e]. Il ne paraissait pas vraisemblable que mademoiselle Grandet voulût se marier durant son deuil [f]. Sa piété vraie était connue. Aussi la famille Cruchot, dont la politique était sagement dirigée par le vieil abbé, se contenta-t-elle de cerner l'héritière en l'entourant des soins les plus affectueux. Chez elle, tous les soirs, la salle se remplissait d'une société composée des plus chauds et des plus dévoués Cruchotins du pays, qui s'efforçaient de chanter les louanges de la maîtresse du logis sur tous les tons. Elle avait le médecin ordinaire de sa chambre, son grand aumônier, son chambellan [g], sa première dame d'atours, son premier ministre, son chancelier surtout [3],

---

1. Cette confusion, très romantique, entre la vie sentimentale et la vie religieuse se manifeste avec insistance chez Balzac, notamment dans *Séraphîta*, dans *Le Lys dans la vallée* et jusque dans les *Mémoires de deux jeunes mariées*. Pour Louise de Chaulieu, l'amour est « le principe de toutes les vertus rapportées à une image de la divinité ! L'amour [...] est l'infini de notre âme. » (*Pl.* I, 191.)

2. Exactement depuis huit ans.

3. Sans doute le président de Bonfons.

un chancelier qui voulait lui tout dire. L'héritière eût-elle désiré un porte-queue, on lui en aurait trouvé un. C'était une reine, et la plus habilement adulée [a] de toutes les reines. La flatterie n'émane jamais des [b] grandes âmes, elle est l'apanage des petits esprits, qui réussissent à se rapetisser [c] encore pour mieux entrer dans la sphère vitale de la personne autour de laquelle ils gravitent [d]. La flatterie sous-entend un intérêt [e]. Aussi les personnes qui venaient meubler tous les soirs la salle de mademoiselle Grandet, nommée par elles mademoiselle de Froidfond, réussissaient-elles merveilleusement à l'accabler de louanges. Ce concert d'éloges, nouveaux pour Eugénie, la fit d'abord rougir; mais insensiblement, et quelque grossiers que fussent les compliments, son oreille s'accoutuma si bien à entendre vanter sa beauté [f], que si quelque nouveau venu l'eût trouvée laide, ce reproche lui aurait été beaucoup plus sensible alors que huit ans auparavant. Puis elle finit par aimer des douceurs qu'elle mettait [g] secrètement aux pieds de son idole. Elle s'habitua donc par degrés à se laisser traiter en souveraine et à voir sa cour pleine tous les soirs. Monsieur le président de Bonfons était le héros de ce petit cercle, où son esprit, sa personne, son instruction, son amabilité sans cesse étaient vantés. L'un faisait observer que, depuis sept ans, il avait beaucoup augmenté sa fortune; que Bonfons valait au moins dix mille francs de rente et se trouvait enclavé, comme tous les biens des Cruchot [h], dans les vastes domaines de l'héritière. — Savez-vous, mademoiselle, disait un habitué, que les Cruchot ont à eux quarante mille livres de rente [i]. — Et leurs économies, reprenait une vieille Cruchotine, mademoiselle de Gribeaucourt. Un monsieur de Paris est venu dernièrement offrir à monsieur Cruchot [j] deux cent mille francs de son étude. Il doit la vendre, s'il peut être nommé juge de paix. — Il veut succéder à monsieur de Bonfons dans la présidence du tribunal, et prend ses précautions, répondit madame d'Orsonval; car monsieur le président deviendra conseiller, puis président à la Cour, il a trop de moyens pour ne pas arriver. — Oui, c'est un homme bien distingué, disait un autre. Ne trouvez-vous pas, mademoiselle? [a] Monsieur le président avait tâché de se mettre en harmonie avec le rôle qu'il voulait jouer. Malgré ses quarante ans, malgré sa figure brune et rébarbative, flétrie comme le sont presque [b] toutes les physionomies judiciaires, il se mettait en jeune homme, badinait avec un jonc, ne prenait point de tabac chez mademoiselle de Froidfond, y arrivait toujours en cravate blanche, et en chemise dont le jabot à gros plis lui donnait un air de famille avec les individus du genre dindon [c]. Il parlait familièrement à la belle héritière, et lui disait : Notre chère Eugénie [d] ! Enfin, hormis [e] le nombre des personnages, en remplaçant le loto par le whist, et en supprimant les figures de monsieur et de madame Grandet, la scène par laquelle commence cette histoire était à peu près la même que par le passé. La meute poursuivait toujours Eugénie et ses millions; mais la meute plus nombreuse aboyait mieux, et cernait sa proie avec ensemble [f]. Si Charles fût arrivé du fond des Indes, il eût donc retrouvé les mêmes personnages et les mêmes intérêts [g]. Madame des Grassins, pour laquelle Eugénie était parfaite de grâce et de bonté, persistait à tourmenter les Cruchot [h]. Mais alors, comme autrefois, la figure d'Eugénie eût dominé le tableau; comme autrefois, Charles eût encore été là le souverain. Néanmoins il y avait un progrès. Le bouquet présenté jadis à Eugénie aux jours de sa fête par le président [i] était devenu périodique. Tous les soirs il apportait à la riche héritière un gros et magnifique bouquet que madame Cornoiller mettait ostensiblement [a] dans un bocal, et jetait secrètement [b] dans un coin de la cour, aussitôt les visiteurs partis. Au commencement du printemps, madame des Grassins essaya de troubler le bonheur des Cruchotins en parlant à Eugénie du marquis de Froidfond, dont la maison ruinée pouvait se relever si l'héritière voulait lui rendre sa terre [c] par un contrat de mariage. Madame des Grassins faisait sonner haut la pairie, le titre de marquise, et, prenant le sourire de dédain d'Eugénie pour une approbation, elle allait disant que le mariage de monsieur le président Cruchot n'était pas aussi avancé qu'on le croyait. — Quoique monsieur de Froidfond ait cinquante ans, disait-elle, il ne paraît pas plus âgé que ne l'est monsieur Cruchot; il est veuf, il a des enfants, c'est vrai; mais il est marquis [d], il sera pair de France, et par le temps qui court trouvez donc des mariages de cet acabit [e]. Je sais de science certaine que le père Grandet, en réunissant tous ses biens à la terre de Froidfond, avait l'intention de s'enter sur les Froidfond. Il me l'a souvent dit. Il était malin, le bonhomme [f].

— Comment, Nanon, dit un soir Eugénie en se couchant, il ne m'écrira pas une fois en sept ans?...

Pendant que ces choses se passaient à Saumur, Charles faisait fortune aux Indes. Sa pacotille s'était d'abord très bien vendue. Il avait réalisé promptement une somme de six mille [g] dollars. Le baptême de la Ligne lui fit perdre beaucoup de préjugés; il s'aperçut que le meilleur moyen d'arriver à la fortune était, dans les régions intertropicales [h], aussi bien qu'en Europe, d'acheter et de vendre des hommes. Il vint donc sur les côtes d'Afrique et fit la traite des nègres, en joignant à son commerce d'hommes [i] celui des marchandises les plus avantageuses à échanger sur les divers marchés où l'amenaient ses intérêts [j]. Il porta dans les affaires une activité qui ne lui laissait aucun moment de libre. Il était dominé par l'idée de reparaître à Paris dans tout l'éclat d'une haute fortune, et de ressaisir une position plus brillante encore que celle d'où il était tombé. A force de rouler à travers les hommes et les pays, d'en observer les coutumes contraires, ses idées se modifièrent et il devint sceptique. Il n'eut plus de notions fixes sur le juste et l'injuste, en voyant taxer de crime dans un pays ce qui était vertu dans un autre [1]. Au contact perpétuel des intérêts, son cœur se refroidit, se contracta, se dessécha [a]. Le sang des Grandet ne faillit point à sa destinée. Charles devint dur, âpre à la curée. Il vendit des Chinois, des Nègres, des nids d'hirondelles, des enfants, des artistes [2]; il fit l'usure en grand. L'habitude de frauder les droits de douane le rendit moins scrupuleux sur les droits de l'homme [b]. Il allait à Saint-Thomas acheter à vil prix les marchandises volées par les pirates [3], et les portait sur les places [c] où elles manquaient. Si la noble et pure figure d'Eugénie l'accompagna dans son premier voyage comme cette image de Vierge que mettent sur leur vaisseau les marins espagnols, et s'il attribua ses

1. Le scepticisme de Charles Grandet est aussi celui auquel, par les mêmes voies, est parvenu Gobseck. « Mes principes, dit l'usurier, ont varié comme ceux des hommes, j'en ai dû changer à chaque latitude. Ce que l'Europe admire, l'Asie le punit. Ce qui est un vice à Paris, est une nécessité quand on a passé les Açores. Rien n'est fixe ici-bas, il n'y existe que des conventions qui se modifient suivant les climats. Pour qui s'est jeté forcément dans tous les moules sociaux, les convictions et les morales ne sont plus que des mots sans valeur. » (*Pl.* II, 628-629.) Ce passage du texte définitif de *Gobseck* résulte d'un remaniement postérieur à la rédaction d'*Eugénie Grandet,* qui fournit donc, à la date de 1833, le premier témoignage de la réflexion du romancier dans ce domaine.

2. On se demande comment Charles Grandet a pu s'y prendre pour vendre « des artistes ».

3. De même, Gobseck « avait eu des relations avec plusieurs corsaires, car il avait longtemps séjourné à Saint-Thomas » (*Pl.* II, 627). Saint-Thomas, dans les Antilles.

B. N. Estampes — Cl. Josse Lalance

VIERGE DU ROSAIRE
PROTECTRICE DE LA FLOTTE ESPAGNOLE

« ... cette image de Vierge que mettent sur leur vaisseau les marins espagnols... » (P. 232)

premiers succès à la magique influence des vœux et des prières de cette douce fille, plus tard, les Négresses, les Mulâtresses, les Blanches, les Javanaises, les Almées, ses orgies de toutes les couleurs, et les aventures qu'il eut en divers pays [a] effacèrent complètement le souvenir de sa cousine, de Saumur, de la maison, du banc, du baiser pris dans le couloir. Il se souvenait seulement du petit jardin encadré de vieux murs, parce que là sa destinée hasardeuse avait commencé; mais il reniait sa famille [b] : son oncle était un vieux chien qui lui avait filouté [c] ses bijoux ; Eugénie n'occupait ni son cœur ni ses pensées, elle occupait une place dans ses affaires [d] comme créancière d'une somme de six mille francs. Cette conduite et ces idées expliquent le silence [e] de Charles Grandet. Dans les Indes, à Saint-Thomas, à la côte d'Afrique, à Lisbonne et aux États-Unis, le spéculateur avait pris, pour ne pas compromettre son nom, le pseudonyme de Sepherd. Carl Sepherd pouvait sans danger se montrer partout [f] infatigable, audacieux, avide, en homme qui, résolu de faire fortune *quibuscumque viis,* se dépêche d'en finir avec l'infamie pour rester honnête homme pendant le restant de ses jours. Avec ce système, sa fortune fut rapide et brillante [g]. En 1827 [h] donc, il revenait à Bordeaux [1] sur le *Marie-Caroline,* joli brick appartenant à une maison de commerce royaliste. Il possédait dix-neuf cent mille [i] francs en trois tonneaux [j] de

1. A propos du chevalier de Valois qui gâche sa cause auprès de Mlle Cormon en passant un peu trop de temps à sa toilette, Balzac rappellera cette circonstance romanesque, avec d'autres de son invention, comme un exemple de ces « petits faits » qui peuvent modifier une destinée : « La duchesse de Langeais (voir l'*Histoire des Treize*) se fait religieuse pour n'avoir pas eu dix minutes de patience, le juge Popinot (voir *L'Interdiction*) remet au lendemain pour aller interroger le marquis d'Espard, Charles Grandet revient par Bordeaux au lieu de revenir par Nantes, et l'on appelle ces événements des hasards, des fatalités » (*La Vieille Fille,* pp. 74-75).

poudre d'or bien cerclés, desquels il comptait tirer sept ou huit pour cent en les monnayant [1] à Paris [a]. Sur ce brick, se trouvait également un gentilhomme ordinaire de la chambre de S. M. le roi Charles X, monsieur d'Aubrion, bon vieillard qui avait fait la folie d'épouser une femme à la mode, et dont la fortune était aux îles. Pour réparer les prodigalités de madame d'Aubrion, il était allé réaliser ses propriétés. Monsieur et madame d'Aubrion, de la maison d'Aubrion de Buch [b], dont le dernier Captal [2] mourut avant 1789, réduits à une vingtaine de mille livres de rente, avaient une fille assez laide que la mère voulait marier sans dot, sa fortune lui suffisant à peine pour vivre à Paris. C'était une entreprise dont le succès eût semblé problématique à tous les gens du monde malgré l'habileté qu'ils prêtent aux femmes à la mode. Aussi madame d'Aubrion elle-même désespérait-elle presque, en voyant sa fille, d'en embarrasser qui que ce fût [c], fût-ce même un homme ivre de noblesse [d]. Mademoiselle d'Aubrion était une demoiselle longue comme l'insecte, son homonyme [3]; maigre, fluette, à bouche dédaigneuse, sur laquelle descendait un nez trop long, gros du bout, flavescent à l'état normal, mais complètement rouge après les repas, espèce de phénomène végétal plus désagréable au milieu d'un visage pâle et ennuyé que dans tout autre [e]. Enfin, elle était telle que pouvait la désirer une mère de trente-huit ans qui, belle encore, avait encore des prétentions. Mais, pour contrebalancer de tels désavantages, la marquise d'Aubrion

---

1. En les vendant au cours, à la Monnaie.
2. Seigneur. Titre particulier, porté sous l'Ancien Régime à Buch, en pays bordelais.
3. Indication obscure. Peut-être faut-il entendre : longue comme l'insecte appelé demoiselle (libellule); mais il faudrait alors admettre un usage impropre du mot « homonyme ».

avait donné à sa fille un air très distingué, l'avait soumise à une hygiène qui maintenait provisoirement le nez à un ton de chair raisonnable, lui avait appris l'art de se mettre avec goût [a], l'avait dotée de jolies manières, lui avait enseigné ces regards mélancoliques qui intéressent un homme et lui font croire qu'il va rencontrer l'ange si vainement cherché [b] ; elle lui avait montré la manœuvre du pied, pour l'avancer à propos et en faire admirer la petitesse, au moment où le nez avait l'impertinence de rougir ; enfin, elle avait tiré de sa fille un parti très satisfaisant. Au moyen de manches larges, de corsages menteurs, de robes bouffantes et soigneusement garnies, d'un corset à haute pression, elle avait obtenu des produits féminins si curieux que, pour l'instruction des mères, elle aurait dû les déposer dans un musée [c]. Charles se lia beaucoup avec madame d'Aubrion, qui voulait précisément se lier avec lui. Plusieurs personnes [d] prétendent même que, pendant la traversée, la belle madame d'Aubrion ne négligea aucun moyen de capturer un gendre si riche [e]. En débarquant à Bordeaux, au mois de juin 1827 [1f], monsieur, madame, mademoiselle d'Aubrion et Charles logèrent ensemble dans le même hôtel et partirent ensemble pour Paris. L'hôtel d'Aubrion était criblé d'hypothèques, Charles devait le libérer [g]. La mère avait déjà parlé du bonheur qu'elle aurait de céder son rez-de-chaussée à son gendre et à sa fille. Ne partageant pas les préjugés de monsieur d'Aubrion sur la noblesse, elle avait promis à Charles Grandet d'obtenir du bon Charles X une ordonnance

---

1. Cette date fait difficulté. Eugénie va recevoir une lettre de Charles « au commencement du mois d'août de cette année » (p. 238), alors que son cousin est rentré depuis un mois (p. 246). Or son père est mort au début de 1828. Les états du texte antérieurs à l'édition Furne fournissaient des données plus cohérentes : M. Grandet mourait deux ans plus tôt et Charles rentrait en 1826.

royale qui l'autoriserait, lui Grandet, à porter le nom d'Aubrion, à en prendre les armes, et à succéder, moyennant la constitution d'un majorat [1] de trente-six mille [a] livres de rente, à Aubrion, dans le titre de Captal de Buch et marquis d'Aubrion [b]. En réunissant leurs fortunes, vivant en bonne intelligence, et moyennant des sinécures, on pourrait réunir cent et quelques mille livres [c] de rente à l'hôtel d'Aubrion. — Et quand on a cent mille [d] livres de rente, un nom, une famille, que l'on va à la cour, car je vous ferai nommer gentilhomme [e] de la chambre, on devient tout ce qu'on veut être, disait-elle à Charles. Ainsi vous serez, à votre choix, maître des requêtes au Conseil-d'État, préfet, secrétaire d'ambassade, ambassadeur. Charles X aime beaucoup d'Aubrion, ils se connaissent depuis l'enfance [f].

Enivré d'ambition par cette femme, Charles avait caressé, pendant la traversée, toutes ces espérances qui lui furent présentées par une main habile, et sous forme de confidences versées de cœur à cœur. Croyant les affaires de son père arrangées par son oncle, il se voyait ancré tout à coup dans le faubourg Saint-Germain, où tout le monde voulait alors entrer, et où, à l'ombre du nez bleu de mademoiselle Mathilde, il reparaissait en comte d'Aubrion, comme les Dreux reparurent un jour en Brézé [2] [g]. Ébloui par la prospérité de la Restauration qu'il avait laissée chancelante [3], saisi par l'éclat des idées aristocratiques, son

1. Dans *Le Contrat de Mariage* (*Pl.* III, 50), Balzac lui-même définit avec précision le majorat « une fortune inaliénable, prélevée sur la fortune des deux époux, et constituée au profit de l'aîné, à chaque génération, sans qu'il soit privé de ses droits au partage égal des autres biens ».

2. Le comte Pierre de Dreux ajouta à son nom celui de Brézé, quand il eut acquis, en 1686, la terre et le marquisat de Brézé.

3. Charles avait quitté la France à la fin de 1819, dans les mois difficiles qui ont précédé la chute du ministère Decazes.

enivrement commencé sur le vaisseau se maintint à Paris où il résolut de tout faire pour arriver à la haute position que son égoïste belle-mère lui faisait entrevoir [a]. Sa cousine n'était donc plus pour lui qu'un point dans l'espace de cette brillante perspective. Il revit Annette. En femme du monde, Annette conseilla vivement à son ancien ami de contracter cette alliance, et lui promit son appui dans toutes ses entreprises ambitieuses [b]. Annette était enchantée de faire épouser une demoiselle laide et ennuyeuse à Charles, que le séjour des Indes avait rendu très séduisant : son teint avait bruni, ses manières étaient devenues décidées, hardies, comme le sont celles des hommes habitués à trancher, à dominer, à réussir. Charles respira plus à l'aise dans Paris, en voyant qu'il pouvait y jouer un rôle. Des Grassins, apprenant son retour, son mariage prochain, sa fortune, le vint voir pour lui parler des trois cent mille [c] francs moyennant lesquels il pouvait acquitter les dettes de son père [d]. Il trouva Charles en conférence avec le joaillier auquel il avait commandé des bijoux pour la corbeille de mademoiselle d'Aubrion, et qui lui en montrait les dessins. Malgré les magnifiques diamants que Charles avait rapportés des Indes, les façons, l'argenterie, la joaillerie solide et futile du jeune ménage allait encore à plus de deux cent mille [e] francs. Charles reçut des Grassins, qu'il ne reconnut pas, avec l'impertinence d'un jeune homme à la mode qui, dans les Indes, avait tué quatre hommes en différents duels. Monsieur des Grassins était déjà venu trois fois, Charles l'écouta froidement; puis il lui répondit, sans l'avoir bien compris : [f] « Les affaires de mon père ne sont pas les miennes. Je vous suis obligé, monsieur, des soins que vous avez bien voulu prendre, et dont je ne saurais profiter. Je n'ai pas ramassé presque deux millions [g] à la sueur de mon front pour aller les flanquer à la tête des créanciers de mon père ».

— Et si monsieur votre père était, d'ici à quelques jours, déclaré en faillite?

— Monsieur, d'ici à quelques jours, je me nommerai le comte d'Aubrion. Vous entendez bien que ce me sera parfaitement indifférent. D'ailleurs, vous savez mieux que moi que quand un homme a cent mille livres de rente, son père n'a jamais fait faillite, ajouta-t-il en poussant poliment le sieur des Grassins vers la porte [a].

Au commencement du mois d'août de cette année, Eugénie était assise sur le petit banc de bois où son cousin lui avait juré un éternel amour, et où elle venait déjeuner quand il faisait beau [b]. La pauvre fille se complaisait en ce moment, par la plus fraîche, la plus joyeuse matinée, à repasser dans sa mémoire les grands, les petits événements de son amour, et les catastrophes dont il avait été suivi. Le soleil éclairait le joli pan de mur tout fendillé [c], presque en ruines, auquel il était défendu de toucher, de par la fantasque héritière [d], quoique Cornoiller répétât souvent à sa femme qu'on serait écrasé dessous quelque jour. En ce moment, le facteur de poste frappa, remit une lettre à madame Cornoiller, qui vint au jardin en criant : « Mademoiselle, une lettre ! » Elle la donna à sa maîtresse en lui disant : [e] « C'est-y celle que vous attendez? »

Ces mots retentirent aussi fortement au cœur d'Eugénie qu'ils retentirent réellement entre les murailles de la cour et du jardin.

— Paris ! C'est de lui. Il est revenu.

Eugénie pâlit, et garda la lettre pendant un moment. Elle palpitait trop vivement pour pouvoir la décacheter et la lire. La Grande Nanon resta debout, les deux mains sur les hanches, et la joie semblait s'échapper comme une fumée par les crevasses de son brun[a] visage.

— Lisez donc, mademoiselle...

— Ah ! Nanon, pourquoi revient-il par Paris, quand il s'en est allé par Saumur ?

— Lisez, vous le saurez.

Eugénie décacheta la lettre en tremblant. Il en tomba un mandat sur la maison *madame des Grassins et Corret* de Saumur. Nanon le ramassa.

« Ma chère cousine... »

— Je ne suis plus Eugénie, pensa-t-elle. Et son cœur se serra.

« Vous... »

— Il me disait *tu !*

Elle se croisa les bras, n'osa plus lire la lettre [b], et de grosses larmes lui vinrent aux yeux.

— Est-il mort ? demanda Nanon.

— Il n'écrirait pas, dit Eugénie.

Elle lut toute la lettre que voici.

« Ma chère cousine, vous apprendrez, je le crois, avec plaisir [c], le succès de mes entreprises. Vous m'avez porté bonheur, je suis revenu riche, et j'ai suivi les conseils de mon oncle, dont la mort et celle de ma tante viennent de m'être apprises par monsieur des Grassins. La mort de nos parents est dans la nature, et nous devons leur succéder. J'espère que vous êtes aujourd'hui consolée. Rien ne résiste au temps, je l'éprouve [d]. Oui, ma chère cousine, malheureusement pour moi, le moment des illusions est passé. Que voulez-vous ! [e] En voyageant à travers de nombreux pays, j'ai réfléchi sur la vie. D'enfant que j'étais au départ, je suis devenu homme au retour. Aujourd'hui, je pense à bien des choses auxquelles je ne songeais pas autrefois. Vous êtes libre, ma cousine, et je suis libre encore ; rien n'empêche, en apparence, la réalisation de nos petits projets [f] ; mais j'ai trop de loyauté dans le caractère pour vous cacher la situation de mes affaires. Je n'ai point oublié que je ne m'appartiens pas; je me suis toujours souvenu dans mes longues traversées du petit banc de bois... »

Eugénie se leva comme si elle eût été sur des charbons ardents, et alla s'asseoir sur une des marches de la cour.

« ... du petit banc de bois où nous nous sommes juré de nous aimer toujours, du couloir, de la salle grise, de ma chambre en mansarde, et de la nuit où vous m'avez rendu, par votre délicate obligeance, mon avenir plus facile [a]. Oui, ces souvenirs ont soutenu mon courage, et je me suis dit que vous pensiez toujours à moi comme je pensais souvent à vous, à l'heure convenue entre nous. Avez-vous bien regardé les nuages à neuf heures? Oui, n'est-ce pas [b]? Aussi, ne veux-je pas trahir une amitié sacrée pour moi; non, je ne dois point vous tromper. Il s'agit, en ce moment, pour moi, d'une alliance qui satisfait à toutes les idées que je me suis formées sur le mariage. L'amour, dans le mariage, est une chimère. Aujourd'hui mon expérience me dit qu'il faut obéir à toutes les lois sociales et réunir toutes les convenances voulues par le monde en se mariant. Or, déjà se trouve entre nous une différence d'âge qui, peut-être, influerait plus sur votre avenir, ma chère cousine, que sur le mien. Je ne vous parlerai ni de vos mœurs, ni de votre éducation, ni de vos habitudes, qui ne sont nullement en rapport avec la vie de Paris, et ne cadreraient sans doute point avec mes projets ultérieurs. Il entre dans mes plans de tenir un grand état de maison, de recevoir beaucoup de monde, et je crois me souvenir que vous aimez une vie douce et tranquille. Non, je serai plus franc, et veux vous faire arbitre de ma situation [c]; il vous appartient de la connaître, et vous avez le droit de la juger. Aujourd'hui je possède quatre-vingt mille [a] livres de rente. Cette fortune me permet de m'unir à la famille d'Aubrion, dont l'héritière, jeune personne de dix-neuf ans [b], m'apporte en mariage son nom, un titre, la place de gentilhomme honoraire de la chambre de Sa Majesté, et une position des plus brillantes. Je vous avouerai, ma chère cousine, que je n'aime pas le moins du monde mademoiselle d'Aubrion [c], mais, par son alliance, j'assure à mes enfants une situation sociale dont un jour les avantages seront incalculables : de jour en jour, les idées monarchiques reprennent faveur. Donc, quelques années plus tard, mon fils, devenu marquis d'Aubrion, ayant un majorat de quarante mille livres [d] de rente, pourra prendre dans l'État telle place qu'il lui conviendra de choisir. Nous nous devons à nos enfants [e]. Vous voyez, ma cousine, avec quelle bonne foi je vous expose l'état de mon cœur, de mes espérances et de ma fortune. Il est possible que de votre côté vous ayez oublié nos enfantillages après sept années d'absence; mais moi, je n'ai oublié ni votre indulgence [f], ni mes paroles; je me souviens de toutes, même des plus légèrement données, et auxquelles un jeune homme moins consciencieux que je ne le suis, ayant un cœur moins jeune et moins probe, ne songerait même pas. En vous disant que je ne pense qu'à faire un mariage de convenance, et que je me souviens encore de nos [g] amours d'enfant, n'est-ce pas me mettre entièrement à votre discrétion, vous rendre maîtresse de mon sort, et vous dire que, s'il faut renoncer à mes ambitions sociales, je me contenterai volontiers de ce simple et pur bonheur duquel vous m'avez offert de si touchantes images... »

— Tan, ta, ta. — Tan, ta, ti. — Tinn, ta, ta. — Toûn! — Toûn, ta, ti. — Tinn, ta, ta..., etc., avait chanté Charles Grandet sur l'air de *Non più andrai* [1], en signant : [a]

« Votre dévoué cousin,

« CHARLES. »

— Tonnerre de Dieu! c'est y mettre des procédés, se dit-il. Et il avait cherché le mandat, et il avait ajouté ceci : [b]

« *P. S.* Je joins à ma lettre un mandat sur la maison des Grassins de huit mille francs [2] [c] à votre ordre, et payable en or, comprenant intérêts et capital de la somme que vous avez eu la bonté de me prêter. J'attends de Bordeaux une caisse où se trouvent quelques objets que vous me permettrez de vous offrir en témoignage [d] de mon éternelle reconnaissance. Vous pouvez renvoyer par la diligence ma toilette à l'hôtel [e] d'Aubrion, rue Hillerin-Bertin [3]. »

— Par la diligence! dit Eugénie. Une chose pour laquelle j'aurais donné mille fois [f] ma vie!

Épouvantable et complet désastre [g]. Le vaisseau sombrait sans laisser ni un cordage, ni une planche sur le vaste océan des espérances [h]. En se voyant abandonnées, certaines femmes vont arracher leur amant aux bras d'une rivale, la tuent et s'enfuient [i] au bout du monde, sur l'échafaud ou dans la tombe. Cela, sans doute, est beau; le mobile de ce crime est

---

1. Air du comte Almaviva dans *Les Noces de Figaro.*

2. Le « trésor » d'Eugénie étant évalué à six mille francs, Charles a calculé, assez mesquinement, un intérêt de cinq pour cent (soit, en sept ans, 2 100 fr). Les premiers états du texte portent, très exactement, « francs 8 100 ».

3. Dans le Faubourg Saint-Germain. Cette rue, fondue en 1850 dans la rue de Bellechasse, allait de la rue de Varenne à la rue de Grenelle : « Je suis logé rue Hillerin-Bertin », annonce fièrement Don Felipe Henarez à son ami Don Fernand dans les *Mémoires de deux jeunes mariées* (*Pl.* I, pp. 157-158).

une sublime passion qui impose à la Justice humaine [a]. D'autres femmes baissent la tête et souffrent en silence ; elles vont mourantes et résignées, pleurant et pardonnant, priant et se souvenant jusqu'au dernier soupir [b]. Ceci est de l'amour, l'amour vrai, l'amour des anges, l'amour fier qui vit de sa douleur et qui en meurt. Ce fut le sentiment d'Eugénie après avoir lu cette horrible lettre. Elle jeta ses regards au ciel, en pensant aux dernières paroles de sa mère, qui, semblable à quelques mourants, avait projeté [c] sur l'avenir un coup d'œil pénétrant, lucide; puis, Eugénie, se souvenant de cette mort et de cette vie prophétique, mesura [d] d'un regard toute sa destinée. Elle n'avait plus qu'à déployer [e] ses ailes, tendre au ciel, et vivre en prières jusqu'au jour de sa délivrance.

— Ma mère avait raison, dit-elle en pleurant. Souffrir et mourir [f].

Elle vint à pas lents de son jardin dans la salle. Contre son habitude, elle ne passa point par le couloir; mais elle retrouva le souvenir de son cousin dans ce vieux salon gris, sur la cheminée duquel était toujours une certaine soucoupe dont elle se servait tous les matins à son déjeuner, ainsi que du sucrier de vieux Sèvres. Cette matinée devait être solennelle et pleine d'événements pour elle. Nanon lui annonça le curé de la paroisse. Ce curé, parent des Cruchot, était dans les intérêts du président de Bonfons. Depuis quelques jours, le vieil abbé l'avait déterminé à parler à mademoiselle Grandet, dans un sens purement religieux, de l'obligation où elle était de contracter mariage. En voyant son pasteur, Eugénie crut qu'il venait chercher les mille francs [g] qu'elle donnait mensuellement aux pauvres, et dit à Nanon de les aller chercher; mais le curé se prit à sourire.

— Aujourd'hui, mademoiselle, je viens vous parler d'une pauvre fille à laquelle toute la ville de Saumur s'intéresse, et qui, faute de charité pour elle-même [a], ne vit pas chrétiennement.

— Mon Dieu! monsieur le curé, vous me trouvez dans un moment où il m'est impossible de songer à mon prochain, je suis tout occupée [b] de moi. Je suis bien malheureuse, je n'ai d'autre refuge que l'Église; elle a un sein assez large pour contenir toutes nos douleurs, et des sentiments assez féconds pour que nous puissions y puiser [c] sans crainte de les tarir.

— Eh bien! mademoiselle, en nous occupant de cette fille, nous nous occuperons de vous. Écoutez. Si vous voulez faire votre salut, vous n'avez que deux voies à suivre, ou quitter le monde ou en suivre les lois. Obéir à votre destinée terrestre ou à votre destinée céleste.

— Ah! votre voix me parle au moment où je voulais entendre une voix. Oui, Dieu vous adresse ici, monsieur. Je vais dire adieu au monde et vivre pour Dieu seul dans le silence et la retraite.

— Il est nécessaire, ma fille [d], de longtemps réfléchir à ce violent parti. Le mariage est une vie, le voile est une mort.

— Eh bien! la mort, la mort promptement, monsieur le curé, dit-elle avec une effrayante vivacité.

— La mort! mais vous avez de grandes obligations à remplir envers la Société, mademoiselle. N'êtes-vous donc pas la mère des pauvres auxquels vous donnez des vêtements, du bois en hiver et du travail en été? Votre grande fortune est un prêt qu'il faut rendre, et vous l'avez saintement acceptée ainsi [e]. Vous ensevelir dans un couvent, ce serait de l'égoïsme [1]; quant

1. Balzac a évoqué dans le *Traité de la Prière* (éd. Philippe Bertault, p. 98) l'« égoïsme religieux » de la vie monastique ou conventuelle et emploie l'expression d'« égoïsme sublime » au même propos dans *Le Médecin de campagne*. Ici, cependant, l'intention est différente, puisque le curé, qui est « dans les intérêts du président », utilise un argument

à rester vieille fille, vous ne le devez pas. D'abord, pourriez-vous gérer seule votre immense fortune? vous la perdriez peut-être. Vous auriez bientôt mille procès, et vous seriez engarriée [1] en d'inextricables difficultés. Croyez votre pasteur : un époux vous est utile, vous devez conserver ce que Dieu vous a donné [a]. Je vous parle comme à une ouaille chérie. Vous aimez trop sincèrement Dieu pour ne pas faire votre salut au milieu du monde, dont vous êtes un des plus beaux ornements, et auquel vous donnez de saints exemples.

En ce moment, madame des Grassins se fit annoncer. Elle venait amenée par la vengeance et par un grand désespoir [b].

— Mademoiselle, dit-elle. Ah! voici monsieur le curé. Je me tais, je venais vous parler d'affaires, et je vois que vous êtes en grande conférence.

— Madame, dit le curé, je vous laisse le champ libre [c].

— Oh! monsieur le curé, dit Eugénie, revenez dans quelques instants, votre appui m'est en ce moment bien nécessaire.

— Oui, ma pauvre enfant, dit madame des Grassins.

— Que voulez-vous dire? demandèrent mademoiselle Grandet et le curé.

— Ne sais-je pas [d] le retour de votre cousin, son mariage avec mademoiselle d'Aubrion?... Une femme n'a jamais son esprit dans sa poche.

---

spécieux pour persuader Eugénie de rester dans le monde. Voir Ph. Bertault, *Balzac et la Religion,* III, 3, « La vie contemplative et la vie active ».

1. L'*angarie,* selon le droit féodal, désigne l'obligation de fournir au roi ou à un seigneur des voitures ou des chevaux. Le verbe *angarier,* ou *engarier,* ou *engarrier,* est passé dans la langue populaire et s'emploie encore dans le Centre et l'Ouest avec le sens plus vague de soumettre à une contrainte. On le relève dans *La Vieille Fille,* p. 54 : « Cela vaut mieux que d'être engarié par un avocat en cour d'Assises ». Dans *Maître Cornélius* (*Pl.* IX, 942), Balzac notait le mot comme « encore en usage à Tours ».

Eugénie rougit et resta muette; mais elle prit le parti d'affecter à l'avenir l'impassible contenance qu'avait su prendre son père.

— Eh bien! madame, répondit-elle avec ironie, j'ai sans doute l'esprit dans ma poche [a], je ne comprends pas. Parlez, parlez devant monsieur le curé, vous savez qu'il est mon directeur.

— Eh bien! mademoiselle, voici ce que des Grassins m'écrit. Lisez.

Eugénie lut la lettre suivante :

« Ma chère femme, Charles Grandet arrive des Indes, il est à Paris depuis un mois...

— Un mois! se dit Eugénie en laissant tomber sa main.

Après une pause, elle reprit la lettre.

« ..... Il m'a fallu faire antichambre deux fois avant de pouvoir parler à ce futur vicomte d'Aubrion [b]. Quoique tout Paris parle de son mariage, et que tous les bans soient publiés... »

— Il m'écrivait donc au moment où..., se dit Eugénie. Elle n'acheva pas, elle ne s'écria pas comme une Parisienne : « Le polisson! » Mais pour ne pas être exprimé, le mépris n'en fut pas moins complet [c].

« ..... Ce mariage est loin de se faire; le marquis d'Aubrion ne donnera pas sa fille au fils d'un banqueroutier. Je suis venu lui faire part des soins que son oncle et moi nous avons donnés aux affaires de son père, et des habiles manœuvres par lesquelles nous avons su faire tenir les créanciers tranquilles [d] jusqu'aujourd'hui. Ce petit impertinent n'a-t-il pas eu le front de me répondre, à moi qui, pendant cinq ans, me suis dévoué nuit et jour à ses intérêts et à son honneur, que *les affaires de son père n'étaient pas les siennes*. Un agréé serait en droit [a] de lui demander trente à quarante mille [b] francs d'honoraires, à un pour cent sur la somme des créances. Mais, patience, il est bien légitimement dû douze cent mille francs [c] aux créanciers, et je vais faire déclarer son père en faillite. Je me suis embarqué dans cette affaire sur la parole de ce vieux caïman de Grandet, et j'ai fait des promesses au nom de la famille. Si monsieur le vicomte d'Aubrion [d] se soucie peu de son honneur, le mien m'intéresse fort. Aussi vais-je expliquer ma position aux créanciers [e]. Néanmoins, j'ai trop de respect pour mademoiselle Eugénie, à l'alliance de laquelle, en des temps plus heureux, nous avions pensé [f], pour agir sans que tu lui aies parlé de cette affaire... »

Là, Eugénie rendit froidement la lettre sans l'achever.

— Je vous remercie, dit-elle à madame des Grassins, *nous verrons cela* [1]...

— En ce moment, vous avez toute la voix [g] de défunt votre père, dit madame des Grassins.

— Madame, vous avez huit mille cent francs [2] d'or à nous compter [h], lui dit Nanon.

— Cela est vrai; faites-moi l'avantage [i] de venir avec moi, madame Cornoiller.

— Monsieur le curé, dit Eugénie avec un noble sang-froid que lui donna la pensée qu'elle allait exprimer [j], serait-ce pécher que de demeurer en état de virginité dans le mariage?

---

1. « Elle répond : — Nous verrons cela, comme son père faisait », note Alain (*op. cit.*, p. 135). Il est vrai. Et déjà Mme Grandet (voir p. 38). Les mêmes mots cependant prennent selon les personnages des valeurs diverses : prudence intéressée chez Grandet, discrétion généreuse chez sa femme et, chez Eugénie, réserve méprisante, mais qui ne doit pas donner le change sur sa véritable intention; « nous verrons » un peu plus loin qu'elle accepte d'agir dans le sens suggéré par des Grassins.
2. On a vu plus haut (p. 242, note 2) que Balzac, d'une édition à une autre, a réduit le montant du mandat de Charles à huit mille francs. Il a omis de porter ici la même correction.

— Ceci est un cas de conscience dont la solution m'est inconnue. Si vous voulez savoir ce qu'en pense en sa Somme *de Matrimonio* le célèbre [a] Sanchez [1], je pourrai vous le dire demain.

Le curé partit [b], mademoiselle Grandet monta dans le cabinet de son père et y passa la journée seule, sans vouloir descendre à l'heure du dîner, malgré les instances de Nanon. Elle parut le soir, à l'heure où les habitués de son cercle arrivèrent. Jamais le salon des Grandet n'avait été aussi plein qu'il le fut pendant cette soirée. La nouvelle du retour et de la sotte trahison de Charles avait été répandue dans toute la ville. Mais quelque attentive que fût la curiosité des visiteurs, elle ne fut point satisfaite. Eugénie, qui s'y était attendue, ne laissa percer sur son visage calme aucune des cruelles émotions qui l'agitaient. Elle sut prendre une figure riante pour répondre à ceux qui voulurent lui témoigner de l'intérêt par des regards ou des paroles mélancoliques. Elle sut enfin couvrir son malheur sous les voiles de la politesse. Vers neuf heures, les parties finissaient, et les joueurs quittaient leurs tables, se payaient et discutaient les derniers coups de whist en venant se joindre au cercle des causeurs. Au moment où l'assemblée [c] se leva en masse pour quitter le salon, il y eut un coup de théâtre qui retentit dans Saumur, de là dans l'arrondissement et dans les quatre préfectures environnantes [d].

— Restez, monsieur le président, dit Eugénie à monsieur de Bonfons en lui voyant prendre sa canne [e].

A cette parole, il n'y eut personne dans cette nom-

---

1. Comme l'indique Balzac lui-même dans la *Physiologie du mariage*, le casuiste espagnol Sanchez, « dans le gros in-folio intitulé *De Matrimonio* » (exactement *Disputationes de sancto matrimonii sacramento*, 1592), a disserté, pour les confesseurs, « sur tous les cas pénitentiaires du mariage » (*Pl.* x, 604).

breuse assemblée qui ne se sentît ému. Le président pâlit et fut obligé de s'asseoir.

— Au président les millions [a], dit mademoiselle de Gribeaucourt.

— C'est clair, le président de Bonfons épouse mademoiselle Grandet, s'écria madame d'Orsonval.

— Voilà le meilleur coup de la partie, dit l'abbé.

— C'est un beau *schleem,* dit le notaire.

Chacun dit son mot, chacun fit son calembour, tous voyaient l'héritière montée sur ses millions, comme sur un piédestal [b]. Le drame commencé depuis neuf ans se dénouait. Dire, en face de tout Saumur, au président de rester, n'était-ce pas annoncer qu'elle voulait faire de lui son mari [c]? Dans les petites villes, les convenances sont si sévèrement observées, qu'une infraction de ce genre y constitue la plus solennelle des promesses.

— Monsieur le président, lui dit Eugénie d'une voix émue quand ils furent seuls [d], je sais ce qui vous plaît en moi. Jurez de me laisser libre pendant toute ma vie, de ne me rappeler aucun des droits que le mariage vous donne sur moi [1] [e], et ma main est à vous. Oh! reprit-elle en le voyant se mettre à ses genoux, je n'ai pas tout dit. Je ne dois pas vous tromper, monsieur. J'ai dans le cœur un sentiment inextinguible. L'amitié sera le seul sentiment que je puisse accorder à mon mari : je ne veux ni l'offenser [f], ni contrevenir aux lois de mon cœur. Mais vous ne posséderez ma main et ma fortune qu'au prix d'un immense service.

— Vous me voyez prêt à tout, dit le président [g].

— Voici quinze cent mille francs [h], monsieur le président, dit-elle en tirant de son sein une reconnaissance de cent actions de la Banque de France [i], partez

1. Eugénie pose sa condition sans attendre que le curé lui ait apporté l'avis de Sanchez, promis pour le lendemain.

pour Paris, non pas demain, non pas cette nuit, mais à l'instant même. Rendez-vous chez monsieur des Grassins, sachez-y le nom de tous les créanciers de mon oncle, rassemblez-les, payez tout ce que sa succession peut devoir, capital et intérêts à cinq pour cent depuis le jour de la dette jusqu'à celui du remboursement, enfin veillez à faire faire [a] une quittance générale et notariée, bien en forme. Vous êtes magistrat, je ne me fie qu'à vous en cette affaire. Vous êtes un homme loyal, un galant homme; je m'embarquerai sur la foi de votre parole pour traverser les dangers de la vie à l'abri de votre nom [b]. Nous aurons l'un pour l'autre une mutuelle indulgence. Nous nous connaissons depuis si longtemps, nous sommes presque parents, vous ne voudriez pas me rendre malheureuse [c].

Le président tomba aux pieds de la riche héritière en palpitant de joie et d'angoisse [d].

— Je serai votre esclave ! lui dit-il.

— Quand vous aurez la quittance, monsieur, reprit-elle en lui jetant un regard froid [e], vous la porterez avec tous les titres à mon cousin Grandet [f] et vous lui remettrez cette lettre. A votre retour, je tiendrai ma parole [g].

Le président comprit, lui, qu'il devait mademoiselle Grandet à un dépit amoureux, aussi s'empressa-t-il d'exécuter ses ordres avec la plus grande promptitude, afin qu'il n'arrivât aucune réconciliation entre les deux amants.

Quand monsieur de Bonfons fut parti, Eugénie tomba sur son fauteuil et fondit en larmes. Tout était consommé. Le président prit la poste, et se trouvait à Paris le lendemain soir. Dans la matinée du jour qui suivit son arrivée, il alla chez des Grassins. Le magistrat [h] convoqua les créanciers en l'Étude du notaire où étaient déposés les titres, et chez lequel pas un ne faillit à l'appel. Quoique ce fussent des créanciers, il faut leur rendre justice : ils furent exacts [a]. Là, le président de Bonfons, au nom de mademoiselle Grandet, leur paya le capital et les intérêts dus. Le payement des intérêts fut pour le commerce parisien un des événements les plus étonnants de l'époque [b]. Quand la quittance fut enregistrée et des Grassins payé de ses soins par le don d'une somme de cinquante mille francs que lui avait allouée Eugénie [c], le président se rendit à l'hôtel d'Aubrion, et y trouva Charles au moment où il rentrait dans son appartement, accablé par son beau-père. Le vieux marquis venait de lui déclarer que sa fille ne lui appartiendrait qu'autant que tous les créanciers de Guillaume Grandet seraient soldés.

Le président lui remit d'abord la lettre suivante :

« MON COUSIN, monsieur le président de Bonfons s'est chargé de vous remettre la quittance de toutes les sommes dues par mon oncle et celle par laquelle je reconnais les avoir reçues de vous [d]. On m'a parlé de faillite !... J'ai pensé que le fils d'un failli ne pouvait peut-être pas épouser mademoiselle d'Aubrion. Oui, mon cousin, vous avez bien jugé de mon esprit et de mes manières : je n'ai sans doute rien du monde, je n'en connais ni les calculs ni les mœurs, et ne saurais vous y donner les plaisirs que vous voulez y trouver. Soyez heureux, selon les conventions sociales auxquelles vous sacrifiez nos premières amours. Pour rendre votre bonheur complet, je ne puis donc plus vous offrir que l'honneur de votre père. Adieu, vous aurez toujours une fidèle amie dans votre cousine [e].

« EUGÉNIE [f]. »

Le président sourit de l'exclamation que ne put réprimer cet ambitieux au moment où il reçut l'acte authentique [g].

— Nous nous annoncerons réciproquement nos mariages, lui dit-il.

— Ah! vous épousez Eugénie. Eh bien! j'en suis content, c'est une bonne fille [a]. Mais, reprit-il frappé tout à coup par une réflexion lumineuse, elle est donc riche?

— Elle avait, répondit le président d'un air goguenard, près de dix-neuf millions [b], il y a quatre jours; mais elle n'en a plus que dix-sept [1] [c] aujourd'hui.

Charles regarda le président d'un air hébété.

— Dix-sept... mil [d]...

— Dix-sept millions, oui, monsieur [e]. Nous réunissons, mademoiselle Grandet et moi, sept cent cinquante mille [f] livres de rente, en nous mariant.

— Mon cher cousin, dit Charles en retrouvant un peu d'assurance, nous pourrons nous pousser l'un l'autre.

— D'accord, dit le président. Voici, de plus, une petite caisse que je dois aussi ne remettre qu'à vous, ajouta-t-il en déposant sur une table le coffret dans lequel était la toilette.

— Hé bien! mon cher ami, dit madame la marquise d'Aubrion en entrant sans faire attention à Cruchot, ne prenez nul souci de ce que vient de vous dire ce pauvre monsieur d'Aubrion, à qui la duchesse de Chaulieu vient de tourner la tête [g]. Je vous le répète, rien n'empêchera votre mariage...

— Rien, madame, répondit Charles. Les trois [2] millions autrefois dus par mon père ont été soldés hier.

---

1. Elle possédait précisément cette somme avant d'avoir payé la dette de Charles. Mais le président de Bonfons énonce d'avance la fortune globale de la communauté, où son apport entre, comme on voit, pour une faible part.

2. « Quatre », selon Guillaume Grandet (p. 63). Mais nous avons déjà vu Balzac s'embrouiller dans les chiffres en remaniant son texte.

— En argent? dit-elle.

— Intégralement, intérêts et capital [a], et je vais faire réhabiliter sa mémoire [b].

— Quelle bêtise! s'écria la belle-mère. — Quel est ce monsieur? dit-elle à l'oreille de son gendre, en apercevant le Cruchot [c].

— Mon homme d'affaires, lui répondit-il à voix basse [d].

La marquise salua dédaigneusement monsieur de Bonfons et sortit.

— Nous nous poussons déjà, dit le président en prenant son chapeau. Adieu, mon cousin.

— Il se moque de moi, ce catacouas [1] [e] de Saumur. J'ai envie de lui donner six pouces de fer dans le ventre.

Le président était parti. Trois jours après, monsieur de Bonfons, de retour à Saumur, publia son mariage avec Eugénie [f]. Six mois après, il était nommé conseiller à la Cour royale d'Angers. Avant de quitter Saumur, Eugénie fit fondre l'or des joyaux si longtemps précieux [g] à son cœur, et les consacra, ainsi que les huit mille francs de son cousin, à un ostensoir d'or et en fit présent à la paroisse où elle avait tant prié Dieu pour *lui !* Elle partagea d'ailleurs son temps entre Angers et Saumur [h]. Son mari, qui montra du dévouement dans une circonstance politique, devint président de chambre, et enfin premier président au bout de quelques années [i]. Il attendit impatiemment la réélection générale [2] afin d'avoir un siège à la Chambre. Il convoitait déjà la Pairie, et alors [j]...

---

1. Charles donne par dérision à son nouveau cousin un nom d'oiseau. On écrit plus couramment cacatoès.

2. Il doit s'agir des élections de juin-juillet 1830, puisque Cruchot de Bonfons meurt « huit jours après avoir été nommé » et puisque Eugénie, née en novembre 1796, est « veuve à trente-trois ans » (p. 255). Deux ans seulement se sont donc écoulés depuis le mariage.

Déjà dans le roman de jeunesse *Sténie* (éd. Prioult, pp. 68-69),

— Alors le roi sera donc son cousin, disait Nanon, la Grande Nanon, madame Cornoiller, bourgeoise de Saumur [a], à qui sa maîtresse annonçait les grandeurs auxquelles elle était appelée [b]. Néanmoins monsieur le président de Bonfons [c] (il avait enfin aboli le nom patronymique de Cruchot [d]) ne parvint à réaliser aucune de ses idées ambitieuses. Il mourut huit jours après avoir été nommé député de Saumur. Dieu, qui voit tout et ne frappe jamais à faux, le punissait sans doute de ses calculs [e] et de l'habileté juridique avec laquelle il avait minuté, *accurante Cruchot* [1], son contrat de mariage où les deux futurs époux se donnaient l'un à l'autre, *au cas où ils n'auraient pas d'enfants, l'universalité de leurs biens, meubles et immeubles sans en rien excepter ni réserver, en toute propriété, se dispensant même de la formalité de l'inventaire, sans que l'omission dudit inventaire puisse être opposée à leurs héritiers ou ayants cause, entendant que ladite donation soit, etc.* [f] Cette clause peut expliquer le profond respect que le président eut constamment pour la volonté, pour la solitude de madame de Bonfons. Les femmes citaient monsieur le premier président comme un des hommes les plus délicats, le plaignaient et allaient jusqu'à souvent accuser la douleur, la passion d'Eugénie, mais comme elles savent accuser une femme, avec les plus cruels ménagements.

— Il faut que madame la présidente de Bonfons soit bien souffrante pour laisser son mari seul. Pauvre petite femme! Guérira-t-elle bientôt? Qu'a-t-elle donc, une gastrite, un cancer? Pourquoi ne voit-elle pas des médecins? Elle devient jaune depuis quelque temps; elle devrait aller consulter les célébrités de Paris.

---

l'héroïne devait assurer à son futur, M. de Plancksey, le moyen de se faire nommer député.

1. Grâce aux soins de Cruchot.

Comment peut-elle ne pas désirer un enfant? Elle aime beaucoup son mari, dit-on, comment ne pas lui donner d'héritier, dans sa position? Savez-vous que cela est affreux; et si c'était par l'effet d'un caprice, il serait bien condamnable. Pauvre président! [a]

Douée de ce tact fin que le solitaire exerce par ses perpétuelles méditations et par la vue exquise avec laquelle il saisit les choses [b] qui tombent dans sa sphère, Eugénie, habituée par le malheur et par sa dernière éducation à tout deviner, savait que le président désirait sa mort pour se trouver en possession de cette immense fortune, encore augmentée par les successions [c] de son oncle le notaire, et de son oncle l'abbé [d], que Dieu eut la fantaisie d'appeler à lui. La pauvre recluse avait pitié du président. La Providence la vengea des calculs [e] et de l'infâme indifférence d'un époux qui respectait, comme la plus forte des garanties, la passion sans espoir dont se nourrissait Eugénie. Donner la vie à un enfant, n'était-ce pas tuer [f] les espérances de l'égoïsme, les joies de l'ambition caressées par le premier président? [g] Dieu jeta donc des masses d'or à sa prisonnière pour qui l'or [h] était indifférent et qui aspirait au ciel, qui vivait, pieuse et bonne, en de saintes pensées, qui secourait incessamment les malheureux en secret [i]. Madame de Bonfons fut veuve à trente-trois ans [j], riche de huit cent mille livres de rente [k], encore belle, mais comme une femme est belle à près de quarante ans [1] [l]. Son visage est blanc, reposé, calme. Sa voix est douce et recueillie, ses manières sont simples. Elle a [m] toutes les noblesses [n] de la douleur, la sainteté d'une personne qui n'a pas souillé son âme au contact du monde [o], mais aussi

1. Toutes les éditions donnent : « près de quarante ans », mais l'examen du manuscrit permet de restituer la préposition omise par le typographe.

la roideur de la vieille fille et les habitudes mesquines que donne l'existence étroite de la province. Malgré ses huit cent mille [a] livres de rente, elle vit comme avait vécu la pauvre Eugénie Grandet, n'allume le feu de sa chambre qu'aux jours où jadis son père lui permettait d'allumer le foyer de la salle, et l'éteint [b] conformément au programme en vigueur dans ses jeunes années. Elle est toujours vêtue comme l'était sa mère [c]. La maison de Saumur, maison sans soleil, sans chaleur, sans cesse ombragée, mélancolique, est l'image de sa vie. Elle accumule [d] soigneusement ses revenus, et peut-être semblerait-elle parcimonieuse si elle ne démentait la médisance par un noble emploi de sa fortune [e]. De pieuses et charitables fondations, un hospice pour la vieillesse et des écoles chrétiennes pour les enfants, une bibliothèque publique richement dotée, témoignent chaque année contre l'avarice que lui reprochent certaines personnes. Les églises de Saumur lui doivent quelques embellissements. Madame de Bonfons que, par raillerie, on appelle *mademoiselle,* inspire généralement un religieux respect. Ce noble cœur, qui ne battait que pour les sentiments les plus tendres, devait donc être soumis aux calculs de l'intérêt humain. L'argent devait communiquer ses teintes froides à cette vie céleste, et donner de la défiance pour les sentiments à une femme qui était tout sentiment.

— Il n'y a que toi qui m'aimes, disait-elle à Nanon.

La main de cette femme panse les plaies secrètes de toutes les familles [f]. Eugénie marche au ciel accompagnée d'un cortège de bienfaits. La grandeur de son âme amoindrit les petitesses de son éducation et les coutumes de sa vie première. Telle est [g] l'histoire de cette femme qui n'est pas du monde au milieu du monde, qui, faite pour être magnifiquement épouse et mère, n'a ni mari, ni enfants, ni famille [h]. Depuis quelques jours, il est question d'un nouveau mariage pour elle. Les gens de Saumur s'occupent d'elle et de monsieur le marquis de Froidfond dont la famille commence à cerner la riche veuve comme jadis avaient fait les Cruchot. Nanon et Cornoiller sont, dit-on, dans les intérêts du marquis, mais rien n'est plus faux. Ni la Grande Nanon, ni Cornoiller n'ont assez d'esprit pour comprendre les corruptions du monde [1].

Paris, septembre 1833 [a].

---

1. Selon le manuscrit, Eugénie devenait marquise de Froidfond et allait vivre à Paris (voir Appendice critique, pp. 274-275).

PRÉAMBULE
ET
ÉPILOGUE SUPPRIMÉS

PRÉAMBULE SUPPRIMÉ [a]

Il se rencontre au fond des provinces quelques têtes dignes d'une étude sérieuse, des caractères pleins d'originalité, des existences tranquilles à la superficie, et que ravagent secrètement de tumultueuses passions; mais les aspérités les plus tranchées des caractères, mais les exaltations les plus passionnées finissent par s'y abolir dans la constante monotonie des mœurs [b]. Aucun poète [c] n'a tenté de décrire les phénomènes de cette vie qui s'en va, s'adoucissant toujours. Pourquoi non? S'il y a [d] de la poésie dans l'atmosphère de Paris où tourbillonne un *simoun* qui enlève [e] les fortunes et brise les cœurs, n'y en a-t-il donc pas aussi dans la lente action du *sirocco* de l'atmosphère provinciale qui détend les plus fiers courages, relâche les fibres et désarme les passions de leur *acutesse* [1]? Si tout arrive [f] à Paris, tout passe en province : là, ni relief, ni saillie; mais là, des drames dans le silence; là, des mystères habilement dissimulés; là, des dénouements dans un seul mot; là, d'énormes valeurs prêtées par le calcul et l'analyse aux actions les plus indifférentes. On y vit [g] en public.

Si les peintres littéraires [h] ont abandonné les admi-

---

1. Balzac a souligné ce mot, déjà rare en son temps. Il l'avait déjà employé, et déjà souligné, dans *Louis Lambert* (*Nouveaux Contes philosophiques*, 1832, p. 318) : « Déjà, ses sensations intuitives avaient cette *acutesse* qui doit appartenir aux perceptions intellectuelles des grands poètes »; il y substitua finalement *acuité* (*Pl.* x, 378).

rables scènes de la vie de province [1], ce n'est ni par dédain, ni faute d'observation; peut-être y a-t-il impuissance. En effet, pour initier à un intérêt [a] presque muet, qui gît moins dans l'action que dans la pensée; pour rendre des figures au premier aspect peu colorées, mais dont les détails et les demi-teintes sollicitent les plus savantes touches du pinceau; pour restituer à ces tableaux leurs ombres grises et leur clair-obscur; pour sonder une nature creuse [b] en apparence, mais que l'examen trouve pleine et riche sous une écorce nue, ne faut-il pas une multitude de préparations, des soins inouïs, et, pour de tels portraits, les finesses de la miniature antique?

La superbe littérature de Paris, économe de ses heures, qu'au détriment de l'art elle emploie en haines et en plaisirs, veut son drame tout fait; quant à le chercher, elle n'en a pas le loisir [c] à une époque où le temps manque aux événements; quant à le créer, si quelque auteur en émettait la prétention, cet acte viril exciterait des émeutes dans une république [d]

1. Balzac, ouvrant, avec *Eugénie Grandet,* un cycle expressément nommé *Scènes de la vie de province,* veut marquer l'originalité de son entreprise. Est-il vrai, cependant, que les « peintres littéraires » aient laissé de côté ce genre de peinture? Dans son article *Balzac invente les « Scènes de la vie de province »* (*Mercure de France,* juillet 1958), M. Guyon rappelle que Samuel-Henry Berthoud, ami du romancier, avait publié en 1832 une première « Histoire de province » (*Eugénie Grandet* a paru avec ce sous-titre dans *L'Europe littéraire*) intitulée *La Sœur du vicaire* et qu'il a fait annoncer l'année suivante son *Régent de rhétorique* comme un roman destiné à peindre « la vie de province avec sa froideur, sa tristesse, sa monotonie et ses tracassières agitations » (voir encore à ce propos l'article de Madeleine Fargeaud sur *Samuel-Henry Berthoud* dans *L'Année balzacienne 1962,* pp. 232 sq.). Avant Berthoud comme avant Balzac, les scènes provinciales ont foisonné dans la littérature de la Restauration (voir, outre l'article cité de Bernard Guyon, les indications de Maurice Bardèche dans *Balzac romancier,* pp. 197 sq. et 434-435, celles de Suzanne Bérard dans *La Genèse d' « Illusions perdues »*, I, 99). Mais Balzac est conscient d'une très ancienne vocation personnelle : de *Sténie* au *Curé de Tours,* la vie de province était déjà présente dans beaucoup de ses récits antérieurs à *Eugénie Grandet.*

où, depuis longtemps, il est défendu, de par la critique des eunuques [a], d'inventer une forme, un genre, une action quelconques [b].

Ces observations étaient nécessaires, et pour faire connaître la modeste intention de l'auteur, qui ne veut être ici que le plus humble des copistes, et pour établir incontestablement son droit à prodiguer des longueurs exigées par le cercle de minuties dans lequel il est obligé de se mouvoir [1]. Enfin, au moment où l'on donne aux œuvres les plus éphémères le glorieux nom de CONTE [2], qui ne doit appartenir qu'aux [c] créations les plus vivaces de l'art, il lui sera sans doute pardonné de descendre aux mesquines proportions de l'histoire, l'histoire vulgaire, le récit pur et simple de ce qui se voit tous les jours en province.

Plus tard, il apportera son grain de sable au tas élevé par les manœuvres de l'époque [d]; aujourd'hui, le pauvre artiste n'a saisi qu'un de ces fils blancs [3] promenés dans les airs par la brise, et dont s'amusent les enfants, les jeunes filles, les poètes; dont les savants ne se soucient guère; mais que, dit-on, laisse tomber de sa quenouille une céleste fileuse. Prenez garde! Il y a des moralités [e] dans cette tradition champêtre. Aussi l'auteur en fait-il son épigraphe. Il vous mon-

---

1. Il y a là, selon la formule de Bernard Guyon, qui signale l'importance théorique de ce préambule, « la charte du réalisme » tel que Balzac l'a conçu. Plus particulièrement, le romancier entend appliquer à la vie de province cette recherche d'une vérité de détail qu'il a déjà définie, dans la postface de la première édition des *Scènes de la vie privée* (*Pl.* XI, 165), comme la seule méthode valable pour le romancier moderne.

2. Balzac fait écho à la vogue de ce mot, exceptionnelle en effet à la date où paraît *Eugénie Grandet :* « Ce sont les contes qui foisonnent, ce sont les conteurs qui fourmillent », note un chroniqueur de la *Revue des Deux Mondes* (janvier-mars 1833, pp. 330 sq.); « Je ne vois que cela sur mon bureau », observe le critique du *Charivari* (16 avril 1833).

3. Dits fils de la Vierge, selon la légende relative à leur origine que rappelle ici Balzac.

trera [a] comment, durant la belle saison de la vie, certaines illusions, de blanches espérances, des fils argentés descendent des cieux et y retournent sans avoir touché terre.

Paris, septembre 1833 [b].

ÉPILOGUE SUPPRIMÉ

Ce dénouement trompe nécessairement la curiosité. Peut-être en est-il ainsi de tous les dénouements vrais. Les tragédies, les drames, pour parler le langage de ce temps, sont rares dans la nature [1]. Souvenez-vous du préambule. Cette histoire est une traduction imparfaite [a] de quelques pages oubliées par les copistes dans le grand livre du monde. Ici, nulle invention. L'œuvre est une humble miniature, pour laquelle il fallait plus de patience que d'art [b]. Chaque département a son Grandet. Seulement le Grandet de Mayenne ou de Lille est moins riche que ne l'était l'ancien [c] maire de Saumur. L'auteur a pu forcer un trait, mal esquisser ses anges terrestres [d], mettre un peu trop ou pas assez de couleur sur son vélin. Peut-être a-t-il trop chargé d'or le contour de la tête de sa Maria; peut-être n'a-t-il pas distribué [e] les lumières selon les règles de l'art; enfin, peut-être a-t-il trop rembruni les teintes déjà noires de son vieillard, image toute matérielle [2]. Mais ne refusez pas votre indulgence

---

1. Balzac écrira de même au début du *Père Goriot* (pp. 5-6) que son histoire n'est pas « dramatique dans le sens vrai du mot » et que ce drame, si drame il y a, « n'est ni une fiction, ni un roman ». Il entend ainsi opposer son réalisme esthétique, proche de la vie, aux outrances de l'imagination romantique.

2. Le romancier souligne son intention maîtresse (que nous avons dégagée ci-dessus, pp. LIX-LVI) : il a voulu confronter deux systèmes d'existence, en opposant à la sagesse terrestre de Grandet l'angélisme des femmes qui l'entourent.

au moine patient, vivant au fond de sa cellule; humble adorateur de la *Rosa Mundi*, de Marie, belle image de tout le sexe, la femme du moine, la seconde Eva des chrétiens [1 a].

S'il continue d'accorder, malgré les critiques, tant de perfections à la femme, il pense encore, lui jeune, que la femme est l'être le plus parfait entre les créatures [2]. Sortie la dernière des mains qui façonnaient le monde, elle doit exprimer plus purement que toute autre la pensée divine. Aussi n'est-elle pas, ainsi que l'homme, prise dans le granit primordial, devenu molle argile sous les doigts de Dieu; non, tirée des flancs de l'homme, matière souple et ductile, elle est une création transitoire entre l'homme et l'ange. Aussi la voyez-vous forte autant que l'homme est fort, et délicatement intelligente par le sentiment, comme est l'ange. Ne fallait-il pas unir en elle ces deux natures [3], pour la charger de porter toujours l'espèce en son cœur? Un enfant pour elle n'est-il pas toute l'humanité?

---

1. Le 9 septembre 1833, Balzac demandait à Éveline Hanska la faveur d'abréger son prénom en celui d'Ève : « Il vous dira mieux ainsi que vous êtes tout le sexe pour moi, la seule femme qu'il y ait dans le monde; vous le remplissez à vous seule, comme la première femme pour le premier homme » (*Étr.* I, 39). Il songe certainement à lui faire plaisir encore, quand il écrit, à la fin de son roman, cette phrase où Ève et Marie se trouvent associées. Un tel hommage implicite, maintenu dans l'édition Charpentier, put aider Balzac à donner le change à l'Étrangère sur la dédicace « à Maria », apparue dans cette même édition, à une date où Mme Hanska ne connaissait vraisemblablement pas l'existence de Maria du Fresnay.

2. Il y avait déjà dans les premières *Scènes de la vie privée,* dans *Louis Lambert,* dans *Ferragus,* dans *Le Médecin de campagne,* de nombreux passages propres à faire considérer Balzac comme le zélateur d'un culte de la Femme. Cette tendance se retrouvera, notamment, dans *Le Lys dans la vallée.*

3. Balzac n'est pas loin du moment où il concevra son personnage ambigu et mythique de Séraphîtüs-Séraphîta.

Parmi les femmes, Eugénie Grandet sera peut-être un type, celui des dévouements jetés à travers les orages du monde et qui s'y engloutissent comme une noble statue enlevée à la Grèce et qui, pendant le transport, tombe à la mer où elle demeurera toujours ignorée [a].

Novembre 1833 [b].

APPENDICE CRITIQUE

I

MANUSCRIT ET ÉDITIONS

MANUSCRIT

*Le manuscrit d'*Eugénie Grandet, *acheté à Paris après la mort de Mme Honoré de Balzac, en 1882, par Albert Cahen d'Anvers, est conservé par The Pierpont Morgan Library.*

Le texte occupe 117 feuillets, précédés d'un feuillet d'envoi :

> « Offert par l'auteur à Madame de Hanska comme un témoignage de son respectueux attachement. 24 décembre 1833. Genève.
>
> « H. de Balzac »

Un hommage analogue figure en tête du premier feuillet, en travers du titre Eugénie Grandet :

> « Offert à Madame de Hanska. Honoré de Balzac. Genève. 24 décembre 1833. »

TEXTE PRÉORIGINAL ET CORRECTIONS MANUSCRITES

L'Europe littéraire *a publié le 19 septembre 1833, sous le titre* EUGÉNIE GRANDET. Histoire de province, *le prologue et le premier chapitre,* Physionomies bourgeoises, *moins la valeur de nos cinq dernières pages. Cette publication occupe vingt-cinq colonnes du périodique. Un exemplaire corrigé par Balzac est conservé avec le manuscrit.*

La fin du premier chapitre, depuis « A huit heures et demie du soir, les tables... » *(p. 45) et le chapitre II,* Le Cousin de Paris, *ont été imprimés en placards pour* L'Europe littéraire, *mais n'y ont pas paru. Ces placards, également conservés avec le manuscrit, comportaient dix-huit colonnes en tout (deux feuillets manquent) et ont été abondamment corrigés dans les marges. Pour le texte des deux premières colonnes, on possède encore un placard antérieur, remanié par l'écrivain; le texte des autres colonnes est identique à celui du manuscrit* [1].

L'ÉDITION ORIGINALE

Eugénie Grandet *paraît pour la première fois en volume dans le tome V des* Études de mœurs au XIXe siècle : Scènes de la vie de province, *par M. de Balzac. Premier volume. Paris, Madame Charles-Béchet, 1834. (Mise en vente vers le 15 décembre 1833).*

Dans les exemplaires de premier tirage, la numérotation commence par erreur à la page 20, qui est en réalité la page 12. Le premier cahier est occupé par le faux-titre, le titre, une Table générale des Scènes de la vie de province (annonçant notamment Les Amours d'une laide *et* L'Original, *qui ne parurent jamais) et un avertissement. Le texte du roman, introduit par un faux-titre* EUGÉNIE GRANDET, *est distribué en un prologue, six chapitres et une conclusion.*

L'avertissement vaut pour les quatre volumes annoncés des Scènes de la vie de province; *le voici :*

« Ici, disons adieu aux beautés de la jeunesse, à ses fautes, à ses précieuses et naïves espérances. *Une vie de femme,* la dernière scène de la précédente partie, n'est-elle pas une transition à des tableaux plus graves, à ceux qui, dans le plan de l'auteur, doivent exprimer la vie humaine, vue sous le sévère aspect que lui donne le jeu des intérêts matériels? Ici, la vérité forcera l'auteur à montrer le plus généreux amour se glaçant sous de froides et positives réflexions. Ce qui, dans les *Scènes de la vie privée,* était un pur et noble sentiment, va se transformer en sombres et dou-

---

1. Balzac déclare dans l'*Historique du procès auquel a donné lieu « Le Lys dans la vallée »* : « Les deux premiers chapitres d'*Eugénie Grandet* ont fait entre vingt et trente colonnes ». Il paraît mêler ainsi deux souvenirs. Il y a bien eu deux chapitres composés, comme il l'écrit et contrairement à ce qu'on a cru, mais ces deux chapitres occupaient quarante-trois colonnes. L'évaluation du romancier convient au chapitre premier, seul publié.

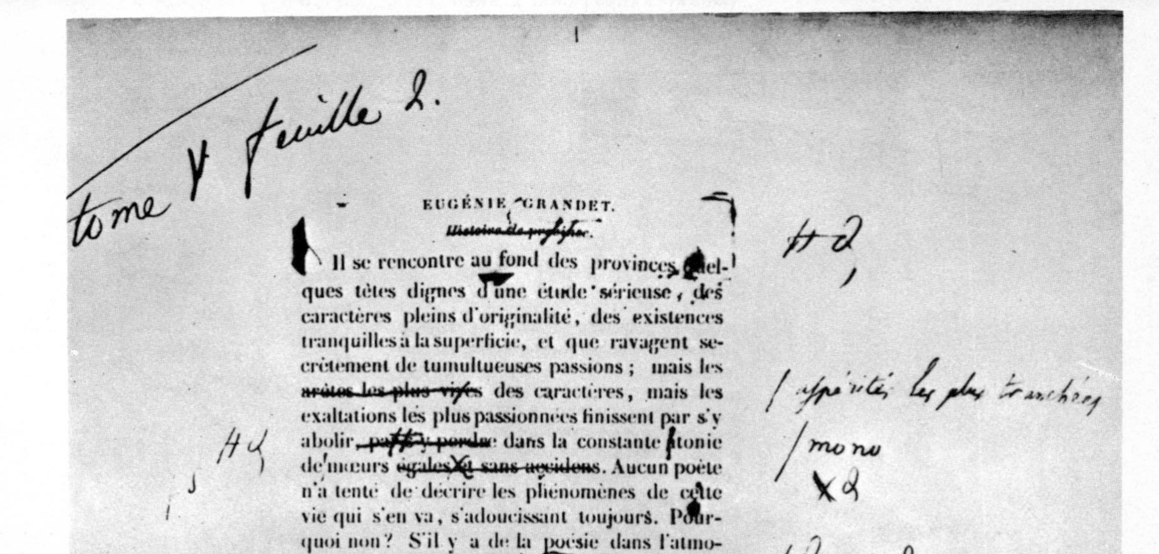
tome V feuille 2.

EUGÉNIE GRANDET.

~~Histoire de province~~.

Il se rencontre au fond des provinces quelques têtes dignes d'une étude sérieuse, des caractères pleins d'originalité, des existences tranquilles à la superficie, et que ravagent secrètement de tumultueuses passions ; mais les ~~arêtes les plus vives~~ des caractères, mais les exaltations les plus passionnées finissent par s'y abolir, ~~passé, y perdre~~ dans la constante atonie de mœurs ~~égales et sans accidens~~. Aucun poète n'a tenté de décrire les phénomènes de cette vie qui s'en va, s'adoucissant toujours. Pourquoi non ? S'il y a de la poésie dans l'atmosphère de Paris, où ~~règne~~ un *simoun* qui tour-

The Pierpont Morgan Library

Photo J.-A. Bricet

DÉBUT DU ROMAN PUBLIÉ DANS « L'EUROPE LITTÉRAIRE »
(corrigé pour l'édition Béchet)

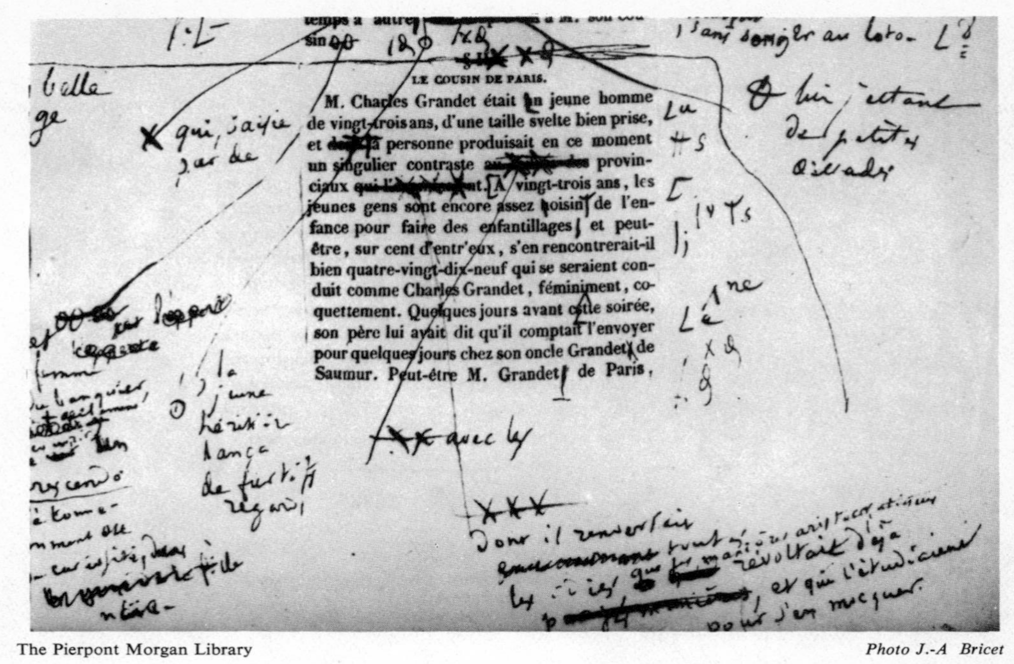

LE COUSIN DE PARIS.

M. Charles Grandet était un jeune homme de vingt-trois ans, d'une taille svelte bien prise, et dont la personne produisait en ce moment un singulier contraste avec les provinciaux qui l'entouraient. A vingt-trois ans, les jeunes gens sont encore assez voisins de l'enfance pour faire des enfantillages, et peut-être, sur cent d'entr'eux, s'en rencontrerait-il bien quatre-vingt-dix-neuf qui se seraient conduit comme Charles Grandet, fémininement, coquettement. Quelques jours avant cette soirée, son père lui avait dit qu'il comptait l'envoyer pour quelques jours chez son oncle Grandet de Saumur. Peut-être M. Grandet de Paris,

The Pierpont Morgan Library — Photo J.-A Bricet

DÉBUT DU CHAPITRE II IMPRIMÉ POUR « L'EUROPE LITTÉRAIRE »
(corrigé pour l'édition Béchet)

loureuses passions. Ici, les fautes vont devenir des crimes. La femme, toujours si jeune, y sera encore une sublime enfant; quant à l'homme, son intérêt et ses calculs vont envahir toute sa vie.

« La province est un lieu favorable à la peinture de ces événements qui refroidissent le cœur et arrêtent définitivement les caractères. Les *Scènes de la vie privée* pouvaient se passer d'encadrement : partout la jeunesse n'est-elle pas la même; mais ici les tableaux gagneront sans doute à être enfermés dans un monde spécial; d'ailleurs, en offrant le contraste parallèle qui existe entre la vie des provinces et la vie parisienne, l'œuvre entière deviendra plus complète. Paris doit être le cadre de l'existence prise à sa décrépitude. Dans une grande ville, la vie n'est jamais jeune que par hasard. Sous ce rapport, la métropole de la pensée a le mérite d'offrir un type complet des hautes dépravations humaines. La dernière scène de la province (ILLUSIONS PERDUES) est un anneau qui joint les deux âges de la vie, et montre un des mille phénomènes par lesquels la province et la capitale se marient incessamment. »

L'ÉDITION CHARPENTIER

C'est la première édition séparée.

Eugénie Grandet, *par M. de Balzac. Nouvelle édition revue et corrigée. Paris, Charpentier, 1839.* [*Mise en vente le 9 novembre.*]

La division en chapitres est supprimée. Dédicace ajoutée. Des pages de l'édition originale, corrigées en vue de cette seconde édition, sont conservées dans une collection particulière.

L'ÉDITION FURNE

C'est le texte de La Comédie humaine.

La Comédie humaine, *par M. de Balzac, tome V* (Scènes de la vie de province, premier volume). *Paris, Furne, J.-J. Dubochet et Hetzel, 1843.* Eugénie Grandet *occupe les pages 206 à 365, entre* Ursule Mirouët *et* Pierrette.

Un exemplaire de cette édition corrigé par Balzac est conservé à la collection Lovenjoul.

II

ÉVOLUTION DU TEXTE

Nous avons pris pour base le texte de l'édition Furne, en tenant compte des indications manuscrites relevées à Chantilly sur l'exemplaire personnel du romancier. Nous avons corrigé pourtant quelques erreurs matérielles que Balzac a laissé échapper [1]. *Nous avons en outre rétabli la division en chapitres qui figurait dans l'édition originale* [2].

Les sigles qui, pour tout le roman, vont être utilisés dans nos pages critiques sont les suivants: M *(manuscrit)*; B *(édition Béchet)*; C *(édition Charpentier)*; F *(édition Furne)*; FC *(Furne corrigé)* [3]. *Le sigle placé après un fragment de texte indique l'édition dans laquelle ce fragment apparaît tel pour la première fois. L'abréviation* ant. *désigne l'ensemble des états antérieurs à l'état que l'on vient de considérer. Lorsque plusieurs leçons se trouvent juxtaposées, la plus tardive est donnée en premier et la plus ancienne en dernier. Le signe : sépare les diverses leçons.*

CONDUITE DE L'ACTION

Selon M *(page 256, variante* e*), Eugénie, à quarante ans, épouse en secondes noces le marquis de Froidfond. Elle dote la*

---

1. Voir pp. 24, note 1 (rivière), 81, note 2 (brusquement), 116, note 2 (ameutés), 255, note 1 (à près de quarante ans).

2. « Les divisions en chapitres des ouvrages de Balzac furent enlevées, au grand regret de l'auteur, comme faisant perdre trop de place (...) il le regretta toujours. » (Vicomte de Lovenjoul, *Histoire des Œuvres de Balzac*, 3e éd., pp. 1 et 2).

3. En outre, pour la partie composée en vue de *L'Europe littéraire : E* (texte paru dans *L'Europe littéraire* ou en placards) ; *E1B* (correction prescrite en marge d'*E* et constatée en *B*); *E1* (correction prescrite, mais non suivie d'effet).

fille qu'il a eue d'un premier lit et vient vivre avec lui à Paris. Elle revoit son cousin, devenu M. d'Aubrion. Elle ne se mêle guère au monde et s'abstient de paraître à la Cour. La dernière indication, quoique négative, souligne que la fille du tonnelier s'est élevée, par son second mariage, jusqu'à la haute aristocratie.

Ce dénouement abandonné n'est d'ailleurs pas de premier jet. L'examen des ratures révèle que, dans la conception originelle, le président Cruchot de Bonfons, en épousant l'héritière de Froidfond, s'emparait, non seulement du domaine, mais du nom et se faisait appeler M. de Froidfont (sic). *Le second mari se nommait le duc de Vardes. Eugénie l'épousait à quarante-cinq ans et devenait ainsi duchesse de Vardes.*

On doit observer qu'à la date où Balzac écrit son roman (1833), l'héroïne, d'après toutes les données antérieures, ne peut avoir plus de trente-sept ans.

NOMS PROPRES

Manuscrit

Le nom de Cruchot *apparaît pour la première fois sous une rature (page 12*[f]*) : Balzac l'attribuait comme patronyme aux La Bertellière, ascendants de Mme Grandet*[1]. *Mais il l'efface aussitôt et en dispose, un peu plus loin, pour désigner l'une des deux familles rivales.*

Le jeune des Grassins *commence par porter le nom d'*Eugène *(22*[c]*, 22*[g]*, 22*[j]*), bien malencontreusement choisi pour un prétendant à la main d'une* Eugénie. *Le romancier écrit sans y prendre garde :* « espérant pouvoir marier Eugène avec Mademoiselle Eugénie Grandet ». *Un peu plus loin, il s'avise de la difficulté et appelle son personnage* Adolphe *: ce nouveau prénom sera définitivement retenu.*

En outre, Cornoiller *a d'abord été appelé* Jondet *(89*[a]*);* Mlle d'Aubrion *(*Mathilde, *dans le roman) a primitivement reçu le prénom, aussitôt rayé, de* Félicie *(241*[c]*).*

---

1. Sans doute est-il parti du nom réel Potier de la Berthellière (voir p. 12, note 2). Il a dû passer de *Potier* à *Cruchot*; après quoi il aurait dissocié *La Bertellière* et *Cruchot*.

ÉTATS IMPRIMÉS

Les substitutions les plus intéressantes sont celles qu'entraîne (en F, *sauf exception) le système du retour des personnages.* Le baron de Nucingen, M. des Lupeaulx, la duchesse de Chaulieu, *personnages « reparaissants », remplacent* le maréchal Oudinot, M. de Gérente *et* la duchesse de Margency, *soit un personnage réel et deux personnages fictifs qui ne se rencontrent pas ailleurs dans* La Comédie humaine. *Deux anonymes (le notaire de Guillaume Grandet et le liquidateur de la faillite) deviennent reparaissants sous les noms de* Roguin *(en* C*) et de* François Keller. *L'anonyme actrice du théâtre de Madame reçoit le nom de la reparaissante* Florine [1].

Autres substitutions constatées en F *:* Buisson *(réel) à* Staub *(réel);* Souchet *(fictif) à l'anonyme agent de change de Guillaume Grandet;* Farry, Breilman et Cie, carrossiers *(fictifs) à* Jean Robert, sellier *(réel);* Dreux-Brézé *(réel) à* Rohan-Chabot *(réel);* Sepherd *à* Chippart *comme pseudonyme de Charles Grandet* [2]*; en* C *:* Fessard *à* Grondard [3]*; en* B *:* Bergerin *à* Bergevin [4].

CHRONOLOGIE DES ÉVÉNEMENTS

Dans les états du texte antérieurs à F*, la chronologie romanesque est la suivante :*

Mi-novembre 1819. *Anniversaire d'Eugénie. Arrivée de Charles à Saumur.*

---

1. Pp. 48^{e} et 61^{d}, 154^{a}, 252^{g}, 63^{f}, 94^{a}, 179^{a}, 183^{a}.
2. Pp. 52^{b}, 94^{a}, 148^{g}, 236^{g}, 233^{f}. Pour désigner un forban, le nom de Chippart a dû paraître, à la réflexion, trop suggestif.
3. P. 97^{d}. Un quincaillier de la rue Saint-Denis, grand ami de Dablin, se nommait Grondard (voir dans *L'Année balzacienne 1964* l'article de Mlle Madeleine Fargeaud sur *Le Premier Ami de Balzac : Théodore Dablin*). Balzac a été d'autre part en relations d'affaires et d'amitié avec Auguste Fessart, ancien négociant du faubourg Poissonnière. Ces deux noms de commerçants ont pu le frapper. Il substitue le second au premier comme plus pittoresque encore, sans doute.
4. P. 209^{f}.

Fin novembre 1819.	*Départ de Charles.*
1er janvier 1820.	*Dispute du père et de la fille.*
Hiver 1820.	*Maladie de Mme Grandet.*
Octobre 1820.	*Mort de Mme Grandet.*
Fin de 1825.	*Paralysie mortelle de Grandet.*
Mi-janvier 1826.	*Mort de Grandet* [1].
Juin 1826.	*Arrivée de Charles à Bordeaux.*
Août 1826.	*Lettre de Charles évoquant la mort de son oncle.*
Automne 1826.	*Mariage d'Eugénie.*
Été 1830.	*Mort de M. de Bonfons.*

Cette chronologie est cohérente. Des corrections introduites en F *la faussent sur les points essentiels suivants :*

1° Mme Grandet meurt deux ans plus tard, en octobre 1822 (217h). Le médecin a pourtant annoncé au début de 1820 qu'elle vivrait, au mieux, jusque « vers la fin de l'automne » *(p. 217). Rien dans le récit ne donne à supposer que ce pronostic ait été infirmé et que la malade ait pu se prolonger pendant plus de trente mois.*

2° M. Grandet est atteint de paralysie deux ans plus tard : à la fin de 1827 (p. 222). Or son neveu arrive à Bordeaux en juin de la même année (p. 235f) ; le décalage, d'une édition à l'autre, est d'un an seulement. Dans sa lettre du mois d'août, il fait allusion à une mort qui, si l'on s'en tient aux dates indiquées, ne s'est pas encore produite.

AGE DES PERSONNAGES

M. GRANDET

Tous les états du texte lui donnent quarante ans au début de la Révolution et cinquante-sept en 1806 (pp. 10 et 12). Il est donc né en 1749.

Selon les états du texte antérieurs à F, *à la fin du printemps de 1820, il commence sa soixante-douzième année : cette indication cadre avec les précédentes. Selon* F, *à la même date, il commence sa soixante-seizième année (213a).*

---

1. Précision fournie en *M* seulement (224d).

Selon les états du texte antérieur à F, il est atteint de paralysie vers la fin de l'année 1825, à l'âge de soixante-dix-neuf ans. Selon F, la maladie le frappe vers la fin de 1827, à l'âge de quatre-vingt-deux ans (222e) : si l'on admet les données d'état civil rappelées ci-dessus, il doit avoir soixante-seize ans en 1825 ou soixante-dix-huit en 1827.

Donc F introduit une incohérence et en aggrave une autre.

EUGÉNIE

Elle fête son vingt-troisième anniversaire à la mi-novembre 1819 (p. 36). Elle est donc née en novembre 1796. Ces indications sont confirmées à plusieurs reprises dans la suite du roman.

Pourtant, le 1er janvier 1820, elle fait observer à son père qu'elle a « vingt-deux ans ». Encore une malheureuse correction de F : les éditions antérieures portaient, selon toute logique, « vingt-trois ans » (196[g]).

En revanche, FC corrige opportunément l'indication de l'âge auquel elle devient veuve : non pas à trente-six ans (F), ni à trente-sept ans (ant.), ni à... quarante-cinq (rature de M), mais à trente-trois (255[j]). On a vu que le président de Bonfons était mort « huit jours après avoir été nommé député de Saumur » (p. 254) à la réélection générale de 1830.

NANON

Elle épouse Cornoiller après la mort de son maître. Selon les états antérieurs à F, nous sommes en 1826 et elle est âgée de soixante-trois ans (225[h]). Ces indications cadrent avec celles qui ont été fournies au début du roman (p. 30), puisque la servante a été engagée à vingt-deux ans, âge fixé en B, et puisque, au moment où l'action est sur le point de commencer, vers la fin de 1819, elle sert déjà son maître depuis trente-cinq ans, comme on l'a lu plusieurs fois (pp. 30, 32).

Or, en F, elle se marie à cinquante-neuf ans et nous sommes en 1828 (p. 225). Elle est ainsi rajeunie de six ans. Elle n'aurait donc eu que cinquante ans en 1819 : impossible, si l'on admet ses trente-cinq ans de service.

Il est vrai qu'en un passage unique (p. 31) et au prix d'une contradiction flagrante avec le contexte, Balzac lui a attribué vingt ans seulement de service à la date de 1811 (donc, implicitement, à la date de 1819, vingt-huit, et cinquante ans d'âge).

L'âge fixé en F *pour son mariage s'accorde avec cette donnée aberrante.*

AUTRES PERSONNAGES

Balzac, en B, *donne à Mme Grandet* « environ trente-six [*ans*] » *(12[c]) à la date de 1806 : cette indication sera conservée. Il lui en avait donné quarante antérieurement. Il la rajeunit donc de quatre ans et creuse l'écart des âges entre elle et son mari.*

En B, *il donne à Charles Grandet vingt-deux ans lors de son arrivée à Saumur : cette indication sera conservée; il lui en donnait antérieurement vingt-trois (51[a]). Quant à Mlle d'Aubrion, elle a dix-neuf ans en* F *et dix-huit dans les états antérieurs (241[b]).*

FORTUNE DE GRANDET

Les indications relatives à la fortune de Grandet varient d'un état à un autre, ainsi qu'on peut le constater dans le tableau ci-dessous.

On peut, chaque fois, dégager une orientation d'ensemble. De M *à* B, *le romancier, emporté par son élan, incline à rendre son personnage plus riche. En* C, *au contraire, selon les avis donnés par Sainte-Beuve, par Mme Carraud, par Laure Surville, il réduit presque toutes les évaluations antérieures. En* F, *il renverse de nouveau la tendance, mais demeure plutôt en retrait (sauf pour l'évaluation de la fortune territoriale et pour celle du capital en 3 °/₀), par rapport aux chiffres primitifs.*

D'une façon générale, les variations concomitantes sont calculées avec bonheur, à quelques nuances près. Toutefois, en C, *les éléments de l'inventaire après décès (pp. 224-225) ont subi des réductions si brutales que l'estimation totale de la fortune, quoique ramenée de 20 à 11 millions, paraît encore trop élevée.*

De nombreux autres chiffres, en relation avec les affaires du père Grandet, sont modifiés encore du manuscrit jusqu'au Furne corrigé : qu'il s'agisse du taux de ses prêts usuraires, de sa spéculation sur la rente, du douzain d'Eugénie, de la liquidation Guillaume Grandet, de l'évaluation des bijoux achetés à Charles et rétrocédés à Eugénie. La plupart de ces transformations sont mentionnées ci-dessous dans notre relevé de variantes; quelques-unes ont été commentées, à l'occasion, dans nos notes au fil des pages.

RUBRIQUES	M	E
Étendue et capacité du vignoble	140 arpents 1 000 à 1 200 poinçons	140 arpents 1 000 à 1 200 poinçons
Fortune territoriale en 1816	2 millions et demi	2 millions et demi
Fortune mobilière en 1816	égale	au moins égale
Valeur de Froidfond	4 millions	5 millions
Capital investi en 5 %	Inscription de 200 000 livres	
Réalisation du 5 %	5 800 000 (4 300 000 de capital + 1 500 000 d'intérêts composés)	
Inventaire après décès:		
Revenu foncier	400 000 livres	
Rente 3 % à 77	150 000 fr. de rente	
Somme en or	3 millions	
Estimation totale	20 millions	
Fortune d'Eugénie après son veuvage	25 millions	

B	C	F
140 arpents 1 000 à 1 200 poinçons	100 arpents 700 à 800 poinçons	100 arpents 700 à 800 poinçons
3 millions et demi	3 millions	4 millions
au moins égale	presque égale	presque égale
5 millions	3 millions	3 millions
Inscription de 200 000 livres	Inscription de 80 000 livres	Inscription de 100 000 livres
5 800 000	2 600 000 (2 000 000 + 600 000)	3 000 000 (2 400 000 + 600 000)
400 000 livres 250 000 fr de rente 3 millions 20 millions	200 000 livres 1 million de capital 2 millions 11 millions	300 000 livres 6 millions de capital 2 millions 17 millions
25 millions	400 000 livres de rente (soit, à 5 % : 10 millions)	800 000 livres de rente (soit, à 5 % : 20 millions)

ADDITIONS AU TEXTE

On sait que, d'une façon générale, Balzac tend à ajouter sur épreuves. Une telle tendance est manifeste, dans Eugénie Grandet, *quand on compare* M *à* E *(pour les deux premiers chapitres) ou à* B. *En* B, *le récit a pris tout son développement; les additions ultérieures sont rares et de faible portée.*

Ces enrichissements du texte sont d'étendue très variable. Beaucoup tiennent en un seul mot (5[c] : maintenant*) ou en quelques mots (7[h] :* propre, pimpante de jeunesse, au blanc fichu*). D'autres s'étalent d'une ligne (en très grand nombre) jusqu'à dix (14[c], 69[a]), quinze (8[b], 198[b]), vingt (35[d]), une page entière (180[a]) ou exceptionnellement plusieurs pages (152[c]).*

Les additions constatées ne sont jamais oiseuses, mais d'une importance inégale et répondent à des préoccupations diverses : camper avec plus de précision un décor (7[f], 7[g] : aspects de la Grand'Rue) ou un milieu (8[b] : mœurs des commerçants); commenter une situation (64-65 passim, *lettre de Guillaume Grandet), étoffer un dialogue (61[a], 61[c], 69[b] : Charles en face des familles Cruchot et des Grassins; 142[c] : propos de Grandet et du banquier; 198[b] : dispute du père et de la fille); conduire une analyse psychologique ou sociologique (152[c] : le cas Charles Grandet) ; décrire le comportement d'un personnage (242[a], 242[b] : Charles achevant sa lettre de rupture; 246[c] : Eugénie réagissant à la lecture d'une autre terrible lettre); accentuer par des touches concrètes le relief d'un caractère (87[c] : Grandet et le sucre); accuser des habitudes de langage (193[c], un juron; 193[f], un mot familier) ou de pensée (goût de Grandet pour les aphorismes sentencieux : 89[b]; pour les proverbes : 105[a], 118[c], 118[e]); dégager une maxime de portée générale (125[a], sur la vie d'un avare) ; introduire une digression pittoresque (86[b], sur la* « frippe »*); souligner un leitmotiv plaisant (140[a], 143[b], 224[b] et, en* C, *111[f] : la loupe de Grandet); rehausser le récit par un trait d'esprit (23[d] :* « ils sont manche à manche »*) ou de malice (18[a] :* « et recevaient ses remercîments »*), par une remarque piquante (72[c] :* « ces deux créatures champêtres s'entendaient »*) ou un mot révélateur (224[a] :* « ça me réchauffe*).*

SUPPRESSIONS

Les suppressions sont beaucoup plus rares et presque toujours d'étendue restreinte, si l'on excepte, en F, *celles du prologue et de l'épilogue. Elles témoignent, en général, d'une véritable conscience d'artiste, qui veille à éliminer des redondances, des traits de mauvais goût, échappés dans l'élan de l'improvisation à la plume imprudente de l'écrivain. Voici quelques exemples.*

M. Grandet tenait « du tigre et du boa » *(15e) : ces deux comparaisons animales concourent à rendre compte des appétits d'un être vorace qui prend toutefois le temps de digérer sa proie.* M *nommait encore le requin, mais la référence au tigre évoque suffisamment l'agressivité fondamentale du personnage; insister pouvait donner à sourire.*

La maison Grandet est « pâle, froide, silencieuse » *(25^{b}) : les trois adjectifs se complètent avec bonheur. Il y en avait cinq à l'origine :* « pâle et sombre, mélancolique, froide, silencieuse » : *les deux premiers juraient ensemble; le troisième a dû paraître surabondant.*

Eugénie, inventoriant son trésor, manie des pièces « neuves et vierges » *(158^{g}), entendons : qui n'ont jamais circulé. Il n'était pas heureux de comparer leur virginité à celle de la jeune fille. Balzac y a opportunément renoncé.*

Ces trois observations viennent de B*; mais l'effort épurateur se manifeste jusque dans les derniers états du texte. En* F *seulement (181^{c}) sont supprimées deux lignes pénibles qui suggéraient, par-delà l'expression familière* « bon diable », *l'expression triviale* « bon bougre ». *En* FC *(70^{d}) disparaît, à propos des intrigues nouées par les Cruchotins et les Grassinistes pour tromper Charles Grandet, une comparaison bien forcée avec les abeilles qui enveloppent de cire un colimaçon tombé dans leur ruche.*

Balzac n'a pu sans doute parachever un tel émondage; mais il en a compris l'utilité. Sans être un « styliste », il a eu le souci et, quoi qu'on en ait dit parfois, le sens de la sobriété dans le langage.

REMANIEMENTS ÉTENDUS

*En vue de l'édition originale (*B*), Balzac est revenu avec soin sur quelques pages essentielles, dont il a accusé le relief et modifié l'économie : portrait de Grandet (18[d]), aspects contrastés des Saumurois et du Parisien (54[f]), évocation d'Eugénie à son réveil (78[a]) et portrait physique de la jeune fille (82[b]), destin de Nanon après la mort de son maître (225[g]).*

Il a remanié de fond en comble un passage (90[h]) et plus loin une scène entière (134[c]) afin d'accentuer le réalisme du dialogue, en particulier par l'introduction systématique du bégaiement dans les propos de Grandet. Il a transposé divers développements : notamment celui qui concerne la politique adoptée par Grandet à l'égard des créanciers de son frère (178[c]).

L'analyse de détail (facilitée ci-dessous par la disposition en colonnes ou la restitution intégrale de la version primitive) montre l'efficacité de l'effort accompli : Balzac a en général amélioré son récit par de telles refontes. Toutefois, le bégaiement de Grandet (comme, dans d'autres romans, l'accent alsacien de Nucingen), défie la patience du lecteur, qui est plus à l'aise en lisant le passage correspondant de M *(ci-dessous p. 324).*

NUANCES DE SENS

Pour Balzac, un récit n'est jamais définitivement au point. Chaque édition donne lieu d'opérer des corrections, souvent légères, qui répondent à un désir de vraisemblance, de convenance, de cohérence, d'exactitude.

On lit ainsi, en M, *que l'achat de Froidfond fut commenté* « à Angers et à Tours » *(24e). En préparant* E, *l'écrivain s'avise qu'une acquisition aussi sensationnelle dut intéresser toute la Loire, de Nantes jusqu'à Orléans. Le prestige de Grandet en est accru.*

Nuance particulièrement importante, de M *à* B *: il s'agit de Grandet lui-même. Quarante, cinquante fois, en* M, *le romancier l'a appelé* « l'avare ». *Systématiquement, en* B, *il remplace ce* *mot par d'autres et, selon le cas, désigne Grandet tout simplement par son nom (85^{d}) ou l'appelle* « le maître de la maison » *(105^{g}),* « le bonhomme » *(107^{d}),* « l'oncle » *(108^{a}),* « le tonnelier » *(112^{a}),* « le vigneron » *(115^{d}),* « l'homme » *(120^{b}),* « le maître du logis » *(131^{b}) etc. Quelques endroits lui échappent : il y reviendra en* C *(73^{a}, 91^{d}), complétant ainsi sa révision. Dans le texte définitif,* « l'avare » *pour* « Grandet » *ne se rencontre plus que rarement (pp. 29, 44, 75, 107).*

Nous pensons que Balzac a voulu prendre ainsi ses distances avec L'Avare *de Molière et bien marquer que son œuvre répond à des intentions différentes. L'équivalence mécanique Grandet-avare appauvrissait le personnage et faussait même la perspective du roman.*

Les retouches apportées dans les dernières éditions, nombreuses encore, sont en général de moindre portée. Balzac a songé, par exemple, en préparant C, *qu'une cravate noire sied à l'austérité du père Grandet, beaucoup mieux qu'une cravate blanche (20^{c}) ; mais il a corrigé en* F *seulement un autre détail vestimentaire qui, cette fois, concerne Charles : des gants gris remplacent les gants jaunes (54^{c}).*

RETOUCHES DE FORME

Nous ne saurions classer par genres toutes les corrections de langue auxquelles l'écrivain s'est astreint avec plus ou moins de bonheur. Voici du moins quelques-unes de celles qui sont les plus caractéristiques ou qui se rencontrent le plus fréquemment.

Balzac contrôle attentivement son vocabulaire. Il choisit des mots plus propres ou plus précis (47^{b} ponté B *: fait* ant.*; 131^{c} étendu* B *: répandu* M*; 140^{b} froissait* B *: violait* M*; 206^{h} consumaient* B *: emportaient* M*; 238^{c} fendillé* B *: crevassé* M*) ; plus expressifs (67^{b} jaser* E1B *: parler* ant.*; 71^{d} le suer* B *: se baisser pour le prendre* M *: le ramasser* rayé M*) ; plus pittoresques ou imagés (39^{c} C'te pauvre* F *: Cette pauvre* ant.*; 39^{d} me fichant* E1B *: me campant* E*; 104^{c} se dressa comme une biche effrayée* B *: se leva* M*; 106^{c} des choses qui ne sont pas sucrées* F *: des choses assez tristes* ant.*; 192e linottes* B *: femmes* M*; 206^{c} de grès* B *: impassible* M*).*

D'autres corrections s'appliquent au tour, que l'écrivain

a voulu rendre plus pur (112[i] combien de louis a-t-on d'une FC : pour combien de louis vend-on une F : combien de louis vend-on une B : que vend-on une M), plus vigoureux (75[b] qui tapisse les guinguettes F : dont on se sert pour les guinguettes ant.), plus vif (23[f] style semi-direct substitué en B au style indirect), plus rapide (127[b] alla écouter B : monta dans l'escalier pour aller écouter M; 142[a] Que te disais-je F : Qu'est-ce que je te disais ant.; 245[d] Ne sais-je pas F : Est-ce que je ne sais pas ant.).

Les derniers textes revus par Balzac, F surtout, témoignent d'un souci très prononcé de la pureté grammaticale. L'écrivain pourchasse avec obstination et pas toujours à bon escient certains tours, souvent les mêmes, qu'il juge incorrects ou vicieux. Ainsi, il expulse de façon presque systématique le relatif dont (corrigé en desquelles 18[e], en de laquelle 124[g]; en desquels 158[h]); il substitue l'emploi du participe présent à celui de l'infinitif (84[b] allant, venant F : aller, venir B); il accorde le verbe être avec le sujet apparent pronominal (129[b] c'est C : ce sont ant.); il contrôle l'usage d'un intensif (16[h] si grande F : aussi grande ant.); il corrige une locution conjonctive (73[d] de manière que F : de manière à ce que ant.); il veille à la concordance des temps (58[a] fût F : soit ant.), non sans hésiter parfois (141[b] fût F : soit C : fût B : soit M); il hésite aussi sur l'accord d'un verbe avec plusieurs sujets (124[d] frappèrent F : frappa C : frappèrent B : frappa M). Occasionnellement, il supprime un solécisme commis en donnant une étymologie latine (21[d] Boni fontis C : Bonae fontis ant.).

Notons pour mémoire, collectivement, des retouches légères de types divers : mots intervertis, mots déplacés, constructions redressées, phrases morcelées etc. Nous en avons relevé un certain nombre à titre d'exemples.

GRAPHIES

L'usage de Balzac est éloigné du nôtre et parfois surprenant, même pour l'époque, comme on pourra s'en apercevoir d'après les parties rapportées du manuscrit qui se trouvent incorporées dans notre choix de variantes. L'écrivain tend, en particulier, à redoubler abusivement des consonnes (cravatte).

D'une façon générale, les graphies insolites ou aberrantes

sont corrigées par les typographes qui travaillent pour B. *Les graphies archaïsantes sont éliminées surtout dans les éditions Charpentier et Furne, postérieures à la nouvelle publication du* Dictionnaire de l'Académie *(1835), qui, en particulier pour les pluriels des mots en* ant *et en* ent, *fixait des usages jusque-là incertains.*

PRÉSENTATION

Il est difficile de déterminer dans quelle mesure le romancier doit être tenu pour responsable des nombreuses suppressions d'alinéas qui donnent à l'édition Charpentier et à l'édition Furne un aspect compact, bien différent de celui de l'édition originale. Sans doute obéissait-il, en gagnant ainsi de la place, comme lorsqu'il supprimait les titres des chapitres, à un désir formulé par l'éditeur. La remarque vaut pour tous les romans de Balzac.

D'une façon générale et dans la majorité des cas, on constate que Balzac s'est corrigé avec bonheur, sauf lorsqu'il a cru devoir remettre en question, pour F, *certains chiffres et certaines dates sans avoir bien présent à l'esprit l'ensemble des données fixées dix ans plus tôt pendant la phase essentielle de sa création. Fort heureusement, les inadvertances ainsi commises ne gênent guère le lecteur conquis par l'intérêt du roman et entraîné dans l'élan de sa lecture : il ne s'y arrête pas et, la plupart du temps, ne les remarque même pas. Elles témoignent seulement de la difficulté qu'éprouve l'écrivain le plus habile et le mieux assuré dans sa technique à circuler sans faux pas dans son propre univers romanesque.*

P.-G. C.

III

RELEVÉ DE VARIANTES

On trouvera ci-dessous les variantes que nous avons retenues, présentées dans l'ordre où elles apparaissent au fil du texte. La liste des sigles employés et les principes généraux de notre notation ont été indiqués page 274.

Nous reproduisons au moins le premier et le dernier mot de chaque passage modifié ou ajouté. Quelques exemples faciliteront les consultations nécessaires.

à demi monastique E : *passive* M.

Le texte actuel « à demi monastique » apparaît pour la première fois dans *L'Europe littéraire;* on lit dans le manuscrit : « passive ».

c'est C : *ce sont* ant.

Le texte actuel « c'est » apparaît pour la première fois dans l'édition Charpentier; on lit dans les états antérieurs : « ce sont ».

vers midi F : *vers dix heures* ant.

Le texte actuel « vers midi » apparaît pour la première fois dans l'édition Furne; on lit dans les états antérieurs « vers dix heures ».

qui passait pour avoir porté le bonnet rouge add. E.

Ces mots, qui ne figuraient pas dans le manuscrit, ont été ajoutés dans *L'Europe littéraire.*

quatre millions F : *trois millions* C : *trois millions et demi* B : *deux millions et demi* ant.

Le texte actuel « quatre millions » apparaît pour la première fois dans l'édition Furne. L'édition Charpentier donnait : « trois millions »; l'édition Béchet : « trois millions et demi »; *L'Europe littéraire* et le manuscrit : « deux millions et demi ».

Page 4 : *a. Dédicace add. C, sauf les quatre derniers mots add. F.*
b. DE BALZAC *F.* : L'AUTEUR *C.*

Page 5 : *a.* à demi monastique *E* : passive *M.*
b. montueuse *M* : et contournée *rayé M.*
c. maintenant *add. E.*

Page 6 : *a.* dont les bouts sont taillés... et qui couronnent *E* : dont la saillie taillée... couronne *M.*
b. des lignes bleues sur *E* : des V et des X sur *M.*
c. d'argile brune *E* : de terre *M.*
d. c'est *C* : ce sont *ant.*

Page 7 : *a.* de la tremblante maison... a déifié *E* : du fier artisan qui a déifié *M.*
b. encore quelques vestiges... pays *E1B* : encore ses armes brisées... pays *E* : des armes sculptées sur un écu brisé par les révolutions de 89 *M.*
c. ni vitrages *add. E.*
d. et sans ornemen[s] extérieurs ou intérieurs *add. E.*
e. arrivent à *B* : arrivent dans *E* : viennent dans *M.*
f. ôtés le matin... boulonnées *E* : que l'on ôte le matin et que l'on remet le soir *M.*
g. du laiton... le long des murs, ou *add. E.*
h. propre, pimpante de jeunesse, au blanc fichu *add. E.*

Page 8 : *a.* en une seule matinée... six livres *E* : le poinçon peut valoir dix ou douze francs *M.*
b. Dans ce pays, comme en Touraine... apporte *add. E (quinze lignes; légères variantes postérieures).*
c. vers midi *F* : vers dix heures *ant.*
d. à la campagne *E* : à la campagne. Le Commerce mène des mœurs patriarcales *M.*

Page 9 : *a.* Une ménagère... si elle était cuite à point *E1B* : Une ménagère... si elle l'a mangée *add. E.*
b. sans y être vue par tous les groupes inoccupés *E1B* : sans que trente visages ne la voyent *ant.*
c. La vie... urbaines *add. E.*
d. que les mœurs françaises perdent de jour en jour *C* : dont les mœurs françaises s'éloignent de jour en jour *E* : qui ne se retrouvera plus dans les mœurs françaises *M.*
e. ce chemin *E1B* : cette rue *ant.*

Page 10 : *a.* de ces vieillards diminuait sensiblement *E1B* : de ces spectateurs du tems passé diminuait sensiblement *E* : de ces spectateurs du tems passé allait diminuant de jour en jour *M.*
b. offerts par son beau-père *F* : prêtés par son beau-père et donnés *ant.*

Page 11 : *a.* pour un morceau de pain, légalement, sinon légitimement *add. E.*

b. et se fit payer en *F* : dont il se fit payer avec de *E1B* : dont il se paya par l'acquisition de *ant.*

c. d'une communauté de femmes *E* : d'une abbaye *M.*

d. lot : *E, seul, ajoute* la république ayant gardé quelques poires pour sa soif.

e. qui passait pour avoir porté le bonnet rouge *add. E.*

Page 12 : *a.* Sa maison... clos *add. E1B.*

b. Il aurait pu demander la croix de la Légion d'Honneur *add. E1B.*

c. environ trente-six *B* : environ quarante *E* : quarante *M.*

d. que la Providence voulut [sans doute *add. B*] consoler de sa disgrâce administrative *add. E.*

e. madame de La Gaudinière, née de La Bertellière, mère de madame Grandet *F* : madame de La Bertellière, mère de madame Grandet née de La Bertellière *ant.*

f. du vieux monsieur La Bertellière *M* : *Balzac a commencé par écrire* Cruchot.

Page 13 : *a.* Le vieux monsieur La Bertellière... de l'usure *add. E.*

b. obtint alors... de l'arrondissement *E* : devint le plus fort imposé de l'arrondissement, véritable titre de noblesse moderne *M.*

c. cent (arpents) *C* : cent quarante *ant.*

d. sept à huit cents *C* : mille à douze cents *ant.*

e. où, par économie... vitraux *F* : dont il avait, par économie, muré... vitraux *add. E.*

f. ce qui les conserva *add. F.*

g. où croissaient... 1793 *B* : sur lesquelles il avait planté trois mille peupliers en 1794 *ant. Au lieu de* cent-vingt-sept (arpents), *Balzac a d'abord écrit* cent-douze.

h. aux bénéfices duquel... secrètement *E* : dont M. Grandet était l'associé secret *M.*

Page 14 : *a.* capitaux de l'ancien maire *B* : capitaux du bonhomme *E* : capitaux secrets du bonhomme *M.*

b. et ne se donnât *E1B* : où il se donnait *E* : pour se donner *M.*

c. Les avaricieux... passions *add. E. (dix lignes).*

d. à personne *E1B* : ni au percepteur des contributions, ni à ses closiers, ni à qui que ce soit *ant.*

e. recueillir *E* : récolter *M.*

Page 15 : *a.* sa vendange dans ses celliers *E* : sa récolte entière dans ses caves *M.*

b. cinq louis *E1B* : cent francs *ant.*

c. sagement serrée, lentement vendue *add. E.*

d. deux cent quarante mille livres *E1B* : dix mille louis *E* : six mille louis *M.*

e. du tigre et du boa *E* : du requin, du tigre et du boa *M.*

f. sauter dessus, puis *add. E.*

g. poli *add. E.*

h. onze pour cent *F* : huit pour cent *ant.*

Page 16 : *a*. quatre millions *F* : trois millions *C* : trois millions et demi *B* : deux millions et demi *ant.*

b. depuis 1793 jusqu'en 1817 *B* : depuis 1796 jusqu'en 1816 *ant.*

c. cent mille *C* : cent et quelques mille *B* : cent mille *ant.*

d. presque égale *C* : au moins égale *E* : égale *M*.

e. cinq à six millions *F* : cinq millions *C* : près de six millions *ant.*

f. que je ne le suis *B* : que moi *ant.*

g. Si le Parisien... d'incrédulité *add. E. (légère variante).*

h. si grande *F* : aussi grande *ant. On ne relèvera plus ce type de variante.*

Page 17 : *a*. Sa parole, son vêtement... il faut vendanger *B* : Sa richesse, sa pensée, son vêtement, le clignement de ses yeux étaient la loi du pays. — Il fera froid ! disait-on, le père Grandet a mis ses gants fourrés, il va vendanger *add. E.*

b. Ses fermiers *E1B* : Ses treize ou quatorze fermiers *ant.*

c. le locataire *F* : le meunier *ant.*

d. venir chercher... et la farine *E* : lui moudre ses blés de rente, les venir chercher, et les rapporter *M*.

e. quoiqu'elle ne fût plus jeune, boulangeait elle-même tous les samedis *E1B* : boulangeait elle-même, malgré son âge, tous les samedis *E* : ... tous les lundis *M*.

f. ou pris dans les vieilles truisses à moitié pourries qu'il enlevait au bord *F* : ... dont il débarrassait le bord *C* : ou pris dans les vieilles truisses venues sur le bord *add. E1B*.

Page 18 : *a*. et recevaient ses remercîmen[s] *add. B.*

b. six cents (arpents) *F* : trois cents *ant.*

c. auquel il promettait une indemnité *E* : auquel il payait une somme déterminée *M*.

d. Les manières de cet homme étaient fort simples. Il parlait peu. *Ici commence le portrait de Grandet, qui a subi peu de modifications de M à E et de B à F, mais dont les éléments ont été bouleversés de E à B, postérieurement à l'épreuve corrigée de E conservée avec le manuscrit. On trouvera ci-dessous, dans la colonne de gauche, le texte de E; dans la colonne de droite, celui de B.*

Toujours vêtu de la même manière, qui le voyait aujourd'hui le voyait tel qu'il était depuis 1794. Il avait de gros souliers à cordons de cuir, des bas de laine drapés, portait une culotte de gros drap marron, des boucles d'argent, un gilet de velours à raies alternativement jaunes et puces, boutonné carrément, un large habit marron à grands pans, une cravatte blanche et un chapeau de quaker. Ses gros gants de gendarme duraient vingt mois, toujours

Il parlait peu. Les manières de cet homme étaient fort simples; généralement, il exprimait ses idées par de petites phrases sentencieuses, et dites d'une voix douce. Depuis la révolution, époque à laquelle il attira les regards, le bonhomme bégayait d'une manière fatigante aussitôt qu'il avait à discourir longuement ou à soutenir une discussion. Mais ce bredouillement, l'incohérence de ses paroles, le flux de mots où il noyait sa pensée, son

exactement propres, et il les posait sur le bord de son chapeau à la même place, par un geste méthodique. Sa voix était douce et ses manières simples. Il ne faisait jamais de bruit, et semblait économiser tout, même le mouvement. Il ne dérangeait rien chez les autres par respect constant de la propriété. Lui parlait-on, il écoutait froidement, se tenait le menton dans la main droite et appuyait son coude droit sur le revers de sa main gauche. Il avait en toute affaire des opinions arrêtées dont il ne revenait point. Il méditait longuement les moindres marchés, et quand son adversaire, après une savante conversation, lui avait livré le secret de ses prétentions, en croyant le tenir, il répondait :

— Je ne puis rien conclure sans avoir consulté ma femme.

Sa femme, qu'il avait réduite à un ilotisme complet, était en affaires son paravent le plus commode. Il faisait tout avec quatre mots : *je ne sais pas, je ne puis pas, je ne veux pas, nous verrons cela.* Il n'écrivait jamais, ne disait jamais ni *oui* ni *non*. Il n'allait jamais chez personne, ne voulait ni recevoir ni donner à dîner.

Au physique, c'était un homme de cinq pieds, fort, trapu, carré, ayant des mollets de douze pouces de circonférence, des rotules noueuses, et de larges épaules. Son visage était rond, tanné, marqué de petite vérole. Son menton était droit, ses lèvres, sans sinuosités, et ses dents blanches. Ses yeux avaient l'expression calme et dévoratrice que le vulgaire

manque apparent de logique, attribués à un défaut d'éducation, étaient affectés et seront suffisamment expliqués par quelques événemens de cette histoire. D'ailleurs, quatre phrases exactes autant que des formules algébriques lui servaient habituellement à embrasser, à résoudre, toutes les difficultés de la vie et du commerce :

Je ne sais pas.
Je ne puis pas.
Je ne veux pas.
Nous verrons cela.

Il ne disait jamais ni *oui* ni *non,* et n'écrivait point. Lui parlait-on, il écoutait froidement, se tenait le menton dans la main droite, en appuyant son coude droit sur le revers de la main gauche. Il se formait en toute affaire des opinions dont il ne revenait point. Il méditait longuement les moindres marchés, et quand, après une savante conversation, son adversaire lui avait livré le secret de ses prétentions, en croyant le tenir, il lui répondait :

— Je ne puis rien conclure sans avoir consulté ma femme.

Sa femme, qu'il avait réduite à un ilotisme complet, était en affaires son paravent le plus commode. Il n'allait jamais chez personne, ne voulait ni recevoir ni donner à dîner. Il ne faisait jamais de bruit, et semblait économiser tout, même le mouvement. Il ne dérangeait rien chez les autres par un respect constant de la propriété.

Néanmoins, malgré la douceur de sa voix, malgré sa tenue circonspecte, le langage et les habitudes du tonnelier perçaient,

accorde au basilic. Son front, plein de rides transversales, ne manquait pas de protubérances significatives. La couleur de ses cheveux rouges et grisonnans était appelée *blanc et or* par les jeunes gens, qui ignoraient toute la gravité d'une plaisanterie faite sur M. Grandet. Son nez, très gros du bout, supportait une loupe veinée que le vulgaire disait, non sans raison, pleine de malice. En somme, sa figure annonçait une finesse dangereuse, une probité sans chaleur, et l'égoïsme d'un homme habitué à concentrer ses sentimens dans les jouissances de l'avarice, et sur le seul être qui lui fût réellement *de quelque chose,* sa fille, Eugénie, son héritière. Attitude, manières, démarche, tout en lui, d'ailleurs, attestait cette croyance en soi, que donne l'habitude d'avoir toujours réussi dans ses entreprises. Aussi, quoique doux et tranquille en apparence, M. Grandet était-il d'une incroyable fermeté dans ses opinions.

Saumur ne savait rien de plus de M. Grandet.

surtout quand il était au logis, où il se contraignait moins que partout ailleurs.

Au physique, c'était un homme de cinq pieds, trapu, carré, ayant des mollets de douze pouces de circonférence, des rotules noueuses et de larges épaules; son visage était rond, tanné, marqué de petite vérole; son menton était droit, ses lèvres, sans sinuosités, et ses dents blanches; ses yeux avaient l'expression calme et dévoratrice que le vulgaire accorde au basilic; son front, plein de rides transversales, ne manquait pas de protubérances significatives; ses cheveux jaunâtres et grisonnans étaient *blanc et or,* disaient quelques jeunes gens qui ne connaissaient pas la gravité d'une plaisanterie faite sur M. Grandet; son nez, gros par le bout, supportait une loupe veinée que le vulgaire disait, non sans raison, pleine de malice. En somme, sa figure annonçait une finesse dangereuse, une probité sans chaleur, et l'égoïsme d'un homme habitué à concentrer ses sentimens dans la jouissance de l'avarice, et sur le seul être qui lui fût réellement *de quelque chose,* sa fille, Eugénie, sa seule héritière. Attitude, manières, démarche, tout en lui, d'ailleurs, attestait cette croyance en soi que donne l'habitude d'avoir toujours réussi dans ses entreprises. Aussi, quoique de mœurs faciles et molles en apparence, M. Grandet avait-il un caractère de bronze.

Toujours vêtu de la même manière, qui le voyait aujourd'hui le voyait tel qu'il était depuis 1791. Il avait de forts souliers à cordons de cuir, des bas de laine drapés; portait une culotte courte de gros drap marron, à boucles d'argent; un gilet de velours à raies alternativement jaunes et puces, boutonné carrément; un large habit marron à grands pans, une cravate blanche et un chapeau de quaker. Ses gants, aussi solides que ceux des gendarmes, lui duraient vingt mois, et, pour les conserver propres, il les posait sur le bord de son chapeau à la même place, par un geste méthodique.

Saumur ne savait rien de plus sur ce personnage.

e. desquelles *F* : dont *ant.*

f. Il méditait longuement *E* : Il méditait en compagnie de sa femme *M.*

Page 19 : *a.* Sa femme, qu'il avait réduite... commode *add. E.*

b. et semblait économiser tout, même le mouvement *add. E.*

c. par un respect constant de la propriété *add. E.*

d. des rotules noueuses *add. E.*

Page 20 : *a.* et sur le seul être... héritière *E (légères variantes)* : et sur les deux seuls êtres qui lui fussent réellement chers, sa femme et sa fille *M.*

b. bas de laine drapés *E* : bas de coton chinés *M.*

c. noire *C* : blanche *ant.*

d. vingt mois *E* : six mois *M.*

Page 21 : *a.* Six habitan[s] *E1B* : Six personnes *ant* : Trois *rayé M.*

b. le neveu de monsieur Cruchot *M* : *Balzac a rayé ensuite* également nommé Cruchot, mais...

c. et travaillait à faire prévaloir... qui lui disaient monsieur de Bonfons *add. E1B. (sept lignes)*

d. (Boni fontis) C : *(Bonae fontis) add. E1B.*

e. sept mille (livres) *E* : cinq mille *M* : huit mille *rayé M.*

f. l'abbé Cruchot, dignitaire *E* : l'abbé Cruchot (simple curé retiré *rayé*), ancien (chanoine de Tours *rayé*) dignitaire *M.*

g. qui tous deux passaient pour être assez riches *E* : et qui passait pour être riche *M.*

Page 22 : *a.* Ces trois Cruchot... avaient leurs Pazzi *F* : Ces trois Cruchot, soutenus par bon nombre de cousins, et alliés à vingt maisons de la ville, formaient un parti, comme jadis à Florence les Pazzi; puis, comme les Pazzi, les Cruchot avaient leurs adversaires *add. E1B.*

b. vingt-trois ans *M en surcharge sur* vingt-deux : vingt ans *rayé M*.
c. son cher Adolphe *E* : Eugène *M*.
d. Monsieur des Grassins le banquier... leurs alliés fidèles *add. E1B*.
e. le Talleyrand de la famille *F* : le petit Talleyrand de la famille *add. B*.
f. les diverses sociétés de Saumur *E1B* : toutes les langues de Saumur *E* : tout Saumur *M*.
g. Adolphe *E* : Eugène *M*.
h. L'ancien tonnelier... gendre *E1B* : et qu'il aurait pour gendre *ant*.
i. trois cent mille (livres de rente) *F* : deux cent mille *ant*.
j. [et M. Adolphe] un bien gentil cavalier *E* : Eugène un gentil garçon *M*.

Page 23 : *a*. et qu'à moins d'avoir... bonnet rouge *add. E1 (légère variante)*.
b. ses entrées à toute heure... dimanches *E1B* : entrée au logis, et que son rival... dimanches *E* : entrée au logis, et que l'abbé, le notaire étaient riches *M*.
c. que madame des Grassins, plus liée... réussir *F* : que Mme des Grassins avait trop d'adresse pour ne pas réussir *ant*.
d. « Ils sont manche à manche », disait un bel esprit de Saumur *add. B*.
e. les Cruchotins et les Grassinistes *B* : les partisans des Cruchot et des Grassins *ant*.
f. « D'abord les deux frères... Napoléon » *B* : que les deux frères ne s'étaient pas vus *(etc., style indirect)*... Napoléon *ant*.
g. Que ne disait-on pas... à Blois [inclusivement] *add. E. (légère variante)*.
h. 1818 *E* : 1817 *M*.

Page 24 : *a*. ses fermes, rivière, étangs, forêts *E* : ses revenus *M*.
b. trois millions *C* : cinq millions *E* : quatre millions *M*.
c. avant de rentrer dans le prix *add. E*.
d. sous escompte *C* : sous escompte, en or *B* : en or *ant*.
e. à Nantes et à Orléans *E* : à Angers et à Tours *M*.
f. à cinq *E* : très avantageusement *M*.
g. et saisi de la magnifique pensée... tous ses biens *F* : et conçut la magnifique pensée... ses biens *E1B* : Il songea magnifiquement à réunir ses treize fermes à la terre de Froidfond *ant*.

Page 25 : *a*. Puis, pour remplir... de ses prairies *E* :, à couper *à blanc* la forêt, les peupliers de ses prairies, et à remplir ainsi son trésor en peu de tems *M*.
b. pâle, froide, silencieuse *B* : pâle et sombre, mélancolique, froide, silencieuse *ant*.
c. Les deux piliers *E1B* : La porte ressemblait au porche abaissé d'une geôle. Les deux piliers *ant*.
d. inégaux et nombreux... donnaient *E1B* : inégaux causés par les intempéries du climat étaient assez nombreux pour donner *ant*.
e. et quelque ressemblance avec le porche d'une geôle *add. E1B*.

f. était surmonté d'une *E1B* : avait une *ant*.
g. assez haut déjà *M* : haut de douze à vingt pouces *rayé M*.

Page 26 : *a*. desséchée... maintenue *E1B* : desséchée, découpée par le bas, fendue de toutes parts, mais maintenue *ant*.
b. boulons qui figuraient des *C* : boulons qui formaient des *E1B* : barres, de ses clous en fer qui formaient des *ant. Sur ces mots s'interrompt M. Le premier état du texte devient E.*
c. Une grille carrée, petite... de la porte bâtarde *B* : Une grille carrée, petite, mais dont les barres rouges de rouille étaient fortes, ornait le milieu d'un ventail *E1* : Une très forte grille ornait le milieu d'un ventail *E*.
d. les amis *E1B* : les étrangers *E*.
e. les curieux *B* : les passans *E*.
f. d'une voûte *B* : d'une longue voûte *E*.
g. et de touffes d'arbustes malingres *E1B* : et de végétations *E*.

Page 27 : *a*. Au rez-de-chaussée... *salle B* : Le rez-de-chaussée se composait d'une *salle E*.
b. Peu de personnes connaissent... de l'Anjou, de la Touraine *B* : Beaucoup de personnes ne connaissent pas ce qu'est une SALLE dans les petites villes de la Touraine, de l'Anjou *E*.
c. qui avait jauni *add. B*.
d. dont les côtés, coupés... le long d'un trumeau *B* : dont les côtés étaient coupés en biseau, pour en montrer l'épaisseur, et encadrée dans un trumeau *E*.

Page 28 : *a*. angles *E1B* : coins *E*.
b. des encoignures, espèces de buffets... étagères *E1B* : des buffets en encoignures, terminés par des espèces d'étagères *E*.
c. tableau *E1B* : panneau *E*.
d. noire, enjolivée *E1B* : noire et or, terminée en haut et en bas *E*.
e. où les mouches avaient si licencieusement folâtré *F* : dont les mouches avaient si licencieusement abusé *ant*.
f. Aux deux fenêtres... relevés *B* : Les deux fenêtres étaient ornées de rideaux de gros de soie rouges, drapés et relevés *E*.

Page 29 : *a*. Le premier de ce dernier mois. *Ici commençait dans E1B un passage très différent du passage correspondant de E et qui ne sera guère modifié dans les éditions postérieures. On trouvera ci-dessous, dans la colonne de gauche, le texte de E; dans la colonne de droite, celui de E1B.*

M. Grandet ne voulait allumer de feu que le 1er novembre, et il l'éteignait le 30 mars, quelque rigoureuse que fût la saison. La mère et la fille avaient le secours d'une chaufferette, entretenue par les complaisances de la Grande Nanon, qui leur cédait la bûche de son feu.

Le premier de ce dernier mois, elles pouvaient prendre leur station d'hiver à la cheminée. Ce jour-là seulement, M. Grandet permettait qu'on allumât du feu dans la salle, et il le faisait éteindre au trente mars, sans avoir égard ni aux premiers froids du printemps, ni à ceux

Malgré son âge, madame Grandet travaillait, avec sa fille, aux reprises à faire dans le linge de maison, aux raccommodages de celui de son mari; véritable labeur d'ouvrière, et si grand que, lorsque mademoiselle Grandet voulait broder une collerette à sa mère, elle était forcée d'y employer quelques heures en trichant M. Grandet qui, depuis long-temps, distribuait la chandelle.	de l'automne. Une chaufferette, entretenue avec la braise provenant du feu de la cuisine que la grande Nanon leur réservait en usant d'adresse, aidait madame et mademoiselle Grandet à passer les matinées ou les soirées les plus fraîches des mois d'avril et d'octobre. La mère et la fille entretenaient tout le linge de la maison, et employaient si consciencieusement leurs journées à ce véritable labeur d'ouvrière, que si Eugénie voulait broder une collerette à sa mère, elle était forcée de prendre sur ses heures de sommeil en trichant M. Grandet pour avoir de la lumière. Depuis long-temps, l'avare distribuait la chandelle.

b. trente-et-un mars *F* : trente mars *ant.*

c. en trompant son père *F* : en trichant Grandet *C* : en trichant M. Grandet *ant.*

d. capable d'accepter *E1B* : qui eût pu accepter *E*.

e de son maître *B* : sous lequel elle vivait *E*.

Page 30 : *a*. livres *B* : francs *E*. *De même un peu plus bas.*

b. voyant... était jalouse d'elle *C* : ... en était jalouse *add. E1B*.

c. vingt-deux ans *B* : trente ans *E*.

d. dit-on *add. E1B*.

e. pensait alors à se marier... avisa *E1B* : pensant à se marier, avisa *E*.

Page 31 : *a*. En se voyant ainsi accueillie *add. E1B*.

b. d'ailleurs *add. E1B*.

c. dont la récolte causa des peines inouïes *add. C*.

d. qu'elle reçut jamais de lui *F* : qu'elle en reçut jamais *E1B* : qu'il lui eût fait *E*.

e. Quoiqu'il lui abandonnât... impossible *B* : La Grande Nanon ayant le pied aussi grand que celui de son maître, bien qu'il lui abandonnât ses vieux souliers, il est impossible *E1* : la Grande Nanon ayant le pied aussi grand que celui de son maître, en recevait bien de vieux souliers, mais il est impossible *E*.

f. La nécessité rendit cette pauvre fille si avare *E1B* : Elle était si économe, la nécessité la rendait si avare *E*.

g. dont les piqûres ne la piquaient plus *F* : dont elle supportait patiemment les piqûres *E1B* : dont elle ne sentait plus le grattement *E*.

Page 32 : *a.* elle participait gaiement... régime *E1B* : Il y avait un profit d'hygiène dans le régime *E*.

b. Combien de *F* : Que de *ant.*

c. que les fermiers étaient obligés de donner aux cochons *add. E1B*.

d. pour une pauvresse recueillie par charité *B* : et qui avait été recueillie avec une apparente charité *E*.

e. ma mignonne *F* : la belle *ant.*

f. pouvait *F* : devait *ant.*

Page 33 : *a.* Son exclamation *C* : Son mot, *cette pauvre Nanon ant.*

b. pitié d'avare... tonnelier *C* : pitié qui réveillait mille plaisirs au cœur de l'avare *E1B* : pitié d'avare, une pitié pleine de plaisirs *E*.

c. sa somme *F* : toute sa somme *ant.*

d. Dieu reconnaîtra ses anges... regrets *E1B* : Mais Dieu seul reconnaîtra les inflexions de la voix de ses anges *E*.

e. Sa cuisine... se perdre. *Cette phrase, dans E, suivait les deux phrases qu'elle précède dans tous les états postérieurs (légères variantes).*

f. Sa robuste santé... trou *E1B* : Sa santé de fer n'était point altérée de son habitation dans ce trou *E*.

g. pouvait entendre *E1B* : pouvait, comme un chien, entendre *E*.

Page 34 : *a.* des étages supérieurs *E1B* : de l'étage supérieur et des greniers *E*.

b. au milieu du mois de novembre *F* : le dix-sept novembre *C* : le 17 novembre *B* : le 16 novembre *E*.

c. Ce jour était... d'amitié *B* : Mais ce jour était un jour de fête, bien connu des deux partis Cruchot et Des Grassins; aussi... amitié *E1* : Trois des six personnes qui avaient le droit de visiter M. et Mme Grandet étaient déjà venues. Voici pourquoi *E*.

d. La queue... enveloppée d'un *B* : Les queues... ficelées avec *E*.

e. Le matin, monsieur Grandet... depuis treize années *E1B* : Le matin, M. Grandet avait solennellement offert à sa fille, qu'il venait toujours surprendre au lit, son présent paternel, consistant, depuis dix-huit années *E*.

Page 35 : *a.* en une curieuse pièce d'or *F* : en un double napoléon d'or *ant.*

b. ou d'été, selon la circonstance *add. E1B*.

c. Ces deux robes, les pièces d'or qu'elle récoltait *F* : Ces deux robes, les quatre napoléons et deux autres pièces qu'elle récoltait *ant.*

d. Ces deux robes... portugaises d'or *add. E1B (vingt lignes; sous réserve de la variante précédente).*

e. Le pape Clément [VII *add. F*]... valeur *add. B*.

Page 36 : *a.* l'entière servitude... femme *E1B* : une entière servitude conjugale *E*.

b. se jetèrent [silencieusement *add. B*] un coup d'œil d'intelligence *E1B* : se regardèrent en silence *E*.

c. tyrannisées *E1B* : battues *E*.

d. une vraie La Bertellière *F* : et née de la Bertellière *ant.*

e. trop mal *F* : *trop mal E1B* : très mal *E*.

Page 37 : *a.* universellement plaindre et *add. E1B.*
b. ne lui donnait... dépenses *E1B* : ne lui laissait jamais plus de six francs à dépenser *E.*
c. Cette fierté sotte... blessée par *E1B* : Cette fierté bête, et toute secrète, cette noblesse d'âme peu appréciée de *E.*
d. souliers. Enfin elle ne voulait *C* : souliers. Bref elle ne voulait *E1B* : souliers. Elle raccommodait elle-même ses bas et ses chemises et sa fille lui brodait ses collerettes. Elle n'avait jamais rien voulu *E.*

Page 38 : *a.* lui rendait... épingles *E1B* : rendait à son mari quelques écus sur les louis dans le courant de l'hiver *E.*
b. après avoir boutonné son gousset *E1B* : mais en boutonnant le gousset de sa culotte *E.*
c. très [-] généreux envers sa femme *E1B* : très généreux en accordant cinquante francs par an à sa femme outre les cent francs d'épingles qu'il lui faisait donner par les marchands de vin de la Belgique *E.*

Page 39 : *a.* Hier, Eugénie a failli [se] fouler le pied *B* : Eugénie a failli tomber hier *E.*
b. pour te remettre *add. F.*
c. C'te pauvre *F* : Cette pauvre *ant.*
d. me fichant *E1B* : me campant *E.*
e. où elle est encore solide *E1B* : où elle tient *E.*

Page 40 : *a.* je rafistole [moi-même *add. F.*] une marche de mon escalier *E1B* : je rafistole mon escalier qui n'allait pas *E.*
b. en riant tout seul... comprit *add. E1B.*

Page 41 : *a.* serrant l'héritière *F* : la serrant *ant.*
b. avec une complaisance qui rendit *C* : avec une complaisance et une amplitude qui rendirent *ant.*
c. trouée comme une écumoire *B* : en écumoire *E.*

Page 42 : *a.* et [en] se haussant le thorax... Partout ! *add. E1B.*
b. meilleur. Les propriétaires... maintenons-nous bien *E1B (légères variantes)* : meilleur. — Ha ! vous gardez !... *E.*
c. Serait-il en marché *E1B* : Est-ce que le vin ne se conserverait pas *E.*
d. dodues *E1B* : grasses *E.*

Page 43 : *a.* s'affaiblit *B* : est faible *E.*
b. Elle se mettait assez bien *E1B* : Elle était bien mise *E.*
c. boîte à ouvrage *E1B* : boîte à ouvrage en bois précieux *E.*
d. véritable marchandise de pacotille... très [-] soignée *B* : marchandise de pacotille quoiqu'on eût gravé sur l'écusson un E. G. gothique pour faire croire à une façon soigneusement commandée *E1* : et sur le couvercle de laquelle un E. G. gothique était merveilleusement gravé *E.*
e. dont l'accent eût illustré un acteur *C* : dont aucun acteur ne devinerait l'accent *ant.*

Page 44 : *a.* restèrent stupéfaits *E1B* : stupéfaits tremblèrent *E*.
b. saisit *B* : prit *E*.
c. Parez-moi *E1B* : Parez *E*.
d. jouée *E1B* : rusée *E*.
e. ma cave *F* : la cave *ant.*
f. nous pouvons E1B : il peut y avoir *E*.

Page 45 : *a.* en seront *E1B* : pourront en être *E*.
b. Je n'ai jamais... nulle part *E1B* : Vous êtes bien bonne, lui dit l'héritière *E*.
c. offrir ce qu'ils voudront... un jour » *E1B* : faire des cadeaux *E*. *Sur ces mots se terminait le feuilleton publié par* L'Europe littéraire *du 19 septembre 1833. Pour les soixante-huit premières lignes de texte qui vont suivre, nous disposons de deux épreuves (E et E bis), corrigées par Balzac en vue d'un nouveau feuilleton. Les corrections prescrites dans les marges de E ont été effectuées en E bis. Nous désignons par E1 les corrections prescrites dans les marges de E bis.*
d. Les acteurs *E1B* : Les huit acteurs *ant.*
e. bariolés, chiffrés *B* : numérotés *ant.*
f. qui ne tirait pas un numéro sans faire une remarque *add. E1B*.

Page 46 : *a.* tous ces gens-là me servent de harpons pour pêcher *F* : Et ils sont mes harpons *C* : Ce sont mes harpons *add. E bis.*
b. sur les lèvres d'Eugénie *E1B* : chez Eugénie *ant.*
c. oiseaux victimes *F* : oiseaux pourchassés victimes *ant.*
d. du haut prix auquel on les met *B* : du haut prix auquel on les tient *E1* : du haut prix dont ils sont *ant.*
e. le seul dieu moderne auquel on ait foi *E1B* : le seul dieu moderne auquel on croie bien *E bis* : le dieu moderne *E*.
f. exprimé par *F* : intronisé sur *E bis* : trônant sur *E*.
g. et ne prisaient ni ne méprisaient l'argent *E bis* : et méprisaient l'argent *E*.
h. mais vivaces, le secret *E1B* : la symétrie *ant.*

Page 47 : *a.* curieuses dans... dont la vie était purement matérielle. Affreuse *B* : curieuses... dont la vie était pour ainsi dire toute symétrique. Affreuse *E1* : curieuses... dont la vie était pour ainsi dire à *compartimens E bis* : curieuses. Affreuse *E*.
b. ponté *B* : fait *ant.*
c. cette riche somme *E1B* : les seize sous *E bis* : seize sous *E*.
d. Veulent-ils casser notre porte *B* : C'est à casser notre porte *add. E bis.*
e. A peine fut-il permis... *De nouveau, nous disposons de M ; mais nous n'avons plus qu'une épreuve corrigée du feuilleton destiné à* L'Europe littéraire (*E*). *E1 désigne les corrections marginales prescrites sur cette épreuve.*
f. portait deux malles énormes et traînait des sacs de nuit *E1B* : portait une malle énorme et des sacs de nuit *ant.*
g. allez à votre loto *B* : faites votre loto *ant.*
h. vivement *add. E1B*.

Page 48 : *a. neuffe-s-heures M* : neuf *rayé M.*
b. Peste! *add. E1B.*
c. Il apporte... kil[o] *E1B* : et il a trois cents kilo de paquets *ant.*
d. peut-être ne serait-il pas content *E1B :* et il ne serait pas content *ant.*
e. au bal de monsieur de Nucingen *F* : au bal de M. le maréchal Oud... *B* : au bal de... *E1* : à ... *M.*
f. à l'oreille *add. E1B.*
g. les imaginations *M* : *Balzac a d'abord écrit à cet endroit* qu'il est impossible de crayonner...

Page 49 : *a.* Les hommes... cérémonieuse *E1B* : l'assemblée, dont tous les membres se levèrent, et dont les femmes firent un salut de tête *ant.*
b. vous arrivez peut-être de *E1B* : vous venez... *ant.*
c. Monsieur Charles, ainsi... Grandet de Paris *E1B* : M. Charles Grandet *ant.*

Page 50 : *a.* lorgna *E1B* : regarda *ant.*
b. en lui jetant de petites œillades *E1B* : en l'examinant *ant.*
c. cria le vieil abbé *C* : cria le vieux abbé *E1B* : dit le vieux abbé *ant. Balzac avait d'abord écrit* le vieux curé.
d. femme, qui, saisie... ou de curiosité *E1B* : femme, elle était en proie aux plus tristes pressentimens et regardait tour à tour le Cousin de Paris et Eugénie qui jettait de tems en tems un coup-d'œil à M. son cousin *ant.*

Page 51 : *a.* Monsieur Charles Grandet, beau jeune homme de vingt-deux ans... A vingt-deux ans *B* : M. Charles Grandet était un jeune homme de vingt-trois ans, d'une taille svelte, bien prise, et dont la personne produisait en ce moment un singulier contraste au milieu des provinciaux qui l'examinaient. A vingt-trois ans *ant.*
b. Charles Grandet *F* : Charles Grandet, fémininement, coquettement *ant.*
c. pour quelques mois *B* : pour quelques jours *ant.*
d. qui tombait en province pour la première fois *F* : qui allait pour la première fois habiter la province *B* : ... faire un séjour en province *ant.*
e. d'un jeune homme à la mode, de désespérer... passer à Saumur *(légères variantes) E1B* : d'un dandy, de mettre à Saumur *ant.*

Page 52 : *a.* à boutons d'or *F* : à boutons d'or, etc. *ant.*
b. Buisson *F* : Staub *ant.*
c. Il emporta sa jolie toilette d'or, présent de sa mère *add. E1B.*

Page 53 : *a.* pour lui du moins, par une grande dame... cargaison *E1B* : pour lui du moins, et qui se trouvait en ce moment loin de lui, en Écosse, du joli papier pour lui écrire, et une cargaison *ant.*
b. depuis la cravache... terminent *add. E1B.*
c. Son père... modestement *F* : Son père lui ayant dit de ne pas emmener son valet de chambre *add. B.*

d. il était venu dans le coupé... Baden *add. E1B (légères variantes postérieures). On lit* Aix *au lieu de* Baden *sous une rature en E1.*

e. où il ne s'était informé... Froidfond *B* : il n'y était passé que par prudence *ant.*

f. [et] en le sachant en ville, il crut l'y voir dans un grand hôtel *add. C.*

g. soit à Saumur, soit à Froidfond *add. C.*

h. qui dans ce temps... refriser *B* : qui, dans ce tems, disait tout. Il avait fait refriser à Tours *ant.*

Page 54 : *a.* avec un col rond... figure *E1B* : avec un col rond, de manière à divinement encadrer sa figure blanche *ant.*

b. négligemment abandonnée au hasard dans une poche *C* : négligemment mise dans une poche *add. E1B.*

c. gants gris *F* : gants jaunes *ant.*

d. Il maniait... excellent *B (sous réserve de la variante précédente)* : Il tenait une canne à pomme d'or sculptée, et avait des gants jaunes. Sa casquette était neuve et d'un goût exquis *ant.*

e. Un Parisien... Annette *add. B (légères variantes).*

f. Maintenant, si vous voulez. *Ici commence un passage qui n'a pas subi de retouches importantes de B à F, mais qui avait été profondément remanié en vue de B. On trouvera ci-dessous, dans la colonne de gauche, le texte de M (identique en E) ; dans la colonne de droite, le texte de B; et plus loin, quelques variantes postérieures à B. La plupart des modifications constatées en B se trouvaient prescrites en E1.*

Or, si l'homme le moins imaginatif veut se représenter les habits noirs et (sales *rayé*) flétris des Cruchot, qui tous les trois prenaient du tabac, et portaient ostensiblement les chemises à jabot rousses que comporte l'énorme quantité de linge de leurs maisons où la lessive ne se fixait que par trimestre — leurs figures aussi flétries que l'étaient leurs habits, aussi plissées que l'étaient leurs pantalons usés; puis la négligence générale des costumes et des figures qui composaient ce tableau de famille dans cette salle crasseuse, il comprendra parfaitement la surprise des Saumurois et celle de Charles Grandet. Si le Parisien prenait son lorgnon pour examiner les solives du plancher, le ton des boiseries, les virgules dues

Maintenant si vous voulez bien comprendre la surprise respective des Saumurois et du jeune Parisien, voir parfaitement la vive lumière que l'élégance du voyageur jetait au milieu des ombres grises de la salle et des figures qui composaient le tableau de famille, essayez de vous représenter les Cruchot. Tous les trois prenaient du tabac, et ne songeaient plus depuis long-temps à éviter ni les roupies, ni les petites galettes noires dont ils parsemaient le jabot de leurs chemises rousses, à cols recroquevillés et à plis jaunâtres. Leurs cravates molles se roulaient en corde aussitôt qu'ils se les étaient attachées au cou. L'énorme quantité de linge qui leur permettait de ne faire la lessive que tous les six mois, et de le garder

aux mouches qui en avaient fait pour toute l'Encyclopédie méthodique et le moniteur complet réunis, les joueurs de loto, sauf M. Des Grassins, le considéraient avec autant de curiosité qu'ils en eussent manifesté pour la girafe, et tous pouvaient s'observer à loisir, sans craindre de déplaire au maître du logis. M. Grandet était absorbé dans la longue lettre qu'il tenait et pour la lecture de laquelle il avait pris l'unique flambeau de la table sans se soucier du plaisir de ses hôtes.

Eugénie, à qui le type d'une perfection semblable soit dans la mise soit dans la personne était entièrement inconnu, trouvait son cousin charmant. Ce fut pour elle une créature de l'ordre le plus supérieur. Elle respirait avec délices les parfums qui s'exhalaient de cette jolie chevelure si luisante, si gracieusement bouclée, elle enviait pour elle-même les petites mains de Charles; enfin, pour tout exprimer en une seule image, le *dandy* produisit sur elle, dont la vie s'était écoulée entre ces boiseries sales, et à raccommoder des bas en voyant un passant par heure dans cette rue, l'effet que doit produire à un jeune homme les délicieuses femmes dessinées par Westall dans les keapseake et gravées par les Anglais d'un burin si habile qu'on a peur en soufflant dessus de faire envoler ces apparitions célestes. Charles tira de sa poche un mouchoir brodé par celle qui était en Écosse et, en voyant cet élégant mouchoir, Eugénie regarda son cousin au fond de leurs armoires, permettait au temps d'y imprimer ses teintes grises et vieilles. Il y avait en eux une parfaite entente de mauvaise grâce et de sénilité : leurs figures, aussi flétries que l'étaient leurs habits rapés, aussi plissées que leurs pantalons, semblaient usées, racornies et grimaçaient.

La négligence générale des autres costumes, tous incomplets, sans fraîcheur, comme le sont les toilettes de province, où l'on arrive insensiblement à ne plus s'habiller les uns pour les autres, et à prendre garde au prix d'une paire de gants, s'accordait avec l'insouciance des Cruchot; et c'était le seul point sur lequel les Grassinistes et les Cruchotins s'entendissent aussi bien.

Le Parisien prenait-il son lorgnon pour examiner les singuliers accessoires de la salle, les solives du plancher, le ton des boiseries ou les points que les mouches y avaient imprimés et dont le nombre aurait suffi pour ponctuer l'Encyclopédie méthodique et le Moniteur, aussitôt les joueurs de loto levaient le nez et le considéraient avec autant de curiosité qu'ils en eussent manifesté pour la girafe. M. des Grassins et son fils, auxquels la figure d'un homme à la mode n'était pas inconnue, s'associaient néanmoins à l'étonnement de leurs voisins, soit qu'ils éprouvassent l'indéfinissable influence du sentiment général, soit qu'ils l'approuvassent en disant à leurs compatriotes par des œillades pleines d'ironie :

— Voilà comme ils sont *à Paris*.

comme pour savoir s'il allait bien réellement s'en servir. Toutes les manières de Charles, ses gestes, la façon dont il prenait son lorgnon, son impertinence affectée, et le peu d'attention qu'il fit à ce coffret qui venait de ravir la riche héritière, tout impressionna vivement Eugénie et, quoique personne ne fût dans le secret de ses pensées, elle dut en rêver, après y avoir long-temps songé, quand elle se coucha.

Les numéros se tiraient...

Tous pouvaient d'ailleurs observer Charles à loisir, sans craindre de déplaire au maître du logis. M. Grandet était absorbé dans la longue lettre qu'il tenait, et il avait pris pour la lire l'unique flambeau de la table, sans se soucier de ses hôtes, ni de leur plaisir.

Eugénie, à qui le type d'une perfection semblable, soit dans la mise, soit dans la personne, était entièrement inconnu, crut voir en son cousin une créature descendue de quelque région séraphique. Elle respirait avec délices les parfums exhalés par cette chevelure si brillante, si gracieusement bouclée; elle aurait voulu pouvoir toucher la peau blanche de ses jolis gants de daim; elle enviait les petites mains de Charles, son teint, la fraîcheur et la délicatesse de ses traits. Enfin, si toutefois cette image peut résumer les impressions que le jeune élégant produisit sur une ignorante fille sans cesse occupée à rapetasser des bas, à ravauder la garde-robe de son père, et dont la vie s'était écoulée sous ces crasseux lambris, sans voir, dans cette rue silencieuse, plus d'un passant par heure, la vue de son cousin fit sourdre en son cœur les émotions de délicate volupté que causent à un jeune homme les fantastiques figures de femme dessinées par Westall dans les Keapseake anglais et gravées par les Finden d'un burin si habile, qu'on a peur, en soufflant sur le vélin, de faire envoler ces apparitions célestes.

Charles tira de sa poche un mouchoir brodé par la grande dame qui voyageait en

Écosse. En voyant ce joli ouvrage fait avec amour pendant les heures perdues pour l'amour, Eugénie regarda son cousin pour savoir s'il allait bien réellement s'en servir. Les manières de Charles, ses gestes, la façon dont il prenait son lorgnon, son impertinence affectée, son mépris pour le coffret qui venait de faire tant de plaisir à la riche héritière et qu'il trouvait évidemment ou sans valeur ou ridicule; enfin, tout ce qui choquait les Cruchot et les des Grassins lui plaisait si fort, qu'avant de s'endormir, elle dut rêver long-temps à ce phénix des cousins.

Les numéros se tiraient...

g. le vif éclat *C* : la vive lumière *B*.

Page 55 : *a.* laissait le temps y imprimer *C* : permettait au temps d'y imprimer *B*.

b. L'horreur de la mode... parfaitement *C* : et c'était le seul point sur lequel les Grassinistes et les Cruchotins s'entendissent aussi bien *B*.

c. une girafe *F* : la girafe *ant*.

Page 56 : *a.* gants fins *F* : gants de daim *ant*.

b. fine *C* : délicate *B*.

Page 57 : *a.* va falloir me donner des draps pour faire le lit à *E1B* : faut me donner des draps pour faire le lit de *ant*.

b. qui naissent... quitta la salle *E1B* : qui s'élèvent soudain dans le cœur des jeunes filles quand il s'y loge un intérêt, se leva *ant*.

Page 58 : *a.* fût *F* : soit *ant*.

b. sans doute avoué... Elle donna l'idée *E1B (sous réserve de la variante précédente)* : avoué sans doute que la main lui démangeait de placer quoi que ce soit dans la chambre de son cousin, qu'elle voulait y jetter les yeux, voir s'il ne serait pas possible de la rendre plus propre, plus élégante qu'elle ne l'était. Elle donna l'idée *ant*.

c. Elle courut chercher... cheminée *add. E1B (sauf légères variantes de E1 à B et postérieurement)*.

d. ne supportera l'odeur d'une chandelle *E1B* : ne supportera de chandelles *ant*.

e. tirer de sa bourse l'écu... va vite *B* : chercher un écu de six francs. — Tiens, Nanon, dit-elle, va vite *E1* : chercher six francs qu'elle apporta promptement à Nanon *ant*.

Page 59 : *a.* Maman, Nanon *E1B* : Maman *(par une erreur de lecture d'un prote) E* : Nanon *M.*

b. Serait-il convenable... son maître *E1B (sauf pour un détail)* : — Il n'y fera pas attention. D'ailleurs nous lui dirons qu'il était impossible que son neveu ne pût pas boire un verre d'eau sucrée. Madame Grandet hocha la tête, et Nanon hésitait *ant. Selon E1, aux mots* « il n'y fera pas attention » *devaient être substitués les mots* « il nous approuvera »; *mais ce changement n'a pas été maintenu.*

c. un gros rire en entendant... et lui obéit *E1B* : un gros rire bête et partit *ant.*

Page 60 : *a.* une véritable œillade de province... faute *E1B* : l'une de ces œillades des femmes de province qui, par habitude, mettent dans leurs regards tant de réserve et de prudence qu'ils y ont je ne sais quoi de friand comme ceux des ecclésiastiques *ant.*

b. château et de la fastueuse existence qu'il supposait à son oncle *F* : château et de la fastueuse existence dont il avait gratifié son oncle *E1B* : château de son oncle *ant.*

c. une image à demi effacée des figures parisiennes *E1B* : l'image effacée des toilettes, des femmes, du monde de Paris *ant.*

d. voix pour la mettre... Monsieur *E1B* : voix, et elle finit par lui dire sans être entendue que du vieil abbé qui se disait sourd afin de pouvoir tout entendre : — Monsieur *ant.*

e. nous appartenons... amuse *E1B* : parce que nous appartenons à ces deux parties de la société et que *ant.*

Page 61 : *a.* Si vous restiez... torchons » *add. E1B.*

b. [Ah !] çà... vers Charles *add. E1B.*

c. Sans paraître... madame des Grassins *add. B.*

d. le baron de Nucingen *F* : le maréchal Oudinot *ant.*

Page 62 : *a.* des femmes *E1B* : des jeunes femmes *ant. Balzac a écrit et rayé sur M* de trente ans.

b. après avoir eu... montaient *E1B* : avec un fils bientôt licencié en droit. Il n'y a pas si longtems que l'on montait *ant.*

c. en se tournant vers son adversaire femelle *add. B.*

d. et jetant son regard... Chantrey *E1B* : pour se poser *ant.*

Page 63 : *a.* [Le vieil avare] maintenait... physionomie *E1B* : Le calme du vieil avare était pénible *ant. Aux mots* « le vieil avare », *Balzac a substitué en C* « le vigneron ». *Nous ne relèverons que de place en place ce type fréquent de correction.*

b. vingt-trois ans *E1B* : vingt-deux ans *ant.*

c. Mon mariage... l'un et l'autre *E1B* : La dernière fois tu assistais à mon mariage *ant.*

d. du gouffre *B* : de l'abîme *E* : de l'abyme *M.*

e. espérant surnager toujours. Il y faut tomber. Les banqueroutes *E1B* : espérant toujours, mais les banqueroutes *ant.*

f. Roguin *add. F.*

g. près de quatre millions sans pouvoir offrir plus de vingt-cinq pour cent d'actif *F* : près de trois millions sans pouvoir offrir plus de huit pour cent d'actif *E1B* : près de trois millions et de ne pas offrir d'actif *ant. Après ces mots, en M, Balzac avait écrit et rayé les mots* plus de trois cent mille.

b. « Monsieur Grandet était un fripon » *E1B* : que je suis un fripon *ant.*

Page 64 : *a.* [et il] ignorait... s'épanchaient *E1B* : et il a ignoré que toute ma vie était dans cet adieu *ant.*

b. Grandet, tu es mon aîné... tombe *add. E1B.*

c. autant *E1B* : plus *ant.*

d. car je pleurerais... de Charles ! *add. E1B.*

e. jamais : il ne me maudira pas ... accoutumé *E1B* : jamais, il est doux, il tient de sa mère, il est accoutumé *ant.*

Page 65 : *a.* et c'est moi... Charles *add. E1B.*

b. mais un bon père... tu le tuerais *add. E1B.*

c. la fortune que je lui emporte *B* : la fortune dont je le prive *E1* : la fortune dont il est privé *ant.*

d. la voix... tombeau *B* : ma voix dans le tombeau *ant.*

Page 66 : *a.* sur le sort... réchauffé *add. E1B.*

b. N'est-ce pas m'occuper de Charles? *add. E1B.*

c. et que tu acceptes, je n'en doute pas *add. E1B.*

d. GRANDET. *A la suite du texte de cette lettre, Balzac, en E1, prescrit au prote : « En page si la fin de la lettre tombe sur un verso. Sinon un grand blanc ». Cette prescription a été suivie : un grand blanc est ménagé à la page 103 de B. Le blanc a été réduit en C, puis encore en F.*

e. en retrouvant son calme *add. B.*

Page 67 : *a.* dit le banquier *add. E1B.*

b. jaser *E1B* : parler *ant.*

c. lanterne *E1B* : lanterne portative *ant.*

d. reconduire. Madame... arrivé *F* : reconduire; car, n'ayant pas prévu l'incident qui devait finir prématurément la soirée, leur domestique n'était pas arrivé *E1B* : reconduire jusques à leur porte, leur domestique n'étant pas arrivé *ant.*

e. répondit-elle sèchement *add. E1B.*

f. de la caravane *add. E1B.*

Page 68 : *a. Adieu, paniers, vendanges sont faites add. E1B.*

b. en lui le rival le plus... *E1B* : dans ce cousin un rival *ant.*

c. qu'Eugénie est une niaise... coing *E1B* : qu'Eugénie est une sotte, qu'elle n'est point belle du tout *ant.*

d. Vous l'avez... cousin *F* : Vous l'avez déjà fait apercevoir, peut-être, au cousin *B* : Vous le lui avez déjà dit, peut-être *ant.*

e. veuille *M. Après ce mot, Balzac a écrit et rayé une réplique de l'abbé :* — Le bonheur de votre fils.

f. Dieu merci *add. E1B.*

Page 69 : *a.* Pour un ecclésiastique... clair? *add. E1B (dix lignes).*

b. mais nous sommes... honneur *E1B (légères variantes)* : mais moi, Dieu merci, je ne voudrais pas et Adolphe lui-même ne voudrait pas de millions achetés à ce prix... — Mais, madame, on peut se permettre en tout bien tout honneur *ant. Ici s'interrompt E : il manque deux feuillets. Il manque aussi en M, du moins d'après notre photocopie, la valeur de quinze lignes manuscrites, jusqu'aux mots* se retourner vers les deux Cruchot.

Page 70 : *a.* des Cruchotins et des Grassinistes *B* : des deux familles Cruchot et Des Grassins *M.*

b. la nécessité d'une alliance... empêcher *B* : qu'il fallait se réunir pour empêcher *M.*

c. Le Parisien... autour de lui *add. B.*

d. pour le tromper *FC* : (autour de lui) et l'engluer, comme les abeilles enveloppent de cire le colimaçon tombé dans leur ruche *add. B.*

Page 71 : *a.* Je les laisse dire... crédit *add. B.*

b. qui n'a pour tout bien... bras *add. B.*

c. bientôt par vous-même *B* : par vous-même quelque jour *ant.*

d. le suer *B* : se baisser pour le prendre *M* : le ramasser *rayé M.*

e. vous pourrez appeler Nanon *add. B.*

f. j'ai, je crois, emporté toutes mes affaires *add. B.*

Page 72 : *a.* allumée, une bougie d'Anjou... magnificence *B* : allumée et comme c'était une bougie d'Anjou, elle était assez jaune de ton pour que M. Grandet ne s'aperçut pas de cette magnificence, que d'ailleurs il eut été incapable de soupçonner *M.*

b. le froid qui s'y engouffrait *B* : l'effet de l'air qui s'y engouffrait *M.*

c. Ces deux créatures champêtres s'entendaient *add. B.*

d. que, ne devinant pas... par un sourire *B* : qu'elles répondirent à son étonnement par un sourire *M.*

e. perdues dans la muraille poudreuse... serrure *B* : perdues dans la muraille jaune et froide, à bandes de fer apparentes, boulonnées, et dont la longue entrée de serrure ressemblait à une couleuvre tortillée *M.*

Page 73 : *a.* le bonhomme *C* : l'avare *ant.*

b. murée. On n'y pénétrait... alchimiste *B* : murée, et l'unique croisée qui donnait sur la cour avait d'énormes barreaux de fer grillagés. Cette pièce dans laquelle on pénétrait par la chambre de M. Grandet lui servait de cabinet. Sa femme n'y venait pas. Quand l'avare y était, il voulait y rester seul comme un alchimiste *M. Sur le mot* femme *reprend E.*

c. là s'emmagasinaient... balances *B* : là gisaient les titres de propriété, les balances *ant.*

d. de manière que *F* : de manière à ce que *ant.*

e. étaient bien endormies *B* : laissaient échapper un souffle pur *ant.*

f. cercler *add. B.*

Page 74 : *a*. où il chiffrait... à une bourrée près *B* : où il faisait le compte de ses produits à une branche près *ant.*

b. du maître *C* : de l'avare *ant.*

c. était séparée... mur *B* : séparée de celle de sa femme par une cloison, était contiguë au mystérieux cabinet *ant.*

d. l'entendre... venir *B* : l'entendre aller et venir, s'il allait et venait *ant.*

e. du soir; puis... rentrèrent *E1B* : du soir et après quelques mots d'adieu froidement dits à Charles rentrèrent *ant.*

f. votre serviteur! *add. E1B.*

g. ces dames vous ont *B* : l'on vous a *ant.*

h. puisque tu l'as dans la tête *add. B.*

Page 75 : *a*. [Quant à Charles, il] demeura pantois au milieu de ses malles *add. B* : — Merci, ma chère enfant, dit Charles en regardant Nanon *rayé M.*

b. qui tapisse les guinguettes *F* : dont on se sert pour les guinguettes *ant.*

c. de liais cannelée... Nanon *E1B (légères variantes)* : de liais, sur des chaises de canne, sur une table de nuit ouverte où l'on aurait pu mettre un petit sergent de voltigeurs, sur le petit tapis de lisière, placé au bas d'un lit à ciel et garni de serge, Charles regarda la Grande Nanon *ant.*

d. ben *B* : bien *ant. (les trois fois).*

e. Ça va-t-il sur l'eau *F* : oh! oh! oh! *ant.*

f. mon vieux troupier... [clé] *add. E1B (sous réserve de la variante précédente).*

Page 76 : *a*. en soie verte à fleurs d'or et à dessins antiques *B* : en soie verte à dessins antiques de la plus grande richesse et à fleurs d'or *E1* : en soie verte à dessins antiques de la plus grande richesse *ant.*

b. le beau devant d'autel que ça ferait pour *FC* : le beau devant d'autel pour *F* : Quel beau devant d'autel pour *ant.*

c. tandis que ça vous la fera perdre *add. E1B.*

d. et si ma robe... Bonsoir, Nanon *add. E1B.*

e. Psch! à demain... grecque *add. E1B.*

Page 77 : *a*. [Sainte Vierge *C*] Mon Dieu! qu'il est gentil, mon cousin, se dit Eugénie en interrompant ses prières qui ce soir-là ne furent pas finies *B* : ... se dit Eugénie en interrompant sa prière *E1* : Mon Dieu, mon cousin est-il gentil! se dit Eugénie en se couchant après avoir fait sa prière *ant.*

b. en se couchant. Elle entendait... se promenant *F* :... se promener *B* : en se couchant, parce qu'elle voyait son mari se promener *M.*

c. chambre *M* : *Balzac a écrit et rayé après ce mot* en se frappant le front.

d. le caractère de son seigneur *B* : son seigneur *E1* : son mari *ant.*

e. intérieurement doublée... cabinet *B* : de son cabinet *ant.*

f. En songeant... traça *B* : Il était plus agité par les effets du testament de douleur écrit par le mort que le mort ne l'avait été peut-être en le traçant *ant.*

g. — J'aurais cette robe d'or?... rêva d'amour *add. E1B* : Ici finit l'exposition de cette histoire, exposition consciencieuse et qui permet d'en voir les figures accessoires; mais la principale, Eugénie, est réservée pour embellir l'action créée au sein des secrets intérêts que froissait l'arrivée de Charles Grandet *add. E1B non reportée en B* : Ici finit l'exposition du drame, exposition consciencieuse et qui permet de voir toutes les figures accessoires; mais la principale, celle d'Eugénie, est réservée pour embellir l'action créée au sein de tous ces intérêts froissés par l'arrivée de Charles Grandet *rayé M.*

Page 78 : *a.* Dans la pure et monotone vie des jeunes filles... *Le début de ce chapitre, consacré à une première évocation d'Eugénie, a été profondément modifié de M à B. On trouve ci-dessous ces deux premiers états du texte (M à gauche, B à droite); puis, pour le même passage, trois variantes de détail postérieures à B.*

Dans la vie pure et monotone des jeunes filles, il est un moment délicieux, une heure, un jour où le soleil brille, où la fleur a des pensées, où les palpitations du cœur communiquent avec les mouvemens du cerveau, jour d'innocente gaieté, de rire encore insouciant. Quand les enfans commencent à voir, ils rient. Quand une jeune fille entrevoit le sentiment dans la nature, elle rit comme rit l'enfant à la lumière, premier amour de la vie, et l'amour est lumière du cœur. Eugénie, matinale, comme toutes les filles de province, se leva de bonne heure, fit sa prière, s'habilla, connut pour la première fois de sa vie le bonheur d'avoir une robe neuve et bien faite qui la rendait (plus *rayé*) attrayante lorsqu'elle éprouvait le désir de paraître à son avantage. Elle lissa ses cheveux (abondans *rayé*) châtains, en tordit les grosses nattes au-dessus de sa tête avec le plus grand soin en évitant que les cheveux ne s'échappassent de leurs tresses, introduisit dans sa coëffure

Dans la pure et monotone vie des jeunes filles, vient une heure délicieuse où le soleil leur épanche ses rayons dans l'âme, où la fleur exprime des pensées, où les palpitations du cœur communiquent au cerveau leur chaude fécondance, et fondent les idées en un vague désir; jour d'innocente mélancolie et de suaves joyeusetés. Quand les enfans commencent à voir, ils sourient; quand une fille entrevoit le sentiment dans la nature, elle sourit comme elle souriait enfant. Si la lumière est le premier amour de la vie, l'amour n'est-il pas la lumière du cœur. Ce moment était arrivé pour Eugénie.

Matinale comme toutes les filles de province, elle se leva de bonne heure et fit sa prière. Puis elle commença l'œuvre de sa toilette, occupation devenue importante, et qui désormais avait un sens. Elle lissa d'abord ses cheveux châtains, en tordit les grosses nattes au-dessus de sa tête avec le plus grand soin, en évitant que les cheveux ne s'échappassent de leurs tres-

une symétrie (ravissante *rayé*) qui donnait à son visage quelque chose de plus pur, en accordant la simplicité des accessoires à la naïveté des lignes. En se lavant les mains à outrance dans de l'eau pure qui lui durcissait la peau et la rougissait, elle se demandait, en regardant ses beaux bras ronds et rouges, ce que faisait son cousin pour avoir les mains si blanches, si molles, et les ongles si bien taillés. Elle mit des bas blancs et ses souliers de peau les moins laids. Elle se laça droit, sans passer d'œillets. Enfin, elle s'arrangea de son mieux. Puis, quand sa toilette fut achevée, elle entendit sonner sept heures et demie au clocher. Elle s'était levée trop tôt dans son désir de prendre le tems de s'habiller. Alors elle s'assit à sa fenêtre, contempla la cour et le jardin étroit dominé par les hautes terrasses des remparts sur lesquels étaient élevés les jardins des maisons voisines. C'était une vue bornée, mélancolique.

ses, et introduisit dans sa coiffure une symétrie qui rehaussa la timide candeur de son visage, en accordant la simplicité des accessoires à la naïveté des lignes. Puis, en se lavant plusieurs fois les mains dans de l'eau pure qui lui durcissait et rougissait la peau, elle regarda ses beaux bras ronds, et se demanda ce que faisait son cousin pour avoir les mains si mollement blanches, les ongles si bien façonnés. Elle mit des bas blancs et ses souliers les moins laids; elle se laça droit, sans passer d'œillets. Enfin, souhaitant, pour la première fois de sa vie, de paraître à son avantage, elle connut le bonheur d'avoir une robe fraîche, bien faite, et qui la rendait attrayante.

Quand sa toilette fut achevée, elle entendit sonner l'horloge de la paroisse, et s'étonna de ne compter que sept heures. Le désir d'avoir tout le temps nécessaire pour se bien habiller l'avait donc fait lever trop tôt. Ignorant l'art de remanier dix fois une boucle de cheveux, et d'en étudier l'effet, Eugénie se croisa bonnement les bras, s'assit à sa fenêtre, contempla la cour, le jardin étroit et les hautes terrasses qui le dominaient; vue mélancolique, bornée, mais qui n'était pas dépourvue des mystérieuses beautés particulières aux endroits solitaires ou à la nature inculte.

b. Le moment de voir clair aux choses d'ici-bas *C* : Ce moment *B*.
c. occupation qui *F* : occupation devenue importante et qui *ant*.

Page 79 : *a*. des bas neufs et ses plus jolis souliers *C* : des bas de soie et ses souliers les moinds laids *B*.

b. qu'embrassait... bûcher *C* : qu'embrassait une vigne aux pampres flétris, rougis, brouis dont le tortueux sarment courait le long de la maison et gagnait un bûcher *B* : puis une vigne dont en ce moment les pampres étaient flétris, rougis, brouis. A l'endroit où aboutissait la voûte, la vigne qui courait le long de la maison gagnait un bûcher *M*.

Page 80 : *a*. teintes noirâtres *B* : couleurs noires *M*.
b. verte *B* : verdâtre *M*.
c. sous de hautes plantes *B* : par les végétations *M*.
d. de la porte à claire-voie... rabougris *B* : de la porte se trouvait un pommier rabougri *M*.
e. sablées et *add*. *B*.
f. Un jour pur... cour *B* : Le jour pur et le beau soleil des automnes de Touraine commençait à colorer ces teintes froides que la nuit avait données aux tableaux pittoresques de cette cour *M*.
g. dans l'aspect de ces choses, auparavant si ordinaires pour elle *B* : dans cet aspect... *M*.
h. naissaient dans *C* : s'élevaient en *ant*.

Page 81 : *a*. Ses réflexions... nature *B* : Toutes ses pensées descendaient sur les mille détails de ce singulier paysage et en faisaient une admirable nature *M*.
b. auxquelles se mêla... l'enfance *add*. *B*.
c. en se détachant... [d'Eugénie] *B* : attirait les regards d'Eugénie *M*.
d. brusquement *M* : fréquemment, *par une mauvaise lecture du prote, dans toutes les éditions*.

Page 82 : *a*. La pauvre fille... l'amour *add*. *B*.
b. Eugénie appartenait bien ... *Ce portrait d'Eugénie a été profondément modifié de M à B, comme on le constatera ci-dessous. De B à F, nous n'aurons à noter ensuite que de menues variantes*.

M	*B*
La fille du tonnellier était de ces enfans faits en conscience comme ils se font dans la petite bourgeoisie. Elle avait une tête énorme, le front masculin, mais délicat du Jupiter de Phidias, et des yeux gris auxquels sa chaste vie qui s'y portait tout entière imprimait une lumière jaillissante. Les traits de son visage plein et coloré, jadis frais et rose, avaient été grossis par une petite vérole assez clémente pour n'y point laisser de traces, mais qui lui avait détruit le velouté de sa peau douce et si fine que le baiser de sa mère y laissait passagèrement une trace rouge. Elle	Eugénie appartenait bien à ce type d'enfans fortement constitués, comme ils sont dans la petite bourgeoisie, et dont les beautés paraissent vulgaires. Mais si elle ressemblait à la Vénus de Milo, elle avait dans les formes la suavité des sentimens chrétiens qui les purifiaient et leur donnaient une distinction inconnue aux sculpteurs anciens. Elle avait une tête énorme, le front masculin mais délicat du Jupiter de Phidias, et des yeux gris auxquels sa chaste vie, en s'y portant tout entière, imprimait une lumière jaillissante. Les traits de son visage rond, jadis

avait malheureusement le nez un peu fort, mais il s'harmoniait avec une bouche à lèvres larges d'un rouge de minium, des lèvres à mille rayes pleines d'amour et de bonté. Son col était parfait, un corsage admirable, une taille délicieuse, elle était grande, mais elle n'était pas jolie, elle était belle, mais belle de cette beauté si facile à méconnaître, de cette beauté qui saisit l'artiste, le poète, et pour hazarder un mot trop vif, peut-être, le libertin. Tous les trésors de sa personne étaient cachés comme l'était son cœur. Mais le peintre...

frais et rose, avaient été grossis par une petite vérole assez clémente pour n'y point laisser de traces, mais qui en avait détruit le velouté de la peau, néanmoins si douce et si fine que le pur baiser de sa mère y traçait passagèrement une marque rouge. Son nez était un peu fort, mais il s'harmoniait avec une bouche d'un rouge de minium, dont les lèvres à mille raies étaient pleines d'amour et de bonté. Le cou avait une rondeur parfaite. Le corsage bombé, soigneusement voilé, attirait le regard et faisait rêver; il manquait sans doute un peu de cette grâce qui s'acquiert; mais, pour les connaisseurs, la non flexibilité de cette haute taille devait être un charme. Eugénie, grande et forte, n'avait donc rien *du joli,* elle était belle de cette beauté si facile à méconnaître, et que saisit seulement l'artiste. Mais le peintre...

c. ses formes étaient ennoblies... distinction *C* : elle avait dans les formes la suavité des sentimens chrétiens qui les purifiaient et leur donnaient une distinction *B.*

Page 83 : *a.* qui plaît aux masses *add. C.*

b. et dont s'éprennent seulement les artistes *C* : et que saisit seulement l'artiste *B.*

c. un type à la céleste pureté de Marie *C* : le type de la céleste pureté de Marie *B* : le modèle de la céleste pureté de la mère du Christ *M.*

d. ces yeux modestement fiers *C* : ces yeux fiers et modestes *B* : ces regards *M.*

e. souvent dues aux hasards de la conception *FC* : que donne parfois la nature *ant.*

f. mais qu'une vie chrétienne... acquérir *C* : mais que la chasteté dans la vie et la pensée peut seule conserver ou faire acquérir *B* : mais que la chasteté de vie et de pensée conserve, fait acquérir *M.*

g. du plaisir *B* : des passions *M.*

Page 84 : *a.* Cette physionomie calme... à moi *B (légères variantes)* : Entre cette physionomie calme, fraîche et colorée, bordée de lueur comme une jolie fleur qui vient d'éclore, et la physionomie ardente d'une femme heureuse de plaisir, ivre d'amour, il y avait tout l'enfer de la passion, les infinies tortures du monde, des joyeuses douleurs, il y avait un abyme, toute la vie. Eugénie se regardant à sa glace se trouvait encore de l'autre côté du fleuve de la vie, du côté des illusions enfantines, des fleurs cueillies avec des délices inconnues. — Je suis laide ! se dit-elle *M*.

b. et la bonne fille allant, venant *(etc.)* *F* : et la bonne fille aller, venir *(etc.)* *B* : qui allait et venait *(etc.)* *M*.

c. faire *F* : *faire ant.*

d. chambrelouque *B* : robe de chambre *M*.

e. Il porte du linge fin comme [le surplis de] monsieur le curé *B* : Il a sur lui du linge à faire des aubes de prêtre *M*.

f. Et qui *F* : Et qui qui *ant.*

Page 85 : *a*. du bois, il est votre père.. provisions... *B* : du bois, à Monsieur Grandet, le voilà qui descend pour donner les provisions *M*.

b. En s'apercevant ainsi... paternelle *add. B*.

c. Naïve et vraie ... nouvelle *B* : Elle était si naïvement vraie, elle se laissait aller à sa nature angélique sans se défendre contre ses sentimens. Le seul aspect de son cousin avait éveillé les naturels penchans de la femme et, à vingt-trois ans, ils se réveillent d'autant plus forts, que l'intelligence est en accord avec l'âge. Elle aperçut pour la première fois le dénuement dans lequel elle vivait, et trouva dans son cœur une terreur majestueuse à l'aspect de son père. Elle marchait vivement en s'étonnant de respirer d'une manière inaccoutumée un air plus pur, et de sentir dans chaque respiration une vie nouvelle, elle aimait à penser l'amour dans les rayons du soleil qu'elle aspirait *M*.

d. Grandet *C* : M. Grandet *B* : L'avare *M*.

Page 86 : *a*. en Anjou *B* : en Touraine et en Anjou *M*.

b. [Alors ça mangera] de la *frippe*... à marier *add. B. (dix lignes)*.

Page 87 : *a*. *aveint* *B* : donné *M*.

b. m'en faut *B* : il m'en faut *M*.

c. Malgré la baisse... habitudes *add. B*.

d. savent ruser pour arriver à leurs fins *B* : s'entendent en fait de sentiment *M*.

e. est-ce pas *B* : n'est-ce pas *M*.

Page 88 : *a*. ajouta quelques onces... coupé *B* : ajouta du beurre *M*.

b. tu en prendras à ta suffisance *B* : je vais t'en apporter *M*.

c. tout le dîner; par ainsi, tu *B* : des poires et le dîner, ça vaudra mieux et tu *M*.

d. Quien *B* : Pardé *M*.

e. son fidèle ministre *B* : sa fidèle Nanon *M*.

f. Nanon, je crois... brillant *B* : Nanon, je crois que çà les gâterait, tu lui demanderas et tu lui diras que tu ne connais point comment çà se cire; alors, il cherchera lui-même, à Saumur et t'apportera de quoi arranger ses bottes, j'ai entendu dire qu'on met du sucre dans leur cirage *M*.

g. C'est donc bon à manger *F* : Alors ça doit être bon à manger *ant.*

Page 89 : *a.* du bouillon de volaille, les fermiers... terre *B* : du bouillon de volaille. Il nous vient un tas de choses des fermes. Puis je vais dire à Jondet le garde de me tuer des corbeaux, çà fait du bon bouillon *M.*

b. C'est-y vrai... successions? *add. B.*

c. qui rencontra Grandet *F* : qui *rencontra* Grandet *C* : qui *rencontra* M. Grandet *add. B.*

d. répondit le bonhomme... ami *add. B.*

e. voir quelque chose *F* : *voir quelque chose ant. De même plus loin.*

Page 90 : *a.* comme quoi c'est une bêtise *B* : que c'est une bêtise que de *M.*

b. Vous comptez *F* : Vous ne comptez *ant.*

c. Couper vos arbres... francs *B* : les vendre trente francs pour Nantes où l'on manquait de bois blanc *M.*

d. sans savoir qu'elle touchait... souverain *B* : sans savoir que nul moment dans sa vie n'allait être plus solennel, plus terrible pour elle que celui où le notaire devait faire prononcer souverainement sur elle et son avenir *M.*

e. à déblayer, combler... peupliers *B* : à déblayer les lignes où l'on avait exploité les peupliers *M.*

f. me... me... mesure avec... sens? *F* : mesure avec ta toise dans tous les sens *ant. Première apparition du bégaiement.*

g. Quatre fois huit pieds... fini *B* : Huit pieds en prairie ! dit l'ouvrier *M* : Six *rayé M.*

h. Trente-deux pieds de perte... *Tout le passage qui suit a été profondément modifié de M à B, où Balzac, en particulier, s'avise de faire bégayer Grandet et dialoguer les personnages : nous disposons en colonnes ces deux premiers états. Dans C et surtout dans F apparaissent des modifications de chiffres, que nous noterons ensuite.*

M

— Trente-deux pieds de perte ! dit Grandet. J'avais sur cette ligne trois cents peupliers ... ça me privait de (quatre *rayé*) cinq cents de foin, deux fois autant sur les côtés quinze cents, les rangées du milieu autant, cela faisait environ trois mille bottes de foin, dix-huit cents francs de perte par an, et deux cents francs de regain, va pour deux mille; or, deux mille francs par an, pendant quarante ans, donnent plus de cent mille francs et deux mille cinq cents peupliers de quarante

B

— Trente-deux pieds de perte ! dit Grandet à Cruchot. J'avais sur cette ligne trois cents peupliers, pas vrai? Or... trois ce ... ce ... ce... cents fois trente d... eux pie ... pieds me man... man... man... mangeaient deux fois autant sur les côtés, quinze cents, les rangées du milieu autant, mé, mé, mettons trois mille bottes de foin.

— Hé bien, lui dit Cruchot pour aider son ami, trois mille bottes de ce foin valent dix-huit cents francs.

ans ne me donneraient pas quatre-vingt mille francs. Il y a perte.

— Dit, dit, dites deux mille à cause des trois à quatre cents francs de regain. Hé bien! ca... ca... ca ... calculez ce que, que, que, deux mi ... mille francs par an, pen... pend... pendant quarante ans, donnent a... a... avec les in... in ... térêts com... com... composés, que, que, que, vvoous saaavez...

— Va pour cent mille francs, dit le notaire.

— Je le veux bien! ça ne, ne, ne fera que, que, que cent mille francs. Hé bien, reprit l'avare sans bégayer, deux mille cinq cents peupliers de quarante ans ne me donneraient pas soixante-quinze mille francs. Il y a perte.

i. mangeaient cinq . autant *C* : mangeaient deux fois autant *B* : *Une ligne avait sans doute été omise en B.*

j. mille *F* : trois mille *ant. De même une ligne plus loin.*

Page 91 : *a.* six cents *F* : dix-huit cents *ant.*

b. dou... ou... ouze cents *F* : deux mille *ant. De même deux lignes plus loin.*

c. soixante mille *F* : cent mille *ant. De même une ligne plus loin.*

d. le vigneron *C* : l'avare *ant.*

e. deux mille *F* : deux mille cinq cents *ant.*

f. cinquante mille *F* : soixante-quinze mille *B* : quatre-vingt mille *M.*

Page 92 : *a.* en se tournant... sourires *B* : en grimaçant *M.*

b. Cela est clair ...les calculs de Grandet *F* : Cruchot était stupéfait et prêt à adorer Grandet *ant (légère variante).*

c. *O-u-i, monsieur,* répondit ironiquement le tonnelier *F* : *Oui, Monsieur,* répondit le tonnelier *B* : Oui, Monsieur, répondit l'avare *M.*

d. bientôt *F* : de loin *ant.*

e. aux discours de Cruchot... client *F* : en entendant maître Cruchot dire à son client *B* : lorsqu'elle entendit Maître Cruchot qui avait guetté la première sortie (de) son client *M.*

f. Vous... le mon... onde *B (légères variantes postérieures)* : Cruchot, j'aimerais mieux, vois-tu, jetter ma fille dans la Loire, que de la donner à son cousin... mais faut laisser causer le monde *M.*

Page 93 : *a.* N'est-il pas... fortune *add. B.*

b. Aucun... manquait *add. B.*

c. Il y a encore vingt pour cent... [80 fr. 50 cent.] *B* : il y a encore vingt pour cent à gagner à en acheter, et en peu de tems - ils sont à 87 f. *M.*

d. — Mon Dieu... — Lisez cet article *B* : — Lisez *M.*

Page 94 : *a.* Roguin et Souchet *F* : Roguin et S. *C* : A. et S. *ant.*

b. les millions *C* : les neuf millions *B* : les huit millions *M* : sept *rayé M.*

c. le président de Bonfons *B* : son neveu *M.*

d. de mauvaises nouvelles *B* : ce qu'il faut que je lui dise *M.*

Page 95 : *a.* de sucre... le bonhomme *B* : de sucre carré pesant je ne sais combien de grammes que son père *M.*

b. cessa de manger *B* : laissa son café *M.*

c. s'épanche dans le corps entier d'une femme *C* : sursaute dans le corps entier d'une femme *B* : sursaute dans la tête, dans le corps entier d'une femme, sensation terrible, qui brûle les vaisseaux et attaque les nerfs *M.*

d. lançant *B* : jettant *M.*

e. sans doute. *A partir de ces mots, M fait défaut : il manque un feuillet.*

Page 96 : *a.* d'arre, d'arre *F* : dare dare *ant.*

Page 97 : *a.* témoign[é] : *sur ce mot reprend M.*

b. mal. — Mal, reprit *B* : abominable ! — Abominable, reprit *M* : monstrueux *rayé.*

c. Elle jeta... partageant *add. B.*

d. Fessard *C* : Grondard *ant.*

Page 98 : *a.* pour toute réponse *add. F.*

b. donna du linge *B* : mit une nappe blanche *M.*

c. et ne put s'empêcher... lèvres *B* : elle écouta certes à sa porte, et n'entendit que la respiration égale du jeune homme *M.*

d. pendant qu'il dort *add. B.*

e. en pyramide *B* : en cône *M.*

f. sautait *B* : dansait *M.*

g. En voyant les œufs, Eugénie *C* : Eugénie *B* : En voyant ces œufs, Eugénie *M.*

h. pour m'être agréable, le mignon *F* : pour m'être agréable, le vieux *add. B.*

i. debout *B* : debout, sans nappe, sans table mise *M.*

Page 99 : *a.* le sucre amoncelé dans *B* : du sucre dans *M.*

b. aux regards que... du bonhomme *B* : aux regards de son père, s'il entrait pendant le déjeuner de son cousin. Elle regardait la pendule de cinq en cinq minutes *M.*

c. je ne t'ai pas assez aimée *add. B.*

d. descendit enfin. Heureusement... onze heures *B* : descendit vers onze heures *M.*

e. Le Parisien ! *add. F.*

f. et qui causa une joie triste à Eugénie *add. B*

Page 100 : *a.* mon cousin *F* : Monsieur *B* : mon cousin *M.*
b. que je me laisserai faire *F* : que je me laisserai conduire par vous *B* : que je déjeunerai volontiers *M.*
c. — Matinal?... dit madame Grandet. — Oui *add. B.*
d. en trouvant... lumières *add. B.*

Page 101 : *a.* la plus sensible grisette de Paris *B* : le gendarme le plus sensible *M.*

Page 102 : *a.* où scintillaient *B* : où brillaient les feux de la vie, où scintillaient *M. Avant* brillaient, *Balzac a écrit et rayé* crépitaient.
b. quoiqu'elle n'y comprît rien *add. C.*
c. pour abattre une poupée... en plein champ *F* : pour tuer mon homme du premier coup à trente pas *C* : ... à douze pas *B.*
d. Non, je n'ai probablement pas... respecte *add. B.* (*sous réserve de la variante précédente*).

Page 103 : *a.* Et il montrait un *F* : à l'aspect d'un *ant.*
b. je laisserai du moins *F* : au moins je laisserai *ant.*
c. tenta d'expliquer *B* : expliqua *M.*

Page 104 : *a.* Et qui est-ce qui... Eugénie *B* : — Vous me montrerez, dit Eugénie *M.*
b. Dites *add. F.*
c. se dressa comme une biche effrayée *B* : se leva *M.*
d. Ce fut une peur panique... se l'expliquer *FC* : C'était une peur panique dont Charles dut s'étonner *ant.*
e. dit-il sans bégayer *add. F.*

Page 105 : *a.* Quand le chat... planchers *add. B.*
b. soigneusement *add. B.*
c. aperçut les *B* : vit les trois *M.*
d. Nanon est allée en chercher chez Fessard, il n'y en avait pas *F* : Nanon en a été chercher chez Fessard, il n'y en avait pas *C* : Nanon en a été acheter chez Grondard, il n'y en avait pas *B* : Nanon en a été acheter chez Grondard *M.*
e. avait quitté sa cuisine... passeraient *B* : était venue dans le couloir et regardait dans la salle *M.*
f. le sucre que Grandet avait déjà serré *F* : le sucre *B* : du sucre *M.*
g. le maître de la maison *B* : l'avare *M.*
h. reprit la soucoupe au sucre que Grandet avait déjà serrée *F* : prit la soucoupe *ant.*
i. soutient de ses bras une échelle de soie *B* : dont chaque veine sera fêtée par le plaisir *B.*

Page 106 : *a.* Tu ne manges pas *B* : Vous ne mangez pas *M.*
b. Je suis allée chercher ces jolies grappes-là *B* : Je l'ai été chercher *M.*
c. j'ai à vous dire des choses qui ne sont pas sucrées *F* : j'ai des choses assez tristes à vous dire *ant.*

d. Qu'est-ce que ces mots signifient, mon oncle? *F* : Tristes, mon oncle! *ant.*

e. (à ces deux mots, sa voix s'était amollie) *add. B. Mollit* est une correction de *F.*

f. voilà les bêtises qui commencent *C* : voilà les bêtises *B* : voilà des mots *M.*

g. avec laquelle se fabriquent *F* : dont se fabriquent *B* : dont sont faits *M.*

Page 107 : *a.* billets de commerce *FC* : billets de banque *B* : billets *M.*

b. excitées *B* : amenées *M.*

c. épier les deux acteurs *F* : suivre au moins des yeux les deux acteurs *ant.*

d. le bonhomme *B* : l'avare *M.*

Page 108 : *a.* l'oncle *B* : l'avare *M.*

b. inutiles, répondit Grandet... yeux *FC* : inutiles, répondit Grandet. Charles resta muet, pâlit, et ses yeux *ant* (répondit Grandet *add. B.*)

c. Ce n'est rien. Les *B* : ce qui est horrible, les *M.*

d. larmes *B* : larmes. Ses sanglots éclatèrent *M.*

e. Ce n'est encore rien *B* : Ce n'est pas tout *M.*

f. à haute voix *add. F.*

Page 109 : *a.* main tremblante *B* : aiguille tremblante *M.*

b. Mais ce jeune homme... de l'argent *add. C.*

c. [et, de] ce moment, elle commença à juger son père *add. B.*

Page 110 : *a.* en interrompant sa fille *add. B.*

b. manquer chez vous de... *C* : manquer *add. B.*

c. chromatiques *B* : en dièze *M.*

d. il n'a ni sou ni maille *add. B.*

e. voilà tes litanies *F* : te voilà, toi et tes litanies *B* : te voilà, toi *M.*

f. ont donné leurs denrées à Guillaume Grandet *B* : ont offert leur argent à Grandet, lui ont donné leurs denrées *M.*

g. le cœur *F* : le noble cœur *B* : le cœur noble et jeune *M.*

Page 111 : *a.* elle accepta... calculée *B* : L'atroce explication que son père lui donnait de la faillite, sans lui faire de distinction entre la faillite involontaire ou calculée, — elle l'accepta comme elle lui était à dessein présentée *M.*

b. quatre (millions) *F* : deux *C* : trois *ant.*

c. Deux millions? dit Grandet, mais c'est deux *C* : Trois millions? dit Grandet, mais c'est trois *ant.*

d. quatre (millions) *F* : deux *C* : trois *ant.*

e. autant de *F* : deux *C* : trois *ant.*

f. souriait, et sa loupe semblait se dilater *C* : et souriait *ant.*

g. jusqu'à... oui, jusqu'à Nantes *C* : jusqu'à Nantes *ant.*

h. mon père *F* : mon père! mon bon père *ant.*

i. presque honteux Grandet *F* : Grandet honteux *B* : l'avare honteux *M.*

j. un peu *add. B.*

Page 112 : *a.* le tonnelier *B* : l'avare *M.*
b. ce que c'est qu'un napoléon *F* : ce qu'est un louis *ant.*
c. dirons *C* : ferons *ant.*
d. toujours *add. F.*
e. qu'il y ait *C* : qu'il y a *ant.*
f. s'il ne se tue pas *add. B.*
g. que son mot avait rendues pâles *add. B.*
h. Je vais tourner... Cruchot *B* : Je vais chez Cruchot *M.*
i. combien de louis a-t-on d'une *FC* : pour combien de louis vend-on une *F* : combien de louis vend-on une *B* : que vend-on une *M.*
j. entre cent et cent-cinquante francs, quelquefois deux cents *F* : entre cent-cinquante et deux cents francs, quelquefois trois cents *ant.*

Page 113 : *a.* Mais alors papa doit être riche *C* : Papa doit être riche *B* : Mais papa est riche *M.*
b. plus rien à la fortune de son père *C* : plus rien *B* : rien *M.*
c. dit Nanon en revenant *add. B.*
d. que c'est une vraie bénédiction *C* : que c'est une bénédiction *B* : c'est une bénédiction *M.*
e. les harmonies *F* : les irrésistibles harmonies *ant.*
f. de méconnaître dans l'accent... Aussi *B (légère variante)* : de méconnaître les espérances d'un cœur amoureux à son insu, naïvement passionné, dans l'accent qui rendit ces paroles mélodieuses. Eugénie était belle de cette candeur qui fait reluire une jeune fille. Aussi *M.*

Page 114 : *a.* bien pour lui *C* : bien Dieu pour lui B : pour lui *M.*
b. de Dieu *C* : du Ciel *B* : de Dieu *M.*

Page 115 : *a.* les jolies bagatelles... peut-être *add. B.*
b. Elles restèrent de nouveau silencieuses *B* : Un nouveau silence se fit *M.*
c. Le premier désir de cette adorable fille *B* : Son premier désir *M.*
d. Le vigneron *B* : L'avare *M.*
e. son secret lui échappa *add. B.*
f. dit-il sans bégayer *add. B.*
g. Chose *F* : *Chose ant.*
h. deux cents francs *F* : cent écus *ant.*

Page 116 : *a.* Je suis payé en or *B* : L'argent est chez Cruchot *M.*
b. trois mois *B* : six mois *M.*
c. ameutés *M.* : anéantis, *par une erreur de lecture du prote, dans toutes les éditions.*
d. s'ils les eussent entendus *add. B.*
e. deux cent mille *F* : trois cent mille *ant.*
f. qui, ne pensant plus... fille *B* : qui ne pensait plus à son neveu *M.*
g. *ma C* : MA *B* : ma *M.*
h. des dragées *C* : du sucre *ant.*

Page 117 : *a.* des festins *add. B.*
b. vous n'avez pas à y fourrer le nez *add. B.*
c. ajouta-t-il en se tournant vers elle *add. B.*
d. Grandet regarda... dire *C* : M. Grandet (*B* : Le Père Grandet *M*) se tut et regarda sa fille *ant.*
e. Il était un peu père, lui *add. B.*
f. six cent mille *F* : huit cent mille *C* : quinze cent mille *ant.*
g. deux cent mille francs *F* : cent mille écus *ant.*
h. neuf cent mille *F* : treize cent mille *C* : deux millions quatre cent mille *ant.*
i. 70 francs *FC* : 80 francs *F* : 80 fr. 50 cent. *B* : 82 fr. 75 cent. *M.*

Page 118 : *a.* à huit *B* : à cinq *M.*
b. quinze cent mille francs *F* : deux millions *C* : quatre millions *B* : trois millions *M.*
c. La faim chasse le loup hors du bois *add. B.*
d. il faut que nous prenions le deuil *B* : il va falloir nous faire faire un deuil *M.*
e. Le deuil est dans le cœur et non dans les habits *add. B.*
f. nous ordonne de *add. B.*
g. du nécessaire... la veille *B* : de son nécessaire *M.*

Page 119 : *a.* Personne ne vint ce jour-là visiter la famille *add. B.*
b. sur leurs intérêts communs *add. B.*
c. où se fulminèrent de terribles imprécations *B* : où se fulminaient quelques imprécations *M.*
d. sous les planchers grisâtres de la salle *F* : sous ces planchers grisâtres *B* : sous ces planches grisâtres *M.*
e. comme des amandes pelées *B* : comme des palettes *M.*
f. huit (millions) *C* : quatorze *ant.*
g. que sa mère *add. F.*
h. Mais faut prendre notre mal en patience *add. B.*
i. petit *add. B.*
j. [là, on offre] du vin... thé *B* : Offrir du vin, équivaut à offrir du thé (à Java *rayé*) dans les Indes *M.*
k. Mauvais, mauvais! faut *B* : Il faut *M.*

Page 120 : *a.* Les garces démoliraient le plancher de ma maison *F* : Les *garces* prendraient le plancher *ant.* (*Balzac a d'abord écrit* ma bière)
b. l'homme *B* : l'avare *M.*
c. attendez *B* : attends *M.*
d. ton bon Dieu *B* : le bon Dieu *M.*
e. Institutions, livres, hommes et doctrines *B* : Livres, doctrines *M.*

Page 121 : *a.* en vue de possessions passagères *B* : au profit d'une ambition passagère *M.*
b. en vue de biens éternels *B* : en vue du ciel *M.*
c. au législateur *F* : à un homme *ant.*
d. dit le vieux tonnelier *add. B.*
e. appris ses leçons *B* : fait ses devoirs *M.*

f. du maître *B* : du maître, et une dose de pensum *M*.

g. où, par frayeur... entendre *B* : où elle se roulait dans ses draps, comme pour ne pas écouter sa frayeur *M*.

h. pieds nus *B* : pieds nus, sur le carreau froid *M*.

i. Laisse-moi faire, il ne me mangera pas *B* : Laisse, il ne me tuera pas *M*.

Page 122 : *a.* littérairement *FC* : littéralement *F* : littérairement *ant.*

b. en n'expliquant pas... son cousin *B* : en expliquant les raisons mystérieuses, vivement conçues, qui les ont nécessitées. Jamais vie de jeune fille ne fut ni plus chaste, ni moins étourdie que ne l'avait été celle d'Eugénie Grandet; mais elle s'était à plusieurs reprises réveillée pour écouter son cousin *M*.

c. de faim. Vers le matin *B* : de faim; la pitié féminine la plus ingénieuse, le plus spirituel des sentimens se déploya dans son âme. Au matin *M*.

Page 123 : *a.* auprès de son cousin qui avait laissé sa porte ouverte *F* : auprès de Charles, dont la porte était ouverte *ant.*

b. La bougie avait brûlé dans la bobèche du flambeau *B* : des bougies avaient brûlé dans le flambeau *M*.

c. ne sachant... trouvait *add. B.*

d. *nous B* : nous *M*.

e. honteuse et heureuse d'être venue *B* : honteuse d'être venue et heureuse de l'avoir vu *M*.

f. La [v]ertu calcule aussi bien que le [v]ice *B* : La vertu calcule, et le vice également *M*.

g. Son ignorante vie... raisonna *add. B.*

h. excite l'amour. Quel événement *B* : excite l'amour. Si cette profonde passion est analysée dans ses fibrilles les plus délicates, le soin est impérieusement exigé de l'anatomiste par les résultats; elle devint, diraient les incrédules, les railleurs, une maladie; elle influença toute la vie de la pure et chaste Eugénie. Beaucoup de critiques nieraient les dénouemens, s'ils méconnaissaient la puissance des liens, des nœuds, des attaches. Quel événement *M*. *Ce texte, après modifications, a été transposé plus haut; voir la variante b) de la page 122.*

i. entrée furtivement chez un jeune homme *B* : venue furtivement *M*.

j. suivant son habitude *add. B.*

Page 124 : *a.* d'ailleurs si naturel *B* : si vif *M*.

b. pour le faible mal d'une correction *B* : pour un faible mal *M*.

c. dit Grandet *F* : dit le tonnelier *B* : dit l'avare *M*.

d. frappèrent *F* : frappa *C* : frappèrent *B* : frappa *M*.

e. déjà souvent employé pour désigner Grandet *add. B.*

f. comme aux plus bonasses *add. B.*

g. de laquelle *F* : dont *ant.*

Page 125 : *a.* La vie de l'avare... et l'intérêt *B (légère variante)* : La vie de l'avare ne s'appuyait que sur deux sentimens, l'amour propre et l'intérêt *M*.

b. Chacun tient... argent? *B* : Chacun tient par un fil à ce personnage *M*.

c. le droit de mépriser... Il avait ourdi *B* : le droit de les mépriser. L'avare se nourrit de ce dédain. Donc, pendant la nuit, le bonhomme avait ourdi *M*.

d. pâlir *F* : pâlir, pâtir *ant*.

Page 126 : *a*. son frère. Ne se sentant rien... concasser les Parisiens *B* : son frère et ne se trouvant rien entre les pattes, allait rouer les Parisiens *M*.

b. la comédie dont le plan... de sa ville *F* : la comédie dont il avait arrêté le *scénario,* afin d'être, le lendemain, sans qu'il lui en coûtât un denier, l'objet de l'admiration de sa ville *B* : la comédie, et d'être le lendemain l'objet de l'admiration de la ville sans qu'il lui en coûtât un denier *M* : *Balzac écrit ensuite* : En l'absence de son père, Eugénie. *Puis il se ravise, et inscrit le titre d'un nouveau chapitre,* IV, (Les *rayé*) Promesses et sermens, *titre qui deviendra en B* PROMESSES D'AVARE, SERMENS D'AMOUR.

Page 127 : *a*. d'épancher sur lui... pardonne *B* : de déployer sans crainte pour lui sa pitié, seule supériorité que la femme veuille avoir, et dont elle sait atténuer l'humiliante puissance, la seule que la femme pardonne *M*.

b. alla écouter *B* : monta dans l'escalier pour aller écouter *M*.

c. quelque soin *B* : quelque soin. La petite fille qui a joué au ménage recommence le jeu sur de plus grandes proportions quand elle aime; et continue lorsqu'elle est mariée; presque toutes les époques de la vie se ressemblent *M*.

d. était pour Eugénie tout un épisode de roman *B* : aiguisait la curiosité d'Eugénie et, pour elle, c'était, tant sa vie avait été tiède, quelque chose de romanesque *M*.

Page 128 : *a*. semblait à Eugénie... amour *B* : avait pris aux yeux d'Eugénie un aspect nouveau. Il y avait pour elle plus de lumière, et ce vieil escalier était jeune comme elle, comme son amour. Enfin, sa mère, sa trop indulgente mère, consentit à l'aider *M*.

b. Ces deux femmes... déportemen[s] *add. B*.

c. libres un moment dans la région des souffrances, leur sphère naturelle *B* : sans gêne dans leur sphère naturelle *M*.

d. se mit à ranger le linge... examiner *B* : rangeait le linge de son cousin, examinait en s'en emmerveillant les objets de luxe *M*.

e. il connaissait assez bien... [et] froids *B* : il se trouvait seul dans le monde, sans fortune, et il avait assez vu le monde de Paris pour savoir qu'en ce moment, la société tout entière lui tournait le dos *M*.

f. le servir à son cousin *FC* : le lui servir *B* : le lui apporter *M*.

Page 129 : *a*. les yeux du Parisien *FC* : ses yeux *ant*.

b. Oh ! c'est *FC* : C'est *C* : Ce sont *ant*.

c. emportez *add. B*.

d. qui lui inondait le cœur *F* : dont son cœur était inondé *ant*.

e. elles purent redescendre assez rapidement l'escalier *B* : elles dégringolèrent les marches assez rapidement *M*.

f. auquel l'indemnité promise n'avait pas encore été donnée *add. B*.

g. généreux *add. B*.

Page 130 : *a.* dit le bonhomme *B* : dit l'avare *M*.

b. du lard et des épices *B* : du lard, des épices, du sucre *M*.

c. dit Grandet *F* : dit l'avare *ant*.

d. je suis trop pressé aujourd'hui *F* : je suis pressé *ant*.

e. repris, pièce à pièce, l'argent qu'il lui avait donné *FC* : ... qu'il lui donnait *F* : filouté quelque argent *ant*.

f. dit-elle en lui glissant dix francs dans la main *F* : dit-elle en lui donnant dix francs *add. B*.

g. gardez le reste *add. B*.

Page 131 : *a.* depuis notre mariage *add. B*.

b. le maître du logis *B* : l'avare *M*.

c. étendu *B* : répandu *M*.

d. La misère enfante *F* : la misère amène *B* : le malheur amène *M*.

e. de l'espérance... avec lui *B* : de l'espérance où elle aimait à se perdre *M*. *Les majuscules sont ajoutées en F*.

Page 132 : *a.* Si le politique vigneron... Saumur *B (légères variantes)* : S'il avait donné son dîner mu par la pensée qui coûta la queue au chien d'Alcibiade, M. Grandet eut été un grand homme, mais il était trop supérieur à Saumur entier pour faire cas de Saumur *M*.

b. tout en s'informant... à dîner *add. B*.

c. ne parla pas plus que de coutume *B* : ne disait jamais rien *M*.

d. Je suis obligé... correspondance *B* : J'ai, dans la situation où je me trouve, plusieurs lettres à écrire; et je crois avoir maintenant la force de m'occuper d'une longue et triste correspondance *M*.

e. [Puis, lorsqu'après] son départ... sa femme *B* : Puis, quand Charles fut parti, et que l'avare put présumer qu'il était occupé *M*.

Page 133 : *a.* souvent, de la part... où ils naissent *B* : quelquefois le surnom de *vieux chien* de ceux qu'il touchait un peu trop rudement. Si le génie que l'intérêt personnel excitait en lui se fut retrouvé dans les congrès où l'eussent envoyé d'heureuses circonstances, nul doute que M. Grandet n'eut été glorieusement utile, mais il est à croire que, sorti de Saumur, l'avare n'aurait fait qu'une pauvre figure. Il en est des talens comme des animaux, ils n'engendrent que dans les climats qui leur sont propres *M*.

b. — Mon... on... on... on... sieur... dupé *B* : — M. le président, vous dites donc qu'une faillite peut dans certains cas, (ne pas *rayé*) être... Ici, le père Grandet (bredouillait *rayé*) bégayait et cherchait ses mots. Il affectait depuis si longtems ce bredouillement que les gens de Saumur, et même ses amis, avaient fini par le croire naturel, aussi bien que la surdité dont le bonhomme se plaignait par les tems de pluie; mais personne, dans l'Anjou, n'entendait mieux, et ne pouvait prononcer le français-angevin plus nettement que le rusé vigneron. Il avait été, malgré ses précautions, dupé *M*.

c. que Grandet, victime... le Juif *B* : que, lui Grandet, se trouva forcé de donner au Juif les mots et les idées vainement appelées par ledit Juif *M*.

Page 134 : *a*. Mais s'il y perdit... ses idées *B (légères variantes)* : Il y avait gagné deux avantages : celui de sa surdité volontaire et l'art de faire achever sa pensée par son adversaire en l'impatientant par un bredouillement affecté. Dans les habitudes de la vie, M. Grandet parlait peu, s'exprimait par petites phrases sentencieuses et ses amis expliquaient son bégaiement par une inaptitude aux longues discussions. A aucune époque de sa vie, il n'eut autant besoin qu'en ce moment de faire exprimer sa pensée par autrui *M*.

b. laisser en doute ses véritables intentions *B* : Laisser en doute s'il s'engageait ou non. Le procès-verbal de la scène qu'il allait jouer pendant la soirée dans la salle eut été mal compris sans cette explication, et les ambages de ses discours eussent paru très invraisemblables chez un homme aussi rudement logique qu'il l'était *M*.

c. — Monsieur de Bon... Bon... Bonfons... *A partir de cette réplique et jusqu'à la fin de la conversation, le texte, presque identique dans les trois états imprimés, s'éloigne considérablement de M, surtout à cause du bégaiement introduit en B. Voici le texte de M :*

— Monsieur de Bonfons...

C'était la seconde fois qu'il nommait Cruchot neveu M. de Bonfons. Le président put se croire choisi pour gendre par le Père Grandet.

— Vous dites donc que les faillites peuvent dans certains cas être empêchées par...

— Par les tribunaux de commerce eux-mêmes... Cela se voit! dit M. C. de Bonfons enfourchant l'idée du vieux Grandet ou croyant la deviner et voulant affectueusement la lui expliquer. Écoutez.

— J'écoute! répondit humblement Grandet.

— Quand un homme considérable et considéré, comme l'était par exemple défunt M. votre frère à Paris...

— Mon frère, oui...

— Est dans une situation mauvaise, et que sa faillite devient imminente, le tribunal peut par un jugement nommer des liquidateurs à sa maison de commerce. Liquider n'est pas faire faillite. En faisant faillite, un homme est déshonoré, mais en liquidant, il reste honnête homme.

— C'est bien différent, si ça ne coûte pas plus cher, dit Grandet.

— Mais une liquidation peut encore se faire, même sans le secours du Tribunal de commerce, car... dit le président en humant sa prise de tabac, comment se déclare une faillite?

— Oui, je n'y ai jamais pensé, répondit Grandet.

— 1° le dépôt du bilan au greffe du tribunal, fait par le négociant lui-même, ou par son fondé de pouvoir, dûment enregistré, ou à la requête des créanciers. Or, si le négociant ne dépose pas de bilan, si aucun créancier ne requiert la déclaration de la faillite, qu'arrive-t-il?

— Oui, voyons.

— La famille du décédé, ses représentans, son hoirie, ou le négociant s'il n'est pas mort, ses amis s'il est caché, liquident. Peut-être voulez-vous liquider les affaires de votre frère, demanda le président.

— Ah, Grandet ! s'écria le notaire, ce serait bien ! il y a de l'honneur au fond de nos provinces, et si vous sauviez votre nom, car c'est votre nom, vous seriez un homme...

— Sublime ! dit le président.

— Certainement, répliqua le père Grandet, certainement, je ne dis pas que cette liquidation ne soit très avantageuse aux intérêts de mon neveu, que mon frère se nomme Grandet tout comme moi, mais faut voir. Je ne connais pas *les malins* de Paris. Je... suis à Saumur, moi, voyez-vous, j'ai mes affaires, je n'ai jamais fait de billets. Qu'est-ce qu'un billet ? J'en ai reçu, je n'en ai jamais souscrit. J'ai entendu parler de tant pour cent pour ravoir des billets de créance sur la place. Il y a à boire et à manger dans tout cela. Comprenez-vous ? Je dois rester ici pour veiller au grain. J'ai des choses à Froidfond, et des intérêts ici. Je ne puis pas abandonner ma maison. Je devrais, pour liquider, pour arrêter la déclaration de faillite, être à Paris. On ne peut pas être à la fois en deux endroits, à moins d'être petit oiseau... Et...

— Et je vous entends ! s'écria le notaire. Eh bien, mon vieil ami, vous avez des amis !... de vieux amis, capables de dévouement pour vous.

— Allons donc, pensait en lui-même l'avare, accouchez donc !...

— Et si quelqu'un partait pour Paris, y cherchait le plus fort créancier de votre frère Guillaume, lui disait...

— Lui disait, reprit l'avare, M. Grandet de Saumur par ci, M. Grandet de Saumur par là, il aimait son frère, il aime son neveu, c'est un bon parent, et il a de très bonnes intentions. Ne déclarez pas la faillite, assemblez-vous, nommez des liquidateurs, et alors, M. Grandet verra. Vous aurez bien davantage en liquidant qu'en laissant les gens de justice y mettre le nez... Parce que, voyez-vous, Cruchot, faut voir, avant de se décider, il faut connaître les ressources et les charges, hein, pas vrai...

— Certainement, dit le président, je suis d'avis, moi, qu'en quelques mois de tems, l'on pourra racheter les créances pour une somme de, payer intégralement par arrangement. Hà ! hà ! l'on mène les (enfans *rayé*) chiens bien loin en leur montrant un morceau de sucre. Quand il n'y a pas eu de déclaration de faillite, et que vous tenez les titres de créance, vous êtes blanc comme neige. Un effet est une marchandise, il est en hausse ou en baisse. Ceci est une déduction (logique *rayé*) du principe de M. Jeremie Bentham sur l'usure, il a prouvé que rien n'était plus sot que le préjugé qui frappait de réprobation un usurier. L'argent est une marchandise, donc ce qui représente l'argent est également marchandise. La marchandise abonde ou manque sur la place, elle est chère ou tombe à rien...

— Vous le nommez Jeremie Ben...

— Bentham, un Anglais.

— Ces Anglais ont du bon sens !... dit Grandet. Ainsi, selon ce

Bentham, si les effets de mon frère... valent — ne valent pas — si, je dis bien, n'est-ce pas, cela me paraît clair, les créanciers seraient...

— Je vais vous expliquer, dit le président. En droit, si vous possédez les titres de créance de votre frère, votre frère ou ses hoirs ne doivent rien à personne. En équité, si les effets de votre frère se négocient sur la place à tant pour cent de perte, et qu'un de vos amis passe par là, les rachète, les créanciers n'ayant point été contraints, par aucune violence, de les donner, la succession de feu M. Grandet de Paris est loyalement quitte...

— C'est vrai, les affaires sont les affaires, dit le tonnelier. Cela posé... mais néanmoins vous comprenez — c'est difficile.

— Oui, vous ne pouvez pas vous déranger. Hé bien, les vacances durent encore, je vous offre d'aller à Paris, vous me tiendrez compte du voyage, c'est une misère. Je vois les créanciers, je leur parle, on attermoye, et tout s'arrange avec un supplément de paiement, que vous ajoutez, pour rentrer dans les titres de créance...

— Mais nous verrons cela, je ne peux pas, je ne veux pas m'engager sans... Vous comprenez?

— Cela est juste.

— Mon neveu...

— Eh bien, mon oncle, dit le président au notaire.

— Laisse-donc M. Grandet expliquer ses intentions, il s'agit en ce moment d'un mandat, et il doit...

Un coup de marteau...

Pour les états imprimés de la même scène, les variantes notables consistent en une aggravation systématique du bégaiement dans F :

d. dandans ce... certains cas *F* : dans certains cas *ant.*

e. J'écoucoute *F* : J'écoute *ant.*

Page 135 : *a.* Oui... i... i..., voy... voy...ons *F* : Oui, voyons *ant.*

Page 136 : *a.* avanvantatageuse *F* : avantageuse *ant.*

b. bi, bi, billets *F* : billets *ant.*

c. embrrrououilllllami *C* : embrrrououilllllamini *ant.*

Page 140 : *a.* déjà Grandet... intérieur *add. B.*

b. froissait *B* : violait *M.*

Page 141 : *a.* exprimant *F* : exprimer *ant.*

b. fût *F* : soit *C* : fût *B* : soit *M.*

c. L'envie d'avoir la fille... aller *B* : n'y vas pas *M.*

d. à ce triste événement *add. B.*

e. Notre vieil ami... ongles, compte *B* : M. Grandet compte bien *M.*

f. vigneron *F* : tonnelier *ant.*

g. avaient médit tout à loisir... fratricide *B* : avaient assez bien médit de l'avarice de M. Grandet *M.*

Page 142 : *a.* Que te disais-je *F* : Qu'est-ce que je te disais *ant.*

b. jusqu'au bout des cheveux *B* : jusqu'au bout des ongles *M.*

c. Je suis un vieux militaire... main *B* : (mille tonnerres! *add. F*) :

Et le banquier saisit la large main du tonnelier et la secoua chaleureusement *M*.

d. Nous verrions... en bégayant *B* : Nous verrions donc à tâcher d'arranger, dans les possibilités relatives, sans m'engager à autre chose que je ne voudrais pas faire, dit Grandet en bégayant *M*. *Cette réplique est substituée à une réplique rayée :* — Hà, ça vaudrait mieux pour moi, dit Grandet.

e. Le bonhomme ne bredouilla plus ces derniers mots *B* : L'avare ne bredouillait plus *M*.

Page 143 : *a*. comme pour l'encourager... Cruchot *B* : comme pour en approuver l'adresse, et regarda les deux Cruchot *M*.

b. ajouta-t-il en remuant sa loupe *add. B*.

c. [80] francs. Cette mécanique baisse *B* : 81 francs. Çà baisse *M*.

d. quelques mille *B* : quelques vingt mille *ant*.

e. Pas grand'chose pour commencer. Motus ! *B* : (Cinq ou *rayé*) Aux environs (comme qui dirait *rayé*) de cent quatre-vingt-dix mille francs de rente (— Mâtin !... *rayé*) Mais *motus M*.

f. de quelle couleur sont les [à-tout] *add. B*.

g. à... à quelle heure? — A cinq heures, avant le dîner, dit le vigneron en se frottant les mains *B* : à... — A cinq heures, après le dîner, dit l'avare *M*.

Page 144 : *a*. après une pause *add. B*.

b. Grandet *B* : l'avare *M*.

c. et je le prouverai bien, si ça ne me coûte pas... phrase *B* : et je le prouverai bien ... — Vous permettez, Grandet, que nous nous quittions *M*.

d. Bien, bien... Cruchot *F* : Bien, bien (Faites, faites *M*). Moi-même, rapport à ce que vous savez, je vais me retirer dans ma (la *M*) chambre des délibérations, comme dit le *président Cruchot M*.

e. pensa tristement le magistrat dont la figure prit l'expression de celle d'un juge ennuyé par une plaidoirie *F* : pensa tristement le magistrat dont la figure prit une expression de mélancolie judiciaire, l'expression d'un juge ennuyé par une plaidoirie *B* : se dit le magistrat *M*.

f. et se sondèrent... Affaire *B* : par la vente de la vendange à la plus riche maison belge *M*.

g. Dorsonval *F* : d'Orsonval *ant*. (coquille probable dans *F*).

h. et nous nous y rendrons d'abord *add. B*.

Page 145 : *a*. Ils fument joliment, hein? *B* : Ils fument !... *M*.

b. lui [répliqua] sa mère *add. B*.

c. quand il vit les des Grassins éloignés *add. B*.

d. être tout simplement un Cruchot *B* : être Cruchot *M*.

e. Es-tu bête, avec tout ton esprit?... *add. B*.

f. en vantant une générosité *C* : et une générosité *ant*.

g. de se colérer, de se passionner... mémoire? *B* : de se colérer pour la chose actuelle. Le peuple est sans mémoire ! et tout est peuple, la mémoire est toute individuelle *M*.

Page 146 : *a.* et dis-lui d'entrer tout bellement *B*: et qu'il aille doucement *M.*

b. remuant, fouillant, allant, venant *F* : remuer, fouiller, aller, venir *ant.*

c. Au milieu de la nuit *B* : A onze heures et demie *M.*

d. peut-être s'était-il tué *add. B.*

e. de crier, mais de manière... accouplés par *B* : de crier, et elle (la referma promptement *rayé*) la laissa simplement entrebaillée en apercevant son père et Nanon accouplés par *M.*

f. et soutenait un câble auquel était attaché un barillet semblable à ceux que *B* : et au milieu duquel pendait assujeti entre deux clous (une grosse corde *rayé*) un double cable (à maillet *rayé*) qui retenait un des barillets que *M.*

Page 147 : *a.* ce ne soit que *F* : ce ne soient que *B* : ce soient *M.*

b. entre deux barreaux de *B* : sur *M.*

c. Oh! rien *B* : C'est vrai *M.*

d. reprit le garde *add. F.*

e. choisi *B* : prêté *M.*

f. trois mille *B* : six mille *M.*

g. Y a ben près *B* : Çà pèse bien *M.*

h. faut être à Angers avant neuf heures *F* : il faut être à Angers avant neuf heures *B* : il faut être à Angers à neuf heures *M.*

i. meurtrie *B* : déhanchée *M.*

j. ni le départ de Grandet ni l'objet de son voyage. La discrétion du bonhomme *B* : le départ de M. Grandet. La discrétion de l'avare *M.*

Page 148 : *a.* Après avoir appris... de l'agio *add. B.* (ces derniers mots *add. F*) : Le tonnellier, ayant appris dans la matinée par les causeries du port la hausse subite de l'agio, que de nombreux armemens entrepris à Nantes avaient doublé, s'était mis en deux heures, par un simple emprunt de chevaux frais à ses fermiers, en mesure d'aller vendre son or à Angers et d'en rapporter (à M. des Grassins *rayé*) un mandat de deux millions et demi du receveur général (en gagnant le prix *rayé*) pour payer l'achat de ses rentes *M.*

b. le lointain roulement... Saumur endormi *B* : le roulement de la voiture n'y retentissait déjà plus *M.*

c. en son cœur *add. B.*

d. et qui venait de la chambre de son cousin *B* : et vint de la chambre de son cousin jusqu'à son cœur où elle frappa certes avant d'arriver à son oreille *M.*

e. et coupait horizontalement les balustres du vieil escalier *add. B.*

f. Un second gémissement *B* : Une seconde aspiration de mourant *M.*

g. elle en lut les adresses : A messieurs Farry, Breilman et Cie, carrossiers *F* : dont elle lut les adresses : à Monsieur Jean Robert, sellier *ant.*

Page 149 : *a.* ouvertes. Ces mots... lui causèrent *B* : ouvertes, dont l'une était inachevée, et ces mots qui commençaient l'autre : Ma chère Annette, lui causèrent *M.*

b. Elle lisait ces mots partout, même sur les carreaux *F* : Elle les lisait partout, même sur les carreaux *B* : Elle les lisait *M.*

c. Je dois m'en aller. Si je la lisais, cependant? *B* : Je vais m'en aller *M.*

d. et reçoit, sans s'éveiller, ses soins et ses baisers *F* : en reçoit, sans s'éveiller, les soins et les baisers *B* : se laisse baiser au front et arranger les mains sans s'éveiller *M.*

e. Un démon *B* : le diable *M.*

f. que je fais peut-être mal *B* : que je me conduis mal *M.*

g. se gonfla davantage... amour *B* : se gonflait, et elle aimait l'ardeur piquante qui anima sa vie pendant cette lecture *M.*

Page 150 : *a.* deux millions *C* : trois millions *ant.*

b. d'un homme *B* : d'une femme *M.*

c. J'ai de l'or... pleurs *F* : J'ai de l'or, je le lui donnerai. Elle continua *B* : J'ai mille écus en or *M.*

d. de la misère. Si j'ai *B* : de la misère. S'il ne fallait que marcher, je suis jeune, tu m'aurais déjà vu; mais l'océan nous sépare; et, mon amour, si j'ai *M.*

Page 151 : *a.* et qui... l'amour d'une Anna *B* : et pour première passion devenu l'enfant, l'amant d'un ange, d'une Anna *M.*

b. durer *B* : durer. En y pensant, je trouve que Dieu ne me le fait pas encore payer assez cher. Il est clément, et mesure la peine à la force de celui qui doit la supporter *M.*

c. J'ai néanmoins, ma chère Annette... famille *B* : J'ai fait, ma chère Annette, plus de réflexions qu'il n'était permis à un insouciant jeune homme d'en faire, de même que je me suis trouvé plus de courage que n'en devait avoir un enfant gâté, habitué aux douceurs de la vie, aux cajoleries de la plus délicieuse femme de Paris, de la plus gracieuse en amour, pétri dans les joies de la famille *M.*

d. ta loge à l'Opéra *add. B.*

e. Nous nous quittons donc aujourd'hui pour toujours *B* : Donc, ma bien-aimée, ici nous nous quittons dans la vie, et pour toujours. Je te laisse pure, ah! si j'avais été dans ton secret, je me serais brûlé la cervelle *M.*

f. [O] bonheur *add. B.*

g. heureusement pour elle *add. B.*

Page 152 : *a.* elle sera ta compagne... me paraît avoir *B* : elle sera près de toi. Le monde qui, heureusement, ne sait rien de notre amour, te serait bien cruel, ta fille encore davantage. Garde au fond de ton âme le souvenir de ces quatre années de bonheur et de plaisir. Nous nous sommes aimés comme aiment les anges. Sois fidèle à ton ami malheureux. Tristes pensées! Quelles clartés répand l'infortune!... telles sont les réflexions qu'elle suggère. Ce jour sera comme un phare dans ma vie. Anna, te dire adieu de loin, oui de loin, comme je fais mes adieux au bonheur évanoui, à ma vie heureuse, n'est-ce pas annoncer un avenir de souffrances...? Il n'y a plus que le travail, les sueurs, le doute, les angoisses près de moi. Tu auras du moins embelli ma belle jeunesse, orné mon âme des nobles délicatesses de la femme, je ne pourrai jamais voir les madones de Raphaël sans penser à toi qui as coloré ma seconde enfance des feux de ton visage céleste, qui as sanctifié par ton amour la vie désordonnée à laquelle les jeunes gens se livrent, qui as ennobli les passions mauvaises de ton amant en jettant tes douces voluptés dans mon âme. Si je suis bon, si je vaux quelque chose, c'est par toi. Puis, je t'avouerai — n'es-tu pas ma conscience, ma mère, toute ma famille — je t'avouerai que j'ai trouvé ici, à Saumur, chez mon oncle, une cousine dont le cœur te plairait. Tu voulais, disais-tu, si le sort nous séparait, me choisir... » *M.*

b. Il devait être. phrase *F* : La lettre en était là. — Il devait être... phrase *B* : La lettre en était là *M.*

c. Elle le justifiait : *ici est introduit en B un assez long développement, comportant seulement quelques variantes de détail notées plus loin, et s'achevant par les mots* à celui qu'elle se choisissait pour amant (à celui qu'elle choisissait *F*); *voir p. 155. A ces trois pages correspondent en M les lignes suivantes :*

La lettre en était là. Le langage de l'amour jeune résonna dans le cœur d'Eugénie comme à ses oreilles la musique des orgues quand elle entendit pour la première fois les notes célestes du *venite adoremus.* Elle contempla son cousin endormi. Les nobles illusions de la vie étaient toutes fraîches sur ce visage. Elle se jura à elle-même de l'aimer toujours. Il y a des choses que les jeunes filles se plaisent à répéter. Elle jetta les yeux sur l'autre lettre sans attacher beaucoup d'importance à cette indiscrétion, et si elle l'acheva, ce fut pour acquérir de nouvelles preuves des nobles qualités de son cousin, devenu son amant !

d. des larmes qui baignaient... séduite *F* : les larmes dont les yeux de Charles étaient encore pleins pour son père lui accusaient toutes les noblesses de cœur qui séduisent une jeune fille *ant.*

Page 154 : *a.* monsieur des Lupeaulx *F* : M. de Gérente *ant.*

Page 155 : *a.* Mon cher Alphonse *B* : Mon ami *M.*

Page 156 : *a.* de ces gens du monde habitués à prodiguer ce mot *B* : de tout le monde *M.*

b. pour les Indes *B* : pour les Indes. Ce peu de mots te fera deviner ma situation *M.*

c. je crois devoir quelque argent... de mémoire *B* : je puis devoir. Tu trouveras ci-joint une note aussi exacte que possible de mes créanciers *M.*

d. à payer mes dettes *add. B.*

e. Personne ne voudrait donner le prix de cette admirable bête *B* : Personne n'en donnerait le prix *M.*

f. que lègue un mourant *B* : d'un testateur *M.*

g. On m'a fait une très-*comfortable* voiture de voyage chez les Farry, Breilman et Cie... arrangement *F* : Robert m'a fait une très-*confortable (comfortable C)* voiture de voyage, mais il ne l'a pas livrée. Obtiens de lui qu'il la garde sans me demander d'indemnité. S'il se refusait à cet arrangement *B* : Robert m'a fabriqué la plus délicieuse voiture de voyage, il ne l'a pas livrée, fais en sorte qu'il la garde sans me demander d'indemnité; mais s'il insistait *M*.

Page 157 : *a.* — Cher cousin... se sauvant *F* : Elle n'acheva pas. — Cher cousin... se sauvant *B* : — Cher cousin... ! dit Eugénie en le regardant et se sauvant *M*.

b. se voyait encore, à demi effacée *B* : était sculptée *M*.

c. et se plut à vérifier *B* : et vérifia *M*.

d. Elle sépara *B* : C'étaient *M*.

e. soixante-quatre centimes *B* : soixante-quatre centimes un quart *M*.

f. [180] *B* : 170 *M*.

g. ITEM *B* : Puis *M*. *Les quatre* ITEM *suivants sont de même introduits en B*.

h. frappés en 1729 *B* : an 1729 *M*.

Page 158 : *a.* qui, en les lui offrant... trésor » *add. B*.

b. fabriqués en l'an 1756 *B* : frappés en 1756 *M*.

c. treize francs *F* : douze francs *ant*.

d. au signe de la Vierge *add. B*.

e. magnifique *F* : sublime *ant*.

f. et qu'elle avait négligemment mis dans sa bourse rouge *B* : et qu'elle avait serré devant son père *M*.

g. et vierges *B* : et vierges comme celle qui les (maniait *rayé*) supputait joyeusement *M*.

h. desquels *F* : dont *ant*.

i. la richesse des lettres... cousin *B* : la richesse, elle ne pensait à rien, elle songeait à son cousin *M*.

j. cinq mille huit cents *B* : cinq mille deux cents *M* : cinq mille cent vingt, cent cinquante *rayé*.

Page 159 : *a.* du corps *B* : du jeune âge *M*.

b. sans hésitation *add. B*.

c. de son bonheur *B* : de son bonheur. A la troisième marche, elle fut frappée d'une horrible pensée, horrible pour un cœur jeune et pur : — Il me refusera ! Elle demeura comme foudroyée; mais bientôt elle reprit courage en se disant : — Il acceptera ! de même qu'un chevalier allant au tournoi pour faire couronner sa belle maîtresse disait : — Je vaincrai ! *M*.

d. Mais je suis tentée... ces lettres *B* : Mais je ne me repens pas de les avoir lues *M*.

Page 160 : *a.* ce qu'était *B* : ce que c'était que *M*.

b. emprunter *B* : accepter *M*.

c. Eugénie, autant femme... Je ne me relèverai pas *B (légères variantes postérieures)* : Il restait muet, elle se mit à genoux. — Je ne me relèverai pas *M*.

Page 161 : *a.* En attendant... s'agenouiller *B* : Des larmes tombèrent des yeux de Charles sur les mains de sa cousine qu'il ne songeait pas à relever *M*.

b. sur la table *add. B*.

c. Cet or vous portera bonheur; [et un] jour *add. B*.
d. donner tant de prix à ce don *B* : donner à cet or tant de prix *M*.
e. j'aurais l'âme bien petite *B* : je serais bien petit *M*.
f. Il s'interrompit pour montrer *B* : Il montra *M*.
g. Depuis ce matin *add. B*.
h. prodiguer dans ce nécessaire... risquer *B* : prodiguer, mais moi, depuis ce matin, cette action me paraît un sacrilège, je ne veux plus le détruire et ne veux pas le risquer *M*.

Page 162 : *a*. où le travail donnait... dit-il *B* : où le travail disputait à l'or sa valeur. — Ce n'est rien, dit-il *M*.
b. richement entourés de perles *B* : encadrés dans un entourage en perles et en filigrane *M*.
c. son premier regard... où *B* : l'un de ces regards de femme aimante, et où *M*.

Page 163 : *a*. ne sera jamais rien *B* : n'est rien *M*.
b. sera tout désormais *B* : est tout *M*.
c. aussi douce que *F* : douce comme *ant*.
d. je le veux *add. B*.
e. d'entre celles de son cousin... porte *B* : d'entre les siennes, et s'en alla reconduite par Charles qui l'éclaira (mais elle revint : — Donnez-moi *rayé*). Quand elle fut à sa porte, lui sur le seuil *M*.
f. au mur *B* : à la porte *M*.
g. dit Charles d'un air dédaigneux... pensée *B* : dit Charles. C'est donc là que vous êtes, là que sera mon trésor... Et il montra le vieux bahut, pour ne pas laisser voir toute sa pensée *M*.
h. et ils se dirent bonsoir... Tous deux ils *B* : en souriant et ils *M*.
i. et Charles commença dès lors à jeter quelques roses sur son deuil *B* : mais il y avait des crêpes funèbres à celui de Charles *M*.

Page 164 : a. future *B* : présente et future *M*.
b. de sa mère *B* : de sa mère qui put alors s'expliquer la promenade de sa fille *M*.
c. Chacune des trois femmes eut à s'occuper *add. B*.
d. de l'argent. Madame Grandet et Eugénie... gâtés *B* : de l'argent. Nanon encaissait les redevances *M*.
e. quatorze mille *C* : vingt et quelques mille *B* : vingt mille *M*.

Page 165 : *a*. le bonhomme *B* : l'avare *M*.
b. de son client *B* : de l'avare *M*.
c. Le père Grandet *B* : L'avare *M*.
d. à Angers, où l'on en est venu chercher pour Nantes *B* : à Nantes *M*.
e. il y en a déjà suffisamment *B* : il y en aura suffisamment quand le vôtre y arrivera *M*.
f. treize francs cinquante *B* : onze francs cinquante *M*.
g. diable *add. B*.
h. à voix basse *B* : à l'oreille *M*.
i. cent mille livres *C* : deux cent mille livres *ant*.

Page 166 : *a.* Ne vous nommez-vous pas Grandet? *add. B.*

b. mon bon *add. B.*

c. [le tonnelier] reconduisit le banquier... revint et dit *B* : et quand la grande porte claqua, Grandet dit *M.*

d. dans son fauteuil *B* : dans son fauteuil et en proie à de secrètes délices *M.*

e. Mais trop ému... pas de danse *B* : Puis il se leva, et se mit à chanter en regardant M. de la Bertellière *M.*

f. s'examinèrent mutuellement... apogée *B* : se regardèrent en silence. La joie de l'avare arrivée à son apogée les épouvantait toujours. *Ici s'intercalait en M un long développement commençant par les mots* Il est nécessaire pour ne point interrompre le cours des événemens *et se terminant par* à l'endroit où cette digression l'a interrompue. *Dans les états imprimés du texte, ce développement, avec des variantes de détail, se retrouvera quelques pages plus loin; voir p. 178.*

g. La soirée fut bientôt finie. D'abord le père Grandet voulut *B* : La soirée fut courte. Le père Grandet fatigué voulut *M.*

Page 167 : *a.* plus tôt mis les lèvres... rouler et rester *B* : plutôt bu son verre qu'il est déjà vide! voilà la vie; les écus ne peuvent pas être employés et rester *M.*

b. Ah! ben!... quien *B* : Tiens *M.*

c. ben mieux *B* : mieux *M.*

d. Celui qu'i vendent est de la drogue *add. B.*

Page 168 : *a.* commencèrent à faire *B* : faisaient *M.*

b. en laquelle *B* : en qui *M.*

c. primevère *F* : primevert *ant.*

d. ils se regardaient... ordinaire *B* : Et quand ils se regardaient, leurs yeux exprimaient une mutuelle reconnaissance *M.*

e. N'y a-t-il pas de gracieuses similitudes... regards *B* : N'y a-t-il pas une sorte de parité entre l'amour et la vie? ne chante-t-on pas de douces choses à l'enfant? ne le berce-t-on pas de doux regards? *M.*

Page 169 : *a.* avec lesquels il essaie de se bâtir un mobile palais *add. B.*

b. En échangeant quelques mots... calme *B* : En disant un mot à sa cousine, en en recueillant la réponse au bord du puits, dans cette cour muette, en se parlant du bout à l'autre de ce jardinet où ils restaient sur un banc pourri, jusqu'à l'heure où le soleil se couchait, recueillis dans ce calme *M.*

c. car sa grande dame, sa chère Annette, ne lui en avait fait connaître *F* : dont sa grande dame, sa chère Annette ne lui avait fait connaître *B* : dont la grande dame, dont Annette ne lui avait fait connaître *M.*

d. Il aimait cette maison... ridicules *F* : Puis, trois jours étaient à peine écoulés qu'il aimait la maison, dont il avait compris (épousa *M*) les mœurs *ant.*

e. et que Nanon faisait semblant de ne pas apercevoir *F* : et dont Nanon faisait semblant de ne pas s'apercevoir *ant.*

Page 170 : *a.* à les voir travaillant, à les entendre jaser *F* : à les voir travailler, à les entendre jaser *B* : à les voir travailler *M.*

b. Il avait cru... et n'avait admis *B* : Il croyait... et n'admettait *M.*

c. de Goethe *M* : de Faust *rayé.*

d. se tirer du fleuve et *add. B.*

e. fuyardes *B* : fuyantes *M.*

Page 171 : *a.* [Puis il] alla chez Maître Cruchot... à l'étranger *add. B.*

b. Cet acte plut *F* : acte qui plut *ant.*

c. Bien, très bien! *add. B.*

d. en l'interrompant *add. B.*

e. dit-il en examinant une longue chaîne *add. B.*

f. dix-huit à dix-neuf carats *F* : dix-neuf à vingt carats *ant* : vingt *rayé M.*

g. la masse d'or *B* : l'or *M.*

Page 172 : *a.* poignets. Cela fait un bracelet... d'intelligence *B* : cela fait un bracelet. Eugénie rougit, mais elle dut accepter. — Ce n'est pas une raison parce que je vous prête quelqu'argent pour que vous m'accabliez de présens, dit-elle à voix basse *M.*

b. précieusement *add. B.*

c. en désirait un. — Il n'y a pas *F* : en désirait un. Ces paroles furent dites avec un accent profond. Il n'y a pas *ant.*

d. neuf cent quatre-vingt neuf francs soixante-quinze centimes *F* : dix-neuf cent quatre-vingt neuf francs soixante-quinze centimes *B* : dix-huit cent quarante-quatre francs soixante-quinze centimes *M.*

e. Le mot *en livres...* sans déduction *add. B.*

Page 173 : *a.* habitez. Il faut laver... inutiles *B* : habitez. Mon oncle, voici mes boutons de manche qui me deviennent inutiles *M.*

b. à ceux qui désormais seront toute sa famille *B* : à ses parens *M.*

c. dit-il en se [retournant] avec avidité vers elle *add. B.*

d. reprit-il en serrant la main de Charles *add. B.*

e. qu'en estimant les bijoux je n'en ai compté que l'or brut *B* : que j'ai compté l'or brut *M.*

f. quinze cents francs *F* : un millier d'écus *ant.*

Page 174 : *a.* Il ne soupirait plus... caractère *B* : Il ne pleurait plus, il s'était fait homme, et jamais Eugénie ne devina mieux le caractère *M.*

b. de gros drap noir *B* : de deuil *M.*

c. Ne fais *C* : Ne faites *ant.*

d. en bride *add. B.*

e. desquelles *F* : dont *ant.*

f. que m'envoient deux de mes amis *add. F.*

g. Je ne puis songer à mon retour avant quelques années *add. B.*

Page 175 : *a.* répondit-il... sentiment *add. F.*

b. en repoussant son cousin, qui s'approchait pour l'embrasser *B* : en repoussant la main de Charles *ant.*

c. puis, sans trop savoir... Eugénie se trouva *B* : Charles l'accompagna, et sans savoir ce qu'elle faisait, Eugénie alla *M.*

d. Charles, qui l'avait accompagnée... elle reçut *B* : Charles lui prit la main, et ne résistant plus, elle reçut *M*.

e. Chère Eugénie, un cousin... t'épouser *B* : Un cousin est mieux qu'un frère, mon amour, lui dit Charles, il peut t'épouser *M*.

f. Dès que Charles eut annoncé *F* : Du moment où Charles annonça *ant.*

g. en mouvement pour faire croire qu'il lui portait beaucoup d'intérêt *B* : en mouvement pour lui, comme pour lui témoigner physiquement de l'intérêt *M*.

h. un emballeur, et dit... planches *B* : un emballeur pour les objets qui lui furent envoyés de Paris; puis l'emballeur prenait trop cher, il voulut à toute force faire lui-même les caisses avec de vieilles planches *M*.

Page 176 : *a.* en confectionner *F* : en confectionner dans son fournil *ant.*

b. dans lesquelles il emballa tous les effets de Charles *add. B.*

c. expédier en temps utile à Nantes *B* : diriger sur Nantes *M*.

d. celle dont la durée... comprendra *B* : celle dont chaque jour une maladie mortelle, l'âge ou la mort rétrécissent le cercle, comprendra *M*.

e. Elle pleurait souvent *B* : Elle pleurait souvent, elle criait *M*.

f. sur la vaste étendue des mers *B* : sur les vastes mers *M*.

g. d'y baiser *F* : d'en baiser *ant.*

h. Elle ne sortira pas de là *B* : Elle sera toujours là *M*.

i. mon cœur *F* : mon amour, mon cœur *B* : cousine, mon cœur *M*.

j. A toi, pour jamais *B* : A toi (pour *rayé*) toujours *M*.

k. momentanément *add. B.*

Page 177 : *a.* [plus libre] d'exprimer ses sentiments *B* : plus franche *M*.

b. moi, Grandet; [il] ne tiendra qu'à vous de... *add. B.*

c. qu'il avait interrompu *add. B.*

d. son oncle *B* : l'avare *M*.

e. serrait de toutes ses forces la main de son cousin et celle de son père *B* : serrait la main de son cousin et celle de son père à les écraser *M*.

f. en admirant la finesse... bonhomme *add. B.*

Page 178 : *a.* quand elle disparut sur le pont et ne retentit plus que dans le lointain *B* : quand elle ne retentit plus et qu'elle disparut sur le pont *M*.

b. pouvaient... et agitaient *B* : purent... et agiter *M*.

c. Ma mère, je voudrais... Charles *B* : Je voudrais avoir la puissance de Dieu, ma mère... dit Eugénie en revenant à la maison *M*. *Comme nous l'avons déjà annoncé, le développement qui suit et qui, dans notre édition comme en B, clôt le chapitre, venait plus haut en M.*

d. Pour ne point interrompre... Grandet *B* : Il est nécessaire pour ne point interrompre le cours des événemens *M*.

e. le bonhomme *B* : M. Grandet *M*.

f. cent mille (livres) *F* : quatre-vingt mille *C* : deux cent mille *M*.

g. [car, vers] cette époque... quelque chose *add. B.* (cinq jours *F* : quatre jours *ant*).

Page 179 : *a.* avec François Keller *F* : avec un de ses confrères de Paris *ant.*

b. par l'organe de des Grassins, facilitèrent *F* : et dont des Grassins fut l'organe, facilita *C* : et dont des Grassins fut l'organe, facilitèrent *B* : facilita *M.*

c. Neuf mois après la première assemblée *B* : A sept mois révolus *M.*

d. quarante-sept pour cent *F* : vingt-deux pour cent *ant.*

e. vente *B* : vente fidèle *M.*

Page 180 : *a.* et qui fut faite avec une fidélité scrupuleuse *add. B. A un assez long passage qui s'intercale ici en B et figure sans variantes notables dans les états imprimés* (La plus exacte probité... se moque de vous et de nous, *voir pp. 180-181) correspondent en M les lignes suivantes :*

... appartenant à feu Guillaume Grandet. Un an après, M. Grandet de Saumur demanda le dépôt chez un notaire de tous les titres de créance existant contre la succession de son frère, en les accompagnant de la quittance des paiemens déjà faits. Ce dépôt exigea (six *rayé*) huit mois. Les créanciers voulurent faire constater leurs droits, ne renoncèrent à aucun et se réservèrent même celui de faire déclarer la faillite, à quoi consentit le Grandet de Saumur. En vingt mois, beaucoup de commerçans...

Page 181 : *a.* Vingt-trois mois après la mort de Guillaume Grandet, beaucoup de commerçants *B* : En vingt mois, beaucoup de commerçans *M* (dix-huit *rayé*).

b. quarante-sept pour cent *F* : vingt-deux pour cent *ant.*

c. diable *F* : diable, mais le mot dont il se servait commençait par la seconde lettre de l'alphabet et cause ici une légère inexactitude *ant.* (nécessite une inexactitude *M*).

d. restant dus par la maison Grandet... titres *B* : restant, les créanciers rendraient les titres *M.*

e. eux! pouvaient être *F* : *eux!* étaient devenus *B* : étaient devenus *M.*

f. afin d'en tirer quelque chose et diminuer le chiffre *B* : afin de bien connaître le véritable chiffre *M.*

g. douze cent mille francs *F* : deux millions *ant.*

h. entre les liquidateurs et les créanciers... de s'exécuter *add. B.*

Page 182 : *a.* avec le mot *intégralement*, de temps en temps lâché *add. B.*

b. atteignirent à 115 *F* : furent à 109 *B* : furent à 107 *M* : 106 *rayé* M.

c. environ deux millions quatre cent mille francs *F* : environ deux millions *C* : quatre millions (sept *rayé*) trois cent mille francs *ant.*

d. six cent mille francs *C* : quinze cent mille francs *ant.*

Page 183 : *a.* de Florine, une *F* : d'une *ant.*

b. elle fut jugée à Saumur profondément immorale *add. B.*

c. dont les affaires... de monsieur des Grassins *add. B (légère variante).*

d. Je vous plains beaucoup, vous êtes une bonne petite femme *B* : Je vous plains et vous admire *M.*

e. l'y remplacer, et, s'il tenait... des Grassins *B* : l'y remplacer. La foudroyante réponse du bonhomme replace la narration précisément à l'endroit où cette digression l'a interrompue *M*, *qui enchaîne* : « La soirée fut courte... », *voir p. 166 et la variante f.*

Page 184 : *a.* En toute situation, les femmes ont *B* : Peu d'hommes veulent ou peuvent entrer dans les sentimens de la femme (l'être le plus parfait de l'espèce que Dieu... *rayé*). En toute situation, elles ont *M.*

b. il embrasse l'avenir et y trouve des consolations *B* : il voit l'avenir *M.*

c. qu'il a ouvert *add. B.*

d. sera toujours le texte de la vie des femmes *B* : toute la femme est là *M.*

e. le creux de la main *B* : la main *M.*

Page 185 : *a.* reprit sa physionomie pour tout le monde... restât *B* : prit sa physionomie. Seulement, à l'insu de son père, Eugénie laissa la chambre de Charles *M.*

b. quasiment joli, moutonné comme une fille *B* : et (c'était *rayé*) quasiment une (demoiselle *rayé*) fille *M.*

c. Ne regardez donc pas le monde comme ça *add. B.*

d. Les graves pensées d'amour... envahie F : Les graves pensées dont l'amour inondait son âme *M.*

e. quelques peintres espagnols *F* : quelques peintres italiens *B* : quelques peintres *M.*

f. qui abondent dans le christianisme *F* : dont abonde le christianisme *M.*

Page 186 : *a.* où elle alla... d'aller tous les jours *add. B.*

b. lui adresser mille questions *B* : lui parler *M.*

c. appris à connaître les beautés et l'usage *F* : ... et l'usage en amour *B* : appris les beautés *M.*

d. elle restait pensive... solitaire *B* : elle restait parfois sur le banc des amours, sous ce noyer, elle regardait le petit espace de ciel que les murs lui permettaient d'embrasser et les pans de murailles, enfin ce fut l'amour solitaire *M.*

e. les soi-disant amis *B* : les voisins *M.*

Page 187 : *a.* Si j'avais un homme à moi... ça me fait plaisir *B* : Si j'avais eu un homme à moi, je l'aurais ...s... quoi. J'aurais voulu m'exterminer pour lui, mais ... enfin... Croiriez-vous, Mademoiselle, le vieux Cornoiller tourne autour de ma jupe, rapport à mes rentes; hé bien, ça me fait plaisir *M.*

b. le portrait de sa tante *B* : les portraits : il ressemble tant à sa mère *M.*

c. chercher les traits de Charles dans ceux du portrait *B* : voir Charles à travers sa mère *M.*
d. Tu lui as tout donné *B* : Tu n'as plus rien *M.*
e. demeurèrent dans *B* : demeurèrent effrayées, sans feu, dans *M.*
f. Elles furent assez troublées pour manquer *B* : Elles manquèrent *M.*
g. relativement aux acteurs *add. B.*

Page 188 : *a.* Qu'allons-nous devenir... tricot *B* : Je pensais pendant cette nuit, dit madame Grandet à sa fille, au coin de la cheminée, en (comptant les mailles *rayé*) oubliant le nombre des mailles que comportait le tour de son tricot *M.*
b. les manches de laine dont elle avait besoin pour son hiver *B* : ses manches pour l'hiver *M.*
c. Faute de manches... mari *add. B.*
d. les connaisse bien, peut-être *B* : connaisse les tiennes... c'est-à-dire celles que tu avais, peut-être... *M.*
e. en interrompant sa mère. Demain matin ne devons-nous pas aller *B* : Il faudra que nous allions *M.*
f. pourquoi n'irais-je donc pas voir *B* : pour toi, j'irais bien voir *M.*
g. nous mettre *B* : vous mettre *M.*
h. D'ailleurs j'ai pris mon parti... se fasse *B* : D'ailleurs je me laisse aller, il arrivera ce (qu'il pourra *rayé*) que Dieu voudra. Je ne me repens de rien *M.*

Page 189 : *a.* se remuant *F* : se remuer *B* : remuer *M.*
b. un peu de feu chez moi *B* : un grand feu dans la salle *M.*
c. je gèle sous ma couverture *B* : je suis gelée *M.*
d. reprit-elle après une légère pause *add. B.*
e. Cette pauvre fille... salle *B* : cette pauvre fille, et nous irons te souhaiter le bon an près du feu *M.*
f. trempé dans du vin... je vais faire *B* : trempé de vin. Mais je vais faire *M.*
g. cria-t-il après une pause *add. B.*
h. moi... *add. B.*
i. le tonnelier *B* : bon tonnelier *ant.*

Page 190 : *a.* solidement *add. B.*
b. joint un double napoléon... front *B* : joint (il parla bas) un double napoléon pour Eugénie. Je n'ai plus d'or, ma femme ! Et il l'embrassa sur le front *M.*
c. Va faire du feu chez ma femme... un écu *B (légères variantes)* : et il m'a donné un écu *M.*
d. quasi *add. F.*
e. et y rabonit *add. B.*
f. que lui devait le tonnelier *B* : dont le tonnelier était son débiteur *B* : dont le bonhomme était débiteur *M.*

Page 191 : *a.* cent mille (livres) *F* : quatre-vingt mille *C* : deux cent mille *ant.*

b. avait apuré ses comptes *C* : avait assuré ses à-compte *B* : ne devait plus rien *M.*

c. cinquante mille (francs) *F* : quarante mille *C* : cent mille *ant.*

d. après cinq ans, maître d'un capital de six millions *F* : avant cinq ans, maître d'un capital de quatre à cinq millions *C* :... de six à sept millions *B* : il se voyait un capital de six millions en 1825 *M.*

e. grossi sans beaucoup de soins *add. B.*

f. le père Grandet *C* : monsieur Grandet *ant.*

g. dès le matin *add. B.*

h. revenant *F* : revenir *ant.*

i. disait l'un *add. B.*

j. disait un autre *add. B.*

k. s'écriait un troisième *add. B.*

l. disait une femme à son mari *add. B.*

Page 192 : *a.* répondit le vigneron *add. B.*

b. *margoulette* *B* : gueule *M.*

c. Ah! le vieux renard *add. B.*

d. pour tes étrennes *add. B.*

e. les linottes *F* : nos linottes *B* : les femmes *M.*

f. Reporte la brouette aux Messageries *B* : (reporte *rayé*) emmène la brouette *M.*

g. dit madame Grandet en rentrant de la messe *add. B.*

h. tu feras la frileuse *M* : tu lui diras que tu as froid *rayé M.*

i. de remplir ton trésor pour le jour de ta naissance *B* : d'ici ta naissance de rétablir *M.*

j. cent *F* : 95 *ant.*

Page 193 : *a.* les deux femmes... je travaille *B* : sa fille lui sauta au cou, le câlina, lui souhaita la bonne année, et autant en fit, gravement et avec dignité, madame Grandet. — Ho! mon enfant, dit-il en la regardant, je travaille *M.*

b. Sans argent, bernique *add. B.*

c. Nom d'un petit bonhomme *add. B.*

d. Ça nous aidera tous *B* : ça aide *M.*

e. tout de même... rien *add. B.*

f. Le merluchon *B* : Il *M.*

g. la bouche pleine, après une pause *add. B.*

h. ça nourrit au moins pour deux jours *B* : ça ne nous coûte rien *M.*

i. Tu peux te bourrer sans crainte de faire crever ton coffre *B* : mais tu peux manger *M.*

j. un petit brin jaunette *B* un peu plus jaunette *M.*

k. L'attente d'une mort... se serrait *B* : L'attente de la mort ignominieuse et publique de l'échafaud aurait fait moins palpiter le cœur d'Eugénie et de sa mère que ne le faisait celle de ce déjeuner patriarchal *M.*

Page 194 : *a.* cinq mille neuf cent cinquante neuf *B* : cinq mille sept cent cinquante neuf *M.*

b. fifille *B* : ma fille *M.*

c. Montre-moi tes talons, Nanon, et va *B* : Nanon, va *M.*
d. disparut *F* : vida lentement la place *B* : vuida la place *M.*
e. pépère *C* : père *B* : pépère *M.*
f. [*en livres*], et tu vas les placer comme je vais te le dire *B* : et tu vas les placer *M.*
g. Écoute donc, fifille *add. B.*
h. près de deux cents francs d'intérêts... Je te ramasserai *B* : près de deux cents francs; eh bien, fifille, je te trouverai des pièces d'or *M.*
i. que je te donnerai à tes fêtes *B* : que je te rendrai *M.*

Page 195 : *a.* de son *(sic)* joli petit trésor en or *F* : de ton joli petit mignon, mignonnet, mignonnard de trésor en or *ant.*
b. pour te dire ainsi... ça sue, ça produit *B* : pour te dire les secrets du métier *M.*
c. — Non. — Par la serpette de mon père! *B* : Non, mon père. — Et par où s'est-il envolé ? — C'est un secret. — Un secret que vous ne pouvez pas dire à votre père, mademoiselle Grandet? ... — Que je ne puis pas dire à mon père... — Quand l'avez-vous donné?... Eugénie fit un signe de tête négatif. — Vous l'aviez le jour de votre fête... Eugénie, aussi rusée par amour que son père par avarice, réitéra le même signe de tête. — Par la serpette de mon père *M. Des éléments de ce dialogue supprimé ont été repris plus loin avec des variantes.*
d. Bon saint bon Dieu *B* : Ha *M.*
e. qu'avez-vous fait de vos pièces? cria-t-il en fondant sur elle *B* : où est votre or *M.*
f. ma mère souffre beaucoup. Voyez, ne la tuez pas *B* : ma mère est bien mal *M.*

Page 196 : *a.* pâleur répandue... Je meurs *B* : pâleur de cette femme naguère si jaune de teint. — Nanon, mettez-moi dans mon lit! *M.*
b. et ce ne fut pas... marche *B* : et elles montèrent avec des peines infinies la pauvre mère que ses forces avaient abandonnée *M.*
c. entièrement *add. B.*
d. saisit vivement *B* : reprit *M.*
e. seulement *add. M.*
f. S'il n'est pas tout pour vous, il n'est rien *add. B.*
g. vingt-deux ans *F* : vingt-trois ans *ant.*

Page 197 : *a.* — C'est un secret inviolable... entêtement *B* : Mon secret est inviolable, dit-elle. — Mais cela ne s'est jamais vu, dit Grandet *M.*
b. dans ma propre maison... fille *B* : dans ma maison, quelqu'un aura pris ton or! le seul or qu'il y avait! et je n'en saurai rien! L'or est cher! où est ton or! Mais les plus honnêtes filles peuvent (prendre *rayé*) faire des fautes, (mais *rayé*) donner je ne sais quoi, mais donner de l'or, car vous l'avez donné, hein? Eugénie fut impassible. A-t-on vu pareille fille *M.*

Page 198 : *a.* un enfant. — Majeure *C* : une enfant. — Majeure *B* : une enfant. — Majeur *M.*

b. Maudit serpent de fille. *Le passage qui commence par ces mots et qui s'achève quinze lignes plus loin par* « qui l'offensa » (*F* : dont il s'offensa *ant.*) *a été ajouté en B.*

c. méchant *F* : fichu *ant.*

Page 199 : *a*. de madame Grandet au moment... maternel *B* : de sa femme au moment où madame Grandet caressait les cheveux d'Eugénie qui avait le visage sur son lit *M.*

b. s'apaisera *add. B.*

c. dit le tonnelier *F* : dit le foudroyant tonnelier *B* : dit-il *M.*

d. Est-ce bien vous et moi, madame Grandet, qui avons fait une fille *B* : qu'est qui m'a fait une fille *M.*

e. et religieuse surtout *add. B.*

f. en prison, mademoiselle *add. B.*

g. rougi *B (mauvaise lecture probable)* : rongé *M.*

h. Si vous la voulez garder... maison *B* : Si vous la voulez, emportez-la, vuidez la maison *M.*

i. en lui disant : « Elle l'a donné... argent » *B* : où il resta sans dire un mot. Mais après une heure de silence, il regarda sa femme en disant : — Elle l'a donné à ce va-nu-pieds de Charles ! *M.*

j. froide, muette et sourde *B* : impassible *M.*

k. tournant *C* : retournant *ant.*

l. pour ne pas subir les regards étincelants de son mari *add. B.*

m. Je souffre tant de votre violence *B* : et j'en souffre tant *M.*

Page 200 : *a*. je le pense. Votre fille vous aime *B* : je le pense, et surtout épargner une fille qui vous aime *M.*

b. ne lui faites pas de peine... maladie *B* : ne lui faites pas de chagrin *M.*

c. Elle possédait... puis des génovines *B* : il y avait des roupies ! des génovines *M.*

d. Si vous voulez avoir la paix... en pleine mer *B* : Confessez votre fille, a-t-elle peur de moi? Quand elle aurait donné cet or à son cousin, il est en pleine mer *M.*

e. Excitée par la crise nerveuse... apercevoir *B* : A peine madame Grandet avait-elle dit ces mots, que sa perspicacité féminine, excitée soit par la crise nerveuse où elle se trouvait, soit par le malheur de sa fille, qui développait sa tendresse et son intelligence, lui fit apercevoir *M.*

Page 201 : *a*. Je vous le dis, monsieur... rendez-moi ma fille *add. B (dix lignes).*

b. Je décampe *F* : Je fiche le camp *ant.*

c. la mère et la fille... Pouah *add. B.*

d. A quoi donc vous sert... parents *B* : vous qui mangez le bon dieu tous les trois mois et qui donnez l'or de votre père en cachette *M.*

e. pour le reste des jours *add. B.*

Page 202 : *a*. Non, non *add. B.*

b. seul pour la première fois depuis vingt-quatre ans *B* : seul et sans feu *M.*

c. Tiens ta margoulette où je te chasse *add. B.*
d. que j'entends bouillotter sur le fourneau *B* : qui est sur le fourneau *M.*
e. huit heures *M* : six *rayé.*
f. descendit et chacun lui demanda... inquiétant *B* : descendit et sur la question qui lui fut unaniment *(sic)* adressée : — Je ne trouve pas madame Grandet dans un état satisfaisant, dit-elle, il y a lieu de s'inquiéter *M.*
g. papa Grandet *add. B.*
h. le vigneron *B* : M. Grandet *M.*

Page 203 : *a.* La fille a les yeux rouges... gré? *add. B.*
b. que ce pâté... se gâter *B* : que, par la gelée, ça vous durera bien huit jours *M.*
c. J'ai pris le lard... la maîtresse *add. B.*
d. quelques mois *M* : une douzaine de jours *rayé M.*
e. inébranlable, âpre et froid... et venir *B* : impassible, allant et venant *M.*
f. il lui échappait *B* : il faisait *M.*

Page 204 : *a.* dans toutes les soirées à Saumur *B* : dans Saumur *M.*
b. d'une manière évasive et *add. B.*
c. l'on savait même que *add. B.*
d. La ville entière le mit... et l'excommunia *B* : il fut mis pour ainsi dire hors la loi dans le pays *M.*
e. angéliqu[e] *B* : croissantes *M.*
f. Ne voyait-elle pas... les baisers *B* : elle voyait la mappemonde, regardait le petit banc, le jardin, le pan de mur, et reprenait sur ses lèvres le miel des baisers *M.*

Page 205 : *a.* une douleur profonde faisait taire toutes les autres douleurs *add. B.*
b. quoique calmés par sa mère *add. B.*
c. par un geste muet *add. B.*
d. cousin *B* : amour *M.*
e. était forcée de lui dire *B* : lui disait *M.*
f. Vous souffrez; vous avant tout... je ne regrette point *B* : Vous souffrez. — Oui, disait madame Grandet, mais je ne regrette point *M.*
g. à qui une mort prochaine... qui lui avait manqué *F* : qui, sentant sa mort prochaine, y puisait le courage dont elle avait manqué *ant.*
h. lui répondait-elle... demandes *add. B.*

Page 206 : *a.* notre *B* : votre *M.*
b. En entendant ces mots, Grandet s'asseyait près du lit *B* : M. Grandet *(mot omis)* toujours sans dire mot au coin de la cheminée en entendant ses *(sic)* mots *M.*
c. de grès *B* : impassible *M.*
d. dont les termes étaient à peine variés *F* : dont néanmoins il variait les termes *B* : dont il variait les termes chaque jour *M.*

e. Vous aurez un jour besoin d'indulgence *B* : Vous aurez besoin de pardon un jour *M.*

f. son despotisme n'était-il pas désarmé par cet ange *B* : qu'avait-il à reprocher à cet ange *M.*

g. Chassée par l'expression des qualités morales qui venaient fleurir sur sa face *B* : et dont les qualités morales venaient fleurir sur sa face d'où disparaissaient insensiblement les caractères de l'humanité qui cédaient à la puissance de l'âme *M.*

h. consumaient *B* : emportaient *M.*

i. agissait, quoique faiblement *B* : agissait faiblement *M.*

j. dont le caractère resta de bronze *add. B.*

Page 207 : *a.* Si sa parole... conduite *B* : Sa parole n'était plus dédaigneuse, mais il voulait toujours garder sa supériorité de père de famille, de mari. Son caractère de fer parut alors dans tout son jour. Ce silence négatif domina sa conduite *M.*

b. mais, quoique l'opinion publique... maison *B* : L'opinion publique condamnait hautement le père Grandet *M.*

c. Pourquoi ne voulez-vous pas... majeures *B* : Pourquoi ne voulez vous pas qu'il vieillisse, cet homme *M.*

d. cela constitue *F* : ce sont *ant.*

e. Allons, mon neveu... palais *B* : Taisez-vous, mon neveu, dit le notaire *M.*

Page 208 : *a.* laisse à monsieur Cruchot le soin d'arranger *F* : laisse monsieur Cruchot arranger *ant.*

b. se peignait. Quand *B* : se peignait; et ils se voyaient à la dérobée sans se dire un mot *M.*

c. le désir d'embrasser son enfant *B* : le plaisir d'aller embrasser sa fille *M.*

Page 209 : *a.* pendant qu'elle regardait aussi... où pendaient *B* : pendant que la pauvre fille regardait le grand mur où pendaient *M.*

b. des [c]heveux de Vénus *add. B.*

c. un *Sedum* très abondant *F* : très abondante *ant.*

d. le dos appuyé... fille *B* : au bas de son mur mitoyen *M.*

e. se mêle-t-on *B* : se mêlent-ils *M.*

f. Bergerin *B* : Bergevin *M et de même plus loin; on ne relèvera plus cette variante.*

g. elle est en danger de mort *add. B.*

h. je le crois *add. B.*

i. ce qu'a *B* : ce qu'est *M.*

Page 210 : *a.* Maintenant, arrive qui plante... m'amène *add. B.*

b. Vous devriez des comptes... fortune *B* : Vous lui devriez des comptes. Elle sera en droit de partager votre fortune *M.*

c. de qui vous ne pouvez pas hériter *F* : dont vous ne pouvez pas hériter *B* : dont vous n'hériterez pas *M.*

d. dit Cruchot en terminant *add. B.*

e. dit le notaire curieux ...querelle *add. B.*

f. était-il à elle? demanda le notaire *B* : il était à elle *M.*
g. — Ils me disent tous cela... tragique *add. B.*
h. Ah ! vous appelez... misère *B (où le dernier mot est suivi de l'interjection* humph !) : Mais six mille francs d'or *M.*

Page 211 : *a.* Deux, ou trois, quatre cent mille francs... valeur *F* : Vingt ou trente mille francs ! cinquante, soixante peut-être. Ne vous faudra-t-il pas accuser votre fortune au domaine et payer d'énormes droits *B* : ... Il vous faudra accuser... *M.*
b. Par la serpette de mon père... douleurs » *B* : Le vigneron s'assit en pâlissant. Nous verrons ça, Cruchot, dit-il après un moment de silence. La vie est bien dure !... *M.*
c. Cruchot, reprit-il solennellement... un regard effrayant à Cruchot *add. B.*
d. Mais, pour obtenir... des partages... *B* : Mais pour cela ne la rudoyez pas *M.*
e. Vous me tribouillez *B* : Ça me tribouille *M.*

Page 212 : *a.* Non; mais j'ai *B* : Oui, j'ai *M.*
b. 99 *F* : 97,75 *ant. De même un peu plus loin.*
c. par ce qu'il venait d'entendre *B* : par la révolution que les paroles de son ami lui avaient faite *M.*
d. Amusez-vous... Vive la joie ! *add. B.*
e. [dont il prit] la tête... n'est-ce pas *add. B.*
f. dit-elle avec émotion *add. B.*
g. d'une voix caressante *B* : en souriant *M.*
h. en rougissant de joie... il te pardonne *B* : en rougissant, viens embrasser ton père *M.*

Page 213 : *a.* soixante-seizième année *F* : soixante-douzième année *ant.*
b. un symbole de sa passion *B* : un détail d'avarice *M.*
c. à sa fille *F* : à sa fille, au domaine *ant.*
d. pour les liciter *add. F.*
e. d'un clos *B* : de son principal clos *M.*
f. se donnaient le plaisir *B* : se régalaient *M.*

Page 214 : *a.* deux livres *F* : trois ou quatre livres *ant.*
b. contre tes belles pièces... dit *B* : contre ton or *M.*
c. Tu es ma fille, je te reconnais *add. B.*
d. reprit le bonhomme *add. B.*
e. ce n'est pas à moi. Ce meuble est un dépôt sacré *B* : ceci est un dépôt *M.*
f. la repoussa si violemment... mère *B* : se mit entr'eux et la repoussa violemment en étendant le bras *M.*
g. et marchant ainsi vers lui *B* : et levant les bras vers lui *M.*
h. sur la croix *B* : sur la croix et de Dieu le père *M.*
i. Cette toilette *B* : Cela *M.*
j. confiée, et je dois la lui rendre intacte *B* : déposée *M.*
k. Voir, c'est pis que toucher *add. B.*

l. ne la détruisez pas *B* : n'y touchez pas *M*.

Page 215 : *a.* à sa portée *B* : sur la cheminée *M*.

b. lui dit froidement Grandet en souriant à froid *B* : dit Grandet *M*.

c. entame seulement une parcelle de cet or *B* : brise une parcelle d'or *M*.

d. Vous avez déjà rendu ma mère mortellement malade *F* : Vous avez déjà tué ma mère *B* : Vous avez tué ma mère *M*.

e. encore *add. B*.

f. En serais-tu donc capable... mère *B* : Tu (le ferais *rayé*) en serais capable, Eugénie. — Monsieur, Monsieur, dit la mère *M*.

g. une fois dans votre vie *add. B*.

h. Là, voyez-vous, mon cher [mignon] monsieur *add. B*.

i. s'écria vivement... lit *add. B*.

j. baisant *B* : prenant *M*.

k. mangeras *B* : feras *M*.

l. Tiens, vois... à Saumur *B* : Tiens! j'embrasse Eugénie, tu auras le plus beau reposoir qui se sera fait à Saumur *M* : Écoute *est une addition de F*.

Page 216 : *a.* dit d'une voix faible madame Grandet *add. F*.

b. éparpilla *B* : jeta *M*.

c. Voilà cent louis d'or pour elle *B* : Voilà cinquante louis *M*.

d. de votre tendresse *B* : de votre amitié *M* : de votre tendresse et de votre amitié *rayé M*.

e. en empochant *B* : en reprenant *M*.

f. pour jouer au loto tous les soirs à deux sous. Faites vos farces! *B* : jouons au loto le soir *M*.

g. tu ne sais pas... maintenant *add. B*.

h. plus, jamais *F* : plus. Va *B* : plus. Va, *fifille M*.

Page 217 : *a.* il déclara positivement... pourraient reculer *B* : il déclara secrètement à M. Grandet que sa femme avait peu de jours à vivre, mais que le repos, le calme de l'esprit, de grands soins pouvaient reculer *M*.

b. mais beaucoup de soins *add. B*.

c. sans que ça paraisse... trifouille l'âme *add. B*.

d. cent ou deux cents francs *F* : deux cents francs *C* : mille francs, deux mille francs même *B* : mille (francs *rayé*) deux mille francs *M*.

e. Malgré les souhaits... première mort *B* : Malgré les désirs de Grandet pour qui l'ouverture de la succession de sa femme était une première mort *M*.

f. pour lui *add. F*.

g. comme ces feuilles que le soleil traverse et dore *B* : comme elles quand le soleil les traverse et les dore *M*.

h. 1822 *F* : 1820 *ant*.

Page 218 : *a.* elle s'éteignit sans avoir... et ne regrettait *B* : Elle s'éteignit, allant au ciel, et ne regrettant *M*.

b. Elle tremblait... un jour *B* : ne la laissait-elle pas seule au milieu d'un monde égoïste *M*.

c. les Cruchotins *B* : les trois Cruchot *M.*

d. maître Cruchot, qui seul connaissait... s'expliqua *B* : maître Cruchot, la conduite du bonhomme s'expliqua. Le notaire comprit les pensées secrètes de son client *M.*

Page 219 : *a.* fifille. Je ne pourrais pas durer *B* : mon enfant, je ne pourrais pas vivre *M.*

b. ça ne me regarde pas *add. B.*

c. qui aujourd'hui se trouve indivise entre vous et monsieur votre père *B* : qui aujourd'hui vous appartient à l'un et à l'autre *M.*

d. de cela, pour en parler ainsi devant un enfant *add. B.*

e. impatientée *add. F.*

Page 220 : *a.* gros *B* : bien de l'argent *M.*

b. une bonne grosse rente de cent francs *B* : une (petite *rayé*) grosse rente de (deux cents *rayé*) cent francs *M.*

c. payer autant de messes que tu voudras à ceux pour lesquels *B* : payer à ton aise les messes à ceux pour qui *B.*

d. Je ferai tout ce qu'il vous plaira *B* : Je suis à vos ordres *M.*

e. — Mademoiselle, dit le notaire... C'est dit *add. B.*

f. frappant *B* : frappant avec joie *M.*

g. tu ne te dédiras point... mon père!... *add. B.*

h. tu lui rends ce qu'il t'a donné... La vie est une affaire *add. B.*

i. son papa. Fais ce que tu voudras maintenant *B* : ton père *M.*

j. dit-il en regardant le notaire épouvanté *add. B.*

Page 221 : *a. ses C* : ses *ant.*

b. lentement et successivement *add. B.*

c. sans crainte *add. B.*

d. Ce fut *C* : Ce furent *ant.*

e. accomplis avec la régularité... de mademoiselle Grandet *B* : accomplis aux mêmes heures, et les mêmes pensées. Sa profonde mélancolie *M.*

Page 222 : *a.* et de quelques-uns de leurs amis qu'ils avaient insensiblement introduits au logis *add. B.*

b. 1827 *F* : 1825 *ant.*

c. fut forcé de l'initier *B* : commença à l'initier *M.*

d. dont la probité lui était connue *F* : dont il avait éprouvé la probité *M.*

e. quatre-vingt-deux ans *F* : soixante-dix-neuf ans *ant.*

f. En pensant qu'elle allait bientôt se trouver seule *B* : En se voyant seule *M.*

g. ce dernier anneau d'affection *F* : le dernier anneau d'affection qui la liait à la société *B* : le dernier anneau d'affection qui se trouvait entre elle et le reste du monde *M.*

h. Dans sa pensée... et Charles n'était pas là *add. B.*

i. ne contrasta-t-elle point avec sa vie *B* : fut-elle digne de sa vie *M.*

Page 223 : *a.* et au grand étonnement... cour *add. B.*

b. des fermages... les closiers... des quittances *B* : un fermage, quelque closier... une quittance *M.*

c. en secret *add. B.*

d. aussitôt qu'elle lui avait rendu... de temps en temps *B* : en gardant sa clef dans son gilet *M.*

e. épouserait nécessairement son neveu, le président *B* : serait pour son neveu *M.*

f. devant la porte de son cabinet *add. B.*

g. me vole *B* : nous vole *M.*

h. Quand il pouvait ouvrir les yeux... de peur panique *B* : Quand ses yeux, où la vie s'était réfugiée, s'ouvraient, c'était pour se retourner vers la porte de ses trésors. — Y sont-ils, y sont-ils... disait-il à sa fille *M.*

i. attachés sur les louis *B* : arrêtés sur cette table *M.*

Page 224 : *a.* Ça me réchauffe... béatitude *add. B.*

b. fixement, et sa loupe remua... lui coûta la vie *B* : fixement, et quand on lui présenta le crucifix à baiser, il fit un (dernier *rayé*) geste pour prendre le Christ (qui était doré *rayé*) en vermeil. Ce dernier geste lui (arracha *rayé*) coûta la vie *M.*

c. il appela Eugénie, qu'il... baignât *B* : il appela Eugénie. Elle était agenouillée à côté de lui et baignait *M.*

d. Eugénie Grandet se trouva donc seule *B* : Vers le milieu du mois de janvier 1826, Eugénie Grandet se trouva seule *M.*

e. à qui elle pût jeter un regard... amie *B* : à qui elle pût parler *M.*

f. Après la mort de son père *B* : et, pendant cette quinzaine *M.*

g. trois cent (mille livres) *F* : deux cent *C* : quatre cent *ant.*

h. six millions placés en trois pour cent à soixante francs *F* : un million en trois pour cent acquis à soixante-et-un francs *C* : deux cent cinquante mille francs en trois pour cent acquis à soixante-et-un francs *B* : cent cinquante mille livres de rente en trois pour cent acquises à soixante-et-un francs *M.*

Page 225 : *a.* deux millions *C* : trois millions *ant.*

b. dix-sept millions *F* : onze millions *C* : vingt millions *ant.*

c. Le jour où... Eugénie resta *(légères variantes) B* : Ce jour-là, quand les Cruchot furent partis, elle resta *M.*

d. Il y a la mer entre nous, dit-elle *add. B.*

e. dix-sept *F* : onze *C* : vingt *ant.*

f. de mademoiselle Grandet *B* : de mademoiselle Grandet; et elle ignorait ce qu'étaient vingt millions *M.*

g. des terres et propriétés de mademoiselle Grandet *F* : de la terre de Froidfond *ant. A partir de cet endroit et jusqu'à la fin du chapître, le texte a été profondément modifié et considérablement étoffé en B. On trouvera ci-dessous, en colonnes, les textes de M et de B; puis quelques variantes de détail relevées dans les états imprimés.*

M

Madame Cornoiller fut la femme de confiance d'Eugénie,

B

Madame Cornoiller eut, sur ses contemporaines, un immense

et elle eut le bonheur d'avoir une dépense à ouvrir, à fermer, des provisions à donner le matin, comme son digne maître. Elle eut sous son autorité une femme de chambre, chargée de raccomoder le linge de la maison, de faire les robes de Mademoiselle etc. Cornoiller cumula les fonctions d'intendant, et Mademoiselle Grandet eut quatre serviteurs, dont le dévouement était sans bornes. Les fermiers ne s'aperçurent pas de la mort du bonhomme, tant il avait sévèrement établi les us et coutumes de son administration. Madame Cornoiller eut sur ses contemporaines un immense avantage. Quoiqu'elle eût soixante-trois ans, elle ne paraissait pas en avoir plus de quarante. Ses gros traits avaient résisté aux attaques du tems, sa vie monastique lui laissait un teint coloré, une santé de fer, et peut-être n'avait-elle jamais été aussi bien qu'elle le fut le jour de son mariage.

Telle était au mois de mars 1826 la situation de la maison Grandet.

avantage. Quoiqu'elle eût soixante-trois ans, elle ne paraissait pas en avoir plus de quarante; ses gros traits avaient résisté aux attaques du temps; et, grâce au régime de sa vie toute monastique, elle narguait la vieillesse par un teint coloré, par une santé de fer et un visage indestructible : peut-être n'avait-elle jamais été aussi bien qu'elle le fut au jour de son mariage. Elle eut les bénéfices... *(ici une quinzaine de lignes ajoutées, presque identiques dans le texte définitif)*... hacher pour elle. Devenue la femme de confiance d'Eugénie, madame Cornoiller eut désormais un bonheur égal pour elle à celui de posséder son mari. Elle avait enfin une dépense à ouvrir, à fermer, des provisions à donner le matin, comme faisait son défunt maître; puis, elle eut à régir deux domestiques, une cuisinière et une femme de chambre chargée de raccommoder le linge de la maison, de faire les robes de mademoiselle. Cornoiller cumula les fonctions de garde et de régisseur. Il est inutile de dire que la cuisinière et la femme de chambre choisies par Nanon étaient de véritables *perles*. Mademoiselle Grandet eut ainsi quatre serviteurs dont le dévoûment était sans bornes. Les fermiers ne s'aperçurent donc pas de la mort du bonhomme, tant il avait sévèrement établi les usages et coutumes de son administration qui fut soigneusement continuée par M. et madame Cornoiller.

b. cinquante-neuf ans *F* : soixante-trois ans *ant.*

Page 226 : *a.* une santé de fer *F* : une santé de fer et un visage indestructible *add. B.*

b. sa figure indestructible *F* : sa figure *ant.*
c. trois douzaines *F* : deux douzaines *ant.*

Page 227 : *a. Épigraphe rayée en M :* Ainsi va le monde. (*Scènes de la vie parisienne.* LES MARANA.)
b. ne connaissait encore aucune des félicités de la vie *B* : n'avait encore connu que les malheurs de la vie *M.*
c. avec joie *B* : sans la regretter *M.*
d. son amant *B* : son cousin *M.*
e. maudit par son père *B* : l'avait désaffectionnée de son père *M.*
f. Ainsi jusqu'alors elle s'était élancée... souffrir *add. B.*

Page 228 : *a.* Son cœur et l'Évangile lui [enseignaient] *B* : En son cœur et à l'Église, il y avait *M.*
b. qui pour elle peut-être... et se croyant aimée *B* : qui peut-être en faisaient une seule. Elle vivait en elle-même, sans inquiétude. Elle aimait, elle était aimée *M.*
c. les millions dont les revenus s'entassaient *F* : ses onze millions dont elle entassait insouciamment les revenus *C* : ses vingt millions dont... revenus *ant.*
d. de ouate dans un tiroir du bahut *B* : de ouate blanche *M.*
e. pour travailler à une broderie... souvenirs *B* : pour festonner une collerette *M.*
f. voulut se marier durant son deuil *B* : se mariât tant qu'elle porterait le deuil de son père *M.*
g. son chambellan *add. B.*

Page 229 : *a.* adulée *B* : flattée *M.*
b. n'émane jamais des *B* : ne sied point aux *M.*
c. se rapetisser *B* : se rétrécir *M.*
d. ils gravitent *B* : ils se meuvent *M.*
e. La flatterie sous-entend un intérêt *add. B.*
f. à l'accabler de louanges... sa beauté *B* : à ce concert de louanges. La beauté d'Eugénie, la noblesse de son caractère étaient mis en scène de momens en momens de manière à la faire rougir; mais, à la longue, son oreille s'accoutumait si bien à cette mélodie *M.*
g. Puis elle finit par aimer des douceurs qu'elle mettait *B* : D'ailleurs, ces éloges, elle finit par les aimer parce qu'elle les mettait *M.*
h. comme tous les biens des Cruchot *add. B.*
i. de rent[e] *B* : de rente et que toutes leurs terres sont dans les vôtres *M.*
j. Et leurs économies... à monsieur Cruchot *B* : Et ce qu'ils ont d'économies ! L'on offre à Me Cruchot *M.*

Page 230 : *a.* Il doit la vendre... mademoiselle? *add. B.*
b. presque *add. B.*
c. un air de famille avec les individus du genre dindon *B* : l'air d'avoir une crête *M.*
d. et lui disait : Notre chère Eugénie ! *add. B.*
e. hormis *F* : sauf *ant.*

f. la meute plus nombreuse aboyait mieux, et cernait sa proie avec ensemble *B* : la meute plus nombreuse aboyait mieux, et haletait après la curée. Eugénie, à son insu, continuait son père en se servant de ses amis, qui tous se mettaient à ses ordres, sans avoir l'intention d'en satisfaire la cupidité *M.*

g. les mêmes personnages et les mêmes intérêts *B* : tous les acteurs de ce drame, même *M.*

h. persistait à tourmenter les Cruchot *add. B.*

i. un progrès. Le bouquet... président *B* : un changement. Le bouquet que M. le président présentait à Eugénie *M.*

Page 231 : *a.* ostensiblement *add. B.*

b. secrètement *add. B.*

c. dont la maison ruinée... sa terre *B* : qui, plus sage avec le tems, et presque ruiné, cachait sa misère, et dont elle pourrait relever la maison, si elle lui rendait sa terre *M.*

d. il a des enfants, c'est vrai; mais il est marquis *B* : il n'a pas d'enfans et il est marquis *M.*

e. et par le temps qui court trouvez donc des mariages (de cet acabit *F*) de ce calibre *add. B.*

f. de s'enter sur les Froidfond. Il me l'a souvent dit. Il était malin, le bonhomme *B* : de séduire la famille Froifond *M.*

g. six mille *B* : dix mille *M.*

h. dans les régions intertropicales *B* : passé l'Équateur *M.*

i. d'hommes *B* : de chair humaine *M.*

j. sur les divers marchés où l'amenaient ses intérêts *add. B.*

Page 232 : *a.* A force de rouler... se dessécha *B* : En roulant à travers les hommes et les pays, ses idées se modifièrent, et dans le contact perpétuel des intérêts, son cœur s'ossifia *M.*

b. des enfants, des artistes... sur les droits de l'homme *add. B.*

c. les marchandises volées par les pirates, et les portait sur les places *B* : les marchandises qu'y débarquaient et y vendaient les pirates et il allait les revendre sur les marchés *M.*

Page 233 : *a.* des vœux et des prières... en divers pays *B* : de ses prières et de ses pensées, plus tard, les négresses, les orgies de pirate et ses aventures en tout pays *M.*

b. mais il reniait sa famille *add. B.*

c. filouté *B* : soulevé *M.*

d. n'occupait ni son cœur ni ses pensées, elle occupait une place dans ses affaires *B* : ne figurait ni dans son cœur ni dans ses pensées, elle figurait à la tête de ses affaires *M.*

e. Cette conduite et ces idées expliquent le silence *B* : De là le silence *M.*

f. le spéculateur avait pris... le pseudonyme de Sepherd. Carl Sepherd pouvait sans danger se montrer partout *F* : le spéculateur avait pris... le pseudonyme de Chippart, et put ainsi sans danger se montrer partout *B* : (le silence de Charles Grandet qui...) était connu sous le nom de Chippart *M.*

g. qui... se dépêche d'en finir avec l'infamie... brillante *add. B.*
h. 1827 *F* : 1826 *ant.*
i. dix-neuf cent mille *F* : seize cent mille *B* : treize cent mille *M.*
j. trois tonneaux *B* : deux tonneaux *M.*

Page 234 : *a.* en les monnayant à Paris *B* : à la Monnaie *M.*
b. Buch *F* : Busch *C* : Buch *B* : Busch *M.*
c. d'en embarrasser qui que ce fût *F* : d'en empêcher qui que ce soit *ant.*
d. assez laide que la mère... noblesse *B (sous réserve de la variante précédente)* : assez laide à marier; et, pour paraître dans le monde parisien, devaient la marier sans dot *M.*
e. sur laquelle descendait un nez trop long... que dans tout autre *B* : à visage pâle et ennuyé *M.*

Page 235 : *a.* avec goût *F* : avec goût et originalité *ant.*
b. l'ange si vainement cherché *F* : l'ange dont il est en quête *ant.*
c. Mais, pour contre-balancer de tels désavantages... dans un musée *add. B (sous réserve des deux variantes précédentes).*
d. Plusieurs personnes *B* : Beaucoup de personnes *M.*
e. la belle madame d'Aubrion ne négligea [rien pour] capturer un gendre [aussi] riche *B* : la belle madame d'Aubrion, à qui Paris était connu, doutant d'y jamais rencontrer un gendre aussi riche, ne négligea rien et fit tout pour s'attacher M. Charles Grandet *M.*
f. 1827 *F* : 1826 *ant.*
g. libérer *B* : dégager *M.*

Page 236 : *a.* trente-six mille *F* : vingt-quatre mille *ant.*
b. Captal de Buch et marquis d'Aubrion *F* : Captal de Buch, marquis d'Aubrion, comte de Rochegourd, etc. *B* : ... comte de Rochegard etc. *M.*
c. cent et quelques mille livres *B* : cent vingt mille livres *M.*
d. cent mille *B* : cent vingt mille *M.*
e. gentilhomme *C* : gentilhomme honoraire *ant.*
f. on devient tout... depuis l'enfance *B* : vous serez un jour député et avant six mois, vous pourrez être, si vous le voulez, maître des requêtes au Conseil d'État *M.*
g. comme les Dreux reparurent un jour en Brézé *F* : comme les Chabot reparurent un jour en Rohan *ant.*

Page 237 : *a.* Enivré d'ambition... entrevoir *B (sous réserve de la variante précédente)* : Charles, croyant les affaires de son père arrangées par son oncle, se voyant ancré dans le faubourg Saint-Germain, reparaissant sous le nom de comte d'Aubrion, comme les Chabot reparurent un jour en Rohan, résolut de tout faire pour arriver à cette haute position *M.*
b. dans toutes ses entreprises ambitieuses *B* : pour tout ce qu'il pourrait vouloir *M.*
c. trois cent mille *F* : deux cent mille *B* : deux ou trois cent mille *M.*

d. de son père *B* : de son père, et peut-être même le faire réhabiliter *M*.

e. deux cent mille *F* : cent mille *ant.*

f. Il trouva Charles en conférence... compris *add. B (sous réserve de la variante précédente)*.

g. presque deux millions *F* : quelques cent mille francs *ant.*

Page 238 : *a.* Les affaires de mon père... vers la porte *B (sous réserve de la variante précédente)* : Les affaires de mon père ne sont pas les miennes, répondit Charles en reconduisant le bijoutier auquel il venait de commander à l'avance les diamans pour la corbeille *M*.

b. et où elle venait déjeuner quand il faisait beau *add. B*.

c. fendillé *B* : crevassé *M*.

d. de par la fantasque héritière *B* : par les ordres de la riche héritière *M*.

e. une lettre ! Elle la donna à sa maîtresse en lui disant *B* : une lettre ! une lettre ! *M*.

Page 239 : *a.* brun *B* : vieux *M*.

b. n'osa plus lire la lettre *B* : n'osant pas encore lire *M*.

c. je le crois, avec plaisir *B* : j'espère avec plaisir *M*.

d. La mort de nos parents est dans la nature... je l'éprouve *add. B*.

e. Oui, ma chère cousine... Que voulez-vous ! *B* : Ma chère cousine, le tems des illusions est passé *M*.

f. rien n'empêche, en apparence, la réalisation de nos petits projets *add. B*.

Page 240 : *a.* rendu, par votre délicate obligeance, mon avenir plus facile *B* : rendu mon courage par votre délicate obligeance *M*.

b. que vous pensiez toujours à moi... Oui, n'est-ce pas? *B* : que vous pensiez à moi, à neuf heures, et j'ai bien pensé à vous *M*.

c. et ne cadreraient sans doute point... situation *B* : et avec mes projets ultérieurs. Non, je serai plus franc, et je veux vous faire juge de ma situation *M*.

Page 241 : *a.* quatre-vingt mille *F* : soixante mille *ant.*

b. dix-neuf ans *F* : dix-huit ans *ant.*

c. mademoiselle d'Aubrion *M*. *Le prénom Félicie a été rayé.*

d. quarante mille livres *F* : trente mille livres *ant.*

e. Nous nous devons à nos enfants *add. B*.

f. indulgence *B* : obligeance *M*.

g. et que je me souviens encore de nos *B* : et que je n'ai rien oublié de mes *M*.

Page 242 : *a.* — Tan, ta, ta... en signant *add. B*.

b. — Tonnerre de Dieu... ceci *add. B*.

c. de huit mille francs *F* : de francs 8100 *ant.*

d. J'attends de Bordeaux... en témoignage *B* : Vous me permettrez de vous donner quelque jour un témoignage *M*.

e. à l'hôtel *F* : à l'adresse de M. Grandet, hôtel *ant.*

f. mille fois *add. B*.

g. Épouvantable et complet désastre *C* : Épouvantable désastre et complet *B* : Épouvantable désastre, complet *M.*

h. des espérances *add. B.*

i. vont arracher... la tuent et s'enfuient *B* : iraient arracher... la tueraient et s'enfuiraient *M.*

Page 243 : *a.* le mobile de ce [noble] crime... Justice humaine *B* : mais quel est le mobile de ce noble crime? — une sublime passion *M. Le mot* noble *a été supprimé en F.*

b. jusqu'au dernier soupir *B* : jusqu'au tombeau *M.*

c. semblable à quelques mourants, avait projeté *B* : semblable aux mourans, avait jetté *M.*

d. pénétrant, lucide, puis... mesura *B* : lucide, et Eugénie, se souvenant de tout, mesura *M.*

e. déployer *B* : étendre *M.*

f. — Ma mère avait raison... mourir *add. B.*

g. mille francs *F* : cinq cents francs *ant.*

Page 244 : *a.* faute de charité pour elle-même *B* : faute de quelque chose *M.*

b. tout occupée *F* : toute occupée *C* : tout occupée *B* : toute occupée *M.*

c. et des sentiments assez [riches]... puiser *B* : et des trésors (assez inépuisables *rayé*) où nos sentimens puissent puiser *M.*

d. Il est nécessaire, ma fille *B* : Ma fille, besoin est *M.*

e. N'êtes-vous donc pas... ainsi *B* : Vous êtes la mère des pauvres, votre grande fortune est un prêt qu'il faut rendre *M.*

Page 245 : *a.* D'abord, pourriez-vous gérer seule... vous a donné *add. B.*

b. un grand désespoir *B* : un grand espoir *M.*

c. le champ libre *add. B.*

d. Ne sais-je pas *F* : Est-ce que je ne sais pas *ant.*

Page 246 : *a.* à l'avenir l'impassible contenance... poche *B* : à l'avenir une contenance froide et mélancolique. — Hé bien, Madame, j'ai sans doute mon esprit dans ma poche *M.*

b. avant de pouvoir parler à ce futur vicomte d'Aubrion *F* : ... à ce futur comte d'Aubrion *C* : avant que de parler à ce futur comte d'Aubrion *B* : avant de pouvoir parler à ce futur comte d'Aubrion *M.*

c. et que tous les bans soient publiés... complet *add. B.*

d. des soins que son oncle et moi... tranquilles *B* : de mes soins et de ceux de son oncle pour manœuvrer les créanciers de son père, que nous avons fait tenir tranquilles *M.*

Page 247 : *a.* de me répondre, à moi... serait en droit *B* : de répondre que les affaires de son père n'étaient pas les siennes à un homme d'honneur qui pendant cinq ans s'est dévoué nuit et jour à ses intérêts et à son honneur. Un homme d'affaires serait en droit *M.*

b. trente à quarante mille *B* : trente mille *M* (cent ou *rayé*).
c. douze cent mille francs *F* : deux millions *ant.*
d. Si monsieur le vicomte d'Aubrion *F* : M. le comte d'Aubrion *C.*
e. M. d'Aubrion se soucie peu... créanciers *add. B.*
f. pensé *B* : pensé et à la famille de qui je me suis dévoué *M.*
g. En ce moment, vous avez toute la voix *B* : Vous avez eu la voix *M.*
h. compter *B* : envoyer *M.*
i. Cela est vrai; faites-moi l'avantage *B* : Cela est juste; faites-moi l'honneur *M.*
j. la pensée qu'elle allait exprimer *B* : la plus fière et la plus sublime des pensées *M.*

Page 248 : *a.* le célèbre *add. B.*
b. partit *F* : se retira *B* : salua *M.*
c. Jamais le salon... Au moment où l'assemblée *B (légères variantes)* : Quoique la curiosité de chacun fut vivement excitée, Eugénie ne laissa percer sur son visage aucune des émotions cruelles dont elle était agitée. Au moment où, vers neuf heures, les joueurs assis à quatre tables de wisth quittèrent leur place à mesure que les parties finissaient pour venir se joindre au cercle des causeurs, et quand l'assemblée *M.*
d. dans les quatre préfectures environnantes *B* : à Tours et à Angers *M.*
e. en lui voyant prendre sa canne *add. B.*

Page 249 : *a.* les millions *F* : les onze millions *C* : les vingt-et-un millions *ant.*
b. dit mademoiselle de Gribeaucourt... piédestal *B* : M. le président épouse Melle Grandet. Tous voyaient les vingt-et-un millions en or, au milieu de la salle *M.*
c. qu'elle voulait faire de lui son mari *F* : qu'elle voulait en faire son mari *B* : le mariage *M.*
d. quand ils furent seuls *add. B.*
e. de ne me rappeler aucun des droits que le mariage vous donne sur moi *F* : de ne me rappeler aucun des devoirs du mariage *B* : de ne me parler d'aucun des devoirs du mariage *M.*
f. Oh! reprit-elle... ni l'offenser *B* : Oh! dit-elle, je n'ai pas fini. Vous devez savoir qu'en vous prenant pour époux, j'ai dans l'âme un sentiment inextinguible, je ne veux ni vous offenser *M.*
g. Mais vous ne posséderez ma main... dit le président *B* : Si je vous offre ma main, c'est que vous n'aurez que ma main, encore faut-il l'acheter par un immense service *M.*
h. Voici quinze cent mille francs *FC* : Voici douze cent mille francs *F* : Voici deux millions et quelques cent mille francs *ant.*
i. une reconnaissance de cent actions de la Banque de France *FC* : un papier *F* : des papiers *ant.*

Page 250 : *a.* veillez à faire faire *B* : obtenez *M.*
b. je m'embarquerai sur la foi... nom *B* : je me fierai à vous encore

et m'embarquerai sur la foi de votre parole pour vivre ici, solitaire, à l'abri de votre nom, et traverser les dangers de la vie *M*.

c. Nous nous connaissons... malheureuse *add. B*.

d. en palpitant de joie et d'angoisse *B* : qui palpitait de terreur, d'angoisse et d'amour *M*.

e. reprit-elle en lui jetant un regard froid *add. B*.

f. à mon cousin Grandet *F* : à Charles Grandet *C* : à M. Charles Grandet *ant*.

g. je tiendrai ma parole *F* : je serai prête à tenir ma parole *B* : je serai prête à vous obéir *M*.

h. Le magistrat *F* : Le banquier *ant*.

Page 251 : *a*. Quoique ce [soient] des créanciers... exacts *add. B*.

b. un des événemen[s] les plus étonnan[s] de l'époque *B* : l'un des plus grands étonnemens que le commerce français eut été susceptible d'éprouver *M*.

c. que lui avait allouée Eugénie *add. B*.

d. et celle par laquelle je reconnais les avoir reçues de vous *add. F*.

e. Oui, mon cousin, vous avez bien jugé... cousine *B* : Adieu, mon cousin, car vous avez bien jugé sans doute de mon esprit et de mes manières, je n'ai rien du monde, je ne pouvais que vous aimer. Mais bientôt vous ne devrez plus penser à celle qui aura le droit de toujours penser à vous sans honte. — Soyez heureux, selon les conventions sociales; pour le rendre complet, je ne puis vous offrir que l'honneur de votre père. Adieu, vous ignorerez toujours ce que ce bonheur (aura coûté de larmes *rayé*) pourra coûter à (la pauvre *rayé*) votre cousine *M*.

f. EUGENIE *F* : EUGENIE G. *B* : Eugénie *M*.

g. l'acte authentique *F* : les quittances *C* : les papiers *ant*.

Page 252 : *a*. c'est une bonne fille *add. B*.

b. près de dix-neuf millions *F* : onze millions *C* : vingt-et-un millions *ant*.

c. dix-sept *F* : neuf *C* : dix-neuf *ant*.

d. Dix-sept... mil... *F* : Neuf... mil... *C* : Dix-neuf mil... *B* : Di... di... di... dix-neuf... mil... *M*.

e. Dix-sept millions, oui, monsieur *F* : Neuf millions, oui, monsieur *C* : Dix-neuf millions, oui, monsieur *B* : Dix-neuf millions *M*.

f. sept cent cinquante mille *F* : trois cent mille *C* : huit cent mille *ant*.

g. à qui la duchesse de Chaulieu vient de tourner la tête *F* : à qui la duchesse de Margency vient de tourner la tête *add. B*.

Page 253 : *a*. intérêts et capital *add. B*.

b. et je vais faire réhabiliter sa mémoire *add. F*.

c. dit-elle à l'oreille de son gendre, en apercevant le Cruchot *add. B*.

d. à voix basse *B* : à l'oreille *M*.

e. ce catacouas de Saumur *add. B*.

f. parti. Trois jours après... avec Eugénie *B* : parti, revint à Saumur, épousa Eugénie *M*.

g. si long[-]temps précieux *B* : si précieux *M.*

h. pour *lui*! Elle partagea d'ailleurs son temps entre Angers et Saumur *B* : pour son cousin. Elle vint d'ailleurs habiter six mois de l'année sa maison de Saumur *M.*

i. de quelques années *F* : de trois ans *ant.*

j. et alors... *F* : et alors... alors... *ant.*

Page 254 : *a.* — Alors le roi sera donc son cousin... bourgeoise de Saumur *add. B.*

b. à qui sa maîtresse... appelée *add. F.*

c. Néanmoins monsieur le président de Bonfons *F* : M. le premier président de Bonfons *ant* : de Froidfont *rayé M.*

d. de Cruchot *M* : et de Bonfons rayé *M.*

e. Dieu, qui voit tout... calculs *B* : La providence le punissait-elle de ses calculs *M.*

f. sans que l'omission... soit, etc. add. B.

Page 255 : *a.* — Il faut que madame... Pauvre président! *add. B.*

b. la vue exquise avec laquelle il saisit les choses *B* : la vue exquise des choses *M.*

c. les successions *F* : les deux millions *ant.*

d. l'abbé *M* : le chanoine *rayé M.*

e. La pauvre recluse avait pitié... calculs *B* : La providence vengea cette noble femme des calculs *M.*

f. n'était-ce pas tuer *B* : c'était tuer *M.*

g. les joies de l'ambition caressées par le premier président *F* : les joies de son ambition *ant.*

h. à sa prisonnière pour qui l'or *B* : à la pauvre recluse à qui l'or *M.*

i. en secret *B* : en secret devant lui *M.*

j. à trente-trois ans *FC* : à trente-six ans *F* : à trente-sept ans *ant* : quarante cinq *rayé M.*

k. huit cent mille livres de rente *F* : quatre cent mille livres de rente *C* : vingt-cinq millions *ant.* : seize/dix-sept à dix-huit millions *rayé M.*

l. près de quarante ans *B par une erreur du prote* : à près de quarante ans *M* : quarante-cinq rayé *M.*

m. Son visage est blanc... Sa voix (est *add. F.*) douce et recueillie, ses manières (sont *add. F.*) simples. Elle a *B* : Son visage était blanc... Sa voix était douce et recueillie, ses manières simples. Elle avait *M.*

n. toutes les noblesses *C* : toute la noblesse *B* : la noblesse *M.*

o. qui n'a pas souillé son âme au contact du monde *B* : qui n'a pas vécu *M.*

Page 256 : *a.* huit cent mille *F* : quatre cent mille *C* : onze cent mille *M.*

b. elle vit... n'allume... et l'éteint *B* : elle vivait... n'allumait... et l'éteignait *M.*

c. Elle est toujours vêtue comme l'était sa mère *B* : Elle était toujours simplement vêtue *M.*

d. est l'image de sa vie. Elle accumule *B* : devait être l'image de sa vie. Elle passait sa vie dans l'ombre. Elle accumulait *M.*

e. et peut-être semblerait-elle parcimonieuse si... fortune *B* : et peut-être eut-elle semblé parcimonieuse, avare, mais (l'avarice d' *rayé M*) elle démentait noblement la médisance *M*. *Ici s'incorpore dans les états imprimés, avec quelques variantes, un passage radicalement différent du texte de M, que nous donnons ci-dessous en face du texte de B.*

M	*B*
... elle démentait noblement la médisance. A quarante (cinq *rayé*) ans, elle épousa (le duc de Vardes, pair de France, homme pauvre... *Ici quatre lignes rayées peu déchiffrables)* le marquis de Froidfond dont la famille réussit enfin à la séduire. Quelques mois après (ce second *rayé*) son mariage, Madame de (Vardes) Froidfond offrit une dot de quinze cent mille francs à la fille que (le duc) le marquis avait eue d'un premier lit. Peu de femmes obtiennent à Paris une considération aussi grande que l'est celle dont jouit madame la (duchesse de Vardes) marquise de Froidfond. Elle inspire un religieux respect, ce noble cœur qui ne (vivait *rayé*) battait que par les sentimens les plus tendres était donc constamment soumis aux calculs de l'intérêt humain. L'argent avait (apporté *rayé*) communiqué ses teintes froides à cette vie pure et céleste. Elle voit son cousin, M. (Grandet *rayé*) d'Aubrion; mais elle seule est dans le secret de ses émotions. Alors sa voix est calme, son attitude noble, sa conversation, ses manières sont polies. La main de cette femme ... *Les substitutions de* Froidfond *à* Vardes *sont opérées dans la marge ou en surcharge. L'écrivain est allé jusqu'au bout de sa rédaction avant de la corriger.*	... [si elle n'eût pas démenti] la médisance par un noble emploi de sa fortune. De pieuses et charitables fondations, un hospice pour la vieillesse et des écoles chrétiennes pour les enfans, une bibliothèque publique richement dotée, témoignent chaque année contre l'avarice dont certaines personnes la soupçonnaient. Les églises de Saumur lui doivent quelques embellissemens. Elle inspire généralement un religieux respect. Ce noble cœur, qui ne battait que pour les sentimens les plus tendres, devait donc être soumis aux calculs de l'intérêt humain; l'argent devait communiquer ses teintes froides à cette vie céleste, et lui donner de la défiance pour les sentimens. — Il n'y a que toi qui m'aimes! disait-elle à Nanon. La main de cette femme ...

f. de toutes les familles *B* : de deux familles *M*.

g. première. Telle est *B* : première. D'ailleurs le monde la voit peu, la Cour ne l'a jamais vue. Elle a pour le (Duc *rayé*) Marquis, les procédés de l'amitié la plus tendre et la plus dévouée. Telle est *M*.

h. qui, faite pour être magnifiquement épouse et mère, n'a ni mari, ni [enfant], ni famille *B* : qui n'est ni mère, ni épouse, au sein d'une famille *M*. *Ici sont ajoutées en B les dernières lignes que nous lisons dans le texte définitif* (Depuis quelques jours... les corruptions du monde). En *M* venait *l'épilogue, maintenu en B et C après cette addition, mais supprimé en F*.

Page 257 : *a*. Paris, septembre 1833 *F* : Novembre 1833 *C* : Octobre 1833 *add. B*.

VARIANTES DU PRÉAMBULE

Page 261 : *a*. *En tête du manuscrit, un sous-titre rayé:* Physionomies bourgeoises. *Ces mots sont repris au feuillet suivant comme titre du chapitre premier. — En tête du feuilleton, un sous-titre,* Histoire de province, *rayé*.

b. mais les aspérités les plus tranchées des caractères, mais les exaltations les plus passionnées finissent par s'y abolir dans la constante monotonie des mœurs *E1B* : mais les arêtes les plus vives des caractères, mais les exaltations les plus passionnées finissent par s'y abolir, par s'y perdre dans la constante atonie de mœurs égales et sans accidens *E* : mais les arêtes (angles *rayé*) les plus vives des caractères finissent par s'abolir et se perdre dans la constante atonie de mœurs égales et sans accidens *M*.

c. poète *E* : écrivain *M*.

d. toujours. Pourquoi non? S'il y a *E* : toujours. S'il y a *M*.

e. où tourbillo[ne] un *simoun* qui enlève *E* : où règne un simoun qui tourbillone, enlève *M*.

f. de leur *acutesse*. Si tout arrive *E* : de leurs pointes. Tout arrive *M*.

g. mais là des drames... On y vit *E* : mais là toute la poésie du silence, tous les mystères de la dissimulation. On y vit *M*.

h. littéraires *add. B*.

Page 262 : *a*. pour initier à un intérêt *E* : pour peindre un drame *M*.

b. pour sonder une nature creuse *E* : pour creuser une nature plane *M*.

c. des soins inouïs, et pour de tels portraits... le loisir *E* : des soins inouïs? Or, nous aimons à trouver le drame tout fait; le chercher, nous n'en avons pas le loisir (tems *rayé*) *M*.

d. des émeutes dans une république *E* : une émeute sur le forum littéraire (ce serait un tollé général *rayé*) *M*.

Page 263 : *a*. des eunuques *add. B*.

b. une forme, un genre, une action quelconque *E* : quelque chose *M*.

c. de CONTE, qui ne doit appartenir qu'aux *E* : de conte, qui doit appartenir aux *M*.

d. au tas élevé par les manœuvres de l'époque *B* : au tas qui s'élève ici *M.*

e. Prenez garde ! Il y a des moralités *C* : Prenez garde ! Il y a des moralités *E* : Prenez-y garde ! Il y a des *mythes M.*

Page 264 : *a.* montrera *F* : fera voir *M.*

b. Paris, septembre 1833 *C* : Septembre 1833 *add. B.*

VARIANTES DE L'ÉPILOGUE

Page 265 : *a.* du préambule. Cette histoire est une traduction imparfaite *B* : du préambule de cette histoire. Ceci est une imparfaite traduction (diffuse *rayé*) *M.*

b. L'œuvre est une humble miniature pour laquelle il fallait plus de patience que d'art *B* : ceci est une humble miniature *M.*

c. ne l'était l'ancien *B* : ne l'était, en son vivant, l'ancien *M.*

d. mal esquisser ses anges terrestres *add. B.*

e. Peut-être a-t-il trop chargé d'or le contour de la tête de sa Maria; peut-être n'a-t-il pas distribué *B* : il a trop chargé d'or le contour de la (miniature *rayé*) tête de Marie, il n'a pas distribué *M.*

Page 266 : *a.* de l'art; enfin peut-être a-t-il trop rembruni... la seconde Eva des chrétiens *B* : de l'art; mais il n'est ni Raphaël, ni Rembrandt, ni Poussin; il est le moine patient, vivant au fond de sa cellule, adorateur de Marie, vaste image de tout le sexe, la seule femme des moines, l'Eva du cloître *M.*

Page 267 : *a.* S'il continue d'accorder... toujours ignorée *B* : S'il accorde, malgré les critiques, tant de perfections à la femme, il pense en effet que la femme est la créature la plus parfaite, elle est la dernière qui soit sortie des mains du créateur, elle est une plus pure expression de la pensée divine, elle ne fut pas, ainsi que l'homme, faite (d'argile et de pensée *rayé*) avec l'argile de la terre, avec le granit primordial. Dieu l'a tirée des flancs de l'homme pour en faire une (créature *rayé*) nature intermédiaire entre l'homme et l'ange, aussi est-elle forte comme l'homme est fort, délicate comme est l'ange. Elle nous apporte dans la vie le goût du ciel, et se dévoue à la terre par sa constante maternité. Parmi les femmes, Eugénie Grandet n'est-elle pas un type (céleste *rayé*). Si l'auteur ajoute ces phrases admiratives, attribuez-les à son désir de répondre aux critiques sottes qui lui ont reproché son culte pour la femme *M.*

b. Novembre 1833 *C* : Octobre 1833 *add. B.*

PERSONNAGES REPARAISSANTS

BIBLIOGRAPHIE

ADAPTATIONS DRAMATIQUES

PERSONNAGES REPARAISSANTS

Balzac a peint dans *Eugénie Grandet* le monde clos de la province. Rares sont les échappées hors de Saumur. Les principaux personnages, sauf Charles, n'entretiennent avec la société parisienne que des rapports accidentels. Aussi ne constatons-nous guère de liens organiques entre ce roman et le reste de *La Comédie humaine*. Les « reparaissants » sont souvent l'objet d'une simple mention : nous fausserions les perspectives en nous attardant à décrire leur biographie [1].

CHAULIEU (Duchesse de). Nommée seulement dans *Eugénie Grandet*. L'une des reines du noble Faubourg. Reparaît dans sept autres romans, notamment dans *Mémoires de deux jeunes mariées* et dans *Modeste Mignon*.

FLORINE (née Sophie Grignoult). Nommée seulement. Ses vrais débuts d'actrice ont lieu au Panorama dramatique en 1822 (voir *Illusions perdues*). Sa carrière et sa vie privée sont évoquées dans dix-huit romans.

GRANDET (Charles). Après fortune faite, il recourt, en 1829, aux bons offices de Rastignac, amant de Delphine de Nucingen, afin de spéculer sur des actions minières et il subit de lourdes pertes dans la troisième liquidation Nucingen *(La Maison Nucingen)*. Nommé dans *La Vieille Fille*.

---

1. On se reportera pour plus de détail aux travaux du Dr Fernand Lotte : le *Dictionnaire biographique des personnages fictifs de « La Comédie humaine »* (librairie José Corti, 1952), l'*Index des personnages fictifs de « La Comédie humaine »* (*Pl.* XI, Gallimard, 1960) et l'étude sur *Le Retour des personnages dans La Comédie humaine,* dans *L'Année balzacienne 1961* (Garnier).

GRANDET (Guillaume) a vendu en 1815 cent cinquante mille bouteilles de champagne à Nucingen *(La Maison Nucingen)*.

KELLER (François). Nommé seulement. Ce banquier reparaît dans dix autres romans. Il est, depuis 1816, député d'Arcis-sur-Aube et siège à gauche.

DES LUPEAULX (Comte Chardin, né Chardin). Nommé seulement. Toujours dans les coulisses du Pouvoir. Reparaît dans douze autres romans, notamment dans *Les Employés*.

NUCINGEN (Baron de). Nommé seulement, deux fois. Banquier, affairiste et amoureux d'Esther Gobseck *(Splendeurs et Misères des courtisanes)*. Il vient en tête des personnages balzaciens pour le nombre de romans où il reparaît (31).

ROGUIN (Maître). Nommé seulement, deux fois. Notaire véreux. Reparaît dans huit autres romans et, en particulier, dans *César Birotteau*.

BIBLIOGRAPHIE

I. PRINCIPALES ÉDITIONS MODERNES D'*EUGÉNIE GRANDET*

BIBLIOTHÈQUE DE CLUNY. *Eugénie Grandet*. Texte établi et présenté par Suzanne Collon-Bérard. Librairie Armand Colin, nouvelle éd., 1959.

CLUB FRANCAIS DU LIVRE. *L'Œuvre de Balzac,* 16 vol., sous la direction d'Albert Béguin et J.-A. Ducourneau. Tome V. Préface de Lucien Fabre, notice *in fine* de Henri Evans.

CLUB DE L'HONNÊTE HOMME. *Œuvres* de Balzac, 28 vol. Tome V. Introduction et notes de Maurice Bardèche. Édition illustrée.

CLUB DU MEILLEUR LIVRE (Collection *L'Astrée*). *Eugénie Grandet*. Édition présentée par Claude Mauriac. Texte établi par Jean-A. Ducourneau.

CONARD. *Œuvres complètes* de Balzac, 40 vol. Scènes de la vie de province, tome I. Notes de Marcel Bouteron et Henri Longnon. Édition illustrée.

GALLIMARD (Bibliothèque de la Pléiade). *La Comédie humaine,* 11 vol. Introduction générale de Marcel Bouteron. Tome III (texte). Tome XI (notice de Roger Pierrot).

GARNIER. *Eugénie Grandet*. Introduction et notes de Maurice Allem.

HAZAN. *La Comédie humaine,* 13 vol. parus. Tome VIII. Introduction et notes d'Albert Prioult.

RENCONTRES. *La Comédie humaine,* tome VII. Préface et notes de Roland Chollet (Éditions Rencontres, à Lausanne).

SANSONI. *Eugénie Grandet.* Texte établi, présenté et annoté par Roger Pierrot (Florence).

II. ÉTUDES PARTICULIÈRES SUR *EUGÉNIE GRANDET*

R. DE CESARE. *Balzac ed « Eugénie Grandet », ricerche sulla genesi dell'opera* (« Studi Urbinati », Milan, 1953). 60 p.

A. CHANCEREL et R. PIERROT. *La véritable Eugénie Grandet* (Lille, « Revue des Sciences humaines », 1955, pp. 437-458). Article illustré.

B. GUYON. *Balzac invente les « Scènes de la vie de province »* (« Le Mercure de France », 1958, pp. 465-493).

J. SABLÉ. *Une expérience de travail collectif en classe de Seconde : Autour d' « Eugénie Grandet »* (« L'Information littéraire », mars-avril 1954).

M. SERVAL. *Autour d' « Eugénie Grandet » (d'après des documents inédits).* Une plaquette illustrée de 34 p. (Librairie Champion, 1924).

On se reportera, en outre, aux diverses références que nous avons données, sur des points de détail, au fil de l'Introduction et des notes de la présente édition.

Si l'on désire consulter les publications qui ont contribué à accréditer les légendes saumuroises, on en trouvera une liste dans la plaquette de Maurice Serval (pp. 9 sq.).

ADAPTATIONS DRAMATIQUES

Au Théatre

La Fille de l'Avare, comédie-vaudeville en deux actes, par J.-F.-A. Bayard et P. Duport, créée au Gymnase Dramatique le 7 janvier 1835 et publiée par *Le Magasin théâtral.*

Eugénie Grandet, pièce en quatre actes, par Albert Arrault, jouée au Théâtre des Arts en 1913 et publiée par *La Petite Illustration* le 13 mars 1937.

Eugénie Grandet, comédie en trois actes, par Maxime-Léry, jouée dans des tournées provinciales en 1927, souvent reprise, et publiée en 1933 à Paris chez Vaubaillon.

Toutes ces adaptations sont infidèles. Les contemporains de Balzac se sont livrés à leur bon plaisir, à une date où la propriété littéraire n'était pas encore codifiée. Au XXe siècle, la chute de l'œuvre dans le domaine public laissait le champ libre à la fantaisie des adaptateurs.

Au Cinéma

The Conquering Power, film américain de Rex Ingram, avec Rudolph Valentino dans le rôle de Charles Grandet (1922).

Eugénie Grandet, film italien de Mario Soldati (1947).

Eugénie Grandet, film estonien (1959).

Eugénie Grandet, film soviétique pour la télévision (1960).

TABLE DES ILLUSTRATIONS

TABLE DES MATIÈRES

ACHEVÉ D'IMPRIMER
PAR L'IMPRIMERIE TARDY QUERCY S.A.
A BOURGES
LE 10 FÉVRIER 1983

Numéro d'éditeur : 3281
Numéro d'imprimeur : 10864
Dépôt légal : février 1983

Printed in France

ISBN 2-7050-0109-3